एशिया के पहले नोबेल पुरस्कार प्राप्त साहित्यकार, चित्रकार, चिंतक और दार्शनिक गुरुदेव रवीन्द्रनाथ टैगोर का व्यक्तित्व बहुआयामी था। उपन्यास, कहानी, गीत, नृत्य–नाटिका, निबन्ध, यात्रा–वृत्तान्त—सभी विधाओं को उनकी लेखनी ने समृद्ध किया।

उनका उपन्यास 'गोरा' का कथानक बीसवीं सदी के बंगाल की पृष्ठभूमि पर केन्द्रित है। जहाँ एक ओर राष्ट्रीयता, देशप्रेम की भावना ज़ोर पकड़ रही थी वहीं कट्टरवादी पारम्परिक ढर्रे को कायम रखना चाहते थे। इन दोनों पक्षों को लेखक ने नायक गोरा और उसके मित्र के माध्यम से प्रस्तुत किया है। साथ ही तत्कालीन समाज में व्याप्त जातिगत वैमनस्य स्त्रियों की दुरावस्था का भी चित्रण किया है।

# गोरा

रवीन्द्रनाथ टैगोर

राजपाल

अनुवाद

**नीलाभ**

स्थापित 1912
100 वर्षों की
श्रेष्ठ प्रकाशन परम्परा
राजपाल

ISBN : 9789350643594



GORA (Novel) by Rabindranath Tagore

मुद्रक : रेप्रो नॉलेजकास्ट लि, इंडिया

**राजपाल एण्ड सन्ज़**

1590, मदरसा रोड, कश्मीरी गेट-दिल्ली-110006
फोनः 011-23869812, 23865483, फैक्सः 011-23867791
e-mail : sales@rajpalpublishing.com
www.rajpalpublishing.com
www.facebook.com/rajpalandsons

बारिश का मौसम शुरू हो चुका है। सावन के महीने की सुबह का समय है। बादल गरज-बरस कर साफ़ हो गये हैं। निखरी हुई चटक धूप से कलकत्ते का आसमान चमक उठा है। सड़कों पर घोड़ा-गाड़ियों की चहल-पहल है, फेरीवालों की पुकारें रह-रह कर गूँज उठती हैं। जिन लोगों को दफ़्तर या कॉलेज या अदालत जाना है, उनके लिए घर-घर मछली-भात-सब्ज़ी-रोटी तैयार की जा रही है। रसोईघरों से अँगीठियों का धुआँ उठ रहा है। लेकिन तिस पर भी इस विशाल, पत्थर-दिल, काम-काजी शहर कलकत्ता की सैकड़ों गलियों के भीतर सोने की किरणें मानो एक अनोखे यौवन के भर कर बहने और बहाने के लिए मचल रही हैं।

ऐसे दिन फुरसत के समय विनयभूषण अपने मकान की दूसरी मंज़िल के बरामदे में अकेला खड़ा नीचे राह चलने वालों की आवा-जाही देख रहा था। उसकी कॉलेज की पढ़ाई बहुत दिन पहले पूरी हो चुकी थी, पर संसारी जीवन से अभी उसका परिचय नहीं हुआ था। सभा-समितियों के संचालन और समाचार-पत्रों में लिखने की ओर उसने मन लगाया था, लेकिन उसका मन उस काम में पूरी तरह रम गया हो, ऐसा नहीं था। इसी कारण आज सवेरे 'क्या किया जाये' यह न सोच पाने पर उसका मन बेचैन हो उठा था। पड़ोस के घर की छत पर न जाने क्या लिये हुए तीन-चार कौए काँव-काँव कर रहे थे, और उसके बरामदे के एक कोने में घोंसला बनाने में व्यस्त चिड़ियों का जोड़ा चहचहाकर एक-दूसरे को बढ़ावा दे रहा था—ऐसे ही अनेक अस्फुट स्वर विनय के मन में मिली-जुली भावनाओं का रेला जगा रहे थे।

पास की एक दुकान के सामने गुदड़ी लपेटे हुए एक बाउल ने खड़े होकर अपनी फकीरी तान छेड़ दी :

*खाँचार भितर अचिन् पाखि कमने आसे याय*
*धरते पारले मनोबेड़ि दितेम पाखिर पाय।*

विनय का मन हुआ, बाउल को बुलाकर अचीन्हे पाखी का यह गीत लिख ले। लेकिन बहुत भोर में जैसे जाड़ा लगते रहने पर भी चादर खींचकर ओढ़ लेने का होश नहीं रहता, वैसे ही एक अलस भाव के कारण न तो बाउल को बुलवाया गया, न गीत

ही लिखा गया; बस अचीन्हे पाखी का वह स्वर मन में गूँजता रह गया।

ठीक तभी उसके घर के ठीक सामने एक दुर्घटना हो गई। अचानक ही एक बड़ी-सी बग्घी एक घोड़ागाड़ी से टकराकर उसका एक पहिया तोड़ती हुई, बिना रुके तेज़ी से आगे निकल गई। घोड़ागाड़ी पलटी तो नहीं, पर एक ओर को लुढ़क ज़रूर गई।

तेज़ी से सड़क पर आकर विनय ने देखा, गाड़ी से सत्रह-अट्ठारह वर्ष की एक लड़की उतर पड़ी है और भीतर से अधेड़ उम्र के एक भद्र-पुरुष को उतारने का प्रयत्न कर रही है।

सहारा देकर विनय ने भद्र-पुरुष को उतारा और उनके चेहरे के उड़े हुए रंग को देखकर पूछा, ''चोट तो नहीं आई?''

''नहीं-नहीं, कुछ नहीं हुआ,'' कहते हुए उन्होंने हँसने का प्रयत्न किया, पर वह हँसी तुरंत विलीन हो गई और साफ़ दिखा कि वे मूर्च्छित होने-होने को हैं। विनय ने उन्हें पकड़ लिया और घबराई हुई लड़की से कहा, ''सामने ही मेरा घर है, भीतर चलिए!''

वृद्ध को बिछौने पर लिटा दिया गया। एक बार लड़की ने चारों ओर देखा कमरे के एक कोने में सुराही रखी थी—जल्दी से उसने सुराही से गिलास में पानी उड़ेलकर वृद्ध के मुँह पर छींटे दिए और आँचल से पंखा झलती हुई विनय से बोली, ''क्यों न किसी डॉक्टर को बुला लिया जाये?''

डॉक्टर का घर पास ही में था; उन्हें बुलाने के लिए विनय ने बैरे को भेज दिया। कमरे में एक ओर मेज़ पर आईना, तेल की शीशी और बाल सँवारने का सामान रखा था। लड़की के पीछे खड़ा विनय स्तब्ध भाव से आईने की ओर देखता रहा।

बचपन से ही विनय कलकत्ता में घर पर ही पढ़ता-लिखता रहा है। संसार से उसका जो कुछ परिचय है वह सब पुस्तकों के माध्यम से ही है। अजानी भद्र स्त्रियों से उसका कोई परिचय नहीं हुआ।

आईने की ओर टकटकी लगाए हुए ही उसने सोचा, जिस चेहरे का प्रतिबिंब उसमें पड़ रहा है वह कितना सुंदर है। चेहरे की प्रत्येक रेखा को अलग करके पहचान सकें, इतना अनुभव उसकी आँखों को नहीं था। सिर्फ़ उद्विग्न स्नेह से झुके हुए तरुण चेहरे की कोमलता-मंडित स्निग्ध कांति, सृष्टि के एक सद्य:प्रकाशित विस्मय-सरीखी विनय की आँखों में बस गई।

थोड़ी देर बाद धीरे-धीरे वृद्ध ने आँखें खोलते हुए 'माँ' कहकर लम्बी साँस ली। लड़की की आँखें डबडबा आईं। वृद्ध के चेहरे के पास मुँह लाकर झुकते हुए उसने द्रवित स्वर से पूछा, ''बाबा, कहाँ चोट लगी है?''

''यह मैं कहाँ आ गया?'' उठ बैठने की कोशिश करते हुए वृद्ध ने पूछा। जवाब

में विनय ने वृद्ध के सामने आकर कहा, ''उठिए नहीं...आराम से लेटे रहिए, डॉक्टर आ रहा है।''

इतने में सारी घटना उन्हें याद आ गई और उन्होंने कहा, ''सिर में यहाँ थोड़ा दर्द है...ज़्यादा कुछ नहीं है।''

तभी जूते चरमराते हुए डॉक्टर भी आ पहुँचे। उन्होंने भी कहा ''ऐसी कोई खास बात नहीं है।'' गर्म दूध में थोड़ी ब्रांडी मिलाकर देने का आदेश देकर डॉक्टर चलने लगे, तो वृद्ध बड़े परेशान-से होकर उठने लगे। लड़की ने उनके मन की बात समझकर कहा, ''बाबा, आप क्यों परेशान होते हैं—डॉक्टर की फीस और दवा के दाम घर से भेज दिए जायेंगे।'' कहकर उसने विनय की ओर देखा।

कैसी अनोखी, अचरज-भरी आँखें! वे आँखें बड़ी हैं कि छोटी, काली कि भूरी, मानो यह खयाल ही मन में नहीं उठता—पहली ही नज़र में जान पड़ता है, इन आँखों में एक असन्दिग्ध प्रभाव है। उनमें संकोच नहीं है, दुविधा नहीं है, एक स्थिर शक्ति से वे भरी हैं।

विनय ने कहने की कोशिश की, ''फीस बहुत ही मामूली है...उसके लिए... उसकी आप...वह मैं...''

लड़की की आँखें उसी पर टिकी थीं, इसलिए अपनी बात वह ठीक से पूरी नहीं कर पाया। लेकिन फीस के पैसे उसे लेने ही होंगे, इस बारे में कोई सन्देह उसे नहीं रहा।

वृद्ध ने कहा, ''देखिए, मेरे लिए ब्रांडी की ज़रूरत नहीं है...।''

कन्या ने उन्हें टोकते हुए कहा, ''क्यों बाबा, डॉक्टर साहब कह जो गये हैं।''

वृद्ध बोले, ''डॉक्टर लोग तो ऐसा कहते ही रहते हैं। वह उनकी एक बुरी आदत ही है। जो थोड़ी-सी कमज़ोरी मुझे जान पड़ती है, वह गरम दूध से ही ठीक हो जायेगी।''

दूध पीकर कुछ सँभलने के बाद वृद्ध ने विनय से कहा, ''अब हम लोग चलें। आपको बड़ा कष्ट दिया।''

विनय की ओर देखकर कन्या ने कहा, ''ज़रा एक गाड़ी...''

सकुचाते हुए वृद्ध ने कहा, ''फिर से क्यों उन्हें कहती हो? हमारा घर तो पास ही है, इतना तो पैदल चले जायेंगे।''

लड़की ने कहा, ''नहीं बाबा; ऐसा नहीं हो सकता।''

वृद्ध ने उसकी बात का विरोध नहीं किया, और विनय खुद जाकर घोड़ागाड़ी बुला लाया। गाड़ी पर सवार होने से पहले वृद्ध ने उससे पूछा, ''आपका नाम क्या है?''

''मुझे विनयभूषण चट्टोपाध्याय कहते हैं।''

वृद्ध बोले, ''मेरा नाम परेशचंद्र भट्टाचार्य है। पास ही 78 नंबर के मकान में रहता हूँ। फुरसत होने पर कभी हम लोगों के यहाँ आएँ तो हमें बड़ी खुशी होगी।''

विनय के चेहरे की ओर आँखें उठाकर कन्या ने इस अनुरोध का मौन समर्थन किया।

विनय तो उसी वक्त गाड़ी में उनके घर जाने को आतुर था, लेकिन वह शिष्टाचार के अनुकूल होगा या नहीं, इसका फैसला न कर पाने की वजह से खड़ा रह गया। गाड़ी चलने पर लड़की ने विनय को एक छोटा-सा नमस्कार किया। इस अभिवादन के लिए विनय बिल्कुल तैयार नहीं था, इसलिए हतबुद्धि-सा होकर वह प्रति-नमस्कार भी नहीं कर सका। घर के भीतर आकर वह बार-बार अपनी छोटी-सी चूक के लिए खुद को धिक्कारने लगा। विनय इन लोगों के मिलने से लेकर विदा होने तक के अपने व्यवहार का जायज़ा लेते हुए उसकी समीक्षा करने लगा—उसे लगा, शुरू से अन्त तक उसके समूचे व्यवहार में असभ्यता झलकती रही है। कौन-कौन-से समय क्या-क्या करना उचित था, क्या कहना उचित था, वह मन-ही-मन इसी को लेकर व्यर्थ की उधेड़-बुन करने लगा। कमरे में लौटकर उसने देखा, जिस रुमाल से लड़की ने अपने पिता का मुँह पोंछा था, वह रुमाल बिस्तर पर पड़ा रह गया है। उसने लपककर उसे उठा लिया। फकीर के गाने के स्वर उसके मन में गूँज उठे :

*खाँचार भितर अचिन् पाखि कमने आसे याय।*

दिन कुछ और चढ़ आया। बरसात बाद की धूप तेज़ हो उठी थी। गाड़ियों की कतार दफ़्तरों की ओर और तेज़ी से दौड़ने लगी। विनय का मन उस दिन किसी काम में नहीं लगा। ऐसे अपूर्व आनंद के साथ ऐसी सघन वेदना का बोध उसे अपने जीवन में कभी नहीं हुआ था। उसका छोटा-सा घर और उसके आस-पास का कुरूप कलकत्ता किसी मायापुरी-सरीखा हो उठा था। जिस राज्य में असंभव संभव हो जाता है, असाध्य सिद्ध होता है, जिसमें रूपातीत रूप लेकर सामने दिखाई देता है, ऐसे ही किसी नियम-विहीन राज्य में विनय मानो विचर रहा था। बरसात के बाद के सवेरे की धूप की दीप्त आभा उसके मन में बस गई थी, उसके रक्त में दौड़ रही थी, उसके अन्तःकरण के सामने एक जगमगाता हुआ पर्दा पड़ गया था जिससे दैनिक जीवन की सारी तुच्छता बिल्कुल ओझल हो गई थी। विनय का मन चाह रहा था कि अपनी परिपूर्णता को किसी अचरज-भरे रूप में प्रकट कर दे, लेकिन उसके लिए कोई उपाय न पाकर उसका चित्त पीड़ित हो उठा था। अपना जो रूप उसने पेश किया, वह भी उसने बहुत सामान्य लोगों-जैसा ही किया—लेकिन छोटा-सा घर, इधर-उधर बिखरा सामान, बिछौना भी साफ़ नहीं। किसी-किसी दिन अपने कमरे में वह गुलदस्ते में फूल सजाकर रखता था, लेकिन उस दिन दुर्भाग्य से कमरे में फूल की एक पंखुड़ी भी नहीं

थी। सभी कहते हैं कि सभाओं में विनय जिस तरह अनायास ही सुंदर व्याख्यान देता है, उसे देखते हुए वह एक दिन बहुत बड़ा वक्ता हो जायेगा, लेकिन उस दिन ऐसी एक भी बात उसने नहीं कही जिससे उसकी बुद्धि का कुछ भी प्रमाण मिले। बार-बार उसे बस यही सूझता कि काश, ऐसा हो सकता कि जब वह बग्घी गाड़ी से टकराने जा रही थी, उस समय बिजली की तेज़ी से सड़क के बीच पहुँचकर वह अनायास उन मुँहजोर घोड़ों की जोड़ी की लगाम पकड़कर उन्हें रोक देता। अपने उस काल्पनिक पौरुष की छवि जब उसके मन में मूर्त हो उठी, तब आईने के सामने जाकर एक बार अपना चेहरा देखे बिना उससे रहा नहीं गया।

तभी उसने देखा, सड़क पर खड़ा सात-आठ बरस का एक लड़का उसके घर का नंबर देख रहा है। विनय ने ऊपर से ही पुकारा, "यही है, ठीक यही घर है।" लड़का उसी के घर का नंबर ढूँढ रहा है, इस बारे में उसे थोड़ा भी सन्देह नहीं था। सीढ़ियों पर चट्टियाँ चटकाता हुआ विनय तेज़ी से नीचे उतर गया और बड़े प्यार से लड़के को कमरे में लाकर उसके चेहरे की ओर ताकने लगा। वह बोला, "दीदी ने मुझे भेजा है।" कहते हुए उसने विनयभूषण के हाथ में एक चिट्ठी दे दी।

चिट्ठी लेकर पहले विनय ने लिफ़ाफ़ा बाहर से देखा। लड़कियों के हाथ की लिखावट में उसका नाम लिखा हुआ था। भीतर चिट्ठी-पत्री कुछ नहीं थी, बस कुछ रुपए थे।

लड़का जाने को हुआ तो विनय ने उसे किसी तरह छोड़ा ही नहीं। उसका कंधा पकड़कर उसे दूसरी मंज़िल पर ले गया।

लड़के का रंग उसकी बहन से ज़्यादा साँवला था, लेकिन चेहरे की बनावट कुछ-कुछ मिलती थी। उसे देखकर विनय के मन में गहरा स्नेह और आनंद उमग उठा।

लड़का काफ़ी तेज़ था। कमरे में घुसते ही दीवार पर लगा हुआ चित्र देखकर बोला, "यह किसकी तस्वीर है?"

विनय ने कहा, "मेरे एक मित्र की है।"

लड़के ने फिर पूछा, "मित्र की तस्वीर? कौन हैं आपके मित्र?"

हँसकर विनय ने उत्तर दिया, "तुम उन्हें नहीं जानते। मेरे मित्र गौर मोहन। उन्हें गोरा कहकर पुकारता हूँ। हम लोग बचपन से साथ पढ़े हैं।"

"अब भी पढ़ते हैं?"

"नहीं, अब और नहीं पढ़ते।"

"आपकी सारी पढ़ाई हो गई है?"

इस छोटे लड़के के सामने भी विनय गर्व करने का लोभ संवरण न कर सका। बोला, "हाँ, सारी पढ़ाई हो चुकी।"

विस्मित होकर लड़के ने एक लम्बी साँस ली। मानो वह सोच रहा था, वह इतनी विद्या कितने दिनों में पूरी कर पाएगा?

"तुम्हारा नाम क्या है?"

"मेरा नाम श्री सतीशचन्द्र मुखोपाध्याय है।"

विनय ने अचंभे से पूछा, "मुखोपाध्याय?"

फिर थोड़ा-थोड़ा करके पूरा परिचय मिला। परेश बाबू इनके पिता नहीं हैं, उन्होंने इन दोनों भाई-बहन को बचपन से पाला-पोसा है। दीदी का नाम पहले राधारानी था; परेश बाबू की स्त्री ने बदलकर 'सुचरिता' नाम रख दिया है।

देखते-देखते सतीश विनय के साथ खूब घुल-मिल गया। जब वह घर जाने के लिए उठा तब विनय ने पूछा, "अकेले चले जाओगे?"

गर्व से उसने कहा, "मैं तो अकेला ही आता-जाता हूँ।"

विनय ने कहा, "चलो, मैं तुम्हें पहुँचा आऊँ।"

अपनी क्षमता पर विनय को अविश्वास करते देखकर सतीश ने खिन्न होकर कहा, "क्यों, मैं तो अकेला जा सकता हूँ।" उसने अपने अकेले आने-जाने के अनेक विस्मयकारी उदाहरण दे डाले। फिर भी उसके घर के दरवाज़े तक विनय उसके साथ क्यों गया, उसका ठीक कारण वह बालक किसी तरह नहीं समझ सका।

घर पहुँचकर सतीश ने पूछा, 'अब आप भीतर नहीं आएँगे?"

विनय ने अपनी इच्छा का दमन करते हुए कहा, "फिर किसी दिन आऊँगा।"

घर लौटकर विनय पता लिखा हुआ वही लिफ़ाफ़ा जेब से निकालकर बड़ी देर तक देखता रहा। प्रत्येक अक्षर की रेखाएँ और बनावट उसे याद हो आईं। फिर रुपयों समेत वह लिफ़ाफ़ा उसने जतन से बक्स में रख दिया। ये कुछ रुपए कभी खर्च किये जायेंगे—हाथ तंग होने पर भी—इसकी जैसे कोई संभावना नहीं रही।

## 2

वर्षा की साँझ में आकाश का अंधकार भीग कर मानो और घना और भारी हो गया है। बेरंग, फीके बादलों के नि:शब्द दबाव के नीचे कलकत्ता शहर निश्चल पसरा हुआ है मानो कोई बहुत बड़ा उदास कुत्ता अपनी पूँछ के नीचे मुँह छिपा कुंडली बाँधकर चुपचाप पड़ा हुआ हो। पिछली साँझ से ही बूँदा-बाँदी होती रही है; इस वर्षा से सड़क की धूल कीचड़ बन गई है, लेकिन कीचड़ को धो डालने या बहा ले जाने लायक वर्षा नहीं हुई। आज तीसरे पहर चार बजे से बारिश बंद है, लेकिन घटा के आसार अच्छे

नहीं हैं। वर्षा आने की आशंका से भरी हुई साँझ की उस बेला में, जब मन न सूने कमरे में टिकता है, न बाहर राहत पाता है, एक तिमंज़िले मकान की सीली हुई छत पर दो जने बेंत के मूढ़ों पर बैठे हैं।

बचपन में ये दोनों बंधु इसी छत पर स्कूल से लौटने पर दौड़-दौड़कर खेले हैं; परीक्षा से पहले दोनों चिल्ला-चिल्लाकर पाठ रटते हुए पागलों की तरह तेज़ी से चक्कर काटते हुए इसी छत पर घूमे हैं; गर्मियों में कॉलेज से लौटकर शाम को इसी छत पर भोजन करके तर्क-वितर्क करने में ऐसे खोये रहे हैं कि रात के दो-दो बजते रहे हैं, और सवेरे की धूप ने जब उनके चेहरे पर बरसकर उन्हें जगाया है तब चौंककर उन्होंने जाना है कि दोनों वहीं चटाई पर पड़े-पड़े ही सो गये थे। कॉलेज की परीक्षाएँ जब और बाकी न रहीं, तब इसी छत पर हर महीने एक बार 'हिन्दू हितैषी सभा' का अधिवेशन होता रहा है, इन दोनों बंधुओं में एक उसका सभापति है, और दूसरा उसका सेक्रेटरी।

सभापति का नाम गौर मोहन। जान-पहचान के लोग उसे 'गोरा' कहकर बुलाते हैं। वह मानो बेतहाशा बढ़ता हुआ आस-पास के लोगों से ऊपर उठ गया है। उसके कॉलेज के एक प्रोफ़ेसर उसे 'रजत-गिरि' कहकर पुकारते थे। उसकी देह का रंग बहुत ही उग्र रूप से चिट्टा था, उसकी धवलता को मन्द करने वाले रंग की तनिक-सी मात्रा भी उसमें नहीं थी। करीब छह फुट लम्बा कद, चौड़ी काठी, हाथ मानो बाघ के पंजे की तरह, गले का स्वर ऐसा भारी और गम्भीर कि एकाएक सुनने पर लोग चौंककर पूछ बैठते हैं, 'कौन है वहाँ?' उसके चेहरे की गठन भी अनावश्यक रूप से बड़ी और अतिरिक्त कठोर है; गाल और ठोड़ी का उभार मानो दुर्ग-द्वार की दृढ़ अर्गला हो, आँखों के ऊपर भौंहें जैसे हैं ही नहीं और वहाँ से माथा कानों की ओर फैलता चला गया है। होंठ पतले और दबे हुए; उनके ऊपर नाक मानो खाँडे की तरह उठी हुई है। आँखें छोटी, लेकिन तीक्ष्ण, उनकी दृष्टि मानो तीर की नोक की तरह दूर अदृश्य में अपना लक्ष्य ताक रही हो, किंतु क्षण-भर में लौटकर पास की चीज़ पर भी बिजली की तेज़ी से चोट कर सकती हो। देखने पर गौर मोहन को सुंदर नहीं कहा जा सकता, किंतु उसे देखे बिना रहा भी नहीं जा सकता—जब वह लोगों के बीच होता है तो दृष्टि बरबस उसकी ओर खिंच जाती है।

और उसका मित्र विनय साधारण बंगाली, पढ़े-लिखे भद्रजन की तरह नम्र किंतु तेजस्वी है। स्वभाव की सुकुमारता और बुद्धि की प्रखरता के मेल ने उसके चेहरे को एक विशेष कांति दे दी है। कॉलेज में वह बराबर अच्छे नंबर और वज़ीफ़े पाता रहा है; किसी तरह भी गोरा उसके साथ नहीं चल सका। पढ़ाई-लिखाई की तरफ़ गोरा की वैसी रुचि ही नहीं रही। वह विनय की तरह बात को न तो जल्दी समझ सकता था, न याद रख पाता था। विनय मानो उसका वाहन बनकर उसे अपने पीछे-पीछे

कॉलेज की कई परीक्षाओं के पार खींचता लाया है।

भीगे अगस्त की उस शाम दोनों मित्र जिस चर्चा में लीन थे, उसी के दौरान गोरा कह रहा था, ''जो कहता हूँ, सुनो! अविनाश जो ब्रह्म समाजियों की बुराई कर रहा था उससे यही जान पड़ता है कि वह ठीक, स्वस्थ, स्वाभाविक अवस्था में है। इस पर अचानक तुम ऐसे क्यों बिगड़ उठे?''

''कैसी अजीब बात है! उस बारे में दो मत हो सकते हैं, यह तो मैं सोच ही नहीं सकता था।''

''ऐसा है तो खोट कहीं तुम्हारे ही मन में है। लोगों का एक गुट समाज के बन्धन तोड़कर हर बात में उल्टा चलने लगे, और समाज के लोग अविचलित भाव से उनकी बातों पर विचार करते रहें, यह स्वाभाविक नियम नहीं है। समाज के लोग उनको गलत समझेंगे ही। वे जो सीधा करेंगे इनकी नज़रों में वह टेढ़ा दिखेगा ही, उनका अच्छा इनके निकट बुरा होगा ही और ऐसा होना उचित भी है। समाज तोड़कर मनमाने ढंग से निकल जाने की जो-जो सज़ाएँ हैं, यह भी उनमें से एक है।''

''जो स्वाभाविक है वह अच्छा भी है, यह तो नहीं कहा जा सकता।'' विनय ने कहा।

कुछ गरम होकर गोरा ने कहा, ''हमें अच्छे से मतलब नहीं है। दुनिया में दो-चार जने अच्छे रहें तो रहें; पर बाकी सब स्वाभाविक ही रहें तो ही ठीक है। जिन्हें ब्रह्म समाजी बनकर बहादुरी दिखाने का शौक है, उन्हें इतना कष्ट सहना ही होगा कि अब्राह्म लोग उनके सब कामों को उल्टा समझकर उनकी निंदा करें। वे छाती फुलाकर इतराते फिरें, और उनके विरोधी भी पीछे-पीछे वाह-वाह करते चलें, ऐसा दुनिया में नहीं होता। यदि होता भी तो दुनिया का कुछ भला न होता।''

''मैं सम्प्रदाय या दल की निंदा की बात नहीं कहता।'' विनय ने सफाई दी, ''पर जब निंदा व्यक्तिगत...''

''सम्प्रदाय की निंदा कोई निंदा थोड़े ही है? वह तो अपनी-अपनी राय की बात है। निंदा तो व्यक्तिगत ही हो सकती है। अच्छा साधू महाराज, आपने क्या कभी निंदा नहीं की है?''

''की है। बहुत की है। पर उसके लिए मैं लज्जित हूँ।''

दाहिने हाथ की मुट्ठी बाँधते हुए गोरा ने कहा, ''नहीं विनय, यह नहीं हो सकता, किसी तरह नहीं हो सकता।''

थोड़ी देर विनय चुप रहा। फिर बोला, ''क्यों, क्या हुआ? तुम्हें भय किस बात का है?''

गोरा, ''मैं साफ़ देख रहा हूँ, तुम अपने को कमज़ोर बना रहे हो!''

थोड़ा उत्तेजित होते हुए विनय ने कहा, "कमज़ोर! तुम जानते हो, मैं चाहूँ तो उनके घर अभी जा सकता हूँ...उन्होंने मुझे निमन्त्रित भी किया है...पर मैं गया नहीं।"

गोरा, "हाँ; किंतु तुम गये नहीं, तुम इसी बात को किसी प्रकार भूल नहीं पा रहे हो! दिन-रात यही सोचते हो कि 'मैं गया नहीं, मैं उनके घर गया नहीं' इससे तो हो आना ही अच्छा है।"

विनय, "तो क्या तुम जाने को कह रहे हो?"

घुटने पर हाथ पटकते हुए गोरा ने कहा, "नहीं, मैं जाने को नहीं कहता। मैं तुम्हें यही शिक्षा दे रहा हूँ कि तुम जिस दिन जाओगे उस दिन बिल्कुल पूरे ही चले जाओगे। अगले दिन से उनके घर खाना-पीना शुरू कर दोगे और फिर ब्रह्म-समाज के खाते में नाम लिखाकर एकदम श्रेष्ठ प्रचारक बन जाओगे!"

विनय, "क्या बात करते हो! और उससे आगे?"

गोरा, "उससे आगे? मरने से बड़ी दुर्गति और क्या होगी? ब्राह्मण के लड़के होकर तुम अन्त में किसी मुर्दा जानवर की तरह घूरे के ढेर पर फेंक दिये जाओगे, आचार-विचार कुछ नहीं रहेगा। दिशाहीन नाव की तरह पूरब-पश्चिम का ज्ञान लुप्त हो जायेगा...तब तुम्हें धीरे-धीरे लगेगा कि जहाज़ को बंदरगाह पर लाना ही गलत है, संकीर्णता है...केवल बेमतलब बहते रहना ही वास्तव में जहाज़ चलाना है। लेकिन यह सब फ़िजूल की बक-बक करने का मुझमें धीरज नहीं है...मैं कहता हूँ, अगर जाना है तो तुम जाओ! अध:पतन के पंक की ओर पाँव बढ़ाकर खड़े-खड़े हमें भी क्यों डरा रहे हो!"

विनय हँस पड़ा। बोला, "डॉक्टर के निराश हो जाने से ही तो रोगी हमेशा मर नहीं जाता। मौत सामने खड़ी होने के मुझे तो कोई लक्षण नहीं दिखते।"

गोरा, "नहीं दिखते?"

विनय, "नहीं।"

गोरा, "गाड़ी छूटती नहीं जान पड़ती?"

विनय, "नहीं, बहुत अच्छी चल रही है।"

गोरा, "ऐसा नहीं लगता कि परोसने वाला हाथ अगर सुंदर हो तो म्लेच्छ का अन्न भी देवता का प्रसाद हो जाता है?"

विनय अत्यंत संकुचित हो उठा। बोला, "बस, अब चुप हो जाओ!"

गोरा, "क्यों, किसी के अपमान की तो इसमें कोई बात नहीं है। वह सुंदर हाथ कोई असूर्यम्पश्या तो है नहीं। जिस पवित्र कर-पल्लव के साथ पराए पुरुष आराम से शेकहैंड कर सकें, उसका उल्लेख भी तुम्हें सहन नहीं होता, 'तदानाशंसे मरणाय संजय'!"

विनय, "देखो गोरा, मैं स्त्री-जाति में श्रद्धा रखता हूँ। हमारे शास्त्रों में भी..."

गोरा, ''स्त्री-जाति में तुम जैसी श्रद्धा रखते हो, उसके लिए शास्त्रों की दुहाई मत दो! उसको श्रद्धा नहीं कहते। जो कहते हैं यदि वह ज़बान पर लाऊँगा तो मारने दौड़ोगे।''

विनय, ''यह तुम्हारी ज़्यादती है।''

गोरा, ''शास्त्र स्त्रियों के बारे में कहते हैं, 'पूजार्हा गृहदीप्तयः'। वे पूजा की पात्र हैं क्योंकि घर को दीप्ति देती हैं। विलायती विधान में उनको मान इसलिए दिया जाता है कि वे पुरुषों के हृदय को दीप्त कर देती हैं, उसे पूजा न कहना ही अच्छा है।''

विनय, ''कहीं-कहीं कुछ विकृति देखी जाती है, इसी से क्या एक बड़े समुदाय पर ऐसे छींटे कसना उचित है?''

अधीर होकर गोरा ने कहा, ''विनू, अब क्योंकि तुम्हारी सोचने-विचारने की बुद्धि नष्ट हो गई है अतः मेरी बात मान ही लो! मैं कहता हूँ, विलायती शास्त्र में स्त्री-जाति के बारे में बड़ी-बड़ी जो सब बातें हैं, उनकी जड़ में है वासना। स्त्री-जाति की पूजा करने का स्थान है माता का पद, सती-लक्ष्मी गृहिणी का आसन...वहाँ से उन्हें हटाकर उनका जो गुणगान किया जाता है उसमें अपमान छिपा हुआ है। तुम्हारा मन जिस कारण से पतंगे-सा परेश बाबू के घर के आस-पास चक्कर काट रहा है, अंग्रेज़ी में उसे 'लव' कहते हैं...लेकिन अंग्रेज़ों की होड़ में इसी लव को ही संसार का चरम पुरुषार्थ मानकर उसकी उपासना करने बैठ जाने का बेहूदापन कहीं तुम पर भी न सवार हो जाये!''

चाबुक खाये घोड़े की तरह तिलमिलाकर विनय ने कहा, ''ओह, गोरा! रहने दो, बहुत हो गया।''

गोरा, ''बहुत कहाँ हुआ? कुछ भी नहीं हुआ। स्त्री और पुरुष को उनकी अपनी-अपनी जगह सहज भाव से देखना हमने नहीं सीखा, तभी तो बहुत-सी काव्य कला उन पर मढ़ दी हैं।''

विनय ने कहा, ''अच्छा, माना कि स्त्री-पुरुष का सम्बन्ध जहाँ रहकर सहज हो सकता, हम प्रवृत्ति की सनक में पड़कर उससे आगे बढ़ जाते हैं, और इस तरह उसे झूठा कर देते हैं। किंतु क्या यह अपराध विदेश का ही है? इस सम्बन्ध में अंग्रेज़ की काव्य कला अगर झूठी है, तो हम जो हमेशा 'कामिनी-कांचन-त्याग' को लेकर बड़ी-बड़ी बातें करते रहे हैं, वे भी तो मिथ्या हैं? मनुष्य की प्रकृति जिन चीज़ों में सहज ही अपने को भुला देती है, उनसे मनुष्य को बचाने के लिए कोई प्रेम के सुंदर पक्ष को ही कवित्व के सहारे सज्ज्वल कर देता है और उसकी बुराइयों को ढँक देता है; और कोई उसकी बुराइयों को ही बड़ी करके दिखाता है और 'कामिनी-कांचन-त्याग' का नारा दे देता है। दोनों केवल दो तरह के लोगों की दो तरह की पद्धतियाँ हैं; एक की बुराई करके दूसरे का समर्थन करना ठीक नहीं है।''

गोरा, ''नहीं, तुम्हें मैंने ग़लत समझा। अभी तुम्हारी हालत इतनी खराब नहीं हुई! अगर तुम्हारे दिमाग़ में फिलासफ़ी भर रही है, तब तो तुम निर्भय होकर 'लव' कर सकते हो! लेकिन समय रहते ही सँभल जाना, तुम्हारे हितैषी मित्र का यही निवेदन है।''

व्यस्त भाव से विनय ने कहा, ''अरे, क्या तुम पागल हुए हो? मैं, और लव! लेकिन इतना तो मैं स्वीकार करता हूँ कि परेश बाबू वगैरह को जितना मैंने देखा है, और जो कुछ उन लोगों के बारे में सुना है, उससे उनके प्रति मुझे काफ़ी श्रद्धा हो गई है। मैं समझता हूँ इसी कारण यह जानने का आकर्षण भी मुझमें जागा होगा कि घर के भीतर उनकी जीवन-चर्या कैसी चलती है।''

गोरा, ''ठीक है। उस आकर्षण से ही बचकर चलना होगा। उन लोगों के जीवन-वृत्तांत का अध्याय यदि जाने बिना ही रह गया, तो क्या? वे ठहरे शिकारी जीव; उनकी भीतरी बातें जानने चलने पर इतने गहरे जाना पड़ेगा कि तुम्हारी चुटिया भी अन्त में नहीं दिखाई देगी!''

विनय, ''तुममें यही एक दोष है। तुम समझते हो जो कुछ शक्ति है ईश्वर ने अकेले तुम्हीं को दी है, और बाकी सब बिल्कुल दुर्बल प्राणी हैं।''

गोरा को मानो यह बात बिल्कुल नयी मालूम हुई। उत्साह से विनय की पीठ ठोंकता हुआ बोला, ''ठीक कहते हो...वही मेरा दोष है...बहुत बड़ा दोष!''

''ओफ्! तुम्हारा उससे भी बड़ा एक और दोष है। किसकी पीठ कितनी चोट सह सकती है, इसका कुछ भी अंदाज़ा तुम्हें नहीं है!''

इसी समय गोरा के सौतेले बड़े भाई महिम, अपने भारी-भरकम शरीर को ढोकर ऊपर लाने के श्रम में हाँफते-हाँफते आकर बोले, ''गोरा!''

गोरा जल्दी से कुर्सी छोड़कर उठ खड़ा हुआ और बोला, ''जी!''

महिम, ''यही देखने आया था कि बरसात की घटा कहीं हमारी छत पर ही तो नहीं उतर आई गरजने के लिए! आज माजरा क्या है? इस बीच अंग्रेज़ों को आधा सागर पार करा दिया क्या? वैसे अंग्रेज़ का तो ख़ास नुकसान हुआ नहीं जान पड़ता, सिर्फ़ निचली मंज़िल में जो सिर पकड़कर बैठे हैं उन्हीं को शेर की दहाड़ से थोड़ी तकलीफ़ हो रही है।'' यह कह महिम लौटकर नीचे चले गये।

लज्जित होकर गोरा खड़ा रहा। लज्जा के साथ-साथ उसके भीतर गुस्सा भी उबलने लगा, किंतु वह अपने ऊपर था या किसी और पर, यह नहीं कहा जा सकता। थोड़ी देर बाद धीरे-धीरे मानो वह अपने ही से कहने लगा, ''सभी बातों में जितना होना चाहिए उससे कहीं ज़्यादा ज़ोर मैं अपनी बात पर देता हूँ। दूसरे के लिए वह असह्य होगा, इसका मुझे ध्यान नहीं रहता।''

विनय ने गौर मोहन के पास आकर प्यार से उसका हाथ थाम लिया।

# 3

गोरा और विनय छत से उतरने की तैयारी कर रहे थे कि तभी गोरा की माँ आनन्दमयी ऊपर आ गईं। विनय ने उनके पैरों की धूल लेकर प्रणाम किया।

आनन्दमयी को देख कर कोई यह नहीं कह सकता कि वे गोरा की माँ हैं। वे बहुत ही दुबली-पतली और संयत हैं। बाल यदि कुछ-कुछ पके भी हैं तो बाहर से मालूम नहीं होता; अचानक देखने पर यही जान पड़ता है कि उनकी उम्र चालीस से कम ही होगी। चेहरे की बनावट अत्यंत सुकुमार; नाक, होंठ, ठोड़ी और ललाट की रेखाएँ सब मानो बड़े यत्न से उकेरी हुई; शरीर का प्रत्येक अंग नपा-तुला; चेहरे पर हमेशा एक शुद्ध और तेजस्वी बुद्धि का भाव झलकता रहता है। श्याम-वर्ण रंग, जिसका गोरा के रंग से कोई मेल नहीं है। उनको देखते ही एक बात की ओर हर किसी का ध्यान जाता है—कि साड़ी के साथ कमीज़ पहने रहती हैं। जिस समय की हम बात कर रहे हैं, उन दिनों यद्यपि आधुनिक समाज में स्त्रियों में शमीज़ या ऊपर के वस्त्र पहनने का चलन शुरू हो गया था तो भी शालीन गृहिणियाँ इसे निरा ख्रिस्तानीपन कहकर इसकी अवज्ञा करती थीं। आनंदमयी के पति, कृष्णदयाल बाबू कमिसारियट में काम करते थे। जवानी से ही आनंदमयी उनके साथ पश्चिम में रही थीं। इसी कारण यह संस्कार उनके मन पर नहीं पड़ा था कि अच्छी तरह बदन ढँकना, या ऐसे कपड़े पहनना लज्जा की या हँसी की बात है। बर्तन माँज-घिसकर, घर-बार धो-पोंछकर, राँधना-बनाना, सिलाई-कढ़ाई और हिसाब-गिनती करके, कपड़े धोकर धूप दिखाकर अड़ोस-पड़ोस की खोज-खबर लेकर भी जैसे उनका समय चुकता नहीं। अस्वस्थ होने पर भी वे शरीर के बारे में किसी तरह की ढिलाई नहीं बरततीं। कहती हैं, ''बीमारी से तो मेरा कुछ नहीं बिगड़ेगा, लेकिन काम किये बिना कैसे चलेगा?''

गोरा की माँ बोलीं, ''गोरा की आवाज़ जब नीचे सुनाई पड़ती है तो मैं फ़ौरन जान जाती हूँ कि ज़रूर विनू आया होगा। पिछले कई दिन से घर में बिल्कुल शान्ति थी। क्या हुआ था बेटा, तू इतने दिन आया क्यों नहीं? कुछ बीमार-वीमार तो नहीं रहा?''

सकुचाते हुए विनय ने कहा, ''नहीं माँ, बीमार नहीं...लेकिन यह आँधी-पानी...''

गोरा बोला, ''क्यों नहीं! इसके बाद बरसात जब खत्म हो जायेगी तब विनय बाबू कहेंगे, कड़ी धूप पड़ रही है! देवता को दोष देने से वे कोई सफ़ाई तो दे नहीं सकते। इनके मन का असली भेद तो अन्तर्यामी ही जानते हैं।''

विनय बोला, ''क्या फ़िज़ूल बकते हो, गोरा?''

आनंदमयी बोलीं, ''ठीक तो है बेटा, ऐसे नहीं कहा करते। मनुष्य का मन कभी ठीक रहता है, कभी नहीं रहता...सब दिन एक जैसे थोड़े ही होते हैं? इसको लेकर उलझने से और झंझट खड़ा होता है। चल विनू, मेरे कमरे में चल, तेरे लिए कुछ परोसकर आई हूँ।''

सिर हिलाकर गोरा ने ज़ोर से कहा, ''नहीं माँ, यह नहीं होने का। तुम्हारे कमरे में विनय को नहीं खाने दूँगा।''

आनंदमयी, ''वाह रे! क्यों रे, तुझे तो मैंने कभी खाने को नहीं कहा...इधर तेरे पिता भी महा शुद्धाचारी हो गये हैं, अपने हाथ का बनाया छोड़कर कुछ खाते नहीं। मेरा विनू अच्छा लड़का है, तेरी तरह कट्टर नहीं है...तू इसे ज़बर्दस्ती बाँधकर रखना चाहता है?''

गोरा, ''बिल्कुल ठीक! मैं इसे बाँधकर ही रखूँगा। तुम जब तक उस ख्रिस्तान नौकरानी लछमिया को भगा नहीं देतीं तब तक तुम्हारे कमरे में खाना नहीं हो सकेगा!''

आनंदमयी, ''अरे गोरा, ऐसी बात तुझे ज़बान पर नहीं लानी चाहिए। हमेशा से तू उसके हाथ का बना खाता रहा है; उसी ने तुझे बचपन से पाल-पोसकर बड़ा किया है। अभी उस दिन तक उसके हाथ की बनाई चटनी के बिना तुझे खाना नहीं रुचता था। जब बचपन में तुझे माता निकली थी तब लछमिया ने ही तेरी सेवा करके तुझे बचाया था, वह मैं कभी नहीं भूल सकूँगी।''

गोरा, ''उसे पेंशन दे दो, ज़मीन खरीद दो, घर बनवा दो, जो चाहो कर दो...लेकिन उसे और नहीं रखा जा सकता, माँ!''

आनंदमयी, ''गोरा, तू समझता है, पैसा देकर ही सब ऋण चुकता हो जाते हैं! वह ज़मीन नहीं चाहती, घर नहीं चाहती; तुझे नहीं देख पाएगी तो मर जायेगी।''

गोरा, ''तुम्हारी जैसी मर्ज़ी...रखे रहो उसे! पर विनू तुम्हारे कमरे में नहीं खा सकेगा। जो नियम है वह मानना ही होगा, उससे इधर-उधर किसी तरह नहीं हुआ जा सकता। माँ, तुम इतने बड़े अध्यापक वंश की हो, तुम जो आचार का पालन नहीं करतीं यह...''

आनंदमयी, ''रे, पहले तेरी माँ आचार मानकर ही चलती थी; इसी के लिए उसे कितने आँसू बहाने पड़े...तब तू कहाँ था? रोज़ शिव की प्रतिष्ठा करके पूजा करने बैठती थी और तेरे पिता उठाकर सब फेंक देते थे! उन दिनों अपरिचित ब्राह्मण के हाथ का खाते भी मुझे घृणा होती थी। उन दिनों हर जगह रेल नहीं जाती थी...बैलगाड़ी में, डाकगाड़ी में, पालकी में, ऊँट की सवारी में कितने ही दिन मैंने उपवास में काटे! क्या सहज ही तुम्हारे पिता मेरा आचार भंग कर सके? वे सब जगह मुझको साथ लेकर घूमते-फिरते थे, इसीलिए उनके साहब-अफ़सर उनसे खुश थे, और उनकी तनख्वाह

भी बढ़ती गई...इसीलिए उन्हें बहुत दिनों तक एक ही जगह रहने दिया जाता, कोई बदली करना न चाहता। अब तो बुढ़ापे में नौकरी से छुट्टी पाकर बहुत-सा पैसा जमा करके सहसा वह बड़े आचारवान हो उठे हैं। लेकिन मुझसे वह नहीं होगा। मेरे सात पीढ़ी के संस्कार एक-एक करके उखाड़ फेंके गये...अब क्या कह देने भर से ही फिर जम जायेंगे?''

गोरा, ''अच्छा, पिछली पीढ़ियों की बात तो छोड़ो...वे लोग आपत्ति करने आने वाले नहीं, लेकिन हम लोगों की खातिर तुम्हें कुछ बातें मानकर ही चलना होगा। शास्त्रों की मर्यादा नहीं रखतीं तो न सही, स्नेह का मान तो रखना होगा।''

आनंदमयी, ''तू मुझे इतना क्या समझा रहा है? मेरे मन में क्या होता है वह मैं ही जानती हूँ। यदि मेरे कारण स्वामी और पुत्र को पग-पग पर मुश्किल ही होने लगी तो मुझे क्या सुख मिलेगा? लेकिन तुझे गोद लेते ही मैंने आचार को बहा दिया था। यह तू जानता है? छोटे बच्चे को छाती से लगाकर ही समझ में आता है कि दुनिया में जात लेकर कोई नहीं जन्मता। जिस दिन यह बात मेरी समझ में आ गई, उसी दिन से मैंने यह निश्चित रूप से जान लिया कि यदि मैं ख्रिस्तान या छोटी जात कहकर किसी से घृणा करूँगी तो ईश्वर तुझे भी मुझसे छीन लेंगे। तू मेरी गोद भरकर मेरे घर में प्रकाश किये रहे तो मैं दुनिया की किसी भी जात के लोगों के हाथ का पानी पी लूँगी।''

विनय के मन में आज आनंदमयी की बात सुनकर हठात् एक धुँधले सन्देह का आभास हुआ। एक बार उसने आनंदमयी के और एक बार गोरा के मुँह की ओर देखा; लेकिन फिर उसी क्षण शंका का भाव मन से निकाल दिया।

गोरा ने कहा, ''माँ, तुम्हारा तर्क ठीक समझ में नहीं आया। जो लोग आचार-विचार करते हैं और शास्त्र मानकर चलते हैं उनके घर में भी तो बच्चे बने रहते हैं। तुम्हारे लिए ही ईश्वर अलग कानून बनाएँगे, ऐसी बात तुम्हारे मन में क्यों आई?''

आनंदमयी, ''जिसने तुम्हें मुझको दिया उसी ने ऐसी बुद्धि भी दी, इसका मैं क्या करूँ? इसमें मेरा कोई बस नहीं। किंतु पगले, तेरा पागलपन देखकर मैं हँसूँ या रोऊँ, कुछ समझ में नहीं आता। खैर, वह सब बात जाने दो! तो विनय मेरे कमरे में नहीं खायेगा?''

गोरा, ''उसे तो मौका मिलने की देर है...अभी दौड़ेगा। वह ब्राह्मण का लड़का है, दो टुकड़े मिठाई देकर यह बात उसे भुला देने से नहीं चलेगा। उसे बहुत त्याग करना होगा, प्रवृत्ति को दबाना होगा तभी वह अपने जन्म के गौरव की रक्षा कर सकेगा। लेकिन माँ, तुम बुरा मत मानना...मैं तुम्हारे पाँव पड़ता हूँ।''

आनंदमयी, ''बुरा क्यों मानूँगी? तू जो कर रहा है जानकर नहीं कर रहा है, यह मैं तुझे बताए देती हूँ। मेरे मन में यही क्लेश रह गया कि तुझे मैंने आदमी तो

बनाया, किंतु...खैर, छोड़ इसे। तू जिसे धर्म कहता फिरता है उसे मैं नहीं मान सकूँगी। तू मेरे कमरे में मेरे हाथ का नहीं खायेगा, न सही...किंतु तुझे दोनों बेला देखती रह सकूँ यही मेरी इच्छा है...विनय बेटा, तुम ऐसे उदास न होओ...तुम्हारा मन कोमल है, तुम सोच रहे हो कि मुझे चोट पहुँची, लेकिन ऐसा नहीं है, बेटा! फिर किसी दिन न्यौता देकर किसी अच्छे ब्राह्मण के हाथ से बना तुम्हें खिलवा दूँगी...उसमें अड़चन कौन-सी है! मैं ढीठ हूँ, लछमिया के हाथ का पानी पिऊँगी, यह मैं सभी से कहे देती हूँ।''

गोरा की माँ नीचे चली गईं। कुछ देर विनय चुप खड़ा रहा। फिर धीरे-धीरे बोला, ''गोरा, यह तो कुछ ज़्यादती हो रही है।''

गोरा, ''किसकी ज़्यादती?''

विनय, ''तुम्हारी।''

गोरा, ''रत्ती-भर नहीं। जिसकी जो सीमा है उसे ठीक मानते हुए ही मैं चलना चाहता हूँ। छुआ-छूत के मामले में सुई की नोक-भर हटने से भी अन्त में कुछ बाकी नहीं रहेगा।''

विनय, ''किंतु माँ जो है।''

गोरा, ''माँ किसे कहते हैं यह मैं जानता हूँ। उसको मुझे बताने की ज़रूरत नहीं है। मेरी माँ जैसी माँएँ कितनों की होंगी! किंतु आचार को न मानना शुरू करूँ तो शायद एक दिन माँ को भी नहीं मानूँगा। देखो विनय, एक बात तुम्हें बताता हूँ, याद रखो! हृदय बड़ी उत्तम चीज़ है, किंतु सबसे उत्तम नहीं है।''

थोड़ी देर बाद विनय कुछ झिझकता हुआ बोला, ''देखो गोरा, आज माँ की बात सुनकर मेरे मन में एक हलचल-सी मच गई है। मुझे लगता है माँ के मन में कोई बात है जो वह हमें समझा नहीं पा रही हैं, इसी से कष्ट पा रही हैं।''

अधीर होकर गोरा ने कहा, ''अरे विनय, कल्पना को इतनी ढील मत दो...इससे केवल समय नष्ट होता है और हाथ कुछ नहीं आता।''

विनय, ''तुम दुनिया की किसी चीज़ की ओर कभी सीधी तरह देखते ही नहीं; तभी जो तुम्हें नज़र नहीं आता उसी को तुम कल्पना कहकर उड़ा देना चाहते हो! किंतु मैं तुमसे कहता हूँ, मैंने कई बार देखा है, मानो माँ किसी बात को लेकर सोच रही हैं...किसी बात को ठीक तरह सुलझा नहीं पा रही हैं, और इसीलिए उनके मन में एक घुटन है। गोरा, उनकी बात तुम्हें ज़रा ध्यान देकर सुननी चाहिए।''

गोरा, ''ध्यान देकर जितना सुना जा सकता है उतना तो सुनता हूँ। उससे अधिक सुनने की कोशिश करने में गलत सुनने की आशंका रहती है। इसलिए उसकी कोशिश नहीं करता।''

# 4

अमूर्त विचार सब-के-सब हमेशा मत-मान्यताओं के रूप में बहुत अच्छे होते हैं, लेकिन मनुष्यों पर लागू करते समय उन्हें सदा उसी निश्चित भाव से नहीं माना जा सकता। कम-से-कम विनय जैसे लोगों के लिए यह असंभव है। विनय की चंचल-वृत्ति बहुत प्रबल है। इसीलिए बहस के समय एक सिद्धांत का वह बड़ी प्रबलता से समर्थन करता है, किंतु व्यवहार के समय मनुष्य को सिद्धांत से ऊपर माने बिना नहीं रह सकता। यहाँ तक कि गोरा द्वारा प्रचारित जो भी सिद्धांत उसने स्वीकार किये हैं उनमें से कितने खुद उन सिद्धांतों के कारण और कितने गोरा के प्रति अपने अनन्य स्नेह के दबाव से, यह कहना कठिन है।

गोरा के घर से बाहर आ, अपने घर लौटते समय बरसाती साँझ में वह कीचड़ से बचता हुआ धीरे-धीरे चला जा रहा था, इस समय उसके मन में सिद्धांत और मनुष्य के बीच एक द्वंद्व छिड़ा हुआ था।

आज के ज़माने में तरह-तरह के प्रकट और अप्रकट आघातों से आत्मरक्षा करने के लिए समाज को खान-पान और छुआ-छूत के सभी मामलों में विशेष रूप से सतर्क रहना होगा, यह सिद्धांत विनय ने गोरा के मुँह से सुनकर सहज ही स्वीकार कर लिया है और इसे लेकर विरोधियों के साथ बहस भी की है। वह कहता रहा है, किले को चारों ओर से घेरकर जब शत्रु आक्रमण कर रहा हो तब किले के प्रत्येक गली-द्वार-झरोखे, प्रत्येक सुराख को बन्द करके प्राण-पण से उसकी रक्षा करने को उदारता का अभाव नहीं कहा जा सकता।

किंतु गोरा ने आज जो आनंदमयी के कमरे में उसके खाने का निषेध कर दिया, इसकी पीड़ा उसे भीतर-ही-भीतर सालने लगी।

विनय के पिता नहीं थे। माँ भी बचपन में छोड़ गई थीं। गाँव में चाचा हैं। बचपन से ही पढ़ाई के लिए विनय कलकत्ता के इस घर में अकेला रहता हुआ बड़ा हुआ है। गोरा के साथ मैत्री के कारण जब से विनय ने आनंदमयी को जाना है, उसी दिन से वह उन्हें माँ कहता आया है। कितनी बार उनके यहाँ जाकर उसने छीना-झपटी और ऊधम मचाते हुए खाया है; खाना परोसने में गोरा के साथ आनंदमयी पक्षपात करती हैं, यह उलाहना देकर कितनी बार उसने झूठ-मूठ अपनी ईर्ष्या प्रकट की है। दो-चार दिन विनय के न आने से आनंदमयी कितनी बेचैन हो उठती हैं, विनय को पास बिठाकर खिलाने की आशा में कितनी बार उनकी सभाओं और बैठकों के खत्म होने की प्रतीक्षा करती हुई बैठी रहती हैं, यह सब विनय जानता है। वही विनय आज सामाजिक निंदा के कारण आनंदमयी के कमरे में कुछ खा न सकेगा, इसे क्या आनंदमयी सह

सकेंगी...या विनय भी सह पाएगा?

आगे से अच्छे ब्राह्मण के हाथ का ही मुझे खिलाएँगी, अपने हाथ का छुआ कभी नहीं खिलाएँगी—यह बात हँसकर ही माँ कह गईं, किंतु यह तो बहुत पीड़ा पहुँचाने वाली बात है। इसी बात पर सोच-विचार करता हुआ विनय किसी तरह घर पहुँचा।

सूने कमरे में अँधेरा फैला था। चारों ओर कागज़ और किताबें बिखरी हुई थीं। दियासलाई से विनय ने तेल का दीया जलाया...दीवट पर बैरे की कारीगरी के अनेक चिह्न थे। जो सफ़ेद चादर से ढँकी हुई लिखने की मेज़ थी उस पर कई जगह स्याही और तेल के दाग थे। कमरे में आज जैसे उसके प्राण सहसा छटपटा उठे। किसी के संग और स्नेह की कमी उसकी छाती पर बोझ-सी जान पड़ने लगी। देश के उद्धार, समाज की रक्षा इत्यादि कर्तव्य उसे अस्पष्ट और नकली जान पड़ने लगे।...इनसे भी कहीं अधिक सत्य वह अनपहचाना पाखी है जो एक दिन सावन की उज्ज्वल सुंदर सुबह में पिंजरे के पास तक आकर पिंजरा छोड़कर चला गया है। किंतु उस पाखी की बात को विनय किसी तरह भी मन में जगह नहीं देगा, किसी तरह नहीं। इसीलिए, मन को ढांढस देने के लिए, आनंदमयी के उसी कमरे का चित्र वह मन पर आँकने लगा था।

साफ़-सुथरी पच्चीकारी किया फ़र्श मानो झिलमिला रहा है; एक तरफ़ तख्त पर सफेद राजहंस के पंख-सा कोमल स्वच्छ बिछौना है, उसके पास ही एक छोटी चौकी पर अरंडी के तेल की ढिबरी अब तक जला दी गई होगी। माँ निश्चय ही रंग-बिरंगे धागे लिये ढिबरी के पास नीचे झुककर फूल काढ़ रही होंगी। नीचे फ़र्श पर बैठी लछमिया अपने अजीब उच्चारण वाली बंगला में बकवास करती जा रही होगी, और माँ उसका अधिकांश अनसुना किये दे रही होंगी। जब भी माँ के मन को कोई ठेस पहुँचती है, वे कढ़ाई लेकर बैठ जाती हैं। विनय अपने मन की आँखों को उनके उसी काम में लगे शान्त चेहरे पर स्थिर करने लगा। मन-ही-मन वह बोला, इसी चेहरे की स्नेह-दीप्ति मेरे मन की सारी उलझन से मेरी रक्षा करे...यही चेहरा मेरी मातृभूमि की प्रतिमा हो जाये, मुझे कर्तव्य की प्रेरणा दे और कर्तव्य-पथ पर दृढ़ रखे...उसने मन-ही-मन एक बार 'माँ कहकर उन्हें पुकारा और कहा, ''तुम्हारा अन्न मेरे लिए अमृत नहीं है, यह बात मैं किसी भी शास्त्र के प्रमाण से कभी नहीं मानूँगा।''

सूने कमरे में दीवार घड़ी की टिक्-टिक् गूँजने लगी। वहाँ बैठना विनय के लिए असह्य हो उठा। दीवट के पास दीवार पर एक छिपकली पतंगों की ओर लपक रही थी, कुछ देर विनय उसकी ओर देखता रहा, फिर उठ खड़ा हुआ और छाता उठाकर बाहर निकल पड़ा।

वह क्या करने घर से निकला है, उसके मन में यह स्प्ष्ट नहीं था। शायद आनंदमयी के पास ही लौट जायेगा, कुछ ऐसा ही उसका भाव था। किंतु न जाने कैसे

अचानक उसके मन में आ गया—आज रविवार है, आज ब्राह्म-सभा में केशव बाबू का व्याख्यान सुना जाये—यह बात मन में आते ही दुविधा छोड़ विनय तेज़ी से उधर चलने लगा। व्याख्यान सुनने का समय अधिक नहीं बचा है, वह जानता था, फिर भी उसका निश्चय विचलित नहीं हुआ।

नियत स्थान पहुँचकर उसने देखा, उपासक उठकर बाहर आ रहे हैं। छाता लगाए-लगाए एक ओर हटकर वह कोने में खड़ा हो गया। ठीक उसी समय मंदिर से परेश बाबू शान्त और प्रसन्न मुद्रा में बाहर निकले। उनके साथ उनके चार-पाँच परिजन भी थे; विनय ने उनमें से केवल एक के तरुण मुख को सड़क पर लगे गैस लैंप के प्रकाश में क्षण-भर के लिए देखा, फिर गाड़ी के पहियों के शब्द के साथ सारा दृश्य अंधकार के महासमुद्र में विलीन हो गया।

अंग्रेज़ी उपन्यास विनय ने बहुत पढ़ रखे थे, किंतु उसका भद्र बंगाली परिवार का संस्कार कहाँ जाता? इस तरह उत्सुक मन लेकर किसी स्त्री को देखने की कोशिश करना उस स्त्री के लिए अपमानजनक है और अपने लिए निंदनीय, इस बात को वह किसी भी तर्क के सहारे मन से निकाल न सका। इसी से विनय के मन में आनंद के साथ-साथ ग्लानि का भी उदय हुआ। उसे लगा कि उसका कुछ पतन हो रहा है। हालाँकि इसी बात को लेकर गोरा से उसकी बहस हो चुकी थी, फिर भी जहाँ सामाजिक अधिकार नहीं है वहाँ किसी स्त्री की ओर प्रेम की आँखों से देखना उसके अब तक के जीवन के संचित संस्कार के विरुद्ध था।

विनय का उस दिन गोरा के घर जाना नहीं हुआ। मन-ही-मन अनेक सवाल-जवाब करता हुआ घर लौट आया। अगले दिन तीसरे पहर घर से निकलकर घूमता-फिरता अन्त में वह गोरा के घर पहुँचा, वर्षा का लम्बा दिन बीत चुका था और संध्या का अंधकार घना हो चुका था। गोरा बत्ती जलाकर कुछ लिखने बैठा था।

गोरा ने कागज़ की ओर से आँखें उठाए बिना ही कहा, "क्यों भाई विनय, हवा किधर की बह रही है?"

उसकी बात अनसुनी करते हुए विनय ने कहा, "गोरा, तुमसे एक बात पूछता हूँ। भारतवर्ष क्या तुम्हारे नज़दीक बहुत सत्य है—बहुत स्पष्ट है? तुम तो दिन-रात उसका ध्यान करते हो—किंतु कैसे ध्यान करते हो?"

गोरा कुछ देर लिखना छोड़कर अपनी तीखी दृष्टि से विनय के चेहरे की ओर देखता रहा। फिर कलम रखकर कुर्सी को पीछे की ओर झुकाता हुआ बोला, "जहाज़ का कप्तान जब समुद्र पार कर रहा होता है तब खाते-पीते, सोते-जागते जैसे सागर-पार के बंदरगाह पर उसका ध्यान केंद्रित रहता है, वैसे ही मैं भारतवर्ष का ध्यान रखता हूँ।"

विनय, ''और तुम्हारा यह भारतवर्ष है कहाँ?''

छाती पर हाथ रखकर गोरा ने कहा, ''मेरा यहाँ का दिशासूचक यन्त्र दिन-रात जिधर सुई किये रहता है वहीं; तुम्हारे मार्शमैन साहब की 'हिस्टरी ऑफ़ इंडिया' में नहीं!''

विनय, ''जिधर को वह सुई रहती है, उधर कुछ है भी?''

उत्तेजित होकर गोरा ने कहा, ''है कैसे नहीं? मैं राह भूल सकता हूँ, मैं डूब सकता हूँ...किंतु मेरी उस लक्ष्मी का बंदरगाह फिर भी है। वही मेरा पूर्णरूप भारतवर्ष है...धन से पूर्ण, ज्ञान से पूर्ण, धर्म से पूर्ण। वह भारतवर्ष कहीं नहीं है, और है केवल यही चारों ओर फैला हुआ झूठ—यह तुम्हारा कलकत्ता शहर, ये दफ़्तर, यह अदालत, ये कुछ-एक ईंट-पत्थर के बुलबुले? छिः छिः!''

बात कहकर कुछ देर गोरा एकटक विनय के चेहरे की ओर देखता रहा। विनय उत्तर न देकर सोचता रहा। गोरा ने फिर कहा, ''यह जहाँ हम पढ़ते-सुनते हैं, नौकरी की उम्मीदवारी में घूमते-फिरते हैं, दस से पाँच बजे तक की मुर्दा बेगारी की तरह क्या जाने क्या करते रहते हैं, इसका कोई ठिकाना नहीं है। इस जादू के बने भारतवर्ष को ही हम सच माने बैठे हैं, इसीलिए करोड़ों लोग झूठे मान को मान, झूठे कर्म को कर्म समझकर पागलों-से दिन-रात भटक रहे हैं। इस मरीचिका के जाल से किसी भी तरह से क्या हम छुटकारा पा सकते हैं? इसीलिए हम रोज़ सूख-सूखकर मरते जा रहे हैं। एक सच्चा भारतवर्ष है, परिपूर्ण भारतवर्ष; उस पर स्थिर हुए बिना हम लोग न तो बुद्धि से, और न हृदय से सच्चा जीवन-रस खींच सकेंगे। इसीलिए कहता हूँ, बाकी सब भूलकर किताबी ज्ञान, पदवियों की माया, नोच-खसोट के लालच—सबकी पुकार अनसुनी करके उसी बंदरगाह की ओर जहाज़ को ले जाना होगा; फिर चाहे डूबें तो डूबें, मरें तो मरें। यों ही मैं भारतवर्ष की सच्ची, पूर्ण मूर्ति को नहीं भूल सकता!''

विनय, ''यह सब कहीं जोश की बात तो नहीं है? तुम सच कह रहे हो?''

गोरा ने बादल की तरह गरजकर कहा, ''सच कह रहा हूँ।''

विनय, ''और जो तुम्हारी तरह नहीं देख सकते...''

मुट्ठियाँ बाँधते हुए गोरा ने कहा, ''उन्हें दिखलाना होगा। यही तो हम लोगों का काम है। सच्चाई का रूप स्पष्ट न देख पाने से लोग न जाने कौन-सी परछाईं के सम्मुख आत्म-समर्पण कर देंगे। भारतवर्ष की सर्वांगीण मूर्ति सबके सामने खड़ी कर दो—तब लोग पागल हो उठेंगे; तब घर-घर चंदा माँगते हुए नहीं फिरना पड़ेगा। लोग खुद जान देने के लिए एक-दूसरे को धकेलते हुए आगे आएँगे।''

विनय, ''या तो मुझे भी अन्य बीसियों लोगों की तरह बहते चले जाने दो, या

मुझे भी वही मूर्ति दिखलाओ''

गोरा, ''साधना करो। मन में दृढ़ विश्वास हो तो कठोर साधना में ही सुख मिलेगा। हमारे शौकिया देश-भक्त लोगों में सच्चा विश्वास नहीं है, इसीलिए वे न अपने, न दूसरों के सामने कोई ज़ोरदार दावा कर पाते हैं। स्वयं कुबेर भी यदि उन्हें वर देने आते तो शायद वे लाट साहब के चपरासी के पीतल के बिल्ले से अधिक कुछ माँगने का साहस न कर पाते। उनमें विश्वास नहीं है, इसीलिए कोई आशा भी नहीं है।''

विनय, ''गोरा, सबकी प्रकृति एक जैसी नहीं होती। तुमने अपना विश्वास अपने भीतर से पाया है, और अपनी ताकत के संबल से खड़े हो सकते हो, इसीलिए तुम दूसरों की अवस्था ठीक तरह समझ ही नहीं सकते। मैं कहता हूँ तुम मुझे चाहे जिस एक काम में लगा दो, दिन-रात मुझसे कसकर काम लो। नहीं तो जितनी देर तक मैं तुम्हारे पास रहता हूँ, उतनी देर तो लगता है कि मैंने कुछ पाया; पर दूर हटते ही कुछ भी ऐसा नहीं पाता जिसे मुट्ठी में पकड़कर रख सकूँ।''

गोरा, ''काम की बात कहते हो? इस वक्त हमारा एकमात्र काम यह है कि जो कुछ स्वदेश का है उसके प्रति बिना संकोच, बिना संशय, सम्पूर्ण श्रद्धा जताकर देश के अन्य अविश्वासियों में भी उसी श्रद्धा का संचार कर दें। देश के मामले में लज्जित हो-होकर हमने अपने मन को गुलामी के विष से दुर्बल कर दिया है; हममें से प्रत्येक अपने सदाचरण द्वारा इसका प्रतिकार करे तभी हमें काम करने का क्षेत्र मिलेगा। अभी जो भी काम हम करना चाहेंगे, वह केवल इतिहास की स्कूली किताब लेकर दूसरों की नकल करना मात्र होगा। उस झूठे काम में हम क्या कभी भी सच्चाई से अपना पूरा मन-प्राण लगा सकेंगे? उससे तो अपने को केवल और हीन ही बना लेंगे।''

इसी समय हाथ में हुक्का लिये थोड़े अलस भाव से महिम ने कमरे में प्रवेश किया। यह समय महिम के दफ़्तर से लौटकर, नाश्ता करके पान का एक बीड़ा मुँह में और छः-सात बीड़े डिबिया में रखकर, सड़क के किनारे बैठकर हुक्का पीने का था। फिर थोड़ी देर बाद ही एक-एक करके पड़ोस के यार-दोस्त आ जुटेंगे, तब ड्योढ़ी से लगे हुए कमरे में ताश का खेल जमेगा।

बड़े भाई के कमरे में आते ही कुर्सी छोड़कर गोरा उठ खड़ा हुआ। महिम ने हुक्के का कश लगाते हुए कहा, ''भारत के उद्धार के लिए परेशान हो, पहले भाई का उद्धार तो करो।''

गोरा महिम के चेहरे की ओर देखता रहा। महिम बोले, ''हमारे दफ़्तर में जो नया बाबू आया है—लकड़बग्घे जैसा मुँह है—वह बहुत ही शैतान है। बाबुओं को बैबून कहता है; किसी की यदि माँ भी मर जाये तो भी छुट्टी देना नहीं चाहता; कहता है, बहाना

है। किसी भी बंगाली को किसी महीने में पूरी तनख्वाह नहीं मिलती...जुर्माना करता रहता है। उसके बारे में अखबार में एक चिट्ठी छपी थी; पट्ठा समझता है कि मेरा ही काम है। खैर, बिल्कुल झूठ भी नहीं समझता। इसलिए अब अपने नाम से उसका एक कड़ा प्रतिवाद छपाए बिना टिकने नहीं देगा। तुम लोग तो यूनिवर्सिटी के ज्ञान-मंथन से निकले दो रत्न हो; ज़रा यह चिट्ठी अच्छी तरह लिख देनी होगी। जहाँ-तहाँ उसमें ईवन-हैंडेड जस्टिस, नेवर फ़ेलिंग जेनेरॉसिटी, काइंड कर्टियसनेस, इत्यादि-इत्यादि फ़िकरे जड़ देने होंगे।''

गोरा चुप ही रहा। हँसकर विनय ने कहा, ''दादा, एक ही साँस में इतने सारे झूठ चला देंगे आप?''

महिम ने कहा, ''शठे शाठ्यं समाचरेत्। बहुत दिनों तक उसके साथ रहा हूँ, सब-कुछ मेरा देखा हुआ है। जिस ढंग से झूठी बातें वे लोग चला सकते हैं उसकी प्रशंसा करनी पड़ती है। ज़रूरत पड़ने पर कुछ भी उनसे बचा नहीं है। उनमें से एक झूठ बोले तो बाकी सब गीदड़ों की तरह एक ही सुर में 'हुआँ-हुआँ' चिल्ला उठते हैं। हमारी तरह एक को फँसाकर दूसरा वाह-वाही पाना नहीं चाहता। यह सच जानो, उनको धोखा देने में कोई पाप नहीं है...हाँ, पकड़ा न जाये, बस।''

महिम बात कहकर ही-ही करते हुए हँसने लगे। विनय से भी हँसे बिना नहीं रहा गया।

महिम बोले, ''तुम लोग उनके सामने सच बात कहकर उन्हें शर्मिंदा करना चाहते हो। ऐसी अक्ल भगवान ने तुम्हें न दी होती तो देश की यह हालत क्यों होती? इतना तो समझना चाहिए कि जिसके पास ताकत है, वह यदि सेंध भी लगा रहा हो तो हिम्मत दिखाकर उसे पकड़वाने के लिए जाने पर वह शर्म से सिर नहीं झुकाता, बल्कि उल्टे चिमटा उठाकर साधू की तरह हुंकार कर मारने आता है। बताओ, यह सच है कि नहीं?''

विनय, ''यह तो ठीक है।''

महिम, ''उससे भी बड़े झूठ के कोल्हू से बिना मूल्य का जो तेल मिलता है वह एक-आध छटाँक उसके पैरों पर चुपड़कर यदि कहें—साधू महाराज, बाबा परमहंसजी! कृपा करके अपनी झोली ज़रा झाड़ दीजिए...उसकी धूल पाकर भी हम तर जायेंगे...तो शायद अपने ही घर के चोरी हुए माल का कम-से-कम एक हिस्सा फिर अपने हाथ लग सकता है, और साथ ही शान्ति भंग की भी आशंका नहीं रहती। सोचकर देखो तो इसी को ही कहते हैं देशप्रेम, देशभक्ति, पेट्रियॉटिज़्म। किंतु मेरा भैया बिगड़ रहा है। हिन्दू होने के नाते वह मुझे बड़े भाई की तरह बहुत मान देता है; उसके सामने मेरी आज की बात ठीक बड़े भाई की-सी नहीं हुई। लेकिन भई, किया क्या जाये? झूठी बात के बारे में भी तो सच्ची बात कहनी पड़ती है! विनय, लेकिन वह पत्र तुम्हें ज़रूर

लिखना होगा। रुको...मैंने कुछ नोट लिख रखे हैं, उन्हें ले आऊँ।''

कश लगाते-लगाते महिम बाहर चले गये। गोरा ने विनय से कहा, ''विनू, तुम दादा के कमरे में जाकर उन्हें बहलाओ। मैं ज़रा यह लेख पूरा कर लूँ।''

## 5

आनंदमयी ने अपने पति के पूजा-घर के दरवाज़े को खटखटा कर कहा, ''सुनते हो? घबराओ नहीं, तुम्हारे पूजा-घर में नहीं आ रही, हवन पूरा करके ज़रा उस कमरे में आना...तुमसे बात करनी है। तुम्हारे पास दो नये संन्यासी आए हैं तो कुछ देर तक अब तुमसे भेंट नहीं हो सकेगी, यह मैं समझ गई थी, इसीलिए कहने आई थी। भूल नहीं जाना, ज़रूर आना!''

बात कहकर आनंदमयी फिर घर-गृहस्थी के काम सँभालने लौट गईं।

कृष्णदयाल बाबू साँवले रंग के दोहरे बदन के व्यक्ति हैं। कद अधिक लम्बा नहीं। चेहरे पर दो बड़ी-बड़ी आँखें ही नज़र आती हैं, बाकी पूरा चेहरा खिचड़ी दाढ़ी-मूँछों से ढँका हुआ है। हमेशा गेरुए रंग के रेशमी कपड़े पहने रहते हैं; पैरों में खड़ाऊँ, हाथ के निकट ही पीतल का कमंडल रहता है। सामने की ओर चाँद दिखने लगी है, बाकी लम्बे-लम्बे बाल सिर के मध्य में एक बड़ी-सी गाँठ के रूप में बँधे रहते हैं।

एक समय एक पश्चिम में रहते हुए पलटनिया गोरों के साथ हिल-मिलकर माँस-मदिरा सभी कुछ खाते-पीते रहे। उन दिनों देश के पुजारी-पुरोहित, वैष्णव-संन्यासी या इसी श्रेणी के लोगों से उलझ कर उनका अपमान करने को वे पौरुष समझते थे। अब धरम-करम की ऐसी कोई बात ही नहीं होगी जिसे वे मानने को तैयार न हों। नये संन्यासी को देखते ही साधना की नई रीति सीखने के लिए उसके पास धरना देकर बैठ जायेंगे; मुक्ति के निगूढ़ पथ और योग की निगूढ़ प्रणालियों के लिए उनमें बेहद रुचि है। तांत्रिक साधना का अभ्यास करने के विचार से कुछ दिन वे उपदेश लेते रहे थे कि इस बीच किसी बौद्ध श्रमण की खबर पाकर उनका मन फिर चंचल हो उठा है।

उनकी पहली स्त्री एक पुत्र को जन्म देकर मरीं, तब उनकी उम्र कोई तेईस बरस की थी। लड़के को ही माँ की मृत्यु का कारण मान, उस पर रोष करके उसे ससुराल में छोड़कर वैराग्य की सनक में कृष्णदयाल पश्चिम चले गये थे। वहाँ छः महीने के अंदर ही काशीवासी सार्वभौम महाशय की पितृहीना नातिन आनंदमयी से उन्होंने विवाह कर लिया।

पश्चिम में ही कृष्णदयाल ने नौकरी की खोज की और तरह-तरह के उपायों

से सरकारी नौकर-चाकरों में अपनी धाक जमा ली। इधर सार्वभौम महाशय की मृत्यु हो गई; कोई दूसरा संरक्षक न होने से उन्हें पत्नी को साथ ही रखना पड़ा। इसी बीच जब सिपाही-विद्रोह हुआ तब युक्ति से दो-एक ऊँचे अंग्रेज़ अफ़सरों की जान बचाकर उन्होंने यश के साथ-साथ जागीर पाई। विद्रोह के कुछ दिन बाद ही नौकरी छोड़ दी और नवजात गोरा को लेकर कुछ समय काशी में ही रहते रहे। गोरा जब पाँच बरस का हुआ तब कृष्णदयाल कलकत्ता आ गये। बड़े लड़के महिम को उसके मामा के यहाँ से लाकर उन्होंने अपने पास रखा और पाल-पोसकर बड़ा किया। अब पिता के जान-पहचान वालों की कृपा से महिम सरकारी खजाने में नौकरी कर रहा है और तरक्की करता जा रहा है।

बचपन से ही गोरा मुहल्ले के और अपने स्कूल में पढ़ने वाले बच्चों का सरदार रहा है। मास्टरों और पंडितों का जीना दूभर कर देना ही उसका मुख्य काम और मनोरंजन रहा। कुछ बड़ा होते ही वह विद्यार्थियों के क्लब में 'स्वाधीनता विहीन कौन जीना चाहेगा?' और 'बीस कोटि जनता का घर है' गा कर और अंग्रेज़ी में भाषण देकर छोटे विद्रोहियों का सेनापति बन बैठा। अन्त में जब छात्र-सभा के झंडे के नीचे से निकलकर वयस्कों की सभा में भी वह भाषण देने लगा, तब यह बात कृष्णदयाल बाबू के लिए मानो बड़े आश्चर्य का विषय हो गई।

देखते-देखते बाहर के लोगों में गोरा की धाक जम गई; किंतु घर में किसी ने उसे ज़्यादा मान नहीं दिया। महिम तब नौकरी करने लगे थे; वे गोरा को कभी 'पेट्रियॉट बड़े भैया' और कभी 'हरीश मुकर्जी द सैकेंड' कहकर तरह-तरह से चिढ़ाते हुए उसे हतोत्साह करने का प्रयत्न करते। बीच-बीच में बड़े भाई के साथ गोरा की हाथापाई होते-होते रह जाती। गोरा के अंग्रेज़-द्वेष से आनंदमयी मन-ही-मन बहुत परेशान होतीं, और अनेक प्रकार से उसे शान्त करने की चेष्टा करतीं, पर सब बेकार। गोरा रास्ता चलते कोई मौका देख किसी अंग्रेज़ से मार-पीट करके अपने को धन्य मानता।

इधर केशव बाबू की वक्तृताओं से प्रभावित होकर गोरा ब्राह्म-समाज की ओर विशेष आकृष्ट हुआ; उधर ठीक उसी समय कृष्णदयाल घोर रूप से आचारनिष्ठ हो उठे। यहाँ तक कि अपने कमरे में गोरा के आने से भी वे बेचैन हो उठते। उन्होंने दो-तीन कमरों का मानो अपना स्वतंत्र महल बना लिया; घर के उतने हिस्से के दरवाज़े पर उन्होंने 'साधनाश्रम' लिखकर लकड़ी की तख्ती लटका दी।

गोरा का मन पिता के इन कारनामों के प्रति विद्रोही हो उठा।—ये सब बेकार की बातें मैं नहीं सह सकता...ये मेरी आँखों में चुभती हैं—यह घोषित करके पिता से सभी सम्बन्ध तोड़कर गोरा बिल्कुल अलग हो जाने की बात सोचने लगा था, पर आनंदमयी ने किसी तरह उसे समझा-बुझाकर रोक लिया। पिता के पास जिन ब्राह्मण

पंडितों का आना-जाना होता रहता था, गोरा मौका मिलते ही उनके साथ बहस छेड़ देता था। बल्कि उसे बहस न कहकर बल दिखाने का नाम देना ही ज़्यादा ठीक होगा। उनमें से अनेक का ज्ञान बहुत साधारण और अर्थ-लोभ असीम होता था; गोरा को वे हरा नहीं सकते थे, बल्कि उससे ऐसे घबराते थे मानो वह बाघ हो। इन सबमें अकेले हरचंद्र विद्यावागीश के प्रति गोरा के मन में श्रद्धा थी। विद्यावागीश को कृष्णदयाल ने वेदांत-चर्चा करने के लिए नियुक्त किया था। पहली ही बार उनसे उग्र भाव से लड़ाई करने जाकर गोरा ने देखा कि उनसे लड़ाई चल ही नहीं सकती। केवल यह बात नहीं कि वे विद्वान् थे; बल्कि उनमें एक अत्यंत आश्चर्यजनक उदारता भी थी। केवल संस्कृत की पढ़ाई के बल पर इतनी प्रखर और प्रशस्त बुद्धि किसी की हो सकती है, गोरा इसकी कल्पना भी नहीं कर सकता था। विद्यावागीश के स्वभाव में क्षमा और शान्ति से युक्त ऐसा अविचल धैर्य और गम्भीरता थी कि उनके सामने अपने को संयत न करना गोरा के लिए असंभव था। गोरा ने हरचंद्र से वेदांत-दर्शन पढ़ना शुरू किया। कोई काम अधूरे ढंग से करना गोरा के स्वभाव में ही नहीं है, अतः वह दर्शन की आलोचना में बिल्कुल निमग्न हो गया।

इन्हीं दिनों संयोग से एक अंग्रेज़ मिशनरी ने किसी अखबार में हिन्दू-शास्त्र और समाज पर आक्रमण करते हुए देश के लोगों को तर्क-युद्ध की चुनौती दी। गोरा तो एकदम आग-बबूला हो गया। हालाँकि वह स्वयं मौका मिलने पर शास्त्र और लोकाचार की निंदा करके विरोधी मत के लोगों को भरसक पीड़ा पहुँचाता रहता था, किंतु हिन्दू-समाज के प्रति एक विदेशी की अवहेलना मानो उसे बर्छी-सी चुभ गई।

गोरा ने अखबार में लड़ाई छेड़ दी। दूसरे पक्ष ने हिन्दू-समाज में जितने दोष दिखाए थे गोरा ने उनमें से कोई भी स्वीकार नहीं किया। दोनों पक्षों से लम्बी चिट्ठी-पत्री के बाद सम्पादक ने घोषित किया कि—इस विषय में और वाद-विवाद प्रकाशित नहीं किया जायेगा।

किंतु गोरा का तब बहुत गुस्सा चढ़ गया था। उसने 'हिन्दुइज़्म' नाम देकर अंग्रेज़ी में एक पुस्तक लिखना आरम्भ कर दिया, जिसमें वह अपनी योग्यता के अनुसार सभी युक्तियों और शास्त्रों से हिन्दू-धर्म और समाज की अनिन्द्य श्रेष्ठता के प्रमाण खोजकर संग्रह करने में जुट गया।

इस प्रकार मिशनरी के साथ लड़ाई करने जाकर गोरा धीरे-धीरे अपनी वकालत में स्वयं ही हार गया। उसने कहा, "हम अपने देश को विदेशी की अदालत में अभियुक्त की तरह खड़ा करके विदेशी कानून के अधीन उसका विचार क्यों होने दें? विलायत के आदर्श से एक-एक बात की तुलना कर हम न लज्जित होंगे, न गौरव ही मानेंगे।

जिस देश में जन्मे हैं, उस देश के आचार, विश्वास, शास्त्र या समाज के लिए दूसरों के या अपने सामने ज़रा भी शर्मिंदा नहीं होंगे। देश का जो कुछ है सभी को सहर्ष और सगर्व भाव से सिर-माथे पर लेकर देश को और स्वयं को अपमान से बचाएँगे।''

ऐसा मानकर गोरा ने चोटी रखी, गंगा-स्नान और संध्या-वंदन आरम्भ किया, खान-पान और छुआ-छूत के नियम मानने लगा। तभी से वह रोज़ सुबह माता-पिता के पैर छूता, जिस महिम को पहले वह बात-बात में 'कैड' और 'स्नॉब' कह दिया करता था, उसी को देखते ही उठ खड़ा होता और आदर से प्रणाम करता। इस नई भक्ति को लेकर महिम उस पर मनमाने व्यंग्य करता रहता, किंतु गोरा कभी उनका उत्तर नहीं देता।

अपने उपदेश और आचरण से गोरा ने समाज के एक गुट को मानो जगा दिया। वे एक बड़ी खींच-तान से मुक्त हो गये और मानो लम्बी साँस लेकर कह उठे—हम अच्छे हैं या बुरे, सभ्य हैं या असभ्य, इसके बारे में हम किसी को कोई जवाब नहीं देना चाहते...सोलह आने हम केवल यह अनुभव करना चाहते हैं कि हम हैं!

किंतु गोरा में इन नये परिवर्तन से कृष्णदयाल प्रसन्न हुए हों, ऐसा नहीं जान पड़ा। बल्कि एक दिन उन्होंने गोरा को बुलाकर कहा, ''देखो जी, हिन्दू-शास्त्र बड़ी गहरी चीज़ है। ऋषि लोग जो धर्म स्थापित कर गये हैं उसकी गहराई को समझना जिस-तिस का काम नहीं है। मेरी समझ में, बिना समझे-बूझे उसे लेकर न उलझना ही अच्छा है। अभी तुम बच्चे हो, शुरू से अंग्रेज़ी पढ़ते हुए बड़े हुए हो। तुम जो ब्राह्म-समाज की ओर झुके थे, वह तुम्हारे दिल और दिमाग के हिसाब से अच्छी ही बात थी। इसीलिए मैंने उसका बुरा नहीं माना, बल्कि उससे खुश ही था। लेकिन अब जिस रास्ते तुम चल रहे हो वह किसी तरह ठीक नहीं जान पड़ता। वह तुम्हारा मार्ग ही नहीं है।''

गोरा बोला, ''आप यह क्या कहते हैं, बाबा? मैं भी तो हिन्दू हूँ। हिन्दू-धर्म का गूढ़ मर्म आज न समझ सकूँ तो कल तो समझूँगा, यदि कभी भी न समझूँ तब भी इसी पथ पर तो चलना होगा। हिन्दू समाज के साथ पूर्वजन्म का सम्बन्ध नहीं तोड़ सका, इसीलिए इस जन्म में ब्राह्मण के घर जन्मा। ऐसे ही जन्म-जन्मांतर के बाद इसी हिन्दू धर्म और हिन्दू समाज के भीतर से ही इसकी चरम सीमा तक पहुँच सकूँगा। कभी भ्रमवश दूसरे रास्ते की ओर मुड़ भी जाऊँ तो दुगने वेग से लौट आऊँगा।''

पर कृष्णदयाल सिर हिलाते-हिलाते कहते रहे, ''अरे बाबा, हिन्दू कहने भर से ही तो कोई हिन्दू नहीं हो जाता। मुसलमान होना आसान है, ख्रिस्तान तो कोई भी हो सकता है...किंतु हिन्दू! यही तो एक मुश्किल बात है।''

''यह तो ठीक है,'' गोरा ने कहा, ''लेकिन जब हिन्दू हो कर ही जन्मा हूँ, तब ड्योढ़ी तो पार कर ही आया हूँ। अब ठीक से साधना करके धीरे-धीरे आगे बढ़ सकूँगा।''

कृष्णदयाल, ''बाबा, बहस करके तो तुम्हें ठीक नहीं समझा सकूँगा। पर तुम जो कहते हो एक तरह वह भी सच है। जिसका जो कर्म-फल है, जो निर्दिष्ट धर्म है, एक दिन घूम-फिरकर उसे उसी धर्म के पथ पर आना ही होगा...उसे कोई रोक नहीं सकेगा। भगवान की जैसी इच्छा...हम लोग क्या कर सकते हैं...हम तो निमित्त मात्र हैं।''

कर्म-फल और भगवान की इच्छा, सोऽहंवाद और भक्ति-तत्व—कृष्णदयाल सभी कुछ एक जैसे भाव से ग्रहण करते हैं। इन सबमें परस्पर किसी प्रकार के समन्वय की ज़रूरत है, इसका अनुभव उन्हें कभी नहीं होता।

## 6

संध्या-वंदन, स्नान-भोजन सम्पन्न करके अनेक दिन बाद आज कृष्णदयाल ने आनंदमयी के कमरे में प्रवेश किया। फ़र्श पर कंबल का आसन बिछाकर, सावधानी से चारों ओर के समस्त व्यापार से अलग-थलग हो कर वे बैठ गये।

आनंदमयी बोलीं, ''सुनते हो, तुम तो तपस्या लीन रहते हो—घर की कोई खबर नहीं लेते। गोरा की ओर से मुझे तो बराबर भय बना रहता है।''

कृष्णदयाल, ''क्यों, भय किसका?''

आनंदमयी, ''यह तो मैं ठीक-ठीक नहीं कह सकती। पर बराबर मुझे लगता है, गोरा ने आजकल यह जो हिन्दूपन शुरू किया है, वह उससे सधेगा नहीं; ऐसा ही चलता रहा तो अन्त में न जाने क्या आफ़त आएगी! मैंने तो तुम्हें तब भी कहा था उसे जनेऊ मत पहनाओ! किंतु तुमने मेरी एक न सुनी। यही कहा कि एक लच्छी सूत गले में पहना देने से किसी का कुछ आता-जाता नहीं; लेकिन वह मात्र सूत तो नहीं है। अब उसे छुड़ाओगे कैसे?''

कृष्णदयाल, ''ठीक है। सारा दोष मेरा ही है। और पहले तुमने जो भूल की सो? किसी तरह उसे छोड़ने को राज़ी नहीं हुईं। तब मैं भी गँवार था, धर्म-कर्म का कुछ ज्ञान तो था नहीं। अब जैसा होने से क्या ऐसा काम कर सकता?''

आनंदमयी, ''तुम चाहे जो कहो, मैं किसी तरह नहीं मान सकती कि मैंने कुछ अधर्म किया है। तुम्हें तो याद होगा, संतान के लिए मैंने क्या नहीं किया—जिसने जो कहा वही माना—कितने गंडे-तावीज़ बाँधे, कितने मंतर लिए, सब तुम्हें मालूम है। सपने में एक दिन देखा, मैं डलिया-भर तगर के फूल लेकर ठाकुरजी की पूजा करने बैठी हूँ, अचानक मुड़कर देखती हूँ कि डलिया में फूल नहीं हैं, फूल-सा कोमल और

गोरा एक शिशु है। आह! क्या सपना मैंने देखा, कैसे तुम्हें बताऊँ! मेरी आँखों से आँसुओं की धारा बह निकली, जल्दी से उसे गोद में लेने के लिए झुकी कि मेरी नींद खुल गई। इसके दस दिन बाद ही तो मैंने गोरा को पाया। वह ठाकुरजी की देन है...वह क्या और किसी का था कि मैं किसी को उसे लौटा देती? पूर्वजन्म में उसे गर्भ में लेकर शायद मैंने बहुत कष्ट पाया था तभी वह अब मुझे 'माँ' कहकर पुकारने आ गया। कैसे, कहाँ से वह आया, तुम्हीं सोचकर देखो तो। तब चारों ओर मार-काट मची हुई थी, अपनी ही जान के लाले पड़े हुए थे। ऐसे में दो पहर रात बीते जब वह मेम हमारे घर छिपने आई तब तुम तो डर के मारे घर में रहने नहीं देना चाह रहे थे, मैंने ही तुमसे बचाकर उसे गोशाला में छिपा दिया। उसी रात बच्चे को जन्म देकर वह मर गई। बिना माँ-बाप के उस बच्चे को अगर मैं न बचाती तो क्या वह बचता? तुम्हारा क्या है...तुम तो उसे पादरी को दे देना चाहते थे। पादरी को क्यों दें? पादरी क्या उसके माँ-बाप हैं? पादरी ने क्या उसकी प्राण-रक्षा की थी? ऐसे जो बच्चा मैंने पाया वह क्या पेट-जाये बच्चे से कम है? तुम चाहे जो कहो, जिन्होंने यह लड़का मुझे दिया है, यदि वे स्वयं ही उसे न ले लें तो मैं जान गँवाकर भी उसे और किसी को देने वाली नहीं हूँ।''

कृष्णदयाल, ''यह तो जानता हूँ। खैर, अपने गोरा को लेकर तुम रहो, मैंने इसमें तो कभी कोई अड़चन नहीं डाली। किंतु जब उसे अपना लड़का कहकर उसका परिचय दिया तब यज्ञोपवीत न होने से समाज कैसे मानता...इसीलिए वह करना पड़ा। अब केवल दो ही बातें सोचने की हैं। न्याय से मेरी सारी सम्पत्ति पर महिम का ही हक है, इसलिए...''

बीच में ही टोककर आनंदमयी ने कहा, ''तुम्हारी सम्पत्ति का हिस्सा कौन लेना चाहता है। तुमने जो कुछ जमा किया है महिम को ही सब दे देना, गोरा उसमें से एक पैसा भी नहीं लेगा। वह पुरुष है, पढ़-लिख चुका है, आप कमाकर खायेगा; वह दूसरे के धन में हिस्सा बँटाने ही क्यों जायेगा भला? वह राज़ी-खुशी रहे, बस, इतनी ही मेरी कामना है; किसी और जायदाद की मुझे ज़रूरत नहीं है।''

कृष्णदयाल, ''नहीं, उसे एकबारगी वंचित नहीं करूँगा; जागीर उसी को दे दूँगा...आगे चलकर साल में हज़ार रुपए की आमदनी तो उससे हो ही जायेगी। अभी जो सोचने का विषय है वह है उसके विवाह का मामला। अब तक तो जो किया सो किया, पर अब हिन्दू-विधि से ब्राह्मण के घर उसका विवाह नहीं कर सकूँगा...इस पर चाहे तुम गुस्सा करो, चाहे जो करो।''

आनंदमयी, ''हाय-हाय! तुम समझते हो, तुम्हारी तरह सारी दुनिया पर गोबर और गंगाजल छिड़कती हुई नहीं फिरती, इसलिए मुझे धर्म का ज्ञान ही नहीं है? उसका विवाह ब्राह्मण के घर क्यों करने जाऊँगी, और गुस्सा क्यों करूँगी?''

कृष्णदयाल, "क्यों, तुम तो ब्राह्मण कुल की हो!"

आनंदमयी, "होती रहूँ ब्राह्मण-कुल की। ब्रह्मनाई करना तो मैंने छोड़ ही दिया है। महिम के विवाह के समय भी मेरे रंग-ढंग को 'ख्रिस्तानी चाल' समझकर समधी लोग झंझट करना चाहते थे; मैं तब जान-बूझकर अलग हट गई थी—कुछ बोली ही नहीं। सारी दुनिया मुझे ख्रिस्तान कहती है, और भी जो कुछ कहती है...मैं सब मान लेती हूँ...मानकर ही कहती हूँ—ख्रिस्तान क्या इन्सान नहीं है। तुम्हीं जो इतनी ऊँची जाति के और भगवान के इतने प्यारे हो, तो भगवान क्यों इस तरह तुम्हारा सिर कभी पठान, कभी मुगल और कभी ख्रिस्तान के पैरों में झुकवा देते हैं?"

कृष्णदयाल, "ये सब बड़ी-बड़ी बातें हैं। तुम औरत-जात, वह नहीं समझोगी। लेकिन समाज भी कुछ है, यह तो समझती हो? उसे तो मानकर ही चलना होगा।"

आनंदमयी, "मुझे समझाने की आवश्यकता नहीं है। मैं तो इतना समझती हूँ कि मैंने जब गोरा को बेटा समझकर पाला-पोसा है, तब आचार-विचार का ढोंग करने से समाज रहे या न रहे, धर्म तो नहीं रहेगा। मैंने केवल धर्म के भय से ही कभी कुछ नहीं छिपाया। मैं तो कुछ मानती नहीं, यह मैं सभी को जता देती हूँ...और सबकी घृणा पाकर चुपचाप पड़ी रहती हूँ। केवल एक बात मैंने छिपाई है; उसी के लिए भय से घुली जाती हूँ...ठाकुरजी न जाने कब क्या कर दें, मेरा तो मन होता है, गोरा से सारी बात कह दूँ, फिर भाग्य में जो होना बदा हो, वह हो।"

कृष्णदयाल ने हड़बड़ाकर कहा, "नहीं-नहीं! मेरे रहते यह किसी तरह नहीं हो सकेगा। गोरा को तुम जानती ही हो। यह बात सुनकर वह क्या कर बैठेगा, कुछ कहा नहीं जा सकता। फिर समाज में एक हड़कंप मच जायेगा। और क्या इतना ही? उधर सरकार क्या करेगी, यह भी नहीं कहा जा सकता। गोरा का बाप तो लड़ाई में मारा गया, और उसकी माँ भी मर गई, यह ठीक है; लेकिन सारा हंगामा शान्त होने के बाद तो मजिस्ट्रेट को खबर देना ज़रूरी था! अब इसी बात को लेकर कोई उपद्रव खड़ा हो गया तो मेरा भजन-पूजन तो सब मिट्टी में मिलेगा ही, और भी क्या आफ़त उठ खड़ी होगी, इसका कोई ठिकाना है!"

निरुत्तर होकर आनंदमयी बैठी रहीं। थोड़ी देर बाद कृष्णदयाल बोले, "गोरा के विवाह के बारे में मन-ही-मन मैं एक बात सोचता रहा हूँ। परेश भट्टाचार्य मेरे साथ पढ़ता था...स्कूल की इन्स्पेक्टरी से रिटायर होने के बाद पेंशन लेकर आजकल कलकत्ता आकर रहने लगा है। कट्टर ब्राह्म है। सुना है, उसके घर में कई लड़कियाँ भी हैं। गोरा को किसी तरह उन सबसे परिचित करा दिया जाये तो उनके घर आने-जाने पर हो सकता है परेश की कोई लड़की उसे पसन्द कर ले। इसके आगे फिर ईश्वर को जो मंजूर हो।"

आनंदमयी, "क्या कह रहे हो तुम? ब्रह्म-समाजियों के घर गोरा आए-जायेगा? वे दिन गये जब वह ऐसा कर सकता था।"

इसी समय गोरा अपने गम्भीर स्वर में 'माँ' पुकारता हुआ कमरे में आया। कृष्णदयाल को वहाँ बैठे हुए देखकर वह कुछ विस्मित-सा हो गया; आनंदमयी हड़बड़ाकर उठीं और गोरा के पास आकर आँखों से स्नेह बरसाती हुई बोलीं, "क्यों बेटा, क्या चाहिए?"

"नहीं, खास कुछ नहीं, फिर सही," कहकर गोरा वापस जाने लगा।

कृष्णदयाल बोले, "पलभर ठहरो, एक बात कहनी है। मेरे एक ब्राह्म मित्र आजकल कलकत्ता आए हुए हैं, हेदोतल्ले में रहते हैं..."

गोरा बोला, "कौन, परेश बाबू?"

कृष्णदयाल, "तुम उन्हें कैसे जानते हो?"

गोरा, "विनय उनके घर के पास ही रहता है, उसी से उनकी चर्चा सुनी है।"

कृष्णदयाल, "मैं चाहता हूँ, तुम उनका हाल-चाल पूछ आना!"

मन-ही-मन गोरा कुछ सोचता रहा। फिर सहसा बोला, "अच्छा, मैं कल ही जाऊँगा।"

आनंदमयी कुछ विस्मय में आ गईं।

थोड़ी देर सोचकर गोरा ने कहा, "नहीं...कल तो मेरा जाना नहीं हो सकेगा।"

कृष्णदयाल, "क्यों?"

गोरा, "कल मुझे त्रिवेणी जाना है।"

चौंककर कृष्णदयाल ने कहा, "त्रिवेणी!"

गोरा—"कल सूर्य-ग्रहण का नहान है।"

आनंदमयी, "अब तुमसे क्या कहा जाये, गोरा! स्नान करना है तो कलकत्ता में भी तो गंगा है। त्रिवेणी गये बिना तेरा नहान नहीं होगा! तू तो देशभर के लोगों से बड़ा पंडित बन गया है!"

इस बात का कोई उत्तर दिए बिना गोरा चला गया।

त्रिवेणी जा कर स्नान करने का जो संकल्प गोरा ने किया था उसके पीछे कारण यह था कि वहाँ अनेक तीर्थ-यात्री इकट्ठे होंगे। उसी साधारण जनता के साथ घुल-मिलकर गोरा अपने को देश की एक बहुत विशाल धारा में बहा देना और देश के हृदय की धड़कन अपने हृदय में अनुभव करना चाहता है। जहाँ भी गोरा को तनिक-सा मौका मिलता है, वहीं वह अपना सारा संकोच, अपने सारे पूर्व संस्कार बलपूर्वक छोड़कर देश की साधारण जनता के साथ मैदान में आ खड़ा होना चाहता है और पूरे संकल्प से कहना चाहता है—मैं तुम्हारा हूँ, तुम सब मेरे हो।

# 7

विनय ने सुबह उठकर देखा, रात भर में आसमान साफ़ हो गया है। सुबह का उजाला किसी दुधमुँहे शिशु की निर्मल हँसी-सरीखा फैल रहा है। दो-एक उजले मेघ बिल्कुल निष्प्रयोजन भटकते हुए-से आकाश में तैर रहे हैं।

बरामदे में खड़ा-खड़ा वह एक और निर्मल प्रभात की याद से आनंदित हो रहा था कि तभी उसने देखा, एक हाथ में छड़ी और दूसरे हाथ में सतीश का हाथ पकड़े धीरे-धीरे परेश बाबू सड़क पर चले आ रहे हैं। सतीश ने विनय को बरामदे में देखते ही ताली बजाकर पुकारा, ''विनय बाबू!'' परेश बाबू ने मुँह ऊपर कर विनय को देखा। विनय जब जल्दी से नीचे उतर आया तब सतीश के संग-संग परेश बाबू ने भी उसके घर के भीतर प्रवेश किया।

विनय का हाथ पकड़ते हुए सतीश ने कहा, ''विनय बाबू, आपने उस दिन कहा था कि हमारे घर आएँगे; अभी तक आए क्यों नहीं?''

स्नेह से सतीश की पीठ पर हाथ फेरता हुआ विनय हँसने लगा। परेश बाबू ने सावधानी से अपनी छड़ी मेज़ के सहारे खड़ी की और कुर्सी पर बैठते हुए बोले, ''उस दिन यदि आप न होते तो हम लोग बड़ी मुसीबत में पड़ जाते। आपने बड़ा उपकार किया।''

शर्माते हुए विनय ने कहा, ''क्या कहते हैं—कुछ भी तो नहीं किया मैंने।''

सहसा सतीश ने पूछा, ''अच्छा विनय बाबू, आपके यहाँ कुत्ता नहीं है?''

हँसकर विनय ने कहा, ''कुत्ता? नहीं, कुत्ता तो नहीं है।''

सतीश ने फिर से पूछा, ''क्यों, कुत्ता क्यों नहीं पालते?''

विनय ने कहा, ''कुत्ते की बात तो कभी सोची नहीं।''

परेश बाबू बोले, ''मैंने सुना है, सतीश उस दिन आपके यहाँ आया था, ज़रूर आपको तंग करता रहा होगा। यह इतना बकता है कि इसकी बहन इसे 'बक्त्यार खिलजी' कहती है।''

इस बात का सतीश ने कोई उत्तर नहीं दिया। लेकिन फिर यह सोचकर कि उसके नये नामकरण से विनय के सामने कहीं उसकी बेइज़्ज़ती न हो गई हो, वह बेचैन हो उठा और बोला, ''ठीक है, अच्छी बात है—बक्त्यार खिलजी ने तो लड़ाई लड़ी थी न? उसने तो बंगाल को जीत लिया था?''

हँसकर विनय ने कहा, ''पुराने ज़माने में वह लड़ाई लड़ता था, आजकल लड़ाई की ज़रूरत नहीं रही! अब वह अकेला वक्तृता करता है और बंगाल को जीत भी लेता है।''

बहुत देर तक ऐसी ही बातचीत होती रही। परेश बाबू सबसे कम बोले; बस, बीच-बीच में एक शान्त मुस्कराहट उनके चेहरे पर खिल जाती, कभी एकाध छोटी-मोटी बात भी वे कह देते। चलते समय कुर्सी से उठते हुए बोले, "हमारा 78 नंबर का मकान यहाँ से सीधे दाहिने को..."

बीच में ही सतीश बोला, "वे हमारा घर पहचानते हैं। अभी उस दिन तो मेरे साथ हमारे घर के दरवाज़े तक गये थे।"

इस बात पर झेंपने का कोई औचित्य नहीं था; किंतु मन-ही-मन विनय ऐसा झेंपा मानो उसकी कोई चोरी पकड़ी गई हो।

वृद्ध बोले, "तब तो आप घर पहचानते हैं। तो जब कभी आपका उधर..."

विनय—"वह आपको कहना नहीं होगा...जब भी..."

परेश—"हम लोगों का तो एक ही मुहल्ला है; बड़ा शहर है इसीलिए अब तक जान-पहचान नहीं हुई।"

विनय परेश बाबू के साथ बाहर तक आया। दरवाज़े पर वह थोड़ी देर खड़ा रहा। परेश बाबू धीरे-धीरे छड़ी के सहारे चलते गये और सतीश लगातार बोलता हुआ उनका साथ देता रहा।

मन-ही-मन विनय ने कहा—परेश बाबू-जैसा सज्जन वृद्ध नहीं देखा। पैर छूने की इच्छा होती है। और सतीश भी कैसा तेज़ लड़का है! बड़ा होकर अच्छा आदमी होगा...जितनी तीव्र बुद्धि है उतना ही सीधा स्वभाव है।

वृद्ध और बालक कितने भी अच्छे क्यों न हों, इतने थोड़े परिचय से उन पर इतनी अधिक श्रद्धा और प्यार साधारणतया संभव नहीं होता। किंतु विनय के मन की हालत ऐसी थी कि उसे अधिक परिचय की ज़रूरत नहीं थी।

फिर मन-ही-मन विनय सोचने लगा—परेश बाबू के घर जाना ही होगा, नहीं तो बदतमीज़ी होगी। लेकिन इसके साथ ही गोरा के स्वर में मानो उनके दल का भारतवर्ष उसे टोकने लगा—तुम्हारा वहाँ आना-जाना नहीं हो सकता...खबरदार!

कदम-कदम पर विनय ने उस दल के भारतवर्ष के बहुत से नियम और पाबन्दियाँ मानी हैं। कई बार उसके मन में दुविधा भी उठी है, फिर भी नियम उसने मान लिया है। लेकिन आज उसके मन में एक विद्रोह जाग उठा। उसका मन कहने लगा—यह भारतवर्ष तो केवल पाबन्दियों की प्रतिमा है!

नौकर ने आकर सूचना दी कि भोजन तैयार है। किंतु अभी तक विनय नहाया भी नहीं था! बारह बज चुके थे! विनय ने सहसा ज़ोर से सिर हिलाकर कह दिया, "मैं नहीं खाऊँगा, तुम खा-पी लो!" उसने छाता उठाया और एकाएक बाहर निकल पड़ा, कंधे पर चादर भी उसने नहीं डाली।

वह सीधा गोरा के घर जा पहुँचा। विनय जानता था, एमहर्स्ट स्ट्रीट में एक मकान किराए पर लेकर वहाँ 'हिन्दू-हितैषी-सभा' का दफ़्तर बनाया गया है, हर रोज़ दोपहर को गोरा दफ़्तर जाकर बैठता है और वहाँ से पूरे बंगाल में जहाँ भी उसके दल के सदस्य हैं उन्हें चिट्ठियाँ लिखकर बढ़ावा देता है। और यहीं उसके भक्त उसके मुँह से उपदेश सुनने आते हैं और उसके सहायक होकर अपने को धन्य मानते हैं।

गोरा उस दिन भी दफ़्तर गया हुआ था। विनय मानो दौड़ता हुआ सीधा भीतर आनंदमयी के कमरे में जा खड़ा हुआ। आनंदमयी उस समय भात परोसकर खाने बैठी थीं; लछमिया पास बैठी पंखा झल रही थी।

आश्चर्य से आनंदमयी ने कहा, "क्यों विनय, क्या हुआ है तुम्हें?"

विनय ने उनके सामने बैठते हुए कहा, "माँ, बड़ी भूख लगी है, खाने को कुछ दो!"

आनंदमयी ने सकुचाकर कहा, "यह तो तुमने बड़ी मुश्किल में डाल दिया। ब्राह्मण-ठाकुर तो चला गया है, और तुम तो...'

विनय ने कहा, "मैं यहाँ क्या ब्राह्मण-ठाकुर के हाथ का खाने आया हूँ? ऐसा होता तो मेरे यहाँ ठाकुर ने ही क्या अपराध किया था? मैं तुम्हारी पत्तल का प्रसाद चाहता हूँ, माँ! लछमिया, ला तो एक गिलास पानी मेरे लिए भी..."

लछमिया के पानी देते ही विनय गट्-गट् करके पी गया। तब आनंदमयी ने एक थाली और मँगाई; अपनी पत्तल से भात उठाकर वे उसमें परोसने लगीं और विनय सालभर के भूखे आदमी की भाँति भात पर टूट पड़ा।

आनंदमयी के मन का एक क्लेश आज दूर हो गया! उनके चेहरे पर प्रसन्नता देखकर विनय के मन पर से भी मानो एक बोझ उतर गया। आनंदमयी फिर तकिये का गिलाफ़ सीने बैठ गईं। साथ के कमरे में सुगंधित कत्था तैयार करने के लिए केवड़े के फूल रखे गये थे, जिनकी सुगंध कमरे में फैल रही थी। विनय आनंदमयी के पैरों के पास, फ़र्श पर कोहनी रख कर हाथ पर सिर को टिकाते हुए अधलेटा हो गया और दुनिया को भूलकर पुराने दिनों की तरह सहजता से हँस-हँसकर बातें करने लगा।

## 8

इस बाँध के टूटते ही विनय के हृदय में मानो ताज़ा बाढ़ उमड़ने लगी। आनंदमयी के कमरे से निकलकर बाहर सड़क पर आते ही मानो वह उड़ने लगा। उसके पाँव जैसे धरती पर नहीं पड़ रहे थे। उसकी इच्छा हुई जिस बात को ले कर पिछले कई दिनों

से वह मन-ही-मन संकोच से मरता रहा है, उसे वह मुँह खोलकर सबके सामने घोषित कर दे।

जिस समय विनय 78 नंबर के दरवाज़े के सामने से गुज़र रहा था, ठीक उसी समय दूसरी ओर से परेश बाबू आते हुए दिखे।

"आइए-आइए, विनय बाबू, बड़ी खुशी हुई!" कहते हुए परेश बाबू विनय को सड़क की तरफ़ वाली बैठक में ले गये।

एक छोटी मेज़; एक ओर पीठ वाली बेंच, दूसरी ओर लकड़ी और बेंत की कुर्सियाँ; दीवार पर एक तरफ़ ईसा का रंगीन चित्र और दूसरी तरफ़ केशव बाबू—केशवचन्द्र सेन—का फ़ोटो; पिछले दो-चार दिन के अख़बार मेज़ पर तहाकर रखे हुए, उनके ऊपर राँगे का पेपरवेट। कोने में एक छोटी अलमारी थी, जिसके ऊपर के खाने में थिओडोर पार्कर की पुस्तकों की कतार लगी हुई दिख रही थी। अलमारी के ऊपर कपड़े से ढँका हुआ ग्लोब रखा था। विनय बैठ गया, पर उसका दिल धड़कने लगा। उसकी पीठ-पीछे वाला दरवाज़ा खुला है, सहसा कोई उधर से आ गया तो...

परेश बाबू ने कहा, "सोमवार को सुचरिता मेरे एक मित्र की लड़की को पढ़ाने जाती है। वहाँ सतीश की उम्र का एक लड़का भी है, इसलिए सतीश भी उसके साथ गया है। मैं उन्हें वहाँ पहुँचाकर लौट रहा हूँ। और तनिक-सी भी देर हो जाती तो भेंट ही न होती!"

यह जान कर विनय ने निराशा के आघात के साथ-साथ कुछ संतोष का भी अनुभव किया। परेश बाबू के साथ बातचीत एक बहुत ही सहज स्तर पर आ गई थी।

परेश बाबू ने बातों-ही-बातों में विनय के बारे में थोड़ा-थोड़ा करके बहुत कुछ जान लिया। विनय के माँ-बाप नहीं हैं; काका-काकी देस में रहकर काम सँभालते हैं। उसके दो चचेरे भाई भी उसके साथ रहकर पढ़-लिख रहे थे; बड़ा अब वकील होकर उनके ज़िले की कचहरी में वकालत करता है, छोटा कलकत्ता में रहता हुआ हैज़े से चल बसा। काका की इच्छा है कि विनय डिप्टी-मजिस्ट्रेटी के लिए दौड़-धूप करे, किंतु विनय उस ओर कोई कोशिश न करके तरह-तरह के फ़िज़ूल के कामों में लगा हुआ है।

ऐसे ही करीब घंटा भर बीत गया। बिना वजह और अधिक बैठना अशिष्टता होगी, यह सोचकर विनय उठ खड़ा हुआ और बोला, "अपने दोस्त सतीश से भेंट नहीं हुई, इसका दुःख रह गया—उसे कह दीजिएगा मैं आया था।"

परेश बाबू ने कहा, "ज़रा देर और ठहरें तो उन लोगों से भी भेंट हो जायेगी—अब तो वे आते ही होंगे।"

सिर्फ़ इतनी-सी बात का सहारा लेकर फिर बैठ जाने में विनय को संकोच हुआ।

थोड़ा और ज़ोर देने से वह दोबारा बैठ भी जाता; किंतु परेश बाबू अधिक बोलने या आग्रह करने वाले व्यक्ति नहीं थे, इसलिए विदा लेनी ही पड़ी। परेश बाबू ने कहा, "बीच-बीच में आते रहिएगा, हमें खुशी होगी।"

बाहर सड़क पर आकर घर लौटने का कोई कारण विनय को नहीं जान पड़ा। वहाँ कोई काम नहीं था। विनय अख़बारों में लिखता है; उसके अंग्रेज़ी लेखों की सभी बड़ी तारीफ़ करते हैं। किंतु पिछले कई दिनों से जब वह लिखने बैठता है तो उसके दिमाग में कुछ आता ही नहीं। मेज़ के सामने अधिक बैठे रहना मुश्किल होता है; मन भटकने लगता है। इसलिए आज विनय बिना कारण ही उल्टी दिशा में चल पड़ा।

दो कदम भी नहीं गया होगा कि उसे एक बाल-कंठ की पुकार सुनाई दी, "विनय बाबू, विनय बाबू!"

मुँह उठाकर उसने देखा, एक घोड़ा-गाड़ी के दरवाज़े से झाँककर सतीश उसे पुकार रहा है। गाड़ी के भीतर साड़ी का पल्ला और सफ़ेद आस्तीन की झलक देखकर विनय को यह पहचानने में कोई कठिनाई नहीं हुई कि दूसरा व्यक्ति कौन है।

बंगाली शिष्टाचार के अनुसार गाड़ी की ओर और देर झाँकना विनय के लिए असंभव था। पर इसी बीच सतीश गाड़ी से उतरकर उसके पास आ गया और उसका हाथ पकड़ता हुआ बोला, "चलिए हमारे घर!"

विनय ने कहा, "अभी तुम्हारे घर से ही तो आ रहा हूँ।"

सतीश—"वाह, तब हम लोग तो नहीं थे। फिर चलिए!"

विनय सतीश के आग्रह को टाल न सका। कैदी को लिए हुए घर में प्रवेश करता हुआ सतीश पुकारकर बोला, "बाबा, विनय बाबू को पकड़ लाया।"

वृद्ध बाहर निकलते हुए मुस्कराकर बोले, "अब आप ठीक पकड़ में आ गये हैं, जल्दी छुटकारा नहीं मिलने का। सतीश, अपनी दीदी को तो बुला ला!"

विनय कमरे में आकर बैठ गया। उसकी साँस वेग से चलने लगी। परेश बाबू बोले, "आप हाँफ गये शायद सतीश बड़ा ज़िद्दी लड़का है।"

सतीश जब बहन को साथ लिये हुए कमरे में आया तब विनय ने पहले एक हल्की-सी सुगंध पाई और फिर सुना, परेश बाबू कह रहे थे, "राधे, विनय बाबू आए हैं...उन्हें तो तुम सब जानते ही हो।"

विनय ने मानो चकित-सा होकर मुँह उठाकर देखा, सुचरिता उसे नमस्कार करके सामने की कुर्सी पर बैठ गई। इस बार विनय जवाब में नमस्कार करना नहीं भूला।

सुचरिता ने कहा, "ये चले जा रहे थे, इन्हें देखते ही सतीश को रोकना मुश्किल हो गया—गाड़ी से कूदकर इन्हें खींचकर ले आया। आप शायद किसी काम से जा

रहे थे—आपको कोई असुविधा तो नहीं हुई ?''

सीधे विनय को सम्बोधित करके सुचरिता कोई बात कहेगी, ऐसा विनय ने बिल्कुल नहीं सोचा था। सकपकाकर बोला, ''नहीं, मुझे कोई काम नहीं था...कोई असुविधा नहीं हुई।''

सतीश ने सुचरिता का आँचल पकड़कर खींचते हुए कहा, ''दीदी, ज़रा चाभी देना तो—अपना वह ऑर्गन विनय बाबू को दिखाएँ।''

हँसती हुई सुचरिता बोली, ''बस, अब रिकॉर्ड शुरू हुआ! बक्त्यार की किसी से दोस्ती हुई नहीं कि उसकी शामत आई। ऑर्गन तो उसे सुनना ही होगा...और भी कई मुसीबतें उसकी किस्मत में लिखी हैं। विनय बाबू, आपका यह दोस्त है तो छोटा, पर इसकी दोस्ती की ज़िम्मेदारी बहुत भारी है। न मालूम आप निभा भी सकेंगे या नहीं ?''

सुचरिता की ऐसी निस्संकोच बातचीत में वह भी कैसे सहज रूप से भाग ले सकता है, यह विनय किसी तरह सोच ही नहीं सका। वह शर्माएगा नहीं, इसकी दृढ़ प्रतिज्ञा करके भी किसी तरह टूटे-फूटे स्वर में वह इतना ही कह पाया, ''नहीं, वह कुछ नहीं...आप उसका...मैं...मुझे तो अच्छा ही लगता है।''

बहन से चाभी लेकर सतीश ने ऑर्गन निकाला और उसे लेकर आ खड़ा हुआ। चौकोर काँच से मढ़े हुए, तरंगित सागर की तरह रंगे हुए नीले कपड़े पर खिलौना-जहाज़ था; सतीश के चाभी भरते ही ऑर्गन के सुर-ताल के साथ जहाज़ डगमगाता हुआ चलने लगा। सतीश एक क्षण जहाज़ की ओर और दूसरे क्षण विनय के चेहरे की ओर देखता हुआ अपनी चंचलता को किसी तरह भी छिपा नहीं पा रहा था।

इस प्रकार सतीश के बीच में रहने से धीरे-धीरे विनय का संकोच टूट गया और बीच-बीच में मुँह उठाकर सुचरिता से दो-एक बात कर लेना भी उसके लिए असंभव न रह पाया।

बिना प्रसंग के ही सतीश ने सहसा पूछ लिया, ''अपने मित्र को एक दिन हमारे यहाँ नहीं लाएँगे ?''

इस पर विनय के मित्र के बारे में सवाल पूछे जाने लगे। परेश बाबू हाल ही में कलकत्ता आए हैं, इसलिए वे लोग गोरा के सम्बन्ध में कुछ नहीं जानते। विनय अपने मित्र की बात करता हुआ उत्साहित हो उठा। गोरा में कैसी असाधारण प्रतिभा है, उसका हृदय कितना विशाल है, उसकी शक्ति कैसी अटल है, इसका बखान करते हुए मानो विनय की बात ही खत्म नहीं हो रही थी।—गोरा एक दिन सारे भारतवर्ष पर दोपहर के सूरज की तरह चमक उठेगा—विनय को इसमें ज़रा भी शंका नहीं थी।

बात कहते-कहते विनय का चेहरा मानो दमक उठा और उसका सारा संकोच

एकाएक हवा हो गया। बल्कि गोरा के सिद्धांतों के विषय में परेश बाबू के साथ थोड़ा वाद-विवाद भी हुआ। विनय ने कहा, ''गोरा हिन्दू-समाज को जो समूचा ऐसे निस्संकोच ग्रहण कर पाता है उसकी वजह यही है कि वह बहुत ऊँचाई से भारतवर्ष को देखता है। उसके लिए भारतवर्ष के छोटे-बड़े सब एक विराट् ऐक्य में बँधे हैं, एक बृहत् संगीत माला में घुल-मिलकर सम्पूर्ण दिखाई देते हैं। वैसे देख पाना हम सबके लिए संभव नहीं है, तभी हम लोग भारतवर्ष के टुकड़े-टुकड़े करके, विदेशी आदर्शों के साथ उनकी तुलना करके भारत के साथ अन्याय ही करते हैं।''

सुचरिता बोली, ''आप क्या कहते हैं कि जाति-भेद अच्छा है?''

बात ऐसे कही गई थी मानो इस बारे में आगे कोई बहस हो ही नहीं सकती।

विनय बोला, ''जाति-भेद न अच्छा है, न बुरा। यानी कहीं अच्छा है तो कहीं बुरा। यदि पूछा जाये कि हाथ अच्छी चीज़ है कि बुरी, तो मैं कहूँगा, सारे शरीर में मिलाकर देखें तो अच्छी चीज़ है। किंतु यदि पूछें कि उड़ने के लिए अच्छी है या नहीं, तो मैं कहूँगा कि नहीं—वैसे ही जैसे किसी चीज़ को पकड़ने के लिए डैने अच्छी चीज़ नहीं हैं।''

उत्तेजित होकर सुचरिता ने कहा, ''वह सब बात मेरी समझ में नहीं आती। मैं यह पूछती हूँ कि क्या आप जाति-भेद मानते हैं?''

और किसी से बहस होती तो विनय ज़ोर देकर कहता, ''हाँ, मानता हूँ।'' किंतु आज ज़ोर देकर वह ऐसा नहीं कह सका। यह भी निश्चयपूर्वक नहीं कहा जा सकता कि यह उसकी भीरुता थी या वह उस छोर तक आज जाना नहीं चाहता था जहाँ तक 'जाति-भेद मानता हूँ' कह देने पर बात चली जाती। बहस अधिक न बढ़े, इस विचार से परेश बाबू ने बात बदलते हुए कहा, ''राधे, माँ को और बाकी सब लोगों को बुला लाओ तो—इनसे परिचय करा दूँ।''

सुचरिता के उठकर बाहर जाते समय सतीश भी बात करते-करते कूदता हुआ उसके पीछे-पीछे चला गया।

कुछ देर बाद ही सुचरिता ने लौटकर कहा, ''बाबा, आप सबको माँ ऊपर बरामदे में बुला रही हैं।''

## 9

पोर्च की छत पर, जो कि ऊपर की मंज़िल का बरामदा था, सफ़ेद कपड़े से ढँकी मेज़ के आस-पास कुर्सियाँ लगी हुई थीं। मुँडेर के बाहर कोर्निस पर छोटे-छोटे गमलों में

सदाचार और दूसरे किस्म के फूलों के पौधे लगे हुए थे। मुँडेर से नीचे देखने पर सड़क के किनारे के शिरीष और कृष्णचूड़ा के पेड़ों के पत्ते बरसात से धुलकर चिकने दिख रहे थे।

अभी सूर्य डूबा नहीं था, ढलती धूप की किरणें पश्चिम से छत के एक हिस्से में पड़ रही थीं। वहाँ पर उस समय कोई नहीं था। थोड़ी देर बाद ही सतीश सफ़ेद और काले बालों वाले कुत्ते को लिये हुए आ पहुँचा। कुत्ते का नाम खुद्दे था। जो कुछ कुत्ते को आता था सतीश ने विनय को सब दिखाया—एक पैर उठाकर सलाम करना, फिर सिर ज़मीन पर टेककर प्रणाम करना, बिस्कुट का टुकड़ा देखकर पूँछ पर बैठ, अगले पैर जोड़कर भीख माँगना। इसके लिए खुद्दे को जो प्रशंसा मिली, उसे सतीश ने अपनी समझकर गर्व का अनुभव किया—लेकिन जहाँ तक खुद कुत्ते का सवाल था तो उसकी ओर से ऐसा यश प्राप्त करने का कोई उत्साह नहीं था, बल्कि उसकी समझ में तो उस यश की अपेक्षा बिस्कुट का टुकड़ा ही अधिक उपयोगी था!

बीच-बीच में किसी दूसरे कमरे से लड़कियों की खिलखिलाहट और अचम्भे की आवाज़ें और उनके साथ एक मर्दाना आवाज़ भी सुनाई दे जाती थी। इस खुले हँसी-मज़ाक वाली बातचीत से विनय के मन में एक अपूर्व मिठास के साथ-साथ जैसे एक ईर्ष्या की टीस-सी पैदा हुई। घर के भीतर लड़कियों की ऐसी आनंद-भरी हँसी, युवा होने के समय से उसने कभी नहीं सुनी। यह आनंद-लहरी उसके इतनी निकट प्रवाहित हो रही है, फिर भी वह उससे इतनी दूर है! सतीश उसके कान के पास क्या कुछ बोलता ही चला जा रहा था, विनय उसकी ओर ध्यान नहीं दे सका।

परेश बाबू की स्त्री अपनी तीनों लड़कियों को साथ लेकर आ गईं। उनके साथ एक युवक भी आया, जो उनका दूर का रिश्तेदार था।

परेश बाबू की स्त्री का नाम वरदासुंदरी है। उनकी उम्र कम नहीं है, लेकिन देखने से ही पता चल जाता है कि उन्होंने विशेष जतन से कपड़े पहने थे और साज-सिंगार किया था। काफ़ी समय तक गाँव-देहात की लड़की की तरह रहकर उन्हें सहसा एक दिन आधुनिक युग के साथ उसी की गति से चलने की धुन चढ़ गई थी। इसीलिए उनकी रेशमी साड़ी कुछ अधिक लहराती थी और उनके ऊँची एड़ी के जूते कुछ ज़्यादा ही खट्-खट् करते थे। दुनिया में कौन-सी बातें ब्राह्म हैं और कौन-सी अब्राह्म, इसकी पड़ताल में वे हमेशा बहुत सतर्क रहती हैं। इसीलिए उन्होंने राधारानी का नाम बदलकर सुचरिता रख दिया है। रिश्ते में उनके ससुर लगने वाले एक सज्जन ने बरसों बाद अपनी परदेस की नौकरी से लौटने पर उनके लिए 'जमाईषष्टि' भेजी थी; परेश बाबू उस समय किसी काम से बाहर गये हुए थे; वरदासुंदरी ने उपहार में आईं सभी चीज़ें वापस भेज दी थीं। उनकी राय में ये सब कुसंस्कार और मूर्ति पूजा के अंग थे। लड़कियों

के पैरों में मोज़ा पहनने, और टोपी पहनकर बाहर निकलने को भी वे मानो ब्रह्म-समाज के धर्म सिद्धांत का अंग मानती थीं। किसी ब्राह्म-परिवार को ज़मीन पर आसन बिछाकर भोजन करते देख उन्होंने यह आशंका प्रकट की थी कि आजकल ब्रह्म-समाज फिर से मूर्ति-पूजा की ओर फिसलने लगा है।

उनकी बड़ी लड़की का नाम लावण्य है। गोल-मटोल और हँसमुख, उसे लोगों से मिलना-जुलना और गप्पें लगाना अच्छा लगता है। गोल चेहरा, बड़ी-बड़ी आँखें, गेहुआँ रंग; पहनावे के मामले में वह आदतन लापरवाह है, किंतु इस बारे में उसे माँ के निर्देश के अनुसार चलना होता है। उसे ऊँची एड़ी के जूतों से तकलीफ़ होती है, लेकिन पहने बिना चारा नहीं है। शाम को साज-सँवार के समय अपने हाथों से माँ उसके चेहरे पर पाउडर और गालों पर सुर्खी लगा देती है। वह कुछ मोटी है, इसलिए वरदासुंदरी ने उसके कपड़े ऐसे चुस्त सिलवाए हैं कि जब लावण्य सजकर बाहर निकलती है तब जान पड़ता है मानो उसे ठूँस-दबाकर ऊपर से कपड़ा सिल दिया गया हो।

मँझली लड़की का नाम ललिता है। कहा जा सकता है कि वह बड़ी से ठीक विपरीत है। लम्बाई में बड़ी बहन से ऊँची, दुबली, रंग कुछ अधिक साँवला; बातचीत ज़्यादा नहीं करती और अपने ढंग से रहती है; मन होने पर कड़ी और कड़वी बातें भी सुना सकती है। वरदासुंदरी मन-ही-मन उससे डरती हैं, सहसा उसे नाराज़ कर देने का साहस नहीं करतीं।

लीला छोटी है। उसकी उम्र तकरीबन दस बरस होगी। वह दौड़-धूप और दंगा करने में तेज़ है; सतीश के साथ उसकी धक्का-मुक्की और मार-पीट बराबर चलती रहती है। खास तौर पर, घर के कुत्ते खुद्दे का मालिक कौन है, इसको लेकर सतीश से उसका प्राचीन झगड़ा चला आता है और इस झगड़े का अभी तक कोई फैसला नहीं हो सका है। कुत्ते की अपनी राय ली जाती तो शायद वह दोनों में से किसी को भी अपना मालिक न चुनता, किंतु फिर भी इन दोनों में से उसका झुकाव सतीश की ओर ही कुछ अधिक है, क्योंकि लीला के प्यार का दबाव सहना उस बेचारे छोटे-से जीव के लिए सहज नहीं। लीला के प्यार की अपेक्षा सतीश का अत्याचार सहना उसके लिए कम मुश्किल था।

विनय वरदासुंदरी के आते ही उठा और उसने सिर नवा कर उन्हें प्रणाम किया। परेश बाबू ने कहा, "इन्हीं के घर उस दिन हम..."

वरदासुंदरी बोलीं, "ओह! बड़ा उपकार किया आपने...हम आपके बड़े आभारी हैं।"

विनय ऐसा संकुचित हुआ कि ठीक से कोई जवाब नहीं दे सका।

जो युवक लड़कियों के साथ आया था उसके साथ भी विनय का परिचय हुआ। उसका नाम सुधीर है; कॉलेज में बी.ए. में पढ़ता है। सुंदर चेहरा, गोरा रंग, आँखों पर चश्मा और मूँछों की हल्की-सी रेख। स्वभाव बड़ा चंचल है—ज़रा देर भी चुपचाप बैठा नहीं रह सकता, कुछ-न-कुछ करने के लिए उतावला हो उठता है। लड़कियों से हँसी-मज़ाक करके, या उन्हें चिढ़ाकर उनको परेशान किये रहता है। लड़कियाँ भी उसे बराबर डाँटती ही रहती हैं, किंतु साथ ही सुधीर के बिना जैसे उनका समय ही नहीं कटता। सर्कस दिखाने या चिड़ियाघर की सैर कराने या शौक की कोई चीज़ खरीदकर लाने को सुधीर हमेशा तैयार होता है। लड़कियों के साथ सुधीर का बेझिझक अपनेपन का बर्ताव विनय को बिल्कुल नया और विस्मयकारी जान पड़ा। उसने मन-ही-मन पहले तो ऐसे बर्ताव की निंदा की, किंतु फिर उस निंदा के साथ थोड़ा-थोड़ा ईर्ष्या का पुट भी आ मिला।

वरदासुंदरी ने कहा, "जान पड़ता है आपको कहीं दो-एक बार देखा है।"

विनय को लगा, जैसे उसका कोई अपराध पकड़ा गया है। अनावश्यक रूप से लज्जित होता हुआ वह बोला, "हाँ, कभी-कभी केशव बाबू के व्याख्यान सुनने चला जाता हूँ।"

वरदासुंदरी ने पूछा, "आप शायद कॉलेज में पढ़ते हैं?"

"नहीं, अब तो नहीं पढ़ता।"

वरदा ने पूछा, "कॉलेज में कहाँ तक पढ़े हैं?"

विनय बोला, "एम.ए. पास किया है।"

यह सुनकर बच्चों-जैसे चेहरे वाले इस युवक के प्रति वरदासुंदरी की जैसे ममता और श्रद्धा जाग गई। परेश की ओर उन्मुख हो कर लम्बी साँस लेते हुए उन्होंने कहा, "मेरा मनू अगर होता तो वह भी अब तक एम.ए. पास कर चुका होता।"

वरदा की प्रथम संतान मनोरंजन की मृत्यु नौ वर्ष की आयु में ही हो गई थी। जब भी वे सुनती हैं कि किसी युवक ने कोई बड़ी परीक्षा पास की है या बड़ा पद पाया है, कोई अच्छी किताब लिखी है या कोई अच्छा काम किया है, तभी उन्हें ये ध्यान आता कि मनू बचा रहता तो उसने भी ठीक वैसा ही कार्य सम्पन्न किया होता। बहरहाल, अब जबकि वह नहीं है तो आज के समाज में अपनी तीनों कन्याओं का गुण-गान ही वरदासुंदरी का विशेष कार्य हो गया। उनकी लड़कियाँ पढ़ने में बहुत तेज़ हैं, यह बात वरदा ने विशेष रूप से विनय को बताई। मेम ने उनकी लड़कियों की बुद्धि और गुणों के बारे में कब-कब क्या कहा, इससे भी विनय अपरिचित न रहा। लड़कियों को स्कूल में पुरस्कार देने के लिए जब लेफ्टिनेंट-गवर्नर और उनकी मेम आई थीं, तब उन्हें गुलदस्ते में भेंट करने के लिए स्कूल की सब लड़कियों में से केवल लावण्य

को ही चुना गया था; और गवर्नर की स्त्री ने लावण्य को उत्साह देने के लिए जो मीठा वाक्य कहा था, वह भी विनय ने सुन लिया।

अन्त में वरदा ने लावण्य से कहा, ''जिस सिलाई के लिए तुम्हें पुरस्कार मिला था, ज़रा वह ले तो आना, बेटी!''

ऊन से कपड़े पर सिलाई की हुई एक तोते की आकृति इस घर के सभी आत्मीय परिजनों में विख्यात हो चुकी थी। यह मेम की सहायता से लावण्य ने बहुत दिन पहले बनाई थी, इसमें लावण्य का अपना करतब बहुत अधिक रहा हो यह बात नहीं थी। किंतु नये परिचित को यह दिखाना ही होगा, यह मानी हुई बात थी। शुरू-शुरू में परेश बाबू आपत्ति करते थे, किंतु उसे बिल्कुल बेकार जानकर अब उन्होंने भी आपत्ति करना छोड़ दिया है। ऊन के तोते की रचना की कारीगरी को विनय चकित आँखों से देख रहा था, तभी बैरे ने आकर एक चिट्ठी परेश के हाथ में दी।

परेश बाबू चिट्ठी पढ़कर खिल उठे। उन्होंने कहा, ''बाबू को यहीं लिवा लाओ!''

वरदा ने पूछा, ''कौन हैं?''

परेश बोले, ''मेरे बचपन के दोस्त कृष्णदयाल ने अपने लड़के को हम लोगों से मिलने के लिए भेजा है।''

सहसा विनय का दिल धक्-सा हो गया और उसका चेहरा पीला पड़ गया। क्षणभर बाद ही वह मुट्ठियाँ भींचकर जमकर बैठ गया, मानो किसी प्रतिद्वंद्वी से अपनी रक्षा करने के लिए तैयार हो गया हो। गोरा के मन में इस परिवार के लोगों के प्रति निश्चय ही अवज्ञा का भाव पैदा होगा, यह सोचकर विनय पहले से ही उत्तेजित हो उठा।

## 10

तश्तरी में मिठाई-नमकीन और चाय आदि सजाकर नौकर के हाथ दे, सुचरिता ऊपर आकर बैठी थी कि उसी समय बैरे के साथ गोरा ने प्रवेश किया। उसका गोरा-तगड़ा शरीर और चेहरा-मोहरा देखकर सभी चकित हो उठे।

गोरा के माथे पर गंगा की मिट्टी का तिलक था। गाढ़े की धोती के ऊपर उसने तनीदार कुर्ता पहन रखा था, कंधे पर मोटी चादर थी; पैरों में उठी सूँड़ वाले कटकी जूते थे। मानो वर्तमान ढंग के विरुद्ध एक मूर्तिमान विद्रोह-सा वह सामने खड़ा था। विनय ने भी उसका ऐसा रूप इससे पहले कभी नहीं देखा था।

गोरा के मन में विरोध की एक आग आज विशेष रूप से धधक रही थी। उसका कारण भी था।

ग्रहण के नहान के लिए कल तड़के ही किसी स्टीमर-कंपनी का जहाज़ यात्री लादकर त्रिवेणी के लिए रवाना हुआ था। रास्ते में जहाँ-तहाँ हुए पड़ाव से अनेक स्त्री-यात्रियों के झुंड, अपने साथ दो-दो एक-एक पुरुष अभिभावक लिये जहाज़ पर सवार हो रहे थे। बाद में कहीं जगह ही न मिले, इसलिए भारी ठेलम-ठेल हो रही थी। जहाज़ पर सवार होने के तख्ते पर कीचड़-सने पैरों से चलती हुई कोई-कोई स्त्री बेपर्दा होती हुई नदी के पानी में गिर पड़ती थी, किसी को खलासी भी धक्का देकर गिरा देते थे। कोई स्वयं सवार हो गई थी, पर साथियों के न चढ़ पाने से घबरा रही थी। बीच-बीच में वर्षा की बौछार आकर उन्हें और भिगोये दे रही थी। जहाज़ में उनके बैठने का स्थान कीचड़ से भर गया था। उनके चेहरे पर और आँखों में एक पीड़ित, त्रस्त, करुण भाव था—मानो निश्चित रूप से यह जानकर कि वे बेबस होकर भी इतनी क्षुद्र हैं कि जहाज़ के मल्लाह से लेकर मालिक तक कोई उनकी विनती पर ज़रा-सी मदद भी नहीं करेगा, उनकी प्रत्येक चेष्टा में एक अत्यंत कातर आशंका का भाव दिख पड़ता था। ऐसी हालत में गोरा भरसक यात्रियों की मदद कर रहा था। ऊपर पहले दर्ज़े के डेक से एक अंग्रेज़ और एक आधुनिक ढंग के बंगाली बाबू जहाज़ की रेलिंग पकड़े आपस में हँसी-मज़ाक करके मुँह में चुरुट दबाए तमाशा देख रहे थे। बीच-बीच में किसी यात्री की बेहद दुर्गति देख कर अंग्रेज़ हँस उठता था, और बंगाली भी उसमें योग दे रहा था।

इसी तरह दो-तीन स्टेशन पार करते हुए गोरा के लिए यह असह्य हो उठा। उसने ऊपर जाकर अपने वज्र कठोर स्वर में गरजकर कहा, "धिक्कार है तुम लोगों को! शर्म नहीं आती?"

कड़ी दृष्टि से अंग्रेज़ ने गोरा को सिर से पैर तक देखा। बंगाली ने उत्तर दिया, "शर्म? हाँ, देश के इन सब जाहिल जानवरों के कारण शर्म ही आती है।"

मुँह लाल करके गोरा बोला, "जाहिलों से बड़े जानवर वे हैं जिनमें हृदय नहीं है।"

बिगड़कर बंगाली ने कहा, "यह तुम्हारी जगह नहीं है—यह फ़र्स्ट क्लास है।"

गोरा ने कहा, "ठीक कहा, तुम्हारे साथ मेरी जगह हो ही नहीं सकती—मेरी जगह उन्हीं यात्रियों के बीच है, लेकिन मैं कहे जाता हूँ—फिर मुझे अपने इस फर्स्ट क्लास में आने को मजबूर न करना!" कहता हुआ गोरा धड़धड़ाता हुआ नीचे उतर गया। उसके जाते ही अंग्रेज़ ने आरामकुर्सी पर दोनों पाँव पसारकर उपन्यास में मुँह गड़ा लिया। उसके सहयात्री बंगाली ने उससे बात करने की दो-एक बार कोशिश की किंतु बात बनी नहीं। देश के साधारण आदमियों में से वह नहीं है, यह साबित करने

के लिए उसने खानसामा को बुलाकर पूछा, ''क्या खाने के लिए मुर्गी की कोई डिश मिल सकती है?''

खानसामा ने बताया कि केवल रोटी-मक्खन और चाय मिल सकती है।

इस पर बंगाली ने अंग्रेज़ को सुनाकर अंग्रेज़ी भाषा में कहा, ''क्रीचर कम्फ़र्ट्स के मामले में भी जहाज़ की व्यवस्था बिल्कुल रद्दी है।''

अंग्रेज़ ने कोई जवाब नहीं दिया। उसका अखबार मेज़ पर से उड़कर नीचे गिर गया था; बंगाली बाबू ने कुर्सी से उठकर उन्हें वह उठा दिया, किंतु बदले में 'थैंक्स' तक नहीं पाया। चंद्रनगर पहुँचकर उतरते समय अंग्रेज़ ने सहसा गोरा के पास जाकर टोपी उठाते हुए कहा, ''अपने बर्ताव के लिए मैं बहुत शर्मिंदा हूँ—आशा है कि आप मुझे क्षमा कर देंगे।'' कहता हुआ वह तेज़ी से आगे बढ़ गया।

लेकिन एक पढ़ा-लिखा बंगाली अपनी साधारण जनता की दुर्गति देखकर विदेशी से मिलकर अपनी श्रेष्ठता का अभिमान करके हँस सकता है, इसका आक्रोश गोरा के भीतर सुलगता रहा। देश की साधारण जनता ने अपने को सब तरह के अपमान और दुर्व्यवहार का ऐसा आदी बना लिया है कि उसके साथ पशुवत् व्यवहार करने पर भी वे उसे स्वीकार कर लेते हैं, बल्कि उसे स्वाभाविक और जायज़ भी मान लेते हैं—इसकी जड़ में जो देशव्यापी घोर अज्ञान है, उसका ध्यान करके गोरा की छाती फटने लगी। किंतु उसे सबसे अधिक यही अखर रहा था कि देश के इस अपमान और दुर्गति को पढ़े-लिखे लोग अपने ऊपर नहीं लेते—निर्दय होकर अपने को अलग करके इसमें अपना गौरव भी मान सकते हैं। इसीलिए आज पढ़े-लिखे लोगों की सारी किताबी पढ़ाई और नकली संस्कार के प्रति पूरी उपेक्षा दिखाने के लिए ही गोरा ने माथे पर गंगा की मिट्टी का तिलक लगाया था और अद्‌भुत ढंग के नये कटकी जूते खरीदे थे; उन्हें पहनकर गर्व से छाती फुलाकर वह इस ब्राह्म-परिवार में आया था।

मन-ही-मन विनय यह समझ गया कि गोरा का आज का यह रूप जैसे उसकी युद्ध-सज्जा है। न जाने आज गोरा क्या कर बैठे, इसी आशंका से विनय का मन भय, संकोच और विरोध के भाव से भर उठा।

वरदासुंदरी विनय के साथ जब परिचय करा रही थीं तब सतीश वहाँ अपने लिए कोई काम न पाकर छत के एक कोने में टीन की एक फिरकी घुमाता हुआ अपना मन बहला रहा था। गोरा को देखकर उसका खेल बंद हो गया। फिर उसने विनय के कान में प्रश्न किया, ''यही क्या आपके मित्र हैं?''

विनय ने कहा, ''हाँ।''

छत पर आकर गोरा एक क्षण विनय के चेहरे की ओर देखता रहा, फिर ऐसा हो गया मानो कि विनय उसे दिखा ही न हो। परेश बाबू को नमस्कार करके उसने

निस्संकोच भाव से एक कुर्सी खींचकर तेज़ी से कुछ पीछे हटाई और उस पर बैठ गया। वहाँ कहीं कुछ स्त्रियाँ भी हैं, यह लक्ष्य करना उसने मानो अशिष्टता समझा।

इस असभ्य के पास से लड़कियों को लेकर चली जायें—वरदासुंदरी यह विचार कर रही थीं कि परेश बाबू ने उनसे कहा, "इनका नाम गौर मोहन है, मेरे मित्र कृष्णदयाल के लड़के हैं।"

तब गोरा ने उनकी ओर मुड़कर नमस्कार किया। विनय से हुई बातचीत में सुचरिता गोरा की बात पहले ही सुन चुकी थी, किंतु यह समझने में उसे देर लगी कि यह महाशय ही विनय का मित्र है। पहली दृष्टि से ही गोरा के प्रति उसमें एक खीझ उपजी। किसी अंग्रेज़ी पढ़े-लिखे व्यक्ति में कट्टर हिन्दूपन देखकर वह सह सके, ऐसे संस्कार सुचरिता के नहीं थे, न इतनी सहिष्णुता ही थी।

गोरा से परेश बाबू ने अपने बाल-बंधु कृष्णदयाल के हाल-चाल पूछे। फिर अपने छात्र जीवन की बात करते हुए बोले, "उन दिनों कॉलेज में हमारी अलग जोड़ी थी; दोनों काले पहाड़ की तरह थे—कुछ मानते ही नहीं थे...होटल में खाना ही अच्छा समझते थे। कितनी बार दोनों संध्या के समय गोलदिग्घी पर बैठकर मुसलमान की दुकान का कबाब खाकर आधी-आधी रात तक बैठे इस पर चर्चा किया करते थे कि कैसे हम लोग हिन्दू-समाज का सुधार करेंगे।"

वरदासुंदरी ने पूछा, "आजकल वे क्या करते हैं?"

गोरा बोला, "अब वे हिन्दू आचार का पालन करते हैं।"

वरदा बोलीं, "लाज नहीं आती?" मानो क्रोध से उनका तन-मन जल उठा था।

कुछ हँसकर गोरा ने कहा, "लाज कमज़ोर चरित्र का लक्षण है। कुछ लोग तो बाप का परिचय देने में भी लजाते हैं।"

वरदा, "क्या पहले वे ब्रह्म नहीं थे?"

गौरा, "मैं भी तो एक समय ब्राह्म था।"

वरदा, "और अब आप साकार उपासना में विश्वास करते हैं?"

गोरा, "आकार नाम की चीज़ की अवज्ञा बिना वजह करूँ, ऐसा कुसंस्कार मेरा नहीं है। आकार को गाली देने से ही क्या वह मिट जायेगा? आकार का रहस्य कौन जान सका है?"

मृदु स्वर में परेश बाबू ने कहा, "लेकिन आकार सीमा-विशिष्ट जो है।"

गोरा ने कहा, "सीमा के न होने से तो कुछ प्रकट ही नहीं हो सकता। असीम अपने को प्रकट करने के लिए ही सीमा का आश्रय लेता है, नहीं तो वह प्रकट कहाँ है, और जो प्रकट नहीं है वह सम्पूर्ण नहीं है। वाक्य में जैसे भाव निहित हैं, वैसे ही

आकार में निराकार परिपूर्ण होता है।''

''आप यह कहना चाहते हैं,'' वरदा ने सिर हिला कर कहा, ''कि आकार निराकार से अधिक सम्पूर्ण है ?''

गोरा, ''मैं यदि न भी कहूँ तो उससे कुछ आता-जाता नहीं है; संसार में आकार मेरे कहने-न कहने पर निर्भर नहीं करता। निराकार ही यदि यथार्थ परिपूर्णता होती तो आकार को तो स्थान न मिलता।''

सुचरिता की यह दिली इच्छा होने लगी कि कोई इस घमंडी युवक को बहस में बिल्कुल हराकर इसे नीचा दिखा दे। विनय चुपचाप बैठा हुआ गोरा की बात सुन रहा है, यह देख मन-ही-मन उसे क्रोध आया। गोरा इतने ज़ोर से अपनी बात कह रहा था कि उस ज़ोर को नीचा दिखाने के लिए सुचरिता के मन में भी उबाल आ गया।

इसी समय बैरा चाय के लिए केतली में गरम पानी लाया। सुचरिता उठकर चाय बनाने लग गई। बीच-बीच में विनय चकित-सा सुचरिता के चेहरे की ओर देख लेता। उपासना के सम्बन्ध में यद्यपि विनय का मत गोरा से विशेष भिन्न नहीं था, किंतु उसे इस बात से दुःख हो रहा था कि गोरा बिना बुलाए इस ब्राह्म-परिवार में आकर, ऐसी ढीठता से उनके विरुद्ध मत का प्रतिपादन कर रहा है। इस प्रकार लड़ने को तैयार गोरा के आचरण के साथ वृद्ध परेश शान्त आत्म-नियन्त्रण, सभी तरह के तर्क-वितर्क से परे एक गहरी प्रसन्नता की तुलना करके विनय का हृदय उनके प्रति श्रद्धा से भर उठा। मन-ही-मन वह कहने लगा—मतामत कुछ नहीं होते, अन्तःकरण की पूर्णता, दृढ़ता और आत्म-प्रसाद, यही सबसे दुर्लभ वस्तुएँ हैं। अन्त में कौन सच है, कौन झूठ, इसे लेकर चाहे जितना तर्क कर लें, उपलब्धि के रूप में जो सच है, वही वास्तव में सच है।—सारी बात-चीत के बीच परेश बाबू कभी-कभी आँखें बंद करके अपने भीतर कहीं डूब जाते थे—यही उनका अभ्यास था—उस समय की उनकी आत्म-केन्द्रित, शान्त मुखाकृति को विनय एकटक देख रहा था। गोरा इस वृद्ध के प्रति भक्ति का अनुभव करके भी अपनी बातों को संयत नहीं कर पा रहा है, इससे विनय को बड़ी पीड़ा हो रही थी।

कई प्याले चाय बनाकर सुचरिता ने परेश बाबू के चेहरे की ओर देखा। चाय के लिए किससे वह अनुरोध करे और किससे नहीं, इस बारे में उसे दुविधा हो रही थी। गोरा की ओर देखते हुए वरदासुंदरी ने पूछ ही लिया, ''शायद आप तो यह सब कुछ लेंगे नहीं।''

गोरा ने कहा, ''नहीं।''

वरदा, ''क्यों ? जात चली जायेगी क्या ?''

गोरा ने कहा, ''हाँ।''

वरदा, ''आप जात मानते हैं?''

गोरा, ''जात क्या मेरी अपनी बनाई चीज़ है जो न मानूँगा? जब समाज को मानता हूँ तब जात को भी मानता हूँ।''

वरदा, ''क्या हर बात में समाज को मानना ही होगा?''

गोरा, ''न मानने से समाज टूट जायेगा।''

वरदा, ''टूट ही जायेगा तो क्या बुराई है?''

गोरा, ''जिस डाल पर सब एक साथ बैठे हों क्या उसे काट देने में बुराई नहीं है?''

मन-ही-मन सुचरिता ने बहुत विरक्त होकर कहा, ''माँ, फ़िजूल बहस करने से क्या फ़ायदा—वे हमारा छुआ हुआ नहीं खायेंगे।''

पहली बार गोरा ने सुचरिता की ओर स्थिर दृष्टि से देखा। सुचरिता विनय की ओर देखकर थोड़े संशय के स्वर में बोली, ''आप क्या... ?''

विनय कभी चाय नहीं पीता। मुसलमान की बनाई हुई डबल रोटी-बिस्कुट खाना भी उसने बहुत दिन पहले छोड़ दिया है। किंतु आज उसके न खाने से नहीं चलेगा। सिर उठाकर उसने ज़ोर से कहा, ''हाँ, अवश्य लूँगा।'' कहकर उसने गोरा की ओर देखा। गोरा के होंठों पर कठोर हँसी की हल्की-सी रेखा दिख पड़ी। चाय विनय को कड़वी लगी, किंतु उसने पीना नहीं छोड़ा।

मन-ही-मन वरदासुंदरी ने कहा—आह, यह विनय कितना भला लड़का है!—फिर गोरा की ओर से उन्होंने बिल्कुल ही मुँह फेरकर विनय की ओर ध्यान दिया। यह देखकर परेश बाबू ने धीरे-से अपनी कुर्सी गोरा की ओर सरकाते हुए मृदु स्वर में उससे बात शुरू की।

सड़क पर मूँगफलीवाले ने 'ताज़ा भुनी मूँगफली' की हाँक लगाई। सुनते ही लीला ने ताली बजाकर कहा, ''सुधीर दा, मूँगफलीवाले को बुलाओ!''

उसके कहते ही सतीश छत से झुककर मूँगफलीवाले को बुलाने लगा।

इसी समय एक सज्जन और आ उपस्थित हुए। सभी ने उन्हें 'पानू बाबू' कहकर सम्बोधित किया। किंतु उनका असली नाम था हारानचंद्र नाग। इस टोली में विद्वता और बुद्धि के कारण उनकी विशेष ख्याति है। हालाँकि किसी ओर से भी कोई बात साफ़-साफ़ नहीं कही गई, तो भी यह संभावना मानो वायुमंडल में बराबर तैरती रहती है कि इन्हीं के साथ सुचरिता का विवाह होगा। पानू बाबू का मन भी सुचरिता की ओर लगा है, इसके बारे में किसी को कोई सन्देह नहीं था। और इसी बात की आड़ लेकर लड़कियाँ सदा सुचरिता से मज़ाक करती रहती थीं।

पानू बाबू स्कूल में मास्टरी करते हैं। वरदासुंदरी उन्हें निरा स्कूलमास्टर समझ

कर उनका विशेष सम्मान नहीं करतीं। वे कुछ ऐसा भाव दर्शाती हैं कि पानू बाबू को अगर उनकी किसी कन्या के प्रति अनुराग प्रकट करने का साहस नहीं हुआ, तो वह उचित ही हुआ है। उनके भावी दामाद डिप्टीगिरी के पद की कठिन शर्त से बँधे हुए हैं...

हारान बाबू की ओर सुचरिता के एक प्याला चाय सरकाते ही लावण्य दूर से ही उसकी ओर देखकर दबे होंठों से मुस्कराने लगी। वह सूक्ष्म हँसी भी विनय की नज़र से बची न रही। इतने थोड़े समय में ही दो-एक मामलों में विनय की नज़र बड़ी तेज़ और सतर्क हो उठी थी—नहीं तो इससे पहले वह नज़र के पैनेपन के लिए ऐसा प्रसिद्ध नहीं था।

हारान और सुधीर काफ़ी दिनों से इस परिवार की लड़कियों से परिचित हैं और इस परिवार के इतिहास के साथ इतने घुले हुए हैं कि लड़कियों के बीच इशारों का विषय बन गये हैं। विनय को यह बात विधाता के अन्याय सी लगी तथा उसके मन में चुभन-सी होने लगी। उधर हारान के आ जाने से सुचरिता के मन में थोड़ी-सी आशा का संचार हुआ। गोरा की हेकड़ी को जैसे भी हो नीचा दिखाया जाये तभी उसका जी ठंडा होगा। दूसरे मौकों पर हारान की बहसबाज़ी से वह प्रायः खीझ उठती, किंतु आज इस तर्कवीर को देखकर उसने आनंदपूर्वक उसके सम्मुख चाय और डबलरोटी की प्लेट हाज़िर कर दी।

परेश बाबू ने कहा, ''पानू बाबू, ये हैं हमारे...''

हारान ने कहा, ''इन्हें मैं अच्छी तरह जानता हूँ। एक समय ये हमारे ब्रह्म-समाज के बड़े उत्साही सदस्य थे।''

यह कहकर गोरा से किसी तरह की और बातचीत की कोशिश न करके हारान चाय के प्याले की ओर ही सारा ध्यान देने लगे।

उन दिनों तक दो-एक बंगाली ही सिविल सर्विस की परीक्षा पास करके स्वदेश लौटे थे। उन्हीं में से एक के स्वागत की बात सुधीर सुना रहा था। हारान ने कहा, ''बंगाली चाहे जितनी परीक्षाएँ पास कर लें, लेकिन किसी बंगाली के द्वारा काम कुछ नहीं हो सकता।''

कोई बंगाली मजिस्ट्रेट या जज ज़िले का भार नहीं सँभाल सकेगा, यही प्रमाणित करने के लिए हारान बाबू बंगाली चरित्र के अनेक दोषों और दुर्बलताओं की व्याख्या करने लगे। गोरा का मुँह देखते-देखते लाल हो उठा। उसने अपनी शेर की-सी दहाड़ को भरसक दबाते हुए कहा, ''आपकी राय अगर सचमुच यही है, तो आराम से यहाँ पर बैठे हुए डबलरोटी किस मुँह से चबा रहे हैं?''

विस्मय से हारान ने भवें उठाते हुए कहा, ''फिर आप क्या करने को कहते हैं?''

गोरा, ''या तो बंगाली चरित्र के कलंक को मिटाइए, या गले में फाँसी लगाकर

मरिए। हमारी जाति के द्वारा कभी कुछ नहीं हो सकेगा, यह कटु बात क्या ऐसी आसानी से कह देने की है? आपके गले में रोटी अटक नहीं जाती?''

हारान, ''सच्ची बात कहने में क्या बुराई है?''

गोरा, ''आप बुरा न मानें, किंतु यह बात अगर आप यथार्थ में सच समझते, तो ऐसे आराम से यों बढ़ा-चढ़ाकर नहीं कह सकते थे। आप जानते हैं कि बात झूठ है, तभी यह बात आपके मुँह से निकल सकी। हारान बाबू, झूठ बोलना पाप है, झूठी निंदा तो और भी बड़ा पाप है, और अपनी जाति की झूठी निंदा से बड़ा पाप शायद ही कोई हो!''

हारान गुस्से से बेचैन हो उठे। गोरा ने कहा, ''आप अकेले ही क्या अपनी सारी जाति से बड़े हैं? आप गुस्सा करेंगे और अपने पुरखों की ओर से हम लोग चुपचाप सब सहते जायेंगे?''

अब तो हारान के लिए पराजय मानना और भी कठिन हो गया। उन्होंने और भी ऊँचे स्वर में बंगालियों की निंदा करना शुरू किया। बंगाली समाज की अनेक प्रथाओं का उदाहरण देकर वे बोले, ''ये सब रहते हुए बंगालियों से कोई उम्मीद नहीं की जा सकती।''

गोरा ने कहा, ''जिन्हें आप कुप्रथाएँ कहते हैं, उन्हें केवल अंगेज़ी किताबें रटकर कहते हैं; स्वयं उनके बारे में कुछ नहीं जानते। जब अंग्रेज़ों की सब कुप्रथाओं की भी आप ठीक ऐसे ही निंदा कर सकेंगे तब इस बारे में और कुछ कहिएगा।''

इस प्रसंग को परेश बाबू ने बंद करने की चेष्टा की, किंतु क्रुद्ध हारान ने बहस को किसी तरह नहीं छोड़ा। सूर्य अस्त हो गया; बादलों के भीतर से आने वाले एक अपूर्व लाल प्रकाश से सारा आकाश लालिमामय हो उठा। विनय के मन के भीतर एक स्वर तर्क के कोलाहल को डुबाता हुआ गूँज उठा। परेश बाबू अपनी सायंकालीन उपासना में चित्त लगाने के लिए छत से उठकर बगीचे में चम्पा के पेड़ के नीचे बने हुए चबूतरे पर जा बैठे।

वरदासुंदरी का चित्त जैसे गोरा से विमुख था, वैसे ही हारान भी उनके विशेष प्रिय नहीं थे। इन दोनों की बहस जब उनके लिए बिल्कुल असह्य हो गई तब उन्होंने विनय बाबू को सम्बोधित कर कहा, ''चलिए विनय बाबू, हम लोग कमरे में चलें!''

वरदासुंदरी का यह स्नेहपूर्ण पक्षपात स्वीकार करके विनय को बेबस होकर छत से कमरे में जाना पड़ा। लड़कियों को भी वरदा ने बुला लिया। सतीश बहस की गति देखकर पहले ही मूँगफली का अपना हिस्सा लेकर कुत्ते के साथ वहाँ से जा चुका था।

वरदासुंदरी विनय के सामने अपनी लड़कियों के गुण सुनाने लगीं। लावण्य से

बोलीं, ''अपनी वह कॉपी लाकर विनय बाबू को दिखाना...''

नये परिचितों को अपनी कॉपी दिखाने का लावण्य को अभ्यास हो गया है। यहाँ तक कि मन-ही-मन वह इसकी राह देखती रहती है। आज बहस उठ खड़ी होने के कारण वह कुंठित-सी हो गई थी।

विनय ने कॉपी खोलकर देखी, उसमें अंग्रेज़ी कवि मूर और लौंगफ़ेलो की कविताएँ लिखी हुई थीं। हाथ की लिखावट परिश्रम और सुघड़ता का परिचय दे रही थी। कविताओं के शीर्षक और प्रथमाक्षर रोमन शैली में लिखे गये थे।

विनय के मन में कॉपी देखकर वास्तविक विस्मय हुआ। उन दिनों मूर की कविता कॉपी में नकल कर सकना लड़कियों के लिए कम बहादुरी की बात नहीं थी। विनय का मन काफ़ी प्रभावित हो गया है, यह देखकर वरदासुंदरी ने उत्साह से मँझली लड़की को सम्बोधित करके कहा, ''ललिता, तू बड़ी लक्ष्मी-बेटी है, ज़रा अपनी वह कविता...''

रुखाई से ललिता ने कहा, ''नहीं माँ, मुझसे नहीं बनेगा। वह मुझे अच्छी तरह याद नहीं।'' यह कहकर वह दूर खिड़की के पास खड़ी होकर बाहर सड़क की ओर देखने लगी।

वरदासुंदरी ने विनय को समझाया, ''इसे याद सब कुछ है, किंतु बड़ी घुन्नी है—अपनी विद्या को प्रकट नहीं करना चाहती।'' उन्होंने ललिता की आश्चर्यजनक विद्या-बुद्धि का परिचय देने के लिए दो-एक घटनाओं का हवाला देकर कहा, ''ललिता बचपन से ही ऐसी है, रुलाई आने पर उसकी आँखों में आँसू भी आते थे।'' इस मामले में उसके स्वभाव की पिता से तुलना भी उन्होंने की थी।

अब लीला की बारी आई। उसे कहते ही वह पहले तो खिलखिलाकर हँसती रही; फिर धड़ाधड़ एक ही साँस में चाभी की गुड़िया की तरह बिना अर्थ समझे हुए 'ट्विंकल ट्विंकल लिट्ल स्टार' कविता सुना गई।

अब संगीत-विद्या का परिचय देने का समय आ पहुँचा है, यह समझकर ललिता कमरे से बाहर चली गई।

तब तक बाहर छत पर बहस तेजाबी हो उठी थी। गुस्से में आकर हारान तर्क छोड़कर गालियों पर उतर आने को हो रहे थे। हारान की अशिष्टता से लज्जित और विरक्त होकर सुचरिता गोरा का पक्ष लेने लगी थी, यह बात भी हारान के लिए सान्त्वना देने वाली नहीं थी।

आकाश में कालिमा और सावन के मेघ घने हो गये। सड़क पर बेला के फूलों की हाँक लगाते हुए फेरीवाले निकल गये। सामने सड़क के कृष्णचूड़ा पेड़ के पत्तों में जुगनू चमकने लगे। साथ के घर की पोखरी के पानी पर एक घनी काली परत छा गई।

परेश बाबू उपासना पूरी करके फिर छत पर आ गये। उन्हें देखते ही गोरा और हारान दोनों ही झेंपकर चुप हो गये। खड़ेहोकर गोरा ने कहा, ''रात हो गई, अब चलूँ!''

विदा लेकर विनय भी कमरे से बाहर छत पर आ गया। परेश बाबू ने गोरा से कहा, ''तुम्हारी जब मर्ज़ी हो, यहाँ आना! कृष्णदयाल मेरे भाई के बराबर हैं। अब उनसे मेरा मत नहीं मिलता, मुलाकात भी नहीं होती, चिट्ठी-पत्री बंद है; लेकिन बचपन की दोस्ती नस-नस में बस जाती है। कृष्णदयाल के नाते तुमसे भी मेरा बड़ा निकट सम्बन्ध है। ईश्वर तुम्हारा मंगल करें!''

परेश बाबू के शान्त मधुर स्वर से गोरा की इतनी देर तक बहस की गर्मी मानो सहसा ठंडी पड़ गई। गोरा ने आते समय परेश बाबू के प्रति कोई विशेष आदर प्रकट नहीं किया था। किंतु जाते समय सच्ची श्रद्धा से प्रणाम करता गया। सुचरिता से किसी तरह का विदा-सम्भाषण उसने नहीं किया। सुचरिता उसके सम्मुख है, अपनी किसी चेष्टा से इसको स्वीकार करना ही उसने अशिष्टता समझा। विनय ने परेश बाबू को झुककर प्रणाम किया और सुचरिता की ओर मुड़कर उसे नमस्कार किया। फिर लज्जित-सा शीघ्रता से गोरा के पीछे-पीछे नीचे उतर गया।

हारान बाबू विदा लेने से बचने के लिए कमरे में जाकर मेज़ पर रखी हुई 'ब्रह्म-संगीत' पुस्तक उठाकर उसके पन्ने उलटते रहे।

विनय और गोरा के जाते ही हारान जल्दी से छत पर आकर परेश से बोले, ''देखिए, हर किसी के साथ लड़कियों का परिचय करा देना मैं ठीक नहीं समझता।''

भीतर-ही-भीतर सुचरिता कुढ़ती रही थी; अब धीरज न रख सकी। बोली, ''अगर पिताजी यह नियम मानते तब तो आपसे हम लोगों का परिचय न हो पाया होता।''

हारान बोले, ''मेल-जोल अपने समाज तक सीमित रखना ही अच्छा होता है।''

हँसकर परेश बाबू बोले, ''पारिवारिक अन्तःपुर को थोड़ा और विस्तार देकर आप एक सामाजिक अन्तःपुर बनाना चाहते हैं। लेकिन मैं समझता हूँ, लड़कियों का अलग-अलग मत के लोगों से मिलना ठीक ही है, नहीं तो यह उनकी बुद्धि को जान-बूझकर कमज़ोर करना होगा। इसमें भय या लज्जा का तो कोई कारण नहीं दिखता।''

हारान, ''मैं यह नहीं कहता कि भिन्न मत के लोगों से लड़कियों को नहीं मिलना चाहिए। किंतु लड़कियों से कैसे व्यवहार करना चाहिए, इसकी तमीज़ तक उन्हें नहीं है।''

परेश बाबू, ''नहीं-नहीं, यह आप क्या कहते हैं? जिसे आप तमीज़ की कमी कहते हैं, वह केवल एक संकोच है...लड़कियों से मिले-जुले बिना वह दूर नहीं होता।''

उद्धत भाव से सुचरिता ने कहा, "देखिए, पानू बाबू, आज की बहस में तो मैं अपने समाज के ही आदमी के व्यवहार से लज्जित हो रही थी।"

इसी बीच दौड़ते हुए आकर लीला ने "दीदी, दीदी!" कहते हुए सुचरिता का हाथ पकड़ा और उसे भीतर खींचती हुई ले गई।

## 11

उस दिन हारान की बहुत इच्छा थी कि बहस में गोरा को नीचा दिखाकर सुचरिता के सामने अपनी विजय-पताका फहरा दे। सुचरिता भी आरम्भ में यही आशा कर रही थी। किंतु संयोग से हुआ इससे ठीक उल्टा ही। धार्मिक-विश्वास और सामाजिक सिद्धांतों में सुचरिता की सोच गोरा से नहीं मिलती थी। किंतु अपने देश के प्रति ममता, अपनी जाति के लिए पीड़ा उसके लिए स्वाभाविक थी। वह देश के मामलों की चर्चा प्राय: करती रही हो, ऐसा नहीं था; किंतु उस दिन जाति की निंदा सुनकर अचानक जब गोरा गरज उठा, तब सुचरिता के मन में उसके अनुकूल ही प्रतिध्वनि गूँज गई। इतनी पीड़ा के साथ, इतने दृढ़ विश्वास के साथ कभी किसी ने उसके सामने देश की बात नहीं की थी। साधारणतया हमारे देश के लोग अपने देश और जाति की चर्चा में कुछ दिखावा-सा करते रहते हैं; मानो वास्तव में वे उन पर विश्वास न रखते हों। इसीलिए कविता करते समय देश के बारे में वे जो चाहे कह दें, देश पर उनकी आस्था नहीं होती। किंतु गोरा अपने देश के सारे दु:ख, दुर्गति, दुर्बलता के पार एक महान सच्चाई को साक्षात देख सकता था, इसलिए देश के दारिद्रय को अस्वीकार किये बिना भी उसमें देश के प्रति ऐसी गहरी श्रद्धा थी। देश की आंतरिक शक्ति के प्रति उसमें ऐसा अडिग विश्वास था कि उसके निकट आने पर संशय करने वाले भी उसकी दुविधाविहीन देशभक्ति की ललकार सुनकर हार जाते थे। गोरा की इसी अविचल भक्ति के सामने हारान के अज्ञानपूर्ण तर्क सुचरिता को निरंतर काँटों की तरह चुभ रहे थे। बीच-बीच में वह झिझक छोड़कर ऊबे भाव से हारान की दलीलों का प्रतिवाद किये बिना न रह सकी थी।

फिर गोरा और विनय की पीठ के पीछे हारान ने जब ईर्ष्यावश भद्दे ढंग से उनकी बुराई करनी शुरू की तब इस ओछेपन के विरुद्ध भी सुचरिता को गोरा का ही पक्ष लेना पड़ा।

तब भी ऐसा नहीं था कि गोरा के विरुद्ध सुचरिता के मन का विरोध एकदम शान्त हो गया हो। गोरा का सिर पर चढ़ने वाला उद्धत हिन्दूपन अब भी उसके मन

पर आघात कर रहा था। वह ऐसा समझ रही थी कि इस हिन्दूपन के भीतर कहीं प्रतिकूलता का भाव ज़रूर है—वह सहज शान्त भाव नहीं है, अपनी आस्था में परिपूर्ण नहीं है, बल्कि सर्वदा दूसरे को चोट पहुँचाने के लिए कमर कसे हुए है।

उस दिन शाम को हर बात में, हर काम में, यहाँ तक कि भोजन करते समय और लीला को कहानियाँ सुनाते समय भी सुचरिता के मन में कहीं गहरे में एक पीड़ा कसकती रही, जिसे वह किसी तरह भी दूर नहीं कर सकी। काँटा कहाँ चुभा है, यह ठीक-ठीक जानकर ही उसे निकाला जा सकता है। मन के काँटे को ढूँढ निकालने के लिए ही उस रात सुचरिता देर तक छत के बरामदे में अकेली बैठी रही।

रात के अंधकार में उसने अपने मन की अकारण जलन को जैसे पोंछकर दूर कर देने की कोशिश की, किंतु कुछ लाभ नहीं हुआ। हृदय का बोझ हल्का करने के लिए उसने रोना चाहा, पर रो भी न सकी।

एक अजनबी युवक माथे पर तिलक लगाकर चला आया, या फिर उसे बहस में हराकर उसका अहंकार नहीं तोड़ा जा सका, इसी बात को लेकर सुचरिता इतनी देर से पीड़ा पा रही है, इससे अधिक बेतुकी और हँसी उपजाने वाली बात और क्या हो सकती है! इन कारणों को बिल्कुल असंभव मानकर उसने मन से निकाल दिया। तब असल तथ्य उसके सामने आया और उसका स्मरण आते ही सुचरिता को बड़ी लज्जा का बोध हुआ। आज तीन-चार घंटे तक सुचरिता उस युवक के सामने बैठी रही थी और बीच-बीच में उसका पक्ष लेकर बहस में योग देती रही थी, फिर भी मानो उसने उसे बिल्कुल लक्ष्य ही नहीं किया; जाते समय भी जैसे उसकी आँखों ने सुचरिता को देखा ही न हो। यह सम्पूर्ण उपेक्षा ही सुचरिता को बहुत गहरे में चुभ गई है, इसमें कोई सन्देह न रहा। दूसरे घर की लड़कियों से मेल-जोल का अभ्यास न होने से जो एक संकोच होता है—विनय के व्यवहार में जैसे संकोच का परिचय मिलता है—उस संकोच में भी एक शर्मीली नम्रता होती है। गोरा के व्यवहार में उसका लेश भी नहीं था। उसकी इस कठोर और प्रबल उदासीनता को सह लेना या अवज्ञा करके उड़ा देना सुचरिता के लिए आज क्यों असंभव हो उठा है? इतनी भारी उपेक्षा के बावजूद उसने खुद पर अंकुश न रख कर बहस में भाग लिया—इसी बातूनीपन पर खीझ कर वह मानो मरी जा रही थी। हारान की थोथी दलीलों से जब एक बार सुचरिता बहुत अधिक उत्तेजित हो उठी थी तब गोरा ने एक बार उसकी ओर देखा था। उस निगाह में संकोच का लेश-मात्र भी नहीं था—किंतु उसमें क्या था यह भी समझना कठिन था। उस समय क्या मन-ही-मन वह कह रहा था—यह लड़की कितनी निर्लज्ज है? अथवा—इसकी हिम्मत तो देखो...बिना बुलाए पुरुषों की बातचीत में टाँग अड़ाने आ गई है? लेकिन उसने अगर ठीक ऐसा ही सोचा हो तो उससे क्या आता-जाता है? उससे कुछ भी आता-

जाता नहीं, फिर भी सुचरिता को यह सोच-सोचकर बड़ी तकलीफ़ होने लगी। उसने सारे प्रसंग को भूल जाने की, मन से मिटा देने की चेष्टा की; पर सब व्यर्थ। तब उसे गोरा पर गुस्सा आने लगा। मन के पूरे बल से उसने चाहा कि गोरा को एक बदतमीज़ और उद्धत युवक कहकर उसकी अवज्ञा कर दे, किंतु उस विशाल शरीर, वज्र-स्वर, पुरुष की उस निस्संकोच चितवन की स्मृति के सामने सुचरिता मानो अपने को बहुत तुच्छ अनुभव करने लगी—किसी तरह भी वह अपने गौरव को अपने सम्मुख स्थापित न कर सकी।

सुचरिता को विशेष कारणों से सबकी आँखों में रहने का, दुलार पाने का अभ्यास हो गया था। मन-ही-मन वह यह सब चाहती रही हो, ऐसा नहीं था; फिर आज गोरा की उपेक्षा क्यों उसे इतनी असह्य जान पड़ी? बहुत सोचकर सुचरिता अन्ततः इस परिणाम पर पहुँची कि उसने गोरा को खास तौर से नीचा दिखाने की इच्छा की थी, इसीलिए गोरा की अविचल लापरवाही से उसे इतनी चोट पहुँची।

इस तरह उधेड़-बुन करते-करते रात काफ़ी बीत गई। बत्ती बुझाकर सब लोग सोने चले गये। ड्योढ़ी का दरवाज़ा बंद होने का शब्द यह सूचना दे गया कि नौकर भी चौका-बासन समाप्त करके सोने जाने की तैयारी कर रहा है। तभी रात के कपड़े पहने हुए ललिता छत पर आई और सुचरिता से कुछ कहे बिना उसके पास से होती हुई छत के एक कोने की मुँडेर के सहारे खड़ी हो गई। मन-ही-मन सुचरिता हँसी; समझ गई कि ललिता उस पर नाराज़ है। आज उसकी ललिता के पास सोने की बात तय थी, जिसे वह बिल्कुल भूल गई थी। किंतु 'भूल गई थी' कहने से तो ललिता से अपराध क्षमा नहीं कराया जा सकता—वह कैसे भूल गई, यही तो सबसे बड़ा अपराध है! समय रहते वादे की याद दिला देने वाली लड़की वह नहीं है। बल्कि वह मन मारकर सोने भी चली गई थी—ज्यों-ज्यों देर होती गई त्यों-त्यों उसका आहत अभिमान और तीखा होता गया था। अन्त में जब और सहना बिल्कुल असंभव हो गया तब वह बिस्तर से उठकर बिना कुछ कहे यह जताने चली आई थी कि मैं अभी तक जाग रही हूँ।

कुर्सी छोड़कर सुचरिता ने धीरे-धीरे ललिता के पास आकर उसे गले लगाया और कहा, "ललिता, मेरी अच्छी बहन, नाराज़ मत हो!"

ललिता ने सुचरिता की बाँह हटाते हुए कहा, "नहीं, मैं क्यों नाराज़ होने लगी? तुम जाओ, बैठो!"

सुचरिता ने उसे फिर हाथ पकड़कर खींचते हुए कहा, "चलो भई, सोने चलें!"

ललिता ने कोई जवाब नहीं दिया, चुपचाप खड़ी रही। अन्त में सुचरिता उसे खींचती हुई सोने के कमरे में ले गई।

रुँधे गले से ललिता ने कहा, "तुमने इतनी देर क्यों की? पता है, ग्यारह बज

गये हैं? मैं बराबर घंटे गिनती रही हूँ। और अब तुम शीघ्र ही सो जाओगी।''

ललिता को छाती की ओर खींचते हुए सुचरिता ने कहा, ''आज मुझसे गलती हो गई, बहन!''

यों अपराध स्वीकार कर लेने पर ललिता का क्रोध दूर हो गया। बिल्कुल शान्त होकर बोली, ''इतनी देर अकेली बैठी किसकी बात सोच रही थीं, दीदी? पानू बाबू की?''

तर्जनी से उसे मारते हुए सुचरिता ने कहा, ''दुर्!''

ललिता को पानू बाबू ज़रा भी अच्छे नहीं लगते। यहाँ तक कि और बहनों की तरह उनकी बात को लेकर सुचरिता को चिढ़ाना भी उसे अच्छा नहीं लगता। पानू बाबू की इच्छा सुचरिता से विवाह करने की है, यह बात सोचकर ही उसे गुस्सा आ जाता है।

थोड़ी देर चुप रहकर ललिता ने बात उठाई, ''अच्छा दीदी, विनय बाबू तो अच्छे आदमी हैं—हैं न?''

इस प्रश्न में सुचरिता की राय जानने का ही उद्देश्य था; यह नहीं कहा जा सकता।

सुचरिता ने कहा, ''हाँ, विनय बाबू तो अच्छे आदमी हैं ही—बहुत ही सज्जन हैं।''

ठीक जिस ध्वनि की उम्मीद ललिता ने की थी उसकी गूँज उसे इस उत्तर में नहीं जान पड़ी। तब उसने फिर कहा, ''लेकिन जो भी कहो दीदी, गौर मोहन बाबू मुझे बिल्कुल अच्छे नहीं लगे। कैसा भूरा-चिट्टा रंग है, खुरदरा चेहरा है, दुनिया में और किसी को कुछ समझते ही नहीं। तुम्हें कैसे लगे?''

सुचरिता बोली, ''कट्टर हिन्दूपन है।''

ललिता ने कहा, ''नहीं-नहीं, हमारे मँझले काका में भी तो कड़ा हिन्दूपन है, किंतु वह तो और ढंग का है। लेकिन यह तो न जाने कैसा है!''

हँसकर सुचरिता ने कहा, ''हाँ, ज़रूर न जाने कैसा है!'' कहते-कहते गोरा की वही चौड़े माथे वाली तिलकधारी छवि का स्मरण करके उसे फिर गुस्सा आ गया। गुस्सा इसलिए कि उस तिलक के द्वारा ही गोरा ने मानो अपने माथे पर बड़े-बड़े अक्षरों में यह लिख रखा है कि मैं तुमसे अलग हूँ। इस अलगाव के प्रचंड अभिमान को धूलि धूसरित करके ही सुचरिता के जी की जलन मिट सकेगी।

धीरे-धीरे बातचीत बंद हो गई और दोनों सो गईं। रात के दो बजे सुचरिता ने जागकर देखा, बाहर झमाझम बारिश हो रही है और बार-बार बिजली की चमक उनकी मसहरी को भेदकर भीतर कौंध जाती है। कमरे के कोने में जो दीया रखा था वह बुझ गया है। रात की निस्तब्धता और अंधकार में अविराम वर्षा के शब्द के साथ सुचरिता के मन में फिर वही वेदना जाग उठी। करवट अदल-बदलकर उसने सोने की बड़ी

कोशिश की; पास ही गहरी नींद में डूबी हुई ललिता को देखकर उसे ईर्ष्या भी हुई, किंतु किसी तरह नींद नहीं आई। तब वह ऊबकर बिस्तर छोड़कर बाहर निकल आई। खुले दरवाज़े के पास खड़ी-खड़ी बौछारें आने लगीं। "आप जिन्हें अशिक्षित कहते हैं, मैं उन्हीं के गुट का हूँ—आप जिसे कुसंस्कार कहते हैं वही मेरा संस्कार है। आप जब तक देश को प्रेम नहीं करते और देश के लोगों के साथ मिलकर खड़े नहीं होते तब तक आपके मुँह से देश की बुराई का एक शब्द भी सुनने को तैयार नहीं हूँ।" इस बात के जवाब में पानू ने कहा था, "ऐसा करने से देश का सुधार कैसे होगा?" गरजकर गोरा ने कहा था, "सुधार? सुधार तो बहुत बाद की बात है। सुधार से कहीं बड़ी बात है प्रेम की, श्रद्धा की; पहले हम एक हों, फिर सुधार भीतर से ही अपने-आप हो जायेगा। अलग होकर आप लोग तो देश के टुकड़े-टुकड़े करना चाहते हैं—आप लोग जो कहते हैं कि देश में कुसंस्कार है, इसलिए आप सुसंस्कारी लोग उससे अलग रहेंगे। किंतु मैं यह कहता हूँ कि किसी से श्रेष्ठ होकर किसी से अलग नहीं होऊँगा। यही मेरी बड़ी आकांक्षा है। फिर एक हो जाने पर कौन-सा संस्कार रहेगा, कौन-सा नहीं रहेगा, यह हमारा देश जाने—या जो देश के विधाता हैं वे जानें।" पानू बाबू ने कहा था, "ऐसे अनेक रीति-रिवाज़ और संस्कार हैं जो देश को एक नहीं होने देते।" तब गोरा ने कहा था, "आप अगर यही समझते हैं कि पहले उन सब रीति-रिवाज़ों और संस्कारों को उखाड़ फेंकें, और उसके बाद देश एक होगा, यह तो समुद्र पार करने की चेष्टा करने से पहले समुद्र को सुखा देना जैसा होगा। अहंकार और अवज्ञा छोड़कर, नम्र होकर, प्रेम से पहले स्वयं को सच्चे दिल से सबके साथ मिलाइए; उस प्रेम के आगे हज़ारों त्रुटियाँ और कमज़ोरियाँ सहज ही नष्ट हो जायेंगी। सभी देशों के अपने-अपने समाजों में दोष और अपूर्णताएँ हैं, किंतु देश के लोग जब तक जाति-प्रेम के बन्धन से एकता में बँधे रहते हैं तभी तक उसका विष खत्म कर आगे बढ़ सकते हैं। सड़ाँध का कारण हवा में ही होता है; किंतु जीते रहें तो उससे बचे रहते हैं, मर जायें तो सड़ने लगते हैं। मैं आपसे कहता हूँ, ऐसा सुधार करने आएँगे तो हम नहीं सह सकेंगे, फिर चाहे आप लोग हों, चाहे मिशनरी हों।" पानू बाबू बोले थे, "क्यों नहीं सह सकेंगे?" गोरा ने कहा था, "नहीं सह सकेंगे, उसका कारण है। माँ-बाप की ओर से सुधार सहा जाता है, लेकिन पहरेदार की ओर से सुधार में, सुधार से कहीं अधिक अपमान होता है, इसलिए वैसा सुधार मानने में मनुष्यत्व खत्म होता है। पहले अपने बनिए, फिर सुधारक बनिएगा...नहीं तो आपकी शुभ बातों से भी हमारा अनिष्ट ही होगा।" यों एक-एक करके सारी बातचीत सुचरिता के मन में तैर गई और एक अजानी व्यथा की कसक उसे टीस गई। थककर सुचरिता फिर बिस्तर पर आ लेटी और हथेली से आँखें ढँककर सोचना बंद करके सोने की कोशिश करने लगी। किंतु उसके शरीर

और कानों में एक झनझनाहट हो रही थी, और इसी बातचीत के टुकड़े बार-बार उसके मन में गूँज उठते थे।

## 12

परेश बाबू के घर से निकलकर विनय और गोरा सड़क पर आ गये तो विनय ने कहा, "गोरा, ज़रा धीरे-धीरे चलो भई...तुम्हारी टाँगें बहुत लम्बी हैं, इन पर कुछ अंकुश नहीं रखोगे तो तुम्हारे साथ चलने में मेरा दम फूल जायेगा।!"

गोरा ने कहा, "मैं अकेला ही चलना चाहता हूँ—मुझे आज बहुत-कुछ सोचना है।" यह कह कर वह अपनी स्वाभाविक तेज़ चाल से आगे बढ़ गया।

विनय के मन को चोट लगी। उसने आज गोरा से विद्रोह करके उसका आदेश भंग किया है, इस पर अगर गोरा उसे डाँट देता तो उसे खुशी ही होती। उनकी पुरानी दोस्ती के आकाश पर जो घटा घिर आई है, एक बौछार हो जाने से उसकी उमस मिट जाती और वह फिर चैन की साँस ले सकता।

इसके सिवा एक और बात से भी उसे तकलीफ़ हो रही थी। गोरा ने परेश बाबू के घर सहसा आज पहले-पहल आकर विनय को वहाँ पुराने परिचित की तरह बैठा देखकर ज़रूर यह समझा होगा कि विनय यहाँ बराबर आता-जाता रहता है। यह बात नहीं है कि आने-जाने में कोई बुराई है; गोरा चाहे जो कहे, परेश बाबू के सुशिक्षित परिवार के साथ अन्तरंग परिचय होने के सुयोग को विनय एक विशेष लाभ ही समझता है, इनसे मिलने-जुलने में गोरा को कोई बुराई नज़र आये तो वह उसकी निरी पोंगापंथी है। लेकिन पहले की बातचीत से तो गोरा यही समझता रहा होगा कि विनय परेश बाबू के घर आता-जाता नहीं है; हो सकता है कि आज अचानक उसके मन में यह बात आई हो कि वह जो समझा था, झूठ था। वरदासुंदरी उसे खास तौर से कमरे में बुला ले गईं और उनकी लड़कियों से वहाँ उसकी बातचीत होती रही—गोरा की तीखी दृष्टि से यह बात ओझल न रही होगी। लड़कियों से ऐसे मिल-बैठकर और वरदासुंदरी की आत्मीयता से विनय ने मन-ही-मन एक गौरव और आनंद का अनुभव किया था—किंतु इसके साथ ही गोरा के और उसके साथ इस परिवार के बर्ताव का भेदभाव भीतर-ही-भीतर उसे अखर भी रहा था। आज तक इन दोनों सहपाठियों के बंधुत्व में कोई बात अड़चन बनकर नहीं आई थी। सिर्फ़ एक बार गोरा के ब्रह्म-समाज के उत्साह को लेकर दोनों की दोस्ती पर कुछ दिन के लिए एक धुँधली छाया-सी पड़ गई थी—किंतु जैसा कि पहले ही कहा जा चुका है, विनय के निकट मत नाम की चीज़ कोई

बहुत महत्त्व की नहीं थी; मत को लेकर वह चाहे जितना लड़-झगड़ ले, अन्तत: उसके लिए मनुष्य ही अधिक बड़ा सत्य था। उन दोनों की दोस्ती में इस बार मनुष्य ही आड़े आते दिख रहे हैं, इससे वह डर गया। परेश के परिवार के साथ सम्बन्ध जुड़ने को विनय मूल्यवान समझता है, क्योंकि अपने जीवन में ऐसे आनंद का अवसर उसे और कभी नहीं मिला—किंतु गोरा का बंधुत्व भी विनय के जीवन का अभिन्न अंग है, उसके बिना जीवन की वह कल्पना ही नहीं कर सकता।

विनय ने अभी तक किसी दूसरे व्यक्ति को अपने हृदय के उतना निकट नहीं आने दिया था जितना गोरा को। आज तक वह किताबें पढ़ता रहा है और गोरा के साथ बहसबाज़ी करता रहा है, झगड़ता भी रहा है और गोरा को ही प्यार भी करता रहा है; दुनिया में और किसी चीज़ की तरफ़ ध्यान देने का उसे अवकाश ही नहीं मिला। गोरा को भी भक्त-सम्प्रदाय की कमी नहीं थी, किंतु बंधु विनय को छोड़कर उसके लिए कोई दूसरा नहीं था। गोरा की प्रकृति में एक नि:संगता का भाव है—इधर वह जन-साधारण से मिलने से नहीं हिचकिचाता, उधर तरह-तरह के लोगों से घनिष्ठता करना भी उसके लिए सर्वथा असंभव है। अधिकतर लोग उसके साथ एक दूरी का अनुभव किये बिना नहीं रहते।

आज विनय की समझ में यह आ गया कि परेश बाबू के परिवार की ओर उसके हृदय में गहरा अनुभाग उत्पन्न हो गया है, हालाँकि परिचय अधिक दिन का नहीं है। इससे गोरा के प्रति मानो कोई अपराध हो गया है, यह सोचकर वह लज्जित होने लगा।

आज वरदासुंदरी ने विनय को अपनी लड़कियों की अंग्रेज़ी कविता और शिल्प का काम दिखाकर और कविता सुनवाकर मातृत्व का जो प्रदर्शन किया, वह गोरा के निकट कितना अवहेलना योग्य है, इसकी विनय मन-ही-मन स्पष्ट कल्पना कर सकता था। इसमें सचमुच हँसी की बात भी कम नहीं थी और जो थोड़ी-बहुत अंग्रेज़ी वरदासुंदरी की लड़कियों ने सीख ली है, अंग्रेज़ मेमों से प्रशंसा पाई है और लेफ़्टिनेंट-गवर्नर की पत्नी का क्षणिक साथ पाया है, इस सबके गुरूर की ओट में एक तरह की दीनता भी छिपी थी। किंतु यह सब समझ-बूझकर भी विनय गोरा के आदर्श के अनुसार इन बातों से घृणा नहीं कर सका। यह सब उसे अच्छा ही लगा था। लावण्य जैसी लड़की—देखने में बड़ी सुंदर है, इसमें कोई सन्देह नहीं। अपने हाथ की लिखी मूर की कविता विनय को दिखाकर बड़ा अभिमान कर रही थी, इससे विनय के अहंकार की भी तृप्ति हुई थी। स्वयं वरदासुंदरी आधुनिकता के रंग में पूरी तरह रंग नहीं गई हैं, फिर भी अतिरिक्त उत्साह से आधुनिकता दिखाने में व्यस्त हैं...इस असंगति की ओर विनय का ध्यान न गया हो, सो बात नहीं थी, फिर भी वरदासुंदरी उसे बहुत भली लगी थीं। उनके अहंकार और असहिष्णुता का भोलापन ही विनय को प्रीतिकर जान

पड़ा। लड़कियाँ अपनी हँसी से कमरे का वातावरण मधुर किये रहती हैं, चाय बनाकर स्वागत करती हैं, अपने हाथ की कारीगरी से कमरे की ओर दीवारें सजाती हैं, और इसके साथ ही अंग्रेज़ी कविता पढ़कर उसमें रस लेती हैं, यह कितनी भी साधारण बात क्यों न हो, विनय इसी पर मुग्ध है। बहुत कम लोगों से मिलने-जुलने वाले अपने जीवन में ऐसा रस पहले कभी उसे नहीं मिला था। इन लड़कियों का हँसी-मज़ाक, वेश-भूषा, काम-काज के कितने मधुर चित्र मन-ही-मन वह आँकने लगा, उनकी सीमा नहीं थी। केवल किताबें पढ़ने और सिद्धांतों को लेकर बहस करने के अलावा जिसने यह भी नहीं जाना कि उसने कब यौवन में पदार्पण किया, उसके लिए परेश बाबू के इस साधारण परिवार के भीतर भी मानो एक नया और अचरज-भरा जगत प्रकाशित हो उठा।

गोरा जो विनय का साथ छोड़, नाराज़ होकर आगे चला गया उस नाराज़गी को विनय अन्याय नहीं मान सका। दोनों दोस्तों की बहुत दिन पुरानी दोस्ती में इतने अरसे बाद आज सचमुच यह व्याघात उपस्थित हुआ है।

बरसात की रात के स्तब्ध अंधकार को भंग करते हुए बादल बीच-बीच में गरज उठते थे। विनय अपने मन पर भारी बोझ महसूस कर रहा था। उसे लग रहा था, उसका जीवन चिरकाल से जिस राह पर बढ़ा जा रहा था आज उसे छोड़कर दूसरी नई राह पकड़ रहा है। इस अंधकार में गोरा न जाने किधर चला गया और वह न जाने किधर जा रहा था।

बिछड़ने के समय प्रेम और प्रबल हो उठता है। गोरा के प्रति विनय का प्रेम कितना बड़ा और प्रबल है, आज उस प्रेम पर आघात लगने से ही विनय इसका अनुभव कर सका।

घर पहुँचकर रात के अंधकार और कमरे के सूनेपन के कारण विनय को बहुत ही अटपटा लगने लगा। एक बार वह गोरा के घर जाने के लिए बाहर भी निकल आया; किंतु गोरा के साथ आज की रात उसका हार्दिक मिलन हो सकेगा ऐसी उम्मीद वह नहीं कर सका और फिर कमरे में लौटकर थका हुआ-सा बिस्तर पर लेट गया।

दूसरे दिन सुबह उठने पर उसका मन कुछ हल्का था। रात को कल्पना में अपनी वेदना को उसने बहुत अनावश्यक तूल दे दिया था...अब उसे ऐसा नहीं जान पड़ा कि गोरा से दोस्ती और परेश बाबू के परिवार में मेल-जोल में कहीं कोई एकांत विरोध है। ऐसी कौन-सी बड़ी बात थी, यह सोचकर विनय को कल रात की अपनी बेचैनी पर हँसी आने लगी।

कंधे पर चादर डालकर लपकता हुआ विनय गोरा के घर जा पहुँचा। उस समय गोरा निचले कमरे में बैठा अखबार पढ़ रहा था। अभी विनय सड़क पर ही था कि

गोरा ने उसे देख लिया, लेकिन आज विनय के आने पर भी उसकी नज़र अखबार से नहीं हटी। विनय ने आते ही बिना कुछ कहे गोरा के हाथ से अखबार छीन लिया।

गोरा ने कहा, ''मुझे लगता है आप गलती कर रहे हैं—मैं गौर मोहन हूँ—कुसंस्कार में आकंठ डूबा हुआ हिन्दू।''

विनय बोला, ''भूल शायद तुम्हीं कर रहे हो। मैं हूँ श्रीयुत विनय...उन्हीं गौर मोहनजी का कुसंस्कारी बंधु।''

गोरा, ''किंतु गौर मोहन ऐसा बेशर्म है कि अपने कुसंस्कारों के लिए कभी किसी के आगे लज्जित नहीं होता।''

विनय, ''विनय भी ठीक वैसा ही है। इतना ही फर्क है कि वह अपने कुसंस्कारों के कारण चिढ़कर दूसरों पर आक्रमण करने नहीं जाता।''

देखते-ही-देखते दोनों दोस्तों में गरमा-गरम बहस छिड़ गई। मुहल्ले-भर के लोगों को पता लग गया कि गोरा से विनय का साक्षात् हो गया है।

गोरा ने पूछा, ''परेश बाबू के घर तुम जो आते-जाते हो, यह बात उस दिन मुझसे छिपाने की क्या ज़रूरत थी?''

विनय, ''न कोई ज़रूरत थी, न मैंने छिपाई...नहीं आता-जाता था, इसीलिए वैसा कहा। तब से कल पहली बार उनके घर गया था।''

गोरा, ''मुझे भय है कि तुम अभिमन्यु की तरह प्रवेश करने का रास्ता ही जानते हो, निकलने का रास्ता नहीं जानते।''

विनय, ''हो सकता है—शायद जन्म से ही मेरा वैसा स्वभाव है। जिन पर श्रद्धा करता हूँ या जिन्हें चाहता हूँ, उनका त्याग नहीं कर सकता। मेरे इस स्वभाव का तुम्हें भी पता है।''

गोरा, ''तो फिर अब से उनके यहाँ आना-जाना जारी रहेगा?''

विनय, ''अकेले मेरा ही आना-जाना जारी रहेगा, ऐसी तो कोई बात नहीं है। तुम्हारे भी तो हाथ-पैर हैं, तुम कोई अचल मूर्ति तो नहीं हो!''

गोरा, ''मैं तो जाता हूँ और लौट आता हूँ। किंतु तुम्हारे विचारों से तो यही जान पड़ता है कि तुम यदि गये तो समझो चले ही जाओगे। गरम चाय कैसी लगी?''

विनय, ''कुछ कड़वी तो लगी थी।''

गोरा, ''तो फिर?''

विनय, ''न पीना तो और भी कड़वा लगता।''

गोरा, ''यानी समाज को मानना केवल शिष्टाचार को मानना है?''

विनय, ''हमेशा नहीं। लेकिन देखो गोरा, समाज के साथ जब हृदय की ठन जाये तब मेरे लिए...''

अधीर होकर गोरा उठ खड़ा हुआ, विनय को अपनी बात उसने पूरी नहीं करने दी। गरजकर बोला, ''हृदय! समाज को तुम इतना छोटा, इतना हेय मानते हो तभी बात-बात में तुम्हारे हृदय से उसका टकराव है। किंतु समाज पर आघात करने से उसकी चोट कितनी दूर तक पहुँचती है, अगर तुम यह समझ सकते तो अपने इस हृदय की चर्चा करते तुम्हें लज्जा आती। परेश बाबू की लड़कियों के मन को थोड़ी-सी ठेस पहुँचाते भी तुम्हें बहुत तकलीफ़ होती है; किंतु तुम्हें तकलीफ़ होती है इस ज़रा-सी बात को लेकर क्या तुम सारे देश को पीड़ा पहुँचाने को तैयार हो!''

विनय बोला, ''तो फिर सच्ची बात कहूँ, भाई! अगर कहीं एक प्याला चाय पीने से देश को पीड़ा पहुँचती है तो उस पीड़ा से देश का भला ही होगा। उससे बचाने की कोशिश करना देश को अत्यंत दुर्बल बना देना होगा—बाबू बना देना होगा।''

गोरा, ''महाशयजी, ये सब दलीलें रहने दो...यह समझिए कि मैं एकदम भोला हूँ। लेकिन ये सब अभी की बातें नहीं हैं बीमार बच्चा जब दवा नहीं खाना चाहता तब माँ बीमार न होने पर भी स्वयं दवा खाकर उसे यह दिखाना चाहती है कि तुम्हारी और मेरी हालत एक-जैसी है। यह दलील की बात नहीं है, प्यार की बात है। यह प्यार न हो तो दलीलें चाहे जितनी हों, बेटे से माँ का सम्बन्ध नहीं रहता और उस स्थिति में सब काम बिगड़ जाता है। मैं भी उस एक प्याला चाय को लेकर बहस नहीं कर रहा हूँ, लेकिन देश से कट जाना मैं सह नहीं सकता। चाय न पीना उससे कहीं कम कठिन है और परेश बाबू की लड़कियों के मन को ठेस पहुँचाने की बात तो उससे भी छोटी है। सारे देश के साथ एकात्म भाव से मिल जाना ही हमारी आज की अवस्था में सबसे बड़ा और मुख्य काम है। जब वह मिलन हो जायेगा, तब चाय पीने या न पीने की दलीलों का निवारण तो बात-की-बात में हो जायेगा।''

विनय, ''तब तो मालूम पड़ता है, मुझे चाय का दूसरा प्याला मिलने में अभी बहुत देर है!''

गोरा, ''नहीं, अधिक देर करने की ज़रूरत नहीं है। लेकिन विनय, मेरे ही साथ क्यों? हिन्दू-समाज की और बहुत-सी चीज़ों के साथ-साथ मुझे भी छोड़ देने का समय आ गया है। नहीं तो परेश बाबू की लड़कियों के मन को ठेस लगेगी।''

इसी समय अविनाश आ पहुँचा। अविनाश गोरा का शिष्य है। गोरा के मुँह से वह जो कुछ सुनता है उसे अपनी बुद्धि के कारण छोटा और अपनी भाषा के द्वारा विकृत करके चारों ओर दोहराता फिरता है। गोरा की बात जिन लोगों की समझ में नहीं आती, अविनाश की बात वे बड़ी आसानी से समझ लेते हैं और उसकी तारीफ़ भी करते हैं।

अविनाश को विनय के प्रति बड़ी ईर्ष्या है। इसलिए मौका मिलते ही वह विनय

के साथ बच्चों की तरह बहस करने लग जाता है। विनय उसकी मूढ़ता पर बहुत अधीर हो उठता है, तब गोरा अविनाश का पक्ष लेकर स्वयं विनय से उलझ पड़ता है। अविनाश समझता है कि उसकी ही दलीलें गोरा के मुँह से निकल रही हैं।

अविनाश के आ जाने से गोरा से मेल करने की विनय की कोशिश में रुकावट पड़ गई। वह उठकर ऊपर चला गया। आनंदमयी भंडारे के सामने बरामदे में बैठी तरकारी काट रही थीं।

आनंदमयी ने कहा, ''बड़ी देर से तुम लोगों की आवाज़ें सुन रही थी। बड़े सवेरे निकल पड़े—नाश्ता तो कर लिया था?''

और कोई दिन होता तो विनय कह देता, ''नहीं, अभी नहीं किया'', और आनंदमयी के सामने जा बैठने से उसके नाश्ते की व्यवस्था हो जाती। किंतु आज उसने कहा, ''नहीं माँ, कुछ खाऊँगा नहीं—खाकर ही निकला था।''

गोरा के सामने अपना अपराध बढ़ाने का उसका मन नहीं था। परेश बाबू के साथ उसके मेल-जोल के लिए ही अभी तक गोरा ने उसे क्षमा नहीं किया और उसे मानो कुछ दूर करके रखा है, यह अनुभव करके मन-ही-मन उसे दुःख हो रहा था। जेब से चाकू निकालकर वह भी आलू छीलने लग गया।

पन्द्रह मिनट बाद नीचे जाकर उसने देखा, गोरा अविनाश को साथ लेकर कहीं चला गया है। बहुत देर तक विनय चुपचाप गोरा के कमरे में बैठा रहा। फिर अखबार लेकर अनमना-सा विज्ञापन देखता रहा। फिर एक लम्बी साँस लेकर वह भी बाहर निकल गया।

## 13

विनय का मन दोपहर को फिर गोरा से मिलने के लिए बेचैन हो उठा। गोरा के सामने झुक जाने में कभी उसे संकोच नहीं हुआ। लेकिन अपना अभिमान न भी हो तो भी दोस्ती का तो एक अभिमान होता है, उसे भुला देना आसान नहीं होता। परेश बाबू के यहाँ जाने से गोरा के प्रति इतने दिनों की उसकी निष्ठा में कुछ कमी आ गई है, यह सोचकर वह स्वयं को अपराधी-सा अवश्य अनुभव कर रहा था, किंतु इसके लिए गोरा उसका मज़ाक-भर करेगा या डाँट-फटकार लेगा, यहीं तक उसने सोचा था। गोरा उसे इस तरह खुद से बिल्कुल दूर रखने का प्रयास करेगा, इसकी उसने कल्पना भी नहीं की थी। घर से थोड़ी दूर जाकर विनय फिर लौट आया। कहीं दोस्ती का फिर अपमान न हो, इस भय से वह गोरा के घर नहीं जा सका।

दोपहर को भोजन करके गोरा को चिट्ठी लिखने के विचार से वह कागज़-कलम लेकर बैठा। बैठकर, बिना कारण यह सोचा कि कलम सही नहीं है और चाकू लेकर धीरे-धीरे बड़े यत्न से उसे गढ़ने लगा। इसी समय नीचे से पुकार सुनाई दी, "विनय!" विनय कलम रखकर तेज़ी से नीचे दौड़ा और बोला, "आइए महिम दादा, ऊपर आइए!"

ऊपर के कमरे में आकर महिम विनय की खाट पर बैठ गये और कमरे की सब चीज़ों का निरीक्षण एक बार अच्छी तरह करके बोले, "देखो विनय, मैं तुम्हारा घर जानता न होऊँ सो बात नहीं है—बीच-बीच में खबर लेता रहता हूँ और उधर ध्यान भी रहता है। लेकिन मैं जानता हूँ, तुम लोग आजकल के अच्छे लड़के हो, तुम्हारे यहाँ तंबाकू मिलने की उम्मीद नहीं है, इसीलिए जब तक ज़रूरी न हो..."

हड़बड़ाकर विनय को उठते देख महिम ने कहा, "तुम सोच रहे हो, अभी बाज़ार से नया हुक्का खरीदकर मुझे तंबाकू पिलाओगे—ऐसी कोशिश न करना! तंबाकू न पिलाने को तो क्षमा कर सकूँगा, लेकिन नये हुक्के पर अनाड़ी हाथ से तैयार की हुई चिलम बर्दाश्त नहीं होगी।"

इतना कहकर महिम ने खाट पर से पंखा उठाकर हवा करना शुरू किया और बोले, "आज रविवार के दिन की नींद मिट्टी करके जो तुम्हारे पास आया हूँ, उसका कारण है। मुझ पर एक उपकार तुम्हें करना ही होगा।"

विनय ने पूछा, "कैसा उपकार?"

महिम बोले, "पहले वादा करो, तब बताऊँगा!"

विनय, "मेरे वश की बात हो तभी तो।"

महिम, "केवल तुम्हारे वश की ही बात है। और कुछ नहीं, तुम्हारे एक बार 'हाँ' कहने से ही हो जायेगा।"

विनय, "आप ऐसा क्यों कह रहे हैं? आप तो जानते हैं, मैं घर का ही आदमी हूँ—कर सकने पर आपका काम नहीं करूँगा यह कैसे हो सकता है?"

महिम ने जेब से एक दोना पान निकालकर दो पान विनय की ओर बढ़ाए और बाकी अपने मुँह में रख लिये। चबाते-चबाते बोले, "अपनी शशिमुखी को तो तुम जानते ही हो। देखने-सुनने में ऐसी बुरी भी नहीं है—यानी अपने बाप पर नहीं गई। उम्र यही दस के आस-पास होगी। अब उसे किसी अच्छे पात्र को सौंपने का समय हो गया है। किस अभागे के हाथ पड़ेगी, यह सोच-सोचकर मुझे तो रात-भर नींद नहीं आती।"

विनय बोला, "घबराते क्यों हैं, अभी तो समय है।"

महिम, "तुम्हारी अपनी कोई लड़की होती तो समझते कि क्यों घबराता हूँ! उम्र तो दिन बीतने से अपने-आप बढ़ जाती है, लेकिन पात्र तो अपने-आप नहीं मिलता!

इसलिए ज्यों-ज्यों दिन बीत रहे हैं। मन उतना ही और बेचैन होता जाता है। अब तुम कुछ आसरा दो तो...खैर, दो-चार दिन इंतज़ार भी किया जा सकता है।''

विनय, ''मेरी तो अधिक लोगों से जान-पहचान नहीं है। बल्कि एक तरह से कह सकता हूँ कि कलकत्ता-भर में आप लोगों का घर छोड़कर और किसी का घर नहीं जानता...फिर भी खोज करके देखूँगा।''

महिम, ''शशिमुखी का स्वभाव तो जानते ही हो।''

विनय, ''जानता क्यों नहीं? जब वह छोटी-सी थी तभी से देखता आ रहा हूँ। बड़ी अच्छी लड़की है।''

महिम, ''तब फिर ज़्यादा दूर खोजने की क्या ज़रूरत है, भैया! लड़की को तुम्हारे ही हाथ सौंपूँगा।''

घबराकर विनय ने कहा, ''यह आप क्या कह रहे हैं?''

महिम—''क्यों, बुरा क्या कह रहा हूँ। हम लोगों से तुम्हारा कुल ज़रूर कहीं ऊँचा है, लेकिन इतना पढ़-लिखकर भी तुम लोग अगर ये बातें मानो तो कैसे चलेगा!''

विनय, ''नहीं-नहीं, कुल की बात नहीं है, लेकिन उम्र तो...''

महिम, ''क्या बात है! शशि की उम्र क्या कम है? हिन्दू घर की लड़की तो मेम साहब नहीं होती—समाज को यों उड़ा देने से तो नहीं चलेगा!''

महिम सहज ही छोड़ने वाले आसामी नहीं थे। उन्होंने विनय को मजबूर कर दिया। अन्त में विनय ने कहा, ''मुझे थोड़ा सोचने का समय दीजिए!''

महिम, ''तो मैं कौन-सा आज ही दिन पक्का किये दे रहा हूँ।''

विनय, ''फिर भी, घर के लोगों से तो...''

महिम, ''हाँ, सो तो है। उनकी राय तो लेनी ही होगी। तुम्हारे काका महाशय जब मौजूद हैं तो उनकी राय के बिना कैसे कुछ हो सकता है।''

कहते हुए जेब से उन्होंने पान का दूसरा दोना निकाला और सारे पान मुँह में रख लिये। फिर, यह समझकर कि बातचीत पक्की हो गई है, वे चले गये।

आनंदमयी ने कुछ दिन पहले एक बार बातों-ही-बातों में शशिमुखी के साथ विनय के विवाह की चर्चा उठाई थी। लेकिन विनय ने मानो कुछ सुना ही नहीं। आज भी उसे यह प्रस्ताव कुछ संगत लगा हो ऐसा नहीं था, लेकिन बात मानो उसके मन तक पहुँच गई। सहसा उसके मन में विचार उठा, यह विवाह हो जाने से गोरा उसे आत्मीय के नाते कभी दूर नहीं रख सकेगा। विवाह को हृदय की वृत्तियों के साथ जोड़ने को वह अंग्रेज़ीपन कहकर इतने दिनों से उसका मज़ाक करता आया है, इसीलिए शशिमुखी से विवाह करने की बात उसे असंभव नहीं जान पड़ी। महिम के इस प्रस्ताव को लेकर गोरा के साथ परामर्श करने का एक अवसर निकल आया, इससे भी विनय

को खुशी ही हुई। विनय ने चाहा, गोरा इस बात को लेकर उससे थोड़ा आग्रह करे। महिम के आगे साफ़ हामी न भरने पर महिम ज़रूर ही गोरा से उस पर ज़ोर डलवायेगा, इस बारे में विनय को ज़रा भी सन्देह नहीं था।

ये सब बातें सोचकर विनय के मन का क्लेश दूर हो गया। वह उसी समय गोरा के घर जाने के लिए तैयार होकर कंधे पर चादर डालकर बाहर निकल पड़ा। थोड़ी दूर जाने पर पीछे से आवाज़ सुनी, "विनय बाबू!" और जब मुड़कर देखा, सतीश उसे पुकार रहा है।

सतीश के साथ विनय फिर घर लौट आया। सतीश ने जेब से रूमाल की एक पोटली निकालते हुए पूछा, "इसमें क्या है, बताइए तो?"

जो ज़बान पर आया विनय ने कह दिया। अन्त में उसके हार मानने पर सतीश ने बताया—रंगून में उसके एक मामा रहते हैं—उन्होंने वहाँ का यह फल माँ को भेजा है; माँ ने उसी में से पाँच-छह फल विनय बाबू को उपहार में भेजे हैं।

बर्मा का यह मैंगोस्टीन फल उस समय कलकत्ता में सुलभ नहीं था। इसी से विनय ने फलों को हिला-डुला और उलट-पुलटकर पूछा, "सतीश बाबू, यह फल खाया कैसे जायेगा"

विनय की इस अज्ञानता पर हँसते हुए सतीश ने कहा, "देखिए, दाँत से न काटिएगा—छुरी से काटकर खाया जाता है।"

थोड़ी देर पहले सतीश स्वयं फल को दाँतों से काटने की निष्फल चेष्टा करके घर के लोगों की हँसी का पात्र बन चुका था। इसीलिए विनय के अज्ञान पर विज्ञ-जनों की-सी गूढ़ हँसी हँसने से उसके मन की उदासी दूर हो गई।

असमान उम्र के दोनों दोस्तों में थोड़ी देर तक इधर-उधर की बातें होती रहीं। फिर सतीश ने कहा, "विनय बाबू, माँ ने कहा है, आपको समय हो तो एक बार आज हम लोगों के यहाँ आ जायें—आज लीला का जन्मदिन है।"

विनय ने कहा, "आज तो भई नहीं हो सकेगा—आज मुझे एक जगह और जाना है।"

सतीश, "कहाँ जाना है?"

विनय, "अपने दोस्त के घर।"

सतीश, "आपके वही दोस्त?"

विनय, "हाँ!"

"दोस्त के घर जा सकते हैं, पर हमारे घर नहीं जायेंगे," सतीश इसकी संगति नहीं समझ सका; इसलिए और भी नहीं क्योंकि विनय के दोस्त सतीश को अच्छे नहीं लगे थे। वे तो मानो स्कूल के हेडमास्टर से भी अधिक रूखे आदमी हैं, उन्हें ऑर्गन

सुनाकर कोई तारीफ़ पा सकेगा ऐसे व्यक्ति वे नहीं हैं। ऐसे आदमी के पास जाने का भी कोई प्रयोजन विनय को हो सकता है, यह बात ही सतीश को नहीं जँची। वह बोला, ''नहीं, विनय बाबू, आप हमारे घर चलिए!''

बुलाए जाने पर भी वह परेश बाबू के घर न जाकर गोरा के घर ही जायेगा, मन-ही-मन विनय ने यह पक्का निश्चय कर लिया था। आहत बंधुत्व के अभिमान की वह उपेक्षा नहीं करेगा, गोरा की दोस्ती के गौरव को वह सबसे ऊपर रखेगा, उसने यही स्थिर किया था।

किंतु हार मानते उसे अधिक देर न लगी। दुविधा में पड़े-पड़े, मन-ही-मन आपत्ति करते-करते भी अन्ततः वह सतीश का हाथ पकड़कर 78 नंबर मकान की ओर चल पड़ा। किसी को बर्मा से आए हुए दुर्लभ फलों का हिस्सा भेजने का ध्यान रहे, इसमें जो अपनापन झलकता है, उसका मान न रखना विनय के लिए असंभव है।

परेश बाबू के घर के पास आकर विनय ने देखा, पानू बाबू और दूसरे कुछ अपरिचित लोग परेश बाबू के घर से बाहर आ रहे हैं। ये लीला के जन्मदिन पर दोपहर के भोज में निमन्त्रित थे। पानू बाबू ने विनय को मानो देखा ही न हो, ऐसे भाव से आगे बढ़ गये।

घर में कदम रखते ही विनय ने खुली हँसी की ध्वनि और दौड़-भाग के शब्द सुने। सुधीर ने लावण्य की दराज़ की चाभी चुरा ली थी; इतना ही नहीं, वह उस सारे समाज में इस बात का भंडा-फोड़ करने की भी धमकी दे रहा था कि लावण्य ने दराज़ में एक कॉपी छिपा रखी है, जिसमें उस कवियशःप्रार्थिनी का उपहास करने के लिए ढेरों सामग्री है! जिस समय विनय ने उस रंगभूमि में प्रवेश किया उस समय इसी बात को लेकर दोनों पक्षों में लड़ाई चल रही थी।

उसे देखते ही लावण्य का गुट फौरन लोप हो गया। उनके हँसी-मज़ाक में हिस्सा लेने के लिए सतीश भी उनके पीछे दौड़ा। कुछ देर बाद सुचरिता ने कमरे में आकर कहा, ''माँ ने आपको ज़रा देर बैठने के लिए कहा है, वह अभी आ रही हैं। बाबा ज़रा अनाथ बाबू के घर तक गये हैं, उन्हें भी लौटने में देर नहीं होगी।''

सुचरिता ने विनय का संकोच दूर करने के लिए गोरा की बात उठाई। हँसकर बोली, ''जान पड़ता है आपके मित्र यहाँ फिर कभी नहीं आएँगे?''

विनय ने पूछा, ''क्यों?''

सुचरिता ने कहा, ''हम लोग पुरुषों के सामने आती हैं, बात करती हैं, उन्हें यह देखकर ज़रूर अचंभा हुआ होगा। घर के काम-काज को छोड़कर और कहीं लड़कियों को देखना, शायद उन्हें अच्छा नहीं लगता।''

इसका उत्तर देने में विनय कठिनाई में पड़ गया। बात का प्रतिवाद कर सकता तो उसे खुशी होती, किंतु झूठ वह कैसे बोले? बोला, ''गोरा की राय में लड़कियाँ घर के काम में पूरा मन न लगा पाएँ तो उनके कर्तव्यों में रुकावट आती है।''

सुचरिता ने कहा, ''तब तो स्त्री-पुरुषों का घर और बाहर का पूरा बँटवारा कर लेना ही अच्छा होता है। पुरुषों को घर में घुसने देने से भी तो शायद उनका बाहर का कर्तव्य अच्छी तरह सम्पन्न नहीं होता। आपकी राय भी क्या अपने मित्र की राय जैसी है?''

अभी तक तो नारी-सिद्धांत के बारे में गोरा का मत ही विनय का मत रहा है। उसी को आधार बना कर वह अखबारों में लिखता भी रहा है। किंतु इस समय यह बात उसके मुँह से न निकल सकी कि उसका मत भी वही है। उसने कहा, ''देखिए, इन सब मामलों में दरअसल हम सब आदतों के दास हैं। इसीलिए लड़कियों को बाहर आते देखकर मन में खटका-सा होता है। उसके बुरा लगने का कारण यह है कि वह अन्याय है या अनुचित है, यह तो हम ज़बर्दस्ती सिद्ध करना चाहते हैं। असल बात संस्कार की होती है, दलील तो केवल उपलक्ष्य भर होती है।''

सुचरिता ने कहा, ''जान पड़ता है, आपके दोस्त के संस्कार बड़े दृढ़ हैं।''

विनय, ''बाहर से देखने पर सहसा ऐसा ही जान पड़ता है। किंतु एक बात आप याद रखिए! वे जो हमारे देश के संस्कारों से चिपटे रहते हैं, उसका कारण यह नहीं कि वे उन संस्कारों को अच्छा समझते हैं। हम लोग देश के प्रति अंधी अश्रद्धा के कारण उसकी सभी प्रथाओं की अवज्ञा करने लगे थे, वे इसी अनर्थ के निवारण के लिए खड़े हुए हैं। वे कहते हैं, हमें पहले श्रद्धा और प्रेम के द्वारा देश को समग्र रूप से अपनाना होगा, उसके बाद स्वाभाविक स्वास्थ्य के नियम के अनुसार अपने-आप भीतर से ही सुधार का काम होने लगेगा।''

सुचरिता ने कहा, ''अपने-आप होना होता तो इतने दिन क्यों नहीं हुआ?''

विनय, ''नहीं हुआ, उसकी वजह यह है कि अब तक हम देश के नाम पर समूचे देश को, जाति के नाम पर समूची जाति को एक मानकर नहीं देख सके। फिर हमने अपनी जाति पर अगर अश्रद्धा नहीं की तो श्रद्धा भी नहीं की—यानी उसे ठीक से समझा ही नहीं, इसलिए उसकी शक्ति भी सुप्त रही। जैसे एक रोगी की ओर देखे बिना, उसे बिना दवा-दारू और बिना पथ्य के एक ओर हटा दिया गया था, अब उसे दवाखाने में लाया ज़रूर गया है, किंतु डॉक्टर की उस पर इतनी अश्रद्धा है कि सेवा-सुश्रुषा वाले लम्बे इलाज की बात सोचने का भी धीरज उसमें नहीं है—उसे यही लगता है कि एक-एक करके रोगी के अंग काट फेंके जायें! ऐसी अवस्था में मेरा दोस्त डॉक्टर कहता है, अपने इस परम आत्मीय को इलाज के नाम पर काट-

कूटकर फेंक दिया जाये, मैं यह नहीं सह सकता। मैं अब इस अंग-विच्छेद को बिल्कुल बंद करके पहले अनुकूल पथ्य देकर इसके भीतर की जीवनी-शक्ति को जगाऊँगा। उसके बाद काटने की यदि ज़रूरत होगी तो रोगी उसे सह सकेगा, और शायद बिना काटे भी वह अच्छा हो जायेगा। गोरा कहते हैं, हमारे देश की वर्तमान स्थिति में गम्भीर श्रद्धा ही सबसे बड़ा पथ्य है—इस श्रद्धा के अभाव के कारण हम देश को समग्र भाव से जान नहीं पाते—और जान न पाने के कारण उसके लिए जो भी व्यवस्था करते हैं वह कुव्यवस्था साबित होती है। देश से प्रेम न हो तो उसे अच्छी तरह जानने का धैर्य नहीं होता; और उसे जाने बिना उसका भला करना चाहने पर भी भला होता नहीं है।''

थोड़ा-थोड़ा बराबर छेड़ते रहकर सुचरिता ने गोरा के बारे में चर्चा को बंद नहीं होने दिया। विनय भी गोरा की ओर से जो कुछ कह सकता था सुलझा-समझाकर कहता रहा। ऐसे अच्छे तर्क और दृष्टांत देकर और इतनी सुलझाकर उसने मानो पहले कभी यह बात नहीं रखी थी; गोरा खुद अपनी राय को इतनी सफ़ाई और स्पष्टता से प्रकट कर सकता या नहीं, इसमें सन्देह है। अपने इस अप्रत्याशित बुद्धि-चातुर्य और अभिव्यक्ति की क्षमता पर विनय मन-ही-मन प्रसन्न हो गया और उसका चेहरा इसी खुशी में खिल उठा।

विनय ने कहा, ''देखिए, शास्त्रों में कहा गया है, 'आत्मानं विद्धि'—अपने को जानो! नहीं तो मुक्ति का कोई साधन नहीं है। मैं आप से कहता हूँ, मेरे मित्र गोरा में भारतवर्ष का यही आत्म-बोध प्रकट रूप से दिखाई देता है। मैं उन्हें आम आदमी मान ही नहीं सकता। जब हम सबका मन ओछे आकर्षण और नयेपन के लालच में फँस कर बाहर की ओर बिखर गया, तब वही एक अकेला व्यक्ति इस सारे पागलपन के बीच स्थिर खड़ा शेर की तरह गरज कर वही मन्त्र देता रहा...''आत्मानं विद्धि'।''

यह चर्चा और भी काफ़ी देर तक चल सकती थी—सुचरिता भी बड़ी लगन से सुन रही थी। किंतु तभी साथ के किसी कमरे में सहसा सतीश ने चिल्ला-चिल्ला कर पढ़ना शुरू किया :

*कातर स्वर में मत कहो बिना किये विचार*
*जीवन स्वप्न-समान है, माया का संसार!*

बेचारा सतीश घर के अतिथि-आगंतुकों के सामने अपनी होशियारी दिखाने का कोई मौका ही नहीं पाता। लीला तक अंगेज़ी कविता सुना कर सभी का मनोरंजन कर सकती है, किंतु सतीश को वरदासुंदरी कभी नहीं बुलातीं। लेकिन हर मामले में लीला के साथ सतीश की होड़-सी रहती है। किसी प्रकार भी लीला को नीचा दिखाना सतीश के जीवन का पहला सुख है। विनय के सामने लीला की परीक्षा हो गई; उस

समय बुलाए न जाने के कारण सतीश उसे हराने की कोई कोशिश नहीं कर सका—कोशिश करता भी तो वरदासुंदरी उसे उसी समय टोक देतीं। इसी से वह आज बगल के कमरे में ऊँचे स्वर से काव्य-पाठ करने लगा था। सुनकर सुचरिता अपनी हँसी न रोक सकी।

उसी समय अपनी चोटी झुलाती हुई लीला कमरे में आई और सुचरिता के गले से लिपटकर उसके कान में कुछ कहने लगी। सतीश ने भी पीछे-पीछे दौड़ते हुए आकर कहा, "अच्छा लीला, बताओ तो 'मनोयोग' का मतलब क्या है?"

लीला ने कहा, "नहीं बताती।"

सतीश, "एहे! नहीं बताती! यह कहो न कि नहीं जानती!"

सतीश को विनय ने अपनी ओर खींचते हुए पूछा, "तुम बताओ तो 'मनोयोग' के क्या माने हैं?"

गर्व से सिर उठाकर सतीश ने कहा, "मनोयोग माने—मनोनिवेश।"

सुचरिता ने जिज्ञासा की, "मनोनिवेश से तुम्हारा क्या आशय है?"

भला अपनों के सिवा कौन किसी को ऐसी मुसीबत में डाल सकता है! पर सतीश ने जैसे सवाल सुना ही न हो ऐसे उछलता-कूदता कमरे से बाहर चला गया।

विनय यह तय करके आया था कि परेश बाबू के घर से जल्दी ही छुट्टी लेकर गोरा के घर जायेगा। गोरा की चर्चा करते-करते उसके पास जाने की ललक भी उसके मन में प्रबल हो उठी। इसीलिए यह जान कर कि चार बजने वाले हैं, वह जल्दी से कुर्सी छोड़कर उठ खड़ा हुआ।

सुचरिता बोली, "आप अभी जायेंगे? माँ तो आपके लिए जल-पान तैयार कर रही हैं; थोड़ी देर और न बैठ सकेंगे?"

विनय के लिए यह प्रश्न नहीं, आदेश था। वह फिर बैठ गया।

रंगीन रेशमी परिधान में सज-धजकर लावण्य आई और बोली, "दीदी, नाश्ता तैयार हो गया है, माँ ने छत पर चलने को कहा है।"

छत पर जाकर विनय को नाश्ते में जुट जाना पड़ा। वरदासुंदरी प्रथानुसार अपनी सब संतानों का जीवन-वृत्तांत सुनाने लगीं। ललिता सुचरिता को भीतर खींचकर ले गई। एक कुर्सी पर बैठकर लावण्य कंधे झुकाए लोहे की सलाइयों से बुनाई करने में जुट गई। कभी उसे किसी ने कहा था—बुनाई के समय उसकी उँगलियों की हरकत बहुत सुंदर लगती है।—तभी से लोगों के सामने बिना कारण बुनाई करने की उसकी आदत हो गई है।

परेश बाबू भी आ गये। साँझ हो चली थी। आज रविवार था, उपासना-गृह जाने की बात थी। वरदासुंदरी ने विनय से कहा, "आपत्ति न हो तो आप भी हम लोगों के

साथ समाज में चलें?''

ऐसे में मना करना कैसे संभव था? दो गाड़ियों में बैठकर सब लोग उपासना-भवन गये। लौटते समय जब सभी गाड़ी पर सवार हो रहे थे तब सुचरिता ने अचानक चौंक कर संकेत करते हुए कहा, ''वे गौर मोहन बाबू जा रहे हैं!''

गोरा ने इन लोगों को देख लिया है, इसमें किसी को शक नहीं था। किंतु वह यह दिखाते हुए तेज़ी से बढ़ गया मानो उसने उन्हें देखा न हो। गोरा की इस अशिष्टता पर लज्जित होकर विनय ने परेश बाबू के सम्मुख सिर झुका लिया। किंतु मन-ही-मन वह साफ़ समझ गया कि विनय को इस गुट में देखकर ही यों विमुख होकर गोरा इतनी तेज़ी से चला गया। अब तक उसके मन में आनंद का जो प्रकाश हो रहा था, वह सहसा बुझ गया। विनय के मन का भाव और उसका कारण सुचरिता फ़ौरन समझ गई, और विनय जैसे बंधु के प्रति गोरा की इस ज़्यादती और ब्रह्म-समाजियों के प्रति उसकी इस अनुचित अवज्ञा से उसे गोरा पर फिर क्रोध आ गया। गोरा को किसी तरह नीचा देखना पड़े, उसका मन यही चाह उठा।

## 14

दोपहर को गोरा खाने बैठा तो आनंदमयी ने धीरे-धीरे बात चलाई—''आज सवेरे विनय आया था। तुमसे नहीं मिला?''

थाली पर से आँख उठाए बिना ही गोरा ने कहा, ''हाँ, मिला था।''

बहुत देर तक आनंदमयी चुपचाप बैठी रहीं। उसके बाद बोलीं, ''उसे रुकने को कहा था, किंतु वह अनमना-सा होकर चला गया।''

गोरा ने फिर कोई उत्तर नहीं दिया। आनंदमयी ने कहा, ''उसके मन को न जाने क्या दुःख है गोरा, उसे मैंने कभी ऐसा नहीं देखा। मुझे कुछ अजीब-सा लग रहा है!''

गोरा चुपचाप खाता रहा। अत्यंत स्नेह के कारण ही आनंदमयी मन-ही-मन गोरा से थोड़ा डरती थीं। अगर वह अपने मन की बात अपने-आप उनसे न कहता तो वे उसे मजबूर नहीं करती थीं। और कोई दिन होता तो इतने पर ही चुप हो जातीं। किंतु उनके मन में आज विनय के लिए बड़ा दर्द था, इसीलिए उन्होंने फिर कहा ''देखो गोरा, एक बात कहूँ—नाराज़ मत होना! भगवान ने अनेक लोग बनाए हैं, लेकिन रास्ता सबके लिए एक ही नहीं बनाया। विनय तुम्हें प्राणों से बढ़कर स्नेह करता है, इसलिए तुम्हारी ओर से सब-कुछ सह लेता है—लेकिन उसे तुम्हारे ही निर्देश पर चलना होगा, ऐसी ज़बर्दस्ती करने का फल सुखकर नहीं होगा!!''

गोरा ने कहा, "माँ, और थोड़ा दूध ला देना तो!"

बात यहीं खत्म हो गई। भोजन के बाद आनंदमयी चुपचाप तख्तपोश पर बैठकर सिलाई करने लगीं। लछमिया घर के किसी नौकर के दुर्व्यवहार की शिकायत में आनंदमयी की दिलचस्पी जगाने की बेकार चेष्टा करके फ़र्श पर लेटकर सो गई।

चिट्ठी-पत्री में गोरा ने बहुत-सा समय बिता दिया। गोरा विनय पर नाराज़ है, आज सवेरे विनय यह स्पष्ट देख गया है। फिर भी वह इस नाराज़गी को मिटाने के लिए गोरा के पास न आए, यह हो ही नहीं सकता। यही मानकर अपने सब कामों के बीच भी वह विनय के पैरों की ध्वनि के लिए कान लगाए था।

पर बड़ी देर तक विनय नहीं आया। गोरा लिखना छोड़कर उठने की सोच रहा था कि तभी महिम कमरे में आ गये। आते ही कुर्सी पर बैठकर बोले, "शशिमुखी के ब्याह के बारे में क्या सोचा, गोरा?"

इस बारे में कभी कुछ गोरा ने सोचा ही नहीं था, इसलिए अपराधी-सा चुप खड़ा रहा।

दूल्हों का भाव बाज़ार में कितना बढ़ा हुआ है और इधर घर में रुपये-पैसे की कितनी तंगी है, महिम ने यह सब बताकर गोरा को कोई उपाय सोचने को कहा। गोरा सोचकर भी जब कोई हल न पा सका तब उन्होंने मानो इस चिंता-संकट से उसको मुक्त करने के लिए ही विनय की बात चलाई। हालाँकि इतना घुमा-फिराकर बात करने की कोई ज़रूरत नहीं थी, किंतु मुँह से महिम चाहे जो कहें, मन-ही-मन गोरा से डरते थे।

इस सिलसिले में विनय की बात भी उठ सकती है, गोरा ने यह कभी स्वप्न में भी नहीं सोचा था। बल्कि गोरा और विनय ने तय कर रखा था कि वे विवाह न करके अपना जीवन देश के लिए न्योछावर कर देंगे। इसलिए गोरा ने कहा, "विनय ब्याह करेगा क्यों?"

महिम बोले, "क्या यही तुम लोगों का हिन्दूपन है! हज़ार चुटिया रखो और तिलक लगाओ, साहिबी सिर पर चढ़कर बोलती है! शास्त्रों के अनुसार विवाह भी ब्राह्मण के लड़के का एक संस्कार है, यह तो जानते हो?"

आजकल के लड़कों की तरह महिम आचार भी नहीं तोड़ते और शास्त्र की दुहाई भी नहीं देते। होटल में खाना खाकर बहादुरी दिखाने को भी वे ठीक नहीं समझते और गोरा की तरह हमेशा श्रुति-स्मृति लेकर उलझते रहने को भी वह स्वस्थ आदमी का लक्षण नहीं मानते। किंतु 'यस्मिन् देशे यदाचारः'—गोरा के सामने शास्त्र की दुहाई उन्हें देनी ही पड़ी।

अगर दो दिन पहले यह प्रस्ताव आया होता तो गोरा उसे एकबारगी अनसुना कर देता। किंतु आज उसे लगा कि बात एकदम उपेक्षा के योग्य नहीं है। कम-से-

कम इस प्रस्ताव के कारण फ़ौरन विनय के घर जाने का एक मौका तो मिल ही सकता है।

अन्त में उसने कहा, "अच्छा, विनय का विचार क्या है, ज़रा समझ लूँ!"

महिम बोले, "उसमें समझने को क्या है ? वह तुम्हारी बात को किसी तरह टाल नहीं सकता। वह मान जायेगा। तुम्हारा कहना ही काफ़ी है।"

उसी दिन साँझ को गोरा विनय के घर जा पहुँचा। आँधी की तरह उसके कमरे में प्रवेश करके उसने देखा, वहाँ कोई नहीं है। नौकर को बुलाकर पूछने पर पता चला कि बाबू 78 नंबर मकान में गये हैं। सुनकर गोरा का चित्त फिर विकल हो उठा। जिसके लिए आज सारा दिन गोरा का मन अशान्त रहा, उस विनय को आजकल गोरा का ध्यान करने की भी फुरसत नहीं है! गोरा चाहे नाराज़ हो, चाहे दुःखी हो; विनय की शान्ति और चैन में उससे कोई रुकावट नहीं पड़ती!

परेश बाबू के परिवार के विरुद्ध, ब्रह्म-समाज के विरुद्ध गोरा का मन बिल्कुल विषाक्त हो उठा। मन में एक तीखा आक्रोश लेकर वह परेश बाबू के घर की ओर चला। उसका मन हुआ, वहाँ कुछ ऐसी बात पैदा कर दे जिसे सुनकर उस ब्रह्म-समाज परिवार के लोग जल उठें और विनय भी तिलमिलाकर रह जाये।

उसने परेश बाबू के घर पहुँचकर सुना, घर पर कोई नहीं है, सभी उपासना-भवन गये हैं उसने क्षण-भर के लिए सोचा, विनय शायद न गया हो—शायद इसी समय वह गोरा के घर की ओर गया हो।

वह वहाँ और न रुक सका। अपनी स्वाभाविक आँधी-सी चाल से वह भवन की ओर ही चला। द्वार के पास पहुँचते ही देखा, विनय वरदासुंदरी के पीछे उनकी गाड़ी पर सवार हो रहा है—खुली सड़क के बीच बेशरम होकर पराए घर की लड़कियों के साथ एक गाड़ी में बैठ रहा है। मूढ़! नागपाश में इतनी जल्दी, इतनी आसानी में फँस गया ? तब दोस्ती के लिहाज़ का अब कोई मतलब नहीं रहता। गोरा आँधी की तरह आगे बढ़ गया और गाड़ी के अँधेरे हिस्से में बैठा हुआ विनय चुपचाप रास्ते की ओर ताकता रह गया।

वरदासुंदरी ने समझा, आचार्य का उपदेश विनय के मन पर असर कर रहा है। इसीलिए आगे उन्होंने कोई बात नहीं की।

## 15

रात को घर लौटने पर गोरा सीधे छत पर चला गया और वहाँ व्यर्थ ही चक्कर काटने लगा। उसे अपने ऊपर क्रोध आया। रविवार उसने क्यों ऐसे बेकार बीत जाने दिया!

एक व्यक्ति के स्नेह के लिए दुनिया के और सब काम बिगाड़ने के लिए तो गोरा इस दुनिया में नहीं आया। विनय जिस रास्ते पर जा रहा है उससे उसे खींचते रहने की चेष्टा करना सिर्फ़ समय नष्ट करना और अपने मन को तकलीफ़ देना है। इसलिए जीवन के पथ पर विनय से यहीं अलग हो जाना होगा। जीवन में गोरा का एक ही मित्र है, उसी को छोड़कर वह अपने धर्म के प्रति अपनी सच्चाई प्रमाणित करेगा! ज़ोर से हाथ झटककर गोरा ने मानो विनय के साहचर्य को अपने चारों ओर से दूर हटा दिया।

तभी छत पर पहुँचकर महिम हाँफते हुए बोले, ''इनसान को अगर पंख नहीं मिले थे तो उसने तिमंज़िले मकान क्यों बनवाए? ज़मीन पर चलने वाला मनुष्य आसमान में रहने की कोशिश करे तो आकाशचारी देवता इसे कैसे सहेंगे?...विनय के पास गये थे?''

इसका गोरा ने सीधा जवाब न देते हुए कहा, ''विनय के साथ शशिमुखी का ब्याह नहीं हो सकेगा।''

महिम, ''क्यों? क्या विनय की मर्ज़ी नहीं?''

गोरा, ''मेरी मर्ज़ी नहीं है।''

हाथ नचाकर महिम ने कहा, ''वाह! यह एक नया फ़साद खड़ा हुआ। तुम्हारी मर्ज़ी नहीं है! वजह क्या है, ज़रा सुनूँ?''

गोरा, ''मैंने अच्छी तरह समझ लिया है कि विनय के लिए हमारे समाज में बने रहना मुश्किल होगा। उसके साथ हमारे घर की लड़की का विवाह नहीं हो सकता।''

महिम, ''मैंने बहुत हिन्दूपना देखा है, लेकिन ऐसा तो कभी नहीं देखा! तुम तो काशी-भाटपाड़ा से भी आगे बढ़ गये! तुम तो भविष्य देखकर विधान देते हो! किसी दिन मुझे भी कहोगे, सपने में देखा कि तुम ख्रिस्तान हो गये हो, गोबर खाकर फिर जात में आना होगा!''

काफ़ी बक-बक कर लेने के बाद महिम ने फिर कहा, ''लड़की को किसी मूर्ख के गले तो बाँध नहीं सकता। और जो पढ़ा-लिखा लड़का होगा, समझदार होगा, वह बीच-बीच में शास्त्र का उल्लंघन कर भी सकता है। इसके लिए उससे बहस करो, उसे गाली दो; किंतु ब्याह में रुकावट डाल कर मेरी लड़की को सज़ा क्यों देते हो? तुम हर बात उल्टी ही सोचते हो!''

महिम ने नीचे उतरकर आनंदमयी से कहा, ''माँ, अपने गोरा को तुम सँभालो!''

घबराकर आनंदमयी ने पूछा, ''क्या हुआ?''

महिम, ''शशिमुखी के साथ विनय के ब्याह की बात एक तरह से मैं पक्की करके आया था। गोरा को भी राज़ी कर लिया था, इस बीच गोरा ने अच्छी तरह समझ लिया है कि विनय में उसके जैसा हिन्दूपन नहीं है—मनु-पराशर की राय से उसकी

राय कभी थोड़ी उन्नीस–बीस हो जाती है। इसीलिए गोरा अड़ गया है—अड़ने पर वह कैसा अड़ता है, यह तुम जानती ही हो। कलियुग के जनक ने अगर प्रण किया होता कि जो टेढ़े गोरा को सीधा करेगा, उसी को सीता देंगे, तो श्री रामचंद्र कुँवारे ही रह जाते, यह मैं शर्त लगाकर कह सकता हूँ। मनु–पराशर के बाद इस दुनिया में वह एक तुम्हीं को मानता है—अब तुम्हीं आकर उबारो तो लड़की का कल्याण हो सकता है। ढूँढने पर भी ऐसा पात्र नहीं मिलेगा।''

छत पर गोरा के साथ जो बातचीत हुई थी, महिम ने उसका पूरा ब्योरा सुना दिया। विनय से गोरा का विरोध और गहरा हो गया है, यह जानकर आनंदमयी का मन बहुत उद्विग्न हो उठा।

ऊपर आकर आनंदमयी ने देखा, गोरा छत पर टहलना छोड़कर कमरे में एक कुर्सी पर जा बैठा है और दूसरी कुर्सी पर पैर फैलाकर किताब पढ़ रहा है। एक कुर्सी पास खींचकर आनंदमयी भी बैठ गईं। गोरा ने कुर्सी पर से पैर हटा लिये और सीधे बैठते हुए आनंदमयी के चेहरे की ओर देखने लगा।

आनंदमयी ने कहा, ''बेटा गोरा, मेरी एक बात याद रखना...विनय से झगड़ा मत करना! मेरे लिए तुम दोनों दो भाई हो—तुम्हारे बीच फूट पड़ जायेगी तो मुझसे नहीं सहा जायेगा।''

गोरा बोला, ''बंधु ही अगर बन्धन काट देगा तो उसके पीछे–पीछे भागने में मुझसे समय नष्ट नहीं किया जायेगा।''

आनंदमयी ने कहा, ''मैं नहीं जानती कि तुम दोनों के बीच क्या घटा है। किंतु विनय तुम्हारा बन्धन काटना चाहता है, इस बात पर तुम अगर विश्वास करते हो तो फिर तुम्हारी दोस्ती में क्या असर है?'

गोरा—''माँ, मुझे सीधा रास्ता पसन्द है। जो दोनों तरफ़ बनाए रखना चाहते हैं मेरी उनके साथ नहीं निभती। जिसका स्वभाव ही दो नावों में पैर रखने का है उसको मेरी नाव से पैर हटाना ही पड़ेगा—इसमें चाहे मुझे तकलीफ़ हो, चाहे उसे।''

आनंदमयी, ''हुआ क्या, यह तो बताओ? वह उन ब्रह्म–समाजियों के घर आता–जाता है, उसका यही अपराध है न?''

गोरा, ''बहुत–सी बातें हैं, माँ!''

आनंदमयी, ''हुआ करें बहुत–सी बातें। लेकिन मेरी एक बात सुनो, गोरा! हर मामले में तुम इतने जिद्दी हो कि जिसे पकड़ते हो उसे तुमसे कोई छुड़ा नहीं सकता। फिर विनय के बारे में ही तुम क्यों ऐसे ढीले हो? तुम्हारा अविनाश अगर दल छोड़ना चाहता तो क्या तुम उसे सहज ही छोड़ देते? वह तुम्हें बंधु कहता है, क्या इसीलिए तुम्हारे और सब साथियों से वह कमतर हो गया?''

गोरा चुप होकर सोचने लगा। आनंदमयी की इस ताड़ना से अपने मन की स्थिति उसके सामने साफ़ हो गई। अब तक वह समझ रहा था कि वह कर्तव्य के लिए दोस्ती का बलिदान करने जा रहा है, अब उसने स्पष्ट देखा कि बात इससे ठीक विपरीत है। उसकी दोस्ती के अभिमान को ठेस लगी है, इसलिए विनय को वह दोस्ती की सबसे बड़ी सज़ा देने को उद्धत हुआ है! मन-ही-मन वह जानता था कि विनय को बाँधे रखने के लिए मित्रता ही काफ़ी है, और किसी तरह की कोशिश दोस्ती का अपमान होगा।

उनकी बात गोरा के मन को छू गई है, इसका आभास होते ही आनंदमयी और कुछ कहे बिना उठकर धीरे-धीरे जाने लगीं। सहसा गोरा भी तेजी से उठा और खूँटी पर से चादर उताकर कंधे पर डाल दी।

आनंदमयी ने पूछा, ''कहीं जा रहे हो, गोरा?''

गोरा ने कहा, ''विनय के घर जा रहा हूँ।''

आनंदमयी, ''खाना तैयार है, खाकर जाना।''

गोरा, ''मैं विनय को पकड़कर लाता हूँ, वह भी यहीं खायेगा।''

और कुछ न कहकर आनंदमयी नीचे की ओर चलीं। सीढ़ी पर पैरों की ध्वनि सुनकर सहसा रुककर बोलीं, ''विनय तो वह आ रहा है।''

विनय को देखते ही आनंदमयी की आँखें छलछला उठीं। उन्होंने स्नेह से विनय के कंधे पर हाथ रखते हुए कहा, ''विनय बेटा, खाना तो नहीं खाया तुमने?''

विनय ने कहा, ''नहीं, माँ!''

आनंदमयी, ''तुम्हें यहीं भोजन करना होगा।''

एक बार विनय ने गोरा के मुँह की ओर देखा। गोरा ने कहा, ''तुम्हारी बड़ी लम्बी उम्र है, विनय! मैं तुम्हारे यहाँ ही जा रहा था।''

आनंदमयी का हृदय हल्का हो गया; वह तेज़ी से उतर गईं।

कमरे में आकर दोनों बैठे तो गोरा ने यों ही वार्तालाप शुरू करने को कुछ बात उठाते हुए कहा, ''जानते हो, अपने साथियों के लिए एक बहुत अच्छा जिमनास्टिक मास्टर मिल गया है। सिखा भी अच्छा रहा है।''

मन के भीतर दबी बात सामने लाने का साहस अभी किसी को नहीं था। दोनों जब खाने बैठ गये तब उनकी बातचीत के ढंग से आनंदमयी जान गईं कि अभी उनके बीच का खिंचाव बिल्कुल खत्म नहीं हुआ है—दुराव अभी बाकी है। बोलीं, ''विनय, रात बहुत हो गई है, आज तुम यहीं सो जाना! मैं तुम्हारे घर सूचना भिजवाए देती हूँ।''

विनय ने चकित होकर गोरा के चेहरे की ओर देखते हुए कहा, ''भुक्त्वा राजवदाचरेत्! खाया-पिया खिसके का नियम नहीं है। तो फिर यहीं सोया जायेगा।''

भोजन करके दोनों मित्र छत पर आकर चटाई बिछाकर बैठ गये। भादों जा रहा

था; शुक्ल पक्ष की चाँदनी आकाश में छिटकी हुई थी। हल्के सफ़ेद बादल मानो नींद के हल्के-हल्के झोंकों की तरह बीच-बीच में चाँद पर ज़रा घूँघट करते धीरे-धीरे उड़े चले जा रहे थे। चारों ओर दिगंत तक छोटी-बड़ी, ऊँची-नीची छतों की कतार प्रकाश-छाया में, और कभी-कभी पेड़ों के शिखरों के साथ मिलती हुई, मानो किसी कवि की कल्पना की तरह फैली हुई थी।

गिरजाघर की घड़ी में ग्यारह बजे। कुल्फ़ीवाला अपनी आज की आखिरी हाँक लगाकर चला गया। गाड़ियों का शोर धीमा पड़ गया। गोरा की गली में किसी के जागने का कोई निशान नहीं था; सिर्फ़ पड़ोसी के अस्तबल के काठ के फ़र्श पर घोड़े की टाप कभी-कभी सुनाई पड़ जाती या कोई कुत्ता भौंक उठता। बहुत देर तक दोनों चुप रहे। फिर विनय ने पहले कुछ सकुचाते हुए और फिर बड़ी तेज़ी से अपने मन की बात कह डाली, ''भाई गोरा, मेरा हृदय भर उठा है। मैं जानता हूँ कि इन सब बातों की ओर तुम्हारा ध्यान नहीं है, किंतु तुमसे कहे बिना रहा भी नहीं जा सकता। भला-बुरा कुछ नहीं समझ पा रहा हूँ—किंतु इतना निश्चय है कि यहाँ कोई चालाकी नहीं चलेगी। किताबों में बहुत कुछ पढ़ा है, और इतने दिनों से यही सोचता आया हूँ कि मैं सब जानता हूँ। जैसे तस्वीरों में पानी देखकर सोचता रहता था कि तैरना तो बहुत आसान है; किंतु आज पानी में उतरकर पल भर में ही पता चल गया कि यह हँसी-खेल नहीं है।''

यों कहकर विनय अपने जीवन के इस नये आश्चर्य के उदय को यत्नपूर्वक गोरा के सामने प्रकट करने लगा।

वह कहने लगा—आजकल उसके लिए जैसे दिन और रात में कहीं कोई दूरी नहीं है, सारे आकाश में कहीं कोई सूनी जगह नहीं है, सब-कुछ पूर्ण रूप से भर गया है—जैसे वसंत-ऋतु में शहद का छत्ता शहद से भरकर फटने-सा लगता है, वैसे ही। पहले इस चराचर विश्व का बहुत-सा हिस्सा उसके जीवन के बाहर ही पड़ा रहता था—जितने से उसका मतलब था उतना ही उसकी नज़र पड़ता था। किंतु आज वह पूरा उसके सामने है, पूरा उसे स्पर्श करता है, पूरा एक नये अर्थ से भर उठा है। वह नहीं जानता था कि धरती को वह इतना प्यार करता है, आकाश ऐसा अचरज-भरा है, प्रकाश ऐसा अपूर्व होता है, सड़क पर अपरिचित यात्रियों का आना-जाना भी इस गम्भीर भाव से सच है। उसकी उद्दाम इच्छा होती है, इस सम्पूर्णता के लिए वह कुछ उद्यम करे, अपनी सारी शक्ति को आकाश के सूर्य की तरह वह संसार के अनवरत उपयोग में लगा दे।

ऐसा नहीं जान पड़ता कि सारी बातें विनय किसी विशेष व्यक्ति के सम्बन्ध में कह रहा है। मानो वह किसी का भी नाम ज़बान पर नहीं ला सकता, कोई आभास देने में भी सकुचा जाता है। यह जो चर्चा वह कर रहा है, इसमें भी वह जैसे अपने को किसी के प्रति अपराधी अनुभव कर रहा है। यह चर्चा अन्याय है, यह अपमान

है—किन्तु आज इस सूनी रात में, निःस्तब्ध आकाश के नीचे, बंधु के पास बैठकर इस अन्याय से वह किसी तरह अपने को नहीं रोक सका।

कैसा है यह चेहरा! प्राणों की दीप्ति उसके गालों की कोमलता के बीच कितनी सुकुमारता से चमक उठती है! हँसने पर उसका अन्तःकरण मानो अद्‌भुत आलोक-सा फूट पड़ता है। ललाट पर कैसी बुद्धि झलकती है! और घनी भौंहों की छाया के नीचे दोनों आँखें कैसी अवर्णनीय! और वे दोनों हाथ—मानो कह रहे हों कि सेवा और प्रेम की सुंदरता को सार्थक करने के लिए सदा प्रस्तुत हैं। विनय अपने जीवन और यौवन को धन्य मानता है, आनंद से मानो उसका हृदय फूला नहीं समा रहा है। पृथ्वी के अधिकतर लोग जिसे देखे बिना ही जीवन बिता देते हैं, विनय उसे यों आँखों के सामने मूर्त होते देख सकेगा, इससे बड़ा आश्चर्य क्या हो सकता है?

लेकिन यह कैसा पागलपन है—अनुचित बात है! हुआ करे अनुचित—अब उससे और सँभलता नहीं। अगर यही धारा उसे कहीं किनारे लगा दे तो ठीक है; अगर बहा दे या डुबा ही दे—तो क्या उपाय है? मुश्किल तो यही है कि उद्धार की इच्छा भी नहीं होती—इतने दिनों के संस्कार और परिस्थितियाँ सब भुलाकर चलते जाना ही मानो जीवन का सार्थक लक्ष्य है!

गोरा चुपचाप सुनता रहा। इसी छत पर ऐसी ही निर्जन चाँदनी रात में और भी अनेक बार दोनों में बहुत बातें हुई हैं—साहित्य की, ज़माने की, समाज कल्याण की कितनी चर्चाएँ, आगत जीवन के बारे में दोनों के कितने संकल्प, लेकिन ऐसी बात इससे पहले कभी नहीं हुई। मानव-हृदय का इतना बड़ा सत्य, ऐसा प्रकाश, गोरा के सामने इस प्रकार कभी नहीं आया। इस सारे क्रिया-कलाप को वह इतने दिन से कविता का खिलवाड़ कहकर पूरी तरह उसकी उपेक्षा करता आया है। आज उसे इतना पास देखकर वह उसको और अस्वीकार न कर सका। इतना ही नहीं, उसके वेग ने गोरा के मन को हिला दिया, उसकी पुलक उसके सारे शरीर में बिजली-सी कौंधती चली गई। उसके यौवन के किसी अगोचर अंश का पर्दा पल-भर के लिए हवा से उठ गया और बहुत दिनों से बंद उस जगह में शरद की रात की चाँदनी प्रवेश करके माया का विस्तार करने लगी।

न जाने कब चंद्रमा छतों के पीछे छिप गया। फिर पूर्व की ओर सोये हुए शिशु की मुस्कराहट-सा हल्के प्रकाश का आभास हुआ। इतनी देर के बाद विनय का मन हल्का हुआ तो एक झिझक ने उसे ग्रस लिया। थोड़ी देर चुप रहकर वह बोला, ''मेरी ये सब बातें बड़ी ओछी लगेंगी तुम्हें। तुम शायद मन-ही-मन मेरा मज़ाक भी उड़ा रहे हो। लेकिन क्या करूँ, कभी तुमसे कुछ छिपाया नहीं है, आज भी कुछ नहीं छिपा रहा हूँ—तुम समझो या न समझो!''

गोरा ने कहा, ''विनय, मैं यह तो नहीं कह सकता कि मैं ये सब बातें ठीक-ठीक समझता हूँ। अभी दो दिन पहले तक तुम भी कहाँ समझते थे। और जीवन के काम-काज के बीच आज तक ये सब आवेग और आवेश मेरी नज़र में बहुत मामूली चीज़ थे, इससे भी इनकार नहीं कर सकता। लेकिन इसीलिए ये सचमुच छोटी हैं, ऐसा शायद नहीं है। इनकी शक्ति और गम्भीरता से मेरा सामना नहीं हुआ, इसीलिए ये मुझे सारहीन और छलना-सी लगी हैं। लेकिन तुम्हारी इतनी बड़ी उपलब्धि को मैं आज झूठ कैसे कह दूँ? असल में बात यह है कि जो आदमी जिस क्षेत्र में है उस क्षेत्र के बाहर की सच्चाई अगर उसके निकट छोटी न बनी रहे तो वह काम ही नहीं कर सकता। इसीलिए नियमतः दूर की चीज़ें मनुष्य को छोटी नज़र आती हैं—सब सत्यों को ईश्वर एक-सा प्रत्यक्ष करके उसे आफ़त में नहीं डालता। हमें कोई एक पक्ष चुनना ही होगा, सब कुछ एक साथ जकड़ लेने का लोभ छोड़ना ही होगा, नहीं तो सच्चाई हाथ नहीं आएगी। तुम जहाँ खड़े होकर सत्य की जिस मूर्ति को प्रत्यक्ष देखते हो, मैं वहीं पर उसी मूर्ति का अभिवादन करने नहीं जा सकूँगा—उससे मेरे जीवन का सत्य नष्ट हो जायेगा। वह या तो इधर हो, या उधर।''

विनय बोला, ''यानी—या तो विनय हो या गोरा! मैं अपने को भर लेने के लिए निकला हूँ, और तुम अपने को त्याग देने के लिए!''

खीझकर गोरा ने कहा, ''विनय, तुम ज़बानी किताबें लिखना शुरू मत करो! तुम्हारी बात सुनकर एक बात मैं साफ़-साफ़ समझ गया हूँ। अपने जीवन में तुम आज एक बहुत प्रबल सत्य के सामने खड़े हो—उसे टाल नहीं सकोगे। सत्य की उपलब्धि हो जाने से उसके आगे आत्म-समर्पण करना ही होगा—कोई दूसरा मार्ग नहीं है। जिस क्षेत्र में मैं हूँ, उस क्षेत्र के सत्य को मैं भी ऐसे ही एक दिन पा लूँ, यही मेरी आकांक्षा है। इतने दिनों तक तुम किताबी प्रेम का परिचय पाकर ही संतुष्ट थे—मैं भी किताबी देश-प्रेम ही जानता हूँ। आज तुम्हारे सामने जब प्रेम प्रत्यक्ष हुआ, तभी तुम जान सके कि किताबी ज्ञान से वह कितना अधिक सत्य है—वह तुम्हारे चराचर जगत् पर छा गया है और तुम कहीं भी उससे छुटकारा नहीं पा रहे हो। मेरे सामने जिस दिन स्वदेश-प्रेम ऐसे ही सर्वांगीण भाव से प्रत्यक्ष हो जायेगा, उस दिन मेरे भी बचाव का रास्ता न रहेगा—उस दिन वह मेरा धन-जीवन, मेरा हाड़-माँस-मज्जा, मेरा आकाश-प्रकाश, मेरा सब-कुछ अनायास खींचकर ले जा सकेगा। स्वदेश की वह सत्य-मूर्ति कैसी विस्मय-भरी, सुंदर, सुनिश्चित और सुगोचर है, उसका आनंद और उसकी वेदना कितनी प्रचंड है, प्रबल है, जो पल-भर में जीवन-मरण को बाढ़ की तरह बहा ले जाती है—यह आज तुम्हारी बात सुनकर मन-ही-मन थोड़ा-थोड़ा अनुभव कर पा रहा हूँ। तुम्हारे जीवन की यह उपलब्धि आज मेरे जीवन को ललकार रही है—तुमने जो पाया

है मैं उसे कभी समझ सकूँगा या नहीं, यह तो नहीं जानता; किंतु मैं जो पाना चाहता हूँ मानो उसका आस्वाद तुम्हारी मार्फ़त थोड़ा-थोड़ा पा सकता हूँ।

कहते-कहते चटाई छोड़ गोरा उठकर खड़ा हुआ और छत पर टहलने लगा। पूर्व में उषा का आभास मानो उसे एक वेद वाक्य-सा लगा; मानो प्राचीन तपोवन से एक वेद-मन्त्र उच्चरित हो उठा। उसका शरीर रोमांचित हो आया—क्षण-भर वह मुग्ध-सा खड़ा रहा और उसे लगा कि उसका ब्रह्म-रंध्र भेदकर एक ज्योति सूक्ष्म मृणाल-तन्तु के सहारे उठकर एक ज्योतिर्मय शतदल-सी सारे आकाश में व्याप्त होकर खिल उठी है—उसके प्राण, चेतना, शक्ति मानो पूरी तरह एक परम आनंद में जा मिली है।

जब गोरा अपने-आप में लौट आया तब सहसा बोला, ''विनय, तुम्हें इस प्रेम को भी पार करके आना होगा—मैं कहता हूँ, वहीं रुक जाने से नहीं चलेगा। मेरा आह्वान जिस महाशक्ति ने किया है, वह जितना बड़ा सत्य है, यह मैं एक दिन तुम्हें दिखाऊँगा। आज मेरा मन भारी आनंद से भरा है—अब मैं तुम्हें और किसी के हाथों में नहीं छोड़ सकूँगा।''

चटाई छोड़कर विनय उठ गया और गोरा के पास जा खड़ा हुआ। गोरा ने एक अपूर्व उत्साह से उसे दोनों बाँहों में घेरकर गले लगाते हुए कहा, ''भाई विनय, हम मरेंगे तो एक ही मौत मरेंगे—हम दोनों एक हैं, कोई हमें अलग नहीं कर सकेगा, कोई बाँध नहीं सकेगा।''

गोरा के इस गहन उत्साह का वेग विनय के हृदय को भी तरंगित करने लगा; उसने कुछ कहे बिना अपने को गोरा के इस उत्साह के प्रति सौंप दिया।

गोरा और विनय दोनों चुपचाप साथ-साथ टहलने लगे। पूर्व का आकाश लाल हो उठा। गोरा ने कहा, ''भाई, अपनी देवी को मैं देखता हूँ तो सौंदर्य के बीच नहीं, वहाँ तो अकाल है, दारिद्रय है, दुःख और अपमान है। वहाँ प्रार्थना गाकर, फूल चढ़ाकर पूजा नहीं होती; वहाँ प्राण देकर, लहू बहाकर पूजा करनी होगी। मुझे तो सबसे बड़ा आनंद यही जान पड़ता है कि वहाँ सुख में मगन होने को कुछ नहीं है, वहाँ अपने ही सहारे पूरी तरह जागृत रहना होगा, सब कुछ देना होगा। वहाँ मधुरता नहीं है—वह एक दुर्जय, दुस्सह आविर्भाव है—निष्ठुर है, भयंकर है—उसमें एक ऐसी झंकार है जिसमें सातों स्वर एक साथ बज उठने से तार ही टूट जाते हैं! उसके स्मरण से ही मेरा मन उल्लास से भर उठता है। मुझे जान पड़ता है कि यही है पुरुष का आनंद—यही है जीवन का तांडव! पुराने के ध्वंस-यज्ञ की अग्नि-शिखा के ऊपर नये की सुंदर मूर्ति देखने के लिए ही पुरुष की साधना है। मैं लाल प्रकाश में एक बंधन-मुक्त ज्योतिर्मय भविष्य को देख पाता हूँ—आज के इस मोह में भी देख रहा हूँ—देखो, मेरे हृदय के भीतर कौन डमरू बजा रहा है!''

विनय ने कहा, "भाई गोरा, मैं तुम्हारे साथ ही रहूँगा। किंतु तुमसे इतना कहता हूँ, मुझे कभी दुविधा में मत रहने देना! एकदम भाग्य की तरह कठोर होकर मुझे खींचे लिये जाना। हम दोनों का रास्ता एक है, लेकिन दोनों की शक्ति तो बराबर नहीं है।"

गोरा ने कहा, "हमारी प्रकृतियाँ अलग-अलग हैं। लेकिन एक बहुत गहरा आनंद हमारी भिन्न प्रकृतियों को एक कर देगा—जो प्रेम तुम्हारे-मेरे बीच है उससे भी बड़ा प्रेम हमें एक कर देगा। जब तक वह प्रेम प्रत्यक्ष नहीं होगा तब तक हम दोनों के बीच पग-पग पर टकराहट, विरोध, अलगाव होता रहेगा—फिर एक दिन हम सब-कुछ भूलकर, अपना अलगाव, अपना बंधुत्व भी भूलकर, एक बहुत विशाल, प्रचंड आत्म-परिहास के द्वारा, अटल शक्ति के द्वारा एक हो जायेंगे—वह कठिन आनंद ही हमारे बंधुत्व की चरम उपलब्धि होगा।"

गोरा का हाथ पकड़ते हुए विनय बोला, "ऐसा ही हो!"

गोरा ने कहा, "लेकिन तब तक तुम्हें मैं बहुत दुःख देता रहूँगा। मेरे अत्याचार तुम्हें सहने होंगे, क्योंकि अपने बंधुत्व को ही मैं जीवन का अंतिम उद्देश्य नहीं मान सकूँगा—किसी भी तरह उसी को बचाते रहने की कोशिश करके उसका अपमान नहीं करूँगा। इससे अगर दोस्ती टूट जाये तब तो कोई उपाय नहीं है, लेकिन अगर रहे तभी उसकी सार्थकता है।"

इसी समय पैरों की आवाज़ सुनकर दोनों चौंक कर मुड़े। देखा—आनंदमयी छत पर आ रही थीं। उन्होंने दोनों के हाथ पकड़े और खींचकर उन्हें नीचे ले जाते हुए कहा, "चलो, जाकर सोओ!"

दोनों ने कहा, "अब क्या नींद आएगी, माँ!"

"आएगी," कहकर आनंदमयी ने दोनों को बिस्तर पर पास-पास लिटा दिया और कमरे का दरवाज़ा उढ़काकर सिरहाने बैठकर पंखा झलने लगीं।

विनय ने कहा, "माँ, तुम्हारे पंखा झलते रहने से तो हमें नींद नहीं आएगी।"

आनंदमयी बोलीं, "कैसे नहीं आएगी, देखूँगी! मैं चली गई तो तुम लोग फिर बहस करने लगोगे। यह नहीं होने का।"

दोनों के सो जाने पर चुपके से आनंदमयी कमरे के बाहर चली गईं। उन्होंने सीढ़ियाँ उतरते हुए देखा, महिम ऊपर जा रहा है। उन्होंने कहा, "अभी नहीं—सारी रात वे लोग सोये नहीं। मैं अभी-अभी उन्हें सुलाकर आ रही हूँ।"

महिम ने कहा, "वाह रे, इसी को कहते हैं दोस्ती! ब्याह की कोई बात हुई थी या नहीं, तुम्हें कुछ पता है?"

आनंदमयी, "पता नहीं।"

महिम, "जान पड़ता है, कुछ-न-कुछ तय हो गया है। उनकी नींद कब टूटेगी?

ब्याह जल्दी न हुआ तो कई मुश्किलें आ खड़ी होंगी।''

हँसकर आनंदमयी ने कहा, ''उनके सो जाने से ऐसी कोई बड़ी मुश्किल नहीं होगी—वे लोग आज ही किसी समय जाग जायेंगे।''

## 16

वरदासुंदरी ने परेश बाबू से पूछा, ''तुम सुचरिता का ब्याह नहीं करोगे?''

थोड़ी देर परेश बाबू अपने स्वाभाविक शान्त गम्भीर भाव से ठोढ़ी सहलाते रहे, फिर मृदु स्वर में बोले, ''वर कहाँ है?''

वरदासुंदरी बोलीं, ''क्यों, पानू बाबू के साथ उसके विवाह की बात तो तय हो ही चुकी है—कम-से-कम हम लोग तो यही समझते हैं, सुचरिता भी यही समझती है।''

परेश बोले, ''मुझे तो ऐसा नहीं लगता कि राधारानी को पानू बाबू पसन्द हैं।''

वरदासुंदरी—''देखो, यही सब मुझे अच्छा नहीं लगता। सुचरिता को कभी मैंने अपनी लड़कियों से अलग नहीं माना; लेकिन इसीलिए ही यह भी कहना होगा कि उसमें ऐसी क्या असाधारण बात है? पानू बाबू जैसे विद्वान् धार्मिक आदमी को वह अगर पसन्द है तो यह क्या यों ही उड़ा देने की बात है? तुम जो कहो, मेरी लावण्य देखने में उससे कहीं सुंदर है, लेकिन मैं तुमसे कहे देती हूँ, जिसे भी हम पसन्द कर देंगे, वह उससे ब्याह कर लेगी, कभी 'ना' नहीं करेगी। तुम्हीं सुचरिता को अगर ऐसे सिर चढ़ाकर रखोगे तो उसके लिए वर मिलना मुश्किल हो जायेगा।

इस पर परेश बाबू ने और कुछ नहीं कहा। वह वरदासुंदरी के साथ कभी बहस नहीं करते, खासकर सुचरिता के सम्बन्ध में।

सतीश को जन्म देकर जब सुचरिता की माँ की मृत्यु हुई तब सुचरिता सात बरस की थी। उसके पिता रामशरण हालदार ने पत्नी की मृत्यु के बाद ब्रह्म-समाज अपनाया और पड़ोसियों के अत्याचार के कारण गाँव छोड़कर ढाका में आ बसे। वहीं पोस्ट-ऑफिस की नौकरी करते समय परेश बाबू के साथ उनकी घनिष्ठता हो गई। तभी से सुचरिता परेश को ठीक अपने पिता के समान मानती है।

रामशरण की मृत्यु अचानक हो गई। अपनी वसीयत में अपना सब रुपया-पैसा लड़के और लड़की के नाम करके वे उनकी देख-भाल परेश बाबू को सौंप गये। सतीश और सुचरिता तभी से परेश के परिवार के हो गये।

घर या बाहर के भी लोग सुचरिता के प्रति जब विशेष स्नेह या दिलचस्पी दिखाते

तो वरदासुंदरी को ठीक न लगता। फिर भी चाहे जिस कारण हो, सुचरिता सभी से स्नेह और सम्मान पाती। वरदासुंदरी की अपनी लड़कियाँ भी उसके स्नेह के लिए आपस में झगड़ती रहतीं। विशेषकर मँझली लड़की ललिता तो अपने ईर्ष्या-पोषित स्नेह से सुचरिता को मानो दिन-रात जकड़कर बाँधे रखना चाहती थी।

वरदासुंदरी की इच्छा यही थी कि पढ़ने-लिखने में उनकी लड़कियाँ उस ज़माने की सब विदुषियों से आगे निकल जायें। उनकी लड़कियों के साथ-साथ बड़ी होती हुई सुचरिता भी उन-सा ही कौशल प्राप्त कर ले, यह बात उनके लिए सुखकर नहीं थी। इसीलिए सुचरिता के स्कूल जाने के समय तरह-तरह की रुकावटें खड़ी होती ही रहती हैं।

इन सब रुकावटों के असली कारण को समझते हुए परेश बाबू ने सुचरिता का स्कूल छुड़ा दिया और स्वयं पढ़ाना आरम्भ कर दिया। इतना ही नहीं, सुचरिता मानो विशेष रूप से उन्हीं की संगिनी हो गई। वे उसके साथ अनेक विषयों पर बातचीत करते, जहाँ जाते उसे साथ ले जाते, जब कहीं दूर रहने को मजबूर होते तब चिट्ठियों में अनेक प्रसंग उठाकर उनकी विस्तृत चर्चा किया करते। इसी ज्ञान के कारण सुचरिता का मन उसकी उम्र और अवस्था से कहीं आगे बढ़ गया था। उसके चेहरे पर और आचरण में जो एक सौम्य गम्भीरता आ गई थी, उसे देखकर कोई उसे बालिका नहीं समझ सकता था; और लावण्य उम्र में उसके लगभग बराबर होने पर भी हर बात में सुचरिता को अपने से बड़ा मानती थी। यहाँ तक कि वरदासुंदरी भी चाहने के बावजूद किसी तरह उसकी अवज्ञा नहीं कर सकती थीं।

पाठक यह तो जान ही चुके हैं कि हारान बाबू बड़े उत्साही ब्रह्म-समाजी थे। ब्रह्म समाज के सारे काम-काज में उनका सहयोग था—रात्रि-पाठशाला में वे शिक्षक थे, पत्र के सम्पादक थे, स्त्री-विद्यालय के सेक्रेटरी थे—वे मानो काम से थकते ही न थे। एक दिन यह युवक ब्रह्म-समाज में बहुत ऊँचा स्थान पाएगा, इसका सभी को विश्वास था। विशेष रूप से अंग्रेज़ी भाषा पर उनके अधिकार और दर्शन-शास्त्र में उनकी गहरी पैठ की ख्याति विद्यालय के छात्रों के माध्यम से ब्रह्म-समाज के बाहर भी फैल गई थी।

इन्हीं सब कारणों से सुचरिता भी दूसरे ब्रह्म-समाजियों की तरह हारान बाबू को विशेष श्रद्धा से देखती थी। ढाका से कलकत्ता आते समय हारान बाबू से परिचित होने के लिए वह मन-ही-मन विशेष रूप से उत्सुक थी।

इन्हीं सुप्रसिद्ध हारान बाबू के साथ अन्त में सुचरिता का न केवल परिचय हुआ, बल्कि थोड़े दिनों में ही सुचरिता के प्रति अपने हृदय के आकर्षण को प्रकट करने में भी हारान बाबू को संकोच न हुआ। ऐसी बात नहीं थी कि उन्होंने स्पष्ट रूप से सुचरिता

के सामने प्रणय-निवेदन किया हो; किंतु सुचरिता के हर तरह के अधूरेपन को पूरा करने, उसकी कमियों का संशोधन करने, उसका उत्साह बढ़ाने और उसकी उन्नति के साधन जुटाने का काम वे ऐसे मनोयोग से करने लगे कि सभी ने यह समझ लिया कि वे विशेष रूप से इस कन्या को अपने लिए उपयुक्त संगिनी के रूप में तैयार करना चाहते हैं।

इस बात से हारान बाबू के प्रति वरदासुंदरी की पहले की श्रद्धा खत्म हो गई। वह उन्हें मामूली स्कूल-मास्टर मानकर उन्हें नज़रन्दाज़ करने की कोशिश करने लगीं।

जब सुचरिता ने भी यह जान लिया कि विख्यात हारान बाबू के चित्त पर उसने विजय पाई है, तब उसे मन-ही-मन भक्ति-मिश्रित गर्व का अनुभव हुआ।

प्रधान पक्ष की ओर से कोई प्रस्ताव न आने पर भी सबने जब यह तय कर लिया कि हारान बाबू के साथ ही सुचरिता का विवाह ठीक हो गया है। ऐसी हालत में मन-ही-मन सुचरिता ने भी हामी भर दी थी; और अब उसके लिए यह जानना ज़रूरी हो गया था कि हारान बाबू ने ब्रह्म-समाज के जिन हितों के लिए अपना जीवन उत्सर्ग किया है, उनके उपयुक्त होने के लिए उसे कैसे ज्ञान और साधना की आवश्यकता होगी। उसे अपने दिल में इसका एहसास नहीं हुआ कि वह किसी मनुष्य से विवाह करने जा रही थी, बल्कि उसका विवाह समूचे ब्रह्म-समाज के महान मंगल से ही होने वाला था और यह मंगल भी बहुत-सी किताबें पढ़ कर विद्वान हो गया हो और तत्व-ज्ञान के कारण बहुत गम्भीर भी। विवाह की कल्पना उसके लिए मानो बहुत बड़ी ज़िम्मेदारी की घबराहट के हाथों रचा हुआ एक पत्थर का किला हो गई। वह किला सिर्फ़ सुख से रहने के लिए नहीं है, बल्कि युद्ध करने के लिए है—पारिवारिक नहीं, ऐतिहासिक है।

ऐसी स्थिति में ही विवाह हो जाता तो कम-से-कम कन्या-पक्ष के सभी लोग इसे बहुत बड़ा सौभाग्य मानकर ही ग्रहण करते। किंतु हारान बाबू जीवन के अपने ही बनाए हुए महान् उत्तरदायित्व को इतना बड़ा करके देखते थे कि सिर्फ़ अच्छा लगने के कारण आकर्षित होकर विवाह करने को वे अपने लिए उपयुक्त नहीं मानते थे। ब्रह्म-समाज को इस विवाह से कहाँ तक लाभ होगा, इस पर पूरा विचार किये बिना वे इस ओर प्रवृत्त नहीं हो सकते थे। इसीलिए उन्होंने इसी नज़रिए से सुचरिता की परीक्षा लेनी आरम्भ कर दी।

इस प्रकार परीक्षा लेने पर परीक्षा देनी भी होती है। हारान बाबू परेश बाबू के घर में सबके सुपरिचित हो गये। उनके अपने घर के लोग उन्हें पानू बाबू कहकर पुकारते हैं, इसलिए इस घर में भी उनका वही नाम चलने लगा। अब उन्हें केवल अंग्रेज़ी विद्या के भंडार, तत्व-ज्ञान के आधार, और ब्रह्म-समाज के मंगल के अवतार के ही रूप

में देखना काफ़ी न रहा—वे मनुष्य भी हैं—यही परिचय सबसे निकटतम परिचय हो गया। इस तरह वे केवल श्रद्धा और सम्मान के अधिकारी न रहकर अच्छा और बुरा लगने के नियम के अधीन हो गये।

विस्मय की बात यह थी कि पहले दूर से हारान बाबू की जिस प्रवृत्ति के प्रति सुचरिता के मन में श्रद्धा उपजती थी, निकट आने पर वही अब उसे अखरने लगी। ब्रह्म-समाज में जो कुछ सत्य, मंगल और सुंदर है, हारान बाबू द्वारा उस सबका मानो पालक बनकर उसकी रक्षा का भार लेने पर वे उसे बहुत ही छोटे जान पड़े। सत्य के साथ आदमी का असली सम्बन्ध भक्ति का सम्बन्ध है—वह भक्ति सहज ही मनुष्य को विनयशील बना देती है। ऐसा न होने पर वह सम्बन्ध जहाँ मनुष्य को उद्धत और अहंकारी बनाता है, वहाँ मनुष्य उस सत्य की तुलना में अपने ओछेपन को चाहे-अनचाहे प्रकट कर देता है। सुचरिता इस मामले में मन-ही-मन परेश बाबू और हारान के अन्तर की समीक्षा किये बिना न रह सकी। ब्रह्म-समाज से जो कुछ परेश बाबू ने पाया है, उसके सम्मुख वह मानो सदा नत-मस्तक है, वे उसे लेकर ज़रा भी प्रगल्भ नहीं होते, उसकी गहराई में उन्होंने अपने जीवन को डुबो दिया है। परेश बाबू की शान्त मुख-छवि देखने पर उसी सत्य की महत्ता आँखों के सामने आती है जिसे उन्होंने हृदय में धारण किया है। लेकिन हारान बाबू ऐसे नहीं हैं। उनमें ब्राह्मत्व नाम का एक तीव्र आत्म-प्रकाश बाकी सब कुछ के ऊपर छा जाता है और उनकी हर बात और उनके हर काम में अशोभन ढंग से प्रकट हो जाता है। इससे सम्प्रदाय में उनका सम्मान बढ़ा था; किंतु परेश बाबू की शिक्षा के प्रभाव से सुचरिता साम्प्रदायिक संकीर्णता में नहीं बँध सकी थी, इसलिए हारान बाबू का यह निपट ब्रह्म-समाजीपन उसकी स्वाभाविक मानवीयता को ठेस पहुँचाता था। हारान बाबू समझते थे धर्म-साधना के कारण उनकी दृष्टि इतनी स्वच्छ और तेज़ हो गई है कि दूसरे सब लोगों का भला-बुरा और झूठ-सच वे सहज ही समझ सकते हैं। इसीलिए वे सदा हर किसी की आलोचना करने को तैयार रहते। विषयी लोग परनिंदा और नुक्ताचीनी करते रहते हैं; लेकिन जो धार्मिक भाषा में यह काम करते हैं उनकी इस निंदा में एक तरह का आध्यात्मिक अहंकार भी मिला रहता है जो संसार में बहुत उथल-पुथल और गड़बड़ी पैदा कर देता है। उस भाव को सुचरिता बिल्कुल नहीं सह सकती थी। उसके मन में ब्रह्म-समाज के प्रति कोई गर्व न हो, ऐसा नहीं था; किंतु ब्रह्म-समाज में जो बड़े लोग हैं वे ब्राह्म होने के कारण ही एक विशेष शक्ति पाकर बड़े बने हैं, या कि ब्रह्म-समाज के बाहर जो चरित्र-भ्रष्ट लोग हैं वे ब्राह्म न होने के कारण ही विशेष रूप से शक्तिहीन होकर बिगड़ गये हैं, इस बात को लेकर हारान बाबू से सुचरिता की कई बार बहस हो जाती थी।

ब्रह्म-समाज के मंगल की आड़ लेकर विचार करने के क्रम में हारान बाबू जब परेश बाबू को भी अपराधी ठहराने से नहीं चूकते थे तब सुचरिता मानो आहत नागिन-सी तिलमिला उठती थी। बंगाल में उन दिनों अंग्रेज़ी पढ़े-लिखे लोगों में भगवद्गीता को लेकर बातचीत नहीं होती थी, लेकिन परेश बाबू सुचरिता के साथ कभी-कभी गीता पढ़ते थे, कालीसिंह का महाभारत भी उन्होंने सुचरिता को लगभग पूरा पढ़कर सुनाया था। हारान बाबू को यह अच्छा नहीं लगा। इन सब ग्रंथों को वे ब्राह्म-घरों से दूरी देने के पक्षपाती थे। उन्होंने खुद भी ये सब नहीं पढ़े थे। रामायण, महाभारत, भगवद्गीता को वे हिन्दुओं की किताबें कहकर दूर रखना चाहते थे। धर्म-शास्त्रों में एक मात्र बाइबल ही उनका मान्य ग्रंथ था। परेश बाबू अपनी शास्त्र-चर्चा और छोटी-मोटी अनेक बातों में ब्राह्म-अब्राह्म की सीमा की रक्षा करते हुए नहीं चलते, यह बात हारान के मन में काँटे-सी चुभती थी। परेश बाबू के आचरण के बारे में प्रकट या मन-ही-मन कोई किसी तरह का दोषारोपण करने का साहस करे, सुचरिता यह नहीं सह सकती थी। हारान बाबू ने ऐसा दुस्साहस किया था, इसीलिए वे सुचरिता की नज़रों से गिर गये थे।

अनेक ऐसे ही कारणों से परेश बाबू के घर में हारान बाबू का मान दिन-प्रतिदिन घटता गया था। वरदासुंदरी भी ब्राह्म-अब्राह्म का भेद निभाने में यद्यपि हारान बाबू से किसी मायने में कम उत्साही न थीं और उन्हें भी अनेक समय पति के आचरण के कारण लज्जा का बोध होता था, फिर भी हारान बाबू को वे आदर्श-पुरुष नहीं मानती थीं। हारान बाबू के हज़ारों दोष उनकी नज़रों में रहते थे।

हारान बाबू के साम्प्रदायिक उत्साह की अति और नीरस संकीर्णता से भीतर-ही-भीतर सुचरिता का मन प्रतिदिन उनसे विमुख होता जाता था, फिर भी इस सम्बन्ध में किसी पक्ष के मन में कोई विघ्न या सन्देह नहीं था कि उसका विवाह हारान बाबू से ही होगा। धर्म और समाज की दुकान में जो व्यक्ति अपने ऊपर बड़े-बड़े अक्षरों में बहुत ऊँचे दाम का लेबिल लगाए रहता है, धीरे-धीरे अन्य लोग भी उसका महँगापन स्वीकार कर लेते हैं। इसलिए न तो स्वयं हारान बाबू के मन में कोई शंका थी, न और किसी के मन में कि अपने महान संकल्प के अनुसार चलते हुए अच्छी तरह परीक्षा करके सुचरिता को पसन्द कर लेने पर हारान बाबू के निश्चय को सभी लोग सिर-आँखों पर नहीं लेंगे। और-तो-और, परेश बाबू ने भी हारान बाबू के दावे को अपने मन में अग्राह्य नहीं माना था। सभी लोग हारान बाबू को ब्रह्म-समाज का भावी नेता मानते थे। वह भी इसके विरुद्ध न सोचकर हामी भर देते थे। इसीलिए उनके लिए भी विचारणीय बात यही थी कि हारान बाबू जैसे आदमी के लिए सुचरिता उपयुक्त होगी या नहीं; सुचरिता के लिए हारान बाबू कहाँ तक उपयुक्त होंगे, यह

उन्होंने कभी नहीं सोचा था।

इस विवाह के सिलसिले में और किसी ने जैसे सुचरिता की बात सोचना ज़रूरी नहीं समझा, वैसे ही अपनी बात सुचरिता ने भी नहीं सोची। ब्रह्म-समाज के और सब लोगों की तरह उसने भी सोच लिया था कि हारान बाबू जिस दिन कहेंगे, ''मैं इस कन्या को ग्रहण करने को तैयार हूँ'', वह उसी दिन इस विवाह के रूप में अपने महान कर्तव्य को स्वीकार कर लेगी।

सब ऐसे ही चलता जा रहा था। इसी मध्य उस दिन गोरा को उपलक्ष्य करके हारान बाबू के साथ सुचरिता का दो-चार कड़ी बातों का जो आदान-प्रदान हो गया, उसका सुर समझकर परेश बाबू के मन में शंका उठी कि सुचरिता शायद हारान बाबू पर यथेष्ट श्रद्धा नहीं रखती, या शायद दोनों के स्वभाव में मेल न होने के कारण ऐसा है। इसीलिए जब वरदासुंदरी विवाह के लिए ज़ोर दे रही थीं तब परेश पहले की तरह हामी नहीं भर सके। उसी दिन वरदासुंदरी ने अकेले में सुचरिता को बुलाकर कहा, ''तुमने तो अपने पिता को सोच में डाल दिया है।''

सुनकर सुचरिता चौंक उठी। भूल से भी वह परेश बाबू के दुःख का कारण हो, इससे अधिक कष्ट की बात उसके लिए और नहीं हो सकती। उसका चेहरा फीका पड़ गया। उसने पूछा, ''क्यों, मैंने क्या किया है?''

वरदासुंदरी, ''मैं क्या जानूँ, बेटी! उन्हें लगता है, पानू बाबू तुम्हें पसन्द नहीं हैं। ब्रह्म-समाज के सभी लोग जानते हैं कि पानू बाबू के साथ तुम्हारा विवाह एक तरह से पक्का हो चुका है—ऐसी हालत में अगर तुम...''

सुचरिता, ''लेकिन माँ, इस बारे में मैंने तो किसी से कोई बात ही नहीं की?''

सुचरिता का आश्चर्य करना स्वाभाविक ही था। वह हारान बाबू के व्यवहार से कई बार क्रोधित अवश्य हुई है; किंतु विवाह-प्रस्ताव के विरुद्ध उसने कभी मन में भी कुछ नहीं सोचा। इस विवाह से वह सुखी होगी या दुःखी, उसके मन में यह सवाल भी कभी नहीं उठा, क्योंकि वह यही जानती थी कि सुख-दुःख की दृष्टि से इस विवाह पर विचार नहीं किया जा सकता।

तब उसे ध्यान आया, परेश बाबू के सामने ही उस दिन उसने पानू बाबू के प्रति अपनी विरक्ति प्रकट की थी।—इसी से वे उद्विग्न हुए हैं—यह सोचकर उसे दुःख हुआ। ऐसा असंयम उससे पहले तो कभी नहीं हुआ था। उसने मन-ही-मन तय किया कि अब ऐसी भूल फिर कभी न होगी।

उधर उसी दिन हारान बाबू भी कुछ देर बाद फिर आ पहुँचे। उनका मन भी चंचल हो उठा था। इतने दिन से उनका विश्वास था कि मन-ही-मन सुचरिता उनकी पूजा करती है और इस पूजा का अर्घ्य और भी सम्पूर्णता से उनको मिलता अगर

संस्कारों के अन्धे अनुसरण के कारण बूढ़े परेश बाबू के प्रति सुचरिता की अन्ध-भक्ति न होती। परेश बाबू के जीवन में अनेक कमियाँ दिखने पर भी सुचरिता मानो उन्हें देवता ही समझती है, इस पर मन-ही-मन हारान बाबू को हँसी भी आती थी तथा खीझ भी होती थी; फिर भी उन्हें आशा थी कि यथा समय मौका पाकर वे इस अत्यधिक भक्ति को ठीक राह पर डाल सकेंगे।

जो हो, जब तक हारान बाबू अपने को सुचरिता की भक्ति का पात्र समझते रहे तब तक उसके छोटे-छोटे कामों और आचरण की भी केवल समालोचना करते रहे और सदा उसे उपदेश देकर अपने ढंग से गढ़ने की कोशिश करते रहे—विवाह के बारे में कोई साफ़ बात उन्होंने नहीं की। उस दिन सुचरिता की दो-एक बातें सुनकर सहसा उनकी समझ में आ गया कि वह उन्हें जाँचने-परखने भी लगी है। तब से उनके लिए अपना अविचल गाम्भीर्य और स्थिरता बनाए रखना दूभर हो गया। इधर सुचरिता से दो-एक बार जो उनकी भेंट हुई है उसमें वे पहले की तरह अपने गौरव को स्वयं अनुभव या प्रकाशित नहीं कर सके हैं, बल्कि सुचरिता के साथ उनकी बातचीत और व्यवहार में कुछ झगड़े का-सा भाव दिख पड़ता रहा है। इसे लेकर वे अकारण ही, या छोटे-छोटे कारण ढूँढ कर नुक्ताचीनी करते रहे हैं। इस मामले में भी सुचरिता की अविचल उदासीनता से मन-ही-मन उन्हें हार माननी पड़ती है और घर लौटकर अपनी मान-हानि पर वे पछताते रहे हैं।

जो हो, सुचरिता की श्रद्धाहीनता के दो-एक प्रकट लक्षण देखकर हारान बाबू के लिए अब बहुत समय स्थिर होकर उसके परीक्षक के आसन पर बैठे रहना मुश्किल हो गया। इससे पहले परेश बाबू के घर वह यों बार-बार नहीं आते-जाते थे। कोई यह न समझे कि सुचरिता के प्रेम में वे चंचल हो उठे हैं, इस आशंका से वह सप्ताह में केवल एक बार आते थे और अपनी गरिमा में ऐसे मंडित रहते थे मानो सुचरिता उनकी छात्रा हो। लेकिन इधर कुछ दिनों से न जाने क्या हुआ है कि कोई भी छोटा-मोटा बहाना लेकर हारान बाबू दिन में एक से अधिक बार भी आए हैं और उससे भी छोटा बहाना ढूँढ कर सुचरिता के करीब आकर बातें करने की चेष्टा करते रहे हैं। इससे परेश बाबू को भी दोनों का अच्छी तरह पर्यवेक्षण करने का अवसर मिल गया है और उनका सन्देह क्रमशः दृढ़ ही होता गया है।

आज हारान बाबू के आते ही उन्हें अलग बुलाकर वरदासुंदरी ने पूछा, "अच्छा पानू बाबू, सभी लोग कहते हैं कि हमारी सुचरिता से आप विवाह करेंगे, लेकिन आपके मुँह से हमने तो कभी कोई बात नहीं सुनी। सचमुच अगर आपका ऐसा अभिप्राय हो तो आप साफ़-साफ़ कह क्यों नहीं देते?"

अब हारान बाबू और देर नहीं कर सके। अब सुचरिता को वे किसी तरह बन्धन

में कर लें तभी निश्चिंत होंगे—उनके प्रति उसकी भक्ति की, और ब्रह्म-समाज के हित के लिए उसकी योग्यता की परीक्षा फिर कभी की जा सकेगी। वरदासुंदरी से उन्होंने कहा, "कहने को अनावश्यक मानकर ही मैंने नहीं कहा। सुचरिता के अट्ठारह वर्ष पूरे होने का ही इंतज़ार कर रहा था।"

वरदासुंदरी बोलीं, "आप तो ज़रूरत से ज़्यादा सोचते हैं। हम लोग तो चौदह वर्ष की उम्र विवाह के लिए काफ़ी समझते हैं।"

उस दिन परेश बाबू चाय के समय सुचरिता का व्यवहार देखकर चकित रह गये। बहुत दिनों से सुचरिता ने हारान बाबू के लिए इतना जतन और आग्रह नहीं दिखाया था। यहाँ तक कि वे जब जाने को उठे तब लावण्य की शिल्पकारी का एक नया नमूना दिखाने की बात कहकर सुचरिता ने उनसे और कुछ देर बैठने का अनुरोध किया।

परेश बाबू निश्चिंत हो गये। उन्होंने मान लिया कि उनसे समझने में भूल हुई थी। बल्कि मन-ही-मन वह थोड़ा हँसे भी। उन्होंने सोचा कि दोनों में कोई हल्का-फुल्का प्रणय-कलह हुआ था और अब फिर से सुलह हो गई है।

विदा होते समय उस दिन हारान बाबू ने परेश के सम्मुख विवाह का प्रस्ताव रख दिया। उन्होंने यह भी जता दिया कि इस सम्बन्ध में और देर करने की उनकी मंशा नहीं है।

कुछ अचरज करते हुए परेश बाबू ने कहा, "लेकिन आपका तो मत है कि अट्ठारह वर्ष से कम उम्र की लड़की का विवाह करना अनुचित है? बल्कि आपने तो अखबारों में भी ऐसा लिखा है।"

हारान बाबू बोले, "सुचरिता के बारे में वह शर्त लागू नहीं होती, क्योंकि जैसा उसका मन विकसित है वैसा उससे कहीं अधिक उम्र की लड़कियों में भी नहीं पाया जाता।"

शान्त दृढ़ता के साथ परेश बाबू ने कहा, "वह होगा, पानू बाबू! लेकिन जब कोई हानि नहीं दिख पड़ती तब आपके मन के अनुसार राधारानी की उम्र पूरी होने तक प्रतीक्षा करना ही प्रथम कर्तव्य है।"

अपनी दुर्बलता से साक्षात हो जाने पर लज्जित हारान बाबू ने कहा, "वह अवश्य ही कर्तव्य है। मेरी इतनी इच्छा है कि एक दिन सबको बुलाकर भगवान का नाम लेकर सम्बन्ध पक्का कर दिया जाये।"

परेश बाबू ने कहा, "यह तो बहुत अच्छा प्रस्ताव है।"

# 17

गोरा ने दो-तीन घंटे की नींद के बाद जागकर देखा कि विनय पास ही सोया हुआ है। यह देखकर उसका हृदय आनंद से भर उठा। कोई आदमी अपनी प्रिय वस्तु को सपने में खो देने के बाद, जागकर यह देखे कि वह वस्तु खोयी नहीं है, तब मन को जैसा संतोष होता है वैसा ही गोरा को हुआ। गोरा का जीवन विनय को छोड़ देने से कितना अधूरा हो जाता, यह उसने आज विनय को पास ही देखकर अनुभव किया। इसी आनंद की लहर में गोरा ने विनय को उसका सिर हिलाकर जगा दिया और कहा, ''चलो, एक काम है।''

गोरा का रोज सवेरे का एक नियमबद्ध काम था—पड़ोस के निम्न श्रेणी के लोगों के घर जाना। उनकी मदद करने या उन्हें उपदेश देने के लिए नहीं, सिर्फ़ उन्हें देखने ही जाता था। पढ़े-लिखे अन्य लोगों के साथ उनका ऐसा मेल-जोल कतई नहीं था। गोरा को वे लोग 'दादा ठाकुर' कहते थे और कौड़ियाँ-लगे हुक्के से उसका स्वागत करते थे। केवल इन लोगों का आतिथ्य स्वीकार करने के लिए ही गोरा ने ज़बर्दस्ती तम्बाकू पीना शुरू कर दिया था।

नंद इन लोगों में गोरा का खास भक्त था। बढ़ई का लड़का था नंद, उम्र लगभग बाईस। बाप की दुकान में वह लकड़ी के बक्से तैयार किया करता था। मैदान में शिकार खेलने वालों में नंद के बराबर बंदूक का निशाना किसी और का नहीं था। क्रिकेट के खेल में गेंद फेंकने में भी वह सबसे अव्वल था।

शिकार और क्रिकेट की अपनी टोलियों में गोरा ने भद्र घरों के विद्यार्थियों के साथ इन सब बढ़ई-लुहार लड़कों को भी मिला लिया था। इस मिले-जुले गुट में नंद सब तरह के खेलों और कसरत में सबसे आगे था। भद्र विद्यार्थियों में कोई-कोई उससे ईर्ष्या भी करता था, पर गोरा के शासन में सभी को उसे सरदार मानने को बाध्य होना पड़ता था।

कुदाल लगने से पैर कट जाने के कारण यही नंद पिछले कुछ दिनों से खेल के मैदान में नहीं आ रहा था। उन दिनों गोरा विनय की बात को लेकर बेचैन था, इसलिए वह नंद के घर नहीं जा सका था। किंतु आज सवेरे ही वह विनय को साथ लेकर बढ़ई-टोले में जा पहुँचा।

नंद के दुमंज़िले कच्चे मकान के दरवाज़े पर पहुँच कर अन्दर से औरतों के रोने की आवाज़ सुनाई दी। नंद का बाप या और कोई पुरुष अभिभावक घर पर नहीं था। पास में ही तम्बाकू वाले की एक दुकान थी। उसके मालिक ने बाहर आ कर कहा, ''नंद आज सवेरे मर गया। उसे अन्तिम क्रिया के लिए ले गये हैं।''

नंद मर गया! ऐसी शक्ति, ऐसा तेज, ऐसा स्वास्थ्य, इतना कर्मठ, इतनी कम उम्र—और वह नंद आज सवेरे मर गया। गोरा ने अपने शरीर को कड़ा करके किसी तरह अपने को सँभाला। नंद एक मामूली बढ़ई का लड़का था—उसके न रहने से संसार की रफ़्तार में क्षण-भर की जो बाधा पड़ेगी, उसे बहुत थोड़े ही लोग देख सकेंगे—लेकिन आज गोरा को नंद की मृत्यु असहनीय रूप से असमय और असंभव जान पड़ रही थी। गोरा ने तो देखा था कि उसमें कितना आत्मबल है—इतने और लोग जीते हैं लेकिन उस-जैसा प्राणवान् तो कोई नहीं दिखता।

कैसे मृत्यु हुई, यह पूछने पर मालूम हुआ कि उसे धनुष्टंकार हो गया था। नंद के बाप ने डॉक्टर को बुलाना चाहा था, किंतु नंद की माँ ने ज़ोर देकर कहा था कि उसके लड़के को भूत लग गया है। ओझा सारी रात मन्त्र पढ़कर झाड़-फूँक करते रहे। बेहोश होने से पहले नंद ने गोरा को खबर देने का अनुरोध किया था, लेकिन गोरा आकर कहीं डॉक्टरी इलाज के लिए जिद न करने लगे, इस भय से किसी को नंद की माँ ने गोरा तक खबर पहुँचाने जाने नहीं दिया।

विनय ने वहाँ से लौटते समय कहा, ''कैसी अज्ञानता है! और उसकी कैसी भयानक सज़ा!''

गोरा ने कहा, ''इस अज्ञान को एक तरफ़ करके और खुद को इससे बाहर मानकर अपने को तसल्ली मत दो, विनय! यह अज्ञान कितना बड़ा है और उसकी सज़ा भी कितनी भीषण है, यह अगर तुम साफ़-साफ़ देख सकते तो ऐसे आक्षेप का एक वाक्य कहकर पल्ला झाड़ सारे मामले से तटस्थ हो जाने की चेष्टा न करते!''

मन के आवेग के साथ क्रमशः गोरा के कदम भी तेज़ होते गये। विनय उसकी बात का कोई उत्तर न देकर उसके बराबर कदम रखता हुआ साथ चलने की कोशिश करता रहा।

गोरा ने अपनी बात जारी रखी—''सारी जाति ने अन्धेपन के हाथों अपनी अक्ल बेच दी है। देवता, भूत-प्रेत, उल्लू, छींक, बृहस्पतिवार, बिल्ली—किस-किस का डर है, इसका कोई अन्त नहीं है। सत्य को साथ लेकर जगत् में कैसे मर्दानगी से जूझना होता है, यह ये लोग कैसे जानेंगे? और हम-तुम जैसे समझ लेते हैं कि हम लोगों ने दो-चार पन्ने विज्ञान पढ़ लिया है इसलिए हम इनके गुट में नहीं हैं। लेकिन यह निश्चित जानो, चारों ओर फैली हुई हीनता की जकड़ से थोड़े-से लोग किताबी विद्या के सहारे कभी अपने को बचाकर नहीं रह सकते। ये लोग जब तक दुनिया के चलने के नियम की शक्ति में विश्वास नहीं करेंगे, जब तक लोग मिथ्याचार में जकड़े रहेंगे, तब तक हमारे शिक्षित लोग भी इसके प्रभाव से बच नहीं सकते।''

विनय ने कहा, ''शिक्षित लोग यदि बच भी जायेंगे तो क्या! शिक्षित हैं ही

कितने ? पढ़े-लिखों को उन्नत करने के लिए ही दूसरों को उन्नत होना होगा, ऐसी बात नहीं है, बल्कि दूसरों को उन्नत करने में ही पढ़े-लिखों की शिक्षा का सदुपयोग है।''

विनय का हाथ पकड़कर गोरा ने कहा, ''ठीक यही बात तो मैं कहना चाहता हूँ। लेकिन तुम लोग अपनी भद्रता और शिक्षा के अभिमान में साधारण लोगों से अलग होकर मज़े में निश्चिंत हो सकते हो, यह मैंने अक्सर देखा है; इसीलिए तुम्हें मैं सावधान कर देना चाहता हूँ कि नीचे के लोगों का निस्तार किये बिना यथार्थ में तुम्हारा निस्तार कभी नहीं होगा। नाव के तल में छेद हो तो नाव का मस्तूल कभी सीधा नहीं रह सकता, चाहे वह कितना ही ऊँचा क्यों न हो।''

निरुत्तर होकर विनय गोरा के साथ चलता रहा।

गोरा थोड़ी देर चुप रहकर फिर बोल उठा, ''नहीं विनय, इसे मैं किसी तरह सहज भाव से बर्दाश्त नहीं कर सकता! जो ओझा आकर मेरे नंद को मार गया है, उसकी मार मुझ पर पड़ रही है, सारे देश पर पड़ रही है। इन सब बातों को मैं अलग-अलग, छोटी-छोटी घटनाओं के रूप में किसी तरह नहीं देख पाता।''

फिर भी विनय को निरुत्तर देखकर गोरा भड़क उठा, ''विनय, मैं यह खूब समझता हूँ कि मन-ही-मन तुम क्या सोचते हो। तुम सोचते हो, यह जो सब अंधविश्वास और झूठ भारतवर्ष की छाती पर सवार है, इसका बोझ हिमालय के बोझ की तरह अडिग है, इसे कौन सरका सकता है, लेकिन मैं ऐसे नहीं सोचता, सोचता तो बचता नहीं। जो कुछ हमारे देश को चोट पहुँचाता है उसका प्रतिकार ज़रूर है, फिर वह चाहे कितना ही प्रबल क्यों न हो। और प्रतिकार एकमात्र हमारे ही हाथ में है, ऐसा मेरा अटल विश्वास है; तभी मैं चारों ओर फैले इस दुःख-अपमान-दुर्गति को सह सकता हूँ।''

विनय ने कहा, ''देश-व्यापी इतनी बड़ी दुर्गति के सामने अपने विश्वास को दृढ़ रखने का मुझे तो साहस ही नहीं होता।''

गोरा ने कहा, ''अँधेरा विस्तृत होता है और दीये की शिखा छोटी। पर इतने बड़े अंधकार की बजाय इतनी छोटी-सी शिखा पर ही मैं अधिक आस्था रखता हूँ। मैं किसी भी तरह यह नहीं मान सकता कि दुर्गति चिरस्थायी हो सकती है। सारे विश्व की ज्ञान-शक्ति, प्राण-शक्ति उस पर भीतर और बाहर से बराबर चोट कर रही है। हम लोग छोटे ही क्यों न हों, उसी ज्ञान और प्राण के गुट में जा शामिल होंगे। वहाँ खड़े-खड़े यदि मर भी जायें तो मन में यह निश्चय जानकर मरें कि हमारे गुट की जीत होगी। देश की जड़ता को ही सबसे बड़ा और प्रबल मानकर उसी का रोना लेकर पड़े नहीं रहेंगे। मैं तो कहता हूँ, संसार में शैतान के ऊपर श्रद्धा रखना और भूत से डरना एक बराबर है; दोनों का फल यही होता है कि रोग की सही चिकित्सा की ओर प्रवृत्ति ही

नहीं होती। जैसा झूठा डर वैसा ही झूठा ओझा; दोनों ही हमें मारते रहते हैं। विनय, तुमसे मैंने बार-बार कहा है, इस बात को एक क्षणभर के लिए भी, कभी सपने में भी, असंभव मत समझो कि हमारा यह देश कभी मुक्त नहीं होगा। अज्ञान उसे हमेशा जकड़े नहीं रहेगा और ये अंग्रेज़ भी उसे अपनी व्यापार की नौका के पीछे-पीछे ज़ंजीर से बाँध कर नहीं ले जा सकेंगे। मन में यही बात दृढ़ रखकर हमेशा तैयार रहना होगा। भारतवर्ष की स्वाधीनता के लिए भविष्य में किसी दिन लड़ाई शुरू होगी, तुम लोग इसी भरोसे अपनी किस्मत छोड़कर निश्चिंत बैठे हो। किंतु मैं कहता हूँ, लड़ाई आरम्भ हो गई है—हर क्षण हो रही है; ऐसे समय में भी अगर तुम निश्चिंत रह सकते हो तो इससे बड़ी कायरता और कुछ नहीं है।''

विनय ने कहा, ''देखो गोरा, तुममें और अपने में एक अन्तर मुझे यह दिखता है कि हमारे देश में प्रतिदिन राह चलते जो कुछ होता रहता है और बहुत दिन से जो होता चला आ रहा है, तुम उसे मानो रोज़ नई दृष्टि से देख पाते हो। जैसे हम साँस लेने को भूले रहते हैं, हमारे लिए यह सब भी वैसा ही है—न हमें आशा देता है, न हताश करता है—उसमें हमें न आनंद है, न दुःख है—दिन पर दिन शून्य भाव से बीतते जाते हैं और इस सबके मध्य हम अपना या अपने देश का अनुभव ही नहीं करते।''

गोरा का मुँह सहसा लाल हो गया और माथे की नसें तन गईं...दोनों हाथों की मुट्ठियाँ भींचकर वह रास्ते के बीच जाती हुई दो घोड़ों वाली गाड़ी के पीछे दौड़ा और राह चलते लोगों को अपनी गरज से चौंकाता हुआ चिल्लाया, ''गाड़ी रोको!'' भारी घड़ी-चेन पहने हुए एक बाबू गाड़ी हाँक रहे थे, उन्होंने एक बार पीछे मुड़कर देखा और दोनों घोड़ों को चाबुक मारकर भगाते हुए क्षण-भर में दूर निकल गये।

एक बूढ़ा मुसलमान सिर पर फल-सब्ज़ी, अण्डा, रोटी, मक्खन आदि खाने-पीने की चीज़ों को लेकर किसी अंग्रेज़ प्रभु की रसोई की ओर चला जा रहा था। चेन पहने हुए बाबू ने उसे गाड़ी के आगे से हट जाने की हाँक भी लगाई थी, पर बूढ़े के न सुन पाने से गाड़ी उसके ऊपर से निकल गई थी। बूढ़े के प्राण तो बच गये, लेकिन टोकरी की सब चीज़ें लुढ़ककर सड़क पर बिखर गईं। क्रुद्ध बाबू ने कोच-बक्स से 'डैम सूअर!' की गाली देकर चाबुक उठाया और तड़ाक से बूढ़े के सिर पर जमा दिया। उसके माथे पर लहू की लाल रेखा खिंच गई। बूढ़े ने 'अल्लाह!' कहकर लम्बी साँस ली और जो चीज़ें बच गई थीं उन्हें उठा-उठाकर टोकरी में रखने लगा। गोरा भी मुड़कर बिखरी हुईं चीज़ें बीन-बीनकर उसकी टोकरी में रखने लगा। बूढ़ा मुसलमान एक अच्छे-भले भद्र पथिक का ऐसा व्यवहार देखकर सकुचाते हुए बोला, ''आप क्यों कष्ट करते हैं बाबू—अब ये किसी काम नहीं आएँगी।''

यह गोरा भी जानता था कि जो वह कर रहा है अनावश्यक है, और यह भी जानता था कि जिसकी सहायता की जा रही है उसे संकोच हो रहा है। वास्तव में सहायता के उस कार्य का कोई विशेष मूल्य नहीं था। लेकिन एक भद्रजन ने जिसका अपमान किया है, उसी अपमानित के साथ एक दूसरा भद्रजन अपने को मिलाकर धर्म की क्षुब्ध व्यवस्था में सामंजस्य लाने का प्रयत्न कर रहा है, यह बात राहगीर लोगों के लिए समझनी असंभव थी। टोकरी भर जाने पर गोरा ने बूढ़े से कहा, ''तुमसे तो इतना नुकसान सहा नहीं जायेगा। चलो, हमारे घर चलो, पूरे दाम चुकाकर हम सब ले लेंगे। लेकिन बाबा, एक बात तुमसे कहूँ—तुमने जो यह अपमान बिना कुछ कहे सह लिया, उसके लिए अल्लाह तुम्हें माफ़ नहीं करेंगे।''

मुसलमान ने कहा, ''कुसूर जिसका है, अल्लाह उसको सज़ा देंगे, मुझे क्यों देंगे?''

गोरा ने कहा, ''जो अन्याय सहता है, वह भी दोषी है, क्योंकि वह दुनिया में अन्याय को बढ़ावा देता है। तुम मेरी बात समझोगे नहीं, पर याद रखो, दुष्ट के साथ भलमनसाहत धर्म नहीं है; इससे दुष्ट लोगों का हौसला बढ़ता है। तुम्हारे मुहम्मद साहब इस बात को समझते थे, तभी उन्होंने कोरी भलमनसी के ढंग से धर्म-प्रचार नहीं किया।''

गोरा का घर वहाँ से नजदीक नहीं था, इसलिए उस मुसलमान को गोरा विनय के घर ले गया। विनय की मेज़ की दराज के सामने खड़े होकर वह विनय से बोला, ''पैसा निकालो!''

विनय ने कहा,''उतावले क्यों होते हो, तुम बैठो तो, मैं दे रहा हूँ!''

लेकिन एकाएक चाभी नहीं मिल सकी। अधीर होकर गोरा ने दराज को झटका दिया तो वह खुल गई।

दराज के खुलते ही सबसे पहले परेश बाबू के घर के लोगों का एक बड़ा फोटो दिखाई पड़ा। उसे विनय ने अपने मित्र सतीश से प्राप्त किया था।

गोरा ने उस मुसलमान को पैसे देकर विदा कर दिया। किंतु फोटो के बारे में कोई बात नहीं की। इस विषय में गोरा के चुप लगा जाने से विनय भी कुछ बात नहीं कह सका, हालाँकि दो-चार बातें हो जाने से विनय का मन हल्का हो जाता।

गोरा ने सहसा कहा, ''मैं चलता हूँ।''

विनय ने कहा, ''वाह, अकेले कैसे चल दिए? मुझे माँ ने तो तुम्हारे यहाँ खाने को बुलाया है। चलो, मैं भी चलता हूँ।''

दोनों सड़क पर आ गये। किंतु गोरा ने रास्ते-भर और कोई बात नहीं की। मेज़ की दराज में वह फोटो देखकर फिर एक बार गोरा को याद हो आया था कि विनय

के चित्त की एक मुख्य धारा ऐसी दिशा में बह रही है जिससे गोरा के जीवन का कोई सम्पर्क नहीं है। आगे चलकर ऐसा हो सकता है कि बंधुत्व की स्नेह-गंगा सूख जाये और नदी का सारा प्रवाह इस दूसरी ओर बहने लगे, यह छुपी आशंका गोरा के हृदय की गहराई में कहीं एक बोझ-सी बन गई। हर काम और सोच-विचार में अब तक दोनों बंधुओं के बीच कोई रुकावट नहीं थी, लेकिन अब यह स्थिति बनाए रखना कठिन हो गया है—एक बिंदु पर विनय स्वतंत्र हो गया है।

विनय यह समझ गया कि गोरा क्यों चुप लगा गया है। लेकिन नीरवता के इस बाँध को ज़बर्दस्ती तोड़ने में उसे संकोच हुआ। जिस जगह गोरा का मन आकर उलझ जाता है, वहाँ सचमुच एक रुकावट है, यह विनय ने खुद भी अनुभव किया।

उन्होंने घर पहुँचते ही देखा कि महिम रास्ते की ओर देखते हुए दरवाज़े पर खड़े हैं। उन्होंने दोनों बंधुओं को देखकर कहा, ''मामला क्या है, कल की रात तो तुम दोनों ने सोये बिना ही काट दी—मैं तो समझ रहा था, शायद दोनों आराम से कहीं फुटपाथ पर पड़े सो रहे होगे। कितनी देर हो गई है! जाओ विनय, जाकर नहाओ!''

विनय को नहाने के लिए भेजकर महिम गोरा की ओर मुड़े। बोले, ''देखो गोरा, तुमसे जो बात कही थी उस पर ज़रा सोचकर देखो। विनय भी अगर तुम्हें अनाचारी जान पड़ता है तो फिर आजकल के समाज में हिन्दू पात्र मिलेगा कहाँ? और कोरा हिन्दूपन होने से भी तो नहीं चलेगा, लिखाई-पढ़ाई भी तो चाहिए। लिखाई-पढ़ाई और हिन्दूपन मिलने से जो चीज़ बनती है, वह हमारे हिन्दू मत से ठीक शास्त्रीय चीज़ तो नहीं होती—लेकिन ऐसी बुरी चीज़ भी नहीं होती। अगर तुम्हारे लड़की होती तब इस मामले में तुम्हारी राय मेरी राय से बिल्कुल मिल जाती!''

गोरा ने कहा, ''तो अच्छा ही है—मेरे खयाल में विनय को कोई आपत्ति नहीं होगी।''

महिम ने कहा, ''सुनो गोरा! विनय की आपत्ति की बात कौन सोच रहा है! तुम्हारी आपत्ति से तो पहले निबट लें। एक बार तुम अपने मुँह से विनय से अनुरोध करो और मुझे कुछ नहीं चाहिए। भले ही उससे फल न हो, तो न हो।''

गोरा ने कहा, ''अच्छा।''

मन-ही-मन महिम ने कहा—'अब तो मेहरा की दुकान से संदेश और गयला की दुकान से दही-रबड़ी की फरमाइश की जा सकेगी!'

गोरा ने मौका पाकर विनय से कहा, ''दादा शशिमुखी के साथ तुम्हारे विवाह के लिए दबाव डाल रहे हैं। तुम्हारी क्या राय है?''

विनय ने पूछा, ''तुम्हारी क्या राय है, पहले यह बताओ!''

गोरा, ''मैं तो कहता हूँ, बुरा क्या है।''

विनय, "पहले तो तुम बुरा ही कहते थे। हम दोनों में से कोई ब्याह नहीं करेगा, यह तो एक तरह से तय हो चुका था।"

गोरा बोला, "अब यह तय समझो कि तुम ब्याह करोगे और मैं नहीं करूँगा।"

विनय ने कहा, "क्यों, एक ही यात्रा के अलग-अलग पड़ाव क्यों?"

गोरा, "अलग पड़ाव होने के भय से ही तो यह व्यवस्था की जा रही है। किसी को विधाता यों ही ज़्यादा बोझ से लाद देते हैं और किसी को बिल्कुल सहज भार-मुक्त। ऐसे असम प्राणियों को एक साथ जोतकर चलाना हो तो इनमें से एक पर बाहर से बोझ लादकर दोनों का बोझ बराबर करना पड़ता है। तुम विवाह करके कुछ ज़िम्मेदारी से लद जाओगे तो फिर हम तुम एक-सी चाल से चल सकेंगे!"

कुछ हँसकर विनय ने कहा, "अगर यही मंशा है तो ठीक है, बाट उसी पलड़े में डाल दो!"

गोरा ने पूछा, "बाट के बारे में तो कोई आपत्ति नहीं है?"

विनय, "भार बराबर करने के लिए जो हाथ पड़ जाये उसी से काम चल सकता है—वह पत्थर हो तो भी चल सकता है, ढेला हो तो भी!"

इस विवाह के प्रस्ताव में गोरा ने क्यों उत्साह दिखाया है, यह समझने में विनय को देर न लगी। गोरा को आशंका हुई थी कि विनय कहीं परेश बाबू के परिवार में विवाह न कर ले, यह समझकर मन-ही-मन विनय हँसा। ऐसे विवाह का संकल्प तो क्या, संभावना भी क्षण-भर के लिए भी उसके मन में उदित नहीं हुई। वह तो हो ही नहीं सकता! जो भी हो, शशिमुखी से विवाह हो जाने पर ऐसी आशंका जड़-मूल से उखड़ जायेगी, और वैसा होने पर दोनों का बंधु-भाव फिर स्वस्थ और निर्बाध हो जायेगा; और परेश बाबू के परिवार से मिलने-जुलने में भी किसी ओर से उसे संकोच करने का कोई कारण न करेगा, यही सोचकर शशिमुखी से विवाह के लिए उसने सहज ही सम्मति दे दी।

दोपहर के भोजन के बाद रात की नींद की कमी पूरी करते-करते दिन बीत गया। दोनों बंधुओं में दिनभर और कोई बात नहीं हुई। पर साँझ को, जब सारे जगत् पर अंधकार का पर्दा पड़ जाता है तब मानो बंधुओं के मन का पर्दा उठ जाता है। ऐसे झुटपुटे के समय छत पर बैठे-बैठे विनय ने सीधे आकाश की ओर ताकते हुए कहा, "देखो गोरा, मैं तुम्हें एक बात कहना चाहता हूँ। मुझे लगता है, हमारे स्वदेश-प्रेम में एक बहुत बड़ा अधूरापन है। हम लोग भारतवर्ष को आधा ही करके देखते हैं।"

गोरा ने पूछा "वह कैसे?"

विनय, "भारतवर्ष को हम केवल पुरुषों का देश मानकर देखते हैं, स्त्रियों को बिल्कुल देखते ही नहीं।"

गोरा, ''तो तुम अंग्रेज़ों की तरह शायद घर में और बाहर, जल-थल और आकाश में, आहार-विहार और कर्म में, सब जगह स्त्रियों को देखना चाहते हो ? उसका नतीजा यही होगा कि स्त्रियों को पुरुषों से अधिक मानना होगा—उससे भी दृष्टि में सामंजस्य नहीं रहेगा।''

विनय, ''नहीं-नहीं, मेरी बात को ऐसे उड़ा देने से तो नहीं चलेगा। अंग्रेज़ों की तरह देखने या न देखने का सवाल कहाँ उठता है ? मैं तो यह कहता हूँ कि इतना तो सत्य है कि स्वदेश में स्त्रियों के अंश को हम लोगों ने अपने चिंतन में उचित स्थान नहीं दिया है। तुम्हारी ही बात लो। स्त्रियों के बारे में तुम कभी क्षण-भर भी नहीं सोचते—तुम्हारी राय में देश मानो नारी-विहीन ही है। ऐसा समझना कभी सच्ची समझ पैदा नहीं कर सकता।''

गोरा, ''मैंने अपनी माँ को जब देखा है, जाना है, तब अपने देश की सभी स्त्रियों को एक उसी रूप में देख और जान लिया है।''

विनय, ''यह तो अपने को भुलावा देने के लिए तुम आलंकारिक बात कह रहे हो। घर के काम-काज के बीच हम घर की स्त्रियों को अति-परिचित भाव से देखते हैं, वही असली देखना नहीं होता। गृहस्थी के काम-काज से बाहर अगर अपने देश की स्त्रियों को हम देख पाते तो स्वदेश के सौंदर्य और सम्पूर्णता को देखते। देश की एक ऐसी छवि दिखाई देती जिसके लिए प्राणोत्सर्ग आसान होता—कम-से-कम यह मानने की भूल हमसे कभी न होती कि देश में स्त्रियाँ मानो कहीं हैं ही नहीं। मैं जानता हूँ कि अंग्रेज़ों के समाज से अपनी तुलना करने लगते ही तुम आग-बबूला हो उठोगे—वह मैं करना भी नहीं चाहता। यह भी मैं नहीं जानता कि ठीक किस हद तक या किस ढंग से हमारे समाज में स्त्रियों के आगे आने से उनकी मर्यादा का उल्लंघन नहीं होगा। लेकिन यह हमें मानना होगा कि स्त्रियों के छिपे रहने से हमारा स्वदेश हमारे लिए आधा ही सच है—यह हमारे हृदय को पूरा या पूरी शक्ति नहीं दे सकता।''

गोरा, ''लेकिन तुम्हें हठात् यह बात इस समय कैसे सूझ गई ?''

विनय, ''हाँ, अभी ही सूझी है और हठात् सूझी है। इतना बड़ा सत्य मैं इतने दिन से नहीं जानता था। अब जान सका हूँ, अपने को इसके लिए भाग्यवान् समझता हूँ। जैसे हम लोग किसान को केवल उसकी खेती के, या जुलाहे को केवल उसकी बुनाई के बीच देखते हैं, इसीलिए उन्हें छोटी जाति मानकर उनकी अवज्ञा करते हैं, वे हमें पूरी तरह दिखते ही नहीं, और इस छोटे-बड़े के भेद के कारण ही देश कमज़ोर हुआ है। ठीक उसी तरह देश की स्त्रियों को भी केवल चौका-बासन और कुटाई-पिसाई से घिरी हुई देखकर हम स्त्रियों को केवल 'मादा' मानकर उन्हें ओछी नज़र से देखते हैं...इससे हमारा सारा देश अधूरा हो जाता है।''

गोरा, "जैसे दिन और रात, पूरे दिवस के दो भाग हैं, वैसे ही पुरुष और स्त्री समाज के दो अंश हैं। समाज की स्वाभाविक अवस्था में स्त्री रात की तरह ओझल ही रहती है—उसका सारा कार्य गूढ़ और निभृत है। अपने कार्य के हिसाब में हम रात को नहीं गिनते। लेकिन न गिनने से ही उसका जो गम्भीर कार्य है उसमें से कुछ भी घट नहीं जाता। वह गोपन-विश्राम के बहाने क्षति-पूर्ति करती है, हमारे पोषण में सहायक होती है। जहाँ समाज की व्यवस्था अस्वाभाविक है वहाँ ज़बर्दस्ती रात को दिन बनाया जाता है—गैस जलाकर मशीनें चलाई जाती हैं, बत्तियाँ जलाकर रात-भर नाच-गाना जमता है। उसका परिणाम क्या होता है? यही कि रात का जो स्वाभाविक अलक्षित काम है वह नष्ट हो जाता है, अनिद्रा से थकान बढ़ती जाती है, क्षति-पूर्ति नहीं हो पाती, इन्सान उन्मादी हो उठता है। ऐसे ही स्त्रियों को भी यदि हम खुले कर्म-क्षेत्र में खींचकर ले आएँ तो उससे उनके निगूढ़ कर्म की अवस्था नष्ट हो जाती है—उससे समाज का स्वास्थ्य और शान्ति नष्ट होती है, समाज पर एक पागलपन सवार हो जाता है। उस पागलपन से कभी शक्ति का भ्रम हो सकता है, लेकिन यह शक्ति विनाश करने की शक्ति है। शक्ति के दो अंश होते हैं—एक व्यक्त और एक अव्यक्त; एक उद्योग और एक विश्राम; एक प्रयोग और एक संवरण। शक्ति का यह सामंजस्य नष्ट करने से वह क्षुब्ध हो उठती है, लेकिन वह क्षोभ मंगलदायक नहीं है। नर-नारी समाज की शक्ति के दो पक्ष हैं; पुरुष व्यक्त हैं, लेकिन व्यक्त होने से ही वह बड़ा है यह सही नहीं है। नारी अव्यक्त है; इस अव्यक्त शक्ति को अगर केवल व्यक्त करने की कोशिश की जायेगी तो समाज का सारा मूल-धन खर्च करके तेज़ी से उसे दीवालियेपन की ओर ही ले जाना होगा। इसीलिए कहता हूँ, कि पुरुष लोग अगर यज्ञ के क्षेत्र में रहें और स्त्रियाँ भंडारे के पीछे, तब स्त्रियों के अदृश्य रहने पर भी यज्ञ ठीक से सम्पन्न होगा। सारी शक्ति को जो लोग एक ही जगह, एक ही दिशा में, एक ही ढंग से खर्च करना चाहते हैं, वे पागल हैं।"

विनय, "गोरा, जो तुमने कहा है मैं उसका प्रतिवाद नहीं करना चाहता। किंतु जो कुछ मैंने कहा था, तुमने भी उसका प्रतिवाद नहीं किया। असल बात..."

गोरा, "देखो विनय, इससे आगे इस मुद्दे को लेकर और अधिक बहस करना कोरी दलीलबाजी होगी। मैं यह मानता हूँ कि तुम आजकल स्त्रियों के मामले में जितने सजग हो उठे हो मैं अभी उतना नहीं हुआ। इसीलिए जो अनुभव तुम करते हो मुझे भी वही अनुभव कराने की चेष्टा कभी सफल नहीं हो सकती। इसलिए फ़िलहाल यही क्यों न मान लिया जाये कि इस मामले में हम दोनों की राय नहीं मिल सकती!"

इस तरह गोरा ने बात उड़ा दी। लेकिन बीज को उड़ा देने से भी अन्त में वह भूमि पर गिरता ही है और गिरकर सुयोग होने पर उसमें अंकुर भी फूटता ही है। अब

तक जीवन के क्षेत्र में गोरा ने स्त्री-जाति को अलग कर रखा था; उसने इसे कभी सपने में भी अभाव या क्षति के रूप में अनुभव नहीं किया था। आज विनय की बदली हुई अवस्था देखकर संसार में स्त्री-जाति की विशेष सत्ता और प्रभाव उसके सामने प्रकट हो उठा। लेकिन इसका स्थान कहाँ है, इसका प्रयोजन क्या है, यह वह किसी तरह स्थिर नहीं कर सका, इसलिए विनय के साथ इस बारे में और बहस करना उसे अच्छा नहीं लगा। इस विषय को न वह अस्वीकार कर पा रहा था, न उस पर अधिकार कर पा रहा था, इसीलिए वह उसे बातचीत के दायरे से अलग ही रखना चाहता था।

विनय जब रात को घर लौट रहा था तब आनंदमयी ने उसे बुलाकर पूछा, "विनय, सुनती हूँ कि तुम्हारा विवाह शशिमुखी के साथ ठीक हो गया है—यह सच है?"

लजाई हुई हँसी के साथ विनय ने कहा, "हाँ माँ, गोरा ही इस शुभ कर्म का कर्त्ता है।"

आनंदमयी बोलीं, "शशिमुखी अच्छी लड़की है। लेकिन बेटा, तुम बचपना मत करो! तुम्हारा मन मैं समझती हूँ, विनय—तुम कुछ दुचित्ते हो रहे हो, इसीलिए जल्दी-जल्दी में यह किये डाल रहे हो। अब भी सोचकर देखने का समय है। अब तुम सयाने हो गये हो—इतना बड़ा काम बिना विचारे मत करो!"

यह कहते हुए आनंदमयी ने विनय का कंधा सहला दिया। विनय कुछ कहे बिना वहाँ से धीरे-धीरे चला गया।

## 18

आनंदमयी की बात के बारे में सोचता-विचारता विनय अपने घर पहुँचा। आनंदमयी की कही हुई किसी भी बात को उसने कभी नज़रन्दाज़ नहीं किया; यह बात भी रात-भर उसके मन को बेचैन करती रही।

दूसरे दिन सवेरे उठकर मानो उसे मुक्ति का-सा अनुभव हुआ। उसे लगा कि गोरा की मित्रता का बहुत बड़ा दाम उसने चुका दिया है। एक ओर शशिमुखी से विवाह करने को राज़ी होकर उसने जो जीवन-भर का बन्धन स्वीकार किया है, उसके बदले दूसरी ओर अपने बन्धन काट देने का अधिकार भी उसे मिल गया है। उस पर गोरा को जो अत्यंत अन्यायपूर्ण सन्देह हुआ था कि वह अपना समाज छोड़कर ब्रह्म-समाजी परिवार में विवाह करने के लिए ललचा रहा है, उस सन्देह से विनय ने शशिमुखी से विवाह की सम्मति देकर अपने को मुक्त कर लिया है। तब से परेश बाबू के घर विनय

ने निस्संकोच भाव से और अक्सर आना-जाना प्रारम्भ कर दिया।

उसे जो अच्छे लगें, उनके साथ घर के आदमी जैसा घुल-मिल जाना विनय के लिए कठिन नहीं है। जो संकोच गोरा के कारण था उसे मन से निकाल देने पर वह देखते-देखते परेश बाबू के घर के सभी लोगों से ऐसा घुल-मिल गया मानो उसका उनसे बरसों का परिचय हो।

बस, जितने दिन ललिता के मन में यह सन्देह रहा कि सुचरिता का मन शायद विनय की ओर कुछ आकृष्ट है, उतने दिन उसका मन विनय के विरुद्ध जैसे हथियार उठाये रहा। किंतु उसने जब स्पष्ट समझ लिया कि विनय की ओर सुचरिता का ऐसा झुकाव नहीं है तब स्वतः उसके मन का विरोध दूर हो गया, और उसे बड़ी शान्ति मिली। फिर विनय बाबू को बहुत ही भला आदमी मानने में उसे कोई हिचक न रही।

हारान बाबू भी विनय से विमुख नहीं हुए—बल्कि कुछ अधिक ज़ोर देकर यह स्वीकार किया कि विनय को भद्र आचरण का ज्ञान है। इस स्वीकारोक्ति का अभिप्राय मात्र यही था कि गोरा में इतनी तमीज़ नहीं है।

हारान बाबू के सामने विनय कभी कोई बहस की बात नहीं छेड़ता था, और सुचरिता की भी कोशिश रहती कि ऐसी कोई बात न उठे। इसीलिए इतने दिनों चाय की मेज़ पर शान्ति भंग नहीं हुई।

लेकिन हारान की अनुपस्थिति में जान-बूझकर सुचरिता विनय को अपने सामाजिक विचारों की चर्चा के लिए उकसाती। उसकी यह जिज्ञासा किसी तरह शान्त नहीं होती थी कि गोरा और विनय जैसे पढ़े-लिखे लोग देश के कुसंस्कारों का कैसे समर्थन कर सकते हैं। गोरा और विनय को वह स्वयं न जानती होती, तो कुछ जाने-सुने बिना ही सुचरिता यह सोचकर ही उन्हें अवहेलना के योग्य ठहरा देती कि इन सब बातों को वे मानते हैं। किंतु गोरा को देखने के बाद किसी तरह भी वह उसकी अवहेलना नहीं कर सकी। तभी मौका मिलते ही घुमा-फिराकर वह विनय के साथ गोरा के विचारों और जीवन की चर्चा उठाती, और कोंचकर सब कुछ निकालने की कोशिश करती। परेश बाबू की राय में सभी सम्प्रदायों के विचार सुनने देना ही उसकी शिक्षा का तरीका था, इसलिए इस सब वाद-विवाद में उन्होंने कभी कोई पक्ष नहीं लिया, न कभी बाधा दी।

एक दिन सुचरिता ने पूछा, "अच्छा गौर मोहन बाबू क्या सचमुच जाति-भेद नहीं मानते, या वह केवल देश-प्रेम का अतिरिक्त जोश है?"

विनय ने कहा, "आप क्या सीढ़ी के अलग-अलग चरणों को मानती हैं? वे भी तो सब विभाग हैं—कोई ऊपर है, कोई नीचे।"

सुचरिता, "वह मानती हूँ तो इसीलिए कि नीचे से ऊपर उठना होता है—नहीं

तो ऐसा मानने की कोई ज़रूरत नहीं थी। समतल भूमि पर सीढ़ी को न मानने से भी काम चल जायेगा।''

विनय, ''आप ठीक कहती हैं। हमारा समाज भी एक सीढ़ी है। उसका एक उद्देश्य था—वह था नीचे से ऊपर उठने देना—मानव-जीवन को एक शिखर तक ले जाना। अगर हम इस समाज को, इस संसार को ही मंज़िल समझते तब तो किसी विभाग-व्यवस्था की कोई ज़रूरत ही नहीं थी; तब तो यूरोपीय समाज की तरह हम भी एक-दूसरे से कुछ अधिक झपट लेने के लिए खींचा-तानी और मारपीट करते होते! जो सफल होता संसार में वही सिर उठाता और जिसकी कोशिश निष्फल हो जाती वह बिल्कुल नीचे दब जाता। हम लोग संसार में रहते हुए संसार के पार हो जाना चाहते हैं, इसीलिए हमने संसार के कर्तव्यों को प्रवृत्ति और प्रतियोगिता के आधार पर नहीं तय किया...सांसारिक कर्म को भी माना, क्योंकि कर्म के द्वारा कोई दूसरी उपलब्धि नहीं, मुक्ति ही पानी होगी। इसीलिए एक ओर संसार का काम, दूसरी ओर संसार के काम की परिणति, दोनों को मानकर ही हमारे समाज में वर्ण-भेद की अर्थात् वृत्ति-भेद की स्थापना हुई।''

सुचरिता, ''ऐसा नहीं है कि आपकी बात मैं बहुत अच्छी तरह समझ पा रही हूँ। किंतु मेरा प्रश्न यह है कि जिस उद्देश्य से आप समाज में वर्ण-भेद का चलन शुरू हुआ मानते हैं, उस उद्देश्य को क्या सफल होता देख रहे हैं?''

विनय, ''दुनिया में सफलता को ठीक-ठीक पहचानना बड़ा कठिन है। ग्रीस की सफलता आज ग्रीस में नहीं है, पर इसीलिए यह नहीं कहा जा सकता कि ग्रीस का सारा विचार ही भ्रांत या व्यर्थ रहा। ग्रीस का विचार अब भी मानव-समाज में कई प्रकार की सफलता प्राप्त कर रहा है। भारतवर्ष ने जाति-भेद नाम से सामाजिक समस्या का एक बहुत सटीक उत्तर दिया था—वह उत्तर अभी लुप्त नहीं है—अब भी दुनिया के सामने मौजूद है। यूरोप भी सामाजिक समस्या का कोई और अच्छा हल अभी तक नहीं दे सका; वहाँ केवल ठेला-ठेली और छीना-झपटी ही चल रही है। भारतवर्ष का यह उत्तर मानव-समाज में अब भी सफलता की प्रतीक्षा कर रहा है—एक तुच्छ सम्प्रदाय की ओछी अंधता के कारण हम अगर उसे उड़ा देना चाहें तो क्या वह उड़ जायेगा? हमारे छोटे-छोटे सम्प्रदाय पानी की बूँद जैसे समुद्र में मिल जायेंगे, लेकिन भारतवर्ष की सहज प्रतिभा से जो प्रकांड मीमांसा उद्‌भूत हुई है, वह तब तक स्थिर खड़ी रहेगी, जब तक कि पृथ्वी पर उसका कार्य पूर्ण न हो जाये।''

सकुचाते हुए सुचरिता ने पूछा, ''बुरा न मानियेगा, लेकिन सच बताइए, ये सब बातें कहीं गौर मोहन बाबू की प्रतिध्वनि मात्र तो नहीं हैं? सचमुच आप इन पर पूरा विश्वास करते हैं?''

हँसकर विनय ने कहा, "आपसे सत्य ही कहता हूँ, मेरे विश्वास में गोरा जैसा बल नहीं है। जब जाति-भेद के आडंबर और समाज के विकारों को देखता हूँ तब कई बार मैं सन्देह भी प्रकट करता हूँ, किंतु गोरा का कहना है कि बड़ी चीज़ को छोटा करके देखने के कारण ही सन्देह उत्पन्न होता है... पेड़ की टूटी हुई डाल या सूखे पत्ते को ही पेड़ की चरम प्रकृति मानना विवेक की असहिष्णुता है—वह टूटी डाल की तारीफ़ करने को नहीं कहता, लेकिन पूरे पेड़ को भी देखने और उसका कार्य समझने की कोशिश करने का आग्रह करता है।"

सुचरिता, "पेड़ के सूखे पत्ते और डालियाँ अगर न भी देखें सही किंतु पेड़ का फल तो देखना होगा? हमारे देश के लिए जाति-भेद का फल कैसा है?"

विनय, "आप जिसे जाति-भेद का फल कहती हैं, वह अवस्था का फल है, केवल जाति-भेद का नहीं। हिलती हुई दाढ़ से चबाने पर दर्द होता है, वह दाँत का दोष नहीं है, हिलती दाढ़ का दोष है। विभिन्न कारणों से हम लोगों में विकार और दुर्बलता आ गई है, इसलिए हम भारतवर्ष के विचार को सफल न करके उसे और विकृत किये दे रहे हैं...वह विकार विचार की जड़ में नहीं है। हममें आत्मबल और स्वास्थ्य भरपूर हो तो सब अपने-आप ठीक हो जायेगा। इसीलिए गोरा बार-बार कहता है कि सिर दुखता है, इसलिए सिर को उड़ा देने से नहीं चलेगा...स्वस्थ बनो, सबल बनो!"

सुचरिता, "अच्छा तो आप ब्राह्मण को देवता तुल्य पुरुष मानने को कहते हैं? क्या आप मानते हैं कि ब्राह्मण के पैरों की धूल से मनुष्य सचमुच पवित्र हो जाता है?"

विनय, "पृथ्वी पर बहुत-से सम्मान तो हमारे अपने बनाए हुए हैं। जब तक राजा की ज़रूरत रहती है—चाहे जिस कारण से भी हो—तब तक मनुष्य उसे असाधारण ही कहकर चर्चा करते हैं। लेकिन वास्तव में तो राजा असाधारण नहीं है। फिर भी अपनी साधारणता की हद लाँघकर उसे असाधारण हो उठना होगा, नहीं तो वह राज ही नहीं कर सकेगा। राजा से सुचारू ढंग से व्यवस्था पाने के लिए हम उसे असाधारण बना देते हैं—हमारे उस सम्मान की ज़िम्मेदारी राजा को सँभालनी पड़ती है, यानी उसे असाधारण बनना पड़ता है। मनुष्य के सभी सम्बन्धों में ऐसी ही कृत्रिमता है। यहाँ तक कि माता-पिता का जो आदर्श हम सबने मिलकर खड़ा किया है, उसी के कारण माता-पिता को समाज में विशेष रूप से आदरणीय माना जाता है, केवल स्वाभाविक स्नेह के कारण नहीं। संयुक्त परिवार में बड़ा भाई छोटे भाई के लिए बहुत-कुछ सहता है और त्याग करता है—क्यों करता है? बड़े भाई को हमारे समाज में बड़े भाई का विशेष पद इसीलिए दिया गया है, दूसरे समाजों में वैसा नहीं है। अगर ब्राह्मण को भी सचमुच ब्राह्मण बनाया जा सके तो वह क्या समाज के लिए मामूली उपलब्धि

होगी ? हम लोग नर-देवता चाहते हैं। यदि सच्चे मन से और विवेकपूर्वक हम नर-देवता को चाहें तो अवश्य पाएँगे—और अगर मूर्खों की तरह चाहें तो जो सब झूठे, नकली देवता तरह-तरह के ढोंग करते रहते हैं और हमारे माथे पर अपने चरणों की धूल डालना जिनकी जीविका का साधन है, उनका समूह और धरती का बोझ—दोनों ही बढ़ेंगे!''

सुचरिता, ''आपके ये नर-देवता कहीं हैं भी ?''

विनय, ''जैसे बीज में पौधा छुपा होता है वैसे ही हैं, भारतवर्ष के आंतरिक अभिप्राय और प्रयोजन में हैं। अन्य देश वेलिंगटन जैसा सेनापति, न्यूटन जैसा वैज्ञानिक, रॉथ्सचाइल्ड जैसा लखपति चाहते हैं, हमारा देश ब्राह्मण चाहता है। ब्राह्मण—जिसे डर नहीं है, जो लालच से घृणा करता है, जो दु:ख पर विजय पाता है, जो अभाव की परवाह नहीं करता, जो 'परमे ब्रह्मणि योजितचित्त:' है, जो अटल है, शान्त है, मूर्त है—उस ब्राह्मण को भारतवर्ष चाहता है—सचमुच उसे पा लेने से भारतवर्ष स्वाधीन हो सकेगा। हमारे समाज के प्रत्येक अंश में, प्रत्येक कर्म में, अनवरत मुक्ति का स्वर गुँजाने के लिए ही ब्राह्मण चाहिए—खाने और घंटी बजाने के लिए नहीं! समाज की सार्थकता को हर समय समाज की आँखों के सामने प्रत्यक्ष किये रहने के लिए ही ब्राह्मण चाहिए। ब्राह्मण के इस आदर्श को हम जितना बड़ा अनुभव करेंगे, ब्राह्मण के सम्मान को भी उतना ही बड़ा करके रखना होगा। वह सम्मान राजा के सम्मान से भी कहीं अधिक है; वह सम्मान देवता का ही सम्मान है। जब ब्राह्मण देश में इस सम्मान का यथार्थ अधिकारी होगा, तब इस देश को कोई अपमानित नहीं कर सकेगा। हम लोग क्या स्वयं राजा के सामने सिर झुकाते हैं ? अत्याचारी का बन्धन गले में पहनते हैं ? अपने डर के सामने ही हमारा सिर झुकता है, अपने लालच के जाल में ही हम बँधे हैं, अपनी मूढ़ता के ही हम दासानुदास हैं। ब्राह्मण तपस्या करें, उस डर से, लालच से, मूढ़ता से हमें मुक्त करें—हम उनसे युद्ध नहीं चाहते, व्यापार नहीं चाहते, और कुछ भी नहीं चाहते—हमारे समाज में वे केवल मुक्ति-साधना को जीवित किये रहें!''

अब तक परेश बाबू चुपचाप सुन रहे थे। अब धीरे-धीरे बोले, ''भारतवर्ष को मैं पूरी तरह जानता हूँ, यह तो नहीं कह सकता; और भारतवर्ष ने क्या चाहा था, या जो चाहा था वह कभी पाया भी नहीं, यह भी मैं निश्चयपूर्वक नहीं जानता। लेकिन जो समय बीत गया है उसकी ओर क्या कभी लौटा जा सकता है ? आज जो कुछ संभव है, वही हमारी साधना का विषय है—अतीत को पकड़ने के लिए हाथ बढ़ाकर समय नष्ट करने से कोई काम नहीं होगा।''

विनय ने कहा, ''जैसा आप कहते हैं मैं भी वैसा ही सोचता हूँ, और मैंने कई बार कहा भी है। गोरा का कहना है, हमने अतीत को अतीत कहकर निरस्त कर दिया

है, क्या इसी से वह अतीत हो गया है? वर्तमान की चीख-पुकार की ओट में हमारी दृष्टि से वह ओझल हो गया है, इतने से ही वह अतीत नहीं हो जाता—वह भारतवर्ष की मज्जा में बसा हुआ है। कभी कोई सत्य अतीत नहीं हो सकता, इसीलिए भारतवर्ष के इस सत्य ने हम पर चोट करना शुरू किया है। हममें से एक मनुष्य भी एक दिन इसे सत्य मानकर पहचान और ग्रहण कर सकेगा तो उसी से हमारे शक्ति स्रोत का रास्ता खुल जायेगा, अतीत तब वर्तमान की सामग्री हो उठेगा! आप क्या समझते हैं कि भारतवर्ष में कहीं भी ऐसा सार्थक जन्म लेने वाला आदमी पैदा नहीं हुआ?''

सुचरिता ने कहा, ''जिस ढंग से आप ये बातें कहते हैं, साधारण लोग उसी ढंग से नहीं कहते। इसीलिए आपकी राय को सारे देश की राय मान लेने में संकोच होता है।''

विनय बोला, ''देखिए, वैज्ञानिक लोग सूर्योदय की व्याख्या एक तरीके से करते हैं, और साधारण लोग एक दूसरे तरीके से। इससे सूर्य के उदय का कुछ घटता-बढ़ता नहीं है। फिर भी सत्य को ठीक तरह जानने में हम लोगों का लाभ ही है। हम लोग देश के जिन सब सत्यों को खंडित करके या बिगाड़कर देखते हैं, गोरा उन सबको एक करके, संयुक्त करके देख सकता है—इसकी उसमें आश्चर्यजनक क्षमता है—लेकिन क्या इसी से गोरा के ऐसे देखने को दृष्टि का भ्रम मान लेना होगा और जो लोग तोड़-मरोड़कर देखते हैं, उनके देखने को सत्य?''

सुचरिता चुप हो गई। विनय ने कहा, ''साधारणतया हमारे देश में जो लोग अपने को परम हिन्दू मानकर गर्व करते हैं, मेरे मित्र गोरा को आप उनके गुट का न समझिएगा। अगर उनके पिता कृष्णदयाल बाबू को आप देखतीं तो बाप-बेटे का अन्तर सहज ही समझ सकतीं। कृष्णदयाल बाबू हमेशा अपने को पवित्र किये रखने के लिए कपड़े उतारने, गंगाजल छिड़कने, पोथी-पत्र बाँचने को लेकर ही दिन-रात व्यस्त रहते हैं। रसोई के मामले में वे बहुत शुद्ध ब्राह्मण पर भी विश्वास नहीं करते—कि उसके ब्राह्मणत्व में कहीं कोई त्रुटि न रह गई हो; गोरा को भी अपने कमरे की सीमा में घुसने नहीं देते। कभी अगर किसी काम के लिए उन्हें पत्नी के कमरे में जाना पड़े तो फिर लौटकर अपने को पवित्र कर लेते हैं। दिन-रात पृथ्वी पर बिल्कुल अलग रहते हैं कि कहीं जाने-अनजाने किसी नियम-भंग की धूल का एक कण भी उन्हें न छू जाये! जैसे कोई बहुत ही 'छैला बाबू' अपने को धूल से बचाते हुए अपने रंग-रूप की, बालों की सँवार की, कपड़ों की चुन्नट की रक्षा के लिए सचेत रहता है वैसे ही! गोरा ऐसा नहीं है। हिन्दूपन के नियमों में उसे अश्रद्धा नहीं है, लेकिन ऐसे झाड़-पोंछकर भी वह नहीं चल सकता। हिन्दू-धर्म को वह भीतर से और बहुत ऊँची दृष्टि से देखता है, ऐसा वह कभी नहीं सोचता है कि हिन्दू-धर्म के प्राण इतने नाजुक हैं कि ज़रा-सी

छुअन से ही मुरझा जायेंगे या ठेस लगते ही ध्वस्त हो जायेंगे!''

सुचरिता, 'लेकिन लगता तो यही है कि छुआ-छूत के मामले में वे बड़े सतर्क होकर चलते हैं।''

विनय, ''उसकी यह सतर्कता ही एक अद्‌भुत वस्तु है। अगर उससे पूछा जाये तो वह तुरंत कहेगा, 'हाँ, मैं यह सब मानता हूँ—छू जाने से जाति जाती है, खाने से पाप होता है, ये सब अभ्रांत सत्य हैं।' लेकिन मैं अच्छी तरह जानता हूँ कि ये सब उसकी ज़बर्दस्ती की बातें हैं—ये बातें जितनी ही असंगत होंगी मानो वह उतनी ही ज़ोर से सुना-सुनाकर सबको कहता है। वर्तमान हिन्दूपन की मामूली-सी बात को भी न मानने पर अन्य मूर्ख लोगों द्वारा कहीं हिन्दुत्व की बड़ी बातों का भी असम्मान न हो, और हिन्दुत्व पर जिन्हें श्रद्धा नहीं है कहीं वे उसे अपनी जीत न समझ बैठें, इस खयाल से बिना विचारे गोरा सभी कुछ मानकर चलना चाहता है। मेरे सामने भी इस बारे में कोई ढीलापन नहीं बरतना चाहता।''

परेश बाबू बोले, ''ऐसे लोग तो ब्रह्म-समाजियों में भी बहुत हैं। वे हिन्दुत्व की सभी बातों को बिना विचारे दूर कर देना चाहते हैं, जिससे कोई बाहर का व्यक्ति भूल से भी यह न समझे कि वे हिन्दू धर्म की कुप्रथाओं को स्वीकार करते रहे हैं। ऐसे लोग सहज भाव से दुनिया में चल ही नहीं सकते; या तो दिखावा करते हैं या होड़ करते हैं; समझते हैं कि सत्य दुर्बल है और उसे चतुराई या ज़बर्दस्ती से बचाना कर्तव्य का ही अंग है। जो लोग ऐसा मानते हैं कि 'सत्य हम पर निर्भर करता है, सत्य पर हम निर्भर नहीं हैं', उन्हीं को तो कठमुल्ला कहते हैं। सत्य की शक्ति पर जिन्हें विश्वास है, वे अपने बल को संयत रखते हैं। दो-चार दिन बाहर के लोग गलत समझ भी लें, यह कोई बड़ा नुकसान नहीं है। लेकिन किसी तुच्छ संकोच के कारण सच्चाई को स्वीकार न कर सकना बहुत बड़ी क्षति है। मैं तो हमेशा ईश्वर से यही माँगता हूँ कि चाहे ब्रह्म-समाज में हो चाहे हिन्दू चंडी मंडप में, मैं सत्य को सर्वत्र सिर झुकाकर सहज भाव से और बिना विद्रोह के नमन कर सकूँ—बाहर की कोई बाधा मुझे रोक न सके।''

परेश बाबू ने इतना कहने के बाद क्षण-भर स्तब्ध होकर मानो अपने मन का भीतर-ही-भीतर जायज़ा लिया। परेश बाबू ने मृदु स्वर में जो यह बात कही उसने इतनी देर की सारी बातचीत में मानो एक गम्भीर स्वर मिला दिया—वह स्वर परेश बाबू की इस बात का स्वर नहीं था, बल्कि उनके अपने जीवन की एक प्रशान्त गम्भीरता का स्वर था। सुचरिता और ललिता के चेहरे पर एक आनंद-भरी भक्ति की दीप्ति फैल गई। विनय चुप रह गया। मन-ही-मन वह जानता था कि गोरा में एक प्रचंड हठधर्मिता है—सत्य के वाहकों के मन, वचन और कर्म में जो एक सहज, सरल शान्ति रहनी चाहिए, वह गोरा में नहीं है। परेश बाबू की बात ने मानो उसके मन पर और भी स्पष्ट

आघात किया। अवश्य ही इतने दिन विनय गोरा के पक्ष में मन-ही-मन यह दलील देता रहा है कि जब समाज की व्यवस्था डगमग है, जब बाहर के देश-काल के साथ लड़ाई हो रही है, तब सत्य के सिपाही स्वाभाविकता की रक्षा नहीं कर सकते—तब सामयिक ज़रूरतों के दबाव से सच्चाई में भी मिलावट आ जाती है। परेश बाबू की बात से आज क्षण-भर को विनय के मन में प्रश्न उठा—"तात्कालिक प्रयोजन को साधने के लोभ में सच्चाई को बिगाड़ना साधारण लोगों के लिए तो स्वाभाविक है, पर क्या गोरा भी ऐसे ही साधारण लोगों में शामिल है?"

जब सुचरिता रात को बिस्तर पर आ लेटी तब ललिता आकर उसकी खाट के किनारे पर बैठ गई। सुचरिता ने जान लिया कि ललिता के मन में कोई बात चक्कर काट रही है। उस बात का सम्बन्ध विनय से है, यह भी उसने समझ लिया।

सुचरिता ने इसीलिए खुद बात चलाई, "लेकिन विनय बाबू मुझे बहुत अच्छे लगते हैं।"

"वे हर वक्त गौर बाबू की बात करते रहते हैं न, इसीलिए तुम्हें अच्छे लगते हैं," ललिता ने कहा।

सुचरिता ने बात का इंगित समझकर भी नहीं समझा हो ऐसा एक सरल भाव चेहरे पर ला कर उसने कहा, "सच ही, उनके मुँह से गौर बाबू की बात सुनकर बड़ा आनंद होता है। मानो उन्हें मैं स्पष्ट देख रही हूँ।"

ललिता ने कहा, "मुझे तो बिल्कुल अच्छा नहीं लगता—मुझे तो गुस्सा आता है।"

अचंभे से सुचरिता ने कहा, "क्यों?"

ललिता बोली, "गोरा, गोरा, गोरा—दिन-रात केवल गोरा! मान लिया कि उनके दोस्त गोरा बहुत बड़े आदमी हैं, अच्छी बात है—लेकिन वे खुद भी तो आदमी हैं!"

हँसकर सुचरिता ने कहा, "सो तो है! लेकिन इसमें हर्ज क्या है?"

ललिता, "उनके दोस्त उन पर ऐसे छाए हैं कि वह अपनी बात कह ही नहीं सकते। मानो एक मकड़ी ने एक टिड्डे को घेर लिया हो...वैसी हालत में मकड़ी पर तो मुझे गुस्सा आता है, लेकिन टिड्डे पर श्रद्धा होती हो—ऐसा भी नहीं है।"

ललिता की बात के तीखेपन पर सुचरिता कुछ न कहकर हँसने लगी।

ललिता ने कहा, "दीदी, तुम हँस रही हो, लेकिन मैं तुमसे कहे देती हूँ, कोई मुझे वैसे दबाए रखने की कोशिश करता तो एक दिन भी मैं सहन न करती। तुम यही सोचो—लोग चाहे जो समझें, तुमने मुझे दबा कर नहीं रखा—वैसा स्वभाव ही तुम्हारा नहीं है—इसीलिए तो तुम इतनी अच्छी लगती हो। असल में तुमने यह बाबा से ही

सीखा है—वे हर किसी के लिए उसके लायक स्थान छोड़ देते हैं।''

सुचरिता और ललिता इस परिवार में परेश बाबू की परम भक्त हैं।'बाबा' कहते ही उनका हृदय जैसे खिल उठता है।

सुचरिता ने कहा, ''अब बाबा से किसी की तुलना थोड़े ही हो सकती है? लेकिन जो हो भई, विनय बाबू बात को बड़े अच्छे ढंग से कह सकते हैं।''

ललिता, ''वे सब बातें उनके मन की नहीं हैं न, तभी इतने अच्छे ढंग से कह सकते हैं! अपनी बातें कहते तो बड़ी सीधी-सरल बातें होतीं, यह न लगता कि सोच-सोचकर, बना-बनाकर कह रहे हैं। इन सब बढ़िया-बढ़िया बातों के मुकाबले वह मुझे कहीं अधिक अच्छा लगता।''

सुचरिता, ''तो तू नाराज़ क्यों होती है! गौर मोहन बाबू की बातें उनकी अपनी बातें हो गई हैं।''

ललिता, ''अगर ऐसा है तो यह और भी बुरा है। भगवान ने बुद्धि क्या इसीलिए दी है कि दूसरों की बात की व्याख्या करते रहें, और मुँह इसलिए दिया है कि दूसरों की ही बातें अच्छे ढंग से कहते रहें? मुझे ऐसे अच्छे ढंग की कोई ज़रूरत नहीं है।''

सुचरिता, ''लेकिन यह बात तू क्यों नहीं समझती कि विनय बाबू गौर मोहन बाबू को बहुत चाहते हैं—उनके साथ उनके मन का सच्चा जुड़ाव है?''

अधीर होकर ललिता ने कहा, ''नहीं, नहीं, नहीं! पूरा जुड़ाव नहीं है गौर मोहन बाबू को आदर्श मानकर चलना उनकी आदत हो गई है—वह प्रेम नहीं है, गुलामी है। फिर भी ज़बर्दस्ती मानना चाहते हैं कि उनके साथ उनकी राय बिल्कुल मिलती है। इसीलिए उनकी राय को इतने यत्न से सजा-सजाकर अपने को और दूसरे को भुलाने की कोशिश करते हैं। वे केवल अपने मन के सन्देह और विरोध को दबा देना चाहते हैं, ताकि गौर मोहन बाबू को मानने से कहीं इनकार न करना पड़े। उनको अमान्य करने का हौसला उनमें नहीं है। प्रेम हो तो राय अलग होने पर भी बात मानी जा सकती है—बिना अंधे हुए भी अपने को छोड़ दिया जा सकता है—उनका रवैया वैसा नहीं है। गौर मोहन बाबू को वे मानते तो शायद प्रेम के कारण ही हैं, पर किसी तरह इस बात को स्वीकार नहीं कर पाते। उनकी बात सुनने से साफ़ पता चल जाता है। अच्छा दीदी, बताओ, क्या तुम्हें नहीं पता लगता?''

सुचरिता ने ये सब बातें ललिता की तरह इस ढंग से सोची ही नहीं थीं। उसका कौतूहल गोरा को पूरी तरह जानने के लिए ही इतना व्यग्र था कि विनय को अलग से समझने की ओर उसका ध्यान ही नहीं था। ललिता के प्रश्न का स्पष्ट उत्तर न देकर सुचरिता ने कहा, ''अच्छा चल; तेरी बात ही मन ली—तो बता, फिर क्या किया जाये?''

ललिता, ''मेरा मन तो करता है, उनके दोस्त के बन्धन से उन्हें छुड़ाकर स्वाधीन

कर दिया जाये।''

सुचरिता, ''तो प्रयास करके देख ले न!''

ललिता—''मेरे प्रयास से नहीं होगा—ज़रा तुम ध्यान दोगी तो हो सकेगा।''

हालाँकि सुचरिता ने मन-ही-मन समझ लिया था कि विनय उसके प्रति अनुरक्त है, तब भी ललिता की बात को उसने हँसकर टाल देना चाहा।

ललिता ने कहा, ''गौर मोहन बाबू का आदेश तोड़कर भी तुम्हारे पास वे जो ऐसे पकड़ाई देने आते हैं, इसीलिए वे मुझे अच्छे लगते हैं। उनकी जगह और कोई होता तो ब्राह्म लड़कियों को गालियाँ देकर नाटक लिखता। उनका मन अब भी खुला है, इसका यही सबूत है कि वे तुम्हें चाहते हैं और बाबा का आदर करते हैं। विनय बाबू को अब उनके असली रूप में खड़ा करना ही होगा, दीदी! केवल गौर मोहन बाबू का वे जो प्रचार करते रहते हैं, वह मुझे असहनीय लगता है।''

सतीश इसी समय 'दीदी' पुकारता हुआ आ पहुँचा। आज विनय उसे बड़े मैदान में सर्कस दिखाने ले गया था। हालाँकि रात बहुत बीत गई थी, फिर भी पहली बार सर्कस देखने का उत्साह उससे सँभल नहीं रहा था। सर्कस का पूरा वर्णन सुना देने के बाद वह बोला, ''विनय बाबू को पकड़कर आज मैं अपने बिस्तर पर ला रहा था—वे घर के अंदर आए भी थे, फिर चले गये। बोले कि कल आएँगे। दीदी, उनसे मैंने कहा है एक दिन वे आप लोगों को भी सर्कस दिखा लायें।''

ललिता ने पूछा, ''उन्होंने इस पर क्या कहा?''

सतीश ने कहा, ''वे बोले, लड़कियाँ बाघ देखकर डर जायेंगी। लेकिन मुझे बिल्कुल डर नहीं लगा।''

कहते-कहते सतीश मर्दानगी से छाती फुलाकर बैठ गया।

ललिता ने कहा, ''ऐसी बात है! तुम्हारे दोस्त विनय बाबू का साहस कितना प्रबल है, खूब समझ सकती हूँ। नहीं दीदी, सर्कस दिखाने के लिए उन्हें हमें अपने साथ ले जाना ही होगा।''

सतीश बोला, ''कल तो सर्कस दिन में होगा।''

ललिता ने कहा, ''यह तो और अच्छा है—दिन में ही जायेंगे।''

दूसरे दिन विनय के आते ही ललिता बोल उठी, ''लीजिए, ठीक वक्त पर आए हैं, विनय बाबू! चलिए!''

विनय ने पूछा, ''कहाँ चलना होगा?

ललिता, ''सर्कस देखने।''

सर्कस देखने! वह भी दिन दहाड़े शामियाना-भर लोगों के सामने लड़कियों को लेकर सर्कस देखने जाना! हक्का-बक्का हो गया विनय।

ललिता बोली, ''ऐसा जान पड़ता है, गौर मोहन बाबू नाराज़ होंगे ?''

ललिता के इस प्रश्न से विनय कुछ चकित हुआ।

ललिता ने फिर कहा, ''लड़कियों को सर्कस दिखाने ले जाने के बारे में भी क्या गौर मोहन बाबू की कोई राय है ?''

विनय ने कहा, ''ज़रूर है।''

ललिता, ''उसकी व्याख्या आप किस ढंग से करते हैं, ज़रा बताइए तो ? मैं दीदी को बुला लाऊँ, वे भी सुन लेंगी।''

झेंपकर विनय हँसा। ललिता ने कहा, ''हँसते क्यों हैं, विनय बाबू ? आपने कल सतीश से कहा था कि लड़कियाँ बाघ से डरती हैं। जैसे आप किसी से नहीं डरते!'

विनय इस पर लड़कियों को सर्कस दिखाने ले गया था। इतना ही नहीं, गोरा के साथ उसका सम्बन्ध ललिता को और शायद परिवार की सभी लड़कियों को कैसा जान पड़ता है—मन-ही-मन इस बात को लेकर भी वह काफ़ी उधेड़-बुन करता रहा था।

इस प्रकरण के बाद विनय से जिस दिन ललिता की भेंट हुई उसने बड़े भोलेपन से पूछा, ''उस दिन की सर्कस जाने वाली बात क्या आपने गौर मोहन बाबू को बता दी ?''

विनय को यह प्रश्न बहुत अखरा, क्योंकि कानों तक लाल होते हुए उसे कहना पड़ा, ''नहीं, अभी तक मौका नहीं मिला।''

हँसते हुए लावण्य ने कमरे में आकर कहा, ''विनय बाबू, आइए न।''

ललिता बोली, ''कहाँ ? सर्कस देखने ?''

लावण्य ने कहा, ''वाह, आज कैसा सर्कस ? मैं इसलिए बुला रही हूँ कि पेंसिल से मेरे रुमाल के चारों ओर एक बेल आँक दें—मैं काढ़ूँगी। विनय बाबू बड़ा सुंदर आँकते हैं।''

कहती हुई लावण्य विनय को खींचकर ले गई।

## 19

सुबह गोरा कुछ काम कर रहा था। अचानक विनय ने आकर छूटते ही कहा, ''उस दिन परेश बाबू की लड़कियों को मैं सर्कस दिखाने ले गया था।''

लिखते-लिखते गोरा ने कहा, ''मैंने सुना ?''

गोरा, ''अविनाश से। उस दिन वह भी सर्कस देखने गया था।''

आगे कुछ न कहकर गोरा फिर लिखने में जुट गया। गोरा ने यह बात पहले ही सुन ली है और वह भी अविनाश से, जिसने नमक-मिर्च लगाकर कहने में कोई कसर नहीं रखी होगी; विनय को इस बात से अपने पुराने संस्कार के कारण बड़ा संकोच हुआ। सर्कस जाने की बात की समाज में ऐसी आम चर्चा न हुई होती तो अच्छा होता!

तभी उसे याद आया, कल रात वह मन-ही-मन बहुत देर तक जागते रहकर ललिता से झगड़ता रहा है। ललिता समझती है, वह गोरा से डरता है और गोरा को वैसे ही मान कर काम करता है जैसे बच्चे मास्टर को मानते हैं। कोई किसी को क्या इतना गलत समझ सकता है! गोरा और वह तो एकात्मा हैं। यह ठीक है कि गोरा की असाधारणता के कारण उसकी उस पर श्रद्धा भी है, लेकिन इसी से ललिता का ऐसा सोच लेना गोरा के साथ तो अन्याय है ही, विनय के साथ भी है। विनय बच्चा नहीं है, न ही गोरा उसका अभिभावक है!

चुपचाप गोरा लिखता रहा और ललिता के वही दो-तीन तीखे प्रश्न बार-बार विनय को याद आने लगे। आसानी से विनय उन्हें मन से न हटा सका।

अचानक विनय के भीतर एक विद्रोह ने सिर उठाया—सर्कस देखने गया तो क्या हुआ? कौन होता है अविनाश इस बात की गोरा से चर्चा करने वाला—और गोरा भी क्यों मेरे काम के बारे में उस वाचाल से बातचीत करने गया, मैं क्या गोरा का नज़रबंद हूँ? मैं कहाँ आता-जाता हूँ, गोरा के सामने क्या इसका भी जवाब देना होगा? यह तो दोस्ती का अपमान है।

विनय को गोरा और अविनाश पर इतना गुस्सा न आया होता अगर अपनी भीरुता सहसा उसके सामने इतने साफ़ ढंग से प्रकट न हो गई होती। वह जो थोड़ी देर के लिए भी कोई बात गोरा से छिपाने के लिए मजबूर हुआ, इसके लिए वह आज मन--ही-मन मानो गोरा को ही अपराधी ठहराना चाहता है। सर्कस जाने की बात को लेकर अगर गोरा विनय से झगड़े की दो-एक बातें कहता तो भी उनकी दोस्ती की एक लय बनी रहती और विनय को तसल्ली होती—लेकिन गोरा इतना गम्भीर होकर विचारमग्न मुद्रा बनाये बैठा है और अपनी चुप्पी से उसका अपमान कर रहा है, यह देखकर ललिता की बात की चुभन उसे फिर-फिर बींधने लगी।

इसी समय हाथ में हुक्का लिये महिम ने कमरे में प्रवेश किया। डिब्बे में बंद गीले कपड़े के भीतर से निकालकर एक पान विनय के हाथ में देते हुए बोले, "भाई विनय, इधर तो सब ठीक हो गया, अब तो तुम्हारे काका महाशय की एक चिट्ठी आ जाये तो निश्चिंत हो सकें। तुमने उन्हें लिख तो दिया है न?"

विनय को विवाह का यह आग्रह आज बहुत बुरा लगा, हालाँकि वह जानता

था कि महिम का कोई दोष नहीं है—उन्हें तो वचन दिया जा चुका है। किंतु उस वचन देने में एक हीनता-सी उसे जान पड़ी। आनंदमयी ने तो उसे एक प्रकार से मना ही किया था—इस विवाह के मामले में उसका अपना भी कोई आकर्षण नहीं था—हड़बड़ी में क्षण-भर में ही यह बात कैसे पक्की हो गई? यह भी नहीं कहा जा सकता कि गोरा ने कोई जल्दी की थी। अगर विनय ने कुछ आपत्ति की होती तब भी गोरा उस पर ज़रूर दबाव डालता, ऐसी बात भी नहीं थी। लेकिन फिर भी...! इस 'फिर भी' को लेकर ही ललिता की बात उसे सालने लगी। कोई विशेष घटना उस दिन नहीं हुई थी, किंतु जो हुआ उसके पीछे अनेक दिनों का हाथ था। विनय केवल अपने स्नेह के कारण और नितांत भलमनसाहत के कारण गोरा के आधिपत्य को सहते रहने का आदी हो गया है। इसीलिए प्रभुत्व का यह सम्बन्ध बंधुत्व के सिर पर चढ़ बैठा है। इतने दिन विनय ने इसको महसूस नहीं किया, किंतु अब इसे स्वीकार किये बिना नहीं चलेगा। तो क्या शशिमुखी से विवाह करना ही होगा?

विनय ने कहा, "नहीं, अभी काका को तो नहीं लिखा।"

महिम बोले, "वह मेरी ही गलती है। यह चिट्ठी तुम्हारे लिखने की तो चीज़ नहीं है, वह मैं ही लिखूँगा। उनका पूरा नाम क्या है ज़रा बताना।"

विनय ने कहा, "आप चिंता क्यों करते हैं? आश्विन-कार्तिक में तो विवाह हो ही नहीं सकता। एक अगहन है—लेकिन उसमें भी मुश्किल है। हमारे परिवार के इतिहास में न जाने कब किसके साथ कौन-सी दुर्घटना अगहन के महीने में घटी थी, तब से हमारे वंश में अगहन में विवाह आदि शुभ-कर्म बंद हैं।"

हुक्का कमरे के कोने में दीवार के साथ टेककर महिम ने कहा, "विनय, तुम लोग भी यह सब मानते हो तो सारी लिखाई-पढ़ाई क्या किताबों को रटते-रटते मर जाना ही है? इस कमबख्त देश में अव्वल तो वैसे ही शुभ दिन ढूँढे नहीं मिलता, उस पर अगर हर घर अपना निजी पोथी-पत्र लेकर बैठ जायेगा तो काम कैसे चलेगा?"

विनय ने कहा, "फिर आप भाद्र-आश्विन महीने भी क्यों मानते हैं?"

महिम बोले, "मैं कहाँ मानता हूँ? कभी नहीं मानता। लेकिन क्या करूँ भैया—इस देश में एक बार भगवान को माने बिना मज़े में चल सकता है, लेकिन भाद्र-आश्विन, बृहस्पति-शनि, तिथि-नक्षत्र माने बिना कोई गति नहीं! फिर यह भी कहूँ कि कहने को तो मैंने कह दिया कि नहीं मानता, लेकिन काम करने के समय तिथि-मुहूर्त इधर-उधर होने से मन प्रसन्न नहीं रहता—गाँव-देहात की हवा में जैसे मलेरिया होता है, वैसे ही इसका भय भी होता है, उससे ऊपर नहीं उठा जा सकता।"

विनय, "हमारे वंश में अगहन का दोष भी किसी तरह नहीं मिटता। काकी माँ तो किसी तरह राज़ी नहीं होंगी।"

इस तरह उस दिन तो विनय ने जैसे-तैसे करके बात टाल दी।

विनय के बात करने के ढंग से गोरा ने समझ लिया कि विनय के मन में एक दुविधा बस गई है। कुछ दिनों से विनय से उसकी भेंट ही नहीं हो रही थी, इससे ही गोरा ने समझ लिया था कि परेश बाबू के घर विनय का आना-जाना और भी बढ़ गया है तिस पर आज के इस विवाह-प्रस्ताव को टालने की कोशिश से गोरा के मन में और भी सन्देह हुआ।

जैसे साँप किसी को निगलना शुरू करने पर उसे किसी तरह छोड़ नहीं सकता, गोरा भी उसी तरह अपने किसी भी संकल्प को छोड़ देने या उसमें ज़रा भी परिवर्तन करने में असमर्थ था। दूसरी ओर से किसी तरह की बाधा अथवा शिथिलता आने पर वह और भी हठ पकड़ लेता था। दुविधा में पड़े हुए विनय को जकड़ रखने के लिए गोरा पूरे अन्तःकरण से उतावला हो उठा।

लिखना छोड़ कर सिर ऊपर उठाते हुए उसने कहा, "विनय, जब एक बार तुमने दादा को वचन दे दिया है, तब अनिश्चय में रखकर क्यों व्यर्थ दुःख देते हो?"

सहसा विनय ने बिगड़कर कहा, "मैंने वचन दिया है या कि मुझे हड़बड़ाकर जल्दी में मुझसे वचन ले लिया गया है?"

विनय के इस अचानक विद्रोह को देखकर गोरा विस्मित हो गया। कड़ा पड़ते हुए उसने पूछा, "किसने जल्दी में तुम्हें हड़बड़ा कर तुमसे ज़बर्दस्ती वचन लिया?"

"तुमने," विनय ने कहा।

"मैंने?" गोरा ने कहा, "इस बारे में मेरी तुमसे दो-चार बातों से अधिक नहीं हुईं—यही क्या ज़बर्दस्ती वचन ले लेना हो गया?"

विनय के पक्ष में प्रमाण वास्तव में खास कुछ नहीं था, गोरा का कहना सच ही था कि उनकी बातचीत बहुत थोड़ी ही हुई थी और उसमें ऐसा कोई बहुत आग्रह भी नहीं था जिसे दबाव डालना कहा जा सके। फिर भी यह बात सच थी कि परोक्ष रूप से गोरा ही ने विनय से उसकी सम्मति ज़बर्दस्ती ले ली थी। जिस अभियोग का प्रमाण जितना कम होता है, उसे लगाने वाले का क्रोध उतना ही अधिक होता है तभी विनय ने कुछ असंगत क्रोध से कहा, "कहलवा लेने के लिए अधिक बातचीत करना ज़रूरी तो नहीं है।"

मेज़ छोड़कर गोरा उठ खड़ा हुआ और बोला, "तो ले जाओ अपनी सम्मति वापस। यह कोई इतनी बड़ी या मूल्यवान् बात नहीं है कि इसके लिए तुमसे भीख माँगी जाये या ज़बर्दस्ती की जाये।"

महिम साथ के कमरे में ही थे, वज्र-स्वर में गोरा ने उन्हें पुकारा, "दादा!"

हड़बड़ाकर कमरे में आते गोरा ने महिम से कहा, "दादा, मैंने क्या आपको

शुरू में ही नहीं कहा था कि शशिमुखी के साथ विनय का विवाह नहीं हो सकता— इसमें मेरी राय नहीं है?''

महिम, ''ज़रूर कहा था। ऐसी बात तुम्हारे सिवा और कौन कह सकता था? और कोई भाई होता तो भतीजी के विवाह की बात चलने पर शुरू में ही उत्साह दिखाता!''

गोरा, ''फिर क्यों आपने मुझे विनय से अनुरोध करने के लिए कहा?''

महिम, ''यही सोचकर कि इससे काम हो सकेगा और तो कोई कारण नहीं है।''

गोरा का मुँह लाल हो आया। वह बोला, ''मैं इस सबमें नहीं पड़ता, ब्याह ठीक करना मेरा धंधा नहीं है, मुझे दूसरे भी काम हैं।''

गोरा ऐसा कहकर घर से बाहर चला गया। हतबुद्धि महिम विनय से इस बारे में कोई प्रश्न पूछते, इससे पहले वह भी निकलकर सड़क पर पहुँच गया। दीवार के कोने में टिका हुआ हुक्का महिम ने उठाया और चुपचाप बैठकर कश लगाने लगे।

इससे पहले भी कई बार गोरा के साथ विनय के कई झगड़े हुए हैं, लेकिन ऐसा ज्वालामुखी की तरह अचानक फट पड़ने वाला झगड़ा पहले कभी नहीं हुआ। पहले तो विनय अपने कृत्य पर स्तंभित-सा हो गया, फिर घर पहुँचने के बाद भीतर-ही-भीतर यह बात उसे सालने लगी। ज़रा-सी देर में वह गोरा को कितनी बड़ी चोट पहुँचा आया है, यह सोचकर उसकी खाने-पीने या विश्राम करने की कोई इच्छा न रही। इस मामले में विशेषतया गोरा को अपराधी ठहराना कितना गलत और बेतुका हुआ, बार-बार यह बात उसे चुभने लगी। बार-बार उसका मन उसे धिक्कारने लगा—'तुमने अन्याय किया, तुमने अन्याय किया।'

लगभग दो बजे आनंदमयी खा-पीकर सिलाई लेकर बैठी ही थीं कि विनय उनके पास जा बैठा। सुबह की थोड़ी-बहुत चर्चा तो उन्होंने महिम से सुन ही ली थी। भोजन के समय गोरा का चेहरा देखकर भी उन्होंने समझ लिया था कि एक तूफ़ान आकर गुज़र चुका है।

विनय ने आते ही कहा, ''माँ, मैंने ज़्यादती की है। शशिमुखी से विवाह की बात को लेकर गोरा को मैंने जो कुछ कहा, उसका कोई अर्थ नहीं होता।''

आनंदमयी ने कहा, ''हो सकता है विनय—कोई दर्द मन में दबा रखने की कोशिश करने से वह इसी तरह फूट निकलता है। यह ठीक ही हुआ। इस झगड़े की बात दो दिन बाद तुम भी भूल जाओगे, गोरा भी भूल जायेगा।''

विनय, ''लेकिन माँ, शशिमुखी से विवाह करने में मुझे कोई आपत्ति नहीं है, यही बात तुम्हें बताने मैं आया हूँ।''

आनंदमयी, ''बेटा, जल्दी से झगड़ा खत्म करने की कोशिश में एक और

मुसीबत में मत पड़ो। झगड़ा तो दो-एक दिन का है, विवाह तो हमेशा की बात है।''

उनकी कोई बात विनय ने नहीं सुनी। वह फ़ौरन यह प्रस्ताव लेकर गोरा के पास तो नहीं जा सका, इसलिए महिम से ही जाकर उसने कहा कि विवाह में कोई बाधा नहीं है और माघ में ही वह संभव हो सकेगा तथा इस बात का ज़िम्मा भी विनय ही लेगा कि उसके काका महाशय को कोई आपत्ति न हो।

महिम बोले, ''तो फिर सगाई हो जाये न!''

विनय ने कहा, ''ठीक है, वह आप गोरा से सलाह करके कर लीजिए।''

घबराकर महिम ने कहा, ''फिर गोरा से सलाह?''

विनय बोला, ''हाँ, उसके बिना तो नहीं हो सकता।''

महिम बोले, ''अगर नहीं हो सकता तब तो कोई उपाय नहीं है, लेकिन...'' कहते-कहते झट उन्होंने एक पान उठाकर मुँह में रख लिया।

## 20

उस दिन तो महिम ने गोरा से कुछ नहीं कहा, किंतु अगले दिन उसके कमरे में गये। उन्होंने सोचा था कि फिर से गोरा को राज़ी करने के लिए लम्बी बकझक करनी होगी। पर जब उन्होंने आकर बताया कि कल दोपहर विनय ने आकर विवाह के बारे में पक्का वचन दे दिया है और सगाई के बारे में गोरा की सलाह लेने को कहा है, तब तुरंत गोरा ने अपनी राय ज़ाहिर कर दी, ''ठीक है, तो सगाई हो जाये।''

अचरज से महिम ने कहा, ''अभी तो 'ठीक है' कह रहे हो—इसके बाद फिर तो टाँग नहीं अड़ाओगे?''

गोरा ने कहा, ''मैंने बाधा देकर टाँग नहीं अड़ाई, अनुरोध करके ही अड़ाई थी।''

महिम, ''इसीलिए तुमसे मेरी यही प्रार्थना है कि तुम बाधा भी न देना और अनुरोध भी मत करना। न तो मुझे कौरवों की ओर से नारायणी सेना की ज़रूरत है और न पांडवों की ओर से स्वयं नारायण की ज़रूरत ही दिखती है। मुझ अकेले से ही जो बन सकेगा वही ठीक है। मुझसे भूल हुई—तुम्हारी सहायता भी इतनी विपरीत पड़ेगी, यह मैं पहले नहीं जानता था। खैर, यह तो तुम चाहते हो न कि विवाह हो?''

''हाँ, चाहता हूँ।''

महिम, ''तो चाहने तक ही रहो, कोशिश करने की ज़रूरत नहीं है।''

गोरा को जब क्रोध आता है तो उसके क्षणिक आवेश में वह कुछ भी कर सकता है, यह सत्य है; लेकिन उस गुस्से को सहेजकर अपने संकल्प को नष्ट करना उसका

स्वभाव नहीं है। जैसे भी हो वह विनय को बाँधना चाहता है, रूठने का समय यह नहीं है। कल के झगड़े की प्रतिक्रिया स्वरूप ही विवाह की बात पक्की हुई, विनय के विद्रोह ने ही विनय के बन्धन मज़बूत कर दिए, यह बात सोचकर कल की घटना पर गोरा को मन-ही-मन खुशी ही हुई। विनय के साथ हमेशा का सहज सम्बन्ध फिर से स्थापित करने में गोरा ने ज़रा भी देर नहीं की। लेकिन दोनों के बीच जो एक सहजता का भाव था, उसमें तो कुछ कमी आ ही गई।

अब गोरा ने यह भी समझ लिया कि विनय को दूर से बाँधकर रखना कठिन होगा; जहाँ से खतरे का उद्‌गम है, वहीं जाकर पहरा देना होगा। मन-ही-मन उसने सोचा, अगर परेश बाबू के घर में बराबर आना-जाना रखूँ तो विनय को ठीक रास्ते पर रखे रह सकूँगा।

उसी दिन, अर्थात् झगड़े के अगले ही दिन, करीब तीसरे पहर गोरा विनय के घर जा पहुँचा। विनय को इसकी बिल्कुल उम्मीद नहीं थी कि गोरा उसी दिन आ पहुँचेगा, इसीलिए उसे मन-ही-मन जितनी खुशी हुई, उतना ही आश्चर्य भी हुआ।

इससे भी बड़े आश्चर्य की बात यह थी कि गोरा ने अपने आप परेश बाबू की लड़कियों की बात चलाई और उस बात में ज़रा भी विरूपता नहीं थी। इस चर्चा में विनय का उत्साह जगा देने के लिए अधिक परिश्रम की ज़रूरत भी नहीं थी।

विनय सुचरिता के साथ जिन बातों की चर्चा करता रहा था, वह सब विस्तार से गोरा को बताने लगा। स्वयं सुचरिता विशेष आग्रह से ये सब बातें उठाती है, और चाहे जितनी बहस करे; धीरे-धीरे अनजाने में उनसे सहमत भी होती जा रही है, यह बात गोरा को बताकर विनय ने उसे उत्साहित करने की कोशिश की।

विनय ने बातों-बातों में कहा, ''नंद की माँ ने ओझा को बुलाकर भूत के भ्रम में कैसे नंद के प्राण ले लिये और इस विषय में तुम्हारे साथ क्या बात हुई थी, जब मैंने यह बताया तब कहने लगी, 'आप लोग सोचते हैं, लड़कियों को घर में बंद करके चौके-बर्तन और सफ़ाई करने देने से ही उनका सारा कर्तव्य पूरा हो जाता है। एक ओर तो ऐसा करके उनकी समझ-बूझ सब चौपट करके रख देंगे, उधर जब वे ओझा को बुलाएँगी तब उन पर बिगड़ने से भी नहीं चूकेंगे। जिनके लिए सारी दुनिया अड़ोस-पड़ोस के दो-एक घरों तक ही सीमित है, वे कभी पूरी तरह मनुष्य नहीं हो सकतीं— और अधूरी रहकर पुरुषों के बड़े कामों को बिगाड़कर, अधूरे करके, पुरुष को बोझ से लादकर नीचे की ओर खींचकर, वे अपनी दुर्गति का बदला तो लेंगी ही। आप ही ने नंद की माँ को ऐसा बनाया है और ऐसी जगह घेरकर रखा है कि आज आप जान लगाकर भी उसे सुबुद्धि देना चाहें तो वह उस तक पहुँचेगी ही नहीं।' इस बारे में मैंने तर्क करने की बहुत कोशिश की, लेकिन सच कहूँ गोरा, मन-ही-मन उनसे सहमत

होने के कारण कोई ज़ोरदार दलील मैं नहीं दे सका और उनसे तो फिर भी बहस हो जाती है, लेकिन ललिता से बहस करने का मुझे कतई साहस नहीं होता। जब ललिता ने भँवें सिकोड़कर कहा, 'आप लोग जो सोचते हैं कि दुनिया-भर का काम तो आप लोग करेंगे और आप लोगों का काम हम करेंगी, यह नहीं होने का। या तो हम भी दुनिया का काम सँभालेंगी, नहीं तो बोझ होकर रह जायेंगी। हम बोझ होंगी तो फिर आप बिगड़कर कहेंगे—पथे नारी विवर्जिता। आप अगर नारी को भी चलने दें तो फिर उसका विवर्जन करने की ज़रूरत न होगी—न घर में, न पथ पर।'—तब मुझसे कोई जवाब नहीं बन पड़ा और मैं चुप रह गया। आसानी से कोई बात ललिता नहीं कहती, लेकिन जब कहती है तब बहुत सोच-समझकर जवाब देना होता है। तुम चाहे जो कहो गोरा, मुझे पूरा विश्वास हो गया है कि हमारी नारियों के पैर भी अगर चीनी नारियों के पैरों की तरह बाँधकर रखे जायेंगे तो उससे हमारा कोई काम आगे नहीं बढ़ेगा।"

गोरा ने कहा, "लड़कियों को शिक्षा न दी जाये, यह तो मैंने कभी नहीं कहा।"

विनय, "चारू-पाठ तीसरा भाग पढ़ा देने से ही क्या शिक्षा हो जाती है?"

गोरा, "अच्छी बात है, अब से विनय-बोध प्रथम भाग पढ़ाया जायेगा।"

इस तरह दोनों मित्रों में घूम-फिरकर परेश बाबू की लड़कियों की बात करते-करते रात हो गई।

अकेले घर लौटते समय ये सब बातें गोरा के मन में घूमती रहीं। घर पहुँचकर चारपाई पर लेटे-लेटे भी जब तक गोरा सो नहीं गया, परेश बाबू की लड़कियों की बात मन से नहीं हटा सका। ऐसी बात गोरा के जीवन में पहले कभी नहीं हुई थी; उसने लड़कियों की बात कभी सोची ही नहीं। आज विनय ने यह प्रमाणित कर दिया कि संसार में यह भी एक सोचने की बात है—इसे यों ही उड़ाया नहीं जा सकता, या तो इसका समझौता करना होगा या लड़ना होगा।

विनय ने जब दूसरे दिन गोरा से कहा, "एक बार परेश बाबू के घर चले ही चलो न; बहुत दिनों से गये नहीं, अक्सर वे तुम्हारी बात पूछते हैं," तब बिना आपत्ति किये गोरा तैयार हो गया। तैयार ही नहीं हो गया, बल्कि उसका मन भी पहले-सा उदास नहीं था। पहले सुचरिता और परेश बाबू की अन्य लड़कियों के अस्तित्व के बारे में गोरा पूरी तरह उदासीन था, फिर बीच में उनके विरुद्ध उसके मन में अवज्ञा का भाव उत्पन्न हुआ था, अब उसके मन में एक उत्सुकता पैदा हो गई थी। कौन-सी चीज़ विनय के चित्त को इतना आकर्षित करती है, यह जानने के लिए उसके मन में एक विशेष जिज्ञासा थी।

जिस समय दोनों परेश बाबू के घर पहुँचे उस समय साँझ हो रही थी। दूसरी मंज़िल के एक कमरे में लैंप की रोशनी में हारान बाबू अपना एक अंग्रेज़ी लेख परेश

बाबू को सुना रहे थे। वास्तव में इस समय परेश बाबू केवल उपलक्ष्य-मात्र थे—लेख सुचरिता को सुनाना ही उनका उद्देश्य था। सुचरिता मेज़ के परले सिरे पर चौंध से आँखों को ओट देने के लिए ताड़ के पत्ते का पंखा चेहरे के सामने रखे चुपचाप बैठी थी। अपने स्वभाव के कारण वह लेख को एकाग्र होकर सुनने की चेष्टा कर रही थी, किंतु रह-रहकर उसका मन इधर-उधर हुआ जा रहा था।

इसी बीच नौकर ने आकर जब गोरा और विनय के आने की सूचना दी तो वह चौंक उठी। कुर्सी छोड़कर वह जाने को ही थी कि परेश बाबू ने कहा, ''कहाँ जा रही हो राधा, और कोई नहीं है, अपने विनय और गौर आए हैं।''

सकुचाती हुई सुचरिता फिर बैठ गई। हारान के लम्बे अंग्रेज़ी लेख के पाठ में रुकावट आ जाने से उसे कुछ तसल्ली हुई। गोरा के आने की बात सुनकर सुचरिता के मन में कुछ उत्तेजना न हुई हो, यह बात नहीं थी; किंतु हारान बाबू के होते गोरा के आने से मन-ही-मन उसे एक बेचैनी और संकोच होने लगा था—कहीं दोनों में कुछ बहस न हो जाये इस भय से अथवा किसी दूसरे कारण से, यह कहना कठिन है।

हारान बाबू का मन गोरा का नाम सुनते ही भीतर-ही-भीतर बिल्कुल विमुख हो उठा। जैसे-तैसे गोरा के नमस्कार का जवाब देकर वे गम्भीर होकर बैठे रहे। हारान को देखते ही गोरा की युद्ध करने की इच्छा हथियार भाँजकर तैयार हो गई।

अपनी तीनों लड़कियों को लेकर वरदासुंदरी कहीं निमन्त्रण पर गई थीं; साँझ होने पर परेश बाबू द्वारा उन्हें लिवा लाने की बात तय थी। परेश बाबू के जाने का समय हो गया था। इसी बीच गोरा और विनय के आ जाने से वे संकोच में पड़ गये। किंतु और देर करना ठीक न समझकर धीरे से उन्होंने हारान और सुचरिता से कहा, ''तुम लोग ज़रा इनके साथ बैठो, मैं फ़ौरन लौटकर आता हूँ।'' और चले गये।

गोरा और हारान बाबू में देखते-देखते बहस शुरू हो गई। बहस जिस प्रसंग को लेकर हुई, वह कुछ यों था : कलकत्ता के पास के किसी ज़िले के मजिस्ट्रेट ब्राउनलो के साथ परेश बाबू की जान-पहचान ढाका में रहते समय हुई थी। परेश बाबू की स्त्री और कन्याएँ घर से बाहर निकलती हैं, इसलिए साहब और उनकी स्त्री इनकी बहुत आवभगत करते थे। साहब अपने जन्मदिन पर हर साल कृषि प्रदर्शनी का मेला आयोजित किया करते थे। इस बार वरदासुंदरी ने ब्राउनलो साहब की मेम के साथ बातचीत करते समय अंग्रेज़ी काव्य-साहित्य में अपनी लड़कियों की रुचि की बात की तो सहसा मेम साहब ने कहा कि इस बार मेले में लेफ्टिनेंट गवर्नर सपत्नीक आएँगे—अगर आपकी लड़कियाँ उनके सामने किसी छोटे-से अंग्रेज़ी काव्य-नाट्य का अभिनय कर दें तो बड़ा अच्छा हो।—इस प्रस्ताव पर वरदासुंदरी अत्यंत उत्साहित हो उठी थीं। आज वे लड़कियों को उसी की रिहर्सल कराने के लिए किसी बंधु के

घर ले गई हैं। यह पूछने पर कि इस मेले में गोरा की उपस्थिति होना संभव होगा या नहीं, गोरा ने कुछ ज़्यादा ही रूखाई के साथ कह दिया, 'नहीं'। इसी बात को लेकर देश में अंग्रेज़ों-बंगालियों के सम्बन्ध और परस्पर सामाजिक सम्मिलन की बाधा को लेकर बाकायदा दोनों जनों में लड़ाई छिड़ गई।

हारान ने कहा, "बंगालियों का ही दोष है। हमारे यहाँ इतने कुसंस्कार और कुप्रथाएँ हैं कि अंग्रेज़ों से मिलने के योग्य हम हैं ही नहीं।"

गोरा ने कहा, "अगर यही सच हो तो इस अयोग्यता के रहते अंग्रेज़ों से मिलने के लिए ललचाना हमारे लिए लज्जाजनक है।"

हारान बोले, "लेकिन जो योग्य हो गये हैं उनको अंग्रेज़ों से काफ़ी सम्मान मिलता है—जैसे इन सबको।"

गोरा, "एक आदमी के सम्मान से जहाँ और सबका असम्मान प्रकट होता हो, वहाँ ऐसे सम्मान को मैं अपमान मानता हूँ।"

हारान बाबू देखते-देखते अत्यंत क्रुद्ध हो उठे और गोरा रह-रहकर उन्हें शब्दों के तीरों से घायल करने लगा।

जब दोनों में इस प्रकार की बहस हो रही थी तब सुचरिता मेज़ के पास बैठी पंखे की ओट से एकटक गोरा को देख रही थी। जो बातें हो रही थीं वे उसके कानों में पड़ ज़रूर रही थीं, लेकिन उसका मन उधर बिल्कुल नहीं था। वह जो अपलक नेत्रों से गोरा को देख रही थी, उसकी खबर उसे स्वयं होती तो सुचरिता लज्जित हो जाती; किंतु जैसे आत्म-विस्मृत होकर ही वह गोरा को देख रही थी। गोरा अपनी दोनों बलिष्ठ भुजाएँ मेज़ पर टेककर थोड़ा आगे झुककर बैठा था; उसके प्रशस्त उज्ज्वल ललाट पर लैंप की रोशनी पड़ रही थी; चेहरे पर कभी अवज्ञा की हँसी, कभी घृणा की छवि लहरा जाती थी। उसके चेहरे की प्रत्येक भाव-भंगिमा से एक आत्म-मर्यादा का गौरव प्रकट होता था। जो कुछ वह कह रहा है, वह केवल सामयिक बहस या आक्षेप की बात नहीं है, हर बात उसके अनेक दिनों के चिंतन और व्यवहार से असंदिग्ध रूप से सिद्ध हुई है। उसमें किसी प्रकार की दुविधा, दुर्बलता या आकस्मिकता नहीं है—यह मात्र उसकी आवाज़ से ही नहीं, उसके चेहरे और उसके समूचे शरीर के दृढ़ भाव से प्रकट हो रहा था। विस्मित होकर सुचरिता उसे देखने लगी। अपने जीवन में इतने दिनों बाद जैसे यहीं पहले-पहल उसने किसी को एक विशेष व्यक्ति, एक विशेष पुरुष के रूप में देखा। उस व्यक्ति को वह और दस लोगों से मिलाकर न देख सकी। ऐसे गोरा के विरुद्ध खड़े होकर हारान बाबू मानो तुच्छ हो गये। उनके शरीर और चेहरे की आकृति, उनकी भाव-भंगिमा, यहाँ तक कि उनके कपड़े और चादर तक उन पर व्यंग्य करने लगी। इतने दिनों तक विनय के साथ बार-बार गोरा की चर्चा करते रहकर

सुचरिता गोरा को एक विशेष मत का असाधारण व्यक्ति भर समझने लगी थी; उसके द्वारा देश का कोई विशेष मंगल सिद्ध हो सकता है, उसने इतनी ही कल्पना की थी। आज एकटक उसके चेहरे की ओर देखते-देखते सुचरिता ने गोरा को जैसे सभी दलों, सभी मतों, सभी उद्देश्यों से अलग रखकर केवल गोरा के रूप में देखा। जैसे चाँद को समुद्र सारे प्रयोजनों और व्यवहारों से परे करके देखकर अकारण ही उद्वेलित हो उठता है, सुचरिता का मन भी आज वैसे ही सब-कुछ भूलकर, सारी बुद्धि और संस्कार छोड़कर, अपने सारे जीवन का अतिक्रमण करके मानो चारों ओर उच्छ्‌वसित होने लगा। मनुष्य क्या है, मनुष्य की आत्मा क्या है, यह मानो सुचरिता ने पहले-पहल देखा और इस अपूर्व अनुभूति से वह जैसे अपने अस्तित्व को बिल्कुल भूल गई।

हारान बाबू ने सुचरिता का यह भाव लक्ष्य किया। इससे बहस में उनकी युक्तियों का दम कुछ बढ़ा नहीं। अन्त में अत्यंत अधीर होकर एकाएक आसन छोड़कर वे उठ खड़े हुए और बिल्कुल आत्मीय की तरह सुचरिता को पुकारते हुए बोले, ''सुचरिता, ज़रा इस कमरे में आओ, तुमसे एक बात कहनी है।''

एकबारगी सुचरिता चौंक उठी, जैसे उसे किसी ने मार दिया हो। हारान बाबू के साथ उसका जैसा सम्बन्ध है, उसमें उसे वे कभी इस तरह नहीं बुला सकते, ऐसा नहीं है; कोई दूसरा समय होता तो वह इसकी कुछ परवाह भी न करती, किंतु आज गोरा और विनय के सामने उसने अपने को अपमानित अनुभव किया। खास तौर पर गोरा ने तो उसके चेहरे की ओर कुछ ऐसे ढंग से देखा कि वह हारान बाबू को क्षमा न कर सकी। वह पहले तो वैसे ही चुपचाप बैठी रही जैसे उसने हारान बाबू की बात सुनी ही न हो। इस पर हारान बाबू ने अपने स्वर में कुछ खीझ लाते हुए फिर पुकारा, ''सुनती हो सुचरिता—मुझे एक बात कहनी है, एक बार उस कमरे में आना तो।''

उनके चेहरे की ओर देखे बिना सुचरिता ने उत्तर दिया, ''अभी रहने दीजिए—बाबा आ जायें, फिर हो जायेगी।''

खड़े होते हुए विनय ने कहा, ''नहीं तो हम लोग चलें...''

जल्दी से सुचरिता ने कहा, ''नहीं विनय बाबू, बैठे रहिए! बाबा आपको बैठने के लिए कह गये हैं—बस अभी आते ही होंगे।''

उसके स्वर से एक व्याकुल विनती का भाव प्रकट हो रहा था। मानो हिरनी को व्याध के हाथों सौंपकर चले जाने का प्रस्ताव हो रहा हो।

''मैं और नहीं रुक सकता—अच्छा मैं चल दिया,'' कहते हुए हारान बाबू जल्दी से कमरे से निकल गये। गुस्से में वे बाहर तो आ गये, किंतु अगले ही क्षण उन्हें पछतावा होने लगा। लेकिन वे फिर से लौटने का कोई बहाना न ढूँढ सके।

हारान बाबू के चले जाने के बाद सुचरिता जब गहरी लज्जा से लाल चेहरा झुकाए

हुए बैठी थी, क्या करे या क्या कहे यह नहीं सोच पा रही थी, तब गोरा को उसके चेहरे की ओर अच्छी तरह देखने का मौका मिल गया। शिक्षित लड़कियों में जिस घमंड और प्रगल्भता की कल्पना गोरा ने कर रखी थी, सुचरिता के चेहरे पर उसका आभास तक नहीं था। उसके चेहरे पर बुद्धि की उज्ज्वलता अवश्य प्रकाशित हो रही है, किंतु नम्रता और लज्जा से आज वह कैसी सुंदर और कोमल दिखाई दे रही है! चेहरा कितना सुकुमार है, भँवों के ऊपर माथा मानो शरद के आकाश-जैसा स्वच्छ-निर्मल! होंठ चुप हैं, किंतु अनुच्चरित बात का माधुर्य दोनों होंठों के बीच एक कोमल कली-सा अटका हुआ है। आधुनिक स्त्रियों की वेश-भूषा की ओर इससे पहले गोरा ने कभी ध्यान से नहीं देखा, और बिना देखे ही उसके प्रति एक धिक्कार-भाव पाले रहा है—आज सुचरिता की देह पर नये ढंग की साड़ी पहनने की कला उसे विशेष अच्छी लगी। सुचरिता का एक हाथ मेज़ पर था, उसकी आस्तीन के सिकुड़े हुए भाग से निकला हुआ वह हाथ गोरा को आज किसी कोमल हृदय के कल्याणमयी राग-सा लगा। प्रकाशित शान्त संध्या में सुचरिता को घेरे हुए सारा कमरा अपने प्रकाश, अपनी दीवारों के चित्र, अपनी सजावट और अपनी सुव्यवस्था के कारण जैसे एक विशेष अनिंद्य रूप लेकर दिखाई दिया। वह घर है, वह सेवा-कुशल नारी के यत्न, स्नेह और सौंदर्य से मंडित है, वह मात्र दीवारों और शहतीरों पर टिकी हुई छत से कहीं अधिक कुछ है—यह सब आज मानो क्षण-भर में गोरा के सामने प्रत्यक्ष हो उठा। अपने चारों ओर के आकाश में गोरा ने जैसे एक सजीव सत्ता का अनुभव किया—उसके हृदय पर चारों ओर से एक अन्य हृदय की लहरें आकर आघात करने लगीं; न जाने कैसी एक निविड़ता-सी उसे घेरने लगी। ऐसी अद्भुत उपलब्धि उसे जीवन में पहले कभी नहीं हुई। देखते-देखते सुचरिता के माथे पर बिखरे केशों से लेकर उसके पैरों के पास साड़ी के किनारे तक—सब अत्यंत सत्य और अत्यंत विशेष हो उठा। एक ही साथ समग्र रूप में सुचरिता, और स्वतंत्र रूप में सुचरिता का प्रत्येक अंग गोरा की दृष्टि को आकर्षित करने लगा।

कुछ देर किसी के कुछ न बोल सकने से सभी ओर सन्नाटा पसरा था। तभी विनय ने सुचरिता की ओर देखकर कहा, ''उस दिन हम लोगों में बात हो रही थी कि...'' और इस प्रकार बात का सिलसिला चलाया।

वह बोला, ''आप से तो मैं पहले ही कह चुका हूँ, मेरा एक समय ऐसा था जब मेरे मन में यह विश्वास जमा हुआ था कि अपने देश के लिए, समाज के लिए हम कोई उम्मीद नहीं कर सकते—चिरकाल तक हम अबोध ही रहेंगे और अंग्रेज़ हमारे अभिभावक बने रहेंगे—जो जैसा है वह वैसा ही बना रहेगा—अंग्रेज़ की प्रबल शक्ति और समाज की प्रबल जड़ता के विरुद्ध कहीं कोई उपाय भी हम न कर सकेंगे। हमारे

देश के अधिकतर लोगों के मन का ऐसा ही भाव है। ऐसी स्थिति में मनुष्य या तो अपने स्वार्थ में ही लिप्त रहता है, या फिर उदासीन हो जाता है। हमारे देश के मध्य-वर्ग के लोग इसीलिए नौकरी में तरक्की के अलावा दूसरी कोई बात सोच ही नहीं सकते, और धनी लोग सरकार से खिताब पाने को ही जीवन की सार्थकता मानते हैं। हमारी जीवन-यात्रा का पथ थोड़ी दूर जाकर ही अवरुद्ध हो जाता है—किसी सुदूर उद्देश्य की कल्पना भी हमारे दिमाग में नहीं आती और उसके लिए साधन जुटाने को भी हम बिल्कुल अनावश्यक मान लेते हैं। मैंने भी कभी सोचा था, गोरा के पिता की सिफ़ारिश से कोई नौकरी ठीक कर लूँगा। ऐसे ही समय मुझसे गोरा ने कहा था—नहीं, सरकारी नौकरी तुम किसी तरह नहीं कर सकोगे।''

सुचरिता के चेहरे पर इस बात से हल्का-सा आश्चर्य का भाव देखकर गोरा ने कहा, ''आप यह न समझिए कि गवर्नमेंट पर रुष्ट होकर मैंने ऐसी बात कही थी। जो लोग गर्वनमेंट का पक्ष लेते हैं वे गवर्नमेंट की शक्ति को अपनी शक्ति मानकर घमंड करते हैं और देश के आम लोगों से अलग एक वर्ग के हो जाते हैं—ज्यों-ज्यों दिन बीतते हैं हमारा यह भाव भी त्यों-त्यों बढ़ता जाता है। मैं जानता हूँ, मेरे परिचय के एक पुराने डिप्टी थे—अब काम छोड़ चुके हैं—उनसे डिस्ट्रिक्ट मजिस्ट्रेट ने पूछा था, 'बाबू, तुम्हारी कचहरी में इतने ज़्यादा लोग कैसे बरी हो जाते हैं?' इस पर उन्होंने जवाब दिया था, 'साहब, उसकी एक वजह है। जिन्हें आप जेल भी भेजते हैं, वे आपके लिए कुत्ते-बिल्ली के समान हैं और मैं जिन्हें जेल भेजता हूँ वे तो मेरे अपने भाई-बंधु हैं।' तब तक भी ऐसे डिप्टी थे जो इतनी बड़ी बात कह सकें, और ऐसे अंग्रेज़ मजिस्ट्रेटों की भी कमी नहीं थी जो ऐसा सुन सकें। लेकिन जैसे-जैसे दिन बीतते जाते हैं, नौकरी के फंदे अंग के गहने होते जा रहे हैं और आजकल के डिप्टियों के लिए भी देश के लोग धीरे-धीरे कुत्ते-बिल्ली के समान हुए जा रहे हैं। और इस प्रकार तरक्की पाते रहने से उनकी जो अधोगति हो रही है, इस बात की अनुभूति भी उनको नहीं हो रही है। दूसरे के कंधे का सहारा लेकर अपनों को नीचा समझना और नीचा समझकर उनके साथ अन्याय करने को उतारू हो जाना, इससे कोई मंगल नहीं हो सकता।''

कहकर मुट्ठी से मेज़ पर गोरा ने आघात किया; तेल का लैंप काँप उठा।

विनय ने कहा, ''गोरा, यह मेज़ गवर्नमेंट की नहीं है और यह लैंप भी परेश बाबू का है।''

गोरा ऊँचे स्वर से हँसा। उसकी प्रबल हँसी की गूँज से सारा कमरा भर गया। मज़ाक करने पर ऐसे बच्चों की तरह गोरा खुलकर हँस सकता है, इससे सुचरिता को अचंभा हुआ और मन-ही-मन खुशी भी हुई। जो लोग बड़ी-बड़ी बातों की चिंता करते हैं वे ऐसे जी खोलकर हँस भी सकते हैं, यह वह नहीं जानती थी।

उस दिन गोरा ने बहुत बातें कीं। हालाँकि सुचरिता चुप ही रही फिर भी उसके चेहरे का भाव कुछ ऐसी सहमति का था कि गोरा का हृदय उत्साहित हो उठा। अन्त में जैसे विशेष रूप से सुचरिता को सम्बोधित करके ही उसने कहा, ''देखिए, एक बात याद रखिए। अगर हमें यही गलत धारणा हो कि अंग्रेज़ क्योंकि इतने प्रबल हो गये हैं, इसलिए हम भी ठीक अंग्रेज़ हुए बिना किसी प्रकार प्रबल नहीं हो सकते, तो फिर यह असंभव कभी संभव नहीं होगा और हम लोग नकल करते-करते ही घर से बाहर खदेड़ दिए जायेंगे। आप निश्चय जानिये, भारत की एक विशेष प्रकृति है, विशेष शक्ति और विशेष सच्चाई है, उसी के सम्पूर्ण विकास द्वारा भारत सार्थक होगा, भारत की रक्षा होगी। अंग्रेज़ों का इतिहास पढ़कर भी अगर हमने यह नहीं सीखा तो सब कुछ गलत सीखा है। आपसे मेरी यही प्रार्थना है आप भारतवर्ष के भीतर आइए, उसकी सब अच्छाई-बुराई के बीचोबीच उतरकर खड़ी होइए—विकृति हो तो भीतर से सुधार कर दीजिए; लेकिन उसे देखिए, समझिए, उसको जानिये, उसकी ओर मुड़िए, उसके साथ एक होइए! उसके विरुद्ध खड़े होकर, बाहर रहकर, बचपन से ख्रिस्तानी संस्कारों में दीक्षित होकर आप उसे समझ ही नहीं सकेंगी, उसे केवल क्षति ही पहुँचाती रहेंगी, उसके मंगल के काम नहीं आ सकेंगी।''

गोरा ने कहा तो 'मेरी प्रार्थना' किंतु यह प्रार्थना नहीं थी; मानो आदेश था। बात में कुछ ऐसा प्रचंड बल था कि दूसरे की सम्मति की उसे अपेक्षा न थी। सिर झुकाकर सुचरिता ने सब सुन लिया। विशेष रूप से गोरा ने उसी को सम्बोधित करके इतने प्रबल आग्रह के साथ ये बातें कहीं, इससे सुचरिता के मन में एक उथल-पुथल मच गई। यह बेचैनी किस बात की है, यह सोचने का समय तब नहीं था। भारतवर्ष नाम की एक महान प्राचीन सत्ता है, यह बात सुचरिता ने क्षण-भर के लिए भी कभी नहीं सोची थी। यह सत्ता छिपी रहकर भी अधिकारपूर्वक सुदूर अतीत से लेकर सुदूर भविष्य तक मानव-जाति के विराट भाग्य-जाल में एक विशेष रंग का सूत्र एक विशेष ढंग से बुनती रही है, यह सूत्र कितना सूक्ष्म और अनोखा है और कितनी दूर तक उसका कितना गहरा प्रभाव है, यह आज गोरा के प्रबल स्वर के रूप में सुचरिता के सामने मानो सहसा प्रकट हो गया। प्रत्येक भारतवासी का जीवन इतनी बड़ी एक सत्ता से घिरा हुआ और अधिकृत है, उसे चेतन भाव से अनुभव न करने से हम लोग कितने छोटे हो जाते हैं और अपने चारों ओर की स्थिति से कैसे बेखबर होकर काम करते हैं, यह सुचरिता के सम्मुख क्षण-भर में स्पष्ट हो गया। इसी आकस्मिक स्फूर्ति के आवेग से सुचरिता अपना सब संकोच त्यागकर सहज ही विनय से कह उठी, ''देश की बात कभी मैंने इस ढंग से उसे इतना बड़ा और सत्य मानकर नहीं सोची। लेकिन एक बात मैं पूछना चाहती हूँ—धर्म के साथ देश का क्या सम्बन्ध है? क्या धर्म देश से परे नहीं है?''

धीर स्वर में पूछा गया सुचरिता का यह प्रश्न गोरा को बड़ा सरस लगा। सुचरिता की बड़ी-बड़ी आँखों में यह प्रश्न और भी रसपूर्ण दिखाई दिया। गोरा ने कहा, ''देश से जो परे है, देश से जो कहीं बड़ा है, वह देश के भीतर से ही प्रकट होता है। ऐसे ही विचित्र भाव से ईश्वर अपने अनंत स्वरूप को व्यक्त करते हैं। जो कहते हैं कि सत्य एक है, इसलिए केवल एक ही धर्म सत्य हो सकता है या धर्म का एक ही रूप सत्य हो सकता है, वे इस सत्य को तो मानते हैं कि सत्य एक है, लेकिन इस सत्य को नहीं मानना चाहते हैं कि सत्य अन्तहीन होता है। वह जो अन्तहीन एक है, वह अन्तहीन अनेक में अपने को प्रकाशित करता रहता है—उसी की लीला तो सारे जगत् में हम देखते हैं। इसीलिए धर्म-मत भी विभिन्न रूप लेकर कई दिशाओं से उसी धर्म-राज की उपलब्धि कराते हैं। मैं निश्चयपूर्वक आप से कहता हूँ, भारतवर्ष की खुली खिड़की से आप सूर्य को देख सकेंगी—इसके लिए सागर-पार जाकर ख्रिस्तान गिरजाघर की खिड़की में बैठने की कोई आवश्यकता न होगी।''

सुचरिता ने कहा, ''आप यह कहना चाहते हैं कि भारतवर्ष का धर्म-तंत्र हमें एक विशेष मार्ग से ईश्वर की ओर ले जाता है। वह विशेष क्या है?''

गोरा ने कहा, ''वह यह कि ब्रह्म जो निर्विशेष है, वह विशेष में ही व्यक्त होता है, किंतु उसका विशेष अन्तहीन है। जल भी उसका विशेष है, स्थल भी उसका विशेष है; अग्नि, वायु, प्राण उसके विशेष हैं; बुद्धि, प्रेम सभी उसके विशेष हैं। गिनकर उसका कोई अन्त नहीं पाया जा सकता, इसीलिए विज्ञान का सिर चकरा जाता है। जो निराकार है उसके आकार का अन्त नहीं है—ह्रस्व-दीर्घ, स्थूल-सूक्ष्म का अनंत प्रवाह ही उसका है। जो अनंत विशेष है वही निर्विशेष है, जो अनंत रूप है वही अरूप है। दूसरे देशों में ईश्वर को कम या अधिक मात्रा में किसी एक विशेष में बाँधने की कोशिश होती है—भारतवर्ष में भी ईश्वर को विशेष में देखने की कोशिश होती है अवश्य; किंतु भारतवर्ष उसी विशेष को एकमात्र और चरम नहीं कहता। ईश्वर उस विशेष का भी अनंत प्रकार से अतिक्रमण करता रहता है, इस तथ्य को भारतवर्ष में कोई भक्त कभी अस्वीकार नहीं करता।''

सुचरिता ने कहा, ''ज्ञानी नहीं करते, लेकिन अज्ञानी?''

गोरा बोला, ''मैंने तो पहले ही कहा, सब देशों में अज्ञानी सब सत्यों को विकृत करते हैं।''

सुचरिता ने कहा, ''लेकिन हमारे देश में यह विकृति क्या अधिक दूर तक नहीं पहुँच गई है?''

''हो सकता है, किंतु उसका कारण यही है कि धर्म के स्थूल और सूक्ष्म, अन्तः और बाह्य, शरीर और आत्मा, भारतवर्ष इन दोनों अंगों को पूर्णरूपेण स्वीकार करना

चाहता है; इसलिए जो लोग सूक्ष्म को ग्रहण नहीं कर पाते, वे स्थूल का ही वरण करते हैं और अज्ञानतावश उस स्थूल में अनेक विकार पैदा करते रहते हैं। लेकिन जो रूप में भी और अरूप में भी सत्य हैं, स्थूल में भी और सूक्ष्म में भी सत्य हैं, ध्यान में भी और प्रत्यक्ष में भी सत्य हैं, उन्हें शरीर-मन-कर्म सभी से प्राप्त करने का जो आश्चर्यजनक और विशाल प्रयत्न भारतवर्ष कर रहा है, मूर्खों की तरह उसकी अवज्ञा करके अट्ठारहवीं शताब्दी के यूरोप के नास्तिकता और आस्तिकता-मिश्रित एक संकीर्ण, नीरस, अंगहीन धर्म को हम एकमात्र धर्म मानकर ग्रहण कर लें, यह कैसे संभव हो सकता है? मैं जो कह रहा हूँ, वह आप शायद अपने बचपन में पड़े हुए संस्कारों के कारण अच्छी तरह न समझ सकेंगी, सोचेंगी कि इस आदमी को अंग्रेज़ी पढ़कर भी शिक्षा का कुछ फल नहीं मिला। लेकिन आपमें कभी भारतवर्ष की सत्य प्रकृति और सत्य साधना के प्रति श्रद्धा उत्पन्न हो सकी—हज़ारों बाधाओं और विकृतियों के बीच भी भारतवर्ष जैसे अपने को प्रकाशित कर रहा है, उस प्रकाश की गहराई में आप प्रवेश कर सकीं, तो—और क्या कहूँ अपने भारतीय स्वभाव और शक्ति को फिर पाकर आप मुक्ति-लाभ कर सकेंगी।''

बहुत देर तक सुचरिता को चुप बैठे देखकर गोरा ने कहा, ''मुझे आप एक कट्टर व्यक्ति न समझ लीजिएगा। कट्टर लोग, विशेषकर जो लोग नये ढंग से कट्टर हो गये हैं, वे जिस ढंग से हिन्दू धर्म के बारे में बात करते हैं, मेरी बात को उस ढंग से न लीजिएगा। भारतवर्ष की अनेक प्रकार की छवि और विचित्र चेष्टाओं के बीच मैं एक गहरी और व्यापक एकता देख पाया हूँ, उसी एकता के आनंद से मैं पागल हूँ। उसी एकता के आनंद से, मुझे भारतवर्ष में जो सबसे मूढ़ हैं उनके साथ हिल-मिलकर धूल में भी बैठने में थोड़ा भी संकोच नहीं होता। भारतवर्ष के इस संदेश को कोई समझता है, कोई नहीं समझता—तो न सही; मैं अपने देश के सब लोगों के साथ एक हूँ; वे सभी मेरे अपने हैं। उन सबके बीच चिरंतन भारतवर्ष का गूढ़ आविर्भाव बराबर अपना कार्य कर रहा है, इस विषय में मेरे मन में ज़रा भी शंका नहीं है।''

गोरा की ये ज़ोरदार बातें जैसे कमरे की दीवारों से, मेज़ से, सभी सामान से प्रतिध्वनित होकर आने लगीं।

ये सब बातें सुचरिता के पूरी तरह और साफ़-साफ़ समझने की नहीं थीं। किंतु अनुभूति का पहला सूक्ष्म संचार भी बड़ा प्रबल होता है। जीवन किसी चारदीवारी या गुट की सीमा में बँधा नहीं है, यह उपलब्धि सुचरिता के मन में कसकने लगी।

सीढ़ी के पास से सहसा लड़कियों की ऊँची हँसी के साथ पैरों की तेज़ चाप सुनाई दी। वरदासुंदरी तथा लड़कियों को लेकर परेश बाबू लौट आए थे। सुधीर सीढ़ियाँ चढ़ते समय कुछ दंगा कर रहा था, यही उस हँसी का कारण था।

लावण्य, ललिता और सतीश कमरे में आते ही गोरा को देख सँभलकर खड़े हो गये। लावण्य कमरे से बाहर चली गई, सतीश विनय की कुर्सी के पास खड़े होकर उसके कान में कुछ कहने लगा। ललिता एक कुर्सी खींचकर सुचरिता के पीछे उसकी ओट में अदृश्य-सी होकर बैठ गई।

परेश बाबू ने आकर कहा, ''मुझे लौटने में बड़ी देर हो गई। जान पड़ता है, पानू बाबू चले गये?''

सुचरिता ने कोई उत्तर नहीं दिया। विनय ने ही कहा, ''हाँ, वे और नहीं रुक सके।''

उठकर गोरा ने कहा, ''अब हम लोग भी चलें।'' कहकर उसने झुककर परेश बाबू को नमस्कार किया।

परेश बाबू ने कहा, ''आज तुम लोगों से बातचीत का मौक़ा ही नहीं मिला। बाबा, जब भी तुम्हें फुरसत हो आते रहना!''

गोरा और विनय कमरे से निकल रहे थे कि वरदासुंदरी आ गईं। दोनों ने उन्हें नमस्कार किया। उन्होंने कहा, ''आप लोग अब जा रहे हैं क्या?''

गोरा ने कहा, ''हाँ।''

विनय से वरदासुंदरी ने कहा, ''लेकिन विनय बाबू, अभी आप नहीं जा सकते—आपको भोजन करके ही जाना होगा। आपसे कुछ काम की बात करनी है।''

सतीश ने उछलकर विनय का हाथ पकड़ लिया और कहा ''हाँ माँ, विनय बाबू को जाने मत देना; आज वे मेरे पास रहेंगे।''

विनय कुछ सकुचा रहा है और कोई उत्तर नहीं दे पा रहा है, यह देखकर वरदासुंदरी ने गोरा से कहा, ''विनय बाबू को क्या आप साथ ही ले जाना चाहते हैं—उनकी क्या अभी ज़रूरत है?''

गोरा ने कहा, ''नहीं, बिल्कुल नहीं। विनय, तुम रह जाओ न—मैं जाता हूँ।'' कहता हुआ गोरा जल्दी से उतर गया।

जैसे ही विनय के रुक जाने के बारे में वरदासुंदरी ने गोरा से अनुमति माँगी, वैसे ही विनय ललिता की ओर देखे बिना न रह सका। ललिता ने दबे होंठों से मुस्कराकर मुँह फेर लिया।

ललिता के इस छोटे-से विहँसते व्यंग्य के साथ विनय झगड़ा नहीं कर सकता, पर उसे यह काँटे-सा चुभता है। कमरे में आकर विनय के बैठते ही ललिता ने कहा, ''विनय बाबू, आज तो आपका भाग जाना ही ठीक रहता।''

विनय ने कहा, ''क्यों?''

''माँ ने आपको मुश्किल में डालने की सोची है। मजिस्ट्रेट के मेले में जो

अभियान होगा उसके लिए एक आदमी कम पड़ रहा है—माँ ने आप ही का चुनाव किया है।''

घबराकर विनय ने कहा, ''मारे गये! मुझसे तो यह काम नहीं होगा!''

हँसकर ललिता ने कहा ''यह तो मैंने पहले ही माँ से कह दिया है। वैसे भी इस अभिनय में अपके दोस्त कभी आपको भाग नहीं लेने देंगे।''

चोट खाकर विनय ने कहा, ''दोस्त की बात छोड़िए। मैंने सात जन्म में कभी अभिनय नहीं किया—मुझे क्यों चुना?''

ललिता ने कहा, ''और हम लोग तो मानो जन्म-जन्मांतर से अभिनय करती आ रही हैं न?''

इसी समय कमरे में वरदासुंदरी बैठ गईं। ललिता ने कहा, ''माँ, अभिनय के लिए तुम विनय बाबू से यों ही कह रही हो? पहले उनके दोस्त को राज़ी कर सको तभी...''

कातर होकर विनय ने कहा, ''दोस्त के राज़ी होने की कुछ बात नहीं है। अभिनय यों ही तो नहीं हो जाता—मुझे तो आता ही नहीं।''

वरदासुंदरी ने कहा, ''इसकी चिंता न करें—हम आप को सिखा पढ़ाकर तैयार कर देंगी। छोटी-छोटी लड़कियाँ कर सकेंगी और आप नहीं कर सकेंगे?''

विनय के बचाव का कोई रास्ता न रहा।

## 21

अपनी स्वाभाविक तेज़ चाल छोड़कर गोरा अन्यमनस्क-सा धीरे-धीरे घर की ओर जा रहा था। घर का सीधा रास्ता छोड़ उसने बहुत घूमकर गंगा के किनारे का रास्ता पकड़ा। उस समय कलकत्ता की गंगा और उसका किनारा महाजनी-सभ्यता की लाभ-लोलुपता के चलते जल-थल पर आक्रांत नहीं हुआ था; किनारे पर रेल की पटरी और पानी पर पुल की बेड़ियाँ नहीं पड़ी थीं। उन दिनों जाड़ों की संध्या में शहर के धुएँ की कालिख आकाश पर इतने घने रूप में नहीं छाती थी। सुदूर हिमालय की निर्जन चोटियों से नदी तब कलकत्ता की धूल-लिपटी व्यस्तता के बीच शान्ति का सन्देश लिए हुए ही उतरती थी।

गोरा के मन को आकृष्ट करने का प्रकृति को कभी अवसर नहीं मिला था। उसके अपने काम-काज के वेग से ही उसका मन बराबर तरंगित रहता था, जो जल-थल आकाश मुक्त रूप से उसके काम-काज का क्षेत्र बने हुए थे उन्हें जैसे उसने कभी

लक्ष्य ही नहीं किया था।

किंतु आज नदी के ऊपर का वही आकाश नक्षत्रों से खचित अपने अंधकार की उँगलियों से बार-बार गोरा के हृदय को मौन भाव से छूने लगा। नदी शान्त थी, कलकत्ता के घाटों पर कुछ नौकाओं में रोशनी हो रही थी और कुछ पर प्रकाशहीन सन्नाटा था। दूसरी तरफ़ के पेड़ों के झुरमुटों पर घनी कालिमा छायी थी। उसके ऊपर अंधकार के अन्तर्यामी-सा बृहस्पति अपनी तिमिर-भेदी अपलक दृष्टि लिए चमक रहा था।

आज इस विशाल निःस्तब्ध प्रकृति ने जैसे गोरा के तन-मन को पुलकित कर दिया। आकाश का विराट् अंधकार गोरा के हृदय की गति पर मानो ताल देने लगा। इतने दिनों से प्रकृति धीरज धर कर स्थिर बैठी थी—आज गोरा के अन्तस् का कोई द्वार खुला पाकर उसने इस असावधान क्षण में पलक झपकते दुर्ग को जीत लिया। अब तक अपनी विद्या-बुद्धि, चिंता और कर्म के बीच गोरा बिल्कुल स्वतंत्र था—आज सहसा क्या हुआ, न जाने कहाँ आज उसने प्रकृति को स्वीकार किया और उसके स्वीकार करते ही इस गहरे काले जल, निविड़ काले तट, इस उदार काले आकाश ने उसका वरण कर लिया। आज न जाने कैसे गोरा प्रकृति की पकड़ाई में आ गया।

रास्ते के किनारे पर व्यापारिक दफ़्तर के बगीचे की किसी विलायती लता के अनजाने फूल की मोहक कोमल गंध गोरा के व्याकुल हृदय को सहलाने लगी। नदी ने उसे भीड़-भरे कर्म-क्षेत्र से किसी अनिर्दिष्ट सुदूर की ओर इंगित कर दिया जहाँ निर्जन जल के किनारे पेड़ों की गुम्फित डालों में न जाने कौन-से फूल खिलते हैं, कौन-सी छायाएँ फैलती हैं। वहाँ निर्मल नीले आकाश के नीचे दिन मानो किसी की आँखों की उन्मीलित चमक है और रातें मानो किसी की झुकी हुईं पलकों की लज्जा-जड़ित छाया। चारों तरफ़ से माधुर्य की लहर ने आकर गोरा को जिस एक अतल, अनादि शक्ति के आकर्षण में समेट लिया, उसका कोई ज्ञान गोरा को इससे पहले नहीं था। वह एक साथ ही वेदना और आनंद से उसके समूचे मन को एक स्थान से दूसरे स्थान की ओर ले जाने लगी। आज इस हेमंती रात में नदी के किनारे नगर के कोलाहल से दूर और नक्षत्रों के अस्फुट प्रकाश में गोरा किसी विश्वव्यापिनी अवगुंठिता मायाविनी के सम्मुख आत्मविस्मृत-सा खड़ा हुआ था। इतने दिन इस महारात्रि को उसने सिर झुकाकर स्वीकार नहीं किया, इसीलिए अचानक आज उसके शासन के जादू ने गोरा को अपनी सहस्त्र-वर्ण डोर से जल, थल, आकाश के साथ चारों ओर से बाँध लिया। अपने ऊपर गोरा स्वयं हैरान होता हुआ नदी के सूने घाट की एक सीढ़ी पर बैठ गया। बार-बार वह अपने-आपसे पूछने लगा कि उसके जीवन में यह कौन-सी नई चीज़ जन्म ले रही है और इसका प्रयोजन क्या है! जिस प्रण के द्वारा उसने अपने जीवन

को एक सिरे से दूसरे सिरे तक व्यवस्थित कर रखा था उसके बीच इसका स्थान कहाँ है ? यह क्या उसके विरुद्ध है—इसे क्या संघर्ष करके परास्त करना होगा ? यह सोचकर जैसे ही गोरा ने मुट्ठियाँ कसकर बाँधीं, वैसे ही बुद्धि से उज्ज्वल, नम्रता से कोमल कोई स्निग्ध आँखों की जिज्ञास दृष्टि उसके मन के सम्मुख आ गई—किसी अनिंद्य सुंदर हाथ की उँगलियों ने स्पर्श-सौभाग्य का अनचखा अमृत उसके ध्यान के सामने ला रखा—गोरा के सारे शरीर में पुलक की बिजली-सी कौंध गई। अंधकार के सूनेपन में यह सरस अनुभूति उसके सभी सन्देहों को, उसकी दुविधा को बिल्कुल निरस्त कर गई। अपने पूरे तन-मन से वह इस नई अनुभूति का उपभोग करने लगा, इसे छोड़कर उठ जाने की उसकी इच्छा नहीं हुई।

जब बहुत रात गये वह घर लौटा तब आनंदमयी ने पूछा, "इतनी रात कर दी, बेटा ? खाना तो ठंडा हो गया है।"

गोरा ने कहा, "क्या जाने माँ, आज क्या सूझा कि बहुत देर गंगा के घाट पर बैठा रहा।"

आनंदमयी ने पूछा, "क्या विनय साथ था ?"

गोरा ने कहा, "नहीं, मैं अकेला ही था।"

मन-ही-मन आनंदमयी को कुछ अचरज हुआ। बिना प्रयोजन गोरा इतनी रात तक गंगा के किनारे बैठकर सोचे, ऐसी घटना पहले तो कभी नहीं हुई। चुपचाप बैठे रहना तो गोरा का स्वभाव ही नहीं है। जब अनमना-सा गोरा खाना खा रहा था तब आनंदमयी ने लक्ष्य किया कि उसके चेहरे पर एक नये ढंग की उलझन बिखरी हुई है।

आनंदमयी ने थोड़ी देर के बाद धीरे-से पूछा, "शायद आज विनय के घर गये थे ?"

गोरा ने कहा, नहीं, हम दोनों ही आज परेश बाबू के यहाँ गये थे।"

आनंदमयी यह सुनकर थोड़ी देर चुप बैठी सोचती रहीं। फिर उन्होंने पूछा, "उन सबके साथ तुम्हारा परिचय हो गया है ?"

गोरा ने कहा, "हाँ, हो गया।"

आनंदमयी, "उनकी लड़कियाँ सामने आती हैं ?"

"हाँ, उन्हें कोई झिझक नहीं है।"

और किसी समय गोरा के ऐसे उत्तर के साथ थोड़ी उत्तेजना भी प्रकट होती, किंतु आज उसके कोई लक्षण न देखकर आनंदमयी फिर चुपचाप सोचने लगीं।

अगले दिन गोरा सवेरे उठकर हर रोज़ की तरह फ़ौरन मुँह-हाथ धोकर तैयार होने नहीं गया। अन्यमनस्क-सा सोने के कमरे के पूरब की ओर का दरवाज़ा खोलकर कुछ देर खड़ा रहा। पूरब की ओर उनके घर की गली एक बड़ी सड़क में जा मिलती

है, उस सड़क के पूरब की ओर एक स्कूल है, उस स्कूल से लगे मैदान में एक पुराने जामुन के पेड़ के ऊपर हल्का कुहासा तैर रहा था और उसकी आड़ में सूर्योदय की धुँधली-सी अरुण रेखा दिख रही थी। बहुत देर तक गोरा के चुपचाप उधर देखते-देखते वह हल्का कुहासा लुप्त हो गया और खिली धूप पेड़ की डालों के भीतर से अनगिनत चमचमाती संगीनों की तरह पार हो गई और देखते-देखते कलकत्ता की सड़कें लोगों से और कोलाहल से भर उठीं।

इसी समय गली के मोड़ पर अविनाश के साथ कुछ और विद्यार्थियों को अपने घर की ओर आते देखकर गोरा ने अपने इस स्वप्न के जाल को ज़ोर से झटककर तोड़ दिया। अपने मन को स्थिर कर उनसे कहा, ''नहीं, यह सब कुछ नहीं है, ऐसे नहीं चलेगा।'' ऐसा कहते हुए वह जल्दी से सोने के कमरे से निकल गया। गोरा के गुट के लोग उसके घर आएँ और उनके आने से पहले गौरा तैयार न हो गया हो, ऐसी घटना इससे पहले कभी नहीं घटी। इस ज़रा-सी भूल ने ही गोरा को बहुत बुरी तरह धिक्कारा। मन-ही-मन उसने फ़ैसला किया कि फिर वह परेश बाबू के घर नहीं जायेगा और ऐसी कोशिश करेगा कि विनय से भी कुछ दिनों तक मिलना न हो और इन बातों की चर्चा बंद रहे।

उस दिन नीचे जाकर सलाह करके सबकी सम्मति से यही तय हुआ कि गुट के दो-तीन आदमियों को साथ लेकर गोरा पैदल ग्रांड ट्रंक रोड की यात्रा करने निकलेगा, साथ में रुपया-पैसा कुछ नहीं लेगा, रास्ते में गृहस्थों का आतिथ्य स्वीकार किया जायेगा।

इस अद्‌भुत संकल्प को साधकर गोरा कुछ अतिरिक्त ही उत्साहित हो उठा। इस तरह खुली सड़क पर सारे बन्धन काटकर चल निकलने का एक अनोखा आनंद उस पर छा गया। उसे लगा कि उसका हृदय भीतर-ही-भीतर जिस जाल में फँस गया था, उससे छुटकारे की इस कल्पना से ही वह टूट गया है। यह सब भावावेश सिर्फ़ माया है और कर्म ही सत्य है, यह बात बड़े ज़ोर से अपने मन में दुहराकर यात्रा की तैयारी करने के लिए गोरा घर की निचली मंज़िल के बैठक वाले कमरे से यों लगभग दौड़ता हुआ बाहर निकला जैसे लड़के स्कूल की छुट्टी होने पर निकलते हैं।

उस समय कृष्णदयाल गंगा-स्नान करके, लोटे में गंगाजल लिये, नामावली ओढ़े, मन-ही-मन मन्त्रजाप करते घर लौट रहे थे। एकाएक गोरा उनसे टकरा गया। शर्मिन्दा होकर जल्दी से गोरा ने उनके पैर छूकर प्रणाम किया। वे ''रहने दो, रहने दो'' कहकर सकपकाए हुए-से अंदर चले गये। पूजा पर बैठने से पहले गोरा से छू जाने पर उनके गंगा-स्नान का फल तो नष्ट हो गया। कृष्णदयाल खास तौर पर इस बात से बचते हैं कि गोरा से छू न जायें, यह गोरा ठीक-ठीक नहीं समझता था। वह

यही सोचता था कि छुआछूत मानने के कारण ही वे इतने सतर्क रहते हैं कि किसी से भी न छू जायें। आनंदमयी को तो म्लेच्छ कहकर वे दूर रखते ही थे, महिम काम-काजी आदमी था सो उससे तो भेंट होने का मौका नहीं आता था। सारे परिवार में मात्र महिम की लड़की शशिमुखी को अपनाकर उसे वह संस्कृत के श्लोक रटाते थे और पूजा-अर्चना की विधि सिखलाते थे।

गोरा द्वारा पाँव छुए जाने पर कृष्णदयाल के व्यस्त होकर जल्दी से हट जाने पर गोरा का ध्यान उनके संकोच के कारण की ओर गया और वह मन-ही-मन हँसा। इसी तरह पिता के साथ गोरा का सम्बन्ध धीरे-धीरे प्राय: खत्म-सा हो गया था, और माँ के अनाचार की वह चाहे जितनी बुराई करे, इसी आचारद्रोहिणी माँ की ही वह अपने मन की सारी श्रद्धा के साथ पूजा करता था।

भोजन के बाद कुछ कपड़ों की पोटली बाँधकर और उसे विदेशी पर्यटकों की तरह कंधे पर डालकर वह माँ के निकट जा उपस्थित हुआ। बोला, ''माँ, मैं कुछ दिनों के लिए बाहर जाऊँगा।''

आनंदमयी ने पूछा, ''कहाँ जाओगे, बेटा?''

गोरा ने कहा, ''यह तो मैं ठीक नहीं बता सकता।''

आनंदमयी ने पूछा, ''कोई काम है?''

गोरा ने कहा, ''जिसे काम कहा जाता है, वैसा तो कुछ नहीं—बस बाहर जाना ही काम है।''

गोरा ने आनंदमयी को चुप होते देखकर कहा, ''माँ, मैं हाथ जोड़ता हूँ, मुझे मना मत करना। तुम तो मुझे जानती हो, मेरे संन्यासी हो जाने का तो कोई भय नहीं है। फिर सोचो तुम्हें छोड़कर अधिक दिन क्या मैं कहीं रह सकता हूँ।''

माँ के प्रति अपने प्यार की बात कभी गोरा ने अपने मुँह से इस तरह नहीं कही थी, इसलिए यह बात कहकर वह लज्जित हो गया।

आनंदमयी ने पुलकित होकर जल्दी से उसकी लज्जा को ओट देते हुए कहा, ''तो विनय भी साथ जायेगा?''

हड़बड़ाकर गोरा ने कहा, ''नहीं माँ, विनय नहीं जायेगा! यह लो, अब माँ ने यह सोचना शुरू कर दिया कि विनय न गया तो सफ़र में उसके गोरा की देख-भाल कौन करेगा! विनय को मेरा रखवाला समझती हो यह तुम्हारी बुरी आदत है माँ—इस बार मेरे भले-चंगे लौट आने से ही तुम्हारा यह भ्रम दूर होगा।''

आनंदमयी ने पूछा, ''बीच-बीच में खबर तो मिलती रहेगी न?''

गोरा ने कहा, ''तुम यही समझ लो कि खबर नहीं मिलेगी—फिर भी अगर मिल जाये तो तुम्हें अच्छा ही लगेगा। घबराने की कोई बात नहीं है, तुम्हारे गोरा को कोई

ले नहीं जायेगा। जितना तुम मुझे मूल्यवान् समझती हो माँ, उतना और कोई नहीं समझता न! या इस गठरी पर ही किसी को लोभ हो तो यह उसे दान देकर चला आऊँगा, इसको बचाने के लिए जान नहीं गँवाऊँगा—यह तो निश्चय समझो।''

आनंदमयी की चरण-धूल लेकर गोरा ने प्रणाम किया। उन्होंने उसके सिर पर हाथ फेरकर हाथ चूम लिया, किसी तरह का निषेध नहीं किया। अपने कष्ट या किसी अनिष्ट की आशंका की बात कहकर आनंदमयी कभी किसी को नहीं रोकती थीं। उन्होंने अपने जीवन में अनेक बाधाएँ और विपत्तियाँ सही थीं, बाहर की दुनिया उनके लिए अजानी न थी। भय का उनके मन में लेश भी नहीं था। यह शंका उन्हें नहीं हुई कि गोरा पर कोई मुसीबत आ सकती है, किंतु पिछले दिन यही सोचकर वह चिंतित थीं कि न जाने गोरा के मन में क्या उथल-पुथल हो रही है। सहसा आज यह सुनकर कि गोरा अकारण ही भ्रमण करने जा रहा है, उनकी चिंता और भी गहरी हो गई।

गोरा जैसे गठरी कंधे पर रखकर बाहर निकला वैसे ही विनय हाथों में गहरे लाल रंग के गुलाबों का एक जोड़ा बड़े यत्न से सँभाले हुए सामने आ खड़ा हुआ। गोरा ने कहा, ''विनय, तुम्हारा दर्शन असगुन है कि सगुन, इसकी जाँच अब हो जायेगी।''

विनय ने पूछा, ''कहीं जा रहे हो क्या?''

गोरा ने कहा, ''हाँ।''

विनय ने पूछा, ''कहाँ?''

गोरा ने कहा, ''अनुगूँज उत्तर देती है, कहाँ।''

विनय, ''अनुगूँज से अच्छा और उत्तर नहीं है क्या?''

गोरा, ''नहीं। तुम माँ के पास जाओ, उनसे सब पता लग जायेगा। मैं चलता हूँ।''

गोरा तेज़ी से चला गया, विनय ने भीतर आनंदमयी को प्रणाम करके गुलाब के फूल उनके चरणों पर रख दिए।

फूल उठाते हुए आनंदमयी ने पूछा, ''ये कहाँ मिले, विनय?''

विनय ने प्रश्न का सीधा उत्तर न देकर कहा, ''अच्छी चीज़ मिलने पर पहले उसे माँ के चरणों में चढ़ाने का मन होता है।''

फिर आनंदमयी के तख़्तपोश पर बैठते हुए विनय ने कहा, ''लेकिन माँ, आज तुम कुछ अनमनी जान पड़ती हो।''

आनंदमयी ने कहा, ''भला क्यों?''

''क्योंकि आज मुझे मेरा पान देना तो भूल ही गईं।''

लज्जित होकर आनंदमयी ने विनय को पान ला दिया।

फिर दोपहर-भर दोनों में बातचीत होती रही। गोरा के निरुद्देश्य भ्रमण के असली कारण के बारे में विनय कुछ ठीक-ठाक न बतला सका।

बातों-बातों में आनंदमयी ने पूछा, ''कल शायद गोरा को साथ लेकर तुम परेश बाबू के घर गये थे?''

पिछले दिन की सारी बात विनय ने ब्योरेवार सुना दी, आनंदमयी पूरा मन लगाकर सुनती रहीं।

जाते समय विनय ने कहा, ''माँ, पूजा तो सम्पन्न हो गई, अब तुम्हारे चरणों का प्रसाद ये दो फूल सिर पर धारण करके ले जाऊँ?''

हँसकर आनंदमयी ने दोनों गुलाब विनय के हाथ में दे दिए और मन-ही-मन सोचा, केवल सौंदर्य के लिए इन गुलाबों को इतना सम्मान मिल रहा हो सो बात नहीं है—अवश्य ही इनमें वनस्पति तत्व से परे किसी गूढ़ तत्व की भी बात है। तीसरे पहर विनय के चले जाने पर वह बहुत-कुछ सोचती रहीं और भगवान को पुकारकर बार-बार प्रार्थना करती रहीं कि गोरा को कोई कष्ट न हो और विनय से उसके मन-मुटाव की कोई घटना न घटित हो।

## 22

गुलाब के फूलों का यहाँ थोड़ा-सा इतिहास बता दें।

गोरा तो रात को परेश बाबू के घर से चला आया, पर मजिस्ट्रेट के घर अभिनय में भाग लेने की बात के लिए विनय को कष्ट भोगना पड़ा।

ललिता के मन में उस अभिनय के लिए कोई उत्साह रहा हो, ऐसा नहीं था, बल्कि ऐसी बातें उसे बिल्कुल नापसन्द थीं। लेकिन विनय को किसी तरह इस अभिनय के लिए पकड़ कर राज़ी करवा देने की मानो जैसे ज़िद ठान ली थी। जो भी काम गोरा की राय के विरुद्ध हो, वही विनय से करवाना चाह रही थी वह। विनय गोरा का अंधभक्त है, यह बात ललिता को क्यों इतनी खल रही थी, इसे वह खुद भी नहीं समझ पा रही थी, किंतु उसे ऐसा लग रहा था कि जैसे भी हो, सब बन्धन काटकर विनय को मुक्त कर लेने से ही वह चैन की साँस ले सकेगी।

ललिता ने चोटी झुलाते हुए सिर हिलाकर कहा, ''क्यों महाशय, अभिनय में बुराई क्या है?''

विनय ने कहा, ''अभिनय अवगुण चाहे न भी हो किंतु, मजिस्ट्रेट के घर अभिनय करने जाना मेरे मन को ठीक नहीं लगता।''

ललिता, "आप अपने मन की बात कह रहे हैं या और किसी के ?"

विनय, "और किसी के मन की बात कहने का दायित्व मुझ पर नहीं है, और यह काम है भी मुश्किल। आप चाहे मत मानिये, मैं हमेशा अपने मन की बात ही कहता हूँ—कभी अपने शब्दों में, कभी शायद और किसी के।"

इस बात का ललिता ने कोई उत्तर नहीं दिया, बस थोड़ा मुस्करा दी। लेकिन थोड़ी देर बाद बोली, "जान पड़ता है, आपके दोस्त गोरा बाबू समझते हैं कि मजिस्ट्रेट का निमन्त्रण न मानना ही बहुत बड़ी बहादुरी का काम है और इसी तरह अंग्रेज़ों से लड़ाई लड़ी जायेगी।"

उत्तेजित होकर विनय ने कहा, "मेरा दोस्त ऐसा शायद न भी समझता हो— लेकिन मैं समझता हूँ। लड़ाई नहीं तो और क्या है ? जो आदमी हमें तुच्छ समझता है— समझता है कि उँगली के इशारे से बुलाए जाने से ही हम कृतार्थ हो जायेंगे, उसकी इस उपेक्षा भावना के साथ उपेक्षा से ही लड़ाई न करें तो आत्म-सम्मान कैसे बचेगा ?"

अन्त में विनय ने कहा, "देखिए, आप बहस क्यों करती हैं—आप यह क्यों नहीं कहतीं कि 'मेरी इच्छा है कि आप अभिनय में भाग लें' उससे मुझे आपकी बात रखने के लिए अपनी राय का बलिदान करने का सुख तो मिलेगा।"

ललिता ने कहा, "वाह, मैं ऐसा क्यों कहने लगी ! सचमुच ही आपकी यदि कोई राय हो तो उसे आप मेरे अनुरोध पर क्यों छोड़ देंगे ? लेकिन पहले वह सचमुच आपकी राय तो हो।"

विनय ने कहा, "अच्छा, यही सही। मेरी सचमुच कोई राय न सही। आपका अनुरोध भी न सही, आपकी दलील से हारकर ही मैं अभिनय में भाग लेने को राज़ी हो गया—यही सही।"

तभी वरदासुंदरी के कमरे में आने पर विनय ने उठकर उनसे कहा, "अभिनय की तैयारी के लिए मुझे क्या करना होगा, बता दीजिएगा।"

गर्व से वरदासुंदरी ने कहा, "उसकी आपको फिक्र नहीं करनी होगी, हम आप को अच्छी तरह तैयार कर देंगी। सिर्फ़ अभ्यास के लिए आपको रोज़ नियम से आना होगा।"

विनय ने कहा, "अच्छी बात है। तो अब आज चलूँ।"

वरदासुंदरी बोलीं, "अभी कैसे, खाना खाकर जाना।"

विनय ने कहा, "आज रहने दीजिए।"

वरदासुंदरी ने कहा, "नहीं, नहीं, ऐसा नहीं हो सकता।"

खाना विनय ने वहीं खाया, लेकिन और दिनों की-सी स्वाभाविक प्रफुल्लता उसमें न थी। सुचरिता भी न जाने कैसी अनमनी होकर चुप थी। जब ललिता से विनय

का झगड़ा हो रहा था तब वह बरामदे में टहलती रही थी। रात को बातचीत कुछ जमी नहीं।

चलते समय ललिता का चेहरा देखकर विनय ने कहा "मैंने हार भी मान ली, तब भी आपको प्रसन्न न कर सका।"

आसानी से ललिता रोती नहीं, किंतु आज न जाने क्या हुआ कि उसकी आँखों से आँसू फूट पड़ना चाह रहे हैं। न जाने क्यों आज वह विनय बाबू को बार-बार ऐसे कोंच रही है और स्वयं भी कष्ट पा रही है।

विनय जब तक अभिनय में भाग लेने को राज़ी नहीं हो रहा था, तब तक ललिता को उसे मनाने की ज़िद चढ़ती जा रही थी। लेकिन विनय के राज़ी होते ही उसका सारा उत्साह मर गया। भाग न लेने के पक्ष में जितने तर्क थे उसके मन में प्रबल हो उठे। तब उसका मन दग्ध होकर कहने लगा—केवल मेरा अनुरोध रखने के लिए विनय बाबू का यूँ राज़ी होना ठीक नहीं हुआ। अनुरोध—क्यों रखेंगे अनुरोध? वे समझते हैं, मेरा अनुरोध रखकर उन्होंने मुझ पर एहसान किया है—उनके इतने-से एहसान के लिए ही जैसे मैं मरी जा रही हूँ।

लेकिन अब ऐसे कुढ़ने से क्या फायदा! सचमुच ही उसने विनय को अभिनय में शामिल करने के लिए इतना ज़ोर लगाया था। शिष्टाचारवश विनय ने उसकी यह ज़िद मान ली। इस पर गुस्सा करके भी क्या फ़ायदा? इस बात से ललिता को अपने ऊपर इतनी घृणा और लज्जा होने लगी जो आमतौर पर इतनी-सी बात के लिए नहीं होनी चाहिए थी। दूसरे मौकों पर मन चंचल होने पर वह सुचरिता के पास जाती थी, आज नहीं गई; क्योंकि वह स्वयं नहीं समझ सकी कि उसका हृदय भेदकर क्यों उसकी आँखों से आँसू फूटे पड़ रहे थे।

अगले दिन सुबह ही सुधीर ने गुलदस्ता लाकर लावण्य को दिया था। उस गुलदस्ते में एक टहनी पर दो अधखिले गुलाब थे। उन्हें ललिता ने गुलदस्ते से निकाल लिया। लावण्य ने पूछा "यह क्या कर रही है?"

ललिता ने कहा, "गुलदस्ते के इतने सब घटिया फूल-पत्तों के बीच अच्छे फूल बँधे देखकर मुझे तकलीफ़ होती है। ऐसी सब चीज़ों को रस्सी से ज़बर्दस्ती एक साथ बाँध देना जंगलीपन है।"

ललिता ने यह कहकर सब फूल खोल दिए और उन्हें अलग-अलग करके कमरे में जहाँ-तहाँ सजा दिया! सिर्फ़ दोनों अधखिले गुलाब उठा ले गई। सतीश ने दौड़ते हुए आकर पूछा, "दीदी, फूल कहाँ से मिले?"

उसकी बात का ललिता ने कोई उत्तर न देकर कहा, "आज अपने दोस्त के घर नहीं जायेगा?"

सतीश तब तक विनय की बात नहीं सोच रहा था, लेकिन अब उसका जिक्र होते ही उछलकर बोला, "जाऊँगा।" यह कहकर वह फौरन जाने के लिए उतावला हो उठा।

उसे पकड़कर ललिता ने पूछा, "वहाँ जाकर तू क्या करता है?"

सतीश ने संक्षेप में कहा, "बातें करता हूँ।"

ललिता ने पूछा, "वे तुझे इतनी तस्वीरें देते हैं, तू भी उन्हें कुछ क्यों नहीं देता?"

सतीश के लिए विनय अंग्रेज़ी पत्र-पत्रिकाओं से तरह-तरह की तस्वीरें काटकर रखता था। एक कॉपी बनाकर सतीश ने उसमें ये तस्वीरें चिपकाकर रखना शुरू कर दिया था। इस तरह कॉपी भर देने का उसे ऐसा नशा-सा चढ़ गया था कि कोई अच्छी पुस्तक देखने पर उसमें से तस्वीरें काट लेने को उसका मन छटपटा उठता था। इसी लालच के कारण कई बार उसे अपनी दीदी से फटकार खानी पड़ गई है।

प्रतिदान का भी समाज में एक उत्तरदायित्व होता है, यह बात आज सहसा सामने आने पर सतीश बहुत चिंतित हो उठा। अपने टूटे टीन के डिब्बे में उसने जो कुछ अपनी निजी सम्पत्ति सहेज रखी है उनमें से किसी पर से वह अपने लगाव को आसानी से न हटा सकेगा। सतीश का उद्विग्न चेहरा देखकर हँसकर ललिता ने उसके गाल में चुटकी काटते हुए कहा, "बस, रहने दे, इतना गम्भीर होने की ज़रूरत नहीं है। चल, ये दो गुलाब के फूल ही उन्हें दे आना।"

इतनी जल्दी समस्या का निदान होता देखकर वह खिल उठा और फूल लेकर तत्काल अपने दोस्त का कर्ज उतारने चल पड़ा।

रास्ते में ही विनय से उसकी भेंट हो गई। दूर से ही, "विनय बाबू, विनय बाबू" पुकारता हुआ वह विनय के पास पहुँचा और कुर्ते की ओट में फूल छिपाए हुए बोला, "बताइए, मैं आपके लिए क्या लाया हूँ?"

विनय से हार मनवाकर उसने गुलाब निकाले। विनय ने कहा, "वाह, कितने सुंदर! लेकिन सतीश बाबू, यह आपकी अपनी वस्तु तो नहीं है। चोरी का माल लेकर अन्त में कहीं पुलिस के चक्कर में तो पड़ना होगा?"

इन दो गुलाबों को ठीक अपनी वस्तु कहा जा सकता है या नहीं, इस बारे में सतीश थोड़ी देर असमंजस में रहा। फिर कुछ सोचकर बोला, "नहीं, ये फूल तो ललिता दीदी ने खुद मुझे दिए हैं आपको देने के लिए!"

यह बात यहीं समाप्त हो गई और तीसरे पहर उनके घर जाने का आश्वासन देकर विनय ने सतीश को विदा कर दिया।

ललिता की कल रात की बातों से चोट खाकर विनय उनकी पीड़ा भूल नहीं सका था। विनय के साथ किसी का कभी झगड़ा नहीं होता, इसीलिए ऐसी तीखी चोट

की अपेक्षा वह किसी से नहीं करता। अब तक ललिता को वह सुचरिता के पीछे-पीछे चलने वाली ही समझता रहा था। लेकिन कुछ दिनों से ललिता को लेकर उसकी अवस्था वैसी ही हो रही थी जैसी उस हाथी की जो बराबर अंकुश का आघात खाते रहने में महावत को भूलने का मौका ही नहीं पाता। ललिता को कैसे थोड़ा-सा प्रसन्न करके शान्ति पाई जा सकती है, यही जैसे विनय की मुख्य चिंता बन गई थी। शाम को घर लौटकर ललिता की तीखी व्यंग्य-भरी बातें एक-एक करके उसके मन में गूँज उठती थीं और उसकी नींद को भगा देती थीं।—मैं गोरा की छाया मात्र हूँ मेरा अपना कुछ नहीं है।—ललिता यह कहकर मेरी अवज्ञा करती है, लेकिन यह बात बिल्कुल झूठ है। मन-ही-मन इसके विरुद्ध वह अनेक युक्तियाँ जुटा लेता; लेकिन फिर भी वे सब उसके किसी काम न आतीं, क्योंकि ललिता ने ऐसा स्पष्ट आक्षेप तो कभी उस पर लगाया नहीं—इस बारे में बहस करने का तो मौका ही उसे कभी नहीं मिला। उसके पास जवाब में कहने के लिए इतनी बातें थीं कि उन्हें न कह पाने से उसका क्षोभ और बढ़ता जाता था। अन्त में कल रात को जब हार मानकर भी उसने ललिता का चेहरा प्रसन्न न देखा तब घर आकर वह बहुत बेचैन हो गया। मन-ही-मन वह पूछने लगा—सचमुच क्या मैं इतनी अवज्ञा का पात्र हूँ?

इसलिए सतीश से जब उसने सुना कि ललिता ने सतीश के हाथ उसके लिए गुलाब के दो फूल भेजे हैं तब उसे गहरा उल्लास हुआ। उसने सोचा, अभिनय में भाग लेने के लिए राज़ी हो जाने पर ललिता ने संधि के प्रतीक के रूप में ही उसे ये दो गुलाब भेजे हैं। पहले उसने सोचा, फूल घर रख आऊँ। फिर उसका मन हुआ, नहीं, शान्ति के इन फूलों को माँ के पैरों पर चढ़ाकर पवित्र कर लाऊँ।

उस दिन जब तीसरे पहर विनय परेश बाबू के घर पहुँचा तब सतीश ललिता के पास बैठा अपनी स्कूल की पढ़ाई दोहरा रहा था। विनय ने ललिता से कहा, "लाल रंग तो लड़ाई का प्रतीक होता है, इसलिए संधि के फूल सफ़ेद होने चाहिए थे।"

ललिता ने बात न समझकर विनय के चेहरे की ओर देखा। तब विनय ने चादर की ओट से निकालकर सफ़ेद कनेर का एक गुच्छा ललिता के सामने रखते हुए कहा, "आपके दोनों फूल कितने भी सुंदर रहे हों, उनमें क्रोध के रंग की झलक थी, मेरे ये फूल सुंदरता में उनके पास नहीं फटकते, किंतु शान्ति के शुभ्र रंग में नम्रतापूर्वक आपके सामने प्रस्तुत हैं।"

कानों तक लाल होते हुए ललिता ने कहा, "मेरे फूल उन्हें आप कैसे कहते हैं?"

कुछ अप्रतिभ होते हुए विनय ने कहा, "तब तो मैं गलत समझा। सतीश बाबू, किसके फूल आपने किसको दे दिए?"

सतीश ने ज़ोर से कहा, "वाह, ललिता दीदी ने तो देने को कहा था।"

विनय, "किसे देने को कहा था?"

सतीश, "आपको।"

और भी लाल होकर उठते हुए ललिता ने सतीश की पीठ पर थप्पड़ मारते हुए कहा, "तेरे जैसा बुद्धू भी और नहीं देखा, विनय बाबू की तस्वीरों के बदले उन्हें फूल देना तू नहीं चाहता था?"

हतबुद्धि होकर सतीश ने कहा, "हाँ, तो! लेकिन तुम्हीं ने मुझे देने को नहीं कहा क्या?"

सतीश के साथ झगड़ा करने जाकर ललिता और भी उलझन में पड़ गई थी। विनय ने समझ लिया कि फूल ललिता ने ही भेजे थे, लेकिन वह अप्रकट ही रहना चाहती थी। उसने कहा, "खैर, आपके फूलों का दावा तो मैं छोड़ ही देता हूँ। फिर भी मेरे इन फूलों के बारे में तो कोई भूल नहीं है। हमारे विवाद के निबटारे के शुभ उपलक्ष्य में ये कुछ फूल..."

सिर हिलाकर ललिता ने कहा, "हमारा विवाद ही कौन-सा है, और उसका निबटारा भी कैसा?"

विनय ने कहा, "तो शुरू से अन्त तक सब माया है? विवाद भी झूठ, फूल भी झूठ, निबटारा भी झूठ! सीप देखकर चाँदी का भ्रम हुआ हो, यह नहीं; सीप ही भ्रम था! तब वह जो मजिस्ट्रेट साहब के यहाँ अभिनय करने की एक बात सुनी थी, वह भी क्या... ?"

शीघ्रता से ललिता ने कहा, "जी नहीं, वह झूठ नहीं है। लेकिन उसे लेकर झगड़ा कैसा? आप यह क्यों सोचते हैं कि उसके लिए आपको राज़ी करने के लिए मैं कोई लड़ाई छेड़ रही थी या कि आपके राज़ी होने से मैं कृतार्थ हुई? अभिनय करना अगर आपको ठीक मालूम नहीं होता है तो किसी की भी बात मानकर आप क्यों राज़ी हों?"

ललिता यह कहती हुई कमरे के बाहर चली गई। सभी कुछ उल्टा ही घटित हुआ। आज ललिता ने तय कर रखा था कि वह विनय के आगे अपनी भूल स्वीकार करेगी, और उससे यही अनुरोध करेगी कि वह अभिनय में भाग न ले, लेकिन बात जिस ढंग से चली और जिधर वह मुड़ गई, उसका नतीजा ठीक उल्टा हुआ। विनय ने समझा था कि उसने जो इतने दिनों तक अभिनय के बारे में विरोध ज़ाहिर किया था उसी का गुस्सा अब तक ललिता के मन में रह गया है। उसने सिर्फ़ ऊपर से हार मान ली है, किंतु मन में उसका विरोध बना हुआ है, इसी बात को लेकर ललिता का क्षोभ दूर नहीं हो रहा है। इस सारे प्रकरण से ललिता को इतनी पीड़ा पहुँची है, यह सोचकर विनय दुःखी हो उठा। उसने मन-ही-मन निश्चय किया कि इस बात को लेकर वह हँसी में भी कोई जिक्र नहीं करेगा और ऐसी निष्ठा और कुशलता से यह काम

सम्पन्न करेगा कि कोई उस पर काम के प्रति उदासीनता का आरोप न लगा सके।

सवेरे से ही सुचरिता अपने सोने के कमरे में अकेली बैठकर 'ईसा मसीह का अनुकरण' नामक अंग्रेज़ी धर्म-ग्रंथ पढ़ने का प्रयत्न कर रही थी। आज उसने अपने दूसरे नियमित कामों में भी योग नहीं दिया। बीच-बीच में किताब से मन उचट जाने से उसके अक्षर उसके सामने धुँधले पड़ जाते थे। अगले ही क्षण अपने ऊपर क्रोधित होकर वह और भी ज़ोर डालकर अपने चित्त को पुस्तक में लगाने लगती थी और किसी भी तरह हार नहीं मानना चाहती थी।

अचानक दूर से आती आवाज़ से उसे लगा, विनय बाबू आए हैं। चौंककर उसने पुस्तक रख दी, उसका क्षुब्ध मन बाहर के कमरे में जाने के लिए छटपटा उठा। फिर अपनी इस आकुलता पर नाराज़ होकर वह कुर्सी पर आ बैठी और उसने किताब उठा ली। कहीं फिर कोई आवाज़ न सुनाई दे, इसलिए अपने दोनों कान बंद करके वह पढ़ने का प्रयत्न करने लगी।

इसी समय कमरे में ललिता आई। उसके चेहरे की ओर देखकर सुचरिता बोली, "अरी, तुझे क्या हुआ है?"

बड़े ज़ोर से सिर हिलाकर ललिता ने कहा, "कुछ नहीं।"

सुचरिता ने कहा, "विनय बाबू आए हैं। वह शायद तुमसे बात करना चाहते हैं।"

और भी कोई विनय बाबू के साथ आया है या नहीं, सुचरिता यह सवाल आज किसी तरह नहीं पूछ सकी। और कोई आया होता तो निश्चय ही ललिता उसका भी उल्लेख करती, किंतु फिर भी उसके मन से शंका दूर न हुई। अपने को और अधिक दबाने की कोशिश न करके घर आए अतिथि के प्रति कर्तव्य का ध्यान करते हुए वह बाहर के कमरे की तरफ़ चल दी। ललिता से उसने पूछा, "तू नहीं जायेगी?"

कुछ अधीर होकर ललिता ने कहा, "तुम जाओ न, मैं पीछे आऊँगी।"

सुचरिता ने बाहर वाले कमरे में जाकर देखा, विनय सतीश से बात कर रहा था।

सुचरिता ने कहा, "बाबा बाहर गये हैं, अभी आ जायेंगे। माँ उस अभिनय की कविता कंठस्थ कराने के लिए लावण्य और लीला को लेकर मास्टर साहब के घर गई हुई हैं—ललिता किसी तरह नहीं गई। माँ कह गई हैं, आप आएँ तो आपको बिठा रखा जाये—आज आपकी परीक्षा होगी।"

"आप इस आयोजन में शामिल नहीं हैं?" विनय ने पूछा।

सुचरिता ने कहा, "सभी अगर अभिनेता हो जायें तो दुनिया में दर्शक कहाँ बचेंगे?"

सुचरिता को वरदासुंदरी इन सब मामलों से यथासंभव अलग ही रखती थीं। इसीलिए अपने गुण दिखाने के लिए उसे इस बार भी नहीं बुलाया गया था।

और दिनों में इन लोगों के इकट्ठे होने पर बातों का अभाव नहीं होता था। आज दोनों ओर ही ऐसा कुछ हुआ था कि बातचीत किसी तरह जम नहीं पा रही थी। सुचरिता गोरा की चर्चा न करने का प्रण करके आई थी। और विनय भी सहज भाव से पहले की भाँति गोरा की बात नहीं कर सका। उसे ललिता और शायद घर के सभी लोग गोरा का पिछलगुआ समझते हैं, यह सोचकर गोरा की चर्चा करने में उसे झिझक हो रही थी।

ऐसा कई बार हुआ कि पहले विनय आया है और उसके बाद ही गोरा भी आ गया है; आज भी ऐसा हो सकता है, यह सोचकर सुचरिता जैसे कुछ परेशान-सी थी। कहीं गोरा आ न जाये, इसे लेकर उसे एक भय था, और वह कहीं न आए, इस आशंका से उसे कष्ट भी हो रहा था।

विनय के साथ दो-चार उखड़ी-उखड़ी बातें करके सुचरिता और उपाय न देखकर सतीश की तस्वीरों वाली कॉपी लेकर उसके साथ तस्वीरों के बारे में बातचीत करने लगी। बीच-बीच में तस्वीरें सजाने के ढंग की बुराई करके उसने सतीश को चिढ़ा दिया। बहुत बिगड़कर सतीश ऊँचे स्वर में बहस करने लगा और विनय मेज़ पर पड़े हुए अपने प्रति उपहार कनेर के गुच्छे की ओर देखता हुआ लज्जा और क्षोभ से भरा मन-ही-मन सोचने लगा कि और नहीं तो केवल शिष्टाचार के लिए ही ललिता को उसके फूल स्वीकार कर लेने चाहिए थे।

अचानक पैरों की आवाज़ से चौंककर सुचरिता ने मुड़कर देखा, हारान बाबू कमरे में दाखिल हो रहे थे। उसका चौंकना काफ़ी स्पष्ट दिख गया था, इससे सुचरिता का चेहरा लाल हो उठा था। कुर्सी पर बैठते हुए हारान बाबू बोले, "कहिए, आपके गौर बाबू नहीं आए?"

हारान बाबू के इस गैर-ज़रूरी प्रश्न से विरक्त होकर विनय ने कहा, "क्यों, आपको उनसे कुछ काम है क्या?"

हारान बाबू ने कहा, "आप हों और वे न हों, ऐसा तो कम ही देखा जाता है, इसीलिए पूछा।"

मन-ही-मन विनय को बड़ा गुस्सा आया। कहीं वह प्रकट न हो जाये, इसलिए उसने संक्षेप में कहा, "वह कलकत्ता में नहीं हैं।"

हारान, "प्रचार करने गये हैं शायद?"

विनय का गुस्सा और बढ़ गया। उसने कोई उत्तर नहीं दिया। सुचरिता भी बिना कुछ कहे उठकर चली गई। तेज़ी से उठकर हारान बाबू सुचरिता के पीछे चले, लेकिन उस तक पहुँच नहीं सके। उन्होंने दूर से ही पुकारा, "सुचरिता, एक बात कहनी है।"

सुचरिता ने कहा, "मेरी तबीयत ठीक नहीं है।" कहने के साथ-साथ उसके

कमरे का किवाड़ बंद हो गया।

इसी समय वरदासुंदरी आकर अभिनय में विनय का रोल उसे समझाने के लिए उसे दूसरे कमरे में लिवा ले गईं। थोड़ी देर बाद ही लौटकर उसने देखा कि अकस्मात मेज़ पर से फूल गायब हो गये हैं। उस रात ललिता वरदासुंदरी के अभिनय के अभ्यास में नहीं आई और सुचरिता भी अपनी पुस्तक, 'ईसा मसीह का अनुकरण' गोद में रखे-रखे, एक कोने में रोशनी की ओट में बैठ कर बहुत रात बीते तक दरवाज़े के बाहर अंधकार की ओर देखती रही। उसने जैसे मरीचिका-सा अपरिचित एक अपूर्व देश देखा था, अब तक के जीवन के सारे अनुभव से वह देश बिल्कुल भिन्न था और इसीलिए उसके झरोखों में जो दीये जलते थे, वे अँधेरी रात में चमकते नक्षत्रों की तरह एक रहस्यपूर्ण दूरी से मन को आशंकित कर रहे थे। उसका मन कह रहा था—मेरा जीवन कितना तुच्छ है—अब तक जिसे अटल समझती रही वह सब संदिग्ध हो गया है और जो प्रतिदिन करती रही वह अर्थहीन—वहीं शायद सब ज्ञान सम्पूर्ण होगा, कर्म महान् हो उठेगा और जीवन सार्थकता पा सकेगा—उस अपूर्व, अपरिचित, भयंकर देश के अज्ञात सिंहद्वार के सामने कौन मुझे ले आया? मेरा हृदय क्यों ऐसे काँप रहा है, क्यों आगे बढ़ना चाहने पर मेरे पाँव ऐसे डगमगा जाते हैं?

## 23

अभिनय के पूर्वाभ्यास के लिए विनय रोज़ाना आने लगा। एक बार सुचरिता उसकी ओर देख भर लेती, फिर अपने हाथ की पुस्तक की ओर मन लगा देती या अपने कमरे में चली जाती। विनय के अकेले आने से हर रोज़ उसके मन को दुःख होता, किंतु वह कभी कुछ न पूछती। किंतु ज्यों-ज्यों दिन बीत रहे थे, गोरा के विरुद्ध सुचरिता के मन में एक शिकायत का-सा भाव बढ़ता जा रहा था। मानो उनकी उस दिन जो बात हुई थी, उसमें कुछ ऐसा निहित था कि गोरा फिर आने के लिए वचनबद्ध है।

अन्त में सुचरिता ने जब सुना कि गोरा अचानक बिना कारण ही कुछ दिनों के लिए कहीं घूमने निकल गया है और उसका कुछ पता-ठिकाना नहीं है, तब उसने बात को एक मामूली खबर की तरह उड़ा देना चाहा, किंतु तब भी उसके मन में कसक बनी ही रही। काम करते-करते सहसा यह बात उसे याद आ जाती—कभी अनमनी बैठी-बैठी वह चौंक कर पाती कि वह मन-ही-मन ठीक यही बात सोच रही थी।

सुचरिता ने सोचा भी न था कि उस दिन गोरा के साथ उसकी बातचीत के बाद अचानक वह ऐसे लापता हो जायेगा। गोरा के मुकाबले उसके अपने संस्कार इतने

भिन्न थे, तो भी उस दिन उसके भीतर विद्रोह की प्रवृत्ति ज़रा भी नहीं रही थी। गोरा की मान्यताओं को उसने ठीक-ठीक भले ही न समझा हो, किंतु व्यक्ति गोरा को वह जैसे कुछ-कुछ समझ सकी थी। गोरा के मत चाहे जो रहे हों, उनसे वह व्यक्ति तुच्छ नहीं हो गया है, अवज्ञा के योग्य नहीं हो गया है, बल्कि उनसे उसकी आत्म-शक्ति प्रकट हुई है—यह उसने गहराई से महसूस किया था। और किसी के मुँह से वे सब बातें वह न सह पाती, बल्कि नाराज़ हो जाती, उस व्यक्ति को मूर्ख समझती, उसे डाँट-डपटकर सुधारने के लिए उत्तेजित हो उठती, लेकिन गोरा के सम्बन्ध में उस दिन ऐसा कुछ नहीं लगा। गोरा की बातों ने उसके दृढ़ चरित्र, पैनी बुद्धि और उसके दिल को छू लेने वाली आवाज़ के साथ मिलकर एक जीवंत और सच्चा रूप धारण कर लिया था। ये सब मत और विश्वास चाहे सुचरिता स्वयं न भी अपना सके, किंतु और कोई उन्हें इस प्रकार पूरी बुद्धि से, पूरी श्रद्धा से, और सम्पूर्ण जीवन अर्पित करके ग्रहण करे तो उसे धिक्कारने जैसी कोई बात नहीं है, बल्कि विरोधी संस्कारों का अतिक्रमण करके उस पर श्रद्धा भी की जा सकती है, उस दिन सुचरिता के मन पर यह भाव पूरी तरह छा गया था। मन की ऐसी अवस्था सुचरिता के लिए बिल्कुल नयी थी। मतभेद होने पर वह अत्यंत असहिष्णु थी। परेश बाबू के एक तरह निर्लिप्त, समाहित, शान्त जीवन का उदाहरण सामने रहने पर भी, सुचरिता क्योंकि बचपन से ही साम्प्रदायिकता से घिरी रही थी, इसलिए मत-सिद्धांतों को वह अत्यंत एकांत रूप से ग्रहण करती थी। पहले-पहल उसी दिन व्यक्ति और मत को मिला हुआ देखकर उसने जैसे एक सजीव सम्पूर्ण पदार्थ की रहस्यमय सत्ता का अनुभव किया। मानव-समाज को केवल मेरा पक्ष और तुम्हारा पक्ष नामक दो सफेद और काले भागों में बिल्कुल अलग-अलग बाँटकर देखने की भेद-दृष्टि पहले-पहल वह उसी दिन भूल सकी थी और भिन्न मत के मनुष्य को भी प्रथमत: मनुष्य मानकर ऐसे भाव से देख सकी थी कि मत की भिन्नता गौण हो गई थी।

सुचरिता ने उस दिन महसूस किया कि उसके साथ बातचीत करने में गोरा को एक आंनद की अनुभूति होती है। यह क्या सिर्फ़ अपनी राय ज़ाहिर करने का ही आनंद था ? वह आनंद उपजाने में क्या सुचरिता का कोई योगदान नहीं था ? शायद नहीं था। शायद गोरा के निकट किसी व्यक्ति का कोई मूल्य नहीं है, वह अपने मत और उद्देश्य लेकर ही सब से दूर हो गया है—मनुष्य उसके लिए केवल मत का प्रयोग करने के साधन हैं।

कुछ दिनों से सुचरिता का मन उपासना में विशेष रूप से लग रहा था। मानो वह पहले से भी अधिक परेश बाबू का संबल चाहने लगी थी। एक दिन परेश बाबू अकेले अपने कमरे में बैठे पढ़ रहे थे कि सुचरिता भी चुपचाप जाकर उनके पास बैठ गई।

किताब मेज़ पर रखते हुए परेश बाबू ने पूछा, ''क्यों राधे?''

सुचरिता ने कहा, ''कुछ नहीं।''

यह कह कर वह मेज़ पर रखे हुए कागज़ों और किताबों को, जो कि पहले से ही तरतीब के साथ सजाकर रखी हुई थीं, इधर-उधर करके फिर से सँवारकर रखने लगी। थोड़ी देर बाद बोली, ''बाबा, जैसे पहले तुम मुझे पढ़ाते थे, अब क्यों नहीं पढ़ाते?''

परेश बाबू ने स्नेह भाव से तनिक मुस्कराकर कहा, ''मेरी छात्रा तो मेरे स्कूल से उत्तीर्ण होकर चली गई। अब तो तुम खुद पढ़कर समझ सकती हो।''

सुचरिता ने कहा, ''नहीं, मैं कुछ नहीं समझ सकती, मैं पहले की तरह तुमसे पढ़ूँगी।''

परेश बाबू ने कहा, ''अच्छा, ठीक है, कल से पढ़ाऊँगा।''

फिर थोड़ी देर चुप रहकर सुचरिता सहसा बोल उठी, ''उस दिन विनय बाबू से जाति-भेद की बहुत-सी बातें सुनीं—तुमने मुझे उसके बारे में कभी कुछ क्यों नहीं समझाया?''

परेश बाबू ने कहा, ''बेटी, तुम तो जानती हो तुम्हारे साथ मैंने बराबर ऐसा व्यवहार रखा है कि तुम सब कुछ अपने आप सोचने-समझने की कोशिश करो। मेरी या किसी और की बात सिर्फ़ इसलिए मत मानो कि मैं या और कोई कह रहा है। कोई सवाल ठीक से मन में उठने से पहले ही कोई उपदेश देना और भूख लगने से पहले ही खाना परोस देना एक ही बात है, उससे केवल अरुचि और अपच होती है। तुम जब भी मुझसे प्रश्न पूछोगी, अपनी समझ से मैं उसका उत्तर दूँगा।''

सुचरिता ने कहा, ''मैं प्रश्न ही पूछ रही हूँ, जाति-भेद को हम लोग बुरा क्यों कहते हैं?''

परेश बाबू ने कहा, ''एक बिल्ली को थाली के पास बिठाकर खाने से तो दोष नहीं होता, लेकिन एक मनुष्य के उस कमरे में आने भर से खाना फेंक दिया जाता है। जिस जाति-भेद के कारण एक मनुष्य के प्रति दूसरे मनुष्य में ऐसा अपमान और घृणा का भाव पैदा हो, उसे अधर्म न कहा जाये तो क्या कहा जाये? जो लोग मनुष्य की ऐसी भयानक उपेक्षा कर सकते हैं, वे कभी दुनिया में बड़े नहीं हो सकते, दूसरों की उपेक्षा उन्हें भी सहनी होगी।''

गोरा के मुँह से सुनी हुई बात का अनुसरण करते हुए सुचरिता ने कहा, ''आजकल के समाज में जो विकृतियाँ आ गई हैं उनमें अनेक दोष हो सकते हैं, वे दोष तो समाज की सभी चीज़ों में आ गये हैं—इसी कारण क्या असल चीज़ को भी दोषी ठहराया जा सकता है?''

अपने स्वाभाविक शान्त स्वर में परेश बाबू ने कहा, ''असल चीज़ कहाँ है, अगर

यह जानता तो बता सकता। मैं तो आँखों से देखता हूँ कि हमारे देश में मनुष्य मनुष्य से असहनीय घृणा करता है और उससे हम सब अलग-अलग हुए जा रहे हैं, ऐसी स्थिति में एक काल्पनिक असल चीज़ की बात सोचकर मन को दिलासा देने का क्या अर्थ होता है?''

सुचरिता ने फिर गोरा की बात को ही दोहराते हुए कहा, ''लेकिन सभी को समान दृष्टि से देखना तो हमारे देश का चरम तत्व रहा है?''

परेश बाबू बोले, ''समान दृष्टि से देखना तो बुद्धि की बात है, हृदय की बात नहीं। समान दृष्टि में प्रेम भी नहीं है, घृणा भी नहीं है—समान दृष्टि तो राग-द्वेष से परे है। मनुष्य का हृदय ऐसी राग-द्वेषविहीन जगह बराबर नहीं टिक सकता। इसीलिए हमारे देश में ऐसे साम्य-तत्व के रहते भी नीच जाति को देवालय तक में घुसने नहीं दिया जाता। जब देवता के घर में भी हमारे देश में समता नहीं है, तब दर्शन-शास्त्र में उस तत्व के रहने, न रहने से क्या होगा!''

बहुत देर तक सुचरिता चुप बैठी मन-ही-मन परेश बाबू की बात समझने का प्रयत्न करती रही। अन्त में बोली, ''अच्छा बाबा, तुम विनय बाबू वगैरह को ये सब बातें समझाने का उपाय क्यों नहीं करते?''

परेश बाबू थोड़ा हँसकर बोले, ''बुद्धि कम होने के कारण विनय बाबू वगैरह ये सब बातें न समझते हों ऐसा नहीं है, बल्कि उनकी बुद्धि अधिक है, इसीलिए वे समझना नहीं चाहते, सिर्फ़ समझाना ही चाहते हैं। जब वे लोग धर्म की दृष्टि से अर्थात् सबसे बड़े सत्य की दृष्टि से ये बातें सच्चे दिल से समझना चाहेंगे तब उन्हें तुम्हारे बाबा की बुद्धि की अपेक्षा नहीं रहेगी। अभी तो वे एक दूसरी नज़र से देख रहे हैं, मेरी बात अभी उनके किसी काम न आएगी।''

हालाँकि गोरा की बात सुचरिता ने लगन के साथ ही सुनी थी, फिर भी वह उसके संस्कारों के विपरीत जाती थी, इसीलिए उसे कष्ट होता था और वह बेचैन रहती थी। परेश बाबू से बात करके आज उसे उस विरोध से थोड़ी देर के लिए मुक्ति मिली। गोरा, विनय या और कोई भी किसी विषय को परेश बाबू से अधिक अच्छे ढंग से समझा सकता है, यह बात सुचरिता किसी तरह मन में नहीं आने देना चाहती। जिनका परेश बाबू से मतभेद हुआ है, सुचरिता उन पर क्रुद्ध हुए बिना नहीं रह सकी है। इधर गोरा से परिचय होने के बाद वह गोरा की बात को क्रोध अथवा अवज्ञा करके उड़ा नहीं पा रही थी, इसीलिए सुचरिता को क्लेश हो रहा था। यही वजह थी कि बचपन के नियम की तरह फिर परेश बाबू की ज्ञान-छाया के नीचे निर्भय आश्रय पाने के लिए उसका मन व्याकुल हो उठा था। कुर्सी से उठकर दरवाज़े तक जाकर सुचरिता फिर लौटी और परेश बाबू के पीछे खड़े हो उनकी कुर्सी की पीठ पर हाथ टिकाकर उसने

कहा, ''बाबा, आज शाम को आपकी उपासना के समय मैं भी साथ बैठूँगी।''

परेश बाबू ने कहा, ''अच्छा।''

इसके बाद अपने कमरे में जाकर सुचरिता किवाड़ बंद करके एकाग्र हो गोरा की बात को एकदम भुलाने का प्रयत्न करने लगी। लेकिन गोरा का विवेक और विश्वास से प्रदीप्त चेहरा ही उसकी आँखों के सामने घूमता रहा। उसे लगता रहा कि गोरा की बात केवल बात भर नहीं है, वह मानो गोरा स्वयं है, उस बात की एक आकृति है, उसमें गति है, प्राण हैं—वह विश्वास की दृढ़ता और स्वदेश-प्रेम के दर्द से भरा हुआ है, वह सिर्फ़ मत नहीं है कि उसका प्रतिवाद करके उसे ख़त्म किया जा सके—वह एक पूरे-का-पूरा व्यक्ति है और वह व्यक्ति भी साधारण व्यक्ति नहीं है। उसे हटा देने के लिए हाथ उठता ही नहीं। इस गहरे द्वंद्व में पड़कर सुचरिता को जैसे रोना आ गया। कोई उसे इतनी बड़ी दुविधा में डालकर पूरी तरह उदासीन भाव से अचानक दूर चला जा सकता है!—यह बात सोचकर उसका हृदय फटने लगा, पर साथ ही अपने कष्ट पाने पर सुचरिता का अपने प्रति धिक्कार भी सीमाहीन था।

## 24

अभिनय के मामले में तय हुआ कि अंग्रेज़ कवि ड्राइडन की एक संगीत कविता विनय नाटकीय भावाभिव्यक्ति के साथ पढ़ता जायेगा और रंगमंच पर लड़कियाँ उपयुक्त साज-सज्जा के साथ कविता में वर्णित दृश्य का मूक अभिनय करती रहेंगी। इसके अलावा लड़कियाँ अंग्रेज़ी कविता की पुनरावृत्ति और गान आदि भी करेंगी।

विनय को वरदासुंदरी ने भरोसा दिलाया था कि वे सब मिलकर उसकी तैयारी करा देंगी। वह स्वयं तो बहुत साधारण अंग्रेज़ी ही जानती थीं, लेकिन अपने समाज के दो-एक पंडितों पर भरोसा कर रही थीं। लेकिन जब अभ्यास के लिए सब जमा हुए तो अपनी आवृत्ति के द्वारा विनय ने वरदासुंदरी के पंडित समाज को विस्मित कर दिया। अपनी मंडली से बाहर के इस आदमी को सिखा-पढ़ाकर तैयार करने के श्रेय से वरदासुंदरी वंचित रह गईं। इससे पहले जिन लोगों ने विनय को आम आदमी समझकर उसकी परवाह नहीं की थी, अब उसका अंग्रेज़ी ज्ञान देखकर उसका सम्मान करने को विवश हो गये। यहाँ तक कि हारान बाबू ने भी विनय से कभी-कभार अपने पत्र में लिखने का अनुरोध किया और सुधीर भी विनय से आग्रह करने लगा कि वह कभी-कभी उन लोगों की छात्र-सभा को अंग्रेज़ी में सम्बोधित करे।

ललिता की हालत अजब थी। विनय को किसी से कोई सहायता नहीं लेनी पड़ी,

इससे वह बहुत प्रसन्न थी, लेकिन इसी से मन–ही–मन उसे एक असंतोष भी था। विनय उन सबमें किसी से कम नहीं है, बल्कि उन सबसे पारंगत ही है, इससे मन–ही–मन वह स्वयं को श्रेष्ठ समझेगा और उनसे कुछ भी सीखने की उसे आवश्यकता न होगी, यह बात उसे कचोट रही थी। विनय के सम्बन्ध में वह ठीक क्या चाहती है, क्या हो कि उसका मन अपनी सहज अवस्था में आ सके, यह वह स्वयं भी नहीं समझ पाती थी। इससे उसकी अप्रसन्नता छोटी–छोटी बातों में भी रूखे ढंग से प्रकट होकर घूम–फिरकर विनय को ही निशाना बनाने लगी। विनय के प्रति यह न्याय नहीं है और शिष्टाचार भी नहीं है—इस बात को वह खूब समझ रही थी। समझकर उसे दुःख होता था और वह अपने को संयत करने की काफ़ी कोशिश भी करती थी, लेकिन अचानक किसी बहुत ही साधारण बात पर उसके अन्दर से एक ज्वाला संयम का शासन तोड़कर फूट पड़ती थी। उसे खुद नहीं पता चलता था कि ऐसा क्यों होता है। अब तक जिस चीज़ में भाग लेने के लिए वह लगातार विनय पर दबाव डालती रही थी, अब उसी से हटाने के लिए उसने विनय की नाक में दम कर दिया। लेकिन विनय अकारण ही अब सारे आयोजन को बिगाड़कर कैसे अलग हो जाये? समय भी अधिक नहीं था और अपने में एक नई निपुणता पहचान कर विनय को कुछ उत्साह भी हो आया था। अन्त में ललिता ने वरदासुंदरी से कहा, ''मैं इसमें नहीं रहूँगी।''

अपनी मँझली लड़की को वरदासुंदरी अच्छी तरह जानती थीं, इसीलिए अत्यंत शंकित होकर उन्होंने पूछा, ''क्यों?''

ललिता ने कहा, ''मुझसे नहीं होता।''

असल में बात यह बात थी कि जब से विनय को अनाड़ी समझना संभव न रहा, तभी से किसी तरह भी ललिता विनय के सामने कविता की आवृत्ति या अभिनय का अभ्यास करने को राज़ी नहीं होती थी। वह कहती—मैं अपने–आप अलग अभ्यास करूँगी।—इससे हालाँकि सभी के अभ्यास में बाधा पड़ी थी, लेकिन ललिता को किसी तरह मनाया नहीं जा सका। अन्त में हार मानकर अभ्यास से ललिता को अलग करके ही काम चलाना पड़ा।

लेकिन जब ललिता ने ठीक आखिरी वक्त पर बिल्कुल ही अलग हो जाना चाहा तब वरदासुंदरी के सिर पर जैसे बिजली गिरी। वे जानती थीं कि इस समस्या को सुलझाना उनके वश की बात नहीं है, इसलिए उन्होंने परेश बाबू की शरण ली। असाधारण बातों में परेश बाबू कभी उन लड़कियों की इच्छा–अनिच्छा में हस्तक्षेप नहीं करते थे। लेकिन चूँकि उन्होंने मजिस्ट्रेट को वचन दिया था और उसी के अनुसार उस तरफ़ से सारा प्रबंध भी किया गया था, समय भी बहुत कम था, इसलिए ये सब बातें सोचकर परेश बाबू ने ललिता को बुलाकर उसके सिर पर हाथ फेरकर कहा,

''ललिता, अब तुम्हारा अलग हो जाना तो ठीक नहीं होगा।''

रूँधे हुए गले से ललिता ने कहा, ''बाबा, मुझसे नहीं होता। मुझे आता ही नहीं।''

परेश बाबू बोले, ''अच्छा नहीं कर पाओगी, उसमें तुम्हारा अपराध नहीं होगा, पर करोगी ही नहीं तो अन्याय होगा।''

सिर झुकाए ललिता खड़ी रही। परेश बाबू कहते गये, ''बेटी, जब तुमने ज़िम्मा लिया है तब निबाहना तो तुम्हें होगा ही। कहीं अहंकार को ठेस न लगे, यह सोचकर भागने का समय तो अब नहीं है। लगने दो ठेस, उसकी उपेक्षा करके भी तुम्हें कर्तव्य करना ही होगा। क्या इतना भी नहीं कर सकोगी?''

मुँह उठाकर ललिता ने पिता की ओर देखकर कहा, ''कर सकूँगी।''

उस दिन शाम को विशेष रूप से विनय के सामने ही अपना सब संकोच त्यागकर एक अतिरिक्त जोश के साथ ललिता अपने कर्तव्य में जुट गई। विनय ने अब तक उसकी आवृत्ति नहीं सुनी थी, आज सुनकर चकित रह गया। इतना स्पष्ट, त्रुटिरहित उच्चारण—कहीं कोई अटक नहीं, और भाव-प्रकट करने में ऐसा निःसंशय उत्साह कि उसे सुनकर विनय को आशातीत आनंद हुआ। ललिता का मृदु कंठ-स्वर बहुत देर तक उसके कानों में गूँजता रहा।

कविता की भावपूर्ण अच्छी आवृत्ति करने वाला श्रोता के मन में एक विशेष मोह उत्पन्न करता है। कविता का भाव उसके पढ़ने वाले को महिमा मंडित करता है, वह उसके कंठ-स्वर, उसकी मुख-राशि और उसके चरित्र में दिखता है। जिस तरह फूल पेड़-पौधों की डालियों को विशेष शोभा प्रदान करते हैं, वैसे ही काव्य-पाठ कविता की आवृत्ति करने वाले को शोभा प्रदान करता है।

विनय के लिए ललिता भी कविता द्वारा मंडित होने लगी। इतने दिनों तक अपनी तीखी बातों से वह अनवरत विनय को उत्तेजित करती रही थी। जहाँ चोट लगी हो बार-बार हाथ जैसे वहीं पहुँचता है, वैसे ही विनय भी कई दिनों से ललिता की तीखी बातों और चुभने वाली हँसी के सिवा कुछ सोच ही नहीं पाता था। ऐसा ललिता ने क्यों किया, वैसा क्यों कहा, बार-बार उसे इसी बात के बारे में सोचना पड़ता रहा है। जितना ही ललिता के क्षोभ का रहस्य वह नहीं समझ सका उतना ही ललिता की चिंता उसके मन पर और अधिकार जमाती रही है। सवेरे नींद से जागकर सहसा यही बात उसे याद हो आई है। परेश बाबू के घर जाते समय प्रतिदिन उसके मन में यह सन्देह उठा है कि आज ललिता न जाने कैसे पेश आएगी। जिस दिन ललिता ज़रा-सी प्रसन्न दिखी है, उस दिन विनय ने राहत की लम्बी साँस ली है और इस बात को लेकर विचार किया है कि कैसे उसके इस भाव को स्थायी बनाया जा सकता है, हालाँकि वह ऐसा कोई उपाय कभी नहीं सोच पाया जो उसके बस में हो।

पिछले कई दिनों के इस मानसिक द्वंद्व के बाद ललिता की काव्य आवृत्ति के माधुर्य ने विनय को खास तौर पर प्रभावित किया। उसे इतना अच्छा लगा कि वह यह सोच ही नहीं पाया कि किन शब्दों में उसकी प्रशंसा करे। अच्छा-बुरा कुछ भी ललिता के मुँह पर कहने का उसे साहस नहीं होता, क्योंकि मानव-चरित्र का यह साधारण नियम कि अच्छा कहने से अच्छा लगे, ललिता पर लागू नहीं भी हो सकता है—बल्कि शायद साधारण नियम होने के कारण ही लागू न हो सके। इसीलिए विनय ने उत्फुल्ल हृदय से वरदासुंदरी के सामने ही ललिता की योग्यता की अधिक प्रशंसा की। इससे विनय की विद्या और बुद्धि के बारे में वरदासुंदरी की श्रद्धा और भी बढ़ गई है।

अचरज की एक और भी बात देखने में आई। ललिता ने ज्यों ही स्वयं यह अनुभव किया कि उसकी आवृत्ति और अभिनय निर्दोष हुए हैं, वह अपने कर्तव्य की दुरूहता के पार वैसे ही अनायास सहज भाव से चल निकली, जैसे कोई सुगठित नौका लहरों को काटती हुई बढ़ती चली जाती है। विनय के प्रति उसकी कटुता भी जाती रही और उसको विमुख करने की चेष्टा भी उसने छोड़ दी। बल्कि अभिनय के बारे में उसका उत्साह बहुत बढ़ गया और अभिनय के मामले में वह विनय को पूरा सहयोग देने लगी, यहाँ तक कि आवृत्ति या और किसी भी विषय के सम्बन्ध में विनय से उपदेश लेने में भी उसे आपत्ति न रही।

ललिता में इस बदलाव से विनय की छाती पर से जैसे एक भारी बोझ-सा उतर गया। वह इतना खुश हुआ कि वह जब-तब आनंदमयी के पास जाकर छोटे बालकों की भाँति ऊधम करने लगा। सुचरिता के पास बैठकर बहुत सारी बातें करने की सूझ भी उसे थी, लेकिन सुचरिता से आजकल उसकी भेंट ही न होती। अवसर मिलते ही वह ललिता के साथ बातचीत करने बैठ जाता, हालाँकि ललिता से बातें करने में उसे विशेष सतर्क रहना पड़ता, ललिता मन-ही-मन उस पर और उसकी सभी बातों पर बड़ी कड़ाई के साथ मनन करती है, यह जानकर ललिता के सामने उसकी बातों की धारा सहज वेग से नहीं बहती थी। ललिता बीच-बीच में कह उठती थी, ''आप इस तरह क्यों बातें करते हैं जैसे किताबों से पढ़कर आए हों और उसे ही दुहरा रहे हों?''

विनय जवाब देता, ''मैं इतने वर्षों से सिर्फ़ किताबें ही पढ़ता रहा हूँ, इसीलिए मन भी छपी हुई किताब जैसा हो गया है।''

ललिता कहती, ''आप ज़्यादा अच्छी तरह बात कहने की कोशिश न किया करें—अपनी बात अपने सीधे-सरल ढंग से कह दिया करें। आप ऐसे सँवारकर बातें करते हैं तो मुझे भ्रम होता है कि और किसी की बात को आप सजा-सँवारकर कह रहे हैं।''

इसलिए कभी कोई बात अपनी स्वाभाविक क्षमता के कारण साफ़-सुथरे ढंग से विनय के मन में आती भी थी तो ललिता से कहते समय वह उसे सरल बनाकर और छोटी करके कहता था। कोई अलंकृत वाक्य सहसा उसके मुँह से निकल जाने पर वह झेंप जाता था।

ललिता के मन के भीतर अकारण घिरी हुई घटा छँट जाने से उसके मन का वातावरण और आकाश उज्ज्वल हो उठा। उसमें यह परिवर्तन देखकर वरदासुंदरी को भी आश्चर्य हुआ। अब पहले की तरह ललिता बात-बात में एतराज ज़ाहिर करती हुई विमुख होकर नहीं बैठ जाती, बल्कि सब कामों में उत्साह के साथ सहयोग देती है। आगामी अभिनय की साज-सज्जा आदि सभी विषयों में उसे रोज़ाना तरह-तरह की नई बातें सूझती रहतीं और उन्हीं को लेकर वह सब को परेशान कर देती। इस मामले में वरदासुंदरी का उत्साह चाहे जितना रहा हो खर्च की बात भी वे सोचती थीं, इसीलिए जब ललिता अभिनय के मामले में उदासीन थी, तब उनके चिंतित होने का जितना कारण था, अब उसकी उत्साहित अवस्था से भी उतना ही संकट पैदा हो गया। लेकिन ललिता की उत्तेजित कल्पनाशीलता पर चोट करने का भी साहस नहीं होता था, क्योंकि ललिता को जिस काम में उत्साह होता, उसमें थोड़ी भी कमी रह जाने से वह इतनी उदासीन हो जाती थी कि फिर उस काम में सहयोग देना ही उसके लिए संभव नहीं रह जाता था।

अनेक बार अपने उत्साह में ललिता सुचरिता के पास भी जाती। सुचरिता हँसती, बात करती; ललिता को उसकी बातों में बार-बार एक रुकावट का अनुभव होता, जिसकी वजह से वह नाराज़ होकर लौट आती।

उसने एक दिन परेश बाबू से जाकर कहा, "बाबा, सुचि दीदी कोने में बैठी-बैठी किताब पढ़ेंगी और हम नाटक करने जायेंगी, यह नहीं होगा। उन्हें भी हमारे साथ शामिल होना होगा।"

कुछ दिनों से परेश बाबू भी सोच रहे थे कि जाने क्यों सुचरिता अपनी बहनों से दूर हटती जा रही है। उन्हें शंका हो रही थी कि ऐसी हालत उसकी मन:स्थिति के लिए स्वास्थ्यकर न होगी। ललिता की बात सुनकर आज उन्हें लगा कि आमोद-प्रमोद में सबके साथ शामिल न होने से सुचरिता का यह दुराव बढ़ता ही जायेगा। उन्होंने ललिता से कहा, "अपनी माँ से कहो न!"

ललिता ने कहा, "माँ से तो कहूँगी, किंतु सुचि दीदी को राज़ी करने का ज़िम्मा आपको लेना होगा।"

जब परेश बाबू ने सुचरिता से कह दिया तब वह और आपत्ति न कर सकी, अपने कर्तव्य पूरे करने में लग गई।

सुचरिता के अपने एकांत कोने से निकलकर बाहर आते ही विनय ने फिर उसके साथ पहले की भाँति बातचीत का सिलसिला जमाने की चेष्टा की। पर इधर कई दिनों से न जाने क्या हो गया था कि वह सुचरिता के पास पहुँच ही नहीं पाता। उसके चेहरे पर, उसकी दृष्टि में एक ऐसी दूरी रहती कि उसकी ओर बढ़ने में विनय को झिझक होती। पहले भी काम-काज और मिलने-जुलने में सुचरिता के भीतर एक शिथिलता रहती थी, पर अब तो वह जैसे बिल्कुल अलग हो गई थी। अभिनय और अभ्यास में वह जो योग देने लगी थी, उससे भी उसका अलगाव कम नहीं हुआ। अभ्यास के समय उसका जितना काम होता, उसके पूरा होते ही वह अलग हो जाती। सुचरिता की इस दूरी से विनय को पहले तो बड़ी ठेस पहुँची। विनय मिलनसार आदमी था, जिनसे उसका अपनत्व होता उनकी ओर से किसी प्रकार की अड़चन होने पर विनय को बड़ी पीड़ा होती। इस परिवार में इतने दिनों से विशेष रूप से वह सुचरिता से ही सम्मान पाता रहा है, अब बिना कारण सहसा उपेक्षित होने से उसे बड़ा कष्ट हुआ। लेकिन जब उसने देखा कि ऐसे ही कारण से ललिता भी सुचरिता पर नाराज़ हो रही है, तब उसे सान्त्वना मिली और उसकी घनिष्ठता ललिता से और भी बढ़ गई। सुचरिता को यह मौका न देकर कि वह उसे और दूर हटाये, उसने स्वयं ही सुचरिता का निकट-सम्पर्क छोड़ दिया और देखते-देखते इस प्रकार सुचरिता विनय से बहुत दूर चली गई।

इस बार इतने दिन गोरा के अनुपस्थित रहने से विनय परेश बाबू के परिवारजनों से बिना किसी बाधा के अच्छी तरह घुल-मिल गया था। विनय के स्वभाव का इस प्रकार निर्बाध परिचय पाकर परेश बाबू के घर के सभी लोग पूरी तरह संतुष्ट थे। उधर विनय को भी इस तरह अपनी सहज-स्वाभाविक अवस्था प्राप्त करके जो आनंद मिला, वह पहले कभी नहीं मिला था। वह इन सबको अच्छा लगता है, इस बात का अनुभव करके उसकी अच्छा लगने की शक्ति जैसे और बढ़ गई।

अपनी प्रकृति के इस विकास के समय, अपने को एक स्वतंत्र सत्ता के रूप में अनुभव करने के क्रम में सुचरिता विनय से दूर हो गई और किसी दूसरे समय यह क्षति, इसका आघात, विनय के लिए असह्य होता, पर इस समय वह उसे सहज ही नज़रन्दाज़ कर गया। यह भी आश्चर्य की बात थी कि ललिता ने सुचरिता का भाव-परिवर्तन जानकर भी पहले की तरह उसके प्रति नाराज़गी नहीं दिखाई। क्या काव्य-आवृत्ति और अभिनय के उत्साह ने ही उस पर पूरा अधिकार कर लिया था?

इधर हारान बाबू भी अभिनय में सुचरिता को योग देते देखकर सहसा उत्साहित हो उठे। उन्होंने स्वयं प्रस्ताव किया कि वे भी 'पैराडाइज़ लॉस्ट' के एक अंश का पाठ करेंगे और ड्राइडन के काव्य की आवृत्ति की भूमिका के रूप में संगीत की मोहिनी

शक्ति के बारे में एक छोटा-सा भाषण भी देंगे। वरदासुंदरी को मन-ही-मन यह बहुत बुरा लगा और ललिता भी इससे प्रसन्न नहीं हुई। हारान बाबू मजिस्ट्रेट से स्वयं मिलकर पहले ही यह मामला पक्का कर आए थे। जब ललिता ने कहा कि कार्यक्रम को इतना लम्बा कर देने पर मजिस्ट्रेट शायद एतराज़ करें तब हारान बाबू ने जेब से मजिस्ट्रेट का कृतज्ञता प्रकट करता हुआ पत्र निकालकर ललिता को दिखाकर उसे निरुत्तर कर दिया।

बिना कारण गोरा यात्रा पर चला गया, कब लौटकर आयेगा यह कोई नहीं जानता। सुचरिता ने सोच रखा था कि इस बारे में किसी बात को मन में स्थान न देगी, फिर भी रोज़ ही उसके मन में यह आशा उठती कि शायद आज गोरा आ जाये। वह इस आशा को किसी तरह मन से न निकाल पाती। जिस समय गोरा की उदासीनता और अपने मन की विवशता के कारण सुचरिता को बहुत पीड़ा हो रही थी, जब किसी तरह इस जाल को काटकर भाग जाने के लिए उसका मन व्याकुल हो रहा था, तब एक दिन हारान बाबू ने परेश बाबू से फिर अनुरोध किया कि विशेष रूप से ईश्वर का नाम लेकर सुचरिता के साथ उनका सम्बन्ध पक्का कर दिया जाये।

परेश बाबू ने कहा, "अभी तो विवाह में बहुत देर है, इतनी जल्दी बँध जाना क्या सही रहेगा?"

हारान बाबू बोले, "विवाह से कुछ समय पहले इस तरह बँध कर रहना दोनों के मन की एकलयता के लिए मेरी समझ में खास तौर पर ज़रूरी है। पहले परिचय और विवाह के बीच एक ऐसा आध्यात्मिक सम्बन्ध, जिसमें सामाजिक दायित्व नहीं है, फिर भी बन्धन है—बहुत हितकारी होगा।"

परेश बाबू ने कहा, "अच्छा, सुचरिता से पूछ देखूँ।"

हारान बाबू ने कहा, "उन्होंने तो पहले ही सम्मति दे दी है।"

हारान बाबू के प्रति सुचरिता के मनोभाव के सम्बन्ध में परेश बाबू को अब भी सन्देह था। उन्होंने इसीलिए स्वयं सुचरिता को बुलाकर हारान बाबू का प्रस्ताव उसके सम्मुख रखा। सुचरिता अपने दुविधा में पड़े हुए जीवन को कहीं भी अंतिम रूप से समर्पित कर सके तो उसे शान्ति मिले, इसलिए उसने अविलम्ब ऐसे निश्चित ढंग से हामी भर दी कि परेश बाबू का सब सन्देह मिट गया। विवाह से इतना पहले बँध जाना ठीक है या नहीं, इस बात को अच्छी तरह सोच लेने के लिए सुचरिता से उन्होंने अनुरोध किया, फिर भी सुचरिता ने प्रस्ताव के बारे में कोई आपत्ति नहीं की।

तय हुआ कि ब्राउनलो साहब के निमन्त्रण से निबटकर एक विशेष दिन निश्चित करके सभी को बुलाकर भावी दंपति का सम्बन्ध पक्का कर दिया जाये।

सुचरिता को थोड़ी देर के लिए लगा जैसे उसका मन राहु के ग्रास से मुक्त हो गया। उसने मन-ही-मन निश्चय किया कि हारान बाबू से विवाह हो जाने पर ब्रह्म-

समाज के काम में जुट जाने के लिए वह दृढ़ होकर अपने मन को तैयार करेगी। उसने प्रण किया कि प्रतिदिन वह थोड़ा-थोड़ा करके हारान बाबू से ही धर्म-तत्व सम्बन्धी अंग्रेज़ी पुस्तकें पढ़ेगी और उनके निर्देश के अनुसार चलेगी। जो कठिन होगा, बल्कि जो अप्रिय होगा, उसी को ग्रहण करने की प्रतिज्ञा मन-ही-मन करके उसे एक संतोष का अनुभव हुआ।

हारान बाबू द्वारा सम्पादित अंग्रेज़ी पत्र कुछ दिनों से उसने नहीं पढ़ा था, आज प्रकाशित होते ही वह उसके पास पहुँच गया। शायद हारान बाबू ने विशेष रूप से उसके लिए भिजवा दिया था।

पत्र लिये कमरे में जाकर सुचरिता स्थिर चित्त होकर बैठ गई और परम कर्तव्य की तरह उसे पहली पंक्ति से पढ़ने लगी। मन में श्रद्धा लेकर, स्वयं को छात्रा मानकर वह पत्रिका से आदेश ग्रहण करने लगी।

किंतु पाल के सहारे बहती हुई नाव हठात् पहाड़ से टकराकर टेढ़ी हो गई। पत्र के इस अंक में 'पुरानी पीढ़ी' नाम का एक लेख था, जिसमें ऐसे लोगों पर कटाक्ष किया गया था जो वर्तमान काल में रहते हुए भी प्राचीन काल की ओर मुँह किये रहते हैं। उनकी युक्तियाँ असंगत नहीं थीं, बल्कि सुचरिता स्वयं ऐसी ही युक्तियाँ खोजती रही थी, किंतु लेख पढ़ते ही वह जान गई कि वह गोरा को लक्ष्य करके लिखा गया है। हालाँकि उसमें गोरा का नाम या उसके लिखे हुए किसी लेख का कोई ज़िक्र न था। सैनिक जैसे बंदूक की प्रत्येक गोली से एक-एक आदमी को मार गिराकर प्रसन्न होता है, वैसे ही इस लेख के प्रत्येक वाक्य से किसी सजीव पदार्थ को बेधने का एक हिंसामय आनंद प्रकट हो रहा था।

वह लेख सुचरिता से सहन नहीं हुआ। उसकी प्रत्येक युक्ति को काट फेंकने को वह छटपटा उठी। उसने मन-ही-मन सोचा—गौर मोहन बाबू चाहें तो इस लेख को धूल में मिला सकते हैं।—गोरा का उज्ज्वल चेहरा उसकी आँखों के आगे सजीव हो उठा और उसका प्रबल कंठ-स्वर सुचरिता के हृदय प्रदेश के भीतर तक गूँज गया। चेहरे और उस कंठ-स्वर की असाधारणता के आगे इस लेख और इसके लेखक की क्षुद्रता उसे इतनी ओछी जान पड़ी कि पत्र को उसने फ़र्श पर फेंक दिया।

उस दिन बहुत दिनों के बाद अपने-आप सुचरिता विनय के पास आकर बैठी और बातों-बातों में बोली, "अच्छा, आपसे तो कहा था कि जिन पत्रों में आप लोगों के लेख छपे हैं, आप पढ़ने के लिए देंगे—अभी तक तो दिए नहीं?"

विनय यह नहीं कह सका कि इस बीच सुचरिता का बदला हुआ रुख देखकर उसे अपना वादा पूरा करने का हौसला नहीं हुआ। उसने कहा, "मैंने वे सब इकट्ठे कर रखे हैं, कल ले आऊँगा।"

अगले दिन पुस्तिकाओं और पत्रों की पोटली लाकर विनय सुचरिता को दे गया। उन्हें पाकर सुचरिता ने फिर उन्हें पढ़ा नहीं, बक्स में बंद करके रख दिया—पढ़ने की बहुत अधिक इच्छा हुई थी, इसीलिए नहीं पढ़ा। वह मन को किसी तरह भी भटकने नहीं देगी। उसने प्रतिज्ञापूर्वक विद्रोही चित्त को एक बार फिर हारान बाबू के शासन को सौंपकर राहत पाई।

## 25

रविवार की सुबह आनंदमयी पान लगा रही थीं और शशिमुखी उनके पास बैठी सुपारी काटकर ढेर लगा रही थी। इसी समय कमरे में विनय के आते ही अपनी गोद की सुपारियाँ फेंककर हड़बड़ाती हुई शशिमुखी उठकर भाग गई। आनंदमयी थोड़ा-सा मुस्करा दीं।

बड़ी जल्दी विनय सबसे घुल-मिल जाता था। अब तक शशिमुखी से भी उसका काफ़ी मेल-जोल था। दोनों एक-दूसरे को काफ़ी छकाते भी रहते थे। विनय के जूते छिपाकर शशिमुखी विनय से कहानी सुनने की युक्ति किया करती थी। विनय ने शशिमुखी के ही जीवन की दो-एक साधारण घटनाएँ लेकर उन्हीं में खूब नमक-मिर्च लगाकर कुछ कहानियाँ गढ़ रखी थीं। इनके सुनाए जाने पर शशिमुखी बहुत चिढ़ती थी। पहले तो वह सुनाने वाले पर झूठ बोलने का आरोप लगाकर ज़ोर-शोर से प्रतिवाद करती, फिर हारकर भाग जाती थी। उसने भी बदले में विनय के जीवन-चरित्र को तोड़-मरोड़कर कहानी गढ़ने की कोशिश की थी, किंतु रचना-शक्ति विनय के बराबर न होने के कारण इसमें विशेष सफलता न पा सकी थी।

जो हो, विनय के पहुँचते ही शशिमुखी सब काम छोड़कर उसके साथ छेड़-छाड़ करने दौड़ी आती थी। इतना उत्पात करने पर कभी-कभी आनंदमयी उसे डाँट देती थीं, किंतु कुसूर अकेली शशिमुखी का नहीं था, क्योंकि पहले विनय ही उसे इतना चिढ़ा देता था कि वह अपने को रोक न सकती थी। वहीं आज जब विनय को देखते ही हड़बड़ाकर कमरे से भाग गई तो आनंदमयी को हँसी आ गई, किंतु यह हँसी सुख की नहीं थी।

इस छोटी-सी घटना से विनय को भी ऐसा धक्का पहुँचा कि वह कुछ देर तक गुमसुम बैठा रहा। उसके लिए शशिमुखी से विवाह करना कितना असंगत होगा, यह ऐसी छोटी-छोटी बातों से ही प्रत्यक्ष हो जाता था। विनय ने इसके लिए जब हामी भरी थी, तब केवल वह गोरा के साथ अपनी मित्रता की बात ही सोचता रहा था, स्वयं विवाह

को उसने कल्पना के द्वारा मूर्त करके नहीं देखा था। इसके अलावा विनय ने इस बात पर गौरव करते हुए पत्रों में अनेक लेख भी लिखे थे कि हमारे देश में विवाह संस्कार मुख्यतया व्यक्तिगत सम्बन्ध नहीं बल्कि पारिवारिक सम्बन्ध है, उसने विवाह के सम्बन्ध में अपनी स्वयं की निजी इच्छा या अनिच्छा को कोई महत्त्व नहीं दिया था। आज जब शशिमुखी विनय को देखकर उसे अपना वर जान दाँतों से जीभ काटकर भाग गई, तब जैसे शशिमुखी के साथ अपने भावी सम्बन्ध का उसे एक साकार रूप दिख पड़ा। उसका समूचा अन्तःकरण पल-भर में ही विद्रोही हो उठा। गोरा उसे उसकी प्रकृति के विरुद्ध कितनी दूर तक लिये जा रहा था, यह समझकर उसे गोरा के ऊपर गुस्सा हो आया और अपने प्रति धिक्कार का भाव पैदा हुआ। यह याद करके कि शुरू से ही आनंदमयी ने इस विवाह का निषेध किया था, विनय का मन उनकी दूरदर्शिता के प्रति एक विस्मय-मिश्रित श्रद्धा से भर आया।

विनय के मन का भाव आनंदमयी ने समझ लिया। उसे दूसरी ओर ले जाने के लिए उन्होंने कहा, ''विनय, कल गोरा की चिट्ठी आई थी।''

विनय ने कुछ अनमने भाव से ही कहा, ''क्या-क्या लिखा है?''

आनंदमयी बोलीं, ''अपनी तो कुछ ख़ास ख़बर नहीं दी। देश के छोटे लोगों की दुर्दशा देखकर दुःखी होकर लिखा है। घोषपाड़ा नाम के किसी गाँव में मजिस्ट्रेट ने क्या-क्या अन्याय किये हैं, उसी का वर्णन है।''

विनय ने गोरा के विरुद्ध उत्तेजना के कारण ही अधीर होकर कहा, ''गोरा की नज़र बस उस दूसरी तरफ़ ही है। और हम लोग जो समाज की छाती पर सवार होकर रोज़ न जाने कितने अन्याय करते हैं, उन सबकी लीपा-पोती करते हुए क्या यह कहते रहना होगा कि ऐसा सत्कर्म दूसरा कुछ हो ही नहीं सकता!''

सहसा गोरा पर ऐसे आरोप लगाकर विनय अपने को जैसे दूसरे पक्ष में खड़ा कर रहा हो, यह देखकर आनंदमयी हँस दीं।

विनय ने कहा, ''माँ, तुम हँस रही हो, सोच रही हो कि एकाएक विनय को इतना गुस्सा क्यों आ रहा है। क्यों गुस्सा आ रहा है, तुम्हें बताता हूँ। उस दिन सुधीर हाटी स्टेशन पर मुझे अपने एक मित्र के बागान में ले गया था। हम लोगों के सियालदह से चलते ही बारिश शुरू हो गई। सोदपुर स्टेशन पर गाड़ी रुकी तो देखा कि साहबी कपड़े पहने हुए एक बंगाली ने ठाठ से सिर पर छाता लगाए हुए अपनी बहू को गाड़ी से उतारा। बहू की गोद में छोटा बच्चा भी था, बदन की मोटी चादर से किसी प्रकार बच्चे को ढँककर वह बेचारी खुले प्लेटफ़ार्म पर एक ओर खड़ी ठंड और लज्जा से सिकुड़ती हुई भीगती रही, और पति महोदय सामान के पास छाता लगाए खड़े चिल्लाते रहे। मैंने पल-भर में ही समझ लिया कि सारे बंगाल में, चाहे धूप हो चाहे बारिश,

चाहे भद्र घर की हो चाहे मामूली, किसी स्त्री के सिर पर छाता नहीं होता। जब देखा कि स्वामी तो निर्लज्ज भाव से सिर पर छाता ताने खड़े हैं और उनकी स्त्री अपने को चादर से ढँकती हुई चुपचाप भीग रही है और मन में भी इस दुर्व्यवहार से दुःखी नहीं है, और स्टेशन पर मौजूद लोगों में से किसी को भी इसमें कोई अनौचित्य नहीं दिखता तभी से मैंने निश्चय कर लिया है कि अब कभी मुँह से कविताई की वे सब झूठी बातें नहीं निकालूँगा कि हम लोग स्त्रियों का बहुत अधिक सम्मान करते हैं, उन्हें लक्ष्मी और देवी मानते हैं। देश को हम लोग मातृभूमि कहते हैं, लेकिन देश की इस मातृ-मूर्ति की महिमा यदि हम देश की स्त्रियों में ही प्रत्यक्ष न करें—अगर बुद्धि से, शक्ति से, उदार कर्तव्य-बोध से स्त्रियों को उनके सतेज, सरल, सम्पूर्ण रूप में न देखें, अपने घरों में केवल दुर्बलता, संकीर्णता और अधूरापन ही देखते रहें तो देश का रूप हमारे सम्मुख कभी उज्ज्वल नहीं हो सकता।''

सहसा अपने उत्साह पर झेंपकर विनय ने अपने सहज-स्वाभाविक स्वर में कहा, ''माँ, तुम सोच रही हो, बीच-बीच में विनय ऐसी बड़ी-बड़ी बातें करता हुआ अक्सर लेक्चर झाड़ा करता है और आज भी उसको भाषण करने का चस्का लगा है। मेरी बातें आदत के कारण लेक्चर जैसी हो जाती हैं, लेकिन आज यह लेक्चर नहीं दे रहा हूँ। देश की लड़कियों का देश के लिए कितना महत्त्व है, पहले यह मैं अच्छी तरह नहीं समझता था, कभी सोचता भी नहीं था। माँ, और ज़्यादा बकबक नहीं करूँगा, मैं ज़्यादा बोलता हूँ इसीलिए मेरी बात को कोई मेरे मन की बात नहीं समझता। अब से थोड़ा बोला करूँगा।''

विनय और अधिक देर नहीं ठहरा, वैसा ही उत्साह-भरा मन लिये चला गया।

आनंदमयी ने महिम को बुलाकर कहा, ''बेटा, अपनी शशिमुखी का विवाह विनय के साथ नहीं होगा।''

महिम, ''क्यों? तुम्हारी राय नहीं है?''

आनंदमयी, ''यह सम्बन्ध अन्त तक टिकेगा नहीं, इसलिए मेरी राय नहीं है, नहीं तो मेरी राय भला क्यों न होती।''

महिम, ''गोरा राज़ी हो गया है, विनय भी राज़ी है, तब टिकेगा क्यों नहीं? यह ज़रूर है कि तुम्हारी राय न होगी तो विनय हर्गिज़ शादी नहीं करेगा, यह मैं जानता हूँ।''

आनंदमयी, ''विनय को मैं तुमसे अधिक जानती हूँ।''

महिम, ''गोरा से भी अधिक?''

आनंदमयी, ''हाँ, गोरा से भी अधिक जानती हूँ, इसलिए हर तरफ़ से सोचकर ही मेरी राय नहीं है।''

महिम, "अच्छा, गोरा वापस आ जाये..."

आनंदमयी, "महिम, मेरी बात सुनो। इसे लेकर अगर अधिक दबाव डालोगे तो आगे चलकर मुसीबत होगी। मैं नहीं चाहती कि इस मामले में गोरा विनय से कुछ कहे।"

"अच्छा देखा जायेगा," कहते हुए महिम ने एक और पान मुँह में दबाया और गुस्से से भरे हुए कमरे से चले गये।

## 26

गोरा जिस समय यात्रा पर निकला उसके साथ अविनाश, मोतीलाल, वसंत और रमापति, ये चार साथी थे। लेकिन गोरा के प्रबल उत्साह के साथ ये लोग ताल-मेल नहीं रख सके। बीमार हो जाने का बहाना करके अविनाश और वसंत तो चार-पाँच दिन में ही कलकत्ता लौट आए। सिर्फ़ गोरा के प्रति श्रद्धा के कारण ही मोतीलाल और रमापति उसे अकेला छोड़कर वापस नहीं आ सके, अन्यथा उनके कष्टों की सीमा नहीं थी। गोरा न तो पैदल चलकर थकता था, न कहीं रुके रह जाने से ऊबता था। गाँव का जो कोई गृहस्थ गोरा को ब्राह्मण जानकर श्रद्धापूर्वक घर में ठहराता, उसके यहाँ भोजन इत्यादि की चाहे जितनी असुविधा हो, तब भी गोरा वहीं टिका रहता था। गाँव-भर के लोग उसकी बात सुनने के लिए उसके चारों ओर इकट्ठे हो जाते और उसे छोड़ना ही न चाहते।

पढ़े-लिखे भद्र समाज और कलकत्ता के समाज के बाहर हमारा देश कैसा है, गोरा ने यह अभी पहले-पहल देखा। यह विशाल अकेला ग्रामीण भारतवर्ष कितना तितर-बितर, कितना संकीर्ण और दुर्बल है, अपनी शक्ति के सम्बन्ध में कैसी बुरी तरह भटका हुआ और अपने मंगल के सम्बन्ध में अज्ञानी और उदासीन है, हर पाँच-सात कोस की दूरी पर उसका समाज इतना बदल जाता है, संसार के बृहत् कर्म-क्षेत्र में चलने के उसके रास्ते में कितनी अपनी गढ़ी हुई या काल्पनिक अड़चनें हैं, छोटी-छोटी बातों को वह कितना बढ़ा-चढ़ाकर देखता है और उस पर किसी भी रूढ़ि का बन्धन कितना कसा हुआ और अटूट है, उसका मन कैसा सोया हुआ, उसके प्राण कितने दुर्बल और उसका उद्यम कितना क्षीण है—इसका अनुमान ग्रामवासियों के बीच ऐसे रहे बिना गोरा किसी तरह नहीं लगा सकता था। उसके गाँव में रहते-रहते वहाँ के एक हिस्से में आग लग गई थी। इतने बड़े संकट में भी एक होकर प्राणपण से कोशिश करके विपत्ति का सामना करने की शक्ति उनमें कितनी कम है, गोरा यह देखकर चकरा

गया। हक्के-बक्के से सभी इधर-उधर दौड़ रहे थे और रो-चीख रहे थे, पर व्यवस्थित ढंग से कोई कुछ नहीं कर पा रहा था। गाँव के पास कोई जलाशय भी नहीं था। स्त्रियाँ रोज़ाना दूर से पानी लाकर घर का काम चलाती हैं, फिर भी रोज़-रोज़ की इस मुसीबत से बचने के लिए घर ही में एक मामूली कुआँ खोद लेने की बात उन तक को न सूझी थी जो कि काफ़ी सम्पन्न थे। पहले भी इस गाँव में कई बार आग लगी है, उसे केवल भाग्य का प्रकोप मानकर सभी हाथ पर हाथ धरे बैठे रहे हैं, पास कहीं पानी की कोई व्यवस्था कर रखने की कोई कोशिश किसी ने नहीं की। गाँव की ऐसी ज़रूरत के बारे में भी जिनका बोध नहीं चेता, उनके सामने सारे देश की बात करना गोरा को बेवकूफ़ी ही लगी। गोरा को सबसे अधिक विस्मय इसी बात पर होता कि इन सब दृश्यों और घटनाओं से मोतीलाल और रमापति ज़रा भी विचलित न होते थे, बल्कि गोरा के क्षोभ को असंगत समझते थे। छोटे लोग तो ऐसा करते ही हैं, ऐसे सोचते ही हैं, वे इन सब कष्टों को कष्ट नहीं समझते। छोटे आदमियों के लिए ऐसा छोड़कर और कुछ कभी हो भी सकता है ऐसा सोचने को ही वे अपनी औकात से बड़ी बात करना समझते हैं। इस अज्ञता, जड़ता और दुःख का बोझ कितना भारी और भयंकर है और यह बोझ हमारे पढ़े-लिखे और अनपढ़, धनी और निर्धन, सभी के कंधों पर एक-सा है और किसी को भी आगे नहीं बढ़ने देता, आज यह बात अच्छी तरह समझकर गोरा का चित्त हर पल व्याकुल रहने लगा।

घर से कोई शोक-संदेश मिलने की बात कहकर मोतीलाल भी चल दिया। अब सिर्फ़ रमापति गोरा के साथ रह गया।

घूमते-फिरते दोनों एक नदी के किनारे बसे एक मुसलमान गाँव में पहुँचे। आतिथ्य पाने की उम्मीद में सारे गाँव में घूमते-घूमते केवल एक घर हिन्दू नाई का मिला। उसी के घर दोनों ब्राह्मणों ने आश्रय लेने जाकर देखा, बूढ़ा नापित और उसकी पत्नी एक मुसलमान लड़के को पाल-पोस रहे हैं। रमापति बड़ा धर्मभीरु ब्राह्मण था, वह तो बहुत बेचैन हो उठा। नापित को गोरा ने उसके अनाचार के लिए फटकारा तो उसने कहा, ''ठाकुर, हम लोग कहते हैं हरि, वे लोग कहते हैं अल्लाह, दोनों में कोई भेद नहीं है।''

धूप तेज़ हो चली थी, फैली हुई रेत के पार बहुत दूर नदी थी। रमपाति ने प्यास से व्याकुल होकर पूछा, ''हिन्दू का पीने का पानी कहाँ मिलेगा?''

एक कच्चा कुआँ नापित के घर में था, लेकिन उस भ्रष्ट कुएँ का पानी रमापति कैसे पी सकता था? वह मुँह लटकाकर बैठा रहा।

गोरा ने पूछा, ''इस लड़के के माँ-बाप नहीं हैं?''

नापित ने कहा, ''दोनों हैं, लेकिन उनका होना-न होना बराबर है।''

गोरा ने पूछा, ''वह कैसे ?''

जो इतिहास नापित ने सुनाया संक्षेप में वह यों है—

''जिस ज़मींदारी में वे लोग रहते थे निलहे साहबों का उस पर इजारा था। नदी-किनारे की खादर ज़मीन को लेकर वहाँ की प्रजा का नील-कोठी के साहबों के साथ बराबर झगड़ा चल रहा था। और प्रजा तो हार मान चुकी थी, लेकिन खादर के इस घोषपुर गाँव की प्रजा को साहब लोग किसी प्रकार नहीं दबा सके हैं। गाँव के सभी लोग मुसलमान हैं और उनका प्रधान फरू सरदार किसी से नहीं डरता। नील-कोठीवालों से झगड़े के चलते पुलिस से मार-पीट करके दो बार जेल भी हो आया है। घर की आर्थिक हालत ऐसी हो गई कि खाने को दो कौर भात नहीं जुटता, फिर भी वह किसी का रौब नहीं मानता। इस बार खादर में खेती करके गाँव के लोगों ने कुछ बोरे धान पा लिया था—लेकिन कोई एक महीना पहले नील-कोठी के मैनेजर साहब लठैत लेकर स्वयं आए और प्रजा का धान लूटकर ले चले। फरू सरदार ने इसी झगड़े के समय साहब की दाहिनी बाँह पर ऐसी लाठी जमाई कि अस्पताल ले जाकर उसकी बाँह कटवानी पड़ गई। सारे इलाके में इतना बड़ा हौसला कभी किसी ने नहीं किया था। तब से पुलिस का आतंक आग की तरह गाँव-गाँव में फैल गया है। प्रजा के घरों में कहीं कुछ नहीं रहा, घरों की औरतों की इज़्ज़त-आबरू भी सुरक्षित नहीं, फरू सरदार के साथ और बहुत-से दूसरे लोग हवालात में बंद कर दिए गये हैं और बहुत से लोग गाँव छोड़कर भाग गये हैं। फरू के परिवार के पास खाने को अन्न का दाना नहीं है। उसकी बहू की एकमात्र धोती का यह हाल है कि लज्जावश घर से बाहर नहीं निकल सकती। उनका इकलौता लड़का तमीज़ नापित की स्त्री को गाँव के नाते से मौसी पुकारता था, उसकी मोहताज हालत देखकर नाइन उसे अपने घर ले आई और उसका पालन कर रही है। नील-कोठी वालों की एक कचहरी वहाँ से लगभग डेढ़ कोस पर लगी है, दल-बल के साथ दारोगा अब भी वहीं मौजूद है। वहाँ से कब किस बहाने वह गाँव पर धावा बोल दे या क्या कर बैठे—इसका कोई ठिकाना नहीं है। अभी कल ही नाई के पड़ोसी बूढ़े नाज़िम के घर पर पुलिस ने छापा मारा था—नाज़िम का जवान साला दूसरे इलाके से अपनी बहन से मिलने आया हुआ था—बिल्कुल बिना वजह दारोगा ने यह कहकर कि 'यह पट्ठा अच्छा जवान दिखता है—छाती तो देखो पट्ठे की!' अपने हाथ की लाठी से उसे ऐसा धक्का दिया कि उसके दाँत टूट गये और खून बह निकला। यह अत्याचार देखकर बहन दौड़ी हुई आई तो उस बेचारी बुढ़िया को भी धक्का देकर गिरा दिया गया। पहले इस इलाके में पुलिस इतना जुल्म करने का साहस नहीं करती थी पर अब गाँव के सब तगड़े जवान या तो हवालात में हैं या गाँव छोड़कर भाग

गये हैं। उन भागे हुए लोगों की तलाश का बहाना करके ही पुलिस गाँव पर ऐसा कहर ढा रही है, इससे कब छुटकारा होगा कुछ कहा नहीं जा सकता।''

इधर गोरा उठने का नाम ही नहीं ले रहा था। उधर रमापति की प्यास के मारे जान जान निकल रही थी। नाई की कहानी समाप्त होने से पहले ही उसने फिर पूछा, ''कोई हिन्दू घर यहाँ से कितनी दूर होगा?''

नाई ने कहा, ''वही डेढ़ कोस पर जो नील-कोठी की कचहरी है, उसका तहसीलदार ब्राह्मण है—नाम है माधव चटर्जी।''

गोरा ने पूछा, ''स्वभाव कैसा है?''

नाई ने कहा, ''ठीक यमदूत जैसा। ऐसा निर्दयी और दुष्ट ढूँढे से भी नहीं मिलेगा। दारोगा को जितने दिन खिलाए-पिलाएगा उसका सब खर्चा हमीं लोगों से वसूल करेगा—बल्कि कुछ मुनाफ़ा भी कमाएगा।''

रमापति ने कहा, ''गोरा बाबू, अब चलिए—और नहीं सहा जाता।''

उस मुसलमान लड़के को नाइन अपने आँगन के कुएँ के पास खड़ा करके घड़े भर पानी खींचकर नहलाने लगी थी, इस बात से रमापति को और भी गुस्सा आ रहा था और उससे वहाँ बैठा नहीं जा रहा था। चलते समय गोरा ने नाई से पूछा, ''तुम तो इस दंगे-फ़साद के बीच भी इसी गाँव में टिके हुए हो—तुम्हारे घर के और लोग कहीं नहीं हैं?''

नाई ने कहा, ''काफ़ी दिनों से यहीं रहता हूँ, इन सबसे मोह हो गया है। मैं हिन्दू नाई हूँ, खेती-वेती से मुझे कोई मतलब नहीं है। इसीलिए नील-कोठीवाले मुझे कुछ नहीं कहते। और फिर गाँव-भर में कोई बड़ा तो और रहा नहीं, मैं भी अगर चल दूँ तो औरतें डर से मर जायेंगी।''

गोरा ने कहा, ''अच्छा खा-पीकर मैं फिर आऊँगा।''

भूखा-प्यासा रमापति नील-कोठीवालों के अत्याचार की इस लम्बी कहानी से उल्टे गाँव वालों पर ही और बिगड़ उठा। ये मूर्ख बलवान के विरुद्ध सिर उठाना चाहते हैं, इसे उसने इन गँवार मुसलमानों की स्पर्द्धा और बेवकूफी की चरम सीमा ही समझा। इसमें उसे सन्देह नहीं था कि सख्त सज़ा देकर इनकी अकड़ ढीली करना ही इनके लिए उचित होगा। ऐसे अभागों पर पुलिस अत्याचार करती ही है, करने को बाध्य होती है और उसकी ज़िम्मेदारी मुख्यतया इन्हीं लोगों पर होती है, यही उसकी धारणा थी। कर्मचारियों से समझौता ही कर लें, दंगा-फ़साद क्यों करते हैं? इनमें उतनी ताकत भी कहाँ है?

वस्तुतः नील-कोठी के साहबों की ओर ही रमापति की भीतरी सहानुभूति थी।

दोपहर की तेज़ धूप में तपी हुई बालू पर चलते हुए गोरा ने रास्ते-भर कोई बात

नहीं की। अन्त में जब पेड़ों की ओट से कुछ दूर पर कचहरी की छत दिखाई देने लगी तब सहसा गोरा ने रुककर कहा, ''रमापति, तुम जाकर कुछ खा-पी लो, मैं उसी नाई के घर जा रहा हूँ।''

रमापति बोला, ''यह कैसी बात है—आप नहीं खायेंगे? चटर्जी के यहाँ खा-पीकर फिर जाइएगा।''

गोरा ने कहा, ''मैं अपना कर्तव्य करूँगा, तुम खा-पीकर कलकत्ता लौट जाना—मुझे यहीं घोषपुर गाँव में शायद कुछ दिन रहना होगा—तुमसे वह नहीं निभ सकेगा।''

सुनकर रमापति के तो रोंगटे खड़े हो गये। गोरा जैसा धर्मशील हिन्दू किस मुँह से उन म्लेच्छों के घर रहने की बात कह सकता है, वह सोच ही नहीं सका। खाना-पीना छोड़कर गोरा ने क्या भूख हड़ताल करने की ठानी है? लेकिन तब ज़्यादा सोचने का भी समय कहाँ था, उसे एक-एक पल एक-एक युग जान पड़ रहा था। गोरा का साथ छोड़कर कलकत्ता भाग जाने के लिए उससे अधिक अनुरोध नहीं करना पड़ा। कुछ दूर से उसने घूमकर देखा, गोरा की लम्बी देह अपनी छोटी-सी छाया को फलाँगती हुई दोपहर की तेज़ धूप में सुनसान गर्म रेती के पार अकेली बढ़ती चली जा रही है।

हालाँकि गोरा भी भूख-प्यास से बेचैन हो रहा था पर उस दुष्ट अत्याचारी माधव चटर्जी का अन्न खाकर ही उसकी जाति बचेगी, इस बात को जितना ही वह सोचता उतना ही वह और असह्य होती जाती। उसका चेहरा और आँखें लाल हो गई थीं, सिर तप रहा था, उसके मन में एक तीव्र विद्रोह उठ रहा था। वह सोच रहा था—पवित्रता को बाहर की चीज़ बनाकर भारतवर्ष में हम यह कितना भयंकर अधर्म कर रहे हैं—जान-बूझकर जो आदमी फसाद खड़ा करके इन मुसलमानों पर जुल्म ढा रहा है उसके घर में मेरी जाति बनी रहेगी और जो उस जुल्म को सहकर भी मुसलमान के बच्चे की रक्षा कर रहा है और समाज की निंदा सहने को तैयार है, उसके घर में मेरी जाति नष्ट हो जायेगी? जो हो, आचार-विचार के भले-बुरे की बात फिर सोचूँगा—अभी तो नहीं सोच सकता।

गोरा को अकेले लौटते देखकर नाई को आश्चर्य हुआ। गोरा ने पहले तो आकर नाई का लोटा अच्छी तरह अपने हाथ से माँजकर कुएँ से पानी खींचकर पिया, फिर बोला, ''घर में कुछ दाल-चावल हो तो दो, मैं बनाकर खाऊँगा।'' हड़बड़ाकर नाई ने सब सामान जुटा दिया। खाने से निबटकर गोरा ने कहा, ''मैं दो-चार दिन तुम्हारे पास ही ठहरूँगा।''

डरकर हाथ जोड़ते हुए नाई ने कहा, ''धन्न भाग मेरे जो आप इस अधम के

घर ठहरेंगे—पर देखिए, हम लोगों पर पुलिस की नज़र है, आपके रहने से न जाने क्या बखेड़ा उठ खड़ा हो।''

गोरा ने कहा, ''मेरे यहाँ रहते पुलिस को कोई उत्पात करने की हिम्मत नहीं होगी। अगर कुछ करेगी तो मैं रक्षा करूँगा।''

नाई ने कहा, ''दुहाई है आपकी, आप अगर रक्षा करने की कोशिश करेंगे तब तो और भी कोई उपाय न रहेगा। वे लोग सोचेंगे कि मैंने ही साँठ-गाँठ करके आपको बुलाया है और उनके खिलाफ़ गवाह जुटा रहा हूँ। अब तक तो किसी तरह टिका हुआ था, फिर नहीं टिक सकूँगा। अगर मुझे भी यहाँ से उठ जाना पड़ा तब तो गाँव अनाथ ही हो जायेगा।''

हमेशा से गोरा शहर में रहता आया है, नाई क्यों इतना भयभीत था यह समझना भी उसके लिए कठिन था। वह यही जानता था कि इंसाफ के लिए डटकर खड़े हो जाने से ही अन्याय का प्रतिकार होता है। उसकी कर्तव्य-बुद्धि किसी तरह उस विपन्न गाँव को असहाय छोड़कर जाने की आज्ञा नहीं दे रही थी। तब नाई ने उसके पैर पकड़कर कहा, ''देखिए, आप ब्राह्मण हैं, मेरे पुण्य-फल से मेरे घर अतिथि हुए हैं, आपको चले जाने को कहता हूँ, तो इससे मुझे पाप लगता है, लेकिन आपके मन में हम लोगों के प्रति दया है, यह जानकर ही कहता हूँ कि मेरे घर रहकर आप पुलिस के अत्याचार में कोई बाधा देंगे तो मुझे ही और बड़ी मुसीबत में डाल देंगे।''

गोरा नाई के इस डर को व्यर्थ की कापुरुषता मानकर कुछ विरक्त होकर ही तीसरे पहर उसके घर से चल पड़ा। इस म्लेच्छाचारी के घर उसने भोजन किया है, यह सोचकर मन-ही-मन उसे ग्लानि भी होने लगी। शरीर से थका हुआ और चित्त से विरक्त वह साँझ को नील-कोठी की कचहरी पर जा पहुँचा। रमापति ने खा-पीकर कलकत्ता रवाना हो जाने में ज़रा भी देर नहीं की थी, इसलिए वह वहाँ नहीं मिला। माधव चटर्जी ने बड़ी आव-भगत के साथ गोरा को भोजन के लिए निमन्त्रित किया। गोरा ने आग-बबूला होकर कहा ''मैं आपके यहाँ का पानी भी नहीं पी सकता।''

चकित होकर माधव ने कारण पूछा, तो गोरा ने उसे अत्याचारी और अन्यायी कहकर फटकार दिया और बैठने से भी इनकार किया। दारोगा तख़्तपोश पर तकिये के सहारे बैठा हुआ हुक्का गुड़गुड़ा रहा था, तब उठकर बैठते हुए उसने रूखाई से पूछा, ''कौन हो जी तुम? घर कहाँ है?''

गोरा ने उसके सवाल का जवाब न देकर कहा, ''तो तुम्हीं दारोगा हो? घोषपुर गाँव में जो जुल्म तुमने किया है मैंने सब सुना है। अब भी अगर न सँभले तो...''

''तो क्या फाँसी दोगे? ज़रा इसका हौसला तो देखो। मैं तो समझा था भीख माँगने आया है, यह तो लाल-पीला होने लगा। अरे, तिवारी!''

घबराकर माधव ने दारोगा का हाथ दबाते हुए कहा, ''अरे क्या करते हो, अच्छे घर का है बेइज़्ज़ती न करें?''

दारोगा ने गुस्से से कहा, ''कहाँ का अच्छा घर? और वह तुम्हें जो मुँह में आया कह गया—यह बेइज़्ज़ती नहीं है?''

माधव बोला, ''वे जो कहते हैं बहुत झूठ तो नहीं कहते—गुस्सा करने से क्या होगा? नील-कोठी के साहबों की गुमाश्तागिरी करके खाता हूँ, इससे आगे तो और कुछ कहने की ज़रूरत नहीं है और दादा, तुम गुस्सा मत करो—तुम पुलिस के दारोगा हो, तुम्हें यम का दूत कहना कुछ गाली थोड़े ही है? बाघ तो आदमी को खायेगा ही—कोई वैष्णव तो है नहीं—मानी हुई बात है। उसे खाना तो होगा ही, वह और क्या करेगा?''

बिना प्रयोजन माधव को क्रोध करते कभी किसी ने नहीं देखा, किससे कब कौन-सा काम निकाला जा सकता है या टेढ़े होने पर कौन क्या हानि पहुँचा सकता है, यह पहले से कौन ठीक जानता है? किसी का भी बुरा या अपमान वह अच्छी तरह हिसाब जाँचने के बाद ही करता था—गुस्से में किसी पर हमला करके अपनी क्षमता को फिज़ूल में खर्च नहीं करता था।

तब दारोगा ने गोरा से कहा, ''देखो जी, यहाँ हम लोग सरकारी काम करने आए हैं—इसमें टाँग अड़ाने या गोलमाल करने से मुसीबत में पड़ जाओगे।''

बिना कुछ कहे मुड़कर गोरा बाहर चला गया। माधव जल्दी से उठकर उसके पीछे-पीछे जाकर बोला, ''महाशय, आप जो कहते हैं सही है—हमारा काम ही कसाई का है—और यह जो साला दारोगा है, इसके तो साथ बैठने में भी पाप लगता है—लेकिन जो-जो जुल्म उसके द्वारा करवाने पड़ते हैं मैं ज़बान पर भी नहीं ला सकता। और अधिक दिन नहीं है, दो-तीन बरस और नौकरी करके लड़कियों को ब्याहने का साधन जुटाकर फिर हम स्त्री-पुरुष दोनों काशी-वास को चल देंगे। मुझे खुद यह सब अच्छा नहीं लगता—कभी-कभी तो मन होता है, गले में फन्दा डालकर लटक जाऊँ। खैर, अब आज रात आप कहाँ जायेंगे—यहीं भोजन करके विश्राम कर लें। उस दारोगा साले की सूरत भी आपको नहीं दिखेगी—आपके लिए सब बंदोबस्त अलग कर दूँगा।''

गोरा को साधारण लोगों से कुछ अधिक भूख लगती थी, और आज दिन-भर उसे ठीक से खाने को नहीं मिला था। लेकिन अभी उसका सारा शरीर गुस्से से जल रहा था। किसी तरह वह वहाँ न रुक सका। बोला, ''मुझे ज़रूरी काम है।''

माधव ने कहा, ''तो रुकिये, एक लालटेन साथ कर दूँ।''

गोरा ने कोई जवाब नहीं दिया, तेज़ी से चला गया। लौटकर माधव ने दारोगा

से कहा, ''दादा, यह आदमी ज़रूर सदर गया है। तुम अभी मजिस्ट्रेट के पास किसी को भेजो।''

दारोगा ने कहा, ''क्यों, किसलिए ?''

माधव बोला, ''और तो कुछ नहीं, बस उन्हें एक बार कह आए कि एक भद्र जन न जाने कहाँ से आकर गवाहों को तोड़ने की कोशिश करता हुआ घूम रहा है।''

## 27

शाम को मजिस्ट्रेट ब्राउनलो साहब नदी-किनारे की सड़क पर टहल रहे थे, हारान बाबू उनके साथ थे। थोड़ी दूर पर गाड़ी में उनकी मेम परेश बाबू की लड़कियों के साथ हवाख़ोरी कर रही थीं।

बीच-बीच में ब्राउनलो साहब बंगाली भद्र समाज के लोगों को अपने घर गार्डन-पार्टियों में आमन्त्रित करते रहते थे। ज़िले के एंट्रेस स्कूल के पुरस्कार-वितरण समारोह के समय सभापतित्व भी वही करते थे। सम्पन्न घरों में विवाह आदि शुभ संस्कारों के समय आमन्त्रित किये जाने पर अनुग्रहपूर्वक वह उसे स्वीकार कर लेते थे। यहाँ तक कि यात्रा-अभिनय की मजलिस में निमन्त्रित होने पर एक बड़ी आराम-कुर्सी पर बैठे-बैठे कुछ देर तक धैर्यपूर्वक गान सुनने का प्रयत्न भी करते थे। उनकी अदालत के सरकारी वकील के यहाँ पिछले दशहरे की झाँकियों में जो लड़के भिश्ती और मेहतरानी बने थे, मजिस्ट्रेट साहब ने उनका अभिनय विशेष रूप से पसन्द किया था और उनकी फ़र्माइश पर झाँकियों के इस अंश का कई बार प्रदर्शन किया गया था।

उनकी पत्नी मिशनरी की लड़की थीं। इसलिए जब-तब उनके घर मिशनरी औरतों की चाय-पान की महफिल जुटती रहती थी। ज़िले में उन्होंने एक लड़कियों का स्कूल स्थापित किया था और बराबर इसके लिए प्रयास करती थीं कि उस स्कूल में छात्राओं की कमी न हो। परेश बाबू के घर की लड़कियों में पढ़ाई की विशेष चर्चा होती देखकर बराबर वह उनका हौसला बढ़ाती रहती थीं, दूर रहने पर भी बीच-बीच में चिट्ठी-पत्री देती रहती थीं। क्रिसमस के समय उन्हें धर्म-ग्रंथ उपहार स्वरूप भेजती थीं।

पंडाल लग गया था। हारान बाबू, सुधीर और विनय को साथ लेकर वरदासुंदरी और उनकी लड़कियाँ सभी आई थीं—उन सबको सरकारी डाक-बँगले में ठहराया गया था। परेश बाबू को यह सब पसन्द नहीं था, इसलिए वे अकेले कलकत्ता में ही रह गये थे। उनका साथ देने के लिए सुचरिता ने वहीं रह जाने की बहुत कोशिश की

थी, लेकिन परेश बाबू ने मजिस्ट्रेट के निमन्त्रण के सम्बन्ध में कर्तव्य का विशेष उपदेश देकर सुचरिता को भेज दिया था। तय यह हुआ था कि दो दिन बाद मजिस्ट्रेट के घर डिनर के बाद ईवनिंग पार्टी में कमिश्नर साहब और पत्नी सहित छोटे लाट साहब के सम्मुख परेश बाबू की लड़कियों का अभिनय और काव्य-आवृत्ति आदि का कार्यक्रम होगा। उसके लिए मजिस्ट्रेट ने अनेक अंग्रेज़-बंधुओं को ज़िले और कलकत्ता तक से बुलाया था। गिने-चुने कुछ बंगाली भद्र जनों का भी प्रबंध किया गया था, उनके लिए बगीचे में एक अलग तंबू में ब्राह्मण रसोइए द्वारा जल-पान तैयार कराने की व्यवस्था की जायेगी, ऐसा सुना गया था।

थोड़े समय में ही हारान बाबू ने अच्छे ढंग से बातचीत करके मजिस्ट्रेट साहब को काफ़ी संतुष्ट कर लिया था। ईसाई धर्मशास्त्र के बारे में हारान बाबू का असाधारण ज्ञान देखकर साहब आश्चर्यचकित हो गये थे। उन्होंने हारान बाबू से यहाँ तक पूछ लिया था कि ईसाई धर्म स्वीकार करने में ही वह क्यों पीछे रह गये ?

आज शाम को नदी-किनारे की सैर के समय वे हारान बाबू के साथ ब्रह्म समाज की कार्य-प्रणाली और हिन्दू समाज के सुधार के बारे में गम्भीर चर्चा कर रहे थे। इसी समय 'गुड ईवनिंग, सर' कहता हुआ गोरा उनके सम्मुख आ खड़ा हुआ।

उससे पहले दिन भी मजिस्ट्रेट साहब से मुलाकात की कोशिश करने पर यह उसकी समझ में आ गया था कि साहब के पास आने से पहले उनके प्यादे को नज़राना देना पड़ता है। यह दंड और अपमान स्वीकार न करने का निश्चय करके आज वह साहब के हवाखोरी करने के समय उनके सामने उपस्थित हुआ है। इस साक्षात के समय न तो हारान बाबू ने प्रकट किया, न गोरा ने कि वे एक-दूसरे से परिचित हैं।

साहब आगंतुक को देखकर कुछ विस्मित हो गये। ऐसा छः फुट से अधिक ऊँचा, लम्बा-तगड़ा जवान उन्होंने बंगाल में अब से पहले कभी देखा हो या उन्हें याद नहीं पड़ा। उसका रंग भी साधारण बंगालियों-जैसा नहीं था। शरीर पर खाकी रंग का कुर्ता, मोटी मैली धोती, हाथ में बाँस की लाठी, चादर सिर पर पगड़ी की तरह बँधी हुई थी।

मजिस्ट्रेट से गोरा ने कहा, ''मैं घोषपुर गाँव से आया हूँ।''

मजिस्ट्रेट साहब ने हैरत से हल्की-सी सीटी बजाई। घोषपुर के मामले में कोई ग़ैर आदमी टाँग अड़ा रहा है, इसकी सूचना उन्हें एक दिन पहले ही मिल चुकी थी। शायद यही वह आदमी है। सिर से पैर तक गोरा को एक तीखी नज़र से देखकर उन्होंने पूछा, ''तुम कौन जात हो ?''

गोरा बोला, ''बंगाली ब्राह्मण हूँ।''

साहब बोले, ''ओह! किसी अख़बार से सम्बन्ध है शायद ?''

गोरा ने कहा, "नहीं।"

मजिस्ट्रेट बोले, "घोषपुर में तुम क्या करने आए?"

गोरा ने कहा, "घूमता हुआ वहाँ जा ठहरा था। पुलिस की ज़्यादती से गाँव की दुर्गति होती हुई देखकर तथा नये उपद्रव की आशंका जानकर उसे रोकने के लिए आपके पास आया हूँ।"

मजिस्ट्रेट ने कहा, "घोषपुर गाँव के लोग बड़े बदमाश हैं, यह तुम्हें मालूम है?"

"वे बदमाश नहीं हैं," गोरा बोला, "निर्भीक और आज़ाद-दिमाग हैं। अत्याचार चुपचाप नहीं सह सकते।"

मजिस्ट्रेट बिगड़ उठे। उन्होंने मन-ही-मन सोचा—नये बंगाली इतिहास की पुस्तकें पढ़कर बहुत बातें सीख गये हैं—इनसफ़रेबल...प्रकट में गोरा को डपटकर बोले, "यहाँ के हालात का तुम्हें कुछ पता नहीं है।"

मेघ गम्भीर स्वर में गोरा ने जवाब दिया, "यहाँ के हालात का आपको और भी कम पता है।"

मजिस्ट्रेट ने कहा "मैं तुम्हें ख़बरदार किये देता हूँ, घोषपुर के मामले में अगर कोई दखल दोगे तो सस्ते में नहीं छूटोगे।"

गोरा ने कहा, "जब आपने तय ही कर लिया है कि अत्याचार को रोकने की कार्रवाई नहीं करेंगे, और गाँव के लोगों के बारे में भी पहले से गलत धारणा बना ली है तब मेरे पास इसके अलावा और कोई चारा नहीं है कि गाँव के लोगों को पुलिस के मुकाबले में खड़े होने के लिए बढ़ावा दूँ।"

चलते-चलते मजिस्ट्रेट रुक गये और बिजली की तेज़ी से—गोरा की ओर पलटकर गरज उठे, "क्या तुम्हारी इतनी मजाल!"

और कुछ कहे बिना गोरा धीमी गति से चला गया। मजिस्ट्रेट बोले, "हारान बाबू, आपके देश के लोगों में ये कैसे लक्षण दिख रहे हैं?"

हारान बाबू ने कहा, "पढ़ाई-लिखाई व्यवस्थित ढंग से नहीं होती, विशेषकर आध्यात्मिक और नैतिक शिक्षा देश में होती ही नहीं; इसीलिए ये सब बातें होती हैं। अंग्रेज़ी शिक्षा का जो उत्तम अंश है, वह ग्रहण करने का अधिकार इन लोगों को नहीं है। भारतवर्ष में अंग्रेज़ों का राज्य नियति का ही विधान है, ये अकृतज्ञ लोग अब भी इस बात को स्वीकार करना नहीं चाहते। एक मात्र कारण इसका यही है कि इन लोगों ने केवल किताबें रट ली हैं, इनका धर्म-बोध बिल्कुल अधूरा है।"

मजिस्ट्रेट बोले, "क्राइस्ट को स्वीकार किये बिना भारतवर्ष का धर्म-बोध कभी पूरा नहीं हो सकता।"

हारान बाबू ने कहा, "एक तरह से यह सच ही है।"

यों कहते हुए हारान बाबू ने ईसा को स्वीकार करने के बारे में एक ईसाई में और हारान बाबू में कहाँ तक सहमति है और कहाँ मतभेद, इसके सूक्ष्म विवेचन में मजिस्ट्रेट को इतना उलझा लिया कि मेम साहब जब परेश बाबू की लड़कियों को डाक-बँगले पहुँचाकर लौट आईं और पति से बोलीं, "हैरी, अब वापस चलना चाहिए" तब चौंककर उन्होंने घड़ी निकालकर देखते हुए कहा, "माई गॉड! यह तो आठ बजकर बीस मिनट हो गये।"

उन्होंने गाड़ी पर सवार होते समय हारान बाबू से हाथ मिलाकर विदा लेते हुए कहा, "आपके साथ बातचीत में साँझ बहुत अच्छी कट गई।"

हारान बाबू ने डाक-बँगले पर लौटकर मजिस्ट्रेट के साथ अपनी बातचीत विस्तारपूर्वक सुनाई। लेकिन गोरा के आने का उन्होंने कोई उल्लेख नहीं किया।

## 28

किसी अपराध के लिए बिना किसी सुनवाई के सिर्फ़ गाँव को सबक सिखाने के लिए सैंतालीस आदमियों को हवालात में बंद कर दिया गया था।

मजिस्ट्रेट से भेंट होने के बाद गोरा किसी वकील की खोज में निकला। किसी से उसने सुना कि सातकौड़ी हालदार यहाँ के नामी वकील हैं। सातकौड़ी के घर पहुँचते ही वकील साहब कह उठे, "अरे, यह तो गोरा है! तुम यहाँ कहाँ?"

गोरा का अनुमान ठीक ही था—सातकौड़ी उसका सहपाठी था। गोरा ने कहा, "घोषपुर के असामियों को ज़मानत पर छुड़ाकर उनकी पैरवी करनी होगी।"

सातकौड़ी ने कहा, "ज़मानत कौन देगा?"

गोरा बोला, "मैं दूँगा।"

सातकौड़ी ने कहा, "सैंतालीस आदमियों की ज़मानत देना तुम्हारे बूते का है?"

गोरा ने कहा, "अगर मुख़्तार लोग मिलकर ज़मानत दें तो उनकी फ़ीस मैं दे दूँगा।"

सातकौड़ी ने कहा, "उसमें कुछ कम खर्च नहीं होगा।"

दूसरे दिन मजिस्ट्रेट के इजलास में ज़मानत की दरख़ास्त पेश की गई। मजिस्ट्रेट ने कल मिले मैले कपड़े और पगड़ी वाले दबंग आदमी की ओर एक नज़र डाली और दरख़ास्त नामंजूर कर दी। चौदह वर्ष के लड़के से लेकर अस्सी वर्ष के बूढ़े तक हवालात में सड़ने के लिए छोड़ दिए गये।

सातकौड़ी से गोरा ने उसकी ओर से केस लड़ने का अनुरोध किया।

सातकौड़ी ने कहा, "गवाह कहाँ मिलेंगे? जो गवाह हो सकते थे, वही सब तो असामी हैं। इनके अलावा साहब को मारने के इस कांड की जाँच के मारे सारे इलाके के लोगों की नाक में दम है। मजिस्ट्रेट समझता है कि भीतर-ही-भीतर इसमें भद्र लोगों का भी हाथ है, शायद मुझ पर भी शक करता हो, कौन जाने। अंग्रेज़ी अखबार बराबर लिख रहे हैं कि देशी लोगों के हौसले इतने बढ़ जायेंगे तो अरक्षित, असहाय अंग्रेज़ों का निश्‍चिंत रहना मुश्किल हो जायेगा। इधर तो ऐसी हालत हो गई है कि देशी लोग देश में टिक ही नहीं पाते हैं। मैं जानता हूँ कि अन्याय हो रहा है, लेकिन कोई उपाय नहीं है।"

गरजकर गोरा ने कहा, "उपाय क्यों नहीं है?"

हँसकर सातकौड़ी ने कहा, "जैसे तुम स्कूल में थे, अब तक ठीक वैसे-के-वैसे ही हो। उपाय इसलिए नहीं है कि हम लोगों के घर में बीवी-बच्चे हैं—रोज़ कमाकर न लायें तो कई लोगों का फाका करना पड़ जाये। दूसरे का बोझ अपने ऊपर लेने को तैयार होने वाले व्यक्ति दुनिया में कम ही होते हैं—और उस देश में तो और भी कम जिसमें कुनबा भी कुछ छोटा नहीं होता। जिसके घर दस खाने वाले हैं, वह उन दस को छोड़कर दूसरे दस आदमियों की ओर देखने का समय कहाँ से पाएगा?"

गोरा ने कहा, "तो इन लोगों के लिए तुम कुछ नहीं करोगे? हाईकोर्ट के सामने यदि..."

अधीर होकर सातकौड़ी ने कहा, "अरे, तुम यह क्यों नहीं देखते कि एक अंग्रेज़ ज़ख्मी हुआ है। हर अंग्रेज़ राजा है—छोटे अंग्रेज़ को मारना भी छोटे किस्म का राज-द्रोह ही है। जिसका कोई सुफल नहीं निकलने वाला, उसके लिए बेकार में दौड़-धूप करके खामख्वाह मजिस्ट्रेट से भी बिगाड़ूँ, यह मुझसे नहीं होगा।"

गोरा ने निश्‍चित किया कि अगले दिन साढ़े दस बजे की गाड़ी से कलकत्ता जाकर देखेगा कि वहाँ के किसी वकील की मदद से कुछ हो सकता है या नहीं। इसी समय लेकिन एक और बाधा आ खड़ी हुई।

यहाँ के कार्यक्रम के सिलसिले में कलकत्ता के विद्यार्थियों की एक टीम के साथ स्थानीय विद्यार्थियों का क्रिकेट-मैच निश्‍चित हुआ था। अभ्यास के लिए कलकत्ता के लड़के आपस में खेल रहे थे कि एक लड़के के पैर में गेंद से गहरी चोट लग गई। मैदान से लगा हुआ एक बड़ा पोखर था। जख्मी लड़के को किनारे पर लिटाकर उसके दो साथी कपड़ा पानी में भिगोकर उसके पैर में पट्टी बाँध रहे थे कि अचानक कहीं से एक पहरेदार ने आकर एक छात्र को ज़ोर से धक्का देकर भद्दी गालियाँ देना शुरू कर दिया। पोखर पीने के पानी के लिए ही था, उसमें उतरना मना था, यह बात कलकत्ता के विद्यार्थी नहीं जानते थे; जानते भी होते तो अकस्मात् ऐसा

अपमान सहने का उन्हें अभ्यास नहीं था। उनके बदन भी गठे हुए थे। उन्होंने अपमान का यथोचित प्रतिकार शुरू कर दिया। यह दृश्य देखकर चार-पाँच सिपाही और दौड़े हुए आ गये। ठीक इसी समय गोरा भी वहाँ से गुज़रा। छात्र गोरा को पहचानते थे—उनके साथ गोरा कई बार क्रिकेट खेल चुका था। गोरा ने जब देखा कि विद्यार्थियों को पकड़कर मारते-मारते ले जाया जा रहा है, तब वह सह नहीं सका। बोला, ''ख़बरदार जो मारा तो।''

पहरेदार और उसके साथियों ने उसे भी भद्दी गालियाँ दीं, इस पर गोरा ने घूँसे और लातें जमाकर ऐसा बखेड़ा कर दिया कि भीड़ लग गई। इधर देखते-देखते विद्यार्थियों का झुंड भी इकट्ठा हो गया और गोरा की शह पाकर वे भी पुलिस पर टूट पड़े। पहरेदार और उसके साथी मैदान छोड़कर भाग खड़े हुए। सारी घटना में राह चलते लोगों को बड़ा मज़ा आया। लेकिन कहने की ज़रूरत नहीं कि यह तमाशा गोरा के लिए तमाशा न रहा।

लगभग तीन-चार बजे, डाक-बँगले में जब विनय, हारान बाबू और लड़कियाँ अभ्यास कर रही थीं, विनय के परिचित छात्रों ने आकर खबर दी कि गोरा और कुछ एक विद्यार्थियों को गिरफ्तार करके पुलिस ने हवालात में बंद कर दिया है, अगले दिन पहले इजलास में ही मजिस्ट्रेट साहब के सामने उनकी पेशी होगी।

गोरा हवालात में! खबर सुनकर हारान बाबू को छोड़ सब लोग चौंक उठे। दौड़ा हुआ विनय पहले अपने सहपाठी सातकौड़ी हालदार के पास गया, उसे सारी बात बताकर उसके साथ हवालात पहुँचा।

सातकौड़ी ने गोरा की ओर पैरवी करने और उसे ज़मानत पर छुड़ाने की कोशिश का प्रस्ताव किया तो गोरा ने कहा, ''नहीं, मैं वकील भी नहीं करूँगा और मुझे ज़मानत पर छुड़ाने की चेष्टा भी नहीं करनी होगी।''

''यह भी कोई बात हुई ?'' विनय की ओर मुड़कर सातकौड़ी ने कहा, ''देखा इसको ? कौन कहेगा कि गोरा स्कूल से निकल आया है! इसकी अक्ल अभी भी ठीक वैसी ही है!''

गोरा ने कहा ''संयोग से मेरे पास साधन हैं, दोस्त हैं, इसीलिए मैं हवालात से बच जाऊँ, यह मैं नहीं चाहता। हमारे देश की जो धर्मनीति है, उसके अनुसार न्याय करने की ज़िम्मेदारी राजा की है, प्रजा के साथ अन्याय हो यह राजा का ही अधर्म है। लेकिन इस राज में यदि वकील की फ़ीस न जुटा सकने पर प्रजा को हवालात में सड़ने या जेल में मरना पड़े, सिर पर राजा के रहते भी पैसा देकर इन्साफ़ खरीदने की कोशिश में लुट जाना पड़े, तो ऐसे अन्याय के लिए एक धेला भी मैं खर्च करना नहीं चाहता।''

सातकौड़ी ने कहा, "लेकिन काज़ी के राज में तो घूस देने के लिए ही सिर बेचना पड़ता था।"

गोरा ने कहा, "लेकिन घूस देने का विधान राजा का तो नहीं था। जो काज़ी बुरा होता था वह घूस लेता था—आजकल भी वही हाल है। लेकिन आजकल इन्साफ़ के लिए राजा के सामने जाने पर चाहे वादी हो चाहे प्रतिवादी, चाहे दोषी हो चाहे निर्दोष, प्रजा को रोना ही पड़ता है। जो ग़रीब है, इन्साफ़ की लड़ाई में उसके लिए हार-जीत, दोनों ही में सर्वनाश है। फिर जहाँ राजा वादी है और हम जैसे लोग प्रतिवादी, वहाँ उनकी ओर से ही सब वकील बैरिस्टर हैं, और अगर मैं जुटा सकूँ तो ठीक है, नहीं तो मेरा भाग्य। इंसाफ़ के लिए अगर सफ़ाई वकील की ज़रूरत नहीं है तो फिर सरकारी वकील किसलिए? और अगर ज़रूरत है तो फिर गवर्नमेंट के खिलाफ़ अपना वकील स्वयं खोजने की मजबूरी क्यों हो? यह क्या प्रजा के साथ शत्रुता नहीं है? कैसा राजधर्म है यह?"

सातकौड़ी ने कहा, "बिगड़ते क्यों हो भाई। सिविलाइज़ेशन कोई सस्ती चीज़ तो है नहीं। इन्साफ़ में बारीकी के लिए कानून में भी बारीकी आवश्यक है—कानून में बारीकी होने पर बिना पेशेवर कानूनदाँ के काम नहीं चलता—पेशे की बात आते ही बिक्री-ख़रीद की बात आ जाती है, इसलिए सभ्यता की अदालत में इन्साफ़ अपने-आप दुकानदारी हो जाता है। इसी से जिसके पास पैसा नहीं है, उसके ठगे जाने की संभावना रहती ही है। अगर तुम राजा होते तो क्या करते भला?"

गोरा बोला, "ऐसा कानून बनाता कि हज़ार-डेढ़ हज़ार रुपया वेतन पाने वाले जज की अक्ल के लिए भी उससे भुगत पाना असंभव होता, तो अभागे वादी-प्रतिवादी दोनों पक्षों के लिए सरकारी खर्च पर वकील नियुक्त करता। ठीक इंसाफ़ होने का खर्चा प्रजा के सिर मढ़कर अपनी न्याय-व्यवस्था पर गर्व करता हुआ मुगल-पठान राजाओं को गालियाँ न देता।"

सातकौड़ी ने कहा, "ठीक है, लेकिन अभी वह शुभ दिन जब नहीं आया, तुम राजा भी नहीं हुए, जब आज तुम सभ्य राजा की अदालत में असामी बने पेश हो तब तुम्हें या तो अपनी गाँठ से पैसा खर्च करना होगा या किसी दोस्त-वकील की शरण लेनी होगी, नहीं तो और किसी प्रकार तो मुसीबत टलती नहीं।"

हठ करके गोरा ने कहा, "कोई कोशिश न करने से जो सिर पर आयेगी, वही मेरे सिर पर आए। बिल्कुल असहाय की इस राज्य में जो गति होगी वही मेरी भी हो।"

विनय ने भी बड़ी मिन्नतें कीं, लेकिन गोरा ने सबकी अनसुनी कर दी। उसने विनय से पूछा, "अचानक तुम यहाँ कैसे आ पहुँचे?"

विनय का चेहरा ज़रा तमतमा उठा। गोरा आज हवालात में न होता तो शायद

विनय कुछ विद्रोह के स्वर में ही अपने वहाँ होने का कारण बता देता। लेकिन आज स्पष्ट बात उसके मुँह पर नहीं आई। वह बोला, ''मेरी बात फिर होगी, अभी तो तुम्हारी...''

गोरा ने कहा, ''मैं तो आज सरकारी मेहमान हूँ। मेरी चिंता तो सरकार स्वयं कर रही है, तुम लोगों को कोई चिंता करने की ज़रूरत नहीं है!''

विनय जानता था कि गोरा को डिगाना संभव नहीं, इसलिए वकील करने की कोशिश उसने छोड़ दी। बोला, ''यहाँ का तो तुम खा नहीं सकोगे, बाहर से कुछ खाना भेजने का प्रबंध कर दूँ।''

अधीर होकर गोरा ने कहा, ''विनय, क्यों तुम बेकार में दौड़-धूप करते हो? मुझे बाहर से कुछ नहीं चाहिए। सबके भाग्य में हवालात में जो आता है उससे अधिक मैं कुछ नहीं चाहता।''

लाचार होकर विनय डाक-बँगले लौट आया। सुचरिता रास्ते की ओर वाले एक सोने के कमरे में दरवाज़ा बंद करके खिड़की खोले विनय के लौटने की प्रतीक्षा कर रही थी। किसी प्रकार भी दूसरों का साथ या उनकी बातचीत उसे सहन नहीं हो पा रही थी।

जब सुचरिता ने देखा कि विनय उदास और चिंतित चेहरा लिये डाक-बँगले की ओर आ रहा है तब उसके हृदय में अनेक आशंकाएँ उठने लगीं। बड़ी मुश्किल से अपने को शान्त करके एक किताब हाथ में लेकर वह बैठने के कमरे में आई। सिलाई का काम ललिता को बिल्कुल नहीं रुचता, लेकिन आज एक कोने में चुपचाप बैठी वह सिलाई कर रही थी, लावण्य सुधीर के साथ अंग्रेज़ी शब्द बनाने का खेल खेल रही थी, लीला दर्शक बनी बैठी थी। हारान बाबू वरदासुंदरी के साथ अगले दिन के उत्सव के बारे में बातचीत कर रहे थे। विनय ने आज सवेरे पुलिस के साथ गोरा के झगड़े का सारा किस्सा ब्योरेवार सुना दिया। सुचरिता स्तब्ध बैठी रही, ललिता की गोद से सिलाई नीचे गिर गई और उसका मुँह लाल हो आया।

वरदासुंदरी ने कहा, ''आप कोई चिंता न कीजिए, विनय बाबू—आज शाम को ही मजिस्ट्रेट साहब की मेम से मैं गौर बाबू के लिए कहूँगी।''

सुधीर ने कहा, ''उसके बचाव के लिए तो कोई प्रबंध करना होगा।''

ज़मानत पर छुड़वाने और वकील नियुक्त करने के बारे में गोरा ने जो आपत्तियाँ की थीं, विनय ने वे सब बता दीं। सुनकर हारान बाबू चिढ़कर बोले, ''यह सब बेकार की हेकड़ी है।''

ललिता के मन का भाव हारान बाबू के प्रति जैसा भी रहा हो, पर अब तक वह उनका सम्मान करती आई थी और कभी उनके साथ बहस में नहीं पड़ी थी। आज

ज़ोर से सिर झटककर बोल उठी, ''बिल्कुल बेकार नहीं है। गौर बाबू ने जो किया है, बिल्कुल ठीक किया है। मजिस्ट्रेट सिर्फ़ हमको दबाता रहेगा और हम अपनी रक्षा खुद करेंगे? उसकी मोटी तनख्वाह जुटाने के लिए टैक्स भी भरना होगा और फिर उसी से अपनी जान छुड़ाने के लिए गाँठ से वकील की फीस भी देनी होगी? ऐसा इन्साफ़ पाने से जेल जाना कहीं अच्छा है।''

हारान बाबू ललिता को अब तक बच्चा ही समझते आए थे—उन्होंने कभी कल्पना भी नहीं की थी कि उसकी भी कोई राय हो सकती है। उसी ललिता के मुँह से तीखी बात सुनकर वह हक्के-बक्के रह गये। फिर उसे डाँटते हुए बोले, ''तुम ये सब बातें क्या जानो! जो दो-चार किताबें रटकर कॉलेज पास कर आए हैं, जिनका न धर्म है न धारणा, उनके मुँह से गै़र-ज़िम्मेदाराना पागलपन की बकवास सुनकर तुम्हारा सिर फिर गया है।''

यह कहकर हारान बाबू ने कल शाम को मजिस्ट्रेट के साथ गोरा की मुलाकात की और उसके बारे में उनसे मजिस्ट्रेट की जो बातचीत हुई थी उसका पूरा ब्योरा सुना दिया। विनय को घोषपुर गाँव का मामला मालूम न था। बात सुनकर वह शंकित हो उठा, उसने समझ लिया कि गोरा को मजिस्ट्रेट सहज ही न छोड़ेंगे।

जिस मतलब से हारान ने बात सुनाई थी, उससे ठीक उल्टा असर हुआ। गोरा को देखने की बात जो अब तक उन्होंने छिपा रखी थी, उससे जो ओछापन झलकता था वह सुचरिता को चुभ गया। गोरा के प्रति उनकी प्रत्येक बात से एक व्यक्तिगत ईर्ष्या टपकती थी। गोरा की इस मुसीबत के समय उनके व्यवहार के कारण सभी को उनके प्रति एक घृणा हुई। सुचरिता अब तक चुप ही थी, कुछ कहने को उसका मन अकुला रहा था, किंतु अपने को रोककर वह किताब खोलकर काँपते हाथों से उसके पन्ने पलटने लगी। ललिता ने उद्धत भाव से कहा, ''हारान बाबू की राय में और मजिस्ट्रेट की राय में चाहे जितनी समानता हो, घोषपुर के मामले में गौर मोहन बाबू की बड़ाई ही साबित होती है।''

## 29

छोटे लाट साहब आज पधारेंगे, इसलिए मजिस्ट्रेट साहब ठीक साढ़े दस बजे इजलास पहुँच गये जिससे दिन का काम जल्दी निबटा लें।

कॉलेज के लड़कों की ओर से पैरवी करते हुए सातकौड़ी बाबू ने अपने दोस्त को भी बचाने की चेष्टा की। मामले का रुख देखकर उन्होंने समझ लिया था कि

अपराध स्वीकार करना ही यहाँ फ़ायदेमंद होगा। लड़के मनचले होते ही हैं, वे अभी निर्बोध हैं, इत्यादि दलीलें देकर उनकी ओर से उन्होंने क्षमा-प्रार्थना की। मजिस्ट्रेट ने विद्यार्थियों को जेल ले जाकर प्रत्येक की उम्र और उसके अपराध के अनुसार पाँच से लेकर पच्चीस तक बेंत लगाने की सज़ा सुना दी। गोरा का कोई वकील नहीं था। खुद अपनी पैरवी करते हुए पुलिस के अत्याचार के बारे में उसके कुछ कहने की शुरुआत करते ही मजिस्ट्रेट ने तिरस्कारपूर्वक उसे रोक दिया और पुलिस के काम में हस्तक्षेप करने के अपराध में उसे एक मास के कठिन कारावास की सज़ा सुनाते हुए यह भी कहा कि इतनी हल्की सज़ा देकर वे विशेष दया दिखा रहे हैं।

सुधीर और विनय अदालत में उपस्थित थे। विनय गोरा के मुँह की ओर नहीं देख सका। मानो उसका दम घुटने लगा, वह जल्दी से कचहरी से बाहर निकल आया। सुधीर ने उससे डाक-बँगले पर लौटकर स्नान-भोजन करने का अनुरोध किया, पर वह उसे अनसुना करके मैदान पार करते-करते राह में ही एक पेड़ के नीचे बैठ गया और सुधीर से बोला, ''तुम डाक-बँगले लौट जाओ, मैं बाद में आऊँगा।''

सुधीर चला गया।

कितना समय ऐसे ही बीत गया, इसका विनय को होश न रहा। सूर्य शिखर तक पहुँचकर पश्चिम की ओर उतरने लगा था तब एक गाड़ी ठीक उसके सामने आकर रुकी। मुँह उठाकर विनय ने देखा, सुधीर और सुचरिता गाड़ी से उतरकर उसकी ओर आ रहे थे। वह जल्दी से उठ खड़ा हुआ। सुचरिता ने पास आकर स्नेह-भरे स्वर में कहा, ''विनय बाबू, चलिए!''

सहसा विनय ने लक्ष्य किया कि वे राह चलते लोगों के लिए कौतूहल का विषय बन गये हैं। जल्दी से वह गाड़ी पर सवार हो गया। सारे रास्ते कोई भी कुछ बात न कर सका।

विनय ने डाक-बँगले पर पहुँचकर देखा, वहाँ लड़ाई चल रही है। ललिता इस बात पर अड़ी हुई थी कि किसी तरह वह मजिस्ट्रेट के घर नहीं जायेगी। वरदासुंदरी बड़ी मुश्किल में पड़ गई थीं। हारान बाबू ललिता जैसी बच्ची के इस असंगत विद्रोह से क्रोधवश पागल हो रहे थे। बार-बार वह कहे जा रहे थे—आजकल के लड़के-लड़कियाँ न जाने क्यों ऐसे बिगड़ रहे हैं, कोई अनुशासन ही नहीं मानना चाहता। ऐरे-गैरे लोगों की संगत में फिज़ूल बातचीत करते रहने का यही नतीजा होता है।

ललिता ने विनय के आते ही कहा, ''विनय बाबू, मुझे माफ़ कर दीजिए, मैंने आपके निकट भारी अपराध किया है। तब आपने जो कहा था मैं कुछ समझ नहीं सकी थी। हम लोग बाहर की हालत बिल्कुल नहीं जानतीं, इसीलिए ऐसा उल्टा समझ लेती हैं। पानू बाबू कहते हैं कि भारतवर्ष में मजिस्ट्रेट का यह शासन नियति का विधान है—

ऐसा है तो फिर इस शासन को तन–मन–वचन से शाप देने की इच्छा जगाना भी उसी नियति का ही विधान है।''

हारान बाबू बिगड़कर कहने लगे, ''ललिता, तुम...''

हारान बाबू की ओर पीठ फेरकर खड़े होते हुए ललिता ने कहा, ''चुप रहिए, मैं आप से बात नहीं कर रही। विनय बाबू, किसी की मत सुनियेगा। आज अभिनय किसी तरह नहीं हो सकेगा।''

जल्दी से वरदासुंदरी ने ललिता की बात काटते हुए कहा, ''ललिता, तू तो बड़ी अजीब लड़की है! विनय बाबू को आज नहाने–खाने भी नहीं देगी? कुछ खबर भी है कि डेढ़ बज गया है? देख तो उनका चेहरा कैसा सूख रहा है।''

विनय ने कहा, ''हम लोग यहाँ उसी मजिस्ट्रेट के मेहमान हैं—इस घर में मेरा स्नान–भोजन अब नहीं हो सकेगा।''

वरदासुंदरी ने विनय को समझाने की बड़ी कोशिश की, खुशामद भी की। लड़कियों को चुप देखकर उन्होंने बिगड़कर कहा, ''तुम सबको हुआ क्या है? सुचि, विनय को ज़रा तुम्हीं समझाओ न। हम लोगों ने वादा किया है—इतने लोग बुलाए गये हैं—आज तो किसी तरह निभाना ही होगा, नहीं तो वे लोग क्या सोंचेगे भला? फिर कभी उनके सामने मुँह न दिखा सकेंगे।''

चुपचाप सुचरिता सिर झुकाए बैठी रही।

नदी दूर नहीं थी, विनय स्टीमर–घाट की ओर चला गया। स्टीमर लगभग दो घंटे बाद छूटेगा—कल आठ बजे के लगभग कलकत्ता पहुँच जायेगा।

उत्तेजित होकर हारान बाबू विनय और गोरा की बुराई करने लगे। सुचरिता ने जल्दी से कुर्सी से उठकर साथ के कमरे में जाकर किवाड़ बंद कर लिये। थोड़ी देर बाद ही ललिता ने किवाड़ ठेलकर कमरे में प्रवेश किया तो देखा, दोनों हाथों से मुँह ढके सुचरिता बिस्तर पर पड़ी है।

ललिता ने भीतर से दरवाज़ा बंद कर लिया और सुचरिता के पास बैठकर धीरे–धीरे उसके सिर के बालों को उँगलियों से सहलाने लगी। बहुत देर बाद सुचरिता जब शान्त हो गई तब ज़बर्दस्ती उसके हाथ चेहरे के सामने से हटाकर ललिता उसके कान से मुँह सटाकर कहने लगी, ''दीदी, चलो हम लोग यहाँ से कलकत्ता लौट चलें—आज मजिस्ट्रेट के यहाँ तो नहीं जा सकते।''

सुचरिता ने बहुत देर तक इस बात का कोई उत्तर नहीं दिया। ललिता जब बार–बार कहने लगी तब वह बिस्तर पर उठ बैठी और बोली, ''यह कैसे हो सकता है, री। मेरी तो आने की ज़रा भी इच्छा नहीं थी—जब बाबा ने भेज दिया है तब जिस काम के लिए आई हूँ वह पूरा किये बिना कैसे लौट सकती हूँ?''

ललिता ने कहा, "बाबा ये सब बातें कहाँ जानते थे? जानते तो कभी हमें यहाँ रुकने को न कहते।"

सुचरिता ने कहा, "यह मैं कैसे जानूँ, भला?"

ललिता, "दीदी, क्या तू जा सकेगी? कैसे जायेगी भला? फिर बन-ठनकर स्टेज पर खड़े होकर कविता सुनानी होगी। मेरी तो ज़बान कट जाये तब भी बात नहीं निकलेगी!"

सुचरिता ने कहा, "वह तो जानती हूँ, बहन, लेकिन नरक यंत्रणा भी सहनी ही होती है। अब और तो कोई चारा नहीं है। आज का दिन जीवन भर भूल नहीं सकूँगी।"

ललिता सुचरिता की इस बेचारगी पर बिगड़कर बाहर निकल गई। जाकर माँ से बोली "माँ, क्या तुम जा नहीं रहीं?"

वरदासुंदरी ने कहा, "तू पागल तो नहीं हो गई! रात को नौ बजे के बाद जाना है।"

ललिता ने कहा, "मैं कलकत्ता जाने की बात कर रही हूँ।"

वरदासुंदरी, "ज़रा इस लड़की की बात तो सुनो?"

ललिता ने सुधीर से पूछा, "सुधीर, तो तुम भी यहीं रहोगे?"

गोरा की सज़ा से सुधीर का मन व्याकुल ज़रूर था, लेकिन बड़े-बड़े साहबों के सामने अपनी विद्या दिखाने का लोभ छोड़ देना उसके वश की बात नहीं थी। उसने कुछ अस्पष्ट-सा गुनगुना दिया, जिससे यही समझ में आया कि उसे संकोच तो है, पर वह यहीं रह जायेगा।

वरदासुंदरी ने कहा, "गड़बड़ी में इतनी देर हो गई, अब और देर करने से नहीं चलेगा। अब साढ़े पाँच बजे तक बिस्तर से कोई उठ न सकेगा—सबको आराम करना होगा, नहीं तो रात को थकान से मुँह सूख जायेगा—देखने में अच्छा नहीं लगेगा।"

उन्होंने यों कह-कहकर सबको ज़बर्दस्ती सोने के कमरों में ले जाकर लिटा दिया। सभी सो गये, सिर्फ़ सुचरिता को नींद न आई और दूसरे कमरे में ललिता भी अपने बिस्तर पर बैठी रही।

रह-रहकर स्टीमर की सीटी सुनाई देने लगी।

जब स्टीमर छूटने ही वाला था और खलासी सीढ़ी उठाने की तैयारी कर रहे थे, तब डेक से विनय ने देखा, एक भद्र महिला तेज़ी से जहाज़ की ओर बढ़ी आ रही है। उसकी वेश-भूषा से वह विनय को ललिता-सी ही जान पड़ी, किंतु सहसा वह ऐसा विश्वास नहीं कर सका। अन्त में ललिता के निकट आ जाने पर जब बिल्कुल सन्देह न रहा तब उसने एक बार सोचा कि शायद ललिता उसे लौटा ले जाने के लिए आई हो—लेकिन ललिता ही तो मजिस्ट्रेट का निमन्त्रण न मानने के लिए अड़ी हुई

थी। ललिता स्टीमर पर सवार हो गई, खलासियों ने सीढ़ी उठा ली। शंकित-सा विनय ऊपर डेक से नीचे उतरकर ललिता के सामने आ खड़ा हुआ। ललिता बोली, ''मुझे ऊपर ले चलिए!''

विस्मित होकर विनय ने कहा, ''जहाज़ तो छूट रहा है।''

ललिता बोली, ''मैं जानती हूँ।'' और विनय की प्रतीक्षा न करके सामने की सीढ़ी से ऊपर चली गई। स्टीमर सीटियाँ देता हुआ चल पड़ा।

पहले दर्ज़े के डेक पर ललिता को आराम-कुर्सी पर बिठाकर विनय चुपचाप प्रश्न-भरी आँखों से उसके चेहरे की ओर देखने लगा।

ललिता ने कहा, ''मैं कलकत्ता जाऊँगी—यहाँ मुझसे किसी तरह नहीं रहा गया।''

विनय ने पूछा, ''और वे सब?''

ललिता ने कहा, ''अभी तक किसी को मालूम नहीं है। मैं चिट्ठी रखकर आई हूँ—पढ़ेंगे तो पता लगेगा।''

ललिता के इस दुस्साहस से विनय चकित हो गया। सकुचाता हुआ कहने को हुआ, ''किंतु...''

जल्दी से ललिता ने उसे टोकते हुए कहा, ''जहाज़ तो छूट गया, अब ऊहा-पोह से क्या फायदा। लड़की होकर जन्मी हूँ, इसीलिए चुपचाप सब सह लेना होगा, मैं ऐसा नहीं मानती। हमारे लिए भी न्याय-अन्याय और संभव-असंभव है। आज के न्योते में भाग लेने की बजाय आत्महत्या कर लेना मेरे लिए कहीं सुखद है।''

विनय ने समझ लिया कि जो होना था वह हो गया है, अब इस काम की अच्छाई-बुराई सोचकर मन को उलझाने से कोई लाभ नहीं है।

थोड़ी देर चुप रहकर ललिता ने कहा, ''देखिए, आपके मित्र गौर मोहन बाबू के प्रति मन-ही-मन मैंने बड़ा अन्याय किया था। न जाने क्यों शुरू से ही उन्हें देखकर, उनकी बात सुनकर मेरा मन उनके विरुद्ध हो गया था। वह बहुत ज़्यादा ज़ोर देकर अपनी बात कहते थे, और आप सब लोग मानो उनकी हाँ-में-हाँ मिला देते थे—मुझे यह देखकर गुस्सा आता रहता था। मेरा स्वभाव ही ऐसा है, जब देखती हूँ कि कोई बात में या व्यवहार में ज़ोर दिखा रहा है तो मैं बिल्कुल सहन नहीं कर सकती। लेकिन गौर मोहन बाबू केवल दूसरों पर ही ज़ोर नहीं दिखाते, अपने को भी वैसे ही काबू में रखते हैं—यही सच्ची ताकत है। ऐसा आदमी मैंने नहीं देखा।''

ललिता इस प्रकार बोलती ही चली गई। केवल गोरा के बारे में उसे अनुताप हो रहा हो इसलिए वह ये सब बातें कह रही हो, बात इतनी ही नहीं थी। वास्तव में उसने जोश में आकर जो काम कर डाला था, उसका संकोच ही उसके मन के भीतर

उमड़ आता था। बार-बार यह दुविधा मन में उठ आती थी कि यह काम शायद ठीक नहीं हुआ। विनय के साथ स्टीमर पर ऐसे अकेले बैठे रहना कितने असमंजस की बात हो सकती है, इससे पहले यह वह सोच भी नहीं सकी। लेकिन लज्जा दिखाने से तो यह मामला और भी लज्जाजनक हो जायेगा, इसीलिए वह प्राण-प्रण से चेष्टा करके बातें किये जा रही थी। विनय के मुँह से कोई बात ही नहीं निकल रही थी। एक ओर गोरा का दु:ख और दूसरी ओर इस बात की ग्लानि को लेकर इस आकस्मिक परिस्थिति का संकट, सबने मिलकर विनय को मूक कर दिया था।

पहले कभी ऐसा होता तो ललिता के इस दुस्साहस पर विनय के मन में तिरस्कार का ही भाव उदित होता, लेकिन आज वैसा नहीं हुआ। इतना ही नहीं, उसके मन में जो विस्मय उदित हुआ था उसमें श्रद्धा भी मिली हुई थी। साथ ही एक आनंद भी था कि उनके सारे गुट में गोरा के अपमान के प्रतिकार की—चाहे सामान्य प्रतिकार की भी—चेष्टा करने वाले केवल विनय और ललिता ही थे। विनय को तो इसके लिए विशेष कुछ तकलीफ़ नहीं उठानी पड़ेगी, लेकिन ललिता को अपने काम के फलस्वरूप बहुत दिनों तक काफ़ी कष्ट भोगना पड़ेगा। और इसी ललिता को बराबर विनय गोरा का विरोधी समझता आया था! विनय जितना ही सोचता रहा उतना ही ललिता के इस बिना नतीजे की बात सोचे, साहस करने पर और अन्याय के प्रति एकांत घृणा के भाव पर विनय को श्रद्धा होने लगी। कैसे, क्या कहकर वह इस श्रद्धा को प्रकट कर सकता है, कुछ सूझ न सका। उसके मन में बार-बार यह बात आने लगी कि ललिता उसे जो साहसहीन और दूसरों का मुँह जोहने वाला कहकर तिरस्कार करती थी, वह ठीक ही था। वह तो कभी किसी विषय में भी अपने सब आत्मीय-बंधुओं की निंदा-प्रशंसा की उपेक्षा करके साहसपूर्ण आचरण के द्वारा अपना मत प्रकाशित न कर सकता। उसने जो कई बार गोरा को कष्ट पहुँचने के डर से, अथवा इस आशंका से कि कहीं गोरा उसे कमज़ोर न समझ ले, अपने स्वभाव का अनुसरण नहीं किया, और कई बार बाल की खाल उतारने वाली दलीलों से अपने को यह भुलावा देने की चेष्टा की है कि गोरा की राय उसकी राय है, आज मन-ही-मन यह स्वीकार करके उसने ललिता को उसके स्वाधीन बुद्धि-बल के कारण अपने से कहीं श्रेष्ठ मान लिया। इससे पहले वह मन-ही-मन अनेक बार ललिता की बुराई भी करता रहा था। यह याद करके उसे शर्म आने लगी। उसने यहाँ तक चाहा कि ललिता से क्षमा माँग ले, किंतु कैसे क्षमा माँगे, यह वह नहीं सोच सका। ललिता की कमनीय स्त्री-मूर्ति अपने आंतरिक तेज़ के कारण विनय की आँखों में ऐसी महिमामयी होकर दिखाई दी कि नारी के इस अपूर्व परिचय से विनय ने अपने जीवन को धन्य माना। अपने सारे घमंड, सारी क्षुद्रता को उसने इस माधुर्य-मंडित शक्ति के आगे उत्सर्ग कर दिया।

# 30

ललिता को साथ लेकर विनय परेश बाबू के घर पहुँचा।

विनय के मन का भाव ललिता के बारे में क्या है, यह स्टीमर पर सवार होने तक वह ठीक-ठीक नहीं जानता था। ललिता के साथ झगड़ा ही मानो उसके मन पर सवार रहता था। कैसे इस मनचली लड़की के साथ सुलह की जा सकती है, कुछ दिनों से तो यही मानो उसकी दैनिक चिंता हो गई थी। सुचरिता ही पहले-पहल विनय के जीवन में सांध्य-तारक की तरह स्त्री-माधुर्य की निर्मल दीप्ति लेकर प्रकट हुई थी। विनय यही समझता था इसी भाव के अलौकिक आनंद ने उसकी प्रकृति को परिपूर्णता दी है। लेकिन इस बीच और भी तारे निकल आए हैं और ज्योति-उत्सव की भूमिका पूरी करके पहला तारा धीरे-धीरे क्षितिज के पार चला गया है, यह बात वह स्पष्ट नहीं पहचान सका था।

विद्रोही ललिता जिस दिन स्टीमर पर सवार हुई, उस दिन विनय के मन में आया—ललिता और मैं एक ओर होकर मानो सारे संसार के प्रतिकूल खड़े हुए हैं।—इस घटना के द्वारा और सबको छोड़कर ललिता उसी के साथ आ खड़ी हुई है, यह बात विनय किसी तरह नहीं भुला सका। चाहे जिस कारण हो, चाहे जिस उपलक्ष्य से हो, ललिता के लिए विनय आज केवल बहुत-से लोगों में मात्र एक नहीं रह गया है—ललिता के साथ अकेला वही है, एकमात्र वही है—सारे आत्मीय स्वजन दूर हैं, वही निकट हैं। इसी निकटता का पुलक-भरा स्पंदन बिजली चमकाते मेघ की भाँति उसके हृदय में गड़गड़ाने लगा। जब ललिता पहले दर्ज़े के केबिन में सोने चली गई तब विनय अपनी जगह पर सोने के लिए नहीं जा सका। उसी केबिन के बाहर डेक पर जूते उतारकर वह निःशब्द टहलता रहा। स्टीमर में ललिता पर कोई मुसीबत आने की ज़रा संभावना नहीं थी, किंतु विनय अचानक मिले अपने नये अधिकार का भरपूर अनुभव करने के लोभ से अनावश्यक मेहनत किये बिना न रह सका।

गहरी अँधेरी रात, तारों से सजा हुआ मेघ-शून्य आकाश। किनारे पर पेड़ों की कतार मानो रात के आकाश की सघन काली सुनसान दीवार की तरह निश्चल खड़ी थी। नीचे चौड़ी नदी की प्रबल धारा निःशब्द बह रही थी। उसी के बीच में ललिता सो रही है। और कुछ नहीं, यही सुखद विश्वास-भरी नींद ही ललिता ने आज विनय के हाथों में सौंप दी है। विनय ने किसी मूल्यवान रत्न की तरह इस नींद की ही रक्षा करने का ज़िम्मा लिया है। माता-पिता, भाई-बहन कोई वहाँ नहीं हैं, एक अपरिचित शय्या पर ललिता अपनी सुंदर देह को लिटाकर निश्चिंत सो रही है। निश्वास-प्रश्वास मानो उसी निद्रा-काव्य को छंदबद्ध करते हुए शान्त भाव से आ-जा रहे हैं। उस निपुण

कबरी की एक लट भी इधर-उधर नहीं हुई है, उस नारी-मन की मंगल-कोमलता से मंडित दोनों हाथ सम्पूर्ण विश्राम में बिस्तर पर रखे हैं, दोनों कुसुम सुकुमार तलवे मानो किसी उत्सव के अवसान-संगीत की तरह अपनी सब रमणीय गति-चेष्टाओं को स्तब्ध करके बिस्तर पर सटे हुए रखे हैं। सम्पूर्ण विश्राम की यह छवि विनय की कल्पना पर छा गई। तारों-भरे निःशब्द अँधेरे से घिरे हुए इस आकाश-मंडल के बीचोंबीच ललिता की यह नींद, यह सुडौल, सुंदर, सम्पूर्ण विश्राम, जैसे सीप में मोती सो रहा हो, आज यह विनय को जैसे संसार का एक मात्र ऐश्वर्य जान पड़ा। 'मैं जाग रहा हूँ, मैं जाग रहा हूँ'—विनय के भरे हुए हृदय से यह वाक्य अभय की शंख-ध्वनि की भाँति उठकर अनंत आकाश में अनिमेष जागृति परम पुरुष की नीरव वाणी के साथ घुलने लगा।

कृष्ण पक्ष की इस रात्रि में एक और बात भी बार-बार विनय को कचोट रही थी—कि आज की रात गोरा जेल में है। आज तक विनय गोरा के सभी सुख-दुःख में हिस्सा लेता आया है, यही पहला अवसर है कि ऐसा नहीं हुआ है। जेल की सज़ा गोरा जैसे व्यक्ति के लिए कुछ नहीं है, यह विनय जानता था। लेकिन इस मामले में शुरू से अन्त तक कहीं भी विनय का गोरा के साथ योग नहीं रहा। गोरा के जीवन की यही एक घटना ऐसी थी जिससे विनय का कोई सम्पर्क नहीं रहा। दोनों बंधुओं के जीवन की धारा इसी जगह आकर अलग हो गई है—जब फिर मिलेगी तब क्या इस विच्छेद की रिक्ति को भर सकेगी? बंधुत्व की पूर्णता क्या यहाँ आकर खंडित नहीं हो गई? जीवन का ऐसा अखंड, ऐसा दुर्लभ बंधुत्व! विनय आज की रात एक साथ ही अपने जीवन के एक पक्ष की शून्यता और दूसरे पक्ष की पूर्णता का अनुभव करता हुआ जैसे प्रलय-सृजन के संधि-काल में स्तब्ध होकर अंधकार की ओर ताकता रहा।

यह बात अगर सच होती कि गोरा की यात्रा में विनय संयोगवश ही साथ नहीं दे सका अथवा उसके जेल जाने पर दैवयोग के कारण ही विनय का उस दुःख में समभागी होना असंभव हुआ है, तब इनसे उनकी मित्रता को क्षति न पहुँचती। किंतु गोरा जो यात्रा पर निकला और विनय अभिनय करने गया, यह कोई आकस्मिक घटना नहीं थी। विनय के सारे जीवन की धारा एक ऐसे रास्ते पर आ पड़ी है जो उनकी पहली दोस्ती का रास्ता नहीं है, इसी कारण इतने दिन बाद यह बाह्य-विच्छेद भी संभव हो सका। किंतु अब दूसरा कोई उपाय नहीं है—सत्य को और अस्वीकार नहीं किया जा सकता। गोरा के साथ एक ही अविच्छिन्न रास्ते पर एक मन होकर चलना आज विनय के लिए सत्य नहीं रहा। किंतु गोरा और विनय के चिर जीवन का स्नेह क्या इस पथ-भेद से ही नष्ट हो जायेगा, विनय के हृदय को इस शंका ने कँपा दिया। वह समझता था कि उसकी सारी दोस्ती और सारे कर्तव्य को गोरा एक ही लक्ष्य की ओर खींचे

बिना न रह सकेगा। प्रचंड गोरा! उसकी इच्छा कितनी प्रबल होती है! जीवन के सब सम्बन्धों द्वारा अपनी उस एक इच्छा को ही सर्वोपरि रखकर वह यात्रा-पथ पर बढ़ता जायेगा—गोरा की प्रकृति को विधाता ने ऐसी ही राजमहिमा प्रदान की है।

घोड़ागाड़ी परेश बाबू के घर के दरवाज़े पर आकर रुकी। उतरते समय ललिता के पैर काँप रहे थे, और घर में प्रवेश करते समय उसने यत्नपूर्वक अपने को कड़ा कर लिया है, यह विनय स्पष्ट देख सका। झोंक में आकर ललिता ने जो काम कर दिया है उसमें उसका अपराध कितना है इसका ठीक-ठीक अनुमान वह स्वयं नहीं कर पा रही थी। इतना ललिता जानती थी कि परेश बाबू उससे ऐसी कोई बात नहीं कहेंगे जो स्पष्टत: फटकार कही जा सके, किंतु परेश बाबू के इस तरह चुप रह जाने का ही उसे सबसे अधिक डर था।

ललिता के इस संकोच को लक्ष्य करके विनय यह निश्चित नहीं कर सका कि ऐसे मौके पर उसका कर्तव्य क्या है। उसके साथ रहने पर ललिता का संकोच और अधिक होगा या नहीं, इसी की पड़ताल के लिए उसने कुछ दुविधा के स्वर में ललिता से कहा, "तो मैं अब चलूँ?"

"नहीं," ललिता जल्दी से बोली, "बाबा के पास चलिए।"

विनय को मन-ही-मन ललिता का यह व्यग्र अनुरोध बहुत अच्छा लगा। ललिता को घर पहुँचा देते ही उसका कर्तव्य पूरा नहीं हो गया है, इस एक आकस्मिक घटना से उसके जीवन का ललिता के साथ एक विशेष गठबंधन हो गया है—यही ध्यान करके विनय मानो एक विशेष दृढ़ता के साथ ललिता के बगल में खड़ा हुआ। उसके प्रति ललिता की इस निर्भरता की कल्पना एक स्पर्श-सी उसके शरीर में रोमांच पैदा करने लगी। उसे लगा, ललिता ने जैसे उसका दाहिना हाथ कसकर पकड़ रखा हो। ललिता के साथ इस सम्बन्ध की पुलक से उसका पौरुष जाग उठा। मन-ही-मन उसने सोचा, ललिता की इस असामाजिक हठधर्मिता के कारण परेश बाबू बिगड़ेंगे, ललिता को डाँटेंगे, उस समय विनय यथा सामर्थ्य सारा दायित्व अपने ऊपर ले लेगा—सारी भर्त्सना निस्संकोच अपने ऊपर लेकर कवच की भाँति ललिता की रक्षा करने को तैयार रहेगा।

हालाँकि ललिता के मन का सही भाव विनय नहीं समझ सका। यह बात नहीं थी कि भर्त्सना की आड़ मानकर ही ललिता उसे छोड़ना नहीं चाहती थी। असल बात यह थी कि ललिता कुछ भी छिपाकर नहीं रख सकती। उसने जो अकृत्य किया है, वह समूचा ही परेश बाबू आँखों से देख लें और उनका जो फैसला हो ललिता उसे पूरी श्रद्धा से ग्रहण करेगी, यही वह सोच रही थी।

ललिता मन-ही-मन सवेरे से ही विनय पर नाराज़ हो रही थी। उसका क्रोध

असंगत है, यह भी वह खूब जानती थी, लेकिन इससे वह कम नहीं हो रहा था, बल्कि और बढ़ रहा था।

वह जब तक स्टीमर पर थी तब तक उसके मन की स्थिति बिल्कुल दूसरी थी। वह बचपन से ही कभी गुस्से में आकर तो कभी हठ करके कोई-न-कोई अजीब हरकत करती आई है, किंतु इस बार का मामला काफ़ी गम्भीर था। इस निषिद्ध कार्य में उसके साथ विनय भी मिल गया है, इससे एक ओर जहाँ उसे संकोच हो रहा था वहीं दूसरी ओर एक आंतरिक हर्ष भी हो रहा था। यह हर्ष मानो उस निषेध की भावना की चोट से और भी उमड़ उठा था। एक बाहर के व्यक्ति का आज उसने ऐसे आश्रय लिया है, उसके इतना निकट आ गई है कि उन दोनों के बीच घर के लोगों की कोई उपस्थिति नहीं रही है, इसमें घबराहट का भी काफ़ी कारण था—लेकिन विनय की स्वाभाविक भद्रता ने एक ऐसी संयत मर्यादा पैदा कर दी थी कि इस आशंका-भरी अवस्था में भी ललिता विनय के सुकुमार शील का परिचय पाकर बहुत आनंदित हो रही थी। यह वह विनय नहीं था जो उनके घर पर बिना संकोच सबके साथ हँसी-मज़ाक करता रहता था, जिसकी बातों का अन्त नहीं था, जो घर के नौकरों तक से निर्बाध आत्मीयता बना लेता था। जहाँ सतर्कता के नाम पर बड़ी आसानी से वह ललिता के और भी निकट आ सकता था, वहाँ वह एक दूरी का निर्वाह करता रहा था, यह एहसास उसे ललिता के हृदय के और भी निकट ले आया था। स्टीमर के केबिन में रात को अनेक चिंताओं के कारण अच्छी तरह वह सो नहीं सकी थी। करवटें लेते-लेते अन्त में जब उसे लगा कि रात अब तक बीत गई होगी, तब धीरे-धीरे उसने केबिन का दरवाज़ा खोलकर बाहर झाँका। भोर का ओस-भीगा अंधकार तब तक भी नदी के आकाश और किनारे के पेड़ों को ढँके हुए था। अभी-अभी एक शीतल झोंका नदी के जल में लहरों का कल-कल स्वर उठाने लगा था और निचले तल्ले में इंजन-रूम के खलासियों के काम शुरू करने की हलचल के लक्षण दिख रहे थे। केबिन से बाहर आकर ललिता ने देखा, पास ही एक बेंत की कुर्सी पर गर्म चादर ओढ़े बैठा-बैठा विनय सोया हुआ है। देखकर ललिता के हृदय की धड़कन तेज़ हो गई। सारी रात वहीं बैठकर विनय पहरा देता रहा है! इतना पास, फिर भी इतनी दूर! ललिता काँपते पैरों से डेक से केबिन की ओर लौट गई, दरवाज़े के पास खड़ी होकर सर्दियों की उस सुबह के अँधेरे में लिपटे अनजाने नदी-दृश्य के बीच अकेले सोये हुए विनय की ओर ताकती रही। सामने की ओर आकाश के तारे विनय की नींद की रखवाली करते हुए-से जान पड़े, एक अनिर्वचनीय गम्भीर माधुर्य से उसका हृदय मानो लबालब भर गया। एकाएक उसकी आँखों में आँसू क्यों उमड़ आए, यह ललिता खुद भी न समझ सकी। जिस ईश्वर की उपासना करना

उसने पिता से सीखा है, उसी ने जैसे ललिता को अपने दाहिने हाथ से छू दिया हो। मानो नदी के तरु-पल्लवों से छाए हुए निद्रित किनारे पर जब रात के अंधकार के साथ नये आलोक का प्रथम रहस्यमय मिलन हो रहा हो, उसी पवित्र मिलन-क्षण में नक्षत्रों से भरी सभा में कोई महावीणा दुस्सह आनंद-पीड़ा के दिव्य स्वर में बज उठी हो।

नींद में ही अचानक विनय का हाथ कुछ हिला। ललिता जल्दी से केबिन का दरवाज़ा बंद करके बिस्तर पर लेट गई। उसके हाथ-पैर मानो ठंडे पड़ गये, काफ़ी देर तक अपने हृदय की धड़कन को वह वश में न कर सकी।

अँधेरा दूर हो गया। स्टीमर चल पड़ा था। ललिता हाथ-मुँह धोकर तैयार होकर बाहर आई और रेलिंग पकड़कर खड़ी हो गई। विनय भी पहले से ही जहाज़ की सीटी से जागकर तैयार होकर पूर्वी छोर पर प्रभात की पहली किरण के चमकने की प्रतीक्षा में खड़ा था। ललिता के बाहर आते ही संकुचित होकर वह हट जाने की कोशिश कर ही रहा था कि ललिता ने पुकारा, "विनय बाबू!"

विनय के पास आते ही ललिता ने कहा, "शायद आप रात को अच्छी तरह सो नहीं सके।"

विनय ने कहा, "नहीं, मज़े में सोया।"

दोनों में फिर कोई बात नहीं हुई। ओस से भीगे हुए कास-वन के पीछे से अरुण सूर्योदय की सुनहरी छटा फैलने लगी। इन दोनों ने जीवन में ऐसा प्रभात कभी नहीं देखा था। उन्हें आलोक ने ऐसे कभी नहीं छुआ था। आकाश निपट शून्य नहीं है, वह मौन विस्मय-भरे आनंद से सृष्टि की ओर अनिमेष देख रहा है, यह उन्होंने तभी पहले-पहल जाना। आज मानो दोनों की आंतरिक चेतना ऐसी जाग गई थी कि सारे जगत् के अन्तर्निहित चैतन्य से उनका अंग-अंग छू रहा था। दोनों में से कोई कुछ भी बोल न सका।

जब स्टीमर कलकत्ता पहुँचा तो विनय ने घाट पर गाड़ी तय की और ललिता को भीतर बैठाकर खुद कोचवान के पास बैठा। यहीं दिन के समय कलकत्ता की सड़क पर गाड़ी में जाते-जाते ललिता के मन में क्यों उल्टी हवा बहने लगी, यह कौन बता सकता है? इस संकट के समय स्टीमर पर विनय का होना, विनय के साथ ललिता का इस प्रकार जुड़ जाना, विनय का अभिभावक की तरह उसे गाड़ी में बिठाकर घर पहुँचाना, ये सब बातें उसे पीड़ा पहुँचाने लगीं। घटनावश उसके बारे में विनय को एक ज़िम्मेदारी का अधिकार मिल जाये, यह उसे असह्य जान पड़ रहा था। ऐसा क्यों हुआ? रात का वह संगीत दिन में कर्म-क्षेत्र के समक्ष आने पर ऐसे कठोर स्वर के साथ क्यों रुक गया?

दरवाज़े पर आकर जब विनय ने संकोच करते हुए पूछा, "तो मैं चलूँ", तो ललिता का क्रोध और भी भड़क उठा—उसने सोचा विनय बाबू समझ रहे हैं कि उन्हें साथ लेकर पिता के सामने जाती हुई मैं घबरा रही हूँ।—इस मामले में उसके मन में ज़रा भी दुविधा नहीं है, इसी बात को बलपूर्वक प्रमाणित करने के लिए और सारी बात पिता के सामने पूर्णतः उपस्थित करने के लिए उसने विनय को अपराधी की तरह दरवाज़े से ही विदा लेकर लौट जाने नहीं दिया।

वह विनय के साथ अपने सम्बन्ध को पहले-जैसा साफ़ कर देना चाहती है—बीच में कोई संकोच या कुंठा शेष रहने देकर अपने को वह विनय के सामने छोटा नहीं करना चाहती।

## 31

सतीश कहीं से विनय और ललिता को देखते ही दौड़ा हुआ आया। दोनों के बीच खड़े होकर दोनों के हाथ पकड़ता हुआ बोला, "क्यों, बड़ी दीदी नहीं आईं?"

जेब टटोलते और चारों ओर देखते हुए विनय ने कहा, "बड़ी दीदी! ओह हाँ, सचमुच—वे तो खो गईं।"

विनय को धक्का देते हुए सतीश ने कहा, "ऊँह, बड़े आए! बताओ न ललिता दीदी।"

ललिता बोली, "दीदी कल आएँगी।" कह कर वह परेश बाबू के कमरे की ओर बढ़ी।

ललिता और विनय के हाथ पकड़कर खींचता हुआ सतीश बोला, "चलो, देखो हमारे घर कौन आए हैं।"

हाथ छुड़ाते हुए ललिता ने कहा, "जो भी आए हों तेरे, अभी तंग मत कर। अभी मैं बाबा के पास जाऊँगी।"

सतीश ने कहा, "बाबा बाहर गये हैं, उन्हें आने में देर होगी।"

यह सुनकर विनय और ललिता दोनों को क्षण-भर को तसल्ली हुई। फिर ललिता ने पूछा, "कौन आया है?"

सतीश ने कहा, "नहीं बताता। अच्छा विनय बाबू, आप बताइए तो कौन आया है? आप कभी नहीं बता सकेंगे—कभी नहीं—कभी भी नहीं!"

विनय बिल्कुल असंभव और असंगत नाम लेने लगा—कभी नवाब सिराजुद्दौला, कभी राजा नवकृष्ण, यहाँ तक कि एक बार उसने नंदकुमार का भी नाम ले दिया।

ऐसे अतिथियों का आना एकबारगी असंभव है, इसका अकाट्य प्रमाण देते हुए सतीश चिल्ला-चिल्लाकर उनका खंडन करने लगा। विनय ने हार मानते हुए नम्र स्वर में कहा, "हाँ यह तो है, सिराजुद्दौला को इस घर में आने में कई-एक बड़ी मुश्किलें पेश आएँगी। यह बात तो मैंने अभी तक सोची ही नहीं थी। खैर, पहले तुम्हारी दीदी पड़ताल कर आएँ, फिर अगर ज़रूरत होगी तो बुलाते ही मैं भी आऊँगा।"

सतीश ने कहा—"नहीं, आप दोनों चलिए!"

ललिता ने पूछा, "कौन से कमरे में जाना होगा?"

सतीश ने कहा, "तिमंज़िले में।"

तीसरी मंज़िल में छत के एक कोने पर एक छोटा कमरा है जिसके दक्षिण की ओर धूप-वर्षा से बचने के लिए एक ढलवाँ छत की बरसाती है। सतीश के पीछे-पीछे दोनों ने वहाँ जाकर देखा, बरसाती में एक छोटा आसन बिछाकर अधेड़ उम्र की एक स्त्री आँखों पर चश्मा लगाए कृत्तिवास की 'रामायण' पढ़ रही हैं। चश्मे की एक ओर की टूटी कमानी में डोरा बँधा हुआ था, जो कान पर लपेटा हुआ था। स्त्री की उम्र पैंतालीस के आस-पास होगी, सिर पर सामने की ओर बाल कुछ विरल हो चले थे, किंतु पके फल जैसे गोरे चेहरे पर अभी झुर्रियाँ नहीं थीं। दोनों भौंहों के बीच गोदने का निशान था। शरीर पर कोई अलंकार नहीं था, वेश विधवा का था। पहले ललिता की ओर नज़र पड़ते ही उन्होंने चश्मा उतारकर किताब रख दी, और उत्सुक दृष्टि से उसकी ओर देखा, फिर फौरन ही उसके पीछे विनय को देखकर सिर पर आँचल ओढ़ते हुए खड़ी होकर कमरे की ओर जाने लगीं। सतीश ने जल्दी से बढ़कर उनसे लिपटते हुए कहा "मौसी, कहाँ भाग रही हो, यह हमारी ललिता दीदी हैं, और ये विनय बाबू। बड़ी दीदी कल आएँगी।"

विनय बाबू का यह अत्यंत संक्षिप्त परिचय ही बहुत हुआ, निस्सन्देह विनय बाबू के बारे में पहले ही काफ़ी बातचीत होती रही थी। दुनिया में सतीश ने जो दो-चार विषय चर्चा के लिए जुटाए हैं, ज़रा भी मौका मिलते ही सतीश उन्हीं की बात करने लगता है और कुछ भी बचाकर नहीं रखता।

मौसी कहने से कौन समझा जाये, यह ठीक निश्चय न कर पाने से ललिता चुप होकर खड़ी रही। विनय के उस प्रौढ़ा को प्रणाम करके उनकी चरणधूलि लेते ही ललिता ने भी उसका अनुकरण किया।

मौसी जल्दी से एक चटाई निकाल लाईं और बिछाते हुए बोलीं, "बैठो बेटा, बैठो बेटी।"

विनय और ललिता के बैठ जाने पर वे भी अपने आसन पर बैठ गईं और सतीश उनसे सटकर बैठा। उन्होंने सतीश को दाहिने हाथ से घेरकर जकड़ते हुए कहा, "तुम

लोग मुझे नहीं जानते, मैं सतीश की मौसी हूँ। सतीश की माँ मेरी सगी बहन थीं।''

परिचय में बस इतने से अधिक कुछ नहीं कहा गया था, लेकिन मौसी के चेहरे और स्वर में ऐसा न जाने क्या था जिससे उनके जीवन की एक गम्भीर दुःख और आँसू-धुली पवित्रता का आभास मिल गया। ''मैं सतीश की मौसी हूँ'' कहते हुए उन्होंने जब सतीश को गले से लगा लिया तब विनय का मन उनके जीवन का इतिहास कुछ न जानते हुए भी करुणा से भर उठा। विनय कह उठा, ''अकेले सतीश की मौसी होने से नहीं चलेगा। नहीं तो इतने दिन बाद सतीश से मेरी लड़ाई हो जायेगी। एक तो सतीश मुझे विनय बाबू कहता है, दादा नहीं कहता, इस पर वह मुझे मौसी से भी अगर वंचित करेगा तो किसी तरह अच्छा न होगा।''

किसी का मन लुभाते विनय को देर नहीं लगती थी। इस प्रियदर्शी, प्रियभाषी युवक ने मौसी के मन पर देखते-देखते सतीश के बराबर अधिकार कर लिया।

मौसी ने पूछा, ''बेटा, तुम्हारी माँ कहाँ हैं?''

विनय बोला, ''बहुत दिन पहले अपनी माँ को तो खो दिया, लेकिन यह नहीं कह सकता कि मेरी माँ नहीं है।''

कहते-कहते आनंदमयी की बात याद करके उसकी आँखें भावों के उद्रेक से गीली हो आईं। दोनों ओर से जमकर बातें होने लगीं। ऐसा बिल्कुल नहीं लगता था कि आज ही इन दोनों का नया-नया परिचय हुआ है। बीच-बीच में सतीश भी बिल्कुल अप्रासंगिक ढंग से अपना मंतव्य प्रकट करने लगा। ललिता चुपचाप बैठी रही।

कोशिश करके भी ललिता आसानी से किसी से हिल-मिल नहीं सकती। नये परिचय की खाई लाँघने में उसे काफ़ी समय लगता है। इसके अलावा आज उसका चित्त भी ठीक नहीं था। अपरिचिता से विनय जो अनायास ही बातों का सिलसिला जोड़ बैठा, यह भी उसे अच्छा नहीं लग रहा था। ललिता जिस विपदा में पड़ी हुई है, विनय उसकी गुरुता न समझकर ही ऐसा निश्िंचत हो रहा है, यह सोचकर मन-ही-मन वह विनय को ओछा कहकर कोसने लगी। किंतु गम्भीर चेहरा बनाकर चुपचाप उदास बैठे रहने से ही विनय को ललिता के असंतोष से छुटकारा मिल जाता, यह भी बात नहीं थी। वैसा होने पर ललिता निश्चय ही मन-ही-मन बिगड़कर कहती—'बाबा का सामना तो मुझे करना है; लेकिन विनय बाबू ऐसी सूरत बनाए बैठे हैं, जैसे उन्हीं के सिर सारी ज़िम्मेदारी आ पड़ी हो।'—असल बात यह थी कि कल रात को जो संगीत जान पड़ता था, आज उससे दिन के समय केवल व्यथा जागती थी—कुछ भी अच्छा नहीं रहा था। इसीलिए आज ललिता पग-पग पर मन-ही-मन विनय से लड़ती जा रही है, वह झगड़ा विनय के किसी व्यवहार से सुलझता नहीं दिखता—कहाँ इसकी जड़ है जहाँ सुधार होने से वह दूर होगा, वह तो अन्तर्यामी ही जानते हैं।

हाय रे, जिनका संसार हृदय तक ही सीमित है, उस नारी-जाति के व्यवहार को युक्ति-विरुद्ध कहकर दोष देने से क्या फायदा! यदि आरम्भ से ही ठीक स्थान पर उसकी प्रतिष्ठा हो जाये तब तो हृदय ऐसी सहज लयबद्ध गति से चलता है कि युक्ति-तर्क को हार मानकर उसके सामने सिर झुकाना पड़ता है। किंतु आरम्भ में लेश-मात्र भी विपर्यय हो जाने से बुद्धि के वश की यह बात नहीं रहती कि उसे सुधार दे। फिर राग-विराग, हँसी-रुदन, किसी भी बात में क्या होने से क्या असर होता है, इसका हिसाब ही व्यर्थ हो जाता है।

आजकल विनय का दिल-दिमाग भी स्वाभाविक गति से नहीं चल रहा था। उसकी अवस्था अगर बिल्कुल पहले-जैसी होती तो वह इसी क्षण दौड़ा हुआ आनंदमयी के पास जाता। गोरा की कैद की सज़ा की खबर विनय के सिवा माँ को और कौन दे सकता है? उसके सिवा माँ के पास ढाँढस के लिए और है भी क्या? इसी की घुटन विनय के मन की गहराई में एक भार-सी उसे दबाए जा रही थी। लेकिन ललिता को अभी छोड़कर चले जाना भी उसके लिए असंभव हो गया था। आज सारे संसार के विरुद्ध वही ललिता का रक्षक है। ललिता के सम्बन्ध में परेश बाबू के सम्मुख उसका कुछ कर्तव्य हो तो उसे वह पूरा करके ही जाना होगा, यह बात वह अपने मन को समझा रहा था। और मन ने भी थोड़े से प्रयत्न से ही वह बात समझ ली थी, प्रतिवाद की सामर्थ्य ही उसमें नहीं थी। विनय के मन में गोरा और आनंदमयी के लिए चाहे जितना दर्द हो, ललिता का अत्यंत निकट अस्तित्व उसे आज ऐसा आनंद दे रहा था, जैसे एक खुलेपन का, सारे संसार में एक गौरव का बोध करा रहा हो—अपनी एक विशिष्ट स्वतंत्र सत्ता का उसे ऐसा अनुभव हो रहा था कि उसके मन की व्यथा मन के निचले स्तर पर ही दबी रह गई। आज ललिता की ओर वह देख नहीं पा रहा था, बीच-बीच में अपने-आप ही जितना नज़र पड़ जाता—ललिता के आँचल का अंश, गोद में निश्चल पड़ा हुआ एक हाथ—उतना ही उसे पुलकित कर जाता था।

देर होती रही। परेश बाबू नहीं लौटे। यह सोचकर चलने के लिए भीतर से प्रेरणा क्रमशः प्रबल होने लगी। उसे किसी तरह दबाने के लिए विनय सतीश की मौसी के साथ और भी मन लगाकर बातें करने लगा। अन्त में ललिता की विरक्ति और दबी न रह सकी, वह बीच ही में विनय की बात को टोकती हुई कह उठी, "आप और देर किसलिए कर रहे हैं? बाबा कब आएँगे इसका कुछ पक्का पता नहीं है। क्या आप एक बार गौर बाबू की माँ के पास नहीं जायेंगे?"

विनय चौंक उठा। ललिता की विरक्ति का स्वर उसका खूब जाना-पहचाना था। वह ललिता के चेहरे की ओर देखकर फ़ौरन उठ खड़ा हुआ। सहसा डोर टूट जाने से धनुष जैसे हो जाता है कुछ उसी ढंग से वह खड़ा हुआ। वह देर क्यों करने लगा?

यहाँ कोई खास ज़रूरत थी, ऐसा अहंकार तो उसने खुद नहीं किया था, वह तो दरवाज़े से ही विदा ले रहा था, ललिता ने ही तो उसे अनुरोध करके रोक लिया था—और अब ललिता ही यह पूछ रही है!

ऐसे हड़बड़ाकर आसन छोड़कर विनय उठ खड़ा हुआ था कि ललिता ने विस्मित होकर उसकी ओर देखा। उसने लक्ष्य किया कि विनय के चेहरे की स्वाभाविक मुस्कराहट एकाएक ऐसी बुझ गई है मानो फूँक मारकर दीया बुझा दिया गया हो। विनय का ऐसा व्यथित चेहरा, उसके भाव का ऐसे अचानक परिवर्तन ललिता ने पहले कभी नहीं देखा था। उसके विनय की ओर देखते ही तीखा एहसास एक कोड़े की मार जैसा बार-बार उसके हृदय को सालने लगा।

सतीश ने जल्दी से उठकर विनय बाबू का हाथ पकड़कर झूलते हुए खुशामद के स्वर में कहा, "विनय बाबू, बैठिए, अभी मत जाइए! आज हमारे यहाँ खाना खाकर जाइएगा। मौसी, विनय बाबू को यहीं खाने को कह दो न! ललिता दीदी, तुम विनय बाबू से जाने को क्यों कहती हो?"

विनय ने कहा, "भाई सतीश, आज नहीं। मौसी को याद रह जाये तो और किसी दिन आकर प्रसाद पा लूँगा। आज तो देर हो गई है।"

बात कुछ असाधारण तो नहीं थी, किंतु स्वर रुँधे हुए आँसू से भर्राया हुआ था। उसकी करुणा सतीश की मौसी के कानों में भी पहुँच गई। उन्होंने चकित होकर एक बार विनय की ओर, एक बार ललिता के चेहरे की ओर देखा और समझ लिया कि अनदेखे ही भाग्य का कुछ खेल हो रहा है।

ललिता थोड़ी देर बाद ही कोई बहाना करके उठकर अपने कमरे में चली गई। उसने कितनी बार अपने को इसी तरह रुलाया है।

## 32

उसी समय विनय आनंदमयी के घर की ओर चल दिया। लज्जा और वेदना की एक मिश्रित भावना उसके मन को भारी दुःख दे रही थी। अब तक क्यों वह माँ के पास नहीं गया—कैसी भूल की उसने! उसने समझा था, ललिता को उसकी विशेष आवश्यकता है। सब आवश्यकताओं को एक ओर कर वह जो कलकत्ता पहुँचते ही दौड़ा हुआ आनंदमयी के पास नहीं गया, इसलिए भगवान ने उसे उचित दंड दिया—अन्त में उसे ललिता के मुँह से यह सुनना पड़ा कि 'क्या एक बार गौर बाबू की माँ के पास नहीं जायेंगे?' पल-भर के लिए भी कभी ऐसा अंधेरा हो सकता है कि गौर

बाबू की माँ की बात विनय की अपेक्षा ललिता के लिए अधिक महत्त्वपूर्ण हो उठे! ललिता तो उन्हें केवल गौर बाबू की माँ के रूप में पहचानती है, लेकिन विनय के लिए तो वह सारे जगत् की सब माताओं की एकमात्र प्रत्यक्ष मूर्ति हैं।

आनंदमयी अभी-अभी स्नान करके कमरे में फ़र्श पर आसन बिछाकर उस पर चुपचाप बैठी थीं, शायद मन-ही-मन जप कर रही थीं। विनय ने जल्दी से उनके पैरों पर गिरते हुए कहा, ''माँ।''

आनंदमयी ने अपने दोनों हाथ उसके झुके हुए सिर पर रखते हुए कहा, ''विनय!''

माँ जैसा स्वर और किसका हो सकता है? इस स्वर से ही मानो एक करुणा विनय के सारे शरीर को सहला गई। आँसुओं को रोकते हुए उसने रुँधे गले से कहा, ''माँ, मुझे देर हो गई।''

आनंदमयी बोलीं, ''मैंने सारी बात सुन ली है, विनय!''

चकित स्वर में विनय ने दुहराया, ''सारी बात सुन ली है!''

गोरा ने हवालात से ही माँ के नाम पत्र लिखकर वकील बाबू के हाथ भिजवा दिया था। उसने ठीक ही अनुमान किया था कि उसे अवश्य जेल की सज़ा होगी।

उसने पत्र के अन्त में लिखा था—

''कारावास से तुम्हारे गोरा की रत्ती-भर भी हानि नहीं होगी। किंतु तुम्हें ज़रा-सा भी दुःख नहीं करना होगा—तुम्हारा दुःख ही मेरी असली सज़ा होगी और कोई दंड देना मजिस्ट्रेट के वश का नहीं है। माँ, तुम केवल अपने बेटे की बात मत सोचना, और भी अनेक माँओं के बेटे जेलों में बेकसूर पड़े रहते हैं, एक बार उनके बराबर कष्ट के युद्ध में खड़े होने की इच्छा थी। इस बार यह इच्छा पूरी हो जाये तो मेरे लिए दुःख मत करना!

''माँ, मालूम नहीं तुम्हें याद है या नहीं, जिस साल दुर्भिक्ष पड़ा था मैं एक बार सड़क के साथ वाले कमरे में मेज़ पर अपना बटुआ छोड़कर पाँच मिनट के लिए दूसरे कमरे में गया था। लौटकर देखा तो बटुआ चोरी हो गया था। बटुए में मेरी स्कालरशिप से जमा किये हुए पचासी रुपए थे। मन-ही-मन मैंने संकल्प कर रखा था कि कुछ रुपए इकट्ठे हो जाने पर तुम्हारे पैर धोने के जल के लिए एक चाँदी का लोटा बनवाऊँगा। रुपए चोरी चले जाने पर जब मैं चोर के प्रति व्यर्थ के क्रोध से जल रहा था तब हठात् भगवान ने मुझे एक सुबुद्धि दी। मैंने मन-ही-मन कहा, मेरे रुपए जिस किसी ने भी चुराए हैं, इस अकाल के समय में उसी को वे रुपए दान करता हूँ। मेरे ऐसा कहते ही मेरे मन का सारा क्रोध शान्त हो गया। वैसे ही आज मैं अपने मन को बता रहा हूँ कि मैं जान-बूझकर ही जेल में जा रहा हूँ। मेरे मन में कोई व्यथा नहीं है, किसी के

ऊपर गुस्सा नहीं है। मैं जेल में मेहमानी करने ही जा रहा हूँ । वहाँ आहार–विहार की असुविधा तो होगी—किंतु इस बार घूमते हुए मैंने कई घरों का आतिथ्य पाया है, उन सब जगहों पर अपने अभ्यास या आवश्यकता के अनुसार सुविधा नहीं पाता रहा। जो जान–बूझकर ग्रहण किया गया हो वह कष्ट तो कोई कष्ट नहीं होता न, आज जेल का आश्रय मैं अपनी इच्छा से ही ले रहा हूँ। जितने दिन जेल में रहूँगा, एक दिन भी कोई मुझे ज़बर्दस्ती वहाँ नहीं रख रहा है यह तुम निश्चय मानना।

''इस पृथ्वी पर हम लोग जब घर बैठे अनायास आहार–विहार कर रहे थे, नित्य के अभ्यास के कारण ही यह सोच भी नहीं पा रहे थे कि खुले आकाश और प्रकाश में घूमने–फिरने का अधिकार अपने–आप में कितना बड़ा अधिकार है, उसी समय में कितने ही लोग पृथ्वी पर अपने दोष से या बिना दोष के ही ईश्वर के दिए हुए उन अधिकारों से वंचित होकर बन्धन और अपमान भोग रहे थे—हमने आज तक उनकी बात नहीं सोची थी, उनके साथ कोई सम्बन्ध नहीं रखा था। अब मैं उन्हीं के दाग से उनके जैसा दागी होकर ही बाहर आना चाहता हूँ। पृथ्वी के अधिकतर सफ़ेदपोश भलेमानस, जो भद्र लोग बने बैठे हैं, उनके गुट में घुसकर अपना सम्मान बनाए रखना मैं नहीं चाहता।

''माँ, दुनिया का परिवार पाकर अब मैंने बहुत–कुछ सीखा है। ईश्वर जानते हैं, जिन लोगों ने दुनिया में न्याय करने का ज़िम्मा लिया है, अधिकतर वही दया के पात्र हैं। जो दंड पाते नहीं किंतु देते हैं, जेल के कैदी उन्हीं के पाप की सज़ा भोगते हैं। अपराध तो बहुत–से लोग मिलकर करते हैं और प्रायश्चित करते हैं बेचारे ये कैदी। जेल के बाहर जो लोग मौज कर रहे हैं, सम्मान पा रहे हैं, उनके पाप का नाश कब, कहाँ, कैसे होगा, यह तो नहीं जानता। पर मैं उस मौज और सम्मान को धिक्कार कर मनुष्य के कलंक का दाग छाती पर लगवाकर निकलूँगा—माँ, मुझे तुम आशीर्वाद दो, आँसू मत बहाना! भृगु के पदाघात का चिह्न श्रीकृष्ण सदा वक्ष पर धारण किये रहे। दुनिया में अत्याचारी लोग जहाँ जितना अन्याय करते हैं उससे भगवान की छाती का वह चिह्न और गहरा होता जाता है। वह चिह्न अगर उनका आभूषण हो सकता है, तो फिर मुझे किस बात की फिक्र है, और तुम्हें किस बात का दुःख ?''

आनंदमयी ने यह चिट्ठी पाकर महिम को गोरा के पास भेजने की कोशिश की थी। महिम ने कह दिया कि वे नौकरी करते हैं और साहब किसी तरह छुट्टी नहीं देंगे। यह कहकर वे गोरा की नासमझी और अक्खड़पन के लिए उसे कोसने लगे। बोले, ''उसी के कारण किसी दिन मेरी नौकरी भी चली जायेगी।'' इस बारे में कृष्णदयाल को कुछ भी कहना आनंदमयी ने आवश्यक नहीं समझा। गोरा को लेकर स्वामी से उन्हें बड़ी शिकायत थी। वे जानती थीं कि कृष्णदयाल ने गोरा को कभी अपने हृदय

में बेटे का स्थान नहीं दिया है, बल्कि उनके अन्त:करण में गोरा को लेकर एक विरोध का भाव भी है। गोरा मानो आनंदमयी के दांपत्य सम्बन्ध को विन्ध्याचल की भाँति विभाजित करता हुआ खड़ा था—उसके एक ओर कृष्णदयाल अपने अत्यंत सतर्क शुद्धाचार को लेकर अकेले थे और दूसरी ओर आनंदमयी अपने म्लेच्छ बेटे गोरा के कारण अकेली थीं। पृथ्वी पर जो दो जने गोरा के जीवन का इतिहास जानते थे उनके बीच सम्पर्क का मार्ग मानो बंद हो गया था। इन्हीं सब कारणों से गृहस्थी में गोरा के प्रति आनंदमयी का स्नेह उनकी एकांत अकेली सम्पत्ति था। इस परिवार में गोरा के अनधिकार रहने को वह चारों ओर से हल्का करते रहने की चेष्टा करती थीं। उन्हें बराबर यह चिंता रहती थी कि कहीं कोई उन्हें यह न कहे कि "तुम्हारे गोरा के कारण ऐसा हुआ", "तुम्हारे गोरा के कारण ही यह बात सुननी पड़ी", अथवा "तुम्हारे गोरा ने हमारा यह नुकसान कर दिया।" गोरा की सारी ज़िम्मेदारी उन्हीं की तो है और फिर उनका गोरा भी कुछ कम दुर्दम तो है नहीं। वह जहाँ रहता है वहाँ उसके अस्तित्व को छिपा रखना कोई आसान काम नहीं है। इसी अपनी गोद के पले गोरा को उन्होंने इस विरोधी परिवार के बीच इतने दिनों तक रात-दिन सँभालकर इतना बड़ा किया है—बहुत कुछ सुना है जिसका उन्होंने कभी प्रतिकार नहीं किया, बहुत दु:ख सहा है जिसका वह किसी से साझा नहीं कर सकीं।

चुपचाप आनंदमयी खिड़की के पास बैठी रहीं। वहीं बैठे-बैठे उन्होंने देखा, कृष्णदयाल प्रातः-स्नान करके ललाट, भुजा और छाती पर गंगा की मिट्टी की छाप लगाए मन्त्र उच्चारण करते हुए घर के भीतर आए। आनंदमयी उनके पास नहीं जा सकीं। निषेध, निषेध, सब ओर निषेध—अन्त में लम्बी साँस लेकर आनंदमयी उठीं और महिम के कमरे में गईं। उस समय महिम फ़र्श पर बैठे अखबार पढ़ रहे थे और उनका नौकर उनके नहाने से पहले तेल से उनके बदन की मालिश कर रहा था। आनंदमयी ने उनसे कहा, "महिम, मेरे साथ किसी को भेज दो तो मैं ही जाकर देख आऊँ कि गोरा का क्या हुआ। वह तो यह सोचकर शान्त हो बैठा है कि वह जेल जायेगा ही। अगर उसे जेल होती है तो मैं क्या एक बार पहले जाकर उससे मिल भी नहीं सकूँगी?"

महिम का ऊपरी व्यवहार चाहे जैसा रहा हो, किंतु गोरा के प्रति उन्हें एक तरह का स्नेह भी था। उन्होंने ऊपर से तो गरजकर कह दिया, "जाये अभागा जेल ही जाये—अब तक नहीं गया, यही अचरज है!" लेकिन कहने के बाद ही उन्होंने अपने विश्वासी परान घोषाल को बुलाया और उसके हाथ वकील के खर्च के लिए कुछ रुपए देकर तत्काल उसे रवाना कर दिया और मन-ही-मन यह भी निश्चय कर लिया कि ऑफिस में यदि साहब ने छुट्टी दे दी और घर में बहू राज़ी हुई तो वे खुद भी जायेंगे।

यह आनंदमयी भी जानती थीं कि गोरा के लिए कुछ प्रयत्न किये बिना महिम कभी नहीं रह सकेंगे। महिम भरसक कोशिश कर रहे हैं, यह जानकर वे अपने कमरे में लौट आईं। वे अच्छी तरह जानती थीं कि जहाँ गोरा है, उस अपरिचित जगह इस मुसीबत के समय लोगों के कौतूहल, मज़ाक और आलोचना का सामना करते हुए उन्हें साथ ले जाने वाला इस परिवार में कोई नहीं है। आँखों में नीरव वेदना बसाकर होंठ भींचकर वे चुपचाप बैठ गईं। लछमिया धहाड़ें मार-मारकर जब रोने लगी तब उन्होंने उसे डाँटकर दूसरे कमरे में भेज दिया। सभी उद्वेगों को चुपचाप झेल जाना ही उनका हमेशा का अभ्यास रहा है। सुख और दुःख दोनों को ही वे शान्त भाव से ग्रहण करती थीं, उनके हृदय की अवस्था केवल अन्तर्यामी ही जानते थे।

आनंदमयी को विनय क्या कहे, यह सोच नहीं सका। लेकिन आनंदमयी किसी से भी किसी तरह की सान्त्वना की आशा नहीं रखती थीं। उनके जिस दुःख का कोई उपचार नहीं है उसे लेकर उनके साथ कोई दूसरा चर्चा करने आए इससे उन्हें संकोच होता था। उन्होंने और कोई बात उठने न देकर विनय से कहा, ''जान पड़ता है विनय अभी तक तुमने स्नान नहीं किया। जाओ, जल्दी से नहा आओ, बड़ी देर हो गई।''

जब विनय स्नान करके भोजन करने बैठा, तब उसके बराबर में गोरा का स्थान सूना देखकर आनंदमयी का हृदय हाहाकार कर उठा। आज गोरा जेल का अन्न खा रहा है, वह अन्न माँ की ममता द्वारा मधुर न होकर निर्मम शासन द्वारा कितना कटु हो गया है, यह सोचकर आनंदमयी को बहाना करके वहाँ से उठ ही जाना पड़ा।

## 33

घर आकर परेश बाबू ललिता को असमय लौटी हुई देखकर ही समझ गये कि उनकी इस उद्दाम लड़की ने कोई असाधारण कार्य कर डाला है। उनकी आँखों में जिज्ञासा का भाव देखते ही वह बोल उठी, ''बाबा, मैं तो चली आई। किसी प्रकार भी वहाँ नहीं रह सकी?''

परेश बाबू ने पूछा, ''क्यों, क्या हुआ?''

ललिता ने कहा, ''मजिस्ट्रेट ने गौर बाबू को जेल भेज दिया।''

गौर बाबू कहाँ से इस बीच आ गये, और क्या-कुछ हुआ, परेश कुछ भी समझ नहीं सके। ललिता से पूरा विवरण सुनकर वे कुछ देर स्तब्ध बने रहे। फिर सहसा उनका हृदय गोरा की माँ की बात सोचकर व्यथित हो उठा। वे मन-ही-मन सोचने लगे, एक आदमी के जेल जाने पर कितने निरपराध लोगों को कितनी कठोर सज़ा भुगतनी पड़ती

है, अगर यह बात दंड देने वाले अपने अन्तःकरण में अनुभव कर सकते, तो किसी को जेल भेजना ऐसा सहज-सरल काम कभी न होता। एक चोर को जो सज़ा दी जाती, वही सज़ा गोरा को भी देना मजिस्ट्रेट के लिए उतना ही आसान हो गया—ऐसी बर्बरता तभी संभव हो सकती है जब मनुष्य की धर्म-बुद्धि बिल्कुल मर गई हो। दुनिया में जितनी तरह की हिंसा होती है, मनुष्य के प्रति मनुष्य का दुरात्म भाव उससे भी अधिक भयानक है, उसके पीछे समाज और राजा की शक्ति दलबद्ध खड़ी होकर उसे और भी अधिक प्रचंड बना देती है, गोरा के कारावास की बात सुनकर यह जैसे उनके सामने प्रत्यक्ष हो उठा।

परेश बाबू को चुपचाप सोचते देखकर ललिता ने उत्साह पाकर कहा, "अच्छा बाबा, यह क्या भयानक अत्याचार नहीं है?"

अपने स्वाभाविक शान्त स्वर में परेश बाबू ने कहा, "गौर ने कितना क्या किया है यह तो मैं ठीक-ठीक नहीं जानता। लेकिन यह बात अवश्य ही कह सकता हूँ कि अपनी कर्तव्य-भावना की झोंक में गौर अपने कर्तव्य की सीमा का उल्लंघन तो कर सकता है; परंतु अंग्रेज़ी भाषा में जिसे 'क्राइम' कहते हैं, वह गोरा के स्वभाव के बिल्कुल विपरीत है—इसमें मुझे ज़रा भी सन्देह नहीं है। लेकिन क्या किया जाये बेटी! इस समय की न्याय-बुद्धि अभी इतनी विवेकपूर्ण नहीं हुई है। अभी तक अपराध के लिए जो दंड है, वही दंड भूल के लिए भी है। दोनों के लिए एक ही जेल में कोल्हू चलाना पड़ता है। यह कैसे हुआ, इसके लिए किसी एक आदमी को दोष नहीं दिया जा सकता। पूरी मानव जाति का पाप ही इसके लिए ज़िम्मेदार है।"

परेश बाबू सहसा यह प्रसंग बंद करते हुए पूछ बैठे, "तुम किसके साथ आईं?"

सीधी होकर ललिता ने मानो विशेष ज़ोर देते हुए कहा, "विनय बाबू के साथ।"

ललिता बाहर से भले ही दृढ़ दिख रही हो, भीतर-ही-भीतर वह दुर्बलता का अनुभव कर रही थी। वह विनय बाबू के साथ आई है, यह बात वह सहज भाव से नहीं कह सकी, न जाने कैसी एक लज्जा ने आकर उसे घेर लिया। वह लज्जा उसके चेहरे पर पढ़ी जा सकती है, यह सोचकर वह और संकोच करने लगी।

परेश बाबू अपनी इस मनचली लड़की को अपनी अन्य सब संतानों से कुछ अधिक ही स्नेह करते थे। उसका व्यवहार दूसरों की नज़रों में निंदनीय हो सकता है, यह जानकर ही उसके आचरण में जो एक निर्भीक सत्यनिष्ठा थी उसे वह विशेष महत्त्व देते रहे थे। वे जानते थे कि ललिता का जो दोष है, वही बहुत बड़ा होकर लोगों की नज़रों में खटकेगा और उसका गुण इतना दुर्लभ होने के बावजूद लोगों से प्रशंसा नहीं पाएगा। उसी गुण को परेश बाबू यत्नपूर्वक सँजोते आए हैं। ललिता की अक्खड़ प्रकृति को कुचलकर उसके साथ ही उसके भीतर की इस महत्ता को कुचल देना उन्होंने नहीं

चाहा। उनकी अन्य दोनों लड़कियों को सब लोग देखते ही सुंदर मान लेते हैं—उनका रंग गोरा है, उनके चेहरे का गठन भी निर्दोष है, लेकिन ललिता का रंग उनसे साँवला है और उसके चेहरे की कमनीयता के बारे में भी लोगों में मतभेद रहता है। इसी बात को लेकर अक्सर पति के सामने वरदासुंदरी इस बात की चिंता प्रकट किया करती हैं कि उसके लिए वर खोजना कठिन होगा। किंतु परेश बाबू को ललिता के चेहरे में जो सौंदर्य दिखता था वह रंग या गठन का सौंदर्य नहीं था, वह अन्तस् का गम्भीर सौंदर्य था। उसमें केवल लालित्य नहीं था, स्वतंत्रता का तेज़ और आत्मशक्ति की दृढ़ता भी थी; वह दृढ़ता ही सबको अनाकर्षक लगती थी। वह कुछ विशेष व्यक्तियों के लिए आकर्षक हो सकती थी, किंतु अधिकतर को दूर ठेल देती थी। संसार में ललिता प्रिय नहीं होगी, किंतु खरी उतरेगी—यह जानकर परेश बाबू मन-ही-मन एक दर्द महसूस करके ललिता को अपने पास खींच लेते थे—उसे और कोई क्षमा नहीं करता यह समझकर ही वे उस पर करुणा के साथ विचार करते थे।

जब परेश बाबू ने सुना कि ललिता सहसा विनय के साथ अकेली चली आई तब पल भर में वे समझ गये कि इसके लिए उसे बहुत दिनों तक बहुत दुःख भोगना पड़ेगा। जितना अपराध उसने किया है, उससे कहीं बड़े अपराध के दंड का विधान लोग उसके लिए करेंगे। वे चुपचाप यह बात सोच ही रहे थे कि बीच में ललिता बोल उठी, ''बाबा, मुझसे गलती हुई है। लेकिन अब मैं अच्छी तरह यह समझ गई हूँ कि मजिस्ट्रेट के साथ हमारे देश के लोगों का ऐसा सम्बन्ध है कि उनके आतिथ्य में सम्मान ज़रा भी नहीं है, कोरा अनुग्रह है। क्या यह सहकर भी मेरा वहाँ रहना ठीक था ?''

परेश बाबू को यह प्रश्न कुछ ऐसा आसान नहीं जान पड़ा। उन्होंने कोई उत्तर देने का प्रयत्न न करके दाहिने हाथ से उसके सिर पर हल्की-सी चपत लगाते हुए कहा, ''पगली!''

परेश बाबू इसी घटना के बारे में सोचते हुए उसी दिन के तीसरे पहर घर के बाहर टहल रहे थे कि विनय ने आकर उन्हें प्रणाम किया। गोरा की सज़ा के बारे में बहुत देर तक परेश बाबू उसके साथ बातचीत करते रहे, लेकिन ललिता के विनय के साथ स्टीमर में आने की कोई चर्चा उन्होंने नहीं चलाई। साँझ होते देखकर उन्होंने कहा, ''चलो विनय, भीतर चलें!''

विनय ने कहा, ''नहीं, अब मैं घर जाऊँगा।''

दुबारा परेश बाबू ने अनुरोध नहीं किया। विनय ने एक बार मानो चौंककर दुमंज़िले की ओर नज़र उठाई और फिर धीरे-धीरे चला गया।

ऊपर से ललिता विनय को देख चुकी थी। जब परेश बाबू अकेले कमरे में आए तो ललिता ने समझा कि विनय भी पीछे-पीछे आता ही होगा। जब वह कुछ देर बाद

तक भी नहीं आया तब मेज़ पर से दो-एक किताबें और कागज़ इधर-उधर करके ललिता भी कमरे से चली गई। उसे परेश बाबू ने वापस बुला लिया और उसके उदास चेहरे पर स्नेह-भरी दृष्टि टिकाकर बोले, "ललिता, मुझे कुछ ब्रह्मसंगीत सुनाओ!"

कहते-कहते लैंप को हटाकर ऐसी जगह रख दिया कि उसका प्रकाश ललिता के चेहरे पर न पड़े।

## 34

अगले रोज़ वरदासुंदरी और उनके साथ के बाकी लोग लौट आए। हारान बाबू ललिता पर अपने गुस्से को सँभाल न पाकर अपने घर न जाकर सीधे इन सबके साथ परेश बाबू के सामने आ उपस्थित हुए। वरदासुंदरी तो क्रोध के कारण ललिता की ओर देखे बिना तथा उससे कोई बात भी किये बिना अपने कमरे में चली गईं। लावण्य और लीला भी ललिता पर बहुत नाराज़ थीं। ललिता और विनय के चले आने से उनका आवृत्ति और अभिनय का कार्यक्रम ऐसा नीरस हो गया था कि उन्हें बहुत लज्जित होना पड़ा था। सुचरिता हारान बाबू के क्रोध की उत्तेजना या वरदासुंदरी के रुआँसे आक्षेप या फिर लावण्य और लीला की उदासीनता, किसी में कोई भाग लिये बिना एकदम तटस्थ थी—अपना रोज़मर्रा का तयशुदा काम उसने यंत्रवत् कर दिया था और आज भी यंत्र-चालित-सी सबके पीछे-पीछे घर आ गई थी। सुधीर लज्जा और अनुताप से संकुचित होकर परेश बाबू के घर के दरवाज़े से ही लौट गया था—लावण्य ने भीतर आने के लिए उससे बहुत आग्रह किया था और अन्त में किसी प्रकार सफल न होने पर उसने कुट्टी कर दी थी।

परेश बाबू के कमरे में घुसते ही हारान बोले, "एक बहुत बुरी बात हो गई है।"

ललिता परेश बाबू के कमरे में ही थी। उसके कान में यह बात पड़ते ही वह पिता की कुर्सी के पीछे दोनों ओर हाथ रखकर खड़ी हो गई और एकटक हारान बाबू के चेहरे की ओर देखने लगी।

परेश बाबू बोले, "मैंने सारी बात ललिता से सुन ली है। जो बात हो चुकी है, उसको लेकर अब बहस करने से कोई फायदा नहीं है।"

परेश के शान्त और संयत होने के कारण हारान बाबू उन्हें बहुत दुर्बल समझते थे, इसीलिए कुछ अवज्ञा से बोले, "बात तो होकर चुक जाती है, लेकिन आदत तो वही रहती है, इसीलिए जो हो चुका उस पर बहस करना ज़रूरी हो जाता है। जो हरकत ललिता ने की है वह कभी संभव न होती अगर उसे आपसे बराबर बढ़ावा न मिलता

रहता। आप उसका कितना अहित कर रहे हैं, यह पूरी बात सुनकर ही आप अच्छी तरह समझ सकेंगे।''

परेश बाबू ने अपने पीछे कुर्सी के थोड़ा-सा हिलने का अनुभव करके जल्दी से ललिता को अपनी ओर खींच लिया और उसका हाथ अपने हाथ में लेते हुए कुछ मुस्कराकर हारान से बोले, ''पानू बाबू, जब समय आएगा तब आप भी समझ लेंगे कि संतान को पालने-पोसने के लिए स्नेह की भी ज़रूरत होती है।''

एक बाँह अपने पिता के गले में डालते हुए ललिता ने झुककर उनके कान में कहा, ''बाबा, पानी ठंडा हो रहा है, तुम जाकर नहा लो!''

परेश बाबू ने हारान की ओर इशारा करते हुए कहा, ''अभी थोड़ी देर में जाऊँगा—अभी ऐसी देर तो नहीं हुई।''

स्निग्ध स्वर में ललिता ने कहा, ''नहीं बाबा, तुम नहा आओ, तब तक पानू बाबू के पास हम लोग तो हैं ही।''

जब परेश बाबू कमरे से चले गये तब एक कुर्सी खींचकर ललिता उस पर जमकर बैठ गई और हारान बाबू के चेहरे पर नज़र जमाकर बोली, ''आप समझते हैं, सभी को सब-कुछ कहने का अधिकार आपको है।''

सुचरिता ललिता को पहचानती थी। और कोई दिन होता तो ललिता का यह रूप देखकर मन-ही-मन वह उद्विग्न हो उठती। लेकिन आज वह खिड़की के पास एक कुर्सी पर बैठ गई और किताब खोलकर चुपचाप उसके पन्ने की ओर देखती रही। हमेशा अपने को वश में रखना सुचरिता का स्वभाव भी था और अभ्यास भी। पिछले कुछ दिनों से तरह-तरह के आघातों की जितनी पीड़ा उसके मन में इकट्ठा होती रही थी, उतना ही वह खामोश होती चली गई थी। इसीलिए जब ललिता हारान बाबू से दो-दो हाथ करने आ बैठी तो सुचरिता के हृदय के अवरुद्ध वेग को भी मानो फूट निकलने का अवसर मिल गया।

ललिता ने कहा, ''बाबा का हमारे बारे में क्या कर्तव्य है, आप समझते हैं कि यह बात बाबा से ज़्यादा आप जानते हैं! आप क्या सारे ब्रह्म-समाज के हेडमास्टर हैं?''

हारान बाबू ललिता का ऐसा उद्धत रूप देखकर पहले तो हतबुद्धि हो गये थे। अब वे ललिता को कोई बहुत कठोर जवाब देना चाह रहे थे, पर ललिता ने उन्हें अवसर न देते हुए कहा, ''इतने दिनों से हम आपका बड़प्पन झेलते आ रहे हैं, लेकिन आप अगर बाबा से भी बड़ा होना चाहते हैं तो इस घर में कोई नहीं सहेगा—हमारा बैरा भी नहीं।''

हारान बाबू ने किसी तरह कहा, ''ललिता, तुम...''

उनकी बात काटते हुए ललिता ने और भी तीखे स्वर में कहा, ''चुप रहिए! आप की बातें हम लोगों ने बहुत सुनी हैं, आज मेरी बात सुन लीजिए! आपको विश्वास

न हो तो सुचि दीदी से पूछ लीजिएगा—जितना बड़ा आप अपने को महसूस करते हैं, मेरे बाबा उससे कहीं अधिक बड़े हैं। अब आपको जो कुछ उपदेश मुझे देना हो दे डालिए!''

हारान बाबू का चेहरा स्याह पड़ गया था। वे कुर्सी ठेलकर उठते हुए बोले, ''सुचरिता!''

सुचरिता ने किताब की ओर से चेहरा उठाया। हारान बाबू बोले, ''तुम्हारे सामने ललिता मेरा अपमान करेगी?''

धीमे स्वर में सुचरिता ने कहा, ''वह आपका अपमान करना नहीं चाहती—ललिता यही कहना चाहती है कि आप पिताजी का सम्मान किया करें। उनके बराबर सम्मान के योग्य किसी दूसरे को हम तो नहीं जानतीं।''

एक बार तो ऐसा लगा था कि हारान बाबू उसी समय चले जायेंगे। लेकिन वे गये नहीं। बेहद गम्भीर चेहरा लिये फिर बैठ गये। धीरे-धीरे इस घर में उनका आदर घटता जा रहा है, जितना ही वे इसका अनुभव करते थे, उतना ही यहाँ अपना स्थान बनाए रखने की अधिक कोशिश करते थे। वे भूल जाते थे कि जो सहारा कमज़ोर हो उसे अगर ज़ोर से जकड़ना चाहें तो वह और भी टूट जाता है।

यों हारान बाबू गम्भीर होकर चुप हैं, ललिता यह देखकर उठी और सुचरिता के पास जा बैठी और उसके साथ ऐसी मीठी आवाज़ में बातें करने लगी मानो कुछ बात ही न हो।

सतीश ने इसी बीच कमरे में आकर सुचरिता का हाथ पकड़कर खींचते हुए कहा, ''बड़ी दीदी, चलो!''

सुचरिता ने पूछा, ''कहाँ जाना है?''

सतीश बोला, ''चलो तो, एक खास चीज़ तुम्हें दिखानी है। ललिता दीदी, तुमने बता तो नहीं दिया?''

ललिता ने कहा, ''नहीं।''

सतीश का ललिता के साथ समझौता हुआ था कि उसकी मौसी की बात ललिता सुचरिता के सामने प्रकट नहीं करेगी। ललिता ने अपना वादा नहीं तोड़ा था।

अतिथि को छोड़कर सुचरिता नहीं जा सकती थी। बोली, ''बक्त्यार, अभी थोड़ी देर में चलूँगी—बाबा ज़रा नहाकर आ जायें।''

सतीश उतावला हो उठा। किसी तरह हारान बाबू की आँखों से अपने को ओझल करने के यत्न में कभी उससे चूक नहीं होती थी। हारान बाबू से वह बहुत डरता था, इसलिए और कुछ नहीं कह सका। हारान बाबू भी बीच-बीच में सतीश को सुधारने की चेष्टा करने के अलावा और उससे किसी तरह का सम्पर्क नहीं रखते थे।

परेश बाबू के स्नान करके आते ही सतीश अपनी दोनों बहनों को खींच ले गया।

हारान बोले, ''वह जो सुचरिता के बारे में प्रस्ताव था, उसमें और देर करना नहीं चाहता। मैं चाहता हूँ वह काम अगले रविवार को ही हो जाये।''

परेश बाबू बोले, ''इसमें मुझे तो कोई आपत्ति नहीं है, सुचरिता की राय है तो ठीक है।''

''उसकी तो राय पहले ही ली जा चुकी है।''

''अच्छी बात है, तो फिर यही सही।''

## 35

ललिता के पास से लौटकर उस दिन विनय के मन में एक शंका रह-रहकर काँटे-सी चुभ रही थी। वह सोचने लगा—परेश बाबू के घर में मेरा आना-जाना किसी को अच्छा लगता है या नहीं, ठीक-ठीक यह जाने बिना मैं ज़बर्दस्ती वहाँ जाता रहता हूँ, शायद यह ठीक नहीं है। शायद मैं कई बार असमय पहुँचकर उन्हें दुविधा में डालता रहा हूँ। उनके समाज का नियम मैं जानता नहीं, उस घर में मेरे जाने की मर्यादा क्या है, मुझे मालूम नहीं। हो सकता है कि मैं बेवकूफों की तरह ऐसी जगह दखल देता रहा हूँ, जहाँ घर के लोगों को छोड़कर किसी दूसरे को नहीं बोलना चाहिए।

यह बात सोचते-सोचते अचानक उसको यह बात याद आई कि शायद ललिता ने उसके चेहरे पर कोई ऐसा भाव देखा हो जो उसे अपमानजनक लगा हो। ललिता के प्रति विनय के मन में क्या भाव है, यह विनय के आगे अब तक स्पष्ट नहीं था, लेकिन अब वह उससे छिपा न रहा। हृदय की इस नई अभिव्यक्ति का क्या किया जाये, इसके बारे में वह कुछ नहीं सोच सका। बाहर के व्यक्तित्व से उसका मेल कैसे होगा, संसार के साथ उसका सम्बन्ध क्या है, क्या वह ललिता के प्रति असम्मान है या परेश बाबू के प्रति विश्वासघात—इन सब प्रश्नों को लेकर वह बड़ी उधेड़-बुन में उलझ गया। ललिता उसके मन की बात जान गई है और इसीलिए उस पर नाराज़ हुई है, यह कल्पना करके उसकी इच्छा हुई कि हो सके तो धरती में समा जाये।

विनय के लिए परेश बाबू के घर जाना असंभव-सा हो गया और अपने घर का सूनापन भी एक बोझ जैसा उसे दबाने लगा। अगले दिन सवेरे ही वह आनंदमयी के पास जा पहुँचा और बोला, ''माँ, कुछ दिन मैं तुम्हारे यहाँ ही रहूँगा।'' विनय के मन में कहीं यह बात भी छिपी थी कि गोरा की अनुपस्थिति में वह आनंदमयी को कुछ तसल्ली दे सकेगा। यह समझकर आनंदमयी का हृदय द्रवित हो उठा। बिना कुछ

कहे उन्होंने एक बार स्नेहपूर्वक विनय के कंधे पर हाथ रख दिया।

विनय अपने खाने-पीने और सेवा-टहल के मामले में तरह-तरह के नखरे करने लगा। कभी-कभी वह आनंदमयी के साथ इस बात को लेकर झूठ-मूठ झगड़ा करता कि उसकी वहाँ पूरी देख-भाल नहीं होती। हर वक्त बातचीत और हल्ला-गुल्ला करके वह आनंदमयी को और स्वयं अपने को बहलाने की चेष्टा करता। साँझ के समय जब मन को सँभालना मुश्किल होता तब जिद करके विनय आनंदमयी को घर के काम से हटाकर अपने कमरे के सामने बरामदे में चटाई बिछाकर बैठा लेता और उनसे उनके बचपन और उनके मायके की बातें सुना करता—जब उनका विवाह नहीं हुआ था और जब वे अपने अध्यापक पितामह के टोल (विद्यालय) के छात्रों की लाडली थीं, जब सब लोग पितृहीना बालिका को हर बात में इतना सिर चढ़ाए रखते थे कि उनकी विधवा माता को बड़ी चिंता सताती रहती थी। विनय कहता, "माँ, कोई समय ऐसा भी था जब तुम मेरी माँ नहीं थीं, मुझे यह सोचकर ही अचरज होता है। मुझे लगता है कि तुम्हें टोल के लड़के भी अपनी एक बहुत नन्हीं-सी माँ ही समझते रहे होंगे। बल्कि दादाजी महाशय को पालने-पोसने का ज़िम्मा भी तुम्हारा ही रहा होगा।"

एक दिन शाम को चटाई पर फैले हुए आनंदमयी के पैरों के पास सिर रखते हुए विनय बोला, "माँ, जी चाहता है, अपनी सारी विद्या, बुद्धि विधाता को लौटाकर फिर शिशु होकर तुम्हारी गोद में शरण लूँ—दुनिया में तुम्हारे अलावा और मेरा कोई न हो।"

विनय के स्वर में कुछ ऐसा भर्रायापन और थकान झलक रही थी कि आनंदमयी को तकलीफ़ के साथ अचरज भी हुआ। वे विनय के पास सरककर धीरे-धीरे उसके माथे पर हाथ फेरने लगीं। काफ़ी देर चुप रहकर उन्होंने पूछा, "विनू, परेश बाबू के घर सब ठीक-ठाक है न?"

यह सवाल सुनकर विनय एकाएक चौंक कर शर्मा गया। सोचने लगा—माँ से कुछ भी छिपा नहीं रहता, माँ अन्तर्यामी हैं।—कुछ हिचकिचाते हुए बोला, "हाँ, वे सब लोग तो ठीक ही हैं।"

आनंदमयी बोलीं, "मेरा बहुत मन होता है कि परेश बाबू की लड़कियों के साथ मेरी जान-पहचान हो जाती। उनकी तरफ़ से पहले तो गोरा के मन का भाव सहज नहीं था, लेकिन अब अगर उन्होंने उस तक को वश में कर लिया है तो वे सब मामूली लड़कियाँ नहीं होंगी।"

उत्साहित होकर विनय ने कहा, "मैंने भी कई बार सोचा है कि किसी तरह परेश बाबू की लड़कियों के साथ तुम्हारा परिचय करा देता। लेकिन गोरा को कहीं बुरा न लगे, इस डर से मैंने कभी कुछ कहा नहीं।"

आनंदमयी ने पूछा, "बड़ी लड़की का क्या नाम है?"

इस प्रकार सवाल-जवाब के जरिए परिचय होते-होते जब ललिता की बात आई तब विनय ने किसी तरह उसे जल्दी से टालने की कोशिश की, लेकिन आनंदमयी नहीं मानीं। मन-ही-मन हँसकर उन्होंने कहा, "सुना है, ललिता की बुद्धि बड़ी तेज़ है?"

विनय बोला, "तुमने किससे सुना?"

आनंदमयी ने कहा, "क्यों, तुम्हीं से तो!"

एक समय पहले ऐसा भी था जब ललिता के सम्बन्ध में विनय के मन में किसी प्रकार का संकोच नहीं था। उन्हीं मोह-मुक्त दिनों में विनय ने आनंदमयी के सामने ललिता की तीव्र बुद्धि की कितनी बचकाना चर्चा की थी, यह बात वह भूल गया था।

कुशल माँझी की तरह आनंदमयी सब बाधाओं से बचाती हुई ललिता की बात रूपी नाव को ऐसे चलाती ले गईं कि विनय से उसके परिचय के इतिहास की मुख्य-मुख्य प्रायः सभी बातें जान गईं। गोरा को सज़ा होने के मामले से क्षुब्ध होकर ललिता स्टीमर में विनय के साथ अकेली भाग आई, यह बात भी विनय ने आज सुना डाली। कहते-कहते उसका उत्साह और भी बढ़ चला—साँझ होते ही जिस मलिनता ने उसे धर दबोचा था, वह न जाने कहाँ उड़ गई। ललिता जैसे एक आश्चर्यकारी चरित्र को जानना और इस तरह उसकी बात कर सकना अपने-आप में उसे एक बहुत बड़ा फायदा जान पड़ने लगा। जब रात को भोजन का बुलावा आने से बातों का तार टूटा तब मानो अचानक स्वप्न से जागकर विनय ने जाना कि उसके मन में जो कुछ था वह सभी आनंदमयी से कह दिया गया है। सारी बात आनंदमयी ने ऐसे सहज भाव से सुनी, ऐसे ढंग से ग्रहण की, कि विनय को बिल्कुल नहीं लगा कि इसमें कहीं कोई शर्म करने की बात हो सकती है। विनय ने आज तक माँ से कभी कुछ नहीं छिपाया—छोटी-से-छोटी बात भी वह उन्हें बता देता था। लेकिन परेश बाबू के परिवार से परिचय होने के बाद उसमें कहीं कुछ रुकावट-सी आ गई थी जो विनय के लिए स्वास्थ्यकर नहीं थी। आज ललिता के बारे में उसके मन की बात सूक्ष्मदर्शिनी आनंदमयी के सामने इस प्रकार प्रकट हो गई है, यह सोचकर विनय का मन खिल उठा। अपने जीवन के इस पहलू का माँ के सामने पूरी तरह निवेदन किये बिना वह किसी तरह भी बिल्कुल निर्मल-मन न हो पाता—कहीं कुछ मैल अवश्य रह जाता।

रात को बहुत देर तक आनंदमयी इन्हीं बातों को लेकर मन-ही-मन सोचती रहीं। गोरा के जीवन में जो समस्या उत्तरोत्तर और जटिल होती जा रही थी, शायद उसका कोई हल परेश बाबू के घर में मिल सकेगा, यह समझकर उन्होंने निश्चय किया कि जैसे भी हो उन लड़कियों से एक बार मिल लेना ही ठीक होगा।

# 36

महिम और उनके परिवार के सदस्य यही मानकर चल रहे थे कि शशिमुखी के साथ विनय का विवाह एक तरह से पक्का हो गया है। शशिमुखी तो अब विनय के सामने आती ही नहीं थी। शशिमुखी की माँ से विनय का परिचय कुछ खास नहीं था। यह बात नहीं थी कि वे स्वभाव से लजीली हों, लेकिन उनकी प्रवृत्ति हर बात को छिपाकर रखने की थी। उनके कमरे का दरवाज़ा अक्सर बंद रहता था। पति को छोड़कर और सब कुछ को वे ताले में बंद रखती थीं। पति को भी बहुत खुली छूट मिलती हो ऐसा नहीं था—पत्नी के शासन में उनकी गतिविधि बिल्कुल निर्दिष्ट थी और उनकी आजादी के क्षेत्र का दायरा अत्यंत सँकरा। सब कुछ को इस तरह बाँधकर रखने की उनकी प्रवृत्ति के कारण शशिमुखी की माँ लक्खीमणि का संसार पूरी तरह उनकी मुट्ठी में था। बाहर के व्यक्ति का भीतर आना अथवा भीतर से व्यक्ति का बाहर जाना एक समान कठिन था। यहाँ तक कि लक्खीमणि वाले हिस्से में गोरा की भी गति नहीं थी। इस क्षेत्र की व्यवस्था में किसी तरह की कोई दुविधा नहीं थी, क्योंकि यहाँ कानून बनाने वाली भी लक्खीमणि थीं और निचली अदालत से लेकर ऊँची अदालत तक भी लक्खीमणि ही थीं—एक्जीक्यूटिव ज्युडिशियल का भेद तो नहीं ही था, बल्कि लेजिस्लेटिव भी उसी के साथ जुड़ा हुआ था। बाहर के लोगों के साथ व्यवहार में महिम बड़े सख्त जान पड़ते थे, लेकिन लक्खीमणि के शासन में उन्हें अपनी इच्छानुसार चलने की कोई इजाजत नहीं थी, छोटी-छोटी बातों में भी नहीं।

विनय को लक्खीमणि ने आड़ से देख रखा था और पसन्द भी किया था। महिम विनय को बचपन से ही गोरा के मित्र के रूप में देखने के इतने आदी हो गये थे कि शायद अति परिचय के कारण ही उन्होंने कभी विनय को अपनी कन्या के पात्र के रूप में नहीं देखा। जब लक्खीमणि ने उनकी नज़र विनय की ओर इस आशय से घुमाई तब सहधर्मिणी की बुद्धि के प्रति उनकी श्रद्धा बढ़ गई। लक्खीमणि ने पक्का निश्चय कर लिया कि विनय के साथ ही उनकी कन्या का विवाह होगा। एक बहुत बड़ी सुविधा की बात भी इस प्रस्ताव में उन्होंने अपने पति के मन में अच्छी तरह बिठा दी थी कि उन लोगों से विनय कोई दहेज नहीं माँग सकेगा।

विनय को घर में पाकर भी महिम दो-एक दिन उससे विवाह की बात न कर सके। गोरा की सज़ा को लेकर उसका मन व्यथित है, यह सोचकर वे चुप ही रहे।

आज रविवार था। महिम की साप्ताहिक दिवा-निद्रा पत्नी ने पूरी न होने दी। बंकिम बाबू के नव-प्रकाशित 'बंग दर्शन' का नया अंक लेकर विनय आनंदमयी को सुना रहा था कि हाथ में पान का डिब्बा लिये हुए वहाँ पहुँचकर महिम धीरे

से तख्तपोश पर बैठ गये।

उन्होंने पहले तो विनय को एक पान देकर गोरा की उच्छृंखलता और बेअक्ली पर विरक्ति प्रकट की। इसके बाद उसके छूटने में और कितने दिन शेष हैं, यह गिनते-गिनते मानो बिल्कुल अचानक उनको याद आ गया कि अगहन का महीना तो लगभग आधा बीत गया।

वे बोले, "विनय, तुमने जो कहा था कि तुम्हारे वंश में अगहन के महीने में विवाह का निषेध है, वह बिल्कुल व्यर्थ की बात है। अव्वल तो पोथी-पत्रे में निषेध के अलावा कुछ मिलता ही नहीं, उस पर अगर घर में ही अपना निजी शास्त्र बनाते रहोगे तो खानदान चलेगा कैसे?"

विनय का संकट समझकर आनंदमयी बोलीं, "शशिमुखी को विनय बचपन से ही देखता आ रहा है—उससे ब्याह करने की बात उसे नहीं जँचती। इसीलिए अगहन महीने का बहाना करके बैठा है।"

महिम बोले, "यह बात तो शुरू में ही कह देनी चाहिए थी।"

आनंदमयी ने कहा, "अपनी इच्छा पहचानते भी तो देर लगती है, लेकिन महिम, वरों का क्या अकाल है? गौर लौट आए, वह तो अनेक अच्छे लड़कों को जानता है—किसी एक को ठीक कर देगा।"

मुँह बनाते हुए महिम ने कहा, "हुँः!"

थोड़ी देर चुप रहकर फिर बोले, "माँ, अगर तुम्हीं विनय का मन न पलट देतीं तो वह इसमें कोई आपत्ति न करता।"

सकपकाकर विनय कुछ कहने जा रहा था, लेकिन आनंदमयी ने उसे टोकते हुए कहा, "तो, सच बात कहूँ महिम, मैं इसे बढ़ावा नहीं दे सकी। विनय अभी लड़का है, हो सकता है कि बिना समझे-जाने यह कोई काम भी कर बैठता, लेकिन आगे चलकर वह ठीक न होता।"

विनय के आगे ढाल बन कर आनंदमयी ने महिम के गुस्से की मार अपने ऊपर ले ली है, यह समझकर विनय अपनी दुर्बलता पर लज्जित हो उठा। वह अपनी असहमति साफ़-साफ़ प्रकट करने को उद्यत हो रहा था कि महिम और न रुककर मन-ही-मन यह कहते हुए उठकर चले गये कि विमाता कभी अपनी नहीं होती।

महिम ऐसा सोच सकता है और विमाता होने के कारण वे संसार की कचहरी में हमेशा के लिए अभियुक्त की श्रेणी में रख दी गईं, यह आनंदमयी जानती थीं। लेकिन लोग क्या कहेंगे या सोचेंगे, इस बात का विचार करते हुए चलना उनकी आदत नहीं थी। जिस दिन से उन्होंने गोरा को गोद में उठा लिया था, उसी दिन से उनकी प्रकृति लोगों के आचार और विचार से बिल्कुल स्वतंत्र हो गई थी। उस दिन से ऐसी बहुत-

सी बातें वे करती आ रही थीं जिनके लिए लोग उनकी बुराई ही करते थे। उनके जीवन के मर्मस्थल में एक सत्य को छुपा रखने की जो बात उन्हें हमेशा दुःख देती रहती थी, उसकी पीड़ा से यह लोक-निंदा ही किसी सीमा तक उन्हें मुक्त करती थी। जब लोग उन्हें ईसाई कहते थे तब गोरा को गले से लगाकर वे कहती थीं—ईश्वर जानते हैं कि ईसाई कहने से मेरा ज़रा भी अपमान नहीं होता।

इस तरह धीरे-धीरे सभी मामलों में लोगों की बातों से अपने व्यवहार को अलग कर लेने का उनको अभ्यास हो गया था। इसीलिए महिम के मन-ही-मन या प्रकट रूप से विमाता कहकर उन्हें लांछित करने पर भी वह अपने मार्ग से विचलित न होती थीं।

आनंदमयी ने कहा, ''विनू, बहुत दिनों से तुम परेश बाबू के घर नहीं गये!''

विनय बोला, ''अभी बहुत दिन कहाँ हुए हैं?''

आनंदमयी, ''स्टीमर से लौटने के अगले दिन से नहीं गये।''

ये कोई बहुत दिन तो नहीं होते, लेकिन विनय यह भी जानता था कि बीच में परेश बाबू के घर उसका आना-जाना इतना बढ़ गया था कि आनंदमयी के लिए भी उसके दर्शन दुर्लभ हो गये थे। इस हिसाब से तो ज़रूर उसे परेश बाबू के घर गये हुए काफ़ी अरसा हो गया था और यह लोगों के ध्यान देने की बात थी।

विनय अपनी धोती के छोर से एक धागा खींचकर तोड़ता हुआ चुप हो गया।

उसी समय नौकर ने आकर खबर दी, ''माँजी, उहाँ से माई लोक आया है।''

हड़बड़ाकर विनय उठ खड़ा हुआ। कौन आया है, कहाँ से आया है, अभी वह पूछ ही पाता कि सुचरिता और ललिता कमरे में आ पहुँचीं। विनय का कमरे से बाहर जाना नहीं हुआ, वह स्तम्भित-सा खड़ा रहा।

आकर दोनों ने आनंदमयी के पैर छुए। ललिता ने विनय की ओर विशेष ध्यान नहीं दिया, सुचरिता ने उसे नमस्कार करते हुए पूछा, ''अच्छी तरह हैं?'' फिर आनंदमयी की ओर मुड़कर कहा, ''हम लोग परेश बाबू के यहाँ से आई हैं।''

आनंदमयी ने प्यार से उन्हें उठाते हुए कहा, ''मुझे वह परिचय देने की ज़रूरत नहीं है। मैंने तुम लोगों को देखा नहीं, बेटी, लेकिन घर-सा ही जानती हूँ।''

बातें होने लगीं। सुचरिता ने विनय को चुप बैठा देखकर उसे भी बातचीत में खींच लेने की कोशिश की। मृदु स्वर में बोली, ''आप बहुत दिनों से हमारे घर नहीं आए?''

एक बार ललिता की ओर देखकर विनय ने कहा, ''बार-बार तंग करके कहीं आपका स्नेह न खो दूँ, इस डर से।''

तनिक हँसकर सुचरिता ने कहा, ''स्नेह भी बार-बार तंग किये जाने की आशा रखता है, शायद आप यह नहीं जानते?''

आनंदमयी बोलीं, "इस बात को यह खूब जानता है। तुम्हें क्या बताऊँ, इसकी फरमाइशों और नखरों के मारे सारा दिन मुझे फ़ुरसत ही नहीं मिलती।" कहते हुए ममतामयी दृष्टि से उन्होंने विनय की ओर देखा।

विनय बोला, "ईश्वर ने तुम्हें जो धैर्य दिया है, मेरे द्वारा वे उस धैर्य की परीक्षा लेते रहते हैं।"

ललिता को हल्का-सा धक्का देते हुए सुचरिता ने पूछा, "सुन रही है, ललिता? हम लोगों की परीक्षा शायद हो चुकी—हम लोग पास नहीं हुए न?"

इस बात में ललिता ने कोई योग नहीं दिया, यह देखकर आनंदमयी हँसकर बोलीं, "हमारे विनू बाबू अब अपने ही धैर्य की परीक्षा कर रहे हैं। तुम लोगों को यह किस नज़र से देखता है यह तो तुम्हें नहीं मालूम—शाम से ही तुम लोगों की चर्चा के सिवा और कोई बात ही नहीं होती। और परेश बाबू की बात चलने पर बिल्कुल गद्‌गद हो जाता है।"

आनंदमयी ने ललिता के चेहरे की ओर देखा। हठ करके वह आँखें तो उठाए रही, लेकिन चेहरा लाल हो गया।

आनंदमयी ने कहा, "तुम्हारे पिता की ओर से यह न जाने कितने लोगों से झगड़ा कर चुका है! इसके गुट के लोग तो 'ब्राह्म' कहकर इसे जात-बाहर करने की सोच रहे हैं! विनू, इतना घबराने से तो काम नहीं चलेगा, बेटा—सच बात ही तो कह रही हूँ। और इसमें शर्माने जैसी भी तो कोई बात नहीं है। तुम क्या कहती हो, बेटी?"

आनंदमयी ने जब इस बार ललिता की ओर देखा तो उसने आँखें झुका लीं। सुचरिता ने कहा "विनय बाबू हमें अपने ही लोग समझते हैं, यह हम जानती हैं। लेकिन ऐसा हमारे ही गुणों के कारण हो, यह बात नहीं है, वह इनकी उदारता है।"

आनंदमयी बोलीं, "यह बात मैं नहीं मानती। इसे तो बचपन से ही देखती आ रही हूँ, इतने दिन तो इसका दोस्त एक मेरा गोरा ही था। मैंने तो यहाँ तक देखा है कि अपने गुट के लोगों से भी इसका मेल नहीं होता। लेकिन तुम लोगों से दो दिन की जान-पहचान में ही यह ऐसा हो गया है कि हमें भी इसका पता नहीं मिलता। मैंने तो सोचा था, इसके लिए तुम लोगों से झगड़ा करूँगी, लेकिन अब देख रही हूँ कि मुझे भी इसके गुट में ही शामिल हो जाना होगा—तुम से सभी को हार माननी होगी।" कहते-कहते आनंदमयी ने एक बार ललिता और एक बार सुचरिता की ठोड़ी छूकर अपनी उँगलियाँ चूम लीं।

सुचरिता ने विनय का बुरा हाल देखकर दया करके कहा, "विनय बाबू, बाबा भी आए हैं, कृष्णदयाल बाबू से बाहर के कमरे में बातें कर रहे हैं।"

सुनते ही विनय जल्दी से बाहर चला गया। तब आनंदमयी गोरा और विनय

की असाधारण दोस्ती की चर्चा करने लगीं। दोनों श्रोता उदासीन नहीं हैं, यह समझने में उन्हें देर न लगी। जीवन-भर आनंदमयी इन्हीं दोनों लड़कों को मातृस्नेह का पूरा अर्घ्य देकर पूजती रही हैं, इनसे बढ़कर संसार में उनका कोई नहीं रहा है। छोटी लड़कियाँ शिव की पूजा के समय जिस तरह खुद मिट्टी का शिव बनाती हैं, उसी तरह आनंदमयी ने इन दोनों को अपने हाथों से गढ़ा है ज़रूर, लेकिन इन दोनों को उनकी पूरी आराधना मिलती रहती है। आनंदमयी की गोद के इन दो देवताओं की कहानी आनंदमयी के शब्दों के स्नेह-रस में ऐसी डूबी हुई थी कि सुचरिता और ललिता सुनते नहीं अघा रही थीं। उनमें गोरा और विनय के प्रति श्रद्धा कम नहीं थी, लेकिन आनंदमयी जैसी माँ के ऐसे स्नेह के माध्यम से मानो दोनों से उनका एक नया और विशेष परिचय हुआ हो।

आज आनंदमयी से जान-पहचान हो जाने पर मजिस्ट्रेट के प्रति ललिता का गुस्सा कुछ और बढ़ गया। ललिता के मुँह से गुस्से की बात सुनकर आनंदमयी हँस दीं। बोलीं, ''बेटा, आज गोरा जेल में है यह बात मुझे कितना दुःख दे रही है, यह अन्तर्यामी ही जानते हैं। लेकिन साहब पर मैं गुस्सा नहीं कर सकी। मैं गोरा को जानती हूँ, जिसे वह ठीक समझता है उसके सामने नियम-कानून कुछ नहीं मानता, जब नहीं मानता तो जज उसे जेल भेजेंगे ही—इसके लिए उन्हें क्यों दोष दिया जाये? गोरा का कर्तव्य गोरा ने किया—उनका कर्तव्य वे करेंगे, इसमें जिनको दुःख मिलना है उनको मिलेगा ही। मेरे गोरा की चिट्ठी पढ़ो तो समझ सकोगी बिटिया, कि वह दुःख से नहीं डरा, किसी पर व्यर्थ बिगड़ा भी नहीं—किस बात का क्या परिणाम होगा, सब समझ-बूझकर ही आगे बढ़ा।''

यह कहकर बहुत सँभालकर रखी हुई गोरा की चिट्ठी बक्स से निकालकर उन्होंने सुचरिता को दी। बोलीं, ''बेटी, ज़ोर-ज़ोर से पढ़ो, मैं फिर एक बार सुनूँ।''

गोरा की चिट्ठी को पढ़ने के बाद तीनों थोड़ी देर तक स्तब्ध बनी रहीं। आनंदमयी ने आँचल से आँखें पोंछ लीं। उनकी आँखों में जो आँसू थे उनमें केवल माँ के हृदय की पीड़ा ही नहीं थी, उसके साथ आनंद और गौरव भी मिला हुआ था। उनका गोरा क्या मामूली लड़का है! मजिस्ट्रेट दया करके उसका कसूर माफ करके छोड़ देंगे, वह क्या ऐसा है! उसने तो सारा अपराध स्वीकार कर जेल का दुःख जान-बूझकर अपने ऊपर ओढ़ लिया है। उसके इस दुःख के लिए किसी से कोई झगड़ा करने की आवश्यकता नहीं है, गोरा धीरज से उसे सह रहा है और आनंदमयी भी सह लेंगी।

चकित होकर ललिता आनंदमयी के चेहरे की ओर देखती रही। ललिता के मन पर अपने ब्रह्म-समाजी परिवार का बहुत गहरा संस्कार था, जिन स्त्रियों को आधुनिक ढंग की शिक्षा नहीं मिली, और जिन्हें वह 'हिन्दू घर की औरतें' कहकर चीन्हती थी,

उनके प्रति ललिता में सम्मान नहीं था। वरदासुंदरी बचपन से ही लड़कियों से कोई अपराध हो जाने पर उन्हें कहतीं—हिन्दू घर की लड़कियों की तरह ऐसे काम नहीं करते!—ऐसी बात सुनकर ललिता उस अपराध के लिए लज्जित होकर बराबर सिर नीचा कर लेती रही है। आनंदमयी के मुँह से ये बातें सुनकर उसका हृदय बार-बार विस्मय से भर उठता था। जितना बल, उतनी ही शान्ति और उतना ही चकित कर देने वाला सद्-विवेक। आवेश के वेग में ललिता अपने को आनंदमयी के सम्मुख बहुत हीन अनुभव कर रही थी। भीतर-ही-भीतर उसका मन बड़ा क्षुब्ध था, इसीलिए विनय के चेहरे की ओर वह देख भी नहीं रही थी और उससे बोली भी नहीं थी। लेकिन स्नेह, करुणा और शान्ति से मंडित आनंदमयी के चेहरे की ओर देखकर उसके मन के भीतर जमे विद्रोह की ज्वाला ठंडी पड़ गई और चारों ओर के लोगों से उसका सम्बन्ध सहज-सा हो आया। ललिता ने आनंदमयी से कहा, "गौर बाबू ने इतनी शक्ति कहाँ से पाई है, वह आपको देखकर आज समझ सकी हूँ।"

आनंदमयी ने कहा, "तब ठीक नहीं समझीं। अगर गोरा मेरे साधारण लड़के जैसा होता तो मैं कहाँ से शक्ति पाती! तब क्या मैं उसका दुःख ऐसे सह सकती?"

आज ललिता का मन क्यों इतना विकल हो उठा था, उसका थोड़ा इतिहास जानना यहाँ आवश्यक है।

पिछले कई दिनों से रोज़ सवेरे बिस्तर से उठते ही पहली बात ललिता के मन में यही आती रही कि आज विनय बाबू नहीं आएँगे। फिर भी सारा दिन उसके मन ने क्षण भर के लिए भी विनय बाबू के आने की प्रतीक्षा करना नहीं छोड़ा। हर पल उसे लगता रहा, शायद विनय आया है, वह शायद ऊपर न आकर निचले कमरे में परेश बाबू से बात कर रहा है। इसीलिए दिन में कितनी बार अकारण वह एक से दूसरे कमरे में जाती रही है, इसका कोई हिसाब नहीं है। अन्त में सारा दिन बीत जाने पर जब वह बिस्तर पर जा लेटती, तब सोच न पाती कि अपने मन का क्या करे। उसके भीतर से रोना उमड़ता और छाती जैसे फटने लगती, साथ-साथ गुस्सा भी आता—लेकिन गुस्सा किस पर है, यह समझ न पाती—शायद अपने ही ऊपर। वह बार-बार सोचती—यह क्या हुआ? ऐसे कैसे चलेगा? किसी तरह कोई रास्ता नहीं सूझता—ऐसे कितने दिन रह सकूँगी?

ललिता यह जानती है कि विनय हिन्दू है, किसी प्रकार भी विनय के साथ उसका विवाह नहीं हो सकता। फिर भी वह अपने हृदय को किसी तरह बस में नहीं रख पाती और लज्जा और भय से उसके प्राण सूखते रहते हैं; हालाँकि विनय का हृदय उससे विमुख नहीं है, यह बात उसने समझ ली थी। लेकिन समझ लेने पर ही अपने मन पर काबू रखना उसके लिए और कठिन हो गया था। इसीलिए जब वह विह्वल होकर विनय

की बाट जोह रही होती, तब साथ ही एक भय भी उसे लगा रहता कि कहीं विनय आ ही न जाये। इसी तरह अपने साथ खींच-तान करते-करते आखिर आज उसके धैर्य का बाँध टूट गया था। उसने सोचा, विनय के न आने से ही उसके प्राण इतने बेचैन हैं, एक बार उसे देख लेने से ही यह बेचैनी दूर हो सकेगी।

वह सवेरे ही सतीश को पकड़कर अपने कमरे में ले गई। आजकल मौसी को पाकर अपनी दोस्ती की बात सतीश एक तरह से भूला हुआ ही था। ललिता ने उससे कहा, ''विनय बाबू से तेरा झगड़ा हो गया है क्या?''

सतीश ने बलपूर्वक इस अपवाद का खंडन किया। ललिता बोली, ''बड़े आए तेरे दोस्त! तू तो हर वक्त 'विनय बाबू विनय बाबू' की रट लगाए रहता है और वे मुड़कर तेरी ओर देखते भी नहीं।''

सतीश ने कहा, ''वाह, तुम्हारे कहने से क्या! यह कभी हो ही नहीं सकता!''

घर में सबसे छोटे सतीश को अपना बड़प्पन सिद्ध करने के लिए बार-बार गले के ज़ोर से काम लेना पड़ता है। किंतु आज पक्का प्रमाण देने के लिए वह उसी पल दौड़ा हुआ विनय के घर गया। लौटकर बोला, ''वे तो घर पर नहीं हैं, इसीलिए आ भी नहीं सके।''

ललिता ने पूछा, ''इतने दिन क्यों नहीं आए?''

सतीश ने कहा, ''उतने ही दिनों से वे घर के बाहर हैं।''

तब ललिता ने जाकर सुचरिता से कहा, ''दीदी, एक बार हम लोगों को गौर बाबू की माँ के पास हो आना चाहिए।''

सुचरिता ने कहा,''लेकिन उनसे तो परिचय नहीं है।''

ललिता ने कहा, ''वाह, गौर बाबू के पिता तो बाबा के बचपन के दोस्त हैं?''

सुचरिता को भी याद आ गया। बोली, ''हाँ, सो तो है।'' यह कह कर सुचरिता उत्साहित हो उठी। बोली, ''भई ललिता, तुम जाकर बाबा से पूछो?''

ललिता ने कहा, ''नहीं, मैं नहीं कह सकूँगी, तुम जाकर कहो!''

अन्त में परेश बाबू के पास सुचरिता ने ही जाकर बात चलाई। उन्होंने कहा, ''ठीक तो है, हमारा पहले ही जाना उचित होता।''

भोजन के बाद जाने की बात जब तय हो गई, तब ललिता का मन विपरीत हो उठा। न जाने कहाँ से अभिमान और आशंका आकर उसे उल्टी तरफ़ खींचने लगी। उसने जाकर सुचरिता से कहा, ''दीदी, तुम बाबा के साथ चलो। मैं नहीं जाऊँगी।''

सुचरिता ने कहा, ''यह कैसी बात कही? तू नहीं जायेगी तो मैं भी अकेली नहीं जाऊँगी। बड़ी अच्छी लड़की है तू—चल, गड़बड़ मत कर!''

बहुत मनाने पर ललिता मान गई। लेकिन उसे लगा जैसे विनय के सामने उसकी

हार हुई है। विनय तो बड़ी आसानी से उसके घर आए बिना रह सका और वह आज विनय को देखने दौड़ी जा रही है। अपनी इस हार के अपमान-बोध से उसे भारी गुस्सा हो आया। विनय को वहाँ देख पाने की आशा से ही उसने आनंदमयी के घर जाने का इतना आग्रह किया था, मन-ही-मन इस बात को वह बिल्कुल अस्वीकार करने की चेष्टा करने लगी और इसीलिए अपनी इस हठ को सिद्ध करने के लिए न उसने विनय की ओर देखा, न उसके नमस्कार का जवाब दिया, न उससे कोई बात की। विनय ने सोचा, ललिता ने उसके मन की छुपी बात ताड़ ली है, इसीलिए वह उसकी ऐसी अवज्ञा करके उसका प्रत्याख्यान कर रही है। उससे ललिता को प्रेम भी हो सकता है, ऐसा अनुमान करने लायक आत्म-विश्वास विनय में नहीं था।

विनय ने संकोच से दरवाज़े के पास आकर खड़े-खड़े ही कहा, "परेश बाबू अब घर जाना चाहते हैं, इन सबको खबर देने को कहा है।"

विनय कुछ इस ढंग से खड़ा हुआ था कि ललिता उसे देख न सके।

आनंदमयी ने कहा, "यह कैसे हो सकता है! मुँह मीठा किये बिना ही चले जायेंगे! और अधिक देर नहीं होगी—विनय, तुम ज़रा यहाँ बैठो, मैं एक बार देख आऊँ। बाहर ही क्यों खड़े हो, कमरे में आकर बैठो!"

ललिता की ओर पीठ करके विनय थोड़ी दूर पर जगह ठीक करके बैठा। विनय के प्रति उसके व्यवहार में कोई मैल नहीं है, कुछ ऐसे ही सहज भाव से ललिता ने कहा, "विनय बाबू, आपका मित्र सतीश आज सुबह यह जानने के लिए ही आपके घर गया था कि क्या आपने उसको बिल्कुल त्याग दिया है।"

अचानक देववाणी सुनकर मनुष्य जैसे चकित हो जाता है, इसी तरह विनय चौंक उठा। उसका वह चौंकना सबको दिख गया होगा, यह सोचकर वह बहुत झेंप गया। अपनी स्वाभाविक चतुराई का कोई स्पष्टीकरण नहीं दे सका, कानों तक लाल होता हुआ वह बोला, "सतीश गया था क्या? मैं तो घर पर नहीं था।"

विनय को ललिता की इस साधारण-सी बात से बहुत खुशी हुई। क्षण-भर में सारे विश्व पर छाया हुआ एक गहरा संशय अचानक टूटने वाले दुःस्वप्न-सा दूर हो गया। मानो पृथ्वी पर उसके चाहने लायक और कुछ बाकी न रहा। उसका मन कह उठा—मैं बच गया, मैं बच गया। ललिता नाराज़ नहीं है, ललिता ने मुझ पर कोई सन्देह नहीं किया।

विनय बोला, "दुनिया में जो लोग शिकायत नहीं करते, चुप रह जाते हैं, उन्हीं को तो दोषी ठहराया जाता है। दीदी, तुम्हारे मुँह से ऐसी बात नहीं सुहाती—तुम खुद इतनी दूर चली गई हो कि दूसरे ही अब तुम्हें दूर जान पड़ते हैं।"

आज पहले-पहल विनय ने सुचरिता को दीदी कहा था। सुचरिता के कानों को

यह बहुत मधुर लगा। पहले परिचय के समय ही विनय के प्रति उसके मन में जो सौहार्द उत्पन्न हुआ था, मानो इस सम्बोधन से ही उसे एक स्नेहपूर्ण आकार मिल गया।

जब परेश बाबू लड़कियों को लेकर विदा हुए तब दिन समाप्त होने को था। आनंदमयी से विनय ने कहा, "माँ, आज तुम्हें कोई काम नहीं करने दूँगा। चलो, ऊपर चलें।"

अपने हृदय की हलचल को विनय सँभाल नहीं पा रहा था। आनंदमयी को ऊपर ले जाकर उसने अपने हाथ से फ़र्श पर चटाई बिछाकर उन्हें बैठाया। विनय से आनंदमयी ने पूछा, "विनय, क्यों, आखिर बात क्या है?"

विनय ने कहा, "मुझे कोई बात नहीं कहनी, तुम्हीं कहो!"

परेश बाबू की लड़कियाँ उन्हें कैसी लगीं, यही सुनने के लिए विनय का मन छटपटा रहा था।

आनंदमयी ने कहा, "वाह, बस इसीलिए तू मुझे बुला लाया? मैं तो समझी कि कोई काम की बात होगी।"

विनय ने कहा, "बुलाकर न लाता तो ऐसा सूर्यास्त कहाँ देख पातीं।"

कलकत्ता की छतों पर उस दिन अगहन मास का सूर्य मलिन भाव से ही अस्त हो रहा था। विविध रंगों की कोई छटा नहीं थी, आकाश में धूमिल बदली में एक सुनहरी फीकी-सी आभा झलक रही थी। किंतु विनय के मन को आज इस मुर्झाई हुई साँझ की धूसरता भी रंगीन लग रही थी। उसे ऐसा महसूस हो रहा था मानो चारों दिशाएँ उसे निविड़ता से घेर रही हों, आकाश मानो उसे छू रहा हो।

आनंदमयी ने कहा, "दोनों लड़कियाँ बड़ी लक्ष्मी हैं।"

इस चर्चा को विनय ने रुकने नहीं दिया, तरह-तरह से इसको युक्तिपूर्वक आगे बढ़ाता रहा। परेश बाबू की लड़कियों के बारे में न जाने कब-कब की कौन-कौन सी छोटी-बड़ी सभी बातें सामने आईं, उनमें से कई बिल्कुल मामूली थीं, लेकिन उस अगहन की म्लान नीरव साँझ में एकांत कमरे में विनय के उत्साह और आनंदमयी की उत्सुकता से घरेलू जीवन के अप्रसिद्ध इतिहास की ये छोटी-छोटी बातें भी गम्भीर हो उठी थीं।

सहसा आनंदमयी ने एक लम्बी साँस लेकर कहा, "सुचरिता के साथ यदि गोरा का विवाह हो सकता तो मुझे बड़ी खुशी होती।"

विनय उछल पड़ा। बोला, "माँ, मैंने भी कई बार यह बात सोची है। गोरा के लिए बिल्कुल उपयुक्त संगिनी है।"

आनंदमयी, "लेकिन ऐसा क्या हो सकेगा?"

विनय, "क्यों नहीं हो सकेगा? मुझे तो लगता है, गोरा को सुचरिता पसन्द न

हो ऐसी बात ही नहीं है।''

आनंदमयी से यह बात छिपी न थी कि गोरा का मन किसी ओर आकृष्ट हुआ है। और विनय की अनेक बातों से उन्होंने यह भी जान लिया था कि वह लड़की सुचरिता ही होगी। थोड़ी देर चुप रहने के बाद आनंदमयी ने कहा, ''लेकिन सुचरिता क्या हिन्दू घर में विवाह करेगी?''

विनय ने पूछा, ''अच्छा माँ, गोरा ब्राह्म के घर विवाह नहीं कर सकता? क्या तुम राज़ी न होओगी?''

आनंदमयी, ''बिल्कुल राज़ी होऊँगी।''

विनय ने फिर पूछा, ''होओगी?''

आनंदमयी बोलीं, ''क्यों नहीं होऊँगी, विनू? मन से मन का मेल होने से ही ब्याह होता है—उस समय कौन-सा मंतर पढ़ा गया, इससे क्या आता-जाता है। जैसे भी हो भगवान का नाम ले लिया और यही काफ़ी है।''

विनय के मन से एक बोझ उतर गया। उत्साहित होकर उसने कहा, ''माँ, तुम्हारे मुँह से ये सब बातें सुनकर मुझे बड़ा विस्मय होता है। इतनी उदार बुद्धि तुमने कहाँ से पाई?''

हँसकर आनंदमयी ने कहा, ''गोरा से ही पाई है।''

विनय ने कहा, ''गोरा तो इससे उल्टी बात कहता है।''

आनंदमयी, ''उसके कहने से क्या होता है? मैंने जो कुछ सीखा है सब गोरा से ही सीखा है। मनुष्य नाम की चीज़ कितना बड़ा सत्य है, और मनुष्य जिन चीज़ों को लेकर गुटबंदी करता है, लड़ मरता है, वे सब कितनी झूठी हैं—भगवान ने ये सारी बातें मुझे उसी दिन समझा दी थीं, जिस दिन गोरा को मुझे दिया था। बेटा, ब्रह्म-समाजी कौन हैं और हिन्दू कौन हैं? मनुष्य के हृदय की तो कोई बात नहीं है—बेटा, वहीं आकर भगवान सबको मिलाते हैं और स्वयं भी आ मिलते हैं। उन्हें हटाकर मन्त्र और मतवाद पर मिलाने का भार छोड़ देने से थोड़े ही चलेगा?''

आनंदमयी के पैरों की धूल लेकर विनय ने कहा, ''माँ, तुम्हारी बात मुझे बहुत अच्छी लगी। मेरा आज का दिन सार्थक हुआ।''

## 37

परेश बाबू के परिवार में सुचरिता की मौसी हरिमोहिनी को लेकर एक विकट अशान्ति फैल गई। उसका विवरण देने से पहले सुचरिता को हरिमोहिनी ने अपना जो परिचय

दिया था वही संक्षेप में बता देना ठीक होगा—

तुम्हारी माँ से मैं दो साल बड़ी थी। पिता के यहाँ हम दोनों के लाड़-प्यार की सीमा नहीं थी, क्योंकि हमारे घर में तब तक केवल हम दोनों कन्याएँ ही जन्मी थीं— और कोई शिशु घर में नहीं था। चाचा-काका लोगों के दुलार के मारे हम लोगों के पैर ज़मीन पर नहीं पड़ते थे।

आठ साल की उम्र में मेरा विवाह पालसा के विख्यात राय चौधरी परिवार में हुआ। उन लोगों का कुल जितना बड़ा था, धन भी वैसा ही था। लेकिन भाग्य में सुख नहीं लिखा था। विवाह के समय दहेज की बात को लेकर मेरे ससुर से पिता का झगड़ा हो गया था। मेरे पीहर के इस अपराध को ससुराल वाले कभी क्षमा नहीं कर सके। सभी कहते रहते—लड़के का दूसरा ब्याह कर दें तब देखेंगे कि इस लड़की की क्या हालत होती है।—मेरी दुर्दशा देखकर ही पिता ने प्रण किया था कि फिर किसी धनी के घर लड़की नहीं देंगे। तभी तुम्हारी माँ गरीब घर में ब्याही गई थीं।

परिवार बहुत बड़ा होने से मुझे आठ-नौ साल की उम्र से ही रसोई करनी पड़ती थी। पचास-साठ लोग खाने वाले थे। सबको खिलाकर किसी दिन मुझे निरे भात तो कभी दाल-भात पर ही गुजारा करना पड़ता था। किसी दिन दो बजे खाना मिलता था तो किसी-किसी दिन शाम ही हो जाती थी। भोजन करते ही शाम की रसोई में जुट जाना पड़ता था। और रात को ग्यारह-बारह बजे जाकर खाने का मौका मिलता था। सोने की कोई निश्चित जगह नहीं थी, अन्त:पुर में जिस दिन जिसके पास थोड़ी जगह मिल जाती उसी के पास पड़ी रहती। किसी-किसी दिन तो पीढ़े बिछा कर उन्हीं पर सोना पड़ता।

मेरे प्रति घर में सबका जो अनादर भाव था उसका असर स्वामी के मन पर भी हुए बिना न रहा। काफ़ी दिन से वे मुझे दूर ही दूर रखते आ रहे थे।

इस बीच मैं जब सत्रह साल की थी तब मेरे एक लड़की हुई, मनोरमा। लड़की को जन्म देने के कारण ससुराल में मेरी हालत और भी बदतर हो गई। सारे अनादर और अपमान के बीच एक मात्र यह लड़की ही मेरी सान्त्वना और आनंद थी। उसके बाप या किसी दूसरे से मनोरमा को कोई प्यार नहीं मिला, इसलिए वह और भी मेरे प्यार की अधिकारी बन गई।

तीन साल बाद जब मेरे लड़का हुआ तब से मेरी हालत कुछ सुधरने लगी। तब से मैं गृहिणी गिनी जाने लायक समझी गई। मेरी सास तो थी नहीं—मनोरमा के जन्म के दो साल बाद ससुर भी मर गये थे। उनकी मृत्यु के बाद जायदाद के बारे में देवरों से मुकदमेबाज़ी होने लगी। अन्त में बहुत-सी पूँजी लुटा देने के बाद बँटवारा हो गया।

मनोरमा के विवाह का समय आया। कहीं वह बहुत दूर न चली जाये, कहीं

उसे फिर देख न पाऊँ, इसी आशंका से पालसा से पाँच–छः कोस की दूरी पर सिमुल नामक गाँव में उसे ब्याह दिया। देखने में लड़का कार्तिकेय–सा सुंदर था—जैसा रंग वैसा रूप—घर भी अच्छा खाता–पीता था।

अपमान और कष्ट के दिन पहले जैसे बीतते रहे थे, सुहाग मिट जाने के पहले कुछ दिन विधाता ने मुझे वैसा ही सुख भी दिखाया। पिछले दिनों में पति मुझे बड़ा मान देने लगे थे और मुझसे सलाह किये बिना कोई काम नहीं करते थे। लेकिन इतना सौभाग्य मैं कैसे सहती! हैजा फैला, चार दिन के अन्तर पर लड़का और स्वामी दोनों मर गये। जिस दुःख की कल्पना भी असह्य जान पड़ती है, उसे भी मनुष्य सह लेता है, शायद यही बताने के लिए ईश्वर ने मुझे बचा लिया।

धीरे–धीरे जमाई का असली परिचय मिलने लगा। सुंदर फूल के भीतर ऐसा काला साँप छिपा रह सकता है, यह कौन सोच सकता था? वह कुसंगति में पड़कर शराबी हो गया है, मेरी लड़की ने भी मुझे यह नहीं बताया था। जब–तब जमाई आकर तरह–तरह की ज़रूरतें बताकर मुझसे रुपया माँग ले जाता था। दुनिया में मुझे तो किसी के लिए पैसा जोड़ रखने की ज़रूरत थी नहीं, इसलिए जमाई जब मनुहार करके मुझसे कुछ माँगता तो मुझे अच्छा ही लगता। बीच–बीच में मेरी लड़की मुझे टोक देती थी, फटकार कर वह भी कहती कि तुम्हीं इस तरह पैसे देकर उनकी आदतें बिगाड़ रही हो—रुपया हाथ आते ही वह उसे कहाँ कैसे उड़ा देते हैं इसका कोई ठिकाना नहीं है। मैं सोचती, मुझसे रुपया लेने से उसकी ससुराल वालों का अपमान होगा इसी डर से शायद मनोरमा मुझे मना करती रहती है।

फिर मुझे न जाने क्या सूझी कि मैं अपनी लड़की से छिपाकर जमाई को उसकी शराब के पैसे देने लगी। मनोरमा को जब पता लगा तो एक दिन उसने मुझे रो–रोकर अपने स्वामी के कलंक की पूरी कहानी सुना दी। मैं तो सिर पकड़कर बैठ गई। वह सब दुःख की बात और क्या बताऊँ, मेरे ही एक देवर की बुरी संगति और प्रोत्साहन के कारण जमाई इतना बिगड़ गया था।

जब मैंने रुपया देना बंद कर दिया, और जब उसे यह सन्देह हो गया कि मेरी लड़की ने ही मुझे मना किया है, तब वह और भी खुलकर खेलने लगा। उसने इतना अत्याचार किया और सब के सामने मेरी लड़की का इतना अपमान करने लगा कि उससे बचने के लिए मैं फिर लड़की से छिपाकर उसे रुपया देने लगी। मैं जानती थी कि मैं उसे रसातल को भेज रही हूँ, लेकिन वह मनोरमा को कष्ट दे रहा है सुनकर मैं रह नहीं पाती थी।

अन्त में एक दिन—मुझे बहुत अच्छी तरह याद है, माघ के महीने के आखिरी दिन थे। गर्मी उस साल जल्दी ही पड़ने लगी थी, हम लोग बातें कर रहे थे कि 'अभी

से हमारे आँगन के आम के पेड़ में बौर आ गया है।' उसी माघ के एक दिन तीसरे पहर दरवाज़े पर आकर एक पालकी रुकी। मैंने देखा, मनोरमा ने हँसते-हँसते आकर मुझे प्रणाम किया। मैंने पूछा, ''कहो मनू, तुम लोगों की क्या खबर है?''

हँसकर मनोरमा ने कहा, ''क्यों, जब तक कोई खबर न हो यों ही क्या माँ के घर नहीं आ सकते?''

मेरी समधिन ऐसी बुरी नहीं थी। उन्होंने मुझे कहला भेजा कि बहू के संतान होने वाली है। संतान होने तक उसका माँ के पास रहना ही अच्छा है। मैं समझी कि ठीक यही बात होगी। यह मैं नहीं समझ सकी कि जमाई ने इस हालत में ही मनोरमा को मारना-पीटना शुरू कर दिया है और किसी अनिष्ट के डर से ही समधिन ने अपनी बहू को मेरे पास भेज दिया है। मनू और उसकी सास ने मिलकर मुझे भुलावे में रखा। मनोरमा को मैं अपने हाथ से तेल मलकर नहलाना चाहती तो वह तरह-तरह के बहाने करके टाल देती। असल में उसकी कोमल देह पर मार के जो निशान थे उन्हीं को वह मेरी नज़रों से छिपाना चाहती थी।

बीच-बीच में जमाई आकर मनोरमा को लौटा ले जाने के लिए हल्ला-गुल्ला किया करता। लड़की के मेरे पास रहते उसे रुपए के लिए हठ करने में बाधा होती। लेकिन यह झिझक भी धीरे-धीरे उसने छोड़ दी और रुपए के लिए मनोरमा के सामने भी मुझे तंग करने लगा। मनोरमा जिद कहती, ''बिल्कुल रुपया मत दो!'' लेकिन मेरा मन बड़ा दुर्बल था—कहीं जमाई मेरी लड़की पर और अधिक न बिगड़ उठे इस भय से उसे कुछ दिए बिना मुझसे न रहा जाता था।

मनोरमा ने एक दिन कहा, ''माँ, तुम्हारा रुपया-पैसा सब मैं रखूँगी।'' और यह कहकर वह मेरे चाभी-बक्से पर कब्जा कर बैठी। जमाई ने जाकर जब मुझसे कुछ पाने का उपाय न देखा और जब मनोरमा को भी किसी तरह न पिघला सका तब बोला, ''मँझली बहू को घर ले जाऊँगा।'' मैं मनोरमा से कहती, ''दे दे बेटी, उसे कुछ रुपया देकर विदा कर दे—नहीं तो न जाने क्या कर बैठेगा!'' लेकिन मेरी मनोरमा एक तरफ़ जितनी नरम थी दूसरी तरफ़ उतनी ही कड़ी थी। वह कहती, ''नहीं, रुपया किसी तरह नहीं दिया जायेगा।''

एक दिन जमाई आकर आँखें लाल करके बोले, ''कल मैं तीसरे पहर पालकी भेज दूँगा। बहू को अगर न भेजा तो अच्छा नहीं होगा, कहे देता हूँ।''

अगले दिन शाम से पहले ही पालकी आने पर मनोरमा से मैंने कहा, ''बेटी और देर करना ठीक नहीं है, अगले हफ्ते ही फिर तुम्हें लाने के लिए किसी को भेज दूँगी।''

मनोरमा ने कहा, ''आज रहने दो माँ, आज मेरा जाने को मन नहीं होता, दो-

एक दिन बाद आने को कह दो!''

मैंने कहा, ''बेटी, पालकी लौटा देने से बिगड़ैल जमाई क्या छोड़ेगा? जाने दो मनू, तुम आज ही चली जाओ!''

मनू ने कहा, ''नहीं माँ, आज मेरे ससुर कलकत्ता गये हुए हैं, फागुन के मध्य तक लौट आएँगे—तब जाऊँगी।''

फिर भी मैंने कहा, ''नहीं बेटी, चली ही जाओ।''

तब मनोरमा तैयार हो गई।

मैं उसकी ससुराल के नौकर और पालकी वाले कहारों को खिलाने-पिलाने के प्रबंध में लगी रही। जाने से पहले उसके पास थोड़ी देर बैठ लूँ या उसे अपने हाथों से सजा दूँ, या उसे जो खाना अच्छा लगता है वही उसे खिलाकर प्यार-जतन के साथ उसे विदा करूँ, इसका मौका ही नहीं मिला। पालकी पर सवार होने से पहले मुझे प्रणाम करके पैरों की धूल लेते हुए उसने कहा, ''माँ, तो मैं जा रही हूँ।''

वह सचमुच ही जा रही थी, यह क्या तब मैं जानती थी। वह जाना नहीं चाहती थी, मैंने ही उसे ज़बर्दस्ती विदा कर दिया—इस दुःख से मेरी छाती अब फट रही है—अब वह किसी तरह जुड़ा नहीं सकेगी।

उसी रात में गर्भपात होने से मनोरमा की मृत्यु हो गई। मुझे यह खबर मिलने से पहले छिपाकर बड़ी शीघ्रता से उसका दाह-संस्कार किया जा चुका था।

जिसके बारे में कुछ कहा नहीं जा सकता, कुछ किया नहीं जा सकता, सोचकर पार नहीं पाया जा सकता, रोकर जिसे चुकाया नहीं जा सकता, वह दुःख भी कैसा दुःख है तुम नहीं समझ सकोगी—समझने की ऐसी ज़रूरत भी नहीं है। मेरा तो सब-कुछ चला गया, लेकिन फिर भी मुसीबत नहीं चुकी। स्वामी और पुत्र की मृत्यु के बाद से मेरी जायदाद पर देवरों की नीयत थी। वे जानते थे कि मेरे मरने पर ज़मीन-जायदाद सब उन्हीं की होगी, लेकिन जब तक प्रतीक्षा करने का भी धैर्य उनमें नहीं था। इसके लिए किसी को दोष क्या दूँ, सचमुच मुझ-जैसी अभागिनी का जीते रहना भी भारी अपराध है। दुनिया में जिनकी अनेक ज़रूरतें हैं, वे यह कैसे सह सकते हैं कि मेरे जैसे प्रयोजनहीन लोग उनकी जगह घेरे रहें?

मनोरमा जब तक थी तब तक मैं देवरों की किसी बात के भुलावे में नहीं आई। जहाँ तक हो सका अपनी जायदाद पर अपने अधिकार के लिए लड़ती रही। मैं जब तक जीती हूँ मनोरमा के लिए रुपया जुटाती रहकर उसे दे जाऊँगी, यही मेरा निश्चय था। अपनी लड़की के लिए मैं रुपया जुटाने की कोशिश कर रही हूँ, यही मेरे देवरों के लिए असह्य हो रहा था—उन्हें लगता था कि मैं उनका ही धन चुरा रही हूँ। नीलकांत स्वामी का एक पुराना विश्वासी कर्मचारी था, वही मेरा सहायक था। मैं अगर अपना

पावना कुछ छोड़कर आपस में कुछ निबटारा करने की कोशिश भी करती तो वह किसी तरह राज़ी न होता—वह कहता, ''हमारे हक का एक पैसा भी कोई कैसे लेता है, देखूँगा।'' इसी हक की लड़ाई के चलते ही मेरी लड़की की मृत्यु हो गई। उसके अगले दिन ही मेरे मँझले देवर ने आकर मुझे वैराग्य का उपदेश दिया। बोले, ''भाभी, ईश्वर ने तुम्हारी जो हालत कर दी है उसके बाद गृहस्थी में रहना अब ठीक नहीं है। जितने दिन जीना है तीर्थ में जाकर धर्म-कर्म में मन लगाओ। हम लोग तुम्हारे खाने-पहनने का बंदोबस्त कर देंगे।''

अपने कुल-पुरोहित को मैंने बुला भेजा। उनसे कहा, ''ठाकुर, इस असह्य दुःख से बचने का उपाय बता दो—मुझे उठते-बैठते कहीं एक क्षण को शान्ति नहीं है—मैं मानो चारों ओर से आग से घिर गई हूँ। जहाँ जाती हूँ, जिधर जाती हूँ, यंत्रणा से मुक्ति का कहीं कोई रास्ता नहीं देख पाती।''

मुझे गुरु हमारे ठाकुर द्वारे के भीतर ले गये और बोले, ''यह गोपी वल्लभ ही तुम्हारे स्वामी, पुत्र, कन्या सब-कुछ हैं। इनकी सेवा करने से ही तुम्हारे सब दुःख दूर होंगे।''

दिन-रात मैं ठाकुरघर में ही पड़ी रहती। मैंने बड़ी कोशिश की कि अपना सारा मन ठाकुर को ही सौंप दूँ—लेकिन वही न अपनाएँ तो मैं दूँ कैसे? और उन्होंने अपनाया ही कहाँ?

मैंने नीलकांत को बुलाकर कहा,''नीलू दादा, मैंने तय कर लिया है कि अपनी सब सम्पत्ति देवरों के ही नाम कर दूँगी। खुराक के लिए वे लोग हर महीने कुछ रुपया दे दिया करेंगे।''

नीलकांत ने कहा, ''यह कभी नहीं हो सकेगा। तुम औरत हो, इन सब बातों में मत आ जाना।''

मैंने कहा, ''मुझे अब जायदाद का करना क्या है?''

नीलकांत ने कहा, ''ऐसा कहने से नहीं चलेगा। हमारा जो हक है उसे हम छोड़ेंगे क्यों? ऐसा पागलपन मत करना!''

हक से बड़ा नीलकांत को और कुछ दिखता ही नहीं था। मैं बड़ी मुश्किल में पड़ गई। जायदाद मुझे विष-सी लग रही थी, लेकिन संसार में मेरा एकमात्र विश्वासी यह नीलकांत ही था, इसलिए उसके मन को मैं चोट कैसे पहुँचाती? वही तो इतने दुःख में मेरे उस एक हक की रक्षा करता आया था।

अन्त में एक दिन मैंने नीलकांत से छिपाकर एक कागज़ पर सही कर दी। उसमें क्या लिखा था अच्छी तरह मैंने देखा-समझा भी नहीं। मैंने सोचा था, सही करने में हर्ज क्या है—ऐसा मैं रखना ही क्या चाहती हूँ जो किसी के ठग लेने का भय हो। सब-

कुछ तो मेरे ससुर का था, उनके लड़के ले लेंगे तो ले लें।

लिखा-पढ़ी की रजिस्ट्री हो जाने पर मैंने नीलकांत को बुलाकर कहा, "नीलू दादा, नाराज़ मत होना, मेरा जो कुछ था मैंने उसकी लिखा-पढ़ी कर दी है, मुझे किसी से कुछ लेना-देना नहीं है।"

घबराकर नीलकांत ने कहा, "ऐं—क्या कर दिया तुमने?"

कागज़ पढ़कर नीलकांत ने जब देख लिया कि मैंने सचमुच अपना सब अधिकार छोड़ दिया है, तब उसके क्रोध की सीमा न रही। स्वामी की मृत्यु के बाद से मेरा हक बचाना ही उसके जीवन का एक मात्र अवलम्बन था। उसकी सारी बुद्धि, सारी शक्ति बराबर इसी कार्य में लगी रहती थी। इसी के लिए मामला-मुकदमा, वकील के घर दौड़ना, आईन-कानून खोज निकालना, इसी सबमें वह सुखी था—यहाँ तक कि अपना घर सँभालने की भी उसे फुरसत न होती थी। वही हक एक निर्बोध स्त्री ने जब कलम के एक झटके से मिटा दिया तब नीलकांत को शान्त करना असंभव हो गया।

वह बोला, "खैर, अब यहाँ से मेरा सम्बन्ध चुक गया, मैं चला।"

अन्त में ऐसे नाराज़ होकर नीलू दादा भी मुझे छोड़ जायेंगे, मेरे ससुराल के भाग्य की आखिरी लिखत क्या यही थी? मैंने उसकी बड़ी मिन्नतें कीं, उसे बुलाकर समझाया, "दादा, मुझ पर क्रोध मत करो, मैंने कुछ रुपया जोड़ रखा था, उसमें से यह पाँच सौ रुपया तुम्हें दे रही हूँ—जिस दिन तुम्हारे लड़के की बहू आएगी उस दिन इनसे उसके गहने बनवाकर मेरे आशीर्वाद के साथ दे देना।"

नीलकांत ने कहा, "मुझे और रुपया नहीं चाहिए। हमारी मिल्कियत का सब-कुछ ही जब चला गया तब यह पाँच सौ रुपया लेकर मुझे संतोष नहीं होगा। वह रहने दो।" यह कहकर मेरे स्वामी का अंतिम सच्चा बंधु भी मुझे छोड़कर चला गया।

मैंने ठाकुर द्वारे में शरण ली। देवरों ने कहा, "तुम तीर्थ करने जाओ!"

मैंने कहा, "मेरी ससुराल ही मेरा तीर्थ है, और जहाँ ठाकुर हैं, वहीं मेरा आश्रय है।"

लेकिन घर के किसी ज़रा कोने पर भी मैं अधिकार किये रहूँ, यह उनके लिए असह्य होने लगा। इस बीच उन्होंने हमारे घर में अपना माल-असबाब लाकर तय कर लिया था कि कौन-सा कमरा किस काम में लाया जायेगा। अन्त में उन्होंने कहा, "अपने ठाकुर को तुम ले जा सकती हो—उसमें हम लोग आपत्ति नहीं करेंगे।"

मैंने जब इसमें आनाकानी की तब वे बोले, "यहाँ तुम्हारा खर्चा कैसे चलेगा?"

मैंने कहा, "क्यों, तुम लोगों ने जो खुराक तय की है वही मेरे लिए यथेष्ट होगी।"

उन्होंने कहा, ''कहाँ, खुराक की तो कोई बात नहीं है।''

तब अपने विवाह के ठीक चौंतीस साल बाद एक दिन मैं ठाकुर को लेकर ससुराल से निकल पड़ी। नीलू दादा की खोज करने जाने पर पता चला कि वह मुझसे पहले ही वृंदावन चले गये हैं।

गाँव के तीर्थ-यात्रियों के साथ मैं काशी पहुँची। लेकिन पापी मन को कहीं शान्ति नहीं मिली। रोज़ ठाकुर को पुकारकर कहती, ''ठाकुर, मेरे पति मेरे बेटा-बेटी मेरे लिए जितने सत्य थे तुम भी मेरे लिए उतने ही सत्य हो जाओ!'' लेकिन मेरी प्रार्थना वे कहाँ सुनते थे! मेरा मन किसी तरह न सँभलता, मेरा सारा तन-मन दुःखी रहता। रोना ही मेरे भाग्य में लिखा था। बाप रे बाप! मनुष्य की जान भी कितनी सख्त होती है!

मैं आठ वर्ष की उम्र में ससुराल गई थी, तब से एक दिन के लिए भी पीहर नहीं आ सकी। तुम्हारी माँ के विवाह के समय आने की बड़ी कोशिश की थी, कोई नतीजा नहीं निकला। फिर बाबा की चिट्ठी से ही तुम लोगों के जन्म की और फिर बहन की मृत्यु की खबर मिली। माँ की गोद से वंचित हुए तुम लोगों को एक बार मैं अपनी गोद में बिठा सकूँ, अब तक ईश्वर ने ऐसा सुयोग नहीं दिखाया।

तीर्थ घूमकर जब यह देख लिया कि माया अब भी मन को घेरे हुए है, किसी अपनी चीज़ को पाने के लिए हृदय की तृष्णा अभी नहीं मरी—तब तुम लोगों की खोज करने लगी। सुना था कि तुम्हारे पिता धर्म छोड़कर, समाज छोड़कर अलग हो गये थे। लेकिन उससे क्या होता—तुम्हारी माँ मेरी सगी बहन जो थी।

काशी में एक भले आदमी थे। तुम लोगों का पता पाकर यहाँ आई हूँ। सुना है परेश बाबू ठाकुर-देवता कुछ नहीं मानते, लेकिन ठाकुर उन पर प्रसन्न हैं, यह उनका चेहरा देखते ही पता चल जाता है। पूजा पाकर ही ठाकुर भूल नहीं जाते, यह मैं खूब जानती हूँ। परेश बाबू ने उन्हें कैसे वश में कर लिया इसका पता लगाऊँगी। जो हो बिटिया, मेरे अकेले रहने का समय अभी नहीं आया—वह मैं नहीं कह सकती—ठाकुर जब दया करें...लेकिन तब तक तुम्हें छाती से लगाए रखे बिना मैं नहीं रह सकूँगी।

## 38

वरदासुंदरी की अनुपस्थिति में परेश बाबू ने हरिमोहिनी को आश्रय दिया था। छत पर अकेले कमरे में उन्हें स्थान देकर ऐसी व्यवस्था कर दी थी कि अपने धरम-करम का पालन करने में उन्हें किसी रुकावट का सामना न करना पड़े।

लौटकर वरदासुंदरी ने अपनी घरेलू व्यवस्था में यह नया और अकल्पित परिवर्तन देखा तो एकदम जल-भुन गईं। बड़े तीखे स्वर में उन्होंने परेश से कहा, ''यह मुझसे नहीं होगा।''

परेश बाबू ने कहा, ''हम सबको तुम सह सकती हो, और उस एक अनाथ विधवा को नहीं सह सकोगी ?''

वरदासुंदरी जानती थीं कि लोक-व्यवहार का ज्ञान परेश बाबू को बिल्कुल नहीं है। किसी बात से दुनिया में क्या सुविधा या असुविधा होती है इस बारे में वे कभी कुछ सोचते ही नहीं, सहसा कोई कदम उठा लेते हैं। उसके बाद कोई चाहे गुस्सा करे, बिगड़े या रोये-धोये, वे एकदम पत्थर की मूर्ति बने बैठे रहते हैं। भला ऐसे आदमी से कौन निबाह सकता है ? ज़रूरत होने पर जिसके साथ झगड़ा भी न किया जा सके उसके साथ कौन स्त्री गृहस्थी चला सकती है !

सुचरिता और मनोरमा की उम्र लगभग एक ही थी। हरिमोहिनी को लगने लगा कि देखने में भी सुचरिता बहुत-कुछ मनोरमा-सी ही है, और स्वभाव भी उससे मिलता-जुलता है—वैसी ही शान्त और वैसी ही दृढ़। कभी-कभी अचानक पीठ की तरफ़ से उसे देखकर हरिमोहिनी का हृदय एकाएक चौंक उठता। किसी-किसी दिन साँझ के अंधकार में वह निःशब्द अकेली बैठकर रो रही होतीं, तब सुचरिता के पास आने पर पलकें बंद करके उसे दोनों हाथों से खींचकर छाती से लगाकर कह उठतीं, ''अहा, मुझे लग रहा है कि उसी को मैं छाती से लगाए हूँ। वह जाना नहीं चाहती थी, ज़बर्दस्ती मैंने उसे भेज दिया—दुनिया में क्या कभी किसी तरह मेरी यह सज़ा पूरी न होगी। शायद जो दंड मिलना था, मिल चुका—अब वह फिर आ गई है—यही तो लौट आई है—वैसी ही हँसती हुई लौट आई है—मेरी बिटिया, मेरी मणि-माणिक, मेरा धन !''

ऐसा कहकर सुचरिता के सारे चेहरे पर हाथ फेरकर उसे चूमकर वह आँसुओं में डूबी रहतीं, सुचरिता की आँखों में भी आँसू आ जाते। वह मौसी की गर्दन में हाथ डालकर कहती, ''मौसी, मैं भी तो माँ का प्यार बहुत दिन नहीं पा सकी, वही खोयी हुई माँ आज फिर लौट आई हैं। कितनी बार कितने दुःख के समय जब ईश्वर को पुकारने की शक्ति नहीं रही, जब भीतर-ही-भीतर मन टूट गया है, तब मैंने माँ को पुकारा है। आज वही माँ मेरी पुकार सुनकर आ गई है।''

हरिमोहिनी कहतीं, ''ऐसा मत कह, मत कह। तेरी बात सुनकर मुझे इतना आनंद होता है कि मैं डर जाती हूँ। हे ठाकुर, इधर ध्यान न देना ठाकुर ! सोचती हूँ कि और मोह नहीं करूँगी, मन को पत्थर बना लूँगी, लेकिन मुझसे होता नहीं। मैं बड़ी दुर्बल हूँ, मुझ पर दया करो, मुझे और मत मारो ! नहीं, राधारानी, तू जा, चली जा, मुझे छोड़

जा—मुझे फिर मत बाँध, मत बाँध! मेरे गोपी वल्लभ, मेरे जीवन नाथ, मेरे गोपाल, मेरे नीलमणि, मुझे फिर किस जंजाल में डाल रहे हैं... !''

सुचरिता कहती, ''तुम मुझे ज़बर्दस्ती नहीं हटा सकोगी मौसी, मैं तुम्हें कभी नहीं छोड़ूँगी—बराबर इसी तरह तुम्हारे पास ही रहूँगी।''

वह यह कहकर मौसी की छाती में सिर छिपाकर बच्चे की तरह चुप बैठी रहती।

सुचरिता के साथ दो दिन में ही उसकी मौसी का ऐसा गहरा सम्बन्ध हो गया कि उस थोड़े-से समय से उसकी तुलना नहीं हो सकती।

इससे भी वरदासुंदरी विरक्त हुईं। ''इस लड़की को तो देखो! जैसे हमने कभी इसको लाड़-प्यार ही नहीं किया मैं पूछती हूँ, इतने दिन मौसी कहाँ थी? बचपन से ही पाल-पोसकर हमने बड़ा किया, और आज मौसी का नाम सुनते ही जैसे हमें पहचानती ही नहीं। मैं बराबर उनसे कहती रही हूँ, तुम लोग जो सब सुचरिता को अच्छा-अच्छा कहते हो, वह बाहर से भी भली मानस दिखती है, लेकिन उसके मन की थाह पाना सरल नहीं है। इतने दिन हमने उसके लिए जो कुछ किया, सब बेकार हो गया है।''

वरदासुंदरी का दर्द परेश बाबू नहीं समझेंगे, यह वह जानती थीं। इतना ही नहीं, हरिमोहिनी के प्रति विरक्ति प्रकट करने से वह परेश बाबू की नज़रों में गिर जायेंगी, इसमें भी उन्हें ज़रा सन्देह नहीं था। इससे उनका गुस्सा और भी बढ़ गया था। परेश बाबू चाहे जो कहें, लेकिन अधिकांश बुद्धिमान लोगों की राय वरदासुंदरी से ही मिलती है, यही साबित करने के लिए वह अपना गुट बढ़ाने की चेष्टा करने लगीं। अपने समाज के प्रधान-अप्रधान सभी लोगों के साथ वे हरिमोहिनी के मामले की चर्चा करने लगीं। हरिमोहिनी का हिन्दूपन, उनकी ठाकुर-पूजा, घर में लड़के-लड़कियों पर उसका बुरा प्रभाव, इस सबको लेकर उनके आरोपों का अन्त नहीं था।

सिर्फ़ दूसरों के सामने चर्चा तक ही बात सीमित नहीं रही, वरदासुंदरी सभी तरह से हरिमोहिनी को तंग भी करने लगीं। हरिमोहिनी के चौका-बासन के लिए जो अहीर पानी खींच देता था, ठीक समय पर उसे वे दूसरे काम में लगा देतीं। उस सम्बन्ध में कोई बात चलने पर वे कह देतीं, ''क्यों, रामदीन तो है।'' रामदीन जात का दुसाध था, वे जानती थीं कि उसके हाथ का पानी हरिमोहिनी काम में नहीं लायेंगी। कोई यह बात कहता तो वे जवाब देतीं, ''इतनी ब्रह्मनाई करनी थी तो हमारे ब्राह्म घर में क्यों आईं?'' ऐसे मामलों को लेकर उनकी कर्तव्य-भावना बड़ी प्रखर हो उठती। वह कहतीं, ब्रह्म-समाज में धीरे-धीरे सामाजिक शैथिल्य बहुत बढ़ता जा रहा है, इसीलिए ब्रह्म-समाज कोई काम नहीं कर पा रहा है। जहाँ तक उनका ज़ोर चलेगा वह इस शैथिल्य में योग नहीं देंगी—कभी नहीं। इस पर अगर कोई गलत समझे तो वह भी

उन्हें स्वीकार है और अगर घर के लोग ही विरुद्ध हो जायें तो इसे भी वे सिर झुकाकर सह लेंगी। दुनिया में जिन महापुरुषों ने कोई भी बड़ा काम किया है, उन सभी को निंदा और विरोध सहना पड़ा है, इस बात की याद वे सभी को दिलाने लगीं।

लेकिन कोई असुविधा हरिमोहिनी को नहीं हरा सकती थी। उन्होंने जैसे प्रण कर लिया था कि वे तपस्या की चरम-सीमा तक पहुँच जायेंगी। उन्होंने भीतर जो असह्य दुःख पाया है मानो बाहर भी उससे सामंजस्य बनाए रखने के लिए वे कठोर आचार-व्यवहार द्वारा हर रोज़ नये कष्टों का सृजन करती हुई चलती थीं। इस तरह स्वेच्छा से दुःख को वरण करके उसे आत्मीय बनाकर वश में करने का ही उनको अभ्यास था।

जब हरिमोहिनी ने देखा कि पानी की असुविधा होती है तब उन्होंने भोजन पकाने का काम बिल्कुल छोड़ ही दिया। ठाकुर के सामने निवेदन करके प्रसाद-स्वरूप दूध और फल पर ही दिन काटने लगीं। इससे सुचरिता को बहुत दुःख हुआ किंतु मौसी ने उसे यह कहकर समझा-बुझा दिया कि, "यह मेरे लिए बहुत अच्छा हुआ है, बेटी! मुझे ऐसा ही चाहिए था। मुझे इसमें कोई कष्ट नहीं है, बल्कि आनंद ही है।"

सुचरिता ने पूछा, "मौसी, अगर मैं दूसरी जाति के हाथ का खाना-पानी न लूँ तो तुम मुझे अपना काम करने दोगी?"

हरिमोहिनी बोलीं, "क्यों बेटी, जो धर्म तुम मानती हो, उसी के अनुसार चलो—मेरे लिए तुम्हें दूसरे मार्ग पर नहीं चलना होगा। मैंने तुम्हें पाया है, तुम मेरे पास हो, रोज़ तुम्हें देख पाती हूँ, यही मेरा आनंद है। परेश बाबू तुम्हारे गुरु हैं, पिता हैं, जो शिक्षा उन्होंने तुम्हें दी है, तुम उसी को मानकर चलो, उसी से भगवान तुम्हारा मंगल करेंगे।"

वरदासुंदरी के सारे अत्याचार हरिमोहिनी ऐसे सहने लगीं मानो वह कुछ समझी ही न हों। परेश बाबू जब आकर उनसे पूछते, "कैसी हैं, कोई असुविधा तो नहीं है न?" तब वह कह देतीं, "मैं बहुत सुख से हूँ।"

लेकिन सुचरिता को वरदासुंदरी के अत्याचार बराबर अखरते रहते। वह शिकायत करने वाली नहीं थी, और परेश बाबू के सामने वरदासुंदरी के व्यवहार की बात तो वह किसी प्रकार न कह सकती। चुपचाप वह भी सब-कुछ सहती रही, इन सब मामलों में किसी प्रकार का विरोध करने में उसे बड़ा संकोच होता।

इसका परिणाम यही हुआ कि धीरे-धीरे सुचरिता सम्पूर्णतया अपनी मौसी के साथ हो गई। मौसी के बार-बार मना करने पर भी खाने-पीने के सम्बन्ध में वह पूर्णतया हरिमोहिनी की अनुवर्ती होकर चलने लगी। अन्त में यह देखकर कि सुचरिता को कष्ट होता है, विवश होकर हरिमोहिनी ने फिर रसोई करना आरम्भ कर दिया। सुचरिता ने कहा, "मौसी, तुम मुझे जैसे रहने को कहोगी मैं वैसे ही रहूँगी, लेकिन तुम्हारे लिए पानी मैं स्वयं खींचकर लाऊँगी—वह मैं किसी तरह नहीं छोड़ूँगी।"

हरिमोहिनी ने कहा, "बेटी, तुम बुरा मत मानना, लेकिन उसी जल से मुझे ठाकुर का भोग भी तो लगाना होता है।"

सुचरिता ने कहा, "मौसी, क्या तुम्हारे ठाकुर भी जाति मानते हैं? क्या उन्हें भी पाप लगता है—क्या उनका भी समाज है?"

अन्त में सुचरिता की निष्ठा के आगे एक दिन हरिमोहिनी को हार माननी ही पड़ी। सुचरिता की सेवा को उन्होंने सम्पूर्ण भाव से ग्रहण कर लिया। सतीश भी दीदी की देखा-देखी 'मौसी की रसोई खाऊँगा' के मोह में आ गया। इस प्रकार इन तीनों के मिल जाने से परेश बाबू के घर के कोने में अलग से एक छोटी-सी गृहस्थी जुट गई। अकेली ललिता ही इन दोनों के बीच सेतु-सी बनी रह गई। वरदासुंदरी अपनी और किसी लड़की को इधर फटकने भी न देतीं, लेकिन ललिता को मना कर सकने की हिम्मत उनमें नहीं थी।

## 39

वरदासुंदरी जब-तब अपनी ब्रह्म-समाजी सहेलियों को निमन्त्रण दिया करती थीं। बीच-बीच में उनकी सभा छत पर ही जुटती। हरिमोहिनी अपनी स्वाभाविक देहाती सरलता से स्त्रियों की आव-भगत करतीं, लेकिन यह भी उनसे छिपा न रहता कि वे सब उनकी अवज्ञा करती हैं। यहाँ तक कि उनके सामने ही वरदासुंदरी हिन्दुओं के सामाजिक आचार-व्यवहार के बारे में तीखी आलोचना शुरू कर देतीं और उनकी सहेलियाँ भी विशेष रूप से हरिमोहिनी को निशाना बनाकर उसमें योग देतीं।

मौसी के पास रहकर सुचरिता चुपचाप से यह आक्रमण सह लेती। बल्कि हठ करके वह यही दिखाने की कोशिश करती कि वह भी अपनी मौसी के पक्ष में है। जिस दिन कुछ खाने-पीने का आयोजन होता उस दिन बुलाए जाने पर सुचरिता कहती, "नहीं, मैं नहीं खाती!"

"यह क्या बात है? हम लोगों के साथ बैठकर नहीं खाओगी तुम?"

"नहीं।"

वरदासुंदरी कहतीं, "सुचरिता आजकल महा हिन्दू हो गई है, यह शायद तुम्हें मालूम नहीं? वह तो हमारा छुआ हुआ नहीं खाती।"

घबराकर हरिमोहिनी कहतीं, "राधारानी, बेटी जाओ! तुम जाओ, खाओ बेटी!"

उस समाज के लोगों में उन्हीं के कारण सुचरिता की ऐसी बदनामी होती है,

इससे उन्हें बहुत दुःख होता था। लेकिन सुचरिता अटल रहती। एक दिन किसी ब्राह्म लड़की ने कौतूहलवश जूता पहने हुए हरिमोहिनी के कमरे में प्रवेश करने की कोशिश की। पर सुचरिता ने रास्ता रोककर खड़े होते हुए कहा, "इस कमरे में मत जाओ!"

"क्यों?"

"उस कमरे में उनके ठाकुर हैं।"

"ठाकुर हैं! तो तुम रोज़ ठाकुर-पूजा करती हो?"

हरिमोहिनी ने कहा, "हाँ बेटी, पूजा तो करती ही हूँ।"

"ठाकुर पर विश्वास है?"

"मुझ हतभागिनी में विश्वास कहाँ! विश्वास होता तो तर न जाती।"

ललिता भी उस दिन उपस्थित थी। तैश में आकर प्रश्न करने वाली लड़की से पूछ उठी, "तुम जिसकी उपासना करती हो क्या उस पर विश्वास करती हो?"

"वाह! विश्वास नहीं करती तो क्या!"

"ज़ोर से सिर हिलाकर ललिता ने कहा, "विश्वास तो करतीं ही नहीं, यह भी नहीं जानतीं कि विश्वास नहीं करती।"

आचार-व्यवहार के मामले में सुचरिता अपने समाज के लोगों से अलग न हो, हरिमोहिनी इसका बड़ा ध्यान रखतीं, लेकिन सफलता उन्हें किसी तरह न मिली।

अब तक भीतर-ही-भीतर हारान बाबू और वरदासुंदरी में एक विरोध का भाव रहता आया था। लेकिन इन घटनाओं से दोनों का अच्छा मेल हो गया। वरदासुंदरी ने कहा, "कोई कुछ भी कहे, किंतु ब्रह्म-समाज के आदर्श को शुद्ध रखने की ओर अगर किसी की नज़र है तो पानू बाबू की।" हारान बाबू ने भी सबके सामने अपना यह विचार प्रकट किया कि ब्रह्म-समाजी परिवार को सब तरह निष्कलंक रखने के लिए वरदासुंदरी की एकनिष्ठ दर्द-भरी सजगता ब्रह्म-समाजी गृहिणियों के लिए एक उत्तम उदाहरण है। उनकी इस प्रशंसा में परेश बाबू पर एक कटाक्ष भी था।

एक दिन हारान बाबू ने परेश बाबू के सामने ही सुचरिता से कहा, "मैंने सुना है कि आजकल तुमने ठाकुरजी का प्रसाद खाना शुरू कर दिया है?"

सुचरिता का चेहरा लाल हो आया, लेकिन वह इस तरह मेज़ पर रखे हुए कलमदान में कलम सजाकर रखने लगी जैसे उसने यह बात सुनी ही न हो। एक करुणा-भरी नज़र से परेश बाबू ने उसकी ओर देखकर हारान बाबू से कहा, "पानू बाबू, जो कुछ हम लोग खाते हैं, सब ठाकुर का प्रसाद ही तो है।"

हारान बाबू बोले, "लेकिन सुचरिता तो हमारे ठाकुर का परित्याग करने की कोशिश कर रही हैं।"

परेश बाबू ने कहा, "अगर यह हो भी तब भी उसके बारे में विवाद खड़ा करने

से क्या प्रतिकार होगा?''

हारान बाबू ने कहा, ''जो बाढ़ में बहा जा रहा हो क्या उसे किनारे पर लगाने की कोशिश न की जाये?''

परेश बाबू ने कहा, ''सब मिलकर उसके सिर पर ढेले फेंकने लगें, इसे किनारे लगाने की कोशिश नहीं कहा जा सकता। पानू बाबू, आप निश्चिंत रहिए, सुचरिता को मैं उसे बचपन से देखता आ रहा हूँ—वह अगर पानी में गिरी होती तो आप सब लोगों से पहले ही जान जाता और उदासीन भी न रहता।''

हारान बाबू, ''सुचरिता तो यहीं मौजूद हैं—उनसे ही आप पूछ लीजिए न। सुनता हूँ हर किसी का छुआ वे नहीं खातीं—यह बात क्या झूठ है?''

कलमदान पर अनावश्यक मनोयोग छोड़कर सुचरिता ने कहा, ''बाबा तो जानते हैं, मैं हर किसी का छुआ नहीं खाती। मेरे इस आचरण को वे बर्दाश्त कर लेते हैं तो इतना ही बहुत है। आप लोगों को अच्छा न लगे तो आप सब मेरी चाहे जितनी निंदा कर लीजिए, बाबा को क्यों तंग करते हैं? वे आप लोगों का कितना कुछ क्षमा कर देते हैं, यह क्या आप जानते हैं? यह क्या उसी का प्रतिफल है?''

हारान बाबू अचंभे में आ गये। सोचने लगे, सुचरिता भी आजकल जवाब देना सीख गई है!

स्वभाव से परेश बाबू शान्तिप्रिय थे। अपने या दूसरों के सम्बन्ध में अधिक चर्चा उन्हें पसन्द नहीं थी। अभी तक उन्होंने ब्रह्म-समाज में किसी तरह का कोई प्रधान पद स्वीकार नहीं किया, अपने को किसी तरह सामने न लाकर एकांत में ही जीवन-यापन करते रहे। हारान बाबू परेश बाबू की इस प्रवृत्ति को उत्साहहीनता और उदासीनता समझते रहे हैं और इसके लिए परेश बाबू की निंदा भी करते रहे हैं। जवाब में परेश बाबू ने इतना ही कहा है कि ''ईश्वर ने सचल और अचल दो प्रकार के पदार्थ रचे हैं, मैं बिल्कुल अचल हूँ। मुझ जैसे आदमी से जो काम लिया जा सकता है, वह ईश्वर पूरा करा लेंगे। और जो संभव नहीं है, उसकी चिंता से क्या फायदा? मेरी उम्र अब काफ़ी हो गई है, मुझमें किस काम का सामर्थ्य है और किसका नहीं, इसका फैसला हो चुका है। अब ठेल-ठालकर मुझे कहीं ले जाने की कोशिश बेकार है।''

हारान बाबू का खयाल था कि वे शिथिल हृदय में भी उत्साह का संचार कर सकते हैं, जड़मति को भी रास्ते लगा देने और पथभ्रष्ट जीवन को अनुताप से विगलित कर देने की उनमें सहज क्षमता है। उनका विश्वास था कि उनकी शुभ-इच्छा इतनी एकाग्र और बलवान है कि कोई उसके विरुद्ध ज़्यादा देर नहीं टिक सकता। उन्हें यकीन था कि उनके समाज के लोगों के व्यक्तिगत चरित्रों में जो सब अच्छे परिवर्तन हुए हैं, किसी-न-किसी तरह वे स्वयं उसके मुख्य कारण रहे हैं। उन्हें इसमें कोई सन्देह

न था कि भीतर-ही-भीतर उनका अलक्षित प्रभाव भी असर करता रहता है। अभी तक उनके सामने जब भी किसी ने सुचरिता की विशेष प्रशंसा की है, उन्होंने उसे कुछ ऐसे भाव से ग्रहण किया है जैसे वह उन्हीं की प्रशंसा हो। उनकी इच्छा रही है कि उपदेश, दृष्टांत और संगति के प्रभाव से सुचरिता के चरित्र को वे ऐसा बना देंगे कि इसी सुचरिता के जीवन के द्वारा लोक-समाज में खुद हारान बाबू का अचरज पैदा करने वाला प्रभाव प्रमाणित हो जायेगा।

उसी सुचरिता के इस शोचनीय पतन से स्वयं अपनी क्षमता के बारे में उनका गर्व ज़रा भी कम नहीं हुआ, बल्कि इसका सारा दोष उन्होंने परेश बाबू के सिर मढ़ दिया। परेश बाबू की प्रशंसा लोग बराबर करते आए हैं, लेकिन हारान बाबू ने कभी उसमें योग नहीं दिया। इसमें भी उन्होंने कैसी दूरदर्शिता का परिचय दिया है, वह अब सब के सामने आ जायेगी, इसकी भी उन्हें आशा थी।

हारान बाबू जैसे लोग और सब कुछ सह सकते हैं, लेकिन इस अपराध को किसी भी तरह माफ़ नहीं कर सकते कि जिन लोगों को वे विशेष रूप से हित के मार्ग पर चलाना चाहते हों वे अपनी बुद्धि के अनुसार स्वतंत्र मार्ग का अवलम्बन करें। सहज ही उन्हें छोड़ देना भी उनके लिए असंभव होता है; जितना ही वे देखते हैं कि उपदेश का कुछ फल नहीं हो रहा है, उतनी ही उनकी हठ बढ़ती जाती है और वे लगातार आक्रमण करते जाते हैं। जैसे जब तक चाभी न खत्म हो जाये तब तक मशीन नहीं रुकती, वैसे ही वे भी किसी तरह अपने को नहीं सँभाल सकते। जो कान उनसे विमुख हैं उनमें एक ही बात को हज़ार बार दुहराकर भी वे हार मानना नहीं चाहते।

इससे सुचरिता को बड़ा कष्ट होता—अपने लिए नहीं, परेश बाबू के लिए। सारे ब्रह्म-समाज में परेश बाबू टीका-टिप्पणी के विषय हो गये हैं, इस अशान्ति को कैसे दूर किया जा सकता है? दूसरी ओर सुचरिता की मौसी भी प्रतिदिन समझती जा रही थीं कि वह जितना ही झुककर अपने को बचा रखने की कोशिश करती हैं, उतना ही वे इस परिवार के लिए और भी समस्या बनती जाती हैं। इसको लेकर मौसी की लज्जा और संकोच सुचरिता को बेचैन किये रहते। इस संकट से कैसे छुटकारा हो, यह सुचरिता किसी तरह सोच न पाती।

इधर शीघ्र ही सुचरिता का विवाह कर डालने के लिए वरदासुंदरी परेश बाबू पर बहुत दबाव डालने लगीं। उन्होंने कहा, ''सुचरिता की ज़िम्मेदारी अब हम लोग और नहीं उठा सकते, क्योंकि वह अपने मनमाने ढंग से चलने लगी है। उसके विवाह में यदि अभी देर हो तो बाकी लड़कियों को लेकर मैं और कहीं चली जाऊँगी— सुचरिता का अद्‌भुत उदाहरण लड़कियों के लिए बहुत ही कुप्रभावी सिद्ध होगा। तुम देखना, इसके लिए आगे चलकर तुम्हें पछताना पड़ेगा। ललिता पहले ऐसी नहीं थी,

अब तो जो उसके मन में आता है कर बैठती है, किसी की नहीं सुनती, सोचो, उसकी जड़ में क्या है? उस दिन जो करनी वह कर बैठी उसके लिए मैं शर्म से मरी जा रही हूँ। तुम्हारा क्या खयाल है कि उसमें सुचरिता का कोई हाथ नहीं था? तुम हमेशा सुचरिता को ही अधिक चाहते रहे हो, तब भी मैंने कभी कुछ नहीं कहा, लेकिन अब और ऐसा नहीं चलेगा यह मैं स्पष्ट कहे देती हूँ।''

सुचरिता के लिए तो नहीं किंतु पारिवारिक अशान्ति की वजह से परेश बाबू चिंतित हो उठे। वरदासुंदरी जिस बात को पकड़ लेंगी उसे पूरा करने की कोई कोशिश बाकी न रखेंगी और जितना ही देखेंगी कि आंदोलन से कोई नतीजा नहीं निकलता है उतना ही और हठ पकड़ती जायेंगी, इसमें उन्हें कोई सन्देह नहीं था। सुचरिता का विवाह किसी तरह जल्दी हो सके तो वर्तमान अवस्था में सुचरिता के लिए भी वह शान्तिदायक हो सकता है, इसमें भी सन्देह नहीं। उन्होंने वरदासुंदरी से कहा, ''अगर पानू बाबू सुचरिता को राज़ी कर सकें तो विवाह के बारे में मैं कोई आपत्ति नहीं करूँगा।''

वरदासुंदरी ने कहा, ''और कितनी बार उसे राज़ी करना होगा? तुम तो हद करते हो! और इतनी खुशामद भी किसलिए? मैं पूछती हूँ, पानू बाबू जैसा पात्र तुम्हें और मिलेगा कहाँ? चाहे तुम गुस्सा ही करो, लेकिन सच बात यही है कि सुचरिता पानू बाबू के योग्य नहीं है!''

परेश बाबू बोले, ''सुचरिता के मन का भाव पानू बाबू के प्रति कैसा है, यह मैं ठीक-ठीक नहीं समझ सका। इसीलिए जब तक वे लोग आपस में ही बात साफ़ न कर लें, तब तक मैं इसमें कोई दख़ल नहीं दे सकता।''

वरदासुंदरी ने कहा, ''नहीं समझ सके! इतने दिन बाद आखिर स्वीकार करना ही पड़ा। उस लड़की को समझना आसान नहीं है—वह बाहर से कुछ और है, भीतर से कुछ और!''

वरदासुंदरी ने हारान बाबू को बुला भेजा।

अखबार में उस दिन ब्रह्म-समाज की वर्तमान दुर्गति की आलोचना छपी थी। उसी में परेश बाबू के परिवार की ओर ऐसे इशारा किया गया था कि कोई नाम न रहने पर भी यह बिल्कुल स्पष्ट हो गया था कि आक्रमण किस पर किया गया है। और लिखने के ढंग से यह अनुमान करना भी मुश्किल न था कि उसका लेखक कौन है। एक बार उसे सरसरी नज़र से देखकर सुचरिता उस अखबार के टुकड़े-टुकड़े कर रही थी। उसे इतना क्रोध आ रहा था मानो फाड़ते-फाड़ते अखबार की चिंदियों को जब तक कणों में परिणत न कर लेगी तब तक रुकेगी नहीं।

उसी समय हारान बाबू आकर एक कुर्सी खींचकर सुचरिता के पास बैठ गये।

एक बार चेहरा उठाकर भी सुचरिता ने नहीं देखा, जैसे अखबार फाड़ रही थी वैसे ही फाड़ती रही। हारान बाबू बोले, "सुचरिता, आज एक गम्भीर बात करनी है। मेरी बात ज़रा ध्यान से सुननी होगी।"

सुचरिता कागज़ फाड़ती रही। हाथों से जब और टुकड़े करना असंभव हो गया, तब कैंची निकालकर उससे और टुकड़े करने लगी। ठीक इसी समय ललिता ने कमरे में प्रवेश किया।

हारान बाबू ने कहा, "ललिता, मुझे सुचरिता से कुछ बात करनी है।"

ललिता कमरे से जाने लगी, तो सुचरिता ने उसका आँचल पकड़ लिया। ललिता ने कहा, "पानू बाबू को तुमसे कुछ बात जो करनी है।"

कोई जवाब दिए बिना सुचरिता ललिता का आँचल पकड़े रही। इस पर ललिता सुचरिता के आसन के कोने पर बैठ गई।

हारान बाबू किसी भी बाधा से दबने वाले शख़्स नहीं हैं। उन्होंने और भूमिका बाँधे बिना सीधे ही बात छेड़ दी। बोले, "विवाह में और देर करना मैं उचित नहीं समझता। परेश बाबू से मैंने कहा था, उन्होंने कहा है कि तुम्हारी सम्मति मिलते ही और कोई बाधा न रहेगी। मैंने तय किया है कि इस रविवार से अगले रविवार को ही..."

उन्हें बात पूरी न करने देकर सुचरिता ने कहा, "नहीं।"

सुचरिता के मुँह से यह अत्यंत संक्षिप्त लेकिन स्पष्ट और उद्धत 'नहीं' सुनकर हारान बाबू चौंक गये। वे सुचरिता को अत्यंत आज्ञाकारिणी ही जानते आए थे। वह अपनी एकमात्र 'नहीं' के बाण से उनके प्रस्ताव को आधे रास्ते में ही बेधकर ध्वस्त कर देगी, इसकी उन्होंने कल्पना भी नहीं की थी। उन्होंने रूखाई से पूछा, "नहीं! नहीं माने क्या? तुम और देर करना चाहती हो?"

सुचरिता ने कहा, 'नहीं।"

विस्मित होकर हारान बाबू ने कहा, "तो फिर?"

सिर झुकाकर सुचरिता ने कहा, "विवाह में मेरी सम्मति नहीं है?"

"सम्मति नहीं है, इसका मतलब?" हारान बाबू ने भौंचक्का-सा होकर पूछा।

व्यंग्यपूर्वक ललिता ने कहा, "पानू बाबू, आज आप बांगला भाषा भूल गये हैं क्या?"

एक कठोर दृष्टि से हारान बाबू ने ललिता को चुप कराने का प्रयास करके कहा, "मातृभाषा भूल गया हूँ यह बात स्वीकार करना उतना कठिन नहीं है जितना यह स्वीकार करना कि जिस व्यक्ति की बात पर हमेशा विश्वास करता आया हूँ उसे मैंने गलत समझा।"

ललिता ने कहा, "व्यक्ति को समझने में समय लगता है, शायद यह बात आपके

बारे में भी कही जा सकती है।''

हारान बाबू बोले, ''मेरी बात या राय या व्यवहार में शुरू से ही कभी कोई भेद नहीं रहा है—कभी मैंने किसी को गलत समझने का कोई अवसर नहीं दिया, यह बात मैं ज़ोर देकर कह सकता हूँ। सुचरिता ही कहे कि मैं सही कह रहा हूँ या नहीं।''

ललिता फिर कुछ जवाब देने जा रही थी कि उसे रोकते हुए सुचरिता ने कहा, ''आप ठीक कहते हैं। आपको मैं कोई दोष नहीं देती।''

हारान बाबू ने कहा, ''अगर दोष नहीं देतीं तो फिर मेरे साथ ऐसी ज़्यादती क्यों करती हैं?''

दृढ़ स्वर में सुचरिता ने कहा, ''अगर आप इसे ज़्यादती कहते हैं तो मेरी ज़्यादती ही है...लेकिन...''

तभी बाहर से पुकार आई, ''दीदी, आप कमरे में हैं?''

सुचरिता ने चहककर जल्दी से उठते हुए कहा, ''आइए, विनय बाबू, आइए।''

''आप भूल रही हैं, दीदी! विनय बाबू नहीं आए हैं, निरा विनय आया है, मुझे मान देकर शर्मिंदा न करें,'' कहते हुए विनय ने कमरे में प्रवेश करते ही हारान बाबू को देखा। हारान बाबू के चेहरे पर अप्रसन्नता देखकर बोला, ''मैं इतने दिन आया नहीं, शायद इसलिए नाराज़ हो रहे हैं?''

हँसी में योग देने की कोशिश करते हुए हारान बाबू ने कहा, ''नाराज़गी की बात तो है ही। लेकिन आज ज़रा असमय में आए हैं—सुचरिता के साथ मेरी कुछ खास बात हो रही थी।''

हड़बड़ाकर विनय उठ खड़ा हुआ। बोला, ''यही देखिए न, मेरा आना कब असमय आना नहीं होगा, मैं यह आज तक समझ ही नहीं सका। इसीलिए कभी आने का साहस नहीं होता,'' कहकर विनय बाहर जाने को मुड़ा।

सुचरिता ने कहा, ''विनय बाबू, जाइए नहीं, हमारी जो बात थी खत्म हो गई है। आप बैठिए!''

विनय समझ गया कि उसके आने से सुचरिता को एक विशेष संकट से छुटकारा मिल गया है। वह खुश होकर एक कुर्सी पर बैठ गया और बोला, ''मुझे प्रश्रय देने से मैं किसी तरह विमुख नहीं रह सकता—मुझे बैठने को कहने पर मैं ज़रूर बैठूँगा, मेरा ऐसा ही स्वभाव है। इसीलिए दीदी से यही मेरा निवेदन है कि ऐसी बात मुझे सोच-समझकर ही कहें, नहीं तो मुश्किल में पड़ जायेंगी।''

कुछ कहे बिना हारान बाबू आँधी से पहले के सन्नाटे की तरह स्तब्ध बैठे रहे। उनकी चुप्पी मानो कह रही थी—अच्छी बात है, मैं बैठकर इंतज़ार करता हूँ। मुझे जो कहना है पूरा कहकर ही उठूँगा।

द्वार के बाहर से ही विनय का कंठ-स्वर सुनकर ललिता के हृदय में जैसे खलबली मच गई थी। वह अपना सहज स्वाभाविक भाव बनाए रखने की बड़ी कोशिश कर रही थी किंतु सफल नहीं हो रही थी। विनय जब कमरे में आ गया तब ललिता परिचित बंधु की तरह सहज भाव से कोई बात उससे न कह सकी। वह किधर देखे, अपने हाथों का क्या करे, यही मानो एक समस्या हो गई थी। एक बार उसने उठकर चलने की कोशिश की, किंतु सुचरिता ने किसी तरह उसका पल्ला न छोड़ा।

विनय ने भी जो कुछ बातचीत की, सुचरिता से ही—ललिता से कोई बात चलाना आज उस जैसे वाक्-पटु व्यक्ति के लिए भी मुश्किल हो उठा। मानो इसी कारण वह दुगुने ज़ोर से सुचरिता के साथ बातचीत करने लगा—बातों का क्रम उसने कहीं टूटने न दिया।

लेकिन ललिता और विनय का यह नया संकोच हारान बाबू से छिपा न रहा। जो ललिता आजकल उनके प्रति इतनी प्रगल्भ हो उठी है वही आज विनय के सामने इतनी सकुचा रही है, यह देखकर मन-ही-मन वे जल उठे।—ब्रह्म-समाज के बाहर के लोगों से लड़कियों को मिलने की खुली छूट देकर अपने परिवार को परेश बाबू कैसे गलत रास्ते पर ले जा रहे हैं—यह सोचकर परेश बाबू के प्रति उनकी घृणा और भड़क उठी और उनके मन में किसी शाप की तरह यह इच्छा जाग उठी कि एक दिन परेश बाबू को इसके लिए विशेष पश्चात्ताप करना पड़े।

काफ़ी समय तक इसी तरह चलता रहा, लेकिन यह बात स्पष्ट हो गई कि हारान बाबू टलने वाले नहीं हैं। तब सुचरिता ने विनय से कहा, "आपको मौसी से मिले बहुत दिन हो गये। वे अक्सर आपके बारे में पूछती रहती हैं। एक बार उनसे नहीं मिलेंगे ?"

विनय ने कुर्सी से उठते हुए कहा, "मौसी की बात मुझे याद नहीं है, ऐसा झूठा इलज़ाम मुझ पर न लगाइए!"

जब सुचरिता विनय को अपनी मौसी के पास ले गई तब ललिता ने कहा, "पानू बाबू, मैं समझती हूँ, मुझसे तो आपको कोई खास काम होगा नहीं।"

हारान बाबू ने कहा, "नहीं। लेकिन जान पड़ता है तुम्हें कहीं और कुछ खास काम है—तुम जा सकती हो।"

ललिता यह इशारा समझ गई। तत्काल ही उद्धत भाव से सिर उठाकर इशारे को बिल्कुल स्पष्ट करते हुए कहा, "आज विनय बाबू बहुत दिन बाद आए हैं, उनसे बातें करने जा रही हूँ। तब तक यदि आप अपना ही लिखा हुआ पढ़ना चाहते हों तो—लेकिन नहीं, वह अख़बार तो देखती हूँ कि दीदी ने काट-कूटकर फेंक दिया है। दूसरे का कुछ लिखा हुआ आप सह सकते हों तो ये चीज़ें देख सकते हैं।" कहकर कोने की मेज़ पर से सँभालकर रखी हुई गोरा की रचनाएँ हारान बाबू के सामने रखती हुई वह

तेज़ी से बाहर निकल गई।

हरिमोहिनी विनय को देखकर अत्यंत प्रसन्न हुईं। सिर्फ़ इसलिए नहीं कि इस प्रियदर्शन युवक के प्रति उन्हें स्नेह था, इसलिए भी कि इस घर के जो भी लोग हरिमोहिनी के पास आए हैं, सभी उन्हें मानो किसी दूसरी ही श्रेणी के प्राणी की तरह देखते रहे हैं। वे सभी कलकत्ता के लोग रहे हैं अंग्रेज़ी और बंगला की लिखाई-पढ़ाई में प्रायः सभी उनसे श्रेष्ठ। उनकी दूरी और अवज्ञा के आघात से वे सदा संकुचित होती रही हैं। विनय में मानो उन्हें इससे अलग आसरा मिल गया हो। विनय भी कलकत्ता ही का है, और हरिमोहिनी ने सुन रखा है कि पढ़ने में वह किसी से कम नहीं है—फिर भी उनके प्रति विनय अश्रद्धा नहीं रखता, बल्कि अपनापा रखता है, इससे उनके आत्म-सम्मान को एक सहारा मिला। इसीलिए विनय थोड़े से परिचय से ही उनके लिए आत्मीय-सा हो गया। उन्हें ऐसा लगा कि विनय उनका कवच बनकर दूसरों की उद्धतता से उनकी रक्षा करेगा। वे इस घर में मानो सभी की आँखों में बहुत अधिक खटकती रही थीं—और विनय उन्हें ओट देकर बचाए रखेगा।

हरिमोहिनी के पास विनय के जाने के तुरंत बाद ललिता वहाँ कभी न जाती—लेकिन आज वह हारान बाबू के विद्रूप की चोट से सारा संकोच छोड़कर मानो हठपूर्वक ऊपर के कमरे में गई। केवल गई ही नहीं, जाते ही उसने विनय के साथ बातचीत की झड़ी लगा दी। उनकी महफिल खूब जम गई, यहाँ तक कि उनकी हँसी की आवाज़ बीच-बीच में निचले कमरे में अकेले बैठे हुए हारान बाबू के कानों से होती हुई उनके मर्मस्थल को बेधने लगी। अधिक देर तक वे अकेले न बैठ सके। वरदासुंदरी से बातचीत करके अपना गुस्सा प्रकट करने की चेष्टा करने लगे। वरदासुंदरी ने जब सुना कि सुचरिता ने हारान बाबू के साथ विवाह के बारे में अपनी असहमति प्रकट की है तो यह सुनकर उनके लिए धैर्य रख पाना असंभव हो गया। बोलीं, ''पानू बाबू, भलमनसाहत दिखाने से यहाँ नहीं चलेगा। जब वह बार-बार सम्मति दे चुकी है और पूरा ब्रह्म-समाज जब इस विवाह की प्रतीक्षा कर रहा है, तब आज उसके सिर हिला देने से ही यह सब बदल जाये, ऐसा होने देने से नहीं चलेगा। आप किसी तरह अपना अधिकार न छोड़ें, मैं कहे देती हूँ। देखूँ वह क्या कर लेगी।''

हारान बाबू को इस मामले में बढ़ावा देने की कोई ज़रूरत भी नहीं थी। क्योंकि वे पहले ही काठ की तरह अकड़कर बैठे हुए सिर उठाए मन-ही-मन कह रहे थे—सिद्धांततः अपना दावा छोड़ने से नहीं चलेगा—सुचरिता का त्याग मेरे लिए कोई बड़ी बात नहीं है, लेकिन ब्रह्म-समाज का सिर नीचा नहीं होने दूँगा।

हरिमोहिनी के साथ आत्मीयता पक्की करने के लिए विनय कुछ खाने की हठ लगाए बैठा था। हरिमोहिनी ने हड़बड़ाकर एक छोटी थाली में थोड़े-से भिगोए हुए

चने, छैना, मक्खन, थोड़ी-सी चीनी और एक केला, और काँसे के कटोरे में थोड़ा दूध लाकर विनय के सामने रख दिया। विनय ने हँस कर कहा, ''मैंने तो सोचा था बेवक्त भूख की बात कहकर मौसी को मुश्किल में डालूँगा, लेकिन मैं ही पकड़ा गया।''

यह कहकर विनय ने बड़े आडंबर के साथ खाना शुरू किया ही था कि उसी समय वरदासुंदरी आ पहुँचीं। अपनी थाली पर भरसक झुककर विनय ने नमस्कार करते हुए कहा, ''मैं तो बहुत देर से नीचे था, आपसे भेंट नहीं हुई।''

उसे कोई जवाब न देकर वरदासुंदरी ने सुचरिता की ओर लक्ष्य करके कहा, ''यह तो यहाँ बैठी है। मैं पहले ही समझ गई थी कि यहाँ मजलिस जमी है—मज़े हो रहे हैं। उधर बेचारे हारान बाबू सवेरे से इनका रास्ता देखते बैठे हैं, जैसे वे इनके बगीचे के माली हों। बचपन से सबको पाल-पोसकर बड़ा किया—उनमें से तो किसी को ऐसा व्यवहार करते कभी देखा नहीं। आजकल न जाने यह सब कहाँ से सीख रही हैं। हमारे परिवार में जो कभी न हो सकता, आजकल वही सब शुरू हो गया है—समाज में मुँह दिखाने लायक न रहे। इतने दिनों से इतनी मेहनत से जो कुछ सिखाया था दो दिन में सब चौपट कर दिया! कैसा अंधेर है!''

हड़बड़ाकर हरिमोहिनी ने उठते हुए सुचरिता से कहा, ''नीचे कोई बैठे हैं, मुझे तो मालूम नहीं था। यह तो बड़ी भूल हो गई। बेटी, तुम जाओ, जल्दी जाओ—मुझसे बड़ा अपराध हो गया।''

हरिमोहिनी का बिल्कुल अपराध नहीं है, ललिता यह कहने के लिए उसी क्षण तैयार हो गई, लेकिन सुचरिता ने छिपे-छिपे उसका हाथ पकड़ कर ज़ोर से दबाते हुए उसे चुप करा दिया और कोई जवाब दिए बिना नीचे चली गई।

यह पहले ही बताया जा चुका है कि वरदासुंदरी का स्नेह विनय ने अपनी ओर कर लिया था। उनके परिवार के प्रभाव में आकर आगे चलकर विनय ब्रह्म-समाज में प्रवेश करेगा, इसमें वरदासुंदरी को शक नहीं था। वे विनय को मानो अपने हाथों से गढ़कर बना रही हैं, इसका गर्व भी उन्हें था, वह गर्व उन्होंने अपने किसी-किसी बंधु के सामने प्रकट भी किया था। आज उसी विनय को दुश्मन के शिविर में प्रतिष्ठित देखकर उनके मन में जलन हुई और अपनी ही लड़की ललिता को विनय के पतन में सहायता करते देखकर उनके भीतर की ज्वाला और भी भड़क उठी। उन्होंने रूखे स्वर में कहा, ''ललिता, यहाँ क्या तुम्हारा कोई काम है?''

ललिता ने कहा, ''हाँ, विनय बाबू आए हैं, इसलिए...''

वरदासुंदरी ने कहा, ''जिनके पास विनय बाबू आए हैं वही उनकी खातिर करेंगी। तुम नीचे चलो, काम है।''

मन-ही-मन ललिता ने तय किया कि हारान बाबू ने ज़रूर विनय का और उसका

नाम लेकर माँ से कुछ ऐसी बात कही है जिसे कहने का उन्हें कोई अधिकार नहीं है। इस अनुमान से उसके मन में कठोरता पैदा हो गई और उसने अनावश्यक ढिठाई से कहा, ''विनय बाबू बहुत दिनों के बाद आए हैं, उनसे दो-चार बातें कर लूँ, फिर आती हूँ।''

वरदासुंदरी ललिता के बात कहने के ढंग से यह समझ गईं कि ज़बर्दस्ती नहीं चलेगी। कहीं हरिमोहिनी के सामने ही उनकी हार न हो जाये, इस भय से कुछ और कहे बिना और विनय से कोई बात न करके वे चली गईं।

विनय के साथ बातें करने का उत्साह माँ के सामने तो ललिता ने प्रकट किया, किंतु वरदासुंदरी के जाते ही उस उत्साह का कोई चिह्न नहीं दिखाई दिया। तीनों जने कुछ कुंठित से हो रहे। ललिता थोड़ी देर बाद ही उठकर चली गई। अपने कमरे में जाकर उसने दरवाज़ा बंद कर लिया।

हरिमोहिनी की अवस्था इस घर में कैसी हो गई है, यह विनय अच्छी तरह समझ गया। बातों-ही-बातों में हरिमोहिनी का पिछला सारा इतिहास भी उसने जान लिया। सारी बात सुनकर हरिमोहिनी ने कहा, ''बेटा, मुझ जैसी अनाथ के लिए दुनिया में रहना ही ठीक नहीं है। किसी तीर्थ में जाकर देव-सेवा में मन लगा सकती तो वही मेरे लिए अच्छा होता। मेरी जो थोड़ी-बहुत पूँजी बची है, उससे कुछ दिन चल जाता, उसके बाद भी बची रहती तो किसी घर का चौका-बासन करके भी किसी तरह दिन कट जाते। काशी में देख आई हूँ, इसी तरह बहुतों का जीवन कट जाता है। लेकिन मैं पापिनी हूँ, इसीलिए वैसा नहीं कर सकी। जब अकेली होती हूँ तो मेरे सारे दुःख मुझे घेर लेते हैं—देवता-ठाकुर को भी मेरे पास नहीं आने देते। डरती हूँ कि कहीं पागल न हो जाऊँ। डूबते हुए को तिनके का जैसा सहारा होता है, मेरे लिए राधारानी और सतीश भी वैसे हो गये हैं—उन्हें छोड़ने की बात सोचते ही प्राण मुँह को आ जाते हैं। इसीलिए दिन-रात मुझे डर रहता है कि उन्हें छोड़ना ही होगा, नहीं तो सब खोकर फिर कुछ एक दिनों में इतनी ममता उनसे क्यों हो जाती! बेटा, तुमसे कहने में मुझे कोई संकोच नहीं है, जब से इन दोनों को पाया है तब से ठाकुर की पूजा पूरे मन से कर सकी हूँ—ये चले गये तो मेरे ठाकुर भी निरे पत्थर हो जायेंगे।''

कहते-कहते हरिमोहिनी ने आँचल से आँखें पोंछ लीं।

## 40

निचले कमरे में आकर सुचरिता हारान बाबू के सामने खड़ी हो गई। बोली, ''आप को क्या कहना है, कहिए।''

हारान बाबू बोले, "बैठो!"

सुचरिता बैठी नहीं, वैसे ही खड़ी रही।

हारान बाबू ने कहा, "सुचरिता, तुमने मेरे साथ अन्याय किया है।"

सुचरिता ने कहा, "आपने भी मेरे साथ अन्याय किया है।"

हारान बाबू ने कहा, "क्यों, मैंने तुम्हें वचन दिया था और अब भी..."

बात काटते हुए सुचरिता ने कहा, "न्याय-अन्याय क्या केवल वचन से ही होता है? उसी वचन पर ज़ोर देकर तो आप मुझ पर अत्याचार करना चाहते हैं? एक सत्य क्या हज़ार झूठ से बड़ा नहीं है? अगर सौ बार भी मैंने भूल की हो तो तब भी क्या आप ज़बर्दस्ती उस भूल को ही आगे रखेंगे? आज जब मैंने अपनी वह भूल जान ली है तब मैं अपनी पहले की कोई बात नहीं मानूँगी—उसे मानना ही अन्याय होगा।"

ऐसा परिवर्तन सुचरिता में कैसे हो सकता है, हारान बाबू यह किसी तरह नहीं समझ सके। सुचरिता की स्वाभाविक नम्रता और मौन के इस तरह भंग हो जाने का कारण वे स्वयं हैं, यह समझने की उनमें न शक्ति थी, न विनम्रता। मन-ही-मन सुचरिता के नये साथियों को दोष देते हुए उन्होंने पूछा, "तुमने क्या भूल की थी?"

सुचरिता ने कहा, "यह मुझसे क्यों पूछते हैं? पहले मेरी सम्मति थी और अब नहीं है, इतना ही क्या काफ़ी नहीं है?"

हारान बाबू ने कहा, "ब्रह्म-समाज के सामने भी तो हम जवाबदेह हैं। समाज के लोगों के सामने तुम क्या कहोगी, मैं भी क्या कहूँगा?"

सुचरिता ने कहा, "मैं तो कुछ भी नहीं कहूँगी। आप कहना चाहें तो कह दीजिएगा—सुचरिता की उम्र कम है, उसे अक्ल नहीं है, उसकी मति चंचल है। जो चाहें सो कह दीजिएगा। लेकिन इस बारे में हमारी बातचीत यहीं खत्म हो गई समझें।"

हारान बाबू बोले, "बात खत्म कैसे हो सकती है? अगर परेश बाबू..."

उनके यह कहते समय ही परेश बाबू आ गये। बोले, "क्या है पानू बाबू, मेरी क्या बात हो रही थी?"

सुचरिता कमरे के बाहर जा रही थी। हारान बाबू ने आवाज़ देकर कहा, "सुचरिता, जाओ मत, परेश बाबू के सामने ही बात हो जाये।"

सुचरिता लौटकर खड़ी हो गई। हारान बाबू ने कहा, "परेश बाबू, इतने दिन बाद आज सुचरिता कह रही हैं कि विवाह में उनकी सम्मति नहीं है। इतनी बड़ी, इतनी गम्भीर बात को लेकर इतने दिन तक खिलवाड़ करना क्या उचित हुआ है? और आप भी क्या इस लज्जाजनक बात के लिए उत्तरदायी नहीं हैं?"

सुचरिता के सिर पर हाथ फेरते हुए परेश बाबू ने स्निग्ध स्वर में कहा, "बेटी, तुम्हारे यहाँ रहने की ज़रूरत नहीं है, तुम जाओ।"

क्षण भर में इस छोटी-सी बात से सुचरिता की आँखों में आँसू भर आए और वह जल्दी से चली गई।

परेश बाबू ने कहा, ''सुचरिता ने अच्छी तरह अपने मन को समझे बिना ही विवाह की सम्मति दी थी, यह सन्देह बहुत दिन से मेरे मन में था। इसीलिए समाज के लोगों के सामने आपका सम्बन्ध पक्का करने के बारे में आपका अनुरोध मैं अभी तक नहीं मान सका था।''

हारान बाबू ने कहा ''तब सुचरिता ने अपना मन ठीक समझकर ही राय दी थी और अब बिना समझे 'ना' कह रही है, ऐसा सन्देह आपको नहीं होता?''

परेश बाबू बोले, ''दोनों ही बातें हो सकती हैं, लेकिन सन्देह की हालत में तो विवाह नहीं हो सकता।''

हारान बाबू बोले, ''सुचरिता को आप कोई अच्छी सलाह न देंगे?''

परेश बाबू ने कहा, ''आप अच्छी तरह जानते हैं कि सुचरिता को मैं भरसक गलत सलाह नहीं दूँगा।''

हारान बाबू ने कहा, ''अगर यही बात होती तो सुचरिता की यह हालत कभी न होती। आपके परिवार में जैसी-जैसी बातें आजकल होने लगी हैं, सब आपकी लापरवाही का ही नतीजा हैं, यह बात मैं आपके मुँह पर कहता हूँ।''

मुस्कराकर परेश बाबू बोले, ''आपकी यह बात तो ठीक ही है। अपने परिवार की अच्छाई-बुराई की सारी ज़िम्मेदारी मैं नहीं लूँगा तो कौन लेगा?''

हारान बाबू बोले, ''इसके लिए आपको पछताना पड़ेगा—यह मैं कहे देता हूँ।''

परेश बाबू ने कहा, ''पछतावा तो ईश्वर की दया है, पानू बाबू! मैं अपराध से ही डरता हूँ, पश्चात्ताप से नहीं।''

कमरे में आकर सुचरिता ने परेश बाबू का हाथ पकड़कर कहा, ''बाबा, उपासना का वक्त हो गया है।''

परेश बाबू ने पूछा, ''पानू बाबू, आप ज़रा बैठेंगे?''

हारान बाबू बोले, ''नहीं!'' और फौरन उठ कर चले गये।

## 41

अपने अन्दर की उथल-पुथल और बाहरी जीवन की अपनी स्थिति के साथ एक ही समय में सुचरिता का जो संघर्ष शुरू हो गया था उससे वह डर गई थी। गोरा के प्रति उसके मन का जो भाव इतने दिनों से उसके अजाने गहरा होता जाता था और गोरा

के जेल जाने के बाद से जो उसके सामने बिल्कुल स्पष्ट और दुर्निवार हो उठा था, उसे वह कैसे सँभाले, उसका क्या परिणाम होगा, यही वह सोच नहीं पा रही थी। न इसकी बात वह किसी से कह सकती थी, भीतर-ही-भीतर कुंठित होकर रह जाती थी। अपनी इस गहरी वेदना को दबाये वह अकेली बैठकर अपने साथ किसी तरह का समझौता कर सके, इसका भी अवकाश उसे नहीं मिला था, क्योंकि हारान बाबू सारे समाज को भड़काकर उसके द्वार पर जुटाने का प्रयास कर रहे थे। यहाँ तक कि समाचार-पत्रों में डोंडी पिटवाने के भी लक्षण दिख रहे थे। इन सबके ऊपर सुचरिता की मौसी की समस्या ने भी कुछ ऐसा रूप ले लिया था कि उसका बहुत जल्दी कोई हल निकाले बिना काम नहीं चल सकता था। सुचरिता ने समझ लिया था कि अब उसका जीवन एक दोराहे पर आ पहुँचा है जहाँ से आगे चिर-परिचित मार्ग पर अपने अभ्यस्त निश्चिंत भाव से और नहीं चला जा सकेगा।

इस संकट के समय एकमात्र परेश बाबू ही उसका सहारा थे। उसने उनसे कोई सलाह या उपदेश नहीं माँगा। बहुत-सी बातें ऐसी थीं जिन्हें वह परेश बाबू के सामने नहीं रख सकती थी और कुछ बातें ऐसी थीं जो अपनी लज्जाजनक हीनता के कारण ही इस लायक नहीं थीं। परेश बाबू का संग ही चुपचाप उसे जैसे पिता की गोद में या माता के वक्ष की ओर खींच लेता था।

चूँकि सर्दियों के दिन थे, इसलिए परेश बाबू अब साँझ को बगीचे में नहीं जाते थे। घर के पश्चिम की ओर के छोटे कमरे में खुले दरवाज़े के सामने आसन बिछाकर उपासना के लिए बैठते थे, पके बालों वाले उनके शान्त चेहरे पर सूर्यास्त की आभा पड़ती रहती थी। सुचरिता उस समय दबे-पैर आकर चुपचाप उनके पास बैठ जाती थी। अपने अशान्त व्यथित चित्त को वह परेश बाबू की उपासना की गहराई में डुबा देती थी। आजकल उपासना के बाद परेश बाबू अक्सर ही देखते कि उनकी यह कन्या, यह छात्रा चुपचाप उनके पास बैठी है। उस समय इस बालिका को एक अनिर्वचनीय आध्यात्मिक मधुरता से घिरी हुई देखकर पूरे अन्तःकरण से वे उसे मन-ही-मन आशीर्वाद देने लगते थे।

ईश्वर से मिलन ही परेश बाबू के जीवन का एकमात्र लक्ष्य था, इसलिए उनका चित्त हमेशा सत्य और उचित की ओर उन्मुख रहता था। यही कारण था कि उनके लिए संसार कभी असह्य नहीं होता था। इस प्रकार उन्होंने अपने भीतर ही एक स्वाधीनता प्राप्त कर ली थी। इसी कारण मत अथवा आचरण के मामले में किसी दूसरे के प्रति वे किसी तरह की ज़बर्दस्ती नहीं कर सकते थे। मंगलमय के प्रति निर्भरता और समाज के प्रति धैर्य उनके लिए अत्यंत स्वाभाविक था। यह धैर्य उनमें इतना प्रबल था कि साम्प्रदायिक प्रवृत्ति के लोग उनकी बुराई करते थे। लेकिन वे बुराई को भी

ऐसे ग्रहण कर सकते थे कि वह उन्हें चोट भले ही पहुँचाए, विचलित नहीं कर सकती थी। वे रह-रहकर एक ही बात को मन-ही-मन दोहराते थे, ''मैं और किसी के हाथ से कुछ नहीं लूँगा, सब कुछ उसी ईश्वर के कर-कमलों से लूँगा।''

परेश बाबू के जीवन की इस गम्भीर निस्तब्ध शान्ति का स्पर्श पाने के लिए जब-तब कोई-न-कोई कारण निकालकर सुचरिता उनके पास आ जाती। इस अनभिज्ञ कच्ची उम्र में एक ओर अपने विद्रोही मन और दूसरी ओर विपरीत परिस्थितियों से बिल्कुल उद्भ्रांत होकर बार-बार वह सोचती—थोड़ी देर बाबा के पैरों में सिर रखकर धरती पर पड़ी रह सकूँ तो मेरा मन शान्ति से भर उठे।

सुचरिता सोचती थी कि मन की सारी शक्ति को जगाकर अविचलित धैर्य से वह सब आघातों को सह लेगी और अन्त में सभी विरोधी परिस्थितियाँ अपने आप परास्त हो जायेंगी। लेकिन ऐसा नहीं हुआ। उसे अपरिचित पथ पर ही चलना पड़ा।

वरदासुंदरी ने जब देखा कि गुस्से या डाँट-फटकार से सुचरिता को डिगाना संभव नहीं है और परेश बाबू से भी मदद मिलने की कोई आशा नहीं है, तब हरिमोहिनी के प्रति उनका क्रोध बहुत भड़क उठा। उनके घर में हरिमोहिनी की उपस्थिति उन्हें उठते-बैठते हर समय अखरने लगी।

उस दिन उन्होंने पिता की बरसी की उपासना के लिए विनय को भी बुलाया था। उपासना संध्या समय होगी, उसके लिए वे पहले से ही सभागृह सजा रही थीं, सुचरिता और अन्य लड़कियाँ भी उनकी सहायता कर रही थीं।

इसी समय उन्होंने देखा कि विनय पास की सीढ़ी से ऊपर हरिमोहिनी की ओर जा रहा है। मन जब बोझिल होता है तब छोटी-सी घटना भी बहुत तूल पकड़ लेती है। विनय का सीधे ऊपर के कमरे की ओर जाना पल भर में ही उनके लिए ऐसा असह्य हो उठा कि घर सजाना छोड़कर तुरंत वे हरिमोहिनी के पास जा खड़ी हुईं। उन्होंने देखा, चटाई पर बैठा विनय आत्मीयों की भाँति घुल-मिलकर हरिमोहिनी से बातें कर रहा है।

वरदासुंदरी कह उठीं, ''देखो, हमारे यहाँ तुम जितने दिन रहना चाहो रहो, मैं तुम्हें अच्छी तरह ही रखूँगी। लेकिन यह मैं कहे देती हूँ कि तुम्हारे उस ठाकुर को यहाँ नहीं रखा जा सकता।''

हरिमोहिनी सदा गाँव-देहात में ही रही थीं। उनकी ब्रह्म लोगों के बारे में यही धारणा थी कि वे ईसाइयों की ही कोई शाखा हैं। इसलिए उनके सम्पर्क में आने के बारे में हरिमोहिनी को सोच-संकोच होना तो स्वाभाविक ही था। लेकिन हरिमोहिनी से मिलने-जुलने में उन लोगों को भी संकोच हो सकता है, यह बात धीरे-धीरे कुछ दिनों से ही उनकी समझ में आ रही थी। उन्हें क्या करना चाहिए, वे इसी चिंता से व्याकुल हो रही थीं। ऐसे समय में आज एकाएक वरदासुंदरी के मुँह से यह बात सुनकर

उन्होंने अच्छी तरह समझ लिया कि अब और चिंता करने का समय नहीं है, कुछ-न-कुछ निश्चय उन्हें कर लेना चाहिए। पहले उन्होंने सोचा, कलकत्ता में ही कहीं मकान लेकर रहेंगी, जिससे बीच-बीच में सुचरिता और सतीश को देखती रह सकें। लेकिन थोड़ी-सी पूँजी में कलकत्ता का खर्च कैसे चलेगा?

यों अकस्मात् वरदासुंदरी आँधी की तरह आकर चली गईं, पर विनय सिर झुकाकर चुपचाप बैठा रहा।

थोड़ी देर चुप रहकर हरिमोहिनी बोल उठीं, ''मैं तीर्थ जाऊँगी—तुममें से कोई मुझे वहाँ पहुँचा सकेगा, बेटा?''

विनय ने कहा, ''ज़रूर पहुँचा सकूँगा। लेकिन उसकी तैयारी में तो दो-चार दिन लग जायेंगे—तब तक मौसी, तुम चल कर मेरी माँ के पास रहो।''

हरिमोहिनी ने कहा, ''बेटा, मेरा बोझ बहुत भारी बोझ है। विधाता ने मेरे सिर पर न जाने क्या गठरी लाद दी है कि मुझे कोई सँभाल नहीं सकता। जब मेरी ससुराल भी मेरा भार नहीं उठा सकी तभी मुझे समझ लेना चाहिए था। लेकिन बेटा, मन बड़ा ही ढीठ है—इस सूनी छाती को भरने के लिए मैं इधर-उधर भटक रही हूँ और मेरा यह खोटा भाग्य भी हर समय मेरे साथ है। अब रहने दो बेटा, और किसी के घर जाने की ज़रूरत नहीं है—जो सारी दुनिया का बोझ ढोते हैं उन्हीं के चरणों में अब मैं भी शरण लूँगी—और कुछ मुझसे अब नहीं होता।''कहती हुई हरिमोहिनी बार-बार आँखें पोंछने लगीं।

विनय ने कहा, ''ऐसा कहने से नहीं चलेगा, मौसी! मेरी माँ से और किसी की तुलना नहीं की जा सकती। अपने जीवन का सारा भार जो भगवान को सौंप सकते हैं, दूसरों का भार लेने में उन्हें कोई क्लेश नहीं होता—जैसे कि मेरी माँ है, या जैसे यहाँ आपने परेश बाबू को देखा है। मैं कुछ नहीं सुनूँगा—एक बार तुम्हें अपने तीर्थ की सैर करा लूँगा, फिर मैं तुम्हारा तीर्थ देखने चलूँगा।''

हरिमोहिनी ने कहा, ''तब पहले एक बार उन्हें खबर तो देनी...''

विनय ने कहा, ''हम लोगों के पहुँचते ही माँ को खबर हो जायेगी—वही तो पक्की खबर होगी।''

हरिमोहिनी ने कहा, ''तो कल सवेरे...''

विनय ने कहा, ''क्या ज़रूरत है? आज रात को ही चला जाये।''

संध्या हो रही थी; सुचरिता ने आकर कहा, ''विनय बाबू, माँ ने आपको बुला भेजा है। उपासना का समय हो गया है।''

विनय ने कहा, ''मुझे मौसी से बात करनी है, आज तो नहीं आ सकूँगा।''

असल में वरदासुंदरी की उपासना का निमन्त्रण आज विनय किसी तरह स्वीकार

नहीं कर पा रहा था। उसे ऐसा लग रहा था कि यह सब एक आडंबर है।

घबराकर हरिमोहिनी ने कहा, "बेटा विनय, तुम जाओ। मेरे साथ बातचीत फिर हो जायेगी। पहले तुम्हारा काम हो जाये, फिर आ जाना।"

विनय ने समझ लिया कि उसका सभा में न जाना, इस परिवार में जिस विप्लव का सूत्रपात हो चुका है उसे कुछ और बढ़ा ही देगा। इसलिए वह उपासना में चला गया, किंतु उसमें पूरा मन नहीं लगा सका।

उपासना के बाद भोज भी था। विनय ने कहा, "आज मुझे भूख नहीं है।"

वरदासुंदरी बोलीं, "भूख का क्या दोष है? आप तो ऊपर ही खा-पी आए हैं।"

हँसकर विनय ने कहा, "हाँ, लालची लोगों का यही हश्र होता है। जो सामने है, उसके लालच में भविष्य खो बैठते हैं।" कहकर वह जाने लगा।

वरदासुंदरी ने पूछा, "शायद ऊपर जा रहे हैं?"

संक्षेप में विनय 'हाँ' कहकर बाहर हो गया। दरवाज़े के पास ही सुचरिता थी, मृदु स्वर में उससे बोला, "दीदी, एक बार मौसी के पास आइएगा, कुछ खास बात करनी है।"

ललिता आतिथ्य में व्यस्त थी। एक बार वह हारान बाबू के निकट आई तो वे अकारण कह उठे, "विनय बाबू तो यहाँ पर नहीं हैं, वे तो ऊपर गये हैं।"

ललिता यह सुनकर वहीं खड़ी हो गई और उनके चेहरे की ओर आँखें उठाती हुई बिना संकोच बोली, "मुझे मालूम है। मुझसे मिले बिना वे नहीं जायेंगे। यहाँ का काम ख़त्म करके मैं अभी ऊपर जाऊँगी।"

ललिता को वे ज़रा भी कुंठित न कर सके, इससे हारान के भीतर घुटती हुई जलन और भी बढ़ गई। विनय सहसा सुचरिता को क्या कह गया जिसके थोड़ी देर बाद ही सुचरिता भी उसके पीछे चली गई, यह भी हारान बाबू ने देख लिया। आज वे सुचरिता से बात करने का मौका पाने में कई बार विफल हो चुके थे—दो-एक बार तो सुचरिता उनका स्पष्ट आह्वान ऐसे टाल गई थी कि हारान बाबू ने सभा में जुटे हुए लोगों के सामने अपने को अपमानित अनुभव किया था। इससे उनका मन और भी बेचैन था।

ऊपर जाकर सुचरिता ने देखा, हरिमोहिनी अपना सब सामान समेटकर इस तरह बैठी थीं मानो इसी समय कहीं जाने वाली हों। सुचरिता ने पूछा, "मौसी यह क्या?"

हरिमोहिनी उसे कोई उत्तर न दे सकीं, रोती हुई बोलीं, "सतीश कहाँ है—एक बार उसे बुला दो, बेटी!"

सुचरिता ने विनय के चेहरे की ओर देखा। विनय ने कहा, "इस घर में सभी को मौसी के रहने से असुविधा होती है, मैं इसीलिए उन्हें माँ के पास ले जा रहा हूँ।"

हरिमोहिनी ने कहा, ''वहाँ से मैं तीर्थ जाने की सोच रही हूँ। मुझ जैसी का यों किसी के घर में रहना ठीक नहीं है। हमेशा के लिए कोई मुझे ऐसे रखने भी क्यों लगा ?''

स्वयं सुचरिता यह बात कुछ दिनों से सोच रही थी। इस घर में रहना उसकी मौसी के लिए अपमानजनक है, यह उसने जान लिया था। इसलिए वह कोई जवाब न दे सकी, चुपचाप उनके पास जाकर बैठ गई। रात हो गई थी, कमरे में दीया नहीं जलाया गया था। कलकत्ता के हेमंत के मटमैले आकाश में तारे धुँधले हो रहे थे। किस-किस की आँखों से आँसू बहते रहे, यह अंधकार में देखा न जा सका।

सीढ़ियों पर से सतीश की तीखी पुकार सुनाई पड़ी, ''मौसी !''

''क्या बेटा, आओ बेटा,'' कहती हुई हरिमोहिनी हड़बड़ाकर उठ खड़ी हुईं।

सुचरिता ने कहा, ''मौसी, आज रात तो कहीं जाना नहीं हो सकता। कल सवेरे सब तय होगा। ठीक से बाबा से कहे बिना तुम कैसे जा सकती हो भला ? यह तो बड़ी ज़्यादती होगी।''

वरदासुंदरी के हाथों हरिमोहिनी के अपमान से उत्तेजित विनय ने यह बात नहीं सोची थी। उसने फैसला किया था कि इस घर में मौसी का अब एक रात भी रहना ठीक नहीं है। हरिमोहिनी कहीं आसरा न होने के कारण ही सब कुछ सहती हुई इस घर में रहती हैं, वरदासुंदरी की यह धारणा दूर करने के लिए हरिमोहिनी को विनय यहाँ से ले जाने में ज़रा भी देर करना नहीं चाहता था। विनय को सहसा सुचरिता की बात सुनकर ध्यान आया, इस घर में हरिमोहिनी का सम्बन्ध एकमात्र अथवा मुख्य रूप से वरदासुंदरी के साथ नहीं है। जिसने अपमान किया है उसी को बड़ा मान लेना, और जिसने उदारता से आत्मीय मानकर सहारा दिया है उसे भूल जाना—यह तो ठीक न होगा।

विनय कह उठा, ''यह बात तो ठीक है। परेश बाबू को बताए बिना किसी तरह नहीं जाया जा सकता।''

आते ही सतीश ने कहा, ''जानती हो, मौसी ? रूसी लोग भारतवर्ष पर हमला करने आ रहे हैं। बड़ा मज़ा रहेगा।''

विनय ने पूछा, ''तुम किसकी ओर हो ?''

सतीश बोला, ''मैं—रूसियों की ओर।''

विनय ने कहा, ''तब तो रूसियों को कोई चिंता नहीं है।''

इस तरह सतीश ने बातचीत फिर जमा दी तो सुचरिता धीरे-धीरे वहाँ से उठकर नीचे चली गई।

सुचरिता जानती थी, बिस्तर पर जाने से पहले परेश बाबू अपनी कोई प्रिय पुस्तक लेकर थोड़ी देर पढ़ते थे। ऐसे समय कई बार सुचरिता उनके पास जाकर बैठती रही

है और सुचरिता के अनुरोध पर परेश बाबू उसे पढ़कर सुनाते रहे हैं।

नियमानुसार आज भी परेश बाबू अपने कमरे में बत्ती जलाकर एमर्सन का ग्रंथ पढ़ रहे थे। धीरे-से कुर्सी खींचकर सुचरिता उनके पास बैठ गई। परेश बाबू ने पुस्तक रखकर एक बार उसके चेहरे की ओर देखा। सुचरिता का संकल्प टूट गया—वह घर की कोई बात न कर सकी। बोली, "बाबा, मुझे भी पढ़कर सुनाओ।"

परेश बाबू पढ़कर उसे समझाने लगे। दस बज जाने पर पढ़ाई समाप्त हुई। तब सुचरिता यह सोचकर कि सोते समय परेश बाबू के मन में किसी प्रकार का क्लेश न उपजे, बिना कुछ कहे धीरे-धीरे जाने लगी।

स्नेह-भरे स्वर में परेश बाबू ने उसे पुकारा, "राधे!"

वह लौट आई। परेश बाबू ने कहा, "तुम अपनी मौसी की बात कहने आई थीं न?"

उसके मन की बात परेश बाबू जान गये हैं, इससे विस्मित होते हुए सुचरिता ने कहा, "हाँ बाबा, लेकिन अब रहने दो, कल सवेरे बात होगी।"

परेश बाबू ने कहा, "बैठो।"

सुचरिता के बैठ जाने पर वे बोले, "यहाँ तुम्हारी मौसी को कष्ट होता है, यह बात मैं सोचता रहा हूँ। उनका धर्म-विश्वास और आचरण लावण्य की माँ के संस्कारों को इतनी अधिक चोट पहुँचाएगा, पहले यह मैं ठीक नहीं जान सका था। जब साफ़ देख रहा हूँ कि इससे उन्हें दुःख होता है तब इस घर में तुम्हारी मौसी को रखने से वे घुटती ही रहेंगी।"

सुचरिता ने कहा, "मौसी यहाँ से जाने के लिए तैयार बैठी हैं।"

परेश बाबू ने कहा, "मैं जानता था कि वे जायेंगी। तुम दोनों ही उनके एकमात्र अपने हो—उन्हें ऐसे अनाथ होकर तुम लोग नहीं जाने दे सकोगे, यह भी मैं जानता हूँ। इसीलिए कुछ दिनों से मैं इस बारे में सोच रहा था।"

यह बात सुचरिता के खयाल में नहीं आई थी कि परेश बाबू समझते हैं कि उसकी मौसी किस संकट में पड़ी हैं और इस बारे में सोचते भी रहे हैं। कहीं वे जानकर दुःख न पाएँ, इस डर से वह इतने दिनों से बड़ी सावधान रहती आई थी। उसे परेश बाबू की बात सुनकर बड़ा अचरज हुआ और उसकी आँखें डबडबा आईं।

परेश बाबू ने कहा, "तुम्हारी मौसी के लिए मैंने मकान ठीक कर रखा है।"

सुचरिता ने कहा, "लेकिन वे तो..."

"किराया नहीं दे सकेंगी—यही न, लेकिन किराया वे क्यों देंगी—किराया तुम दोगी।"

अवाक् होकर सुचरिता परेश बाबू के चेहरे की ओर ताकती रही। परेश बाबू

ने हँसकर कहा, "उन्हें अपने ही घर में रहने देना, किराया नहीं देना होगा।"

सुचरिता और भी चकरा गई। परेश बाबू ने कहा, "कलकत्ता में तुम्हारे दो मकान हैं, क्या नहीं जानतीं? एक तुम्हारा, एक सतीश का। मरते समय तुम्हारे पिता मुझे कुछ रुपया सौंप गये थे। उसी पर सूद जोड़कर मैंने कलकत्ते में दो मकान खरीदे हैं। अब तक उनका जो किराया आता रहा है, वह भी जमा होता रहा है। तुम्हारे मकान के किराएदार अभी कुछ दिन पहले चले गये हैं—वहाँ रहने में तुम्हारी मौसी को कोई परेशानी न होगी।"

सुचरिता ने कहा, "वहाँ क्या वे अकेली रह सकेंगी?"

परेश बाबू ने कहा, "अपने लोगों के रहते हुए वे अकेली क्यों रहेंगी?"

सुचरिता ने कहा, "मैं यही बात कहने आज आई थी। मौसी चले जाने के लिए बिल्कुल तैयार हैं, सोच रही थीं कि मैं उन्हें अकेली कैसे जाने दूँगी। इसीलिए आपसे सलाह लेने आई थी। आप जो कहेंगे वही करूँगी।"

परेश बाबू ने कहा, "हमारे घर से लगी हुई यह जो गली है, इसी गली में दो-तीन मकान छोड़कर तुम्हारा मकान है—इस बरामदे में खड़े होने से वह मकान दिख जाता है। तुम लोग वहाँ रहोगे तो ऐसे अरक्षित नहीं रहोगे—बराबर देखता-सुनता रहूँगा।"

एक बहुत बड़ा बोझ सुचरिता की छाती पर से उतर गया।—बाबा को छोड़ कर कैसे जाऊँगी—यह चिंता उसका पीछा नहीं छोड़ रही थी, लेकिन जाना ही होगा, यह भी उसे बिल्कुल निश्चित दिख रहा था।

भरा हुआ हृदय लिये सुचरिता चुपचाप परेश बाबू के पास बैठी रही। परेश बाबू भी जैसे अपने अन्दर डूबे हुए स्तब्ध बैठे रहे। सुचरिता उनकी शिष्या थी, उनकी कन्या थी, उनकी सुहृद थी—वह उनके जीवन से और यहाँ तक कि उनकी ईश्वरोपासना से भी गुँथी हुई थी। जिस दिन वह चुपचाप आकर उनकी उपासना में योग देती, उस दिन जैसे उनकी उपासना एक विशेष पूर्णता पा लेती। प्रतिदिन अपने मंगलपूर्ण स्नेह से सुचरिता के जीवन को गढ़ते-गढ़ते उन्होंने अपने जीवन को भी एक विशेष आकृति दे दी थी। जैसी भक्ति और नम्रता के साथ सुचरिता उनके निकट आ खड़ी हुई थी वैसे कोई और उनके पास नहीं आया था। फूल जैसे आकाश की ओर ताकता है उसी तरह उसने अपनी सम्पूर्ण प्रकृति उनकी ओर उन्मुख और उद्घाटित कर दी थी। ऐसे एकाग्र भाव से किसी के पास आने से मनुष्य की दान करने की शक्ति अपने आप बढ़ जाती है—अन्तःकरण जल-भार से झुके हुए बादल की भाँति अपनी परिपूर्णता के कारण ही झुक जाता है। अपना जो कुछ सत्य है, श्रेष्ठ है उसे किसी अनुकूल चित्त को प्रतिदिन दान करते रहने के सुयोग के बराबर कोई दूसरा शुभ योग मनुष्य के लिए नहीं हो सकता। सुचरिता ने वही दुर्लभ सुयोग परेश बाबू को दिया था, इसीलिए उनका

सम्बन्ध सुचरिता के साथ बहुत गहरा हो गया था। उसी सुचरिता के साथ आज उनके बाह्य सम्पर्क के टूटने का अवसर आ गया है—अपने जीवन-रस से पूरी तरह फल को पकाकर पेड़ से उसे मुक्त कर ही देना होगा। इसके लिए मन-ही-मन वह जिस गहरी टीस का अनुभव कर रहे थे उसे वह अन्तर्यामी के सामने निवेदित करते जा रहे थे। सुचरिता का पाथेय जुट गया है, अपनी शक्ति से प्रशस्त मार्ग पर सुख-दुःख, आघात-प्रतिघात और नये अनुभव की प्राप्ति का जो आह्वान उसे मिलेगा उसकी तैयारी परेश बाबू कुछ दिन पहले से ही देख रहे थे। मन-ही-मन वे कह रहे थे—जाओ बेटी, यात्रा करो। तुम्हारे सारे जीवन को मैं मात्र अपनी बुद्धि और अपने आश्रय से छाये रखूँ, यह कभी नहीं हो सकता—ईश्वर तुम्हें मुझसे मुक्त करके विचित्र के भीतर से तुम्हें चरम परिणाम की ओर खींच ले जायें, इसी में तुम्हारा जीवन सार्थक हो।—यह कहकर शैशव से ही स्नेह में पली हुई सुचरिता को मन-ही-मन वह अपनी ओर से ईश्वर को अर्पित की गई पवित्र उत्सर्ग सामग्री की भाँति सौंप रहे थे। वरदासुंदरी पर परेश बाबू ने क्रोध नहीं किया, न अपनी गृहस्थी के प्रति मन में किसी विरोधभाव को कोई आश्रय दिया। वे जानते थे कि नई वर्षा की जल-राशि तंग किनारों के बीच सहसा आ जाने से बड़ी हलचल मचाती है—उसका एक मात्र उपाय यही है कि उसे खुले क्षेत्र की ओर बह जाने दिया जाये। वे जानते थे कि कुछ दिनों से सुचरिता के आस-पास इस छोटे-से परिवार में जो अप्रत्याशित घटनाएँ होती रही हैं, उन्होंने उसके जमे हुए संस्कारों को हिला दिया है। उसे यहाँ रोके रखने की चेष्टा न करके उसे मुक्ति देने से ही उसके स्वभाव के साथ सामंजस्य स्थापित होगा और शान्ति हो सकेगी। यह समझकर चुपचाप वे ऐसा आयोजन कर रहे थे जिससे सहज ही यह शान्ति और सामंजस्य स्थापित हो सके।

थोड़ी देर दोनों चुपचाप बैठे रहे। घड़ी में ग्यारह बज गये। तब परेश बाबू उठ खड़े हुए और सुचरिता का हाथ पकड़कर उसे दुमंज़िले के बरामदे में ले गये। साँझ के आकाश की धुंध तब तक छँट गई थी और निर्मल अंधकार में तारे जगमगा रहे थे। परेश बाबू सुचरिता को पास खड़ी कर निस्तब्ध रात में प्रार्थना करते रहे—'संसार का सारा असत्य नष्ट हो जाये और हमारे जीवन में परिपूर्ण सत्य की निर्मल मूर्ति उद्भासित हो उठे।'

## 42

हरिमोहिनी दूसरे दिन सवेरे ही भूमि पर बैठकर परेश बाबू को प्रणाम करने लगीं। हड़बड़ाकर हटते हुए वे बोले, "यह आप क्या कर रही हैं?"

आँखों में आँसू भरते हुए हरिमोहिनी ने कहा, ''मैं आपका ऋण कई जन्मों में भी नहीं चुका सकूँगी। मेरे जैसी इतनी निरुपाय स्त्री का जो उपाय आपने कर दिया, वह और कोई न कर सकता। चाहकर भी मेरा भला कोई नहीं कर सकता, यह मैंने देखा है—आप पर भगवान की बड़ी कृपा है इसीलिए आप मुझ-जैसी अभागिन पर अनुग्रह कर सके हैं।''

परेश बाबू ने संकोच करते हुए कहा, ''मैंने तो खास कुछ नहीं किया, यह सब तो राधारानी...''

बात काटकर हरिमोहिनी ने कहा, ''वह तो मैं जानती हूँ—लेकिन राधारानी भी तो आपकी है—वह जो करती है, वह आप ही का किया हुआ तो है। उसकी माँ जब मरी, जब बाप भी नहीं रहे, तब मैंने सोचा था लड़की बड़ी अभागिनी है। लेकिन उसके भाग्य के दुःख को भगवान ऐसे धन्य कर देंगे, यह मैं कैसे जानती? घूम-फिरकर अन्त में जब आपको देखा तब से समझने लगी हूँ कि भगवान ने मुझ पर भी दया की है।''

''मौसी, माँ आई है तुम्हें लेने के लिए...'' कहता हुआ विनय आ खड़ा हुआ। हड़बड़ाकर उठते हुए सुचरिता ने कहा, ''कहाँ हैं?''

विनय ने कहा, ''नीचे आपकी माँ के पास बैठी हैं।''

जल्दी से सुचरिता नीचे चली आई।

परेश बाबू ने हरिमोहिनी से कहा, ''मैं ज़रा आपके घर में सब सामान ठीक-ठाक कर आऊँ!''

परेश बाबू के चले जाने पर चकित विनय ने कहा, ''मौसी, आपके घर की बात तो मैं नहीं जानता था।''

हरिमोहिनी ने कहा, ''मैं भी कहाँ जानती थी, बेटा? जानते थे केवल परेश बाबू! हमारी राधारानी का घर है।''

सारी बात सुनकर विनय ने कहा, ''मैंने सोचा था, दुनिया में विनय किसी के तो कभी काम आ सकेगा—वह भी रह गया। आज तक माँ के लिए तो कुछ कर नहीं सका, जो कुछ करने को था वह माँ ही मेरे लिए करती रही हैं—मौसी के लिए भी कुछ नहीं कर सकूँगा, उनसे भी प्राप्त करूँगा। मेरी किस्मत में लेना ही लेना लिखा है, कुछ देना नहीं।''

कुछ देर बाद ही ललिता और सुचरिता के साथ आनंदमयी आ गईं। हरिमोहिनी ने आगे बढ़कर कहा, ''भगवान जब दया करते हैं तो कंजूसी नहीं करते—दीदी, आज मैं तुम्हें भी पा गई।'' कहते हुए हाथ पकड़कर उन्होंने आनंदमयी को चटाई पर बिठाया।

हरिमोहिनी ने आगे कहा, ''दीदी, तुम्हारी बात के सिवा विनय कोई बात ही नहीं करता।''

हँसकर आनंदमयी ने कहा, ''बचपन से उसे यही रोग है, जो बात पकड़ लेता है, छोड़ता ही नहीं। जल्दी ही मौसी की बारी भी आ जायेगी।''

विनय ने कहा, ''वह तो होगा ही, पहले से ही मैं कहे रखता हूँ। मैंने बड़े होकर अपने आप मौसी को ढूँढ निकाला है, इतने दिन जो वंचित रहा उसकी कमी तो किसी तरह पूरी करनी होगी।''

ललिता की ओर देखते हुए मुस्कराकर आनंदमयी ने कहा, ''हमारे विनय को जिस चीज़ की कमी हो वह उसे ढूँढ लेना भी जानता है, और ढूँढ लेने पर जी-जान से प्यार करना भी जानता है। तुम लोगों को वह किस दृष्टि से देखता है यह मैं ही जानती हूँ—जो कभी सोच भी नहीं सकता था मानो वह सामने पा गया है। उसकी जान-पहचान तुम लोगों से हो जाने से मुझे कितनी खुशी हुई है, यह तुम्हें क्या बताऊँ, बेटी! तुम लोगों के यहाँ विनय का मन ऐसा बस जाने से उसका बड़ा भला हुआ है। यह बात वह अच्छी तरह समझता है, और स्वीकार करने से भी नहीं हिचकता।''

जवाब में कुछ कहने की कोशिश करके भी ललिता कोई बात नहीं पा सकी। उसका चेहरा लाल हो गया। ललिता की मुश्किल देखकर सुचरिता ने कहा, ''विनय बाबू हर किसी के भीतर की अच्छाई देख लेते हैं, इसीलिए जिसमें जितनी भलाई होती है, वही उनके हिस्से आ जाती है। यह बहुत-कुछ उनका निजी गुण है।''

विनय ने कहा, ''माँ, विनय को बातचीत करने के लिए तुम जितना बड़ा विषय समझती हो, दुनिया की दृष्टि में उसका महत्त्व नहीं है। यह बात तुम्हें समझाने की मैं कई बार सोचता हूँ, लेकिन अहंकारवश ही अभी तक नहीं कर पाया। लेकिन अब बस—अब विनय की बात छोड़कर और कुछ बात की जाये।''

ठीक इसी समय सतीश अपने कुत्ते के पिल्ले को छाती से चिपटाए उछलता-कूदता आ पहुँचा। हरिमोहिनी ने घबराकर कहा, ''बेटा सतीश, तू बड़ा राजा बेटा है, इस कुत्ते को बाहर ले जा।''

सतीश बोला, ''वह कुछ नहीं करेगा, मौसी—तुम्हारे कमरे में नहीं जायेगा! तुम उसे ज़रा प्यार कर लो, वह कुछ नहीं कहेगा।''

हरिमोहिनी ने और भी दूर हटते हुए कहा, ''नहीं बेटा नहीं—उसे ले जाओ।''

तब कुत्ते समेत सतीश को आनंदमयी ने अपनी ओर खींच लिया। कुत्ते को गोद में लेते हुए आनंदमयी ने पूछा, ''तुम सतीश हो न—हमारे विनय के दोस्त?''

अपने को विनय का दोस्त कहकर परिचय देना सतीश को ज़रा भी असंगत न लगता था, इसलिए उसने बिना झिझक कहा, ''हाँ।'' और आनंदमयी के चेहरे की ओर देखता रहा।

आनंदमयी ने कहा, ''मैं विनय की माँ होती हूँ।''

पिल्ला आनंदमयी के हाथ का कड़ा चबाने के खेल से अपना मनोरंजन करने लगा। सुचरिता ने कहा, ''बक्त्यार, माँ को प्रणाम कर!''

सकपकाकर सतीश ने जैसे-तैसे प्रणाम कर दिया।

इतने में वरदासुंदरी आ गईं। उन्होंने हरिमोहिनी की ओर देखे बिना आनंदमयी से पूछा, ''आप क्या हमारे यहाँ कुछ खायेंगी?''

आनंदमयी ने कहा, ''हालाँकि खान-पान और छूत-छात के बारे में कुछ सोच-विचार नहीं करती, लेकिन आज रहने दीजिए—गोरा लौट आए तब कभी खाऊँगी।''

गोरा की अनुपस्थिति में आनंदमयी ऐसा कोई काम नहीं करना चाहती थीं जो गोरा को अच्छा न लगे।

विनय की ओर देखकर वरदासुंदरी ने कहा, ''अरे, विनय बाबू भी तो यहाँ हैं। मैं भी कहूँ आप क्यों नहीं आए!''

विनय ने फ़ौरन कहा, ''मैं जो आया हूँ तो आप समझती हैं कि आपको बताए बिना ही चला जाता?''

वरदासुंदरी ने कहा, ''कल निमन्त्रण के समय तो आप खिसक गये; आज चलिए, बिना निमन्त्रण के ही खा लीजिएगा।''

विनय ने कहा, ''मुझे तो वही ज़्यादा रुचेगा। तनख्वाह से बख्शीश का आकर्षण अधिक है।''

मन-ही-मन हरिमोहिनी को आश्चर्य हुआ। विनय उस घर में खाता-पीता है, आनंदमयी भी खान-पान का विचार नहीं करतीं, यह उन्हें अच्छा नहीं लगा।

वरदासुंदरी के चले जाने पर हरिमोहिनी ने सकुचाते हुए पूछा, ''दीदी, तुम्हारे स्वामी क्या... ?''

आनंदमयी ने कहा, ''मेरे स्वामी कट्टर हिन्दू हैं।''

हरिमोहिनी अवाक् बनी रहीं। उनके मन का भाव समझकर आनंदमयी ने कहा, ''बहन, मेरे लिए जब तक समाज सबसे बड़ा था तब तक समाज को ही मानकर चलती थी। लेकिन एक दिन भगवान एकाएक मेरे घर में ऐसे रूप में प्रकट हुए कि समाज को उन्होंने मुझे और नहीं मानने दिया। जब उन्होंने स्वयं आकर मेरी जात छीन ली तब मुझे और किसी का क्या भय!''

इस बात का अर्थ हरिमोहिनी नहीं समझ सकीं। बोलीं, ''और तुम्हारे स्वामी?''

आनंदमयी ने कहा, ''मेरे स्वामी नाराज़ होते हैं।''

हरिमोहिनी, ''और लड़के?''

आनंदमयी, ''लड़के भी खुश नहीं हैं, लेकिन उन्हें खुश करके भी क्या होगा?

बहन, मेरी यह बात किसी की समझ में नहीं आ सकती—जो सब जानते हैं वही समझते हैं।'' कहते-कहते हाथ जोड़कर आनंदमयी ने प्रणाम किया।

हरिमोहिनी ने सोचा—शायद कोई मिशनरी औरत आकर आनंदमयी को फुसलाकर ईसाई बना गई है।—उनका मन एक गहरे संकोच से भर उठा।

## 43

यह बात सुनकर सुचरिता को बड़ी तसल्ली हुई थी कि वह परेश बाबू के घर के पास ही और बराबर उनकी देख-रेख में रह सकेगी। किंतु जब उसके नये घर की सजावट का कार्य पूरा हो गया और वहाँ चले जाने का समय आ गया, तब सुचरिता के मन में रह-रहकर एक टीस उठने लगी। बात केवल पास रहने या न रहने की नहीं है, जीवन के साथ जीवन का जो सर्वांगीण योग था, उसमें इतने दिनों बाद आज एक विच्छेद घटित होने जा रहा है। यह सोचकर सुचरिता को ऐसा लग रहा था जैसे उसके एक अंश की मृत्यु होने वाली हो। सुचरिता का इस परिवार में जितना भी स्थान था, उसका जो कुछ भी काम था, नौकरों से भी उसका जितना सम्पर्क था, सभी सुचरिता के हृदय को व्याकुल करने लगे।

सुचरिता का अपना निजी भी कुछ है और उसी के सहारे वह आज स्वाधीन होने जा रही है, इस खबर से वरदासुंदरी बार-बार यही भाव प्रकट करने लगीं कि यह अच्छा ही हुआ; इतने दिनों से इतनी सावधानी से जो उत्तरदायित्व वह निबाहती आ रही थीं उससे मुक्त होकर वह निश्चिंत ही हुई हैं। लेकिन सुचरिता के प्रति मन-ही-मन उनमें एक शिकायत का भाव भी उत्पन्न हुआ। आज सुचरिता उनसे अलग होकर अपने भाग्य के सहारे खड़ी हो सकती है, यह जैसे उसका एक अपराध है। उनके सिवा सुचरिता की और कोई गति नहीं है, यह सोचकर वरदासुंदरी कई बार सुचरिता को अपने परिवार के लिए संकट मानकर स्वयं अपने ऊपर करुणा करती रही हैं। लेकिन सहसा यह सूचना पाकर कि उन्हें सुचरिता के भार से छुटकारा मिल गया है, उन्हें ज़रा भी अच्छा नहीं लगा। सुचरिता के लिए उनका आश्रय आवश्यक नहीं है, यह जानकर सुचरिता घमंड करने लग सकती है, उनकी अनुगत रहना अपने लिए अनावश्यक समझ सकती है, यह सोचकर उन्होंने पहले से ही उसे अपराधी ठहरा दिया। पहले जैसे वे घर के काम-काज के समय सुचरिता को बुलाती थीं, उसे बिल्कुल भूलकर अस्वाभाविक ढंग से वह उसके प्रति सम्मान दिखाने लगीं। विदा होने से पहले मन-ही-मन दुःखी होकर सुचरिता वरदासुंदरी के घर के काम-

काज में कुछ ज़्यादा ही हाथ बँटाने की कोशिश कर रही थी, तरह-तरह के बहाने करके उनके आस-पास घूमती रहती थी। किंतु वरदासुंदरी कुछ ऐसा भाव दिखाकर कि कहीं सुचरिता का असम्मान न हो जाये, उसे दूर-ही-दूर रखती थीं। इतने दिनों से सुचरिता जिन्हें माँ कहती हुई जिनके पास रहकर बड़ी हुई है, आज विदा के समय भी अपने मन को उन्होंने प्रतिकूल कर लिया, इसकी पीड़ा सुचरिता को सबसे अधिक कष्ट दे रही थी।

हर समय लावण्य, ललिता और लीला सुचरिता के आस-पास मँडराती रहतीं। सुचरिता का नया घर सजाने वे बड़े उत्साह से गईं, लेकिन उस उत्साह के भीतर मानो अव्यक्त वेदना के आँसू छिपे हुए थे।

सुचरिता अनेक बहाने करके अब तक परेश बाबू के कई छोटे-मोटे काम करती आई थी। फूलदानों में फूल सजाना, मेज़ पर किताबें सँवारना, बिस्तर धूप में फैलाना, स्नान के समय उन्हें पानी रखे जाने की सूचना देना—रोज़मर्रा के इन सारे कामों को उसने कभी कोई विशेष महत्त्व नहीं दिया था। लेकिन इन्हीं सब मामूली कामों को छोड़कर चले जाने के समय ये सब छोटी-छोटी सेवाएँ ही, जिन्हें सहज ही कोई दूसरा कर सकता है और जिनके न करने से भी किसी की कोई विशेष हानि नहीं होती, दोनों पक्षों के मन में कसकने वाली बन गई थीं। सुचरिता परेश बाबू के कमरे में कोई मामूली-सा काम करने भी आती तो वह काम परेश बाबू के लिए बड़ा हो जाता और उनकी छाती भर उठती। दूसरी ओर, यह सोचकर कि यही काम अब से किसी दूसरे के हाथों सम्पन्न हुआ करेगा, सुचरिता की आँखें छलछला उठतीं।

जिस दिन दोपहर के भोजन के बाद सुचरिता के अपने नये घर में चले जाने की बात तय थी, उस दिन सवेरे परेश बाबू अपने एकांत कमरे में उपासना करने गये तो उन्होंने देखा, उनके सामने का स्थान फूलों से सजाकर सुचरिता कमरे के एक कोने में प्रतीक्षा करती हुई बैठी है। लावण्य, लीला वगैरह भी आज उपासना में आएँगी, ऐसी उन्होंने मंत्रणा की थी, लेकिन ललिता ने उन्हें रोक दिया था। ललिता जानती थी कि परेश बाबू की उपासना में अकेली योग देकर सुचरिता को उनका आशीर्वाद पाकर विशेष आनंद होगा। आज सुचरिता उस आशीर्वाद के लिए विशेष रूप से उत्सुक होगी, यह अनुभव करके ललिता ने उन्हें आज की उपासना में जाने से बरज दिया।

उपासना पूरी हो गई। सुचरिता की आँखों से आँसू बह रहे थे। परेश बाबू ने कहा, ''बेटी, पीछे की ओर मत देखो, सामने के मार्ग पर बढ़ती जाओ—मन में कुछ संकोच मत करो। जो भी घटे, जो भी सामने उपस्थित हो, उसमें से अपनी सारी शक्ति से अच्छाई को ग्रहण करने का संकल्प करके आनंदपूर्वक चल पड़ो। सम्पूर्ण रूप से ईश्वर को आत्म-समर्पण करके सिर्फ़ उसी को अपना सहायक मानो—तब भूल-चूक

और क्षति के बीच भी लाभ का रास्ता पाती रह सकोगी। और अगर अपने को आधा-आधा बाँटना चाहोगी—थोड़ा-सा ईश्वर को और थोड़ा-सा कहीं और—तब सभी कुछ मुश्किल हो जायेगा। ईश्वर ऐसा ही करें कि हम लोगों के इस क्षुद्र सहारे का भी तुम्हारे लिए प्रयोजन न करें।''

दोनों ने उपासना के बाद बाहर आकर देखा कि बैठने के कमरे में हारान बाबू प्रतीक्षा कर रहे हैं। किसी के प्रति आज वह कोई विरोध-भाव मन में नहीं आने देगी, यह ठानकर सुचरिता ने हारान बाबू को नम्र भाव से नमस्कार किया। फ़ौरन हारान बाबू कुर्सी पर सख्त होकर बैठ गये और अत्यंत गम्भीर स्वर से बोले, ''सुचरिता, इतने दिनों तुम जिस सत्य के आश्रय में थीं आज उससे वंचित होने जा रही हो, हम लोगों के लिए आज शोक का दिन है।''

सुचरिता ने कोई जवाब नहीं दिया। लेकिन उसके मन में शान्ति की जो करुणा मिश्रित रागिनी बज रही थी उसमें एक बेसुरा स्वर भी आ मिला।

परेश बाबू ने कहा, ''कौन पा रहा है और कौन वंचित हो रहा है, यह तो अन्तर्यामी ही जानते हैं, हम लोग बाहर से विचार करके व्यर्थ बेचैन होते हैं।''

हारान बाबू बोले, ''तो आप क्या यह कहना चाहते हैं कि आपके मन में कोई आशंका नहीं है? और यह कि ऐसी भी कोई बात नहीं हुई जिस पर आपको अफ़सोस हो?''

परेश बाबू ने कहा, ''पानू बाबू, मैं काल्पनिक आशंका को मन में स्थान नहीं देता। और अफ़सोस करने की कोई बात हुई है या नहीं, यह तो तभी जानूँगा जब अफ़सोस होगा।''

हारान बाबू ने कहा, ''यह जो आपकी कन्या ललिता अकेली विनय बाबू के साथ स्टीमर में चली आई, क्या यह भी काल्पनिक है?''

सुचरिता का मुँह लाल हो गया। परेश बाबू ने कहा, ''पानू बाबू, आपका मन इस समय किसी कारण से उत्तेजित है, इसलिए इस समय इस सम्बन्ध में आपसे बातचीत करना आप ही के प्रति अन्याय होगा।''

सिर उठाकर हारान बाबू ने कहा, ''मैंने उत्तेजना की झोंक में कोई बात नहीं कही—मैं जो कह रहा हूँ उसके बारे में अपनी ज़िम्मेदारी का मुझे पूरा ज्ञान है, आप उसकी फिक्र न करें। जो कुछ आपसे कह रहा हूँ व्यक्तिगत अपनी ओर से नहीं कह रहा, ब्रह्म-समाज की ओर से ही कह रहा हूँ—न कहना अन्याय होगा इसीलिए कह रहा हूँ। अगर आप अंधे न हुए रहते तो यह जो विनय बाबू के साथ ललिता अकेली चली आई, इसी एक घटना से समझ सकते थे कि आपका यह परिवार ब्रह्म-समाज का बन्धन तोड़कर भ्रष्ट हो जाने वाला है। इससे केवल आप ही को अफ़सोस करने

का कारण मिले सो बात नहीं है, इसमें सारे ब्रह्म–समाज के अपमान की बात है।''

परेश बाबू ने कहा, ''बुराई तो बाहर से की जा सकती है, लेकिन न्याय करने के लिए भीतर पैठना होता है। केवल घटना के कारण किसी को अपराधी न ठहरा दें।''

हारान बाबू ने कहा, ''घटना आखिर अपने आप तो घटित होती नहीं, उसे आप लोग भीतर से ही घटित किये दे रहे हैं। आप ऐसे लोगों को आत्मीय बनाकर परिवार में ला रहे हैं जो आपके परिवार को ही आपके आत्मीय समाज से दूर ले जाना चाहते हैं। बल्कि दूर ले भी गये, यह क्या आप नहीं देख रहे हैं?''

कुछ विरक्त होकर परेश बाबू ने कहा, ''मेरा देखने का ढंग आपके ढंग से मेल नहीं खाता।''

हारान बाबू बोले, ''न खाता होगा मेल। किंतु मैं सुचरिता को ही साक्षी मानकर पूछता हूँ, वही सच–सच बता दें कि विनय का ललिता के साथ जो सम्बन्ध है वह क्या बिल्कुल बाहर का ही सम्बन्ध है? क्या उसने उनके अन्तर को ज़रा भी नहीं छुआ? नहीं, सुचरिता, तुम्हारे चले जाने से नहीं होगा—इस बात का जवाब देना ही होगा। यह बड़ी गम्भीर बात है।''

सुचरिता ने सख्त पड़कर कहा, ''चाहे जितनी गम्भीर हो, आपका तो इसमें कोई दखल नहीं है।''

हारान बाबू ने कहा, ''यदि दखल न होता तो न केवल मैं चुप ही रहता, बल्कि इस बारे में सोचता भी नहीं। तुम लोगों को समाज की परवाह नहीं हो सकती है, लेकिन जब तक समाज में हो तब तक समाज तुम लोगों के मामले में विचार करने को मजबूर है।''

आँधी की तरह ललिता ने प्रवेश करते हुए कहा, ''अगर समाज ने आप ही को विचारक के पद पर नियुक्त किया है, तब तो इस समाज से निर्वासित होना ही हम लोगों के लिए बेहतर है।''

कुर्सी पर से उठकर खड़े होते हुए हारान बाबू ने कहा, ''ललिता, तुम आ गईं यह अच्छा ही हुआ। तुम्हारे बारे में जो अभियोग है उस पर तुम्हारे सामने ही विचार होना चाहिए।''

गुस्से से सुचरिता का चेहरा और आँखें जल उठीं। उसने कहा, ''हारान बाबू, अपनी कचहरी अपने घर कीजिएगा। किसी गृहस्थ के घर में घुसकर उसका अपमान करें, हम लोग आपका यह अधिकार किसी तरह नहीं मानेंगे। चल ललिता, चल यहाँ से!''

ललिता नहीं हिली। बोली, ''नहीं दीदी, मैं भागूँगी नहीं। पानू बाबू को जो कुछ कहना है सब सुनकर ही मैं जाना चाहती हूँ। कहिए, आपको क्या कहना है, कह डालिए!''

हारान बाबू सन्नाटे में आ गये। परेश बाबू ने कहा, "बेटी ललिता, आज हमारे घर से सुचरिता जा रही है—मैं आज किसी तरह की अशान्ति होने देना नहीं चाहता। हारान बाबू, हम लोगों का अपराध चाहे जितना गम्भीर हो, आज भर के लिए आपको हमें माफ़ कर देना होगा।"

हारान बाबू चुपचाप गम्भीर होकर बैठे रहे। सुचरिता जितना ही उनसे विमुख होती थी, सुचरिता को बाँध रखने का उनका हठ उतना ही बढ़ता जाता था। उनका अटल विश्वास था कि अपने असाधारण नैतिक बल के कारण उनकी जीत अवश्य होगी। अब भी उन्होंने पतवार छोड़ दी हो, ऐसा नहीं था; लेकिन इस आशंका से उनका मन क्षुब्ध था कि मौसी के साथ सुचरिता के दूसरे मकान में चले जाने पर वहाँ उनकी शक्ति में कुछ कमी आ जायेगी। इसीलिए आज वे अपने सब ब्रह्मास्त्रों को सान पर चढ़ाकर लाये थे। किसी तरह आज सवेरे ही बड़ी कड़ाई से कुछ निबटारा कर लेने की उन्होंने ठान रखी थी। आज उन्होंने सब संकोच छोड़ दिया था—लेकिन दूसरा पक्ष भी इसी तरह संकोच को दूर कर देगा, ललिता और सुचरिता भी सहसा म्यान में से तलवार निकालकर खड़ी हो जायेंगी, इसकी उन्होंने कल्पना नहीं की थी। उन्होंने यह सोच रखा था कि जब वह अपने प्रबल नैतिक अग्नि-बाण छोड़ेंगे तब दूसरे पक्ष का सिर फ़ौरन झुक जायेगा। ठीक वैसा नहीं हुआ और अवसर भी निकल गया। लेकिन हारान बाबू हार मानने वाले नहीं थे। मन-ही-मन उन्होंने कहा, सत्य की जय होगी ही—अर्थात् हारान बाबू की जय होगी ही। लेकिन जय यों ही तो नहीं हो जाती—लड़ना तो होगा ही। सो हारान बाबू कमर कसकर मैदान में उतर आए थे।

इस बीच सुचरिता ने मौसी से कहा, "मौसी, आज मैं सबके साथ बैठकर खाऊँगी—तुम कुछ बुरा मत मानना।"

हरिमोहिनी चुप ही रहीं। मन-ही-मन उन्होंने तय कर लिया था कि सुचरिता सम्पूर्णतया उनकी हो गई है—विशेष रूप से जब वह अपनी सम्पत्ति के बल पर स्वाधीन होकर अलग घर चलाने लगेगी—और अब हरिमोहिनी को और कोई संकोच नहीं करना होगा, सोलह आने अपने मतानुसार वे चल सकेंगी। इसीलिए जब सुचरिता ने शुचिता भुलाकर फिर सबके साथ बैठकर खाने का प्रस्ताव किया तब उन्हें अच्छा नहीं लगा—पर वे चुप ही रहीं।

उनके मन का भाव समझकर सुचरिता ने कहा, "तुम निश्चय जानो मौसी, ठाकुर इससे प्रसन्न होंगे। मेरे अन्तर्यामी ठाकुर ने ही आज मुझे सबके साथ बैठकर खाने को कहा है। उनकी बात न मानने से वे नाराज़ होंगे। और उनके क्रोध से तो मैं तुम्हारे क्रोध से भी अधिक डरती हूँ।"

जब तक वरदासुंदरी के हाथों हरिमोहिनी अपमानित होती रहती थीं तब तक

उनके अपमान में हिस्सा बँटाने के लिए सुचरिता ने उनका आचार अपना रखा था, किंतु अब उस अपमान से छुटकारा मिल जाने पर, सुचरिता को आचार के सम्बन्ध में स्वाधीन होने में दुविधा नहीं रही, यह बात हरिमोहिनी नहीं समझ सकीं। सुचरिता को हरिमोहिनी पूरी तरह नहीं समझ सकी थीं और समझना भी उनके लिए कठिन था।

सुचरिता को हरिमोहिनी ने साफ़-साफ़ मना तो नहीं किया, लेकिन मन-ही-मन नाराज़ हुईं। सोचने लगीं—"मैया री, कैसे उसकी प्रवृत्ति उधर हो सकती है, मैं तो सोच ही नहीं सकती। ब्राह्मण के घर में जन्म लेकर... !"

उन्होंने थोड़ी देर चुप रहने के बाद कहा, "एक बात कहूँ बेटी, तुम जो करो सो तो करो, लेकिन उस बैरे के हाथ का पानी मत पीना।"

सुचरिता ने कहा, "क्यों मौसी, वही रामदीन बैरा तो आपकी गाय दुहकर तुम्हारे लिए दूध दे जाता है।"

आँखें बड़ी-बड़ी करके हरिमोहिनी ने कहा, "तू हद करती है। दूध और पानी क्या एक हैं?"

हँसकर सुचरिता ने कहा, "अच्छा मौसी, मैं रामदीन का छुआ पानी आज नहीं पीऊँगी। लेकिन अगर तुमने सतीश को रोका तो वह इससे ठीक उल्टा ही करेगा।"

हरिमोहिनी ने कहा, "सतीश की बात अलग है।"

हरिमोहिनी मानती थीं कि नियम-संयम की चूक पुरुषों के मामले में माफ़ करनी ही पड़ती है।

## 44

हारान बाबू ने लड़ाई के मैदान में मोर्चा सँभाल लिया।

स्टीमर में विनय के साथ आए हुए ललिता को प्राय: पन्द्रह दिन हो गये थे। दो-एक जनों के कानों में यह बात पड़ चुकी थी और धीरे-धीरे फैल रही थी। लेकिन अब दो ही दिन में यह समाचार फूस में लगी आग की तरह चारों ओर फैल गया।

काफ़ी लोगों को हारान बाबू ने यह समझाया कि ब्रह्म-समाज के धर्मपूर्ण नैतिक जीवन को ध्यान में रखते हुए इस ढंग के कदाचार का दमन करना उनका परम कर्तव्य है। वैसे ऐसी बातें समझाने के लिए अधिक मेहनत भी नहीं करनी पड़ती। जब हम 'सत्य' और 'कर्तव्य' के दबाव से प्रेरित होकर दूसरों की गलती पर घृणा प्रकट करने या दंड का विधान करने को तैयार होते हैं, तब सत्य और कर्तव्य के अनुरोध को मानना हमारे लिए बहुत कठिन नहीं होता। इसीलिए जब हारान बाबू ने ब्रह्म-समाज में

'अप्रिय' सत्य की घोषणा की और 'कठोर' कर्तव्य की बात उठाई, तब इतनी बड़ी अप्रियता और कठोरता के डर से भी अधिकतर लोग उत्साहपूर्वक उनकी मदद करने से न हिचकिचाए। ब्रह्म-समाज के हितैषी लोग गाड़ी-पालकी किराए पर लेकर भी एक-दूसरे के घर जाकर कह आए कि आजकल जब ऐसी-ऐसी बातें होनी शुरू हो गई हैं, तब ब्रह्म-समाज का भविष्य बहुत अंधकारपूर्ण है। साथ ही तरह-तरह से नमक-मिर्च लगा कर यह बात भी फैलाई जाने लगी कि सुचरिता हिन्दू हो गई है और हिन्दू मौसी के घर आश्रय लेकर जप-तप, यज्ञ-अनुष्ठान ठाकुर-पूजा में ही दिन बिताने लगी है।

ललिता के मन में कई दिनों से एक कशमकश चल रही थी। रोज़ रात को सोने जाने से पहले वह कहती, "मैं कभी नहीं मानूँगी" और रोज़ सवेरे नींद खुलते ही बिस्तर पर बैठे-बैठे दुहराती थी, "कभी किसी तरह हार नहीं मानूँगी।" यह जो विनय की चिंता उसके पूरे मन पर छायी हुई थी—विनय निचले कमरे में बैठा बातचीत कर रहा है, यह सुन पाते ही उसके मन में एक खलबली मच जाती थी, दो दिन लगातार विनय के उनके घर न आ पाने पर वह जैसे रूठकर खुद अपने ही को सताने लगती थी, बीच-बीच में कई बहानों से सतीश को विनय के घर जाने के लिए प्रोत्साहित करती थी और उसके लौटने पर विनय क्या कर रहा था तथा उससे क्या बात हुई, इसका पूरा ब्योरा जानने की चेष्टा करती थी—इन सबके लिए ललिता जितना ही अपने को विवश पाती, उतना ही अपनी हार की ग्लानि उसे और बेचैन कर देती। कभी-कभी उसे इस बात पर भी गुस्सा हो आता कि परेश बाबू ने विनय और गोरा के साथ क्यों उनके मेल-मिलाप में बाधा नहीं दी। लेकिन वह आखिर तक लड़ती ही रहेगी, मर जायेगी पर हारेगी नहीं, यही उसकी प्रतिज्ञा थी। उसका जीवन कैसे कटेगा, इस सम्बन्ध में उसके मन में तरह-तरह की कल्पनाएँ उदित होती रहती थीं। यूरोप की लोक हितैषिणी स्त्रियों के जीवन-चरित्र और कीर्ति की जो सब बातें उसने पढ़ रखी थीं, वे सब स्वयं उसके लिए साध्य और संभव हैं, ऐसा उसे लगने लगा था।

उसने एक दिन जाकर परेश बाबू से कहा, "बाबा, मैं क्या किसी लड़कियों के स्कूल में पढ़ाने का काम नहीं कर सकती?" स्थिर दृष्टि से परेश बाबू ने अपनी लड़की के चेहरे की ओर देखा। उसकी दो करुण आँखें जैसे हृदय की अतृप्ति की वेदना के कारण कंगाल-सी होकर यह प्रश्न पूछ रही थीं। उन्होंने स्निग्ध स्वर से कहा, "क्यों नहीं कर सकती, बेटी? लेकिन लड़कियों का ऐसा स्कूल है कहाँ?"

जिस समय का ज़िक्र हो रहा है उस समय लड़कियों के स्कूल अधिक नहीं थे; साधारण पाठशालाएँ थीं और भद्र घरों की लड़कियों ने अभी मास्टरनी का काम करना शुरू नहीं किया था। ललिता ने उदास होकर कहा, "स्कूल नहीं है, बाबा?"

परेश बाबू ने कहा, ''कहाँ, मैंने तो नहीं देखा!''

ललिता ने कहा, ''अच्छा बाबा, लड़कियों का स्कूल क्या शुरू नहीं किया जा सकता?''

परेश बाबू ने कहा, ''काफ़ी खर्च का मामला है और इसमें बहुत लोगों की मदद की भी ज़रूरत पड़ेगी।''

ललिता यही समझती थी कि अच्छे काम का संकल्प कर लेना ही कठिन है। उसके साधन जुटाने के मार्ग में भी इतनी बाधाएँ होंगी, यह उसने नहीं सोचा था। थोड़ी देर वह चुपचाप बैठी रही, फिर उठकर धीरे-धीरे चली गई। अपनी इस सबसे चहेती बेटी के हृदय में कहाँ कौन-सी व्यथा है, परेश बाबू बैठकर यही सोचने लगे। हारान बाबू विनय के बारे में उस दिन जो इशारा कर गये थे, वह भी उन्हें याद आया। उन्होंने लम्बी साँस लेकर अपने आप से पूछा—मैंने क्या नासमझी का काम किया है?—अपनी किसी दूसरी लड़की की बात होती तो उन्हें विशेष फिक्र नहीं होती, लेकिन मानो ललिता का जीवन ललिता के लिए बहुत ही सच्चा मामला है, वहाँ अधूरी बात करना वह जानती ही नहीं। उसके लिए सुख-दुःख, आधे सत्य और आधे झूठ नहीं होते।

अपने जीवन में ललिता प्रतिदिन यह व्यर्थ का धिक्कार सहती हुई कैसे जी सकेगी? उसे सामने कहीं कोई प्रतिष्ठा, कोई मंगल परिणाम नहीं दिखता, और इस तरह निरुपाय बहते चले जाना भी उसके स्वभाव में नहीं है।

ललिता उसी दिन तीसरे पहर सुचरिता के घर जा पहुँची। सुचरिता के घर में सजावट कुछ खास नहीं थी। फ़र्श पर एक मामूली दरी, जिसकी एक तरफ़ सुचरिता का बिस्तर लगा था और दूसरी तरफ़ हरिमोहिनी का। हरिमोहिनी खाट पर नहीं सोतीं, इसलिए एक ही कमरे में सुचरिता भी उनके साथ फ़र्श पर ही बिस्तर लगाती है। दीवार पर परेश बाबू का चित्र टँगा था। साथ के छोटे कमरे में सतीश की खाट पड़ी थी और एक तरफ़ एक छोटी मेज़ पर कलम-दवात, किताब-कॉपियाँ तथा स्लेट आदि इधर-उधर बिखरी हुई थीं। सतीश स्कूल गया हुआ था, घर में सन्नाटा था।

हरिमोहिनी भोजन के बाद अपनी चटाई पर लेटी सोने की तैयारी कर रही थीं और सुचरिता पीठ पर खुले बाल फैलाए दरी पर बैठी हुई गोद में तकिया रखे मगन होकर कुछ पढ़ रही थी। उसके सामने और भी दो-एक किताबें रखी हुई थीं।

सहसा ललिता को कमरे में आते देखकर सुचरिता ने जैसे झेंप कर पहले तो किताब बंद कर दी, फिर मानो अपने शर्मिंदा होने पर ही लज्जित होकर पुस्तक को ज्यों का त्यों रख दिया। ये सब पुस्तकें गोरा की रचनाएँ थीं।

उठकर बैठते हुए हरिमोहिनी ने कहा, ''आओ, आओ ललिता बेटी, आओ!

तुम लोगों का घर छोड़कर सुचरिता का जी कैसा होता रहता है, यह मैं जानती हूँ। जब उसका मन बेचैन होता है तभी वह किताबें लेकर पढ़ने बैठ जाती है। मैं अभी लेटी-लेटी सोच रही थी कि तुम लोगों में से कोई आ जाता तो अच्छा होता—तभी तुम आ गईं, बड़ी लम्बी उम्र है तुम्हारी।''

जो बात ललिता के मन में थी, वही उसने सुचरिता के पास बैठते ही शुरू कर दी। बोली, ''सुचि दीदी, हमारे मुहल्ले में लड़कियों के लिए एक स्कूल शुरू किया जाये तो कैसा रहे?''

हक्का-बक्का होकर हरिमोहिनी ने कहा, ''लो और सुनो! तुम लोग स्कूल चलाओगी?''

सुचरिता ने कहा, ''लेकिन चलेगा कैसे, यह तो बता। कौन हमारी मदद करेगा! बाबा से बात की थी?''

ललिता ने कहा, ''हम दोनों तो पढ़ा सकेंगी। शायद बड़ी दीदी भी तैयार हो जायें।''

सुचरिता बोली, ''सिर्फ़ पढ़ाने भर की तो बात नहीं है। स्कूल का काम कैसे चलाया जायेगा, इसके सब नियम बनाने होंगे, मकान ठीक करना होगा, छात्राएँ जुटानी होंगी, खर्च के लिए पैसा जुटाना होगा। हम दो लड़कियाँ यह सब कैसे कर पाएँगी?''

ललिता ने कहा, ''दीदी, ऐसा कहने से तो नहीं चलेगा। लड़की होकर जन्म लिया है, क्या इसीलिए जीवन भर मन मारकर घर में पड़ी-पड़ी कुढ़ती रहेंगी? दुनिया के किसी काम न आएँगी?''

जो दर्द ललिता की बात में था, वह सुचरिता के हृदय में भी गूँज गया। वह कुछ उत्तर न देकर सोचने लग गई।

ललिता ने कहा, ''मुहल्ले में ही अनेक लड़कियाँ हैं। अगर हम उन्हें यों ही पढ़ाना चाहें तो माँ-बाप खुश ही होंगे। उनमें से जितनी मिल जायें उन्हें जुटाकर इसी घर में पढ़ाया जा सकता है—इसमें कौन-सा खर्च लगेगा?''

मुहल्ले भर की अपरिचित घरों की लड़कियों को जुटाकर घर ही में पढ़ाने के प्रस्ताव से हरिमोहिनी उद्विग्न हो उठीं। अपनी पूजा-अर्चना लेकर वह तो अलग-थलग शुद्ध होकर रहना चाहती हैं, उसमें विघ्न की संभावना से वे आपत्ति करने लगीं।

सुचरिता ने कहा, ''डरो मत मौसी, छात्राएँ मिल गईं तो उनका काम हमारे निचले तल्ले के कमरे में ही चल जायेगा, उन्हें हम ऊपर तुम्हारे कमरे में उत्पात करने नहीं लायेंगी। अच्छा ललिता, पढ़ने वाली लड़कियाँ यदि मिल जायें तो मैं राज़ी हूँ।''

ललिता ने कहा, ''अच्छा, देख ही क्यों न लिया जाये!''

बार-बार हरिमोहिनी कहती रहीं, ''बेटी, हर मामले में जब तुम लोग ईसाइयों

की तरह हो जाओगी तो कैसे चलेगा? अच्छे घर की लड़कियाँ जाकर स्कूल में पढ़ाएँगी, आज तक यह तो कभी नहीं सुना!''

परेश बाबू के घर की छत से आसपास के घरों की छतों पर खड़ी लड़कियों से बातचीत होती रहती थी। इस परिचय में एक बाधा भी थी, क्योंकि अक्सर आसपास के घरों की लड़कियाँ इस बारे में सवाल पूछती थीं और विस्मय प्रकट करती थीं कि इस घर की लड़कियों की इतनी उम्र हो जाने पर भी अभी तक उनका विवाह क्यों नहीं हुआ? इसीलिए ललिता छत पर की इस बातचीत में भाग नहीं लेती थी। छतों के द्वारा दोस्ती के इस विस्तार में लावण्य का ही उत्साह सबसे अधिक था। दूसरे घरों का हालचाल जानने में उसके कौतूहल की सीमा नहीं थी। पड़ोसियों के रोज़मर्रा जीवन की छोटी-बड़ी अनेक बातों की चर्चा दूर से ही हवा के सहयोग से उसके साथ होती रहती थी। अक्सर तीसरे पहर खुले आकाश के नीचे हाथ में कंघी लिये बाल सँवारते-सँवारते उसकी और उसकी सहेलियों की सभा जुटा करती थी।

अपने प्रस्तावित लड़कियों के स्कूल के लिए छात्राएँ जुटाने का भार ललिता ने लावण्य को सौंप दिया। जब छतों पर से लावण्य ने इस प्रस्ताव की घोषणा कर दी तब कई लड़कियाँ उत्साहित हो उठीं। ललिता प्रसन्न होकर सुचरिता के घर की निचली मंज़िल का कमरा झाड़-पोंछकर, धोकर, सजाकर तैयार करने में जुट गई।

लेकिन उसका स्कूल सूना ही रह गया। पढ़ाने के बहाने अपनी लड़कियों को फुसलाकर ब्रह्म-समाजी घर में ले जाने के प्रस्ताव पर पड़ोसी बहुत बिगड़ उठे। यहाँ तक कि जब उन्हें पता लगा कि परेश बाबू की लड़कियों के साथ उनकी लड़कियों की जान-पहचान है और उनमें बातचीत होती रहती है, तब इसे रोकना भी उन्होंने अपना कर्तव्य समझा। उन्हें मौका मिल गया कि वे लड़कियों का छत पर जाना बंद करवा दें। ब्राह्म पड़ोसी की लड़कियों के साधु संकल्प के बारे में भी उन्होंने जो बातें कहीं वे कुछ प्रशंसा की नहीं थीं। बेचारी लावण्य ने यथा-समय कंघी हाथ में लिये छत पर पहुँचकर देखा, आस-पास की छतों पर नवीनाओं का स्थान प्रवीणाओं ने ले लिया है, और उनमें से किसी से भी वह दो मधुर शब्द न पा सकी।

इससे भी ललिता हताश न हुई। उसने सोचा—बहुत-सी गरीब ब्राह्म लड़कियाँ ऐसी हैं जिनके लिए बेथ्यून स्कूल पढ़ने जाना सहज नहीं है, उन्हीं को पढ़ाने का भार लेने से उपकार हो सकता है।

ऐसी छात्राओं की खोज में वह स्वयं भी लगी और सुधीर को भी उसने लगा दिया।

उन दिनों परेश बाबू की लड़कियों के पढ़ने-लिखने की ख्याति दूर-दूर तक फैली हुई थी। यहाँ तक कि यह ख्याति सच्चाई को भी बहुत पीछे छोड़ गई थी। इसलिए

यह सुनकर कि ये लड़कियाँ पढ़ाने का अवैतनिक भार लेंगी, अनेक माता-पिता प्रसन्न हो उठे।

शुरू में तो दो-चार दिन के भीतर ही पाँच-छः लड़कियों को लेकर ललिता का स्कूल चल निकला। परेश बाबू के साथ स्कूल की चर्चा करके उसके नियम बनाने, उसकी व्यवस्था करने आदि में ललिता ने अपने लिए कोई समय ही नहीं छोड़ा। यहाँ तक कि वर्ष के अन्त में परीक्षा के बाद लड़कियों को इनाम कैसे दिए जायेंगे, इसके बारे में लावण्य के साथ ललिता की बाकायदा बहस भी छिड़ गई। जो पुस्तकें ललिता सुझाती थी, वे लावण्य को पसन्द नहीं थीं और लावण्य की पसन्द ललिता को नहीं जँचती थी। परीक्षा कौन-कौन लेगा, इस पर भी बहस हो गई। लावण्य को हालाँकि हारान बाबू बिल्कुल अच्छे नहीं लगते थे फिर भी उनके पांडित्य की ख्याति से वह प्रभावित थी। उनके स्कूल की परीक्षा या शिक्षा या किसी एक काम में हारान बाबू के नियुक्त होने से वह स्कूल के लिए विशेष गर्व की बात होगी, इस बारे में उसे ज़रा भी सन्देह नहीं था। लेकिन ललिता ने सारी बात ही निरस्त कर दी—हारान बाबू के साथ उनके इस स्कूल का किसी प्रकार का सम्बन्ध नहीं हो सकेगा। दो-तीन दिन के भीतर ही छात्राओं की संख्या कम होते-होते अन्ततः क्लास सूनी हो गई। ललिता क्लास में अकेली बैठी पैरों की आहट सुनते ही छात्राओं के आने की संभावना से सजग हो उठती, लेकिन कोई आता ही नहीं। ऐसे ही जब दोपहर बीत गई तब उसने समझ लिया कि कहीं कुछ गड़बड़ है।

जिस छात्रा का घर नज़दीक था, ललिता उससे मिलने गई। उसने रुँआसी-सी होकर कहा, "माँ मुझे जाने नहीं देतीं।" माँ ने बताया, असुविधा होती है, लेकिन क्या असुविधा है, यह उन्होंने स्पष्ट नहीं बताया। ललिता स्वाभिमानिनी थी, दूसरी ओर से अनिच्छा का ज़रा-सा भी लक्षण देखने पर ज़िद करना या कारण पूछना उससे नहीं होता था।

उसने कहा, "असुविधा होती है तो जाने दीजिए।"

इसके बाद जिस दूसरे घर में ललिता गई, वहाँ साफ़-साफ़ बात सुनने को मिली। उन्होंने कहा, "सुचरिता आजकल हिन्दू हो गई है, जात-पाँत मानने लगी है, उसके घर ठाकुर-पूजा होती है," इत्यादि।

ललिता ने कहा, "अगर इस कारण से आपत्ति हो तो स्कूल हम लोगों के घर भी चल सकता है।"

लेकिन आपत्ति का निवारण इससे भी होता नहीं दिखा—और भी कुछ बात थी। और किसी के घर न जाकर ललिता ने सुधीर को बुला भेजा और पूछा, "सुधीर क्या हुआ है, सच-सच बताओ तो?"

सुधीर ने कहा, ''पानू बाबू तुम्हारे इस स्कूल का विरोध करने पर तुले हुए हैं।''

ललिता ने पूछा, ''क्यों? दीदी के घर मूर्ति-पूजा होती है, इसलिए?''

सुधीर ने कहा, ''सिर्फ़ इसलिए नहीं।''

अधीर होकर ललिता ने पूछा, ''और क्या, कह ही डालो!''

सुधीर ने कहा, ''बहुत-सी बातें हैं।''

ललिता ने पूछा, ''मेरा भी कुछ अपराध है?''

सुधीर चुप रहा। ललिता का चेहरा लाल हो उठा उसने कहा, ''यह मेरी उस स्टीमर-यात्रा की सज़ा है। मैंने अगर गलत काम भी किया हो तो अच्छा काम करके उसका प्रायश्चित करने का रास्ता हमारे समाज में क्या बिल्कुल बंद हो गया है? क्या मेरे लिए इस समाज में सब शुभ कार्य निषिद्ध हैं? मेरी और हमारे समाज की आध्यात्मिक उन्नति का तुम लोगों ने यही रास्ता निकाला है?''

बात को कुछ नरम करने के लिए सुधीर ने कहा, ''ठीक इसलिए नहीं। उन्हें यह भी डर है कि कहीं विनय बाबू वगैरह भी आगे चलकर इस स्कूल के साथ न जुड़ जायें।''

एकाएक आग की तरह भड़ककर ललिता ने कहा, ''वह डर की नहीं भाग्य की बात होगी। योग्यता में विनय बाबू की बराबरी कर सकने वाले उनमें कितने होंगे?''

सुधीर ललिता का गुस्सा देखकर संकुचित होता हुआ बोला, ''यह बात तो है। लेकिन विनय बाबू तो...''

''ब्रह्म-समाजी नहीं हैं, यही न! इसीलिए ब्रह्म-समाज उन्हें सज़ा देगा। मैं ऐसे समाज पर गर्व नहीं कर सकती!''

सुचरिता छात्राओं के बिल्कुल गायब हो जाने से समझ गई थी कि क्या मामला है और कौन इसकी जड़ में है। इस बारे में वह कोई बात न कहकर ऊपर के कमरे में सतीश को उसकी परीक्षा की तैयारी कराने में लग गई थी।

सुधीर से बात होने पर ललिता सुचरिता के पास गई और बोली, ''सुना?''

मुस्कराकर सुचरिता ने कहा, ''सुना तो नहीं, लेकिन समझ सब लिया।''

ललिता ने कहा, ''क्या यह सब सह लेना होगा?''

ललिता का हाथ पकड़कर सुचरिता ने कहा, ''सह लेने में तो अपमान नहीं है। बाबा कैसे सब सह लेते हैं, यह तुमने नहीं देखा?''

ललिता ने कहा, ''लेकिन सुचि दीदी, कई बार मुझे लगता है कि अन्याय को सहना उसे स्वीकार करना है। अन्याय के प्रति उचित व्यवहार यही है कि उसे सहा न जाये।''

सुचरिता बोली, ''तो तू क्या करना चाहती है, यह बता!''

ललिता ने कहा, ''यह तो मैंने अभी नहीं सोचा—मैं क्या कर सकती हूँ यह भी नहीं जानती—लेकिन कुछ-न-कुछ तो करना ही होगा। हम जैसी लड़कियों के साथ जो ऐसी नीचता कर रहे हैं, वे अपने को चाहे जितना बड़ा आदमी समझते हों, हैं डरपोक ही। उनसे मैं किसी तरह हार नहीं मानूँगी—किसी तरह नहीं, वे जो करना चाहें कर लें।'' कहते हुए ललिता ने ज़ोर से पैर पटक दिया।

कोई उत्तर दिए बिना सुचरिता धीरे-धीरे ललिता के हाथ पर हाथ फेरती रही। थोड़ी देर बाद उसने कहा, ''ललिता, एक बार बाबा से बात करके तो देख।''

ललिता उठ खड़ी हुई, ''मैं अभी उनके पास जाती हूँ।''

अपने घर के पास पहुँचकर ललिता ने देखा, विनय सिर झुकाए हुए वहाँ से निकल रहा था। ललिता को देखकर विनय चौंककर पल-भर खड़ा रहा—मन-ही-मन तर्क-वितर्क करता रहा कि ललिता से दो-एक बात कर ले या नहीं—फिर अपने को रोककर ललिता की ओर आँखें उठाए बिना उसे नमस्कार करके सिर झुकाए हुए ही चला गया।

मानो ललिता को किसी ने गर्म सलाख से दाग दिया हो। वह तेज़ी से भीतर गई और सीधे अपने कमरे में पहुँची। मेज़ के पास बैठी वरदासुंदरी एक लम्बा खाता लिये हिसाब में मन लगाने की कोशिश कर रही थीं।

ललिता का चेहरा देखते ही वरदासुंदरी के मन में खटका हुआ, उन्होंने हड़बड़ाकर हिसाब की कॉपी में बिल्कुल डूब जाने का ऐसा नाटक किया मानो उसमें कोई रकम है जो ठीक-ठीक न मिली तो उनकी सारी गृहस्थी छिन्न-भिन्न हो जायेगी।

कुर्सी खींचकर ललिता मेज़ के पास बैठ गई। वरदासुंदरी ने तब भी मुँह नहीं उठाया। ललिता ने कहा, ''माँ!''

वरदासुंदरी बोलीं, ''ठहर बेटी, मैं यह...'' और कॉपी की ओर और भी झुक गईं।

ललिता ने कहा, ''मैं ज़्यादा देर तंग नहीं करूँगी। बस एक बात जानना चाहती हूँ। विनय बाबू आए थे ?''

कॉपी पर से आँखें हटाए बिना वरदासुंदरी ने कहा, ''हाँ।''

''उनसे तुम्हारी क्या बात हुई ?''

''वह लम्बी बात है।''

''मेरे बारे में कोई बात हुई कि नहीं ?''

बच निकलने का कोई उपाय न देखकर वरदासुंदरी ने कलम रख दी और कॉपी से आँखें उठाकर कहा, ''हुई तो थी। मैंने देखा कि बात बढ़ती ही जा रही है, समाज के लोग चारों ओर निंदा कर रहे हैं, इसीलिए चेतावनी देने की ज़रूरत पड़ी।''

ललिता का चेहरा लज्जा से लाल हो आया, उसका सिर मानो झनझना उठा। उसने पूछा, ''बाबा ने क्या विनय बाबू को यहाँ आने से मना किया है?''

वरदासुंदरी बोलीं, ''वे क्या ये सारी बातें सोचते हैं? सोचते होते तो शुरू से ही यह सब कुछ न हो पाता।''

ललिता ने पूछा, ''पानू बाबू हमारे यहाँ आ सकेंगे?''

आश्चर्य में आकर वरदासुंदरी ने कहा, ''लो और सुनो! पानू बाबू क्यों नहीं आएँगे?''

''विनय बाबू ही क्यों नहीं आएँगे?''

वरदासुंदरी ने कॉपी फिर अपनी ओर खींचते हुए कहा, ''ललिता, तुझसे मैं पार नहीं पा सकती। तू जा, अभी मुझे जला मत—मुझे बहुत काम है।''

दोपहर के समय ललिता सुचरिता के घर स्कूल में पढ़ाने जाती है, इसी का लाभ उठाकर वरदासुंदरी ने विनय को बुलाकर जो कहना था कह-सुन लिया था। उन्होंने सोचा था, ललिता को पता भी न लगेगा। अचानक ऐसे पकड़ी जाकर वह मुश्किल में पड़ गईं। उन्होंने समझ लिया कि इसका परिणाम ठीक नहीं होगा और अब यह मामला आसानी से सुलझेगा भी नहीं। उनका गुस्सा जाकर अपने गैर-ज़िम्मेदार स्वामी पर ही पड़ा। ऐसे बुद्धू के साथ गृहस्थी चलाना स्त्री के लिए कैसी मुसीबत है!

ललिता हृदय में उमड़ती हुई आँधी लिये चली गई। परेश बाबू निचले कमरे में बैठे चिट्ठी लिख रहे थे, वहाँ जाकर एकाएक ललिता उनसे पूछ उठी, ''बाबा, विनय बाबू क्या हम लोगों से मिलने के योग्य नहीं हैं?''

परेश बाबू प्रश्न सुनते ही सारी परिस्थिति समझ गये। उनके परिवार को लेकर उनके समाज में आजकल जो आंदोलन उठ खड़ा हुआ था, वह परेश बाबू से छिपा न था। उसको लेकर वे काफ़ी चिंतित भी थे। अगर विनय के प्रति ललिता के मन के भाव के बारे में उन्हें कोई शंका न होती तो सिर्फ़ बाहर की बातों की ओर वह ज़रा भी ध्यान न देते। लेकिन अगर विनय के प्रति ललिता के मन में अनुराग हो तब उस अवस्था में उनका क्या कर्तव्य है, यह प्रश्न बार-बार वे अपने से पूछते थे। ब्राह्म-धर्म में दीक्षा लेने के बाद से उनके परिवार में यही एक संकट का अवसर आया है। इसीलिए जहाँ एक ओर भय और कष्ट भीतर-ही-भीतर उन्हें कचोट रहे थे, वहाँ दूसरी ओर उनकी सारी चित्त-शक्ति जागृत होकर कह रही थी—ब्राह्म-धर्म ग्रहण करते समय जैसे सिर्फ़ ईश्वर की ओर ध्यान रखकर कठिन परीक्षा में उत्तीर्ण हुआ था; जैसे सुख, सम्पत्ति, समाज सभी के ऊपर केवल सत्य को स्वीकार करने से जीवन हमेशा के लिए धन्य हो गया था, अब भी अगर वैसी ही परीक्षा का दिन उपस्थित हो तो उसी को धारण करके उत्तीर्ण होऊँगा।

परेश बाबू ने ललिता के प्रश्न के उत्तर में कहा, ''मैं तो विनय को अच्छा ही समझता हूँ। उनकी जितनी विद्या-बुद्धि है, उतना ही ऊँचा चरित्र भी है।''

थोड़ी देर चुप रहकर ललिता ने फिर कहा, ''गौर बाबू की माँ इस बीच दो बार हमारे घर आ चुकी हैं। आज सुचि दीदी के साथ ज़रा उधर हो आऊँ?''

क्षण-भर परेश बाबू जवाब न दे सके। वे पक्के तौर पर जानते थे कि इस चर्चा के समय इस तरह आने-जाने से उनकी निंदा को और भी बल मिलेगा। लेकिन उनके मन ने कहा—जब तक यह अन्याय न हो मैं इसका निषेध नहीं कर सकता।—वे बोले, ''अच्छी बात है, हो आओ। मुझे कुछ काम है, नहीं तो मैं भी तुम लोगों के साथ चलता।''

## 45

जिस जगह पर विनय इतने दिनों से यों निश्चिंत भाव से अतिथि और मित्र के रूप में आता-जाता रहा है, उसी के नीचे समाज का ज्वालामुखी फूट पड़ने की तैयारी कर रहा है, उसे सपने में भी इसका गुमान न था। शुरू में परेश बाबू के परिवार से मिलने-जुलने में उसे बहुत संकोच होता था, कहाँ कितनी दूर तक उसके अधिकार की मर्यादा है, यह ठीक-ठीक न जानने के कारण वह सदा डरा-डरा रहता था। धीरे-धीरे जब उसका डर मिट गया, तब वह यह भूल ही गया कि कहीं कुछ संकट का भी मामला हो सकता है। आज हठात् यह सुनकर कि उसके व्यवहार के कारण ललिता को समाज के लोगों में निंदित होना पड़ा है, उसके सिर पर मानो वज्र गिर पड़ा। उसके क्षोभ का विशेष कारण यह भी था कि वह स्वयं जानता था, ललिता के सम्बन्ध में उसके मनोभाव साधारण मित्रता की सीमा पार करके कहीं आगे बढ़ गये थे और वर्तमान परिस्थिति में दोनों समाजों का मतभेद देखते हुए मन-ही-मन इसे वह अपना अपराध ही समझता था। उसने अनेक बार सोचा था, इस परिवार में विश्वस्त अतिथि के रूप में आकर वह अपने उचित स्थान पर नहीं रह सका—एक स्तर पर वह छल कर रहा है और उसके मन का भाव इस परिवार के लोगों पर ठीक-ठीक प्रकट हो जाने पर उसको शर्मिंदा होना पड़ेगा।

ऐसे समय एक दिन दोपहर को जब वरदासुंदरी ने चिट्ठी लिखकर विनय को विशेष रूप से बुला भेजा और पूछा, ''विनय बाबू, आप तो हिन्दू हैं?'' विनय के स्वीकार करने पर जब फिर पूछा, ''आप हिन्दू-समाज को छोड़ तो नहीं सकेंगे?'' फिर विनय के यह कहने पर कि वह उसके लिए असंभव होगा, जब वे फिर कह उठीं,

''तब क्यों आप... ?'' तब इस 'तब क्यों' का कोई उत्तर विनय को नहीं सूझ पड़ा। सिर झुकाए वह बैठा ही रह गया। उसे लगा, वह पकड़ा गया है, सबके सामने उसकी ऐसी बात प्रकट हो गई है जिसे वह चंद्र-सूर्य-वायु तक से छिपाए रखना चाहता था। बार-बार वह यही सोचने लगा कि परेश बाबू न जाने क्या समझते होंगे, ललिता न जाने क्या समझती होगी, सुचरिता भी उसे न जाने क्या समझती होगी। देवदूतों की किसी भूल के कारण थोड़े दिन इस स्वर्ग-लोक में उसे स्थान मिल गया था, आज अपने अनधिकार प्रवेश की लज्जा का बोझ सिर पर लादकर उसे यहाँ से निर्वासित हो जाना होगा।

इसके बाद परेश बाबू की देहरी पार करते समय उसने जब ललिता को देखा तब उसने सोचा—ललिता को अंतिम विदा के इस क्षण में अपना भारी अपराध स्वीकार कर और अपमानित होकर पिछले परिचय का एक समाधान कर देना चाहिए। लेकिन यह कैसे किया जाये, यही वह सोच न सका, इसलिए चुपचाप ललिता के चेहरे की ओर देखे बिना नमस्कार करके चला गया।

अभी उस दिन तक परेश बाबू के परिवार के बाहर ही तो था विनय, आज फिर वैसे ही बाहर आ खड़ा हुआ। लेकिन कितना अन्तर! यह बाहर आज इतना सूना क्यों है? उसके पहले जीवन में तो कोई कमी नहीं हुई। उसके गोरा, उसकी आनंदमयी तो वही हैं। फिर भी उसे ऐसा लग रहा था जैसे वह पानी से रहित मछली है, किसी ओर अपने जीवन का कोई अवलम्बन उसे नहीं दिख रहा था। घरों से पटे पड़े इस शहर के भीड़-भरे राजपथ पर सब ओर विनय को अपने जीवन के सर्वनाश का एक धुँधला विवर्ण चेहरा दिखने लगा। इस विश्वव्यापी सन्नाटे और सूनेपन से वह खुद चकित रह गया। क्यों और कब कैसा हुआ, क्यों यह संभव हुआ, यही प्रश्न वह एक हृदयहीन निरुत्तर शून्य से बार-बार पूछने लगा।

''विनय बाबू! विनय बाबू!''

विनय ने पीछे मुड़कर देखा, सतीश था। विनय ने उसे गले से लगा लिया, बोला,''क्यों भाई, क्या है मित्र!''

विनय का स्वर भर्रा उठा था। परेश बाबू के घर के स्नेह में इस बालक का भी कितना योग था यह विनय ने जैसे आज अनुभव किया वैसे पहले कभी नहीं किया था।

सतीश ने कहा, ''आप हमारे यहाँ क्यों नहीं आते? कल लावण्य दीदी और ललिता दीदी हमारे यहाँ आएँगी, मौसी ने आपको निमन्त्रण देने के लिए मुझे भेजा है।''

विनय ने समझ लिया कि मौसी को कुछ मालूम नहीं है। बोला, ''सतीश बाबू, मौसी को मेरा प्रणाम कहना—लेकिन मैं तो नहीं आ सकूँगा।''

अनुनयपूर्वक सतीश ने विनय का हाथ पकड़ते हुए कहा, "क्यों नहीं आ सकेंगे? आपको आना ही पड़ेगा, मैं किसी तरह नहीं छोड़ूँगा।"

सतीश के इतने आग्रह का एक विशेष कारण भी था। स्कूल में उसे 'पशुओं के प्रति व्यवहार' विषय पर एक निबन्ध लिखने को मिला था। उस निबन्ध पर उसे पचास में से बयालीस नम्बर मिले थे। वही निबन्ध विनय को दिखाने की उसकी बड़ी तीव्र इच्छा थी। विनय बड़े भारी विद्वान और समझदार हैं, यह वह जानता था। उसे विश्वास था कि विनय जैसा रसज्ञ आदमी ही उसके लेख का ठीक मूल्य समझ सकेगा। विनय यदि घोषित कर देगा कि उसकी रचना श्रेष्ठ है तो अरसिक लीला द्वारा सतीश की प्रतिभा के बारे में अवज्ञा प्रकट करने पर स्वयं उसी की हँसी होगी। उसी ने मौसी को कहकर निमन्त्रण भिजवाया था; क्योंकि जिस समय विनय उसके लेख के बारे में अपनी राय प्रकट करे, उस समय उसकी दीदियाँ वहाँ उपस्थिति हों, यही उसकी इच्छा थी।

किसी तरह विनय निमन्त्रण पर नहीं आ सकेगा, यह सुनकर सतीश बिल्कुल उदास हो गया।

विनय ने उसके गले में बाँह डालकर कहा, "सतीश बाबू, तुम्हीं हमारे घर चलो।"

सतीश का लेख उसकी जेब में ही था, इसलिए विनय का निमन्त्रण वह अस्वीकार न कर सका। कवियशः प्रार्थी बालक स्कूल की परीक्षा निकट होने पर भी समय नष्ट करने का जोखिम उठा कर विनय के घर चल पड़ा।

विनय जैसे उसे किसी तरह छोड़ना ही न चाहता था। सतीश का निबन्ध तो सुना ही, जो प्रशंसा की उसमें भी समालोचक की निरपेक्षता नहीं दिखाई दी। बाज़ार से मिठाई मँगाकर उसने सतीश को जलपान भी कराया।

फिर सतीश को उसके घर के पास तक पहुँचाकर उसने अनावश्यक व्यस्तता दिखाते हुए कहा, "अच्छा सतीश बाबू, चलूँ!"

सतीश उसका हाथ पकड़कर खींचने लगा, "नहीं आप हमारे घर चलिए।"

पर आज इस विनती का भी कोई असर नहीं हुआ।

विनय किसी स्वप्न में चलता हुआ-सा आनंदमयी के घर जा पहुँचा, लेकिन उनके सामने न जा सका। छत पर के उस सूने कमरे में चला गया जो गोरा का सोने का कमरा था। इसी कमरे में उनकी बचपन की दोस्ती के कितने सुखदायक दिन, कितनी सुखद रातें बीती हैं—कितनी आनंद-भरी बातें, कितने संकल्प, कितने गम्भीर विषयों की चर्चा यहाँ हुई है—कितने दोस्ताना झगड़े और उसके बाद कितनी स्नेहपूर्ण सुलह! विनय ने चाहा, अपने को भूलकर फिर उसी पुराने जीवन में प्रवेश कर जाये,

लेकिन थोड़े दिनों का नया परिचय उसका रास्ता रोककर खड़ा हो गया; उसने ठीक उसी जगह न लौटने दिया। जीवन का केन्द्र कब खिसक गया है और उसके चारों ओर के घेरे में कितना परिवर्तन आ गया है, यह विनय इतने दिनों से साफ़-साफ़ नहीं समझ सका था, आज जब इस बारे में कोई सन्देह न रहा तब वह परेशान हो उठा।

छत पर सूखने के लिए कपड़े डाले गये थे, तीसरे पहर धूप ढलने पर आनंदमयी उन्हें उठाने आईं तो गोरा के कमरे में विनय को देखकर अचरज में आ गईं। जल्दी से पास आकर उसके कंधे पर हाथ रखकर बोलीं, "विनय, क्या हुआ है विनय? तेरा चेहरा ऐसा सफ़ेद क्यों हो गया है?"

विनय उठ बैठा। बोला, "माँ, परेश बाबू के घर मैंने जब आना-जाना शुरू किया तब गोरा नाराज़ होता था। तब उसके गुस्से को मैं ज़्यादती समझता था। लेकिन वह उसकी ज़्यादती नहीं थी, मेरी बेवकूफ़ी थी।"

ज़रा हँसकर आनंदमयी ने कहा, "तू बड़ा समझदार लड़का है यह तो मैं नहीं कहती, लेकिन इस मामले में तेरी बुद्धि में क्या दोष तुझे दिखा है?"

विनय ने कहा, "माँ, हमारा समाज बिल्कुल दूसरा ही है—यह बात तब मैंने बिल्कुल नहीं सोची थी। उनकी दोस्ती से, व्यवहार से और उदाहरण से मुझे बड़ा आनंद होता था और लगता था कि उपकार भी होता है, इसी कारण मैं आकृष्ट हुआ था। और भी बातें सोचने की हो सकती हैं, यह मुझे कभी सूझा ही नहीं।"

आनंदमयी बोलीं, "मुझे तो तेरी बात सुनकर अब भी वह नहीं सूझता।"

विनय ने कहा, "माँ, तुम नहीं जानतीं, समाज में मैंने उन सबके बारे में बड़ी अशान्ति पैदा कर दी—लोग ऐसी बुराई करने लगे हैं कि मैं अब वहाँ..."

आनंदमयी ने कहा, "गोरा बार-बार एक बात कहा करता है, वह मुझे बहुत खरी लगती है। वह कहता है, जहाँ भीतर कहीं अन्याय हो, वहाँ बाहर शान्ति रहना ही सबसे बड़ा अनिष्ट है। उनके समाज में अशान्ति फैली भी तो तेरे पछताने की तो कोई ज़रूरत मुझे नहीं दिखती—उससे फ़ायदा ही होगा, देख लेना। तेरा अपना व्यवहार सच्चा रहे, यही काफ़ी है।" लेकिन इसी के बारे में तो विनय के मन में खटका था। उसका अपना व्यवहार बुराई से परे है कि नहीं, यही तो वह किसी तरह निश्चित नहीं कर पा रहा था। ललिता जब दूसरे समाज की है, उसके साथ विवाह जब संभव ही नहीं है, तब उसके प्रति उसका अनुराग ही उसे एक छुपे पाप-सा अखर रहा था। और यह सोचकर कि इसी घोर पाप के प्रायश्चित का समय आ उपस्थिति हुआ है, मन-ही-मन वह दुःखी हो रहा था।

हठात् वह कह उठा, "माँ, शशिमुखी के साथ मेरे विवाह का जो प्रस्ताव हुआ था वह हो-हवा गया होता तो ठीक ही हुआ होता। जो मेरी सही जगह है वहीं बाँध

रखना ही ठीक है—ऐसा हो कि मैं वहाँ से ज़रा भी हिल न सकूँ।''

हँसकर आनंदमयी ने कहा, ''यानी शशिमुखी को अपने घर की बहू न बनाकर अपने गले का फन्दा बनाकर रखना चाहता है—वह तो जैसे शशि का बहुत बड़ा सौभाग्य होगा न!''

इसी समय बैरे ने आकर सूचना दी कि परेश बाबू के घर से दो लड़कियाँ आई हैं। सुनकर विनय का दिल ज़ोर से धड़कने लगा। उसने समझा, वे आनंदमयी के पास शिकायत लेकर आईं हैं कि विनय को चेतावनी दे दी जाये। वह एकाएक उठ खड़ा हुआ और बोला, ''मैं जा रहा हूँ, माँ!''

आनंदमयी ने भी उठकर उसका हाथ पकड़ते हुए कहा, ''बिल्कुल घर से ही मत चले जाना, विनय! थोड़ी देर निचले कमरे में चलकर बैठ!''

नीचे जाते-जाते बार-बार विनय कहने लगा, ''इसकी तो कोई आवश्यकता नहीं थी। जो हो गया सो तो हो गया, अब तो मैं मरकर भी वहाँ जाने वाला नहीं था। अपराध की सज़ा जब आग की तरह भड़क उठती है तब अपराधी के जलकर राख हो जाने पर भी सज़ा की आग मानो बुझना ही नहीं चाहती!''

सड़क की ओर निचली मंज़िल में गोरा का जो कमरा था, विनय उसमें प्रवेश करने ही जा रहा था कि महिम अपनी चपकन के बटनों के बन्धन से अपनी तोंद को आज़ाद करते हुए ऑफिस से घर लौट आए। विनय का हाथ पकड़कर बोले, ''अरे, यह तो विनय है। बहुत अच्छा हुआ—मैं तुम्हीं को ढूँढ रहा था।'' कहते-कहते विनय को वे गोरा के कमरे में ले गये और उसे कुर्सी पर बैठाकर स्वयं भी बैठ गये। जेब से डिब्बा निकालकर उन्होंने फ़ौरन एक पान विनय को दिया। ''अरे, तम्बाकू लाना रे!'' की पुकार लगाकर उन्होंने फ़ौरन काम की बात चलाई। पूछा, ''उस मामले का क्या तय हुआ? और तो...''

उन्होंने ध्यान दिया, विनय का भाव पहले से कहीं नरम है। कोई विशेष उत्साह दिखा हो ऐसा तो नहीं है, लेकिन जैसे-तैसे बहाना करके बात को टाल देने की चेष्टा भी नहीं जान पड़ती। महिम ने उसी समय तिथि-मुहूर्त सब पक्का कर लेना चाहा। विनय ने कहा, ''गोरा तो लौट आए।''

आश्वस्त होकर महिम ने कहा, ''वह तो अब दो-चार दिन की बात है। विनय, कुछ जलपान लाने को कह दूँ—क्या राय है? आज तुम्हारा चेहरा बहुत सूखा हुआ जान पड़ता है। तबीयत तो ठीक है न?''

विनय ने जलपान के बोझ से छुटकारा पा लिया तो महिम अपनी क्षुधा-शान्ति के लिए भीतर चले गये। विनय गोरा की मेज़ से यों ही कोई पुस्तक उठाकर पन्ने पलटने लगा, फिर किताब फेंककर कमरे में एक सिरे से दूसरे सिरे तक टहलने लगा।

बैरे ने आकर कहा, "माँ बुला रही हैं।"

विनय ने पूछा, "किसे बुला रही हैं?"

बैरा बोला, "आपको।"

विनय ने पूछा, "और सब लोग हैं?"

बैरे ने कहा, "हाँ, हैं।"

विनय इस तरह ऊपर चला जैसे बच्चे परीक्षा भवन की ओर जाते हैं। कमरे के दरवाज़े तक पहुँचकर वह कुछ इधर-उधर कर ही रहा था कि सुचरिता ने सदा की भाँति सहज सौहार्द-भरे स्निग्ध स्वर से कहा, "आइए, विनय बाबू!"

यह स्वर सुनकर विनय को ऐसा लगा जैसे उसने कोई अप्रत्याशित निधि पा ली हो।

विनय के कमरे में आने पर उसे देखकर सुचरिता और ललिता अचंभे में आ गईं। उसे कितनी गहरी चोट पहुँची है, इसके चिह्न थोड़े समय में ही उसके चेहरे पर अंकित हो गये थे। सदा हँसते रहने वाला विनय का चेहरा एकाएक ऐसा हो गया था मानो लहलहाते खेत पर अचानक टिड्डी दल आक्रमण करके आगे बढ़ गया हो। ललिता के मन में व्यथा और करुणा के साथ-साथ एक आनंद का भी आभास दिखाई पड़ा।

दूसरे मौकों पर ललिता सहज ही विनय के साथ बातचीत शुरू नहीं करती थी, लेकिन आज जैसे ही विनय ने कमरे में प्रवेश किया वैसे ही वह कह उठी, "विनय बाबू, आपसे हमें एक सलाह करनी है।"

मानो हठात् कहीं से विनय के हृदय में आनंद का एक शब्द-वेधी बाण आ लगा। वह उल्लास से भर उठा। उसका फीका उदास चेहरा पल-भर में ही चमक उठा।

ललिता ने कहा, "हम सब बहनें मिलकर लड़कियों का एक छोटा स्कूल चलाना चाहती हैं।"

उत्साहित होकर विनय ने कहा, "लड़कियों का स्कूल चलाना तो मेरे जीवन का एक बहुत पुराना संकल्प है।"

ललिता ने कहा, "आपको इस मामले में हम लोगों की मदद करनी होगी।"

विनय ने कहा, "मुझसे जो कुछ हो सकेगा उसमें कोई चूक नहीं होगी। मुझे क्या करना होगा, बताइए!"

ललिता ने कहा, "हम लोग ब्राह्म हैं, यह सोचकर हिन्दू अभिभावक हमारा विश्वास नहीं करते। इसके लिए आपको यत्न करना होगा।"

खिलकर विनय ने कहा, "आप बिल्कुल चिंता न करें, यह मैं देख लूँगा।"

आनंदमयी ने कहा, "यह काम यह अच्छी तरह कर सकता है। लोगों को बातों

में उलझाकर मोह लेने में इसके समान कोई नहीं है।''

ललिता ने कहा, ''स्कूल का काम किस नियम से, किस ढंग से चलाना चाहिए, समय का विभाजन, क्लासों की व्यवस्था, कौन-कौन-सी पुस्तकें पढ़ाई जायेंगी, यह सब भी आपको ही करना होगा।''

विनय के लिए यह काम भी मुश्किल नहीं था। लेकिन वह उलझन में पड़ गया। वरदासुंदरी ने अपनी लड़कियों से मिलने-जुलने से उसे मना कर दिया है, और समाज में उसके विरुद्ध जो आंदोलन चल रहा है, यह बात क्या ललिता बिल्कुल नहीं जानती ? इस स्कूल के बारे में ललिता का आग्रह मानकर विनय वचन दे दे तो वह अनुचित होगा या नहीं और ललिता के लिए अनिष्टकर होगा या नहीं, ये प्रश्न उसे कचोटने लगे। दूसरी ओर अगर ललिता किसी शुभ काम में उसका सहयोग चाहती है तो यह कैसे हो सकता है कि वह पूरी निष्ठा से उस अनुरोध का पालन न करे ?

इधर सुचरिता भी अचरज में आ गई थी। उसने सपने में भी नहीं सोचा था कि ललिता इस ढंग से अचानक लड़कियों के स्कूल के बारे में विनय से अनुरोध कर उठेगी। एक तो यों ही विनय को लेकर काफ़ी समस्या पैदा हो गई है, उस पर और नई समस्या! ललिता जान-बूझकर ऐसा कर रही है, यह देखकर सुचरिता डर गई। ललिता के मन में विद्रोह उदित हुआ है, यह तो उसने समझ लिया, लेकिन इस झंझट में विनय को घसीटना क्या उसके लिए उचित है ? कुछ चिंतित होकर सुचरिता ने कहा, ''इस बारे में एक बार बाबा से भी तो सलाह करनी होगी। कहीं अभी से विनय बाबू यह उम्मीद न लगा बैठें कि उन्हें लड़कियों के स्कूल की इंस्पेक्टरी मिल गई।''

सुचरिता चतुराई से प्रस्ताव को टालना चाह रही है, यह विनय समझ गया। इससे उसके मन में और भी खटका हुआ। यह साफ़ समझा जा सकता है कि जो संकट आ खड़ा हुआ है उसे सुचरिता जानती है, तब निश्चय ही वह ललिता से भी छिपा नहीं है, तब ललिता क्यों...कुछ भी उसकी समझ में नहीं आया।

ललिता ने कहा, ''बाबा से तो पूछना ही होगा। विनय बाबू राज़ी हैं, यह जानकर ही तो उनसे कहूँगी। वे कभी एतराज नहीं करेंगे—उन्हें भी हमारे इस विद्यालय में शामिल होना होगा।''

फिर उसने आनंदमयी की ओर मुड़कर कहा, ''आपको भी हम नहीं छोड़ेंगी।''

हँसकर आनंदमयी ने कहा, ''मैं तुम्हारे स्कूल में झाड़ू लगा आया करूँगी। इससे ज़्यादा मैं और क्या कर सकती हूँ भला!''

विनय ने कहा, ''इतना ही बहुत होगा माँ! तब विद्यालय बिल्कुल निर्मल हो जायेगा!''

विदा लेकर सुचरिता और ललिता के चले जाने पर विनय भी फ़ौरन पैदल ही

ईडन गार्डन की सैर को निकल पड़ा। महिम ने आनंदमयी के पास जाकर कहा, ''विनय तो देखता हूँ काफ़ी राज़ी हो चला है, अब जितनी जल्दी हो सके काम निबटा देना ही अच्छा है—कौन जाने कब फिर उसकी राय बदल जाये।''

आनंदमयी ने हैरत से कहा, ''यह कैसी बात कर रहे हो? विनय कब राज़ी हो गया? मुझसे तो उसने कुछ नहीं कहा।''

महिम ने कहा, ''आज ही मेरे साथ उसकी बातचीत तय हो गई है, उसने कहा है, गोरा के आते ही दिन ठीक किया जायेगा।''

सिर हिलाकर आनंदमयी ने कहा, ''महिम, तुम गलत समझे हो, यह मैं निश्चय से कह सकती हूँ।''

महिम ने कहा, ''मेरी अक्ल कितनी भी मोटी हो, सीधी-सादी बात समझने लायक उमर मेरी हो गई है, यह तुम मानो।''

आनंदमयी ने कहा, ''बेटा, तुम नाराज़ होगे यह मैं जानती हूँ, लेकिन मुझे दिख रहा है कि इसको लेकर एक मुश्किल खड़ी होगी।''

गम्भीर चेहरा बनाकर महिम ने कहा,''मुश्किल खड़ी करने से ही मुश्किल खड़ी होती है।''

आनंदमयी ने कहा, ''महिम, मुझे तुम लोग चाहे जो कहो मैं सह लूँगी, लेकिन जिस बात से ज़रा भी अशान्ति हो सकती है उसमें मैं योग नहीं दे सकती। यह तुम्हीं लोगों के भले के लिए है।''

कठोर होकर महिम ने कहा, ''हम लोगों के भले का ज़िम्मा हमारे ही ऊपर छोड़ दो तो तुम्हें भी कुछ न सुनना पड़े और शायद हमारा भी भला ही हो। बल्कि शशिमुखी का ब्याह हो जाने दो, उसके बाद ही हमारे भले की चिंता करो तो कैसा रहे?''

आगे और कुछ न कहकर आनंदमयी ने एक लम्बी साँस ली। महिम जेब से डिब्बा निकालकर एक पान मुँह में रखकर चबाते-चबाते चले गये।

## 46

परेश बाबू के पास जाकर ललिता बोली, ''हम लोग ब्राह्म हैं, इसीलिए कोई हिन्दू लड़की हम दोनों से पढ़ने नहीं आती—इसलिए मैं सोचती हूँ, हिन्दू समाज से किसी को शामिल करने से सुविधा रहेगी। क्या राय है, बाबा?''

परेश बाबू ने पूछा, ''हिन्दू समाज में से किसी को पाओगी कहाँ?''

ललिता आज बिल्कुल कमर कसकर आई थी, फिर भी विनय बाबू का नाम लेने में उसे लज्जा हो आई, ज़बर्दस्ती उसे हटाती हुई बोली, "क्यों, क्या कोई नहीं मिलेगा? यही विनय बाबू हैं—या..." यह 'या' एक बिल्कुल व्यर्थ शब्द था—एक अव्यय का निरा अव्यय, वाक्य अधूरा ही रह गया।

परेश बाबू बोले, "विनय! विनय क्यों राज़ी होंगे?"

ललिता के अभिमान को ठेस लगी। विनय बाबू राज़ी नहीं होंगे? ललिता अच्छी तरह समझती है कि विनय बाबू को राज़ी करना ललिता के लिए असंभव नहीं है।

ललिता ने कहा, "वाह, राज़ी हो भी सकते हैं।"

थोड़ी देर चुप रहकर परेश बाबू बोले, "सारी बात सोचकर देखने पर वे कभी राज़ी नहीं होंगे।"

ललिता के कान लाल हो गये। वह आँचल में बँधा हुआ चाभियों का गुच्छा लेकर झुलाने लगी।

मुश्किल में पड़ी हुई अपनी लड़की के चेहरे की ओर देखकर परेश बाबू का हृदय दुःखी हो उठा। लेकिन सान्त्वना का कोई शब्द उन्हें ढूँढे न मिला। थोड़ी देर बाद ललिता ने धीरे-धीरे मुँह उठाकर कहा, "बाबा, तब हमारा यह स्कूल क्या किसी तरह नहीं चल सकेगा?"

परेश बाबू ने कहा "अभी तो चलने में बहुत बाधाएँ नज़र आ रही हैं। कोशिश करते ही बहुत-सी अप्रिय चर्चाएँ उठेंगी।"

अन्त में पानू बाबू की जीत होगी और अन्याय के सामने चुपचाप हार मान लेनी पड़ेगी—इससे बड़ा दुःख ललिता के लिए और कुछ नहीं हो सकता। इस मामले में वह अपने पिता के अलावा और किसी का शासन पल-भर के लिए भी न मानती। किसी कटुता से वह नहीं डरती, लेकिन अन्याय को कैसे सह ले? धीरे-धीरे उठकर वह परेश बाबू के पास से चली गई। अपने कमरे में पहुँचकर उसने देखा, डाक से उसके नाम की एक चिट्ठी आई है। लिखावट से उसने पहचाना, उसकी बचपन की सखी शैलबाला की चिट्ठी है। शैलबाला का विवाह हो चुका है, पति के साथ बाँकीपुर में रहती है।

चिट्ठी में लिखा था—

"तुम लोगों के बारे में तरह-तरह की बातें सुनकर मन बहुत बेचैन हो रहा था। बहुत दिनों से सोच रही थी, चिट्ठी लिखकर हाल-चाल पूछूँ। लेकिन समय ही नहीं मिल पा रहा था। किंतु परसों एक आदमी से (उसका नाम नहीं बताऊँगी) जो समाचार मिले उनसे तो मानो सिर पर गाज गिरी। ऐसा संभव हो सकता है, यह तो मैं सोच भी नहीं सकती। लेकिन जिन्होंने लिखा है, उन पर विश्वास न करना भी कठिन है। सुनती

हूँ कि तुम्हारी किसी हिन्दू युवक के साथ विवाह की संभावना हो रही है। अगर यह बात सच हो तो...'' इत्यादि, इत्यादि।

ललिता का सारा शरीर क्रोध से जल उठा। वह पल-भर भी रुक न सकी, उसने तत्काल चिट्ठी का उत्तर लिखा—

''खबर सच है कि नहीं, यह जानने के लिए तुमने मुझसे सवाल पूछा है, मुझे तो इसी पर विस्मय हो रहा है। ब्रह्म-समाज के आदमी ने तुम्हें जो खबर दी, उसकी सच्चाई की भी पड़ताल करनी होगी! इतना अविश्वास? फिर, किसी हिन्दू युवक से मेरे विवाह की संभावना हो रही है, इस खबर से तुम्हारे सिर पर गाज गिरी है, लेकिन मैं तुम्हें निश्चय पूर्वक कह सकती हूँ कि ब्रह्म-समाज में भी ऐसे-ऐसे सुविख्यात साधु युवक हैं जिनसे विवाह की आशंका वज्र गिरने के समान भयानक है और मैं दो-एक ऐसे हिन्दू युवकों को जानती हूँ जिनके साथ विवाह किसी भी ब्राह्म-कुमारी के लिए गौरव की बात हो सकती है। इससे ज़्यादा कोई भी बात मैं तुमसे नहीं कहना चाहती।''

इधर परेश बाबू का काम उस दिन के लिए रुक गया। वे चुपचाप बैठे बहुत देर तक सोचते ही रहे, फिर धीरे-धीरे सुचरिता के घर जा पहुँचे। परेश बाबू को चिंतित देखकर सुचरिता का हृदय व्याकुल हो उठा। उनकी चिंता का क्या कारण है इस बात को वह जानती थी और इसी चिंता के कारण खुद भी कई दिनों से उद्विग्न थी। सुचरिता के साथ अकेले कमरे में बैठकर परेश बाबू बोले, ''बेटी, ललिता के बारे में सोचने का समय आ गया है।''

सुचरिता ने अपनी करुणा-भरी आँखें परेश बाबू के चेहरे पर टिकाकर कहा, ''जानती हूँ, बाबा।''

परेश बाबू ने कहा, ''मैं समाज की निंदा की बात नहीं सोच रहा। मैं सोच रहा हूँ—अच्छा, ललिता क्या...?''

सुचरिता ने परेश बाबू का संकोच देखकर स्वयं ही उनकी बात स्पष्ट कर देने की कोशिश की। बोली, ''ललिता हमेशा मुझे अपने मन की बात बताती रही है। लेकिन कुछ दिनों से वह मुझसे वैसी खुलती नहीं है। मैं समझ सकती हूँ कि...''

बीच ही में परेश बाबू बोले, ''ललिता के मन में कोई ऐसा भाव पैदा हुआ है जिसे वह अपने सामने भी स्वीकार करना नहीं चाहती। मैं सोच नहीं पाता कि क्या करने से उसका हित होगा—तुम्हारी क्या राय है, विनय को हमारे परिवार में आने-जाने देने से ललिता का कोई अनिष्ट हुआ है?''

सुचरिता ने कहा, ''बाबा, तुम तो जानते हो कि विनय बाबू में कोई बुराई नहीं है—उनका चरित्र निर्मल है, उन जैसे चरित्र का भद्र पुरुष बहुत कम मिलता है।'' परेश बाबू को जैसे कोई नई बात मालूम हुई हो। वे बोल उठे, ''ठीक कहती हो, राधे ठीक

कहती हो। वे अच्छे आदमी हैं कि नहीं, यही देखने की बात है, अन्तर्यामी ईश्वर भी उतना ही देखते हैं। विनय अच्छे आदमी हैं, उन्हें पहचानने में मैंने भूल नहीं की, इसके लिए मैं उन्हें बारंबार प्रणाम करता हूँ।''

मानो एक फन्दा कट गया और परेश बाबू उससे छुटकारा पा गये। उन्होंने देवता के निकट कोई अपराध नहीं किया। ईश्वर जिस तुला पर मनुष्य को तोलते हैं, उन्होंने सदा धर्म की उसी तुला को माना है, उस पर उन्होंने अपने समाज के बनाए हुए कोई नकली बाट नहीं रखे, यह सोचकर उनके मन की ग्लानि दूर हो गई। अब तक इस इतनी सीधी बात को न समझकर वे क्यों इतना दुःख पा रहे थे, इसी पर उन्हें आश्चर्य हो उठा। उन्होंने सुचरिता के सिर पर हाथ रखते हुए कहा, ''आज तुमसे मुझे एक सीख मिली, बेटी!''

सुचरिता ने तत्काल उनके पैर छूते हुए कहा, ''नहीं-नहीं बाबा, यह तुम क्या कह रहे हो!''

परेश बाबू ने कहा, ''सम्प्रदाय ऐसी चीज़ है बेटी कि वह लोगों को यह जो सबसे सीधी बात है कि इंसान इंसान है, यही भुला देता है। इंसान ब्रह्म-समाजी है कि हिन्दू, समाज की रची हुई इस बात को विश्व-सत्य से बड़ा बनाकर एक व्यर्थ का झमेला खड़ा कर देता है। अब तक मैं इसी झूठ के भँवर में फँसा हुआ था।''

परेश बाबू थोड़ी देर चुप रहकर बोले, ''ललिता अपना लड़कियों का स्कूल चलाने का संकल्प छोड़ नहीं पा रही है। इसके लिए उसने विनय से मदद लेने के बारे में मेरी राय पूछी थी।''

सुचरिता ने कहा, ''नहीं बाबा, अभी कुछ दिन रहने दीजिए।''

ललिता को उनके मना करते ही वह अपने आहत हृदय का आवेग दबाकर जैसे उठकर चली गई थी, उसकी याद परेश बाबू के स्नेह-भरे हृदय को बराबर कष्ट पहुँचा रही थी। वे जानते थे कि उनकी तेजस्विनी कन्या ललिता को समाज के उत्पीड़न और अन्याय से उतना कष्ट नहीं हुआ था जितना उस अन्याय के विरुद्ध संग्राम करने में रुकावट से—विशेषकर पिता की ओर से। इसीलिए वे चाहते थे कि किसी तरह अपनी मनाही उठा लें। वे बोले, ''क्यों राधे, अभी रहने क्यों दें?''

सुचरिता ने कहा, ''नहीं तो माँ को बहुत बुरा लगेगा।''

विचार करके परेश बाबू ने देखा कि यह बात तो ठीक है।

सतीश ने कमरे में आकर सुचरिता के कान में कुछ कहा। सुचरिता ने उसे उत्तर दिया, ''नहीं भई बक्त्यार खाँ, अभी नहीं। कल देखा जायेगा।''

सतीश ने चकित होकर कहा, ''कल तो मेरा स्कूल है।''

स्नेह से हँसकर परेश बाबू ने पूछा, ''क्यों सतीश क्या, चाहिए?''

सुचरिता ने कहा, ''उसका एक...''

हड़बड़ाकर सतीश ने सुचरिता का मुँह हाथ से बंद करते हुए कहा, ''नहीं-नहीं, बताना मत, बताना मत!''

परेश बाबू ने कहा, ''अगर छिपाने की बात होगी तो सुचरिता बताएगी ही क्यों!''

सुचरिता ने कहा, ''नहीं बाबा, यह तो बहुत चाहता है कि यह छिपाने की बात किसी तरह आपके कानों में पड़ जाये!''

चिल्लाकर सतीश ने कहा, ''कभी नहीं—बिल्कुल नहीं!'' और बाहर भाग गया।

बात यह थी कि जिस लेख की विनय ने प्रशंसा की थी, वही वह सुचरिता को दिखाना चाहता था। कहने की जरूरत नहीं कि परेश बाबू के सामने सुचरिता को इसकी याद दिलाने का जो उद्देश्य था वह सुचरिता ने ठीक-ठीक समझ लिया था। मन की ऐसी गुप्त बातें भी इस दुनिया में इतनी आसानी से भाँप ली जाती हैं, बेचारा सतीश यह नहीं जानता था।

## 47

चार दिन बाद हारान बाबू एक चिट्ठी हाथ में लिये वरदासुंदरी के पास आ पहुँचे। परेश बाबू से कोई आशा करना आजकल उन्होंने बिल्कुल छोड़ दिया था।

हारान बाबू वरदासुंदरी के हाथ में चिट्ठी देकर बोले, ''मैंने शुरू से ही आप लोगों को सावधान कर देने की बड़ी कोशिश की थी और इसके लिए आपकी नाराज़गी भी झेली थी। अब आप इस चिट्ठी से ही समझ सकेंगी कि भीतर-ही-भीतर मामला कहाँ तक बढ़ गया है।''

शैलबाला के नाम ललिता ने जो चिट्ठी लिखी थी वही वरदासुंदरी ने पढ़ डाली। पढ़कर बोलीं, ''मैं कैसे जान सकती थी, आप ही बताइए! जो कभी सोचा भी नहीं था, वही हो रहा है। लेकिन मुझे इसके लिए दोष मत दीजिएगा, यह मैं कहे देती हूँ। आप सबने ही मिलकर सुचरिता की प्रशंसा कर-करके उसका सिर फिरा दिया—कि ब्रह्म-समाज में ऐसी दूसरी लड़की ही नहीं है—अब अपनी उस आदर्श ब्राह्म लड़की की कीर्ति सँभालिए न! विनय और गौर को तो यही इस घर में लाई। विनय को तो फिर भी मैंने बहुत-कुछ हम लोगों के पथ की ओर खींच लिया था, फिर न जाने कहाँ से उन्होंने उसकी एक मौसी को लाकर हमारे ही घर में ठाकुर-पूजा शुरू करा दी।

विनय को भी ऐसा भरमा दिया कि अब तो वह मुझे देखते ही भाग खड़ा होता है। अब यह सब जो हो रहा है, आपकी वही सुचरिता ही इसकी जड़ में है। वह कैसी लड़की है यह तो शुरू से ही मैं जानती थी, लेकिन मैंने कभी कोई बात नहीं कही, बराबर उसे ऐसे ही पालती-पोसती रही कि कोई यह न समझ सके कि वह मेरी अपनी लड़की नहीं है। आज उसका यह फल मिला! अब मुझे यह चिट्ठी दिखाकर क्या होगा—आप लोग ही अब जो ठीक समझें करें।''

एक समय हारान बाबू ने वरदासुंदरी को समझने में भूल की थी, आज यह बात स्पष्ट स्वीकार करते हुए बड़ी उदारता के साथ उन्होंने इस पर खेद प्रकट किया। अन्त में परेश बाबू को बुलाया गया।

''लो, देख लो,'' कहते हुए वरदासुंदरी ने चिट्ठी उनके सामने मेज़ पर पटक दी। परेश बाबू ने दो-तीन बार चिट्ठी पढ़कर कहा, ''तो क्या हुआ?''

उत्तेजित होकर वरदासुंदरी ने कहा, ''क्या हुआ! इससे अधिक और क्या चाहते हो कि हो जाये? और बाकी ही क्या रहा है! मूर्ति-पूजा, जाति-पाँति, छुआ-छूत, सभी तो हो गया। अब बस अपनी लड़की को हिन्दू के घर ब्याह देना ही बाकी रह गया है। इसके बाद प्रायश्चित करके तुम भी हिन्दू समाज में जा बैठना—लेकिन मैं कहे देती हूँ...''

थोड़ा हँसकर परेश बाबू ने कहा, ''तुम्हें कुछ भी कहना नहीं होगा—कम-से-कम अभी तो कह देने का समय नहीं है। प्रश्न यह है कि तुम लोगों ने कैसे तय कर लिया कि हिन्दू के घर ललिता का विवाह तय हो गया है। इस चिट्ठी में तो ऐसी कोई बात नहीं दिखती।''

वरदासुंदरी ने कहा,''क्या होने से तुम्हें कुछ दिखता है, यह तो मैं आज तक नहीं समझ पाई। समय रहते देख पाते तो आज यह झंझट न उठ खड़ा हुआ होता। चिट्ठी में कोई इससे स्पष्ट और क्या लिख सकता है भला?''

हारान बाबू ने कहा, ''मैं समझता हूँ, ललिता को यह चिट्ठी दिखाकर पूछना चाहिए कि उसकी इच्छा क्या है। आप लोग अनुमति दें तो मैं ही उससे पूछ सकता हूँ।''

इसी समय आँधी की तरह कमरे में आकर ललिता ने कहा, ''बाबा, यह देखो, आजकल ब्रह्म-समाज से ऐसी गुमनाम चिट्ठियाँ आती हैं!''

परेश ने चिट्ठी पढ़ी। विनय के साथ ललिता का विवाह गुप्त रूप से तय हो चुका है, यह मानकर चिट्ठी लिखने वाले ने अनेकों फटकार और उपदेशों से चिट्ठी भर दी थी। साथ ही इसकी भी चर्चा थी कि विनय की नीयत अच्छी नहीं है और दो दिन बाद ही वह अपनी ब्रह्म-समाजी पत्नी को छोड़कर फिर हिन्दू घर में विवाह कर लेगा।

परेश बाबू के पढ़ चुकने पर चिट्ठी हारान ने लेकर पढ़ी। बोले, ''ललिता, यह चिट्ठी पढ़कर तो तुम्हें गुस्सा आ रहा है। लेकिन ऐसी चिट्ठी लिखने का कारण क्या है, यह तुमने नहीं सोचा। तुम ही अपने हाथ से यह चिट्ठी कैसे लिख सकीं, बताओ तो?''

क्षण-भर स्तब्ध रहकर ललिता बोली, ''तो शैल के साथ इस बारे में आप ही की चिट्ठी-पत्री हो रही है?''

सीधे जवाब न देकर हारान बाबू ने कहा, ''ब्रह्म-समाज के प्रति अपना कर्तव्य सोचकर तुम्हारी यह चिट्ठी शैल ने विवश होकर ही मुझे भेजी है।''

ललिता ने सीधी खड़ी होकर कहा,''अब ब्रह्म-समाज क्या कहना चाहता है, कहिए।''

हारान बोले, ''विनय बाबू और तुम्हारे बारे में समाज में जो यह चर्चा हो रही है, उस पर मैं तो बिल्कुल विश्वास नहीं करता, लेकिन फिर भी तुम्हारे मुँह से मैं उसका स्पष्ट प्रतिवाद सुनना चाहता हूँ।''

ललिता की आँखें सुलगने लगीं। काँपते हाथों से कुर्सी की पीठ पकड़कर उसने कहा, ''क्यों, बिल्कुल विश्वास नहीं कर सकते?''

ललिता की पीठ पर हाथ फेरते हुए परेश बाबू बोले, ''ललिता, अभी तुम्हारा मन स्थिर नहीं है, यह बात मेरे साथ फिर होगी—अभी रहने दो।''

हारान ने कहा, ''परेश बाबू, आप बात को दबाने की कोशिश न करें।''

ललिता ने फिर भड़ककर कहा, ''बाबा दबाने की कोशिश करेंगे? आप लोगों की तरह बाबा सच्चाई से नहीं डरते—सत्य को वह ब्रह्म-समाज से भी बड़ा मानते हैं। मैं आप से स्पष्ट कहती हूँ, विनय बाबू से विवाह को मैं ज़रा भी असंभव या अनुचित नहीं मानती।''

हारान बोल उठे, ''लेकिन यह क्या तय हो गया है कि वह ब्राह्म-धर्म की दीक्षा ले लेंगे?''

ललिता ने कहा, ''कुछ भी तय नहीं हुआ है और उन्हें दीक्षा लेनी ही होगी, ऐसा भी क्या ज़रूरी है!''

अब तक वरदासुंदरी कुछ नहीं बोली थीं। वे मन-ही-मन चाह रही थीं कि आज हारान बाबू की जीत हो और परेश बाबू को अपना दोष स्वीकार करके लज्जित होना पड़े। अब वे और नहीं रह सकीं, कह उठीं, ''ललिता, तू पागल हो गई है क्या? क्या कह रही है?''

ललिता ने कहा, ''नहीं माँ, यह पागल की बात नहीं है—जो कह रही हूँ सोच-समझकर कह रही हूँ। चारों ओर से मुझे ऐसे बाँधना चाहेंगे तो मैं नहीं सह सकूँगी—

हारान बाबू के इस समाज से मुक्ति पा लूँगी।''

हारान ने कहा, ''उच्छृंखलता को ही तुम मुक्ति कहती हो?''

ललिता ने कहा, ''नहीं, नीचता के आक्रमण से, झूठ की गुलामी से मुक्ति को ही मैं मुक्ति कहती हूँ। जहाँ मैं कोई अन्याय, कोई अधर्म नहीं देखती, वहाँ ब्रह्म-समाज मुझे क्यों छेड़े, क्यों रोके?''

हारान ने नाराज़गी प्रकट करते हुए कहा, ''देख लीजिए, परेश बाबू! मैं जानता था कि अन्त में ऐसा ही कुछ कांड होगा। मैं तो जहाँ तक हो सका आपको सावधान करने की कोशिश करता रहा, लेकिन नतीजा कुछ नहीं हुआ।''

ललिता ने कहा, ''देखिए पानू बाबू, आपको भी एक जगह सावधान करने की ज़रूरत है—जो आप से हर बात में कहीं बड़े हैं उनको सावधान करने चलने का घमंड आप न करें।'' इतना कहकर ललिता कमरे से चली गई।

वरदासुंदरी ने कहा, ''यह सब क्या हुआ जा रहा है? अब क्या करना होगा, ज़रा बैठकर सोचो।''

परेश बाबू ने कहा, ''जो कर्तव्य है वही करना होगा, और क्या? लेकिन ऐसे जल्दबाज़ी में सोचने से कर्तव्य स्थिर नहीं होता। मुझे क्षमा करो, इस बारे में अभी कुछ मत कहो—मैं ज़रा अकेला रहना चाहता हूँ।''

## 48

सुचरिता बैठ कर यही सोच रही थी कि ललिता ने यह क्या परेशानी खड़ी कर दी। थोड़ी देर चुप रहकर ललिता के गले में बाँह डालकर बोली, ''लेकिन भई, मुझे तो भय लगता है।''

ललिता ने पूछा, ''किसका भय?''

सुचरिता बोली, ''ब्रह्म-समाज में चारों तरफ़ हलचल मच गई है—लेकिन अन्त में विनय बाबू अगर राज़ी न हुए तो?''

सिर झुकाकर ललिता ने दृढ़ता से कहा, ''वे ज़रूर राज़ी होंगे।''

सुचरिता ने कहा, ''तू तो जानती है, माँ को पानू बाबू यही भरोसा दे गये हैं कि विनय अपना समाज छोड़कर विवाह करने को कभी राज़ी नहीं होगा। ललिता, क्यों तूने सब बातें सोचे बिना पानू बाबू से ऐसी बात कह डाली!''

ललिता ने कहा, ''मैंने जो कहा, उसके लिए अब भी मुझे कोई पछतावा नहीं है। पानू बाबू ने समझा था कि वे और उनका समाज मुझे शिकार के जानवर की तरह

घेरे में डालकर बिल्कुल अतल समुद्र के किनारे तक ले आए हैं, वहाँ मुझे पकड़ ही लिया जायेगा। किंतु वह नहीं जानते कि मैं इस समुद्र में कूद पड़ने से नहीं घबराती, बल्कि उनके शिकारी कुत्तों से घिरकर उनके पिंजरे में घुसने से ही घबराती हूँ।''

सुचरिता ने कहा, ''क्यों न एक बार बाबा से सलाह करके देखा जाये?''

ललिता ने कहा, ''शिकारियों का साथ बाबा कभी नहीं देंगे, यह मैं निश्चय से कह सकती हूँ। उन्होंने तो कभी हमें बाँधकर रखना नहीं चाहा। जब कभी उनकी राय से हमारी राय कुछ भिन्न हुई है, तब क्या वह हम पर ज़रा भी नाराज़ हुए हैं? ब्रह्म-समाज के नाम की दुहाई देकर उन्होंने कभी हमारा मुँह बंद करने की कोशिश की है? इस पर माँ कितनी बार बिगड़ी हैं, लेकिन बाबा को यही एक भय रहा है कि कहीं हम लोग खुद सोचने का साहस न खो दें। जब उन्होंने इस तरह सीख देकर हमें बड़ा किया है, तब क्या अन्त में पानू बाबू जैसे समाज के जेल-दारोगा के हाथ हमें सौंप देंगे?''

सुचरिता ने कहा, ''चलो, मान लो कि बाबा कोई बाधा नहीं देते, फिर तू क्या करेगी बता?''

ललिता ने कहा, ''अगर तुम लोग कोई कुछ नहीं करोगे तो फिर मैं ही...''

घबराकर सुचरिता ने कहा, ''नहीं-नहीं, तुझे कुछ नहीं करना होगा, भई! मैं कुछ उपाय करती हूँ।''

सुचरिता परेश बाबू के पास जाने की तैयारी कर रही थी कि परेश बाबू खुद ही उसके यहाँ आ गये।

हर रोज़ शाम के समय परेश बाबू अपने घर की बगिया में अकेले सिर झुकाए मन-ही-मन सोचते हुए टहला करते हैं। साँझ के पवित्र अंधकार से धीरे-धीरे मन को माँजकर काम-काज के दिन के दाग मानो धो डालते हैं। और अन्त में निर्मल शान्ति का संचय करके रात के विश्राम के लिए तैयार हो जाते हैं। आज जब परेश बाबू अपने शाम के एकांत ध्यान की शान्ति छोड़कर, चिंतित मुख लेकर सुचरिता के पास आ खड़े हुए तब सुचरिता के स्नेहपूर्ण मन को वैसी ही ठेस लगी जैसे, उस शिशु को देख कर लगती है जो हमेशा की तरह खेल-कूद में जुटे रहने की बजाय चोट खा कर चुपचाप पड़ा हुआ हो।

मृदु स्वर में परेश बाबू ने कहा, ''राधे, सब सुन लिया है न?''

सुचरिता ने कहा, ''हाँ बाबा, सब सुना है, किंतु तुम इतना सोचते क्यों हो?''

परेश बाबू बोले, ''और तो मैं कुछ नहीं सोचता, मेरी सारी सोच यही है कि ललिता ने जो तूफ़ान खड़ा कर दिया है उसकी पूरी चोट वह सह सकेगी कि नहीं। उत्तेजना के शिकंजे में फँस कर कई बार हम लोगों के मन में अंधी स्पर्द्धा जाग उठती

है, लेकिन जब उसका फल मिलना आरम्भ होता है तब सहसा किसी-किसी में उसका भार सहने की शक्ति चली जाती है। क्या ललिता ने सब भला-बुरा अच्छी तरह सोचकर निश्चय कर लिया है कि उसके लिए क्या श्रेय है?''

सुचरिता ने कहा, ''समाज की ओर से कोई उत्पीड़न ललिता को कभी नहीं हरा सकेगा, यह मैं दावे से कह सकती हूँ।''

परेश बाबू ने कहा, ''मैं यह बात पूरी तरह स्पष्ट जान लेना चाहता हूँ कि ललिता केवल गुस्से में आकर विद्रोह या ज़िद तो नहीं कर रही है?''

सिर झुकाकर सुचरिता ने कहा, ''नहीं बाबा, ऐसी बात होती तो मैं उसकी बात पर ज़रा भी ध्यान न देती। उसके मन में बहुत गहरे में जो बात थी, वही अचानक चोट खाकर बाहर आ गई है। अब किसी तरह इसे दबा देने का प्रयत्न करने से ललिता जैसी लड़की के लिए अच्छा नहीं होगा। बाबा, विनय बाबू आदमी तो बहुत अच्छे हैं!''

परेश बाबू ने कहा, ''अच्छा, किंतु विनय क्या ब्रह्म-समाज में आने को राज़ी होगा?''

सुचरिता ने कहा, ''यह तो ठीक-ठीक नहीं बता सकती। अच्छा बाबा, एक बार गौर बाबू की माँ से मिल आऊँ?''

परेश बाबू ने कहा, ''मैं भी सोच रहा था, तुम हो आओ तो अच्छा हो।''

## 49

आनंदमयी के घर से एक बार रोज़ सवेरे विनय अपने घर का चक्कर लगा आता था। आज सवेरे आने पर उसे एक चिट्ठी मिली। चिट्ठी पर किसी का नाम नहीं था। ललिता से विवाह करके विनय किसी तरह सुखी नहीं हो सकेगा और ललिता का भी उससे अहित होगा, यह बताकर चिट्ठी में लम्बा उपदेश दिया गया था और अन्त में यह भी लिखा था कि इस सबके बाद भी विनय ललिता से विवाह का इरादा न छोड़े तो एक बात और भी सोचकर देख ले—कि ललिता के फेफड़े कमज़ोर हैं और डॉक्टरों ने यक्ष्मा की आशंका बताई है।

चिट्ठी पाकर विनय हक्का-बक्का हो गया। कोई ऐसी बातें झूठ-मूठ भी गढ़ सकता है, विनय ने यह कभी नहीं सोचा था। समाज की बाधा के कारण ललिता के साथ विनय का विवाह किसी तरह संभव नहीं है, यह तो मानी हुई बात थी। इसीलिए तो ललिता के प्रति अपने हृदय के अनुराग को विनय अब तक अपराध ही मानता आया था। लेकिन जब उसे ऐसी चिट्ठी मिली है तो निश्चय ही समाज में इस बारे में विस्तार

से चर्चा होती रही है। इससे समाज के लोगों के बीच ललिता कितनी अपमानित हुई है, यह सोचकर उसका मन अत्यंत क्षुब्ध हो उठा। उसके नाम के साथ खुल्लम-खुल्ला ललिता का नाम समाज के लोगों के मुँह पर आता रहा है, इससे वह बहुत ही लज्जित और संकुचित होने लगा। उसे बार-बार यही एहसास होने लगा कि ललिता उसके साथ परिचय को अभिशाप मानकर धिक्कार रही होगी और अब कभी उसकी ओर आँख उठाकर देखना भी पसन्द नहीं करेगी।

हाय ये मानव हृदय! इस तीव्र ग्लानि के बीच भी विनय के मन के भीतर एक निविड़ गम्भीर, सूक्ष्म और तीव्र आनंद हिलोर ले रहा था जिसे वह सँभाल नहीं पाता था, जो सारी लज्जा और अपमान को अस्वीकार कर देता था। इसी आनंद को किसी प्रकार दबा देने के लिए वह अपने घर के बरामदे में तेज़ी से टहलने लगा। लेकिन सवेरे के प्रकाश से झरता हुआ एक मदिर भाव उसके मन पर छा गया। जो फेरीवाले राह पर हाँक लगाते हुए चले जा रहे थे उनकी हाँक के स्वर भी जैसे उसके हृदय में एक गहरी चंचलता जगाने लगे। बाहर के लोगों की निंदा ही मानो एक रेले की तरह ललिता को बहाकर उसके हृदय के किनारे पर छोड़ गई। समाज से बहकर आई हुई ललिता की इस मूर्ति को वह और दूर न हटा सका। उसका मन केवल यही पुकारने लगा कि 'ललिता मेरी है, सिर्फ़ मेरी है।' पहले कभी उसने मन में इतने ज़ोर से यह बात कहने का साहस नहीं किया था, आज जब बाहर ही ऐसी ध्वनि इस तरह अचानक उठी तब विनय किसी तरह अपने मन को और 'चुप-चुप' कहकर दबाए न रख सका।

जब इस प्रकार से चंचल होकर विनय अपने बरामदे में चक्कर काट रहा था तब सहसा उसने देखा, सड़क पर हारान बाबू चले आ रहे हैं। वह फ़ौरन समझ गया कि वह उसी के पास आ रहे हैं। यह भी उसने निश्चित जान लिया कि उस गुमनाम चिट्ठी के पीछे एक बड़ा षड्यंत्र है। विनय ने रोज़ की तरह अपनी स्वभाव-सिद्धि प्रगल्भता नहीं दिखाई। हारान बाबू को कुर्सी पर बिठाकर चुपचाप उनकी बात की प्रतीक्षा करता रहा।

अन्त में हारान बाबू बोले, "विनय बाबू, आप तो हिन्दू हैं न?"

विनय ने कहा, "हाँ, वह तो हूँ ही।"

हारान बाबू ने कहा, "मेरे इस सवाल का बुरा न मानें। कई बार हम लोग चारों तरफ़ की स्थिति सोचे-विचारे बिना अंधे होकर चलने लगते हैं—इससे संसार में दुःख फैलता है। ऐसी हालत में अगर कोई ये सवाल उठाए कि हम क्या हैं, हमारी सीमा कहाँ है, हमारे आचरण का फल कहाँ-कहाँ तक पहुँचता है, तब ये सवाल बुरे लगने पर उस आदमी को मित्र ही समझना चाहिए।"

हँसने की कोशिश करते हुए विनय ने कहा, "आप व्यर्थ इतनी भूमिका बाँध

रहे हैं। कोई अप्रिय सवाल सामने आने पर मैं अपना आपा खो बैठूँ, मेरा ऐसा स्वभाव नहीं है। आप बेखटके मुझसे चाहे जो सवाल पूछ सकते हैं।''

हारान बाबू ने कहा, ''मैं आप पर जान-बूझकर कोई अपराध नहीं लगाना चाहता। लेकिन बिना-सोचे समझे ग़लती करने का परिणाम भी भयंकर हो सकता है, शायद यह तो आपको समझाने की ज़रूरत न होगी।''

मन-ही-मन विनय ने विरक्त होते हुए कहा, ''ज़रूरत नहीं है तो छोड़िए—असल बात कहिए।''

हारान बाबू ने कहा, ''आप जब हिन्दू समाज में हैं और उसे छोड़ना भी आपके लिए संभव नहीं है, तब परेश बाबू के परिवार में आपका इस ढंग से आना-जाना क्या ठीक है, जिससे उनके समाज में उनकी लड़कियों के बारे में कोई गलत चर्चा उठ सकती हो?''

विनय ने गम्भीर होकर कुछ देर चुप रहकर कहा, ''देखिए पानू बाबू, किस बात से समाज के लोग कौन-सी बात गढ़ लेते हैं, वह बहुत कुछ उनके अपने स्वभाव पर निर्भर करता है—उसकी सारी ज़िम्मेदारी मैं नहीं ले सकता। अगर परेश बाबू की लड़कियों के बारे में आप लोगों के समाज में किसी प्रकार की गलत चर्चा खड़ी हो सकती है तो इसमें लज्जा की बात उनके लिए उतनी नहीं है जितनी आपके समाज के लिए।''

हारान बाबू ने कहा, ''किसी कुमारी को अपने घरवालों का साथ छोड़कर किसी गैर आदमी के साथ अकेले, स्टीमर में सैर करने दी जाये तो इसकी चर्चा करने का अधिकार कौन-से समाज को होगा, यही बात मैं पूछता हूँ।''

विनय ने कहा, ''बाहर की घटना को भीतर के अपराध के साथ आप लोग भी अगर एक ही आसन पर बिठाने लगे, तब फिर हिन्दू समाज छोड़कर आपको ब्रह्म-समाज में आने की क्या ज़रूरत थी? खैर, पानू बाबू, ये सब बातें लेकर बहस करने की कोई ज़रूरत मैं नहीं देखता। मेरा क्या कर्तव्य है, यह मैं स्वयं सोच-विचार के बाद तय करूँगा, इस बारे में आप मेरी कोई मदद नहीं कर सकते।''

हारान बाबू ने कहा, ''मैं आपको ज़्यादा कुछ नहीं कहना चाहता, मुझे अन्त में इतना ही कहना है कि आपको अब दूर ही रहना होगा, नहीं तो यह आपका बड़ा अन्याय होगा। परेश बाबू के परिवार में प्रवेश करके आप लोगों ने केवल अशान्ति की ही सृष्टि की है, उनका कितना अनिष्ट आप लोगों ने किया है, आप नहीं जानते।''

हारान बाबू के चले जाने पर एक व्यथा काँटे-सी विनय के मन में चुभने लगी। सरल-हृदय, उदार-चित्त परेश बाबू कितने सम्मान के साथ उन दोनों को अपने घर और परिवार के बीच बुला ले गये थे। विनय ने चाहे बिना जाने-समझे इस ब्राह्म-

परिवार में अपने अधिकार की सीमा का पग-पग पर उल्लंघन किया था फिर भी उनके स्नेह से वह कभी वंचित नहीं हुआ। इस परिवार के बीच विनय की प्रकृति ने एक ऐसा गहरा सहारा पाया था जैसा उसे और कहीं नहीं मिला। इन सबसे परिचय होने के बाद मानो विनय अपनी एक अलग और विशेष सत्ता को पहचान सका है जिस परिवार में उसे इतना मान, इतना आनंद, ऐसा आश्रय मिला, उसी परिवार के लिए विनय की स्मृति ऐसी हो जायेगी कि हमेशा काँटे-सी चुभती रहे! परेश बाबू की लड़कियों पर अपने अपमान की कालिख पोत दी। ललिता के पूरे आगत-जीवन पर उसने कलंक का इतना बड़ा टीका लगा दिया! इसका क्या प्रतिकार हो सकता है? हाय, समाज नाम की चीज़ ने सच्चाई के मार्ग में कितनी बड़ी बाधा खड़ी कर दी है! ललिता के साथ विनय के मिलन में यथार्थ बाधा कोई नहीं है। जो देवता दोनों के हृदय में बसे हैं वही जानते हैं कि विनय ललिता के सुख और मंगल के लिए अपना सारा जीवन उत्सर्ग कर देने को तैयार है—वही देवता तो प्रेम के आकर्षण में बाँध विनय को ललिता के इतना निकट ले आए हैं, उनकी शाश्वत धर्म-विधि में तो कहीं बाधा नहीं है। तब ब्रह्म-समाज के जिस देवता की पूजा पानू बाबू जैसे लोग करते हैं, वे क्या कोई दूसरे हैं? वे क्या मनुष्य के मन के अन्तरतम के देवता नहीं हैं? ललिता के साथ उसके मिलन के मार्ग में कोई निषेध अपना विकराल मुँह बाए खड़ा हो और वह केवल समाज को ही मानकर मानव-मात्र को प्रभु का आदेश न माने, तो वही निषेध क्या पाप न होगा? लेकिन क्या पता, ललिता के लिए भी यह निषेध ही बलवान हो। फिर शायद ललिता विनय को...कितने संशय हैं, इनका हल कहाँ मिलेगा?

## 50

विनय के घर जिस समय हारान बाबू आए हुए थे, उसी समय अविनाश आनंदमयी को यह सूचना दे रहा था कि विनय के साथ ललिता का विवाह तय हो गया है।

आनंदमयी ने कहा, "यह कभी सच नहीं हो सकता।"

अविनाश बोला, "क्यों सच नहीं हो सकता? क्या यह विनय के लिए असंभव है?"

आनंदमयी ने कहा, "वह मैं नहीं जानती। लेकिन इतनी बड़ी बात विनय मुझसे छिपाकर कभी न रखता।"

बार-बार अविनाश ने दुहराया था कि उसने यह खबर ब्रह्म-समाज के लोगों से ही सुनी है और इस पर पूरा विश्वास किया जा सकता है। विनय की अन्त में ऐसी

ही शोचनीय गति होगी, यह अविनाश बहुत पहले ही जानता था, यहाँ तक कि उसने गोरा को भी इस बारे में सचेत कर दिया था। आनंदमयी को यह सब बताकर बड़े आनंद से भरकर वह निचली मंज़िल में महिम को भी यह संवाद सुना गया।

आज विनय के आने पर आनंदमयी उसका चेहरा देखकर ही समझ गईं कि उसके मन में कोई भारी क्षोभ पैदा हुआ है। भोजन करा के उन्होंने उसे अपने कमरे में ले जाकर बैठाया और तब उससे पूछा, ''विनय, तुझे क्या हुआ है बता तो?''

विनय ने कहा, ''माँ, यह मेरी चिट्ठी पढ़ के देखो।''

आनंदमयी के चिट्ठी पढ़ चुकने पर विनय ने कहा, ''आज सवेरे पानू बाबू मेरे यहाँ आए थे—मुझे बहुत डाँट-फटकारकर चले गये।''

आनंदमयी ने पूछा, ''क्यों?''

विनय ने कहा, ''उन्होंने कहा, मेरे आचरण के कारण उनके समाज में परेश बाबू की लड़कियों की निंदा हो रही है।''

आनंदमयी ने कहा, ''लोग जो कहते हैं कि ललिता के साथ तेरा विवाह पक्का हो गया है—इसमें मुझे तो निंदा की कोई बात नहीं दिखती।''

विनय ने कहा, ''विवाह होने का कोई मार्ग होता तो निंदा की कोई बात न उठती। लेकिन जहाँ उसकी कोई संभावना नहीं है वहाँ ऐसी अफ़वाह फैलाना कितना बड़ा अन्याय है! खासकर ललिता के बारे में ऐसी बात उड़ा देना तो निरी कायरता है।''

आनंदमयी ने कहा, ''तुममें ज़रा भी पौरुष हो वीनू, तो तुम इस कायरता के चंगुल से ललिता को सहज ही बचा सकते हो।''

विस्मित होकर विनय ने कहा, ''कैसे, माँ?''

आनंदमयी ने कहा, ''कैसे क्या! ललिता से विवाह करके, और कैसे?''

विनय ने कहा, ''तुम क्या चाहती हो, माँ! अपने विनय को तुम न जाने क्या समझती हो। तुम सोचती हो विनय के एक बार 'मैं ब्याह करूँगा' कहने से ही दुनिया में और किसी को कुछ कहने लायक नहीं रहेगा, जैसे सब मेरे इशारे की प्रतीक्षा में मेरा मुँह ताकते बैठे हैं।''

आनंदमयी ने कहा, ''तेरे फ़ालतू बातें सोचने की तो कोई ज़रूरत मुझे नहीं दिखती। अपनी तरफ़ से तू जितना कर सकता है उतना कर दे, बस! तू इतना तो कह सकता है कि ''मैं विवाह करने को तैयार हूँ'?''

विनय ने कहा, ''मेरा ऐसी असंगत बात कहना क्या ललिता के लिए और भी अपमानजनक न होगा?''

''तू इसे असंगत क्यों समझता है? जब तुम दोनों के विवाह की चर्चा होने ही लगी है तो अवश्य विवाह को संगत मानकर ही तो उठी है। मैं कहती हूँ, तुझे कोई

संकोच करने की ज़रूरत नहीं है।''

विनय ने कहा, ''लेकिन माँ, गोरा की बात भी तो सोचनी होगी।''

दृढ़ स्वर में आनंदमयी ने कहा, ''न बेटा, इसमें गोरा की बात सोचने की कोई बात नहीं है। मैं जानती हूँ वह नाराज़ होगा, मैं भी नहीं चाहती कि वह तुझ पर नाराज़ हो, लेकिन तू करेगा क्या? ललिता के प्रति अगर तुझमें श्रद्धा है तो तू यह कैसे देख सकता है कि वह समाज में सदा के लिए अपमानित हो जाये?''

लेकिन यह तो बड़ी कठिन बात थी। जेल की सज़ा पाए हुए जिस गोरा के प्रति विनय के प्यार की धारा दुगने वेग से बहने लगी थी, उसके लिए वह इतना बड़ा आघात तैयार करके कैसे रख सकेगा? फिर उसके संस्कार! बुद्धि से समाज को फलाँगकर जाना सरल है, लेकिन कर्म से उसको फलाँगने का मौका आने पर छोटी-बड़ी कितनी ही अड़चनें दिखती हैं! एक तरफ़ अज्ञात का भय, दूसरी तरफ़ जो राज़ी नहीं हैं उनका विरोध, दोनों कोई युक्ति दिए बिना पीछे की ओर धकेलने लगते हैं।

विनय ने कहा, ''माँ, तुम्हें जितना ही देखता हूँ, अचरज बढ़ता जाता है। तुम्हारा मन एकदम इतना साफ़ हो गया? तुम्हें क्या ज़मीन पर चलना नहीं पड़ता—तुम्हें क्या भगवान ने पंख दिए हैं? तुम्हें कहीं कोई रुकावट ही नहीं दिख पड़ती।''

हँसकर आनंदमयी ने कहा, ''ईश्वर ने रुकावट के लायक कुछ रखा ही नहीं। सब बिल्कुल साफ़ कर दिया है!''

विनय ने कहा, ''लेकिन माँ, मुँह से मैं चाहे जो कहूँ, मन तो हिचकता है। इतना समझ-बूझ, पढ़-सुनकर, तर्क करके, अचानक दिखता है कि मन तो निरा मूर्ख ही रह गया है।''

इसी समय कमरे में आकर महिम ने एकाएक विनय से ऐसे भद्दे ढंग से ललिता के बारे में प्रश्न किया कि वह तिलमिला उठा। लेकिन किसी तरह अपने को सँभालकर वह सिर झुकाए चुप बैठा रहा। इस पर महिम सभी के बारे में तीखे व्यंग्य से भरी अपमानजनक बातें कहकर चले गये। जाते-जाते बता गये कि ''इस तरह विनय को जाल में फँसाकर उसका सर्वनाश करने के लिए ही परेश बाबू के घर में बड़ी निर्लज्जता से आयोजन होता रहा था। विनय भोला था, इसीलिए उनके फन्दे में फँस गया—गोरा को वे लोग फँसा सकते तब देखते। लेकिन वह तो टेढ़ी खीर है!''

विनय चारों ओर से लांछित होकर स्तब्ध बैठा रह गया। आनंदमयी ने कहा, ''जानता है विनय, इस समय तेरा क्या कर्तव्य है?''

मुँह उठाकर विनय ने उनकी ओर देखा। आनंदमयी बोलीं, ''तुझे एक बार परेश बाबू के पास जाना चाहिए। उनसे बात होते ही मामला साफ़ हो जायेगा।''

# 51

आनंदमयी को अचानक आया देखकर सुचरिता ने आश्चर्य प्रकट करते हुए कहा, ''मैं तो अभी आपकी तरफ़ जाने के लिए तैयार हो रही थी।''

हँसकर आनंदमयी ने कहा, ''तुम तैयार हो रही हो यह तो मैं नहीं जानती थी, लेकिन जिस लिए तैयार हो रही थीं वह खबर पाकर मुझसे रहा नहीं गया—चली आई।'' आनंदमयी को खबर मिल गई है, यह जानकर सुचरिता को और भी आश्चर्य हुआ। आनंदमयी बोलीं, ''बेटी, विनय को मैं अपने बेटे-सा ही मानती हूँ। उसी विनय के नाते, जब तुम लोगों को नहीं भी जानती थी, तब भी मन-ही-मन अनेक आशीर्वाद दिया करती थी। तुम लोगों के साथ कोई अन्याय हो रहा है, मैं यह खबर सुनकर कैसे रह सकती हूँ? मुझसे तुम लोगों का कोई उपकार हो सकेगा कि नहीं, यह तो नहीं जानती—लेकिन मन न जाने कैसा हो रहा था, इसीलिए तुम्हारे पास दौड़ी आई। बेटी, विनय की ओर से तो कोई अन्याय नहीं हुआ है?''

सुचरिता ने कहा, ''बिल्कुल नहीं। जिस घटना को लेकर सबसे ज़्यादा आंदोलन हो रहा है, उसके लिए ललिता ही उत्तरदायी है। ललिता अचानक किसी से कुछ कहे बिना स्टीमर पर सवार हो जायेगी, इसकी विनय बाबू ने कल्पना भी नहीं की थी। लोग इस ढंग से बातें बना रहे हैं मानो उन दोनों ने गुप-चुप सलाह कर रखी हो। उधर ललिता ऐसी तेजस्विनी लड़की है कि वह प्रतिवाद करने या इसकी कोई सफ़ाई देने कभी नहीं जायेगी कि असल में बात क्या हुई थी।''

आनंदमयी ने कहा, ''लेकिन इसका कुछ तो उपाय करना होगा। ये सब बातें जब से विनय ने सुनी हैं उसका मन बड़ा बेचैन हो गया है, वह तो अपने को ही अपराधी माने बैठा है।''

सुचरिता ने अपना लाल होता हुआ चेहरा कुछ झुकाकर कहा, ''अच्छा, आप क्या सोचती हैं, विनय बाबू...''

सकुचाती हुई सुचरिता को उसकी बात पूरी न करने देकर आनंदमयी ने कहा, ''देखो बेटी, यह तो मैं कह सकती हूँ कि विनय को ललिता के लिए जो भी करने के लिए कहोगी वह वही करेगा। विनय को बचपन से ही देखती आ रही हूँ—उसने जब एक बार आत्म-समर्पण कर दिया तब कुछ बचाकर नहीं रख सकेगा। बल्कि इसीलिए बार-बार मैं डरती हूँ कि कहीं उसका मन उसे ऐसी जगह न ले पहुँचे जहाँ से उसे कुछ मिलने की कोई उम्मीद न हो।''

सुचरिता के मन से एक बोझ उतर गया। वह बोली, ''ललिता की सम्मति के लिए आपको कोई चिंता न करनी होगी—उसका मन मैं जानती हूँ। लेकिन विनय बाबू

क्या अपना समाज छोड़ देने को राज़ी होंगे?"

आनंदमयी ने कहा, "हो सकता है कि समाज उसे छोड़ दे, लेकिन वह क्यों खामख्वाह आगे बढ़कर समाज को छोड़ने जायेगा? उसकी ज़रूरत क्या है?"

सुचरिता ने कहा, "यह आप क्या कह रही हैं, माँ! विनय बाबू हिन्दू समाज में रहकर ब्राह्म घर की लड़की से ब्याह करेंगे?"

आनंदमयी ने कहा, "अगर वह करने को राज़ी हो तो तुम लोगों को इसमें क्या एतराज है?"

सुचरिता बड़ी उलझन में पड़ गई। बोली, "यह कैसे हो सकेगा, मेरी तो कुछ समझ में नहीं आ रहा।"

आनंदमयी ने कहा, "मुझे तो यह बिल्कुल सीधी बात जान पड़ती है, बेटी! देखो, मेरे ही घर में जो नियम चलता है उस नियम से मैं नहीं चल सकती, इसीलिए बहुत-से लोग मुझे ईसाई कहते हैं। किसी काज-कर्म के समय जान-बूझकर मैं अलग ही रहती हूँ। तुम सुनकर हँसोगी—गोरा मेरे कमरे में पानी नहीं पीता। लेकिन इसीलिए मैं क्यों यह कहने जाऊँगी कि 'यह घर मेरा घर नहीं है, यह समाज मेरा समाज नहीं है?' ऐसा मैं तो कह ही नहीं सकती, गालियाँ और निंदा सब सिर-माथे पर लेकर भी मैं इस घर, इस समाज को अपनाए हुए हूँ, इसमें मुझे तो ऐसी कोई अड़चन नज़र नहीं आती। कभी ऐसी मुश्किल आ ही गई कि आगे ऐसे न चल सका, तब जो रास्ता ईश्वर दिखायेंगे उसी पर चल पड़ूँगी—लेकिन अन्त तक, जो मेरा है उसको अपना ही कहूँगी, वही अगर मुझे स्वीकार न करे तो वह जाने।"

सुचरिता के सामने बात अब भी स्पष्ट नहीं हुई। उसने कहा, "लेकिन, ब्रह्म-समाज की जो राय है अगर विनय बाबू की..."

आनंदमयी ने कहा, "उसकी राय भी तो वैसी ही है। ब्रह्म-समाज की राय कोई दुनिया से अलग तो नहीं है? तुम लोगों के पत्रों में जो सब उपदेश छपते हैं, उन्हें अक्सर पढ़कर वह मुझे सुनाता है, कहीं कोई अनोखी बात तो मुझे नहीं जान पड़ी।"

इसी समय 'सुचि दीदी! पुकारती हुई ललिता कमरे में आई और वहाँ आनंदमयी को देखते ही लज्जा से लाल हो गई। सुचरिता का चेहरा देखकर ही वह जान गई कि अब तक उसी की बात हो रही थी। किसी तरह कमरे से भाग जाना संभव होता तो उसकी जान बचती, लेकिन अब भाग सकना संभव नहीं था।

आनंदमयी ने कहा, "आओ, ललिता बेटी, आओ!" और ललिता का हाथ पकड़कर उसे उन्होंने अपने बहुत नज़दीक खींचकर बिठा लिया, मानो ललिता उनकी कुछ विशेष अपनी हो गई है।

आनंदमयी ने अपनी पहली बात का सिलसिला आगे बढ़ाते हुए सुचरिता से

कहा, "देखो बेटी, अच्छे के साथ बुरे का मेल बैठना ही सबसे कठिन काम है, लेकिन दुनिया में फिर भी वह हो ही जाता है, और उसमें भी सुख और दुःख से दिन कटते जाते हैं। हर समय उसमें बुरा ही हो ऐसा नहीं है, भला भी होता है। जब यह भी संभव हो सकता है तब मत में थोड़ा-सा अन्तर होने से ही क्यों दो जनों का मेल नहीं हो सकेगा? मेरी तो यह समझ में ही नहीं आता। मनुष्यों का असली मेल क्या मतवाद में है?"

सुचरिता सिर झुकाए बैठी रही। आनंदमयी ने कहा, "तुम्हारा ब्रह्म-समाज भी क्या मनुष्य से मनुष्य को नहीं मिलने देगा? ईश्वर ने अंदर से जिनको एक बनाया है, तुम्हारा समाज बाहर से उन्हें अलग कर रखेगा? जो समाज छोटे भेद नहीं मानता, बड़े मेल में सभी को मिला देता है, ऐसा समाज क्या दुनिया में कहीं नहीं है? मनुष्य ईश्वर के साथ क्या ऐसे झगड़ा ही करता रहेगा? समाज नाम की चीज़ क्या सिर्फ़ इसीलिए बनी है?"

इस बात को लेकर आनंदमयी इतने उत्साह से उसकी विवेचना करने लगीं, वह क्या सिर्फ़ ललिता के साथ विनय के विवाह की कठिनाई दूर करने के लिए ही? इस सम्बन्ध में सुचरिता के मन में एक दुविधा को पहचानकर उनका समूचा मन जो उस दुविधा को दूर कर देने के लिए आतुर हो उठा, उसमें क्या और भी एक उद्देश्य नहीं था? सुचरिता अगर इस तरह संस्कार से बँधी रहेगी तो कैसे चलेगा, विनय ब्रह्म-समाजी नहीं बना तो यह विवाह नहीं हो सकेगा, अगर यही बात तय पाई जायेगी, तब तो आनंदमयी ने पिछले दिनों में बेहद दुःख के समय भी जो आशा की प्रतिमा गढ़कर खड़ी की है, वह धूल में मिल जायेगी। आज ही विनय ने उनसे एक प्रश्न पूछा था, "माँ, क्या ब्रह्म-समाज में नाम लिखाना होगा? वह भी क्या स्वीकार कर लूँगा?"

आनंदमयी ने कहा था, "नहीं-नहीं, उसकी तो कोई ज़रूरत नहीं लगती।"

विनय ने पूछा था, "वे लोग यदि ज़ोर डालें तो?"

बहुत देर तक चुप रहकर आनंदमयी ने कहा था, "नहीं, इस बात में ज़ोर नहीं चलेगा।"

आनंदमयी की बातों में सुचरिता ने कोई भाग नहीं लिया, वह चुप ही रही। आनंदमयी समझ गईं कि सुचरिता का मन अभी गवाही नहीं दे रहा है। मन-ही-मन वे सोचने लगीं—मेरा मन जो समाज के सारे संस्कार काट सका वह तो मात्र उसी गोरा के स्नेह के कारण। तब क्या सुचरिता का मन गोरा की ओर आकृष्ट नहीं है? अगर होता तो इतनी छोटी-सी बात इतनी बड़ी न हो उठती।

आनंदमयी का मन उदास हो गया। गोरा के जेल से छूटने में अब दो-एक दिन ही शेष थे। मन-ही-मन वे सोच रही थीं कि उसके लिए एक सुख का मार्ग उपस्थित

हो रहा है। जैसे भी हो इस बार गोरा को बाँध ही देना होगा, नहीं तो वह कहाँ किस मुश्किल में पड़ेगा इसका कोई ठिकाना नहीं है। लेकिन गोरा को बाँध सकना हर लड़की के बस का तो नहीं है। इधर गोरा का विवाह हिन्दू समाज की किसी लड़की से करना भी तो अन्याय होगा—इसीलिए अब तक कितनी ही लड़कियों के अभिभावकों की दरखास्त वे अस्वीकार कर चुकी हैं। गोरा कहता रहा है, 'मैं विवाह नहीं करूँगा'—माँ होकर भी उन्होंने कभी इसका विरोध नहीं किया। लोग इस पर अचरज करते रहे हैं। गोरा के दो-एक लक्षण देखकर इस बार वे मन-ही-मन प्रसन्न हुई थीं। इसीलिए सुचरिता की मौन असहमति से उन्हें तकलीफ़ हुई। लेकिन वे सहज ही पतवार छोड़ देने वाली नहीं हैं, उन्होंने मन-ही-मन कहा—अच्छा देखा जायेगा।

## 52

परेश बाबू ने कहा, ''विनय, ललिता को एक मुसीबत से उबारने के लिए तुम कोई दुस्साहस पूर्ण काम कर बैठो, ऐसा मैं नहीं चाहता। समाज की आलोचना का अधिक मूल्य नहीं है, जिस बात को लेकर आज इतनी हलचल है, दो दिन बाद वह किसी को याद भी न रहेगी।''

विनय ललिता के प्रति कर्तव्य निभाने के लिए ही कमर कसकर आया था, इस विषय में स्वयं उसे ज़रा भी सन्देह नहीं था। वह जानता था कि ऐसे विवाह से समाज में मुश्किल होगी, और इससे भी अधिक गोरा बहुत ही नाराज़ होगा, लेकिन केवल कर्तव्य-बुद्धि के सहारे इन सब अप्रिय कल्पनाओं को उसने मन से निकाल दिया था। ऐसे मौके पर परेश बाबू ने जब सहसा उस कर्तव्य-बुद्धि को एकबारगी बरखास्त कर देना चाहा तब विनय एकाएक उसे छोड़ न सका।

वह बोला, ''आप लोगों का स्नेह-ऋण मैं कभी नहीं चुका सकूँगा। मेरी वजह से आपके परिवार में थोड़ी-सी भी अशान्ति हो, यह मैं सह नहीं सकता।''

परेश बाबू ने कहा, ''विनय, मेरी बात तुम ठीक तरह समझ नहीं पा रहे हो। हम लोगों के प्रति तुम्हारी जो श्रद्धा है, वह मेरे लिए बड़ी प्रसन्नता की बात है, लेकिन उस श्रद्धा का कर्तव्य पूरा करने के लिए ही तुम मेरी कन्या से विवाह करने को प्रस्तुत हुए हो, यह मेरी कन्या के लिए श्रद्धा की बात नहीं है। इसीलिए मैंने तुमसे कहा कि यह संकट ऐसा बड़ा नहीं है कि इसके लिए तुम्हारा त्याग स्वीकार करने की ज़रूरत हो।''

विनय को कर्तव्य के बोझ से तो छुट्टी मिल गई। लेकिन पिंजरे का दरवाज़ा

खुला पाकर पंछी जैसे फड़फड़ाकर उड़ जाता है, विनय का मन छुटकारे के मार्ग पर वैसे नहीं दौड़ा। बल्कि वह तो हिलना ही नहीं चाहता। कर्तव्य-बुद्धि का सहारा लेकर बहुत दिनों के संयम के बाँध को उसने अनावश्यक कहकर तोड़ दिया था। जहाँ पहले मन डर-डरकर पैर रखता था और अपराधी-सा सकुचाकर लौट आता था, वहाँ वह अब जड़ जमाकर बैठ गया है और अब उसे लौटा लाना कठिन हो गया है। उसे हाथ पकड़कर जो कर्तव्य-बुद्धि यहाँ तक लाई थी, वह कहती है—अब और आगे जाने की ज़रूरत नहीं है, भई, चलो लौट चलें—पर मन कहता है—तुम्हें ज़रूरत न हो तो तुम लौट जाओ, मैं तो यहीं बस जाऊँगा।

जब परेश बाबू ने कहीं कोई ओट नहीं छोड़ी, तब विनय ने कहा, "आप ऐसा कभी न सोचें कि मैं कर्तव्य के आह्वान पर एक कष्ट स्वीकार करने जा रहा हूँ। आप लोगों की स्वीकृति मिल जाये इससे बड़ा सौभाग्य मेरे लिए और कुछ नहीं हो सकता, मुझे इतना ही भय है कि कहीं..."

सत्य-प्रेमी परेश बाबू ने बिना संकोच के कह दिया, "तुम्हें जो भय है, उसका कोई कारण नहीं है। सुचरिता से मैंने सुना है, ललिता का मन तुम्हारे प्रति विमुख नहीं है।"

विनय के मन में आनंद की लहर-सी दौड़ गई। ललिता के मन का रहस्य सुचरिता जान गई है! उसने कब जाना, कैसे जाना? दो सखियों में इशारे और अनुमान से जो बातचीत हुई होगी, उसके गहरे रहस्यमय सुख से विनय आह्लादित हो उठा।

विनय ने कहा, "अगर आप लोग मुझे इस योग्य समझें तो मेरे लिए इससे बड़े आनंद की बात कुछ और नहीं हो सकती।"

परेश बाबू ने कहा, "तुम ज़रा रुको—मैं एक बार ऊपर हो आऊँ।"

वे वरदासुंदरी की राय लेने गये तो वरदासुंदरी ने कहा, "विनय को दीक्षा लेनी होगी।"

परेश बाबू ने कहा, "वह तो लेनी ही होगी।"

वरदासुंदरी ने कहा, "यह पहले तय हो जाये। विनय को यहीं बुलवा लो न!"

विनय के ऊपर आने पर वरदासुंदरी ने कहा, "तब दीक्षा का दिन तो ठीक करना होगा।"

विनय ने कहा, "दीक्षा की क्या ज़रूरत है?"

वरदासुंदरी ने कहा, "ज़रूरत नहीं है? तुम क्या कह रहे हो? नहीं तो ब्रह्म-समाज में तुम्हारा विवाह होगा कैसे?"

विनय चुपचाप सिर झुकाए बैठा रहा। वह उनके घर में विवाह करने को राज़ी हुआ है, यह सुनकर ही परेश बाबू ने मान लिया था कि वह दीक्षा लेकर ब्रह्म-समाज

में प्रवेश करेगा।

विनय ने कहा, "ब्रह्म-समाज की मान्यताओं में तो मेरी श्रद्धा है और अब तक मेरा व्यवहार भी उनके विरुद्ध नहीं रहा। फिर भी क्या खास तौर से दीक्षा लेने की ज़रूरत है?"

वरदासुंदरी ने कहा, "जब मत मिलता ही है तब दीक्षा लेने में क्या हर्ज़ है?"

विनय ने कहा, "मैं हिन्दू समाज का कुछ नहीं हूँ, यह बात तो मैं कभी नहीं कह सकता।"

वरदासुंदरी बोलीं, "तब इस बारे में बात करना ही आपकी ज़्यादती है। क्या आप हम लोगों पर उपकार करने के लिए दया करके मेरी लड़की से ब्याह करने को राज़ी हुए हैं?"

विनय को गहरी ठेस पहुँची, उसे नज़र आ गया कि उसका प्रस्ताव सचमुच इन लोगों के लिए अपमानजनक हो गया है।

कुछ ही समय पहले सिविल मैरिज का कानून पास हुआ था। उस समय गोरा और विनय ने अखबारों में इस कानून के विरुद्ध बड़ी कड़ी आलोचना की थी। आज उसी सिविल मैरिज को स्वीकार करके विनय घोषित करेगा कि 'मैं हिन्दू नहीं हूँ' यह तो उसके लिए बड़ा मुश्किल होगा।

विनय हिन्दू समाज में रहकर ललिता से विवाह करेगा, यह प्रस्ताव परेश बाबू स्वीकार नहीं कर सके। एक लम्बी साँस लेकर विनय उठ खड़ा हुआ और दोनों को नमस्कार करके बोला, "मुझे क्षमा कर दीजिए, मैं अपना अपराध और नहीं बढ़ाऊँगा।"

इतना कहकर विनय बाहर निकल आया। सीढ़ी के पास आकर उसने देखा, सामने के बरामदे के एक कोने में ललिता एक छोटा डेस्क लिये अकेली बैठकर चिट्ठी लिख रही है। पैरों की आहट पाकर ललिता ने नज़र उठाकर विनय के चेहरे की ओर देखा। उसकी वह पल-भर की चितवन विनय के मन को व्यथित कर गई। विनय के साथ ललिता का परिचय नया नहीं था, कितनी ही बार वह उसके चेहरे की ओर आँखें उठाकर देख चुकी थी, लेकिन आज की इस चितवन में न जाने कैसा एक रहस्य था! सुचरिता ने ललिता के मन का जो रहस्य जान लिया है, वही रहस्य आज विनय को ललिता की काली आँखों की पलकों की छाया में करुणा से पूरित एक सजल स्निग्ध मेघ जैसा दिखाई दिया। विनय की भी पल-भर की दृष्टि में उसके हृदय की सारी वेदना बिजली-सी कौंध गई। वह बिना बातचीत किये ललिता को नमस्कार करके सीढ़ियाँ उतरकर चला गया।

# 53

जेल से बाहर आते ही गोरा ने देखा, परेश बाबू और विनय फाटक के बाहर उसकी प्रतीक्षा कर रहे थे।

एक महीने का समय कोई ज़्यादा लम्बा नहीं होता। एक महीने से भी अधिक समय गोरा बंधु-बांधवों से अलग होकर भ्रमण करता रहा है, लेकिन जेल के एक महीने की जुदाई के बाद बाहर आकर परेश बाबू और विनय को देखकर उसे ऐसा लगा मानो उसने पुराने परिजनों के परिचित संसार में फिर से जन्म लिया हो। उसी राजपथ पर खुले आकाश के नीचे प्रभात के प्रकाश में परेश बाबू के शान्त, सौम्य, स्नेहपूर्ण चेहरे को देखकर उसने जिस भक्ति और आनंद से उनकी चरण-धूलि ली वैसे पहले कभी नहीं ली थी। परेश बाबू ने उसे गले से लगा लिया।

विनय का हाथ पकड़कर गोरा ने हँसते हुए कहा, "विनय, स्कूल से लेकर बराबर तुम्हारे साथ ही शिक्षा पाता आया हूँ, लेकिन इस स्कूल में तो चकमा देकर तुमसे आगे निकल गया।"

विनय हँस नहीं सका, कुछ कह भी न सका। जेल के अपरिचित दुःख झेल कर उसका मित्र उसके लिए मानो मित्र से कुछ बड़ा होकर बाहर आया है। मन की गम्भीर स्थिति में वह चुप ही रह गया। गोरा ने पूछा, "माँ कैसी है?"

विनय ने कहा, "अच्छी तरह है।"

परेश बाबू ने कहा, "चलो भाई, गाड़ी तुम्हारा इंतज़ार कर रही है।" तीनों गाड़ी पर सवार हो रहे थे कि हाँफता हुआ अविनाश आ पहुँचा। उसके पीछे-पीछे लड़कों की टोली भी थी।

अविनाश को देखते ही गोरा जल्दी से गाड़ी पर सवार होने लगा था, लेकिन उससे पहले ही पहुँचकर अविनाश ने रास्ता रोकते हुए कहा, "गौर मोहन बाबू, ज़रा रुकिये।" उसके यह कहते न कहते लड़कों ने चिल्ला-चिल्लाकर गाना शुरू कर दिया :

*दुःख की रात बन गई भोर*
*कट गई आज अधीनता-डोर!*

गोरा का चेहरा सुर्ख हो उठा। उसने अपने वज्र-स्वर में गरजकर कहा, "चुप करो!"

लड़के अचकचाकर चुप हो गये। गोरा ने पूछा, "अविनाश, यह सब क्या मामला है?"

अपनी शॉल के भीतर से अविनाश ने केले के पत्ते में लिपटा हुआ कुंद के फूलों

का मोटा हार निकाला और उसके पीछे खड़े एक किशोर ने सुनहरी छपाई के एक कागज़ से चाभी से चलने वाले आर्गन बाजे की तरह महीन आवाज़ में तेज़ी से कारामुक्ति का अभिनंदन पढ़ना शुरू कर दिया।

अविनाश की माला को खीझ से एक ओर हटाते हुए गोरा ने दबे हुए गुस्से से कहा, ''जान पड़ता है अब तुम्हारा नाटक शुरू हुआ। आज सड़क पर अपनी पार्टी के साथ मेरा स्वाँग सजाने के लिए ही क्या तुम एक महीने से राह देख रहे थे?''

कई दिन पहले से अविनाश ने यह योजना बना रखी थी; उसने सोचा था कि सबको अचंभे में डाल देगा। हम जिस समय की बात कह रहे हैं उस समय ऐसे आयोजनों का चलन नहीं था। अविनाश ने अपनी मंत्रणा में विनय को भी शामिल नहीं किया था। इस अपूर्व कार्य की सारी वाहवाही वही लेगा—यही उसका विचार था। यहाँ तक कि अखबारों के लिए उसका विवरण भी उसने स्वयं लिखकर तैयार रखा हुआ था, लौटते ही उसकी बाकी खानापूरी करके छपने भेज देगा—ऐसा उसने सोच रखा था।

गोरा के तिरस्कार से क्षुब्ध होकर अविनाश बोला, ''आप गलत कह रहे हैं, आपने कारावास में जो दु:ख भोगा है, हम लोगों ने उससे ज़रा भी कम नहीं सहा। इस एक महीने बराबर हम लोगों का हृदय भी भूसे की आग में जलता रहा है।''

गोरा ने कहा, ''यह तुम्हारी भूल है, अविनाश! ज़रा झाँककर देखने से ही पता चल जायेगा कि भूसा ज्यों-का-त्यों पड़ा है और हृदय की भी कोई खास क्षति नहीं हुई है।''

अविनाश झेंपा नहीं, बोला, ''राजपुरुष ने आपका अपमान किया है, लेकिन आज सारी भारत-भूमि के प्रतिनिधि होकर हम यह सम्मान का हार...''

गोरा ने कहा, ''बस, और नहीं सहा जाता!'' और अविनाश तथा उसके दल को एक तरफ़ हटाता हुआ बोला, ''परेश बाबू आइए, गाड़ी पर सवार होइए।''

गाड़ी पर सवार होकर परेश बाबू की जान में जान आई। गोरा और विनय भी पीछे-पीछे सवार हो गये।

स्टीमर पर सवार होकर अगले दिन सवेरे गोरा घर पहुँच गया। बाहर ही उसने देखा, उसके दल के लोगों ने भीड़ लगा रखी थी। किसी तरह उनसे छुटकारा पाकर वह भीतर आनंदमयी के पास पहुँचा। वे आज सवेरे से ही नहा-धोकर तैयार बैठी थीं। गोरा के जाकर उनके चरण छूकर प्रणाम करते ही उनकी आँखों से झर-झर आँसू बहने लगे। जो आँसू इतने दिनों से उन्होंने रोक रखे थे आज किसी तरह नहीं रुके।

गंगा-स्नान करके कृष्णदयाल के लौटने पर गोरा उनसे मिलने गया। उसने दूर से ही उन्हें प्रणाम किया, उनके चरण नहीं छुए। सकुचाकर कृष्णदयाल दूर आसन पर

बैठे। गोरा ने कहा, "बाबा, मैं एक प्रायश्चित करना चाहता हूँ।"

कृष्णदयाल ने कहा, "उसकी तो कोई ज़रूरत नहीं दिखती।"

गोरा ने कहा, "मुझे जेल में और तो कोई कष्ट नहीं था, पर यही लगता रहता था कि मैं अपवित्र हो गया हूँ। वह ग्लानि अब भी है, इसलिए प्रायश्चित करना ही होगा।"

चिंतित होकर कृष्णदयाल ने कहा, "नहीं-नहीं, तुम्हारे इतना सोचने की ज़रूरत नहीं है। मैं तो इसकी सम्मति नहीं दे सकता।"

गोरा ने कहा, "अच्छा, तो इस बारे में मैं पंडितों की राय ले लूँ।"

कृष्णदयाल बोले, "किसी पंडित की राय नहीं लेनी होगी। मैं ही तुम्हें नियम बताता हूँ, तुम्हें प्रायश्चित की ज़रूरत नहीं है।"

कृष्णदयाल जैसे आचार-विचार और छुआछूत मानने वाले व्यक्ति भी गोरा के लिए किसी तरह का नियम-संयम स्वीकार करना नहीं चाहते—न केवल स्वीकार नहीं करते बल्कि एकबारगी तो उसके विरुद्ध अड़कर बैठ जाते हैं, इसका कारण आज तक गोरा नहीं समझ सका।

भोजन के लिए आज आनंदमयी ने गोरा के साथ ही विनय का आसन बिछाया था। गोरा ने कहा, "माँ, विनय के आसन को थोड़ा दूर कर दो।"

अचकचाकर आनंदमयी ने कहा, "क्यों, विनय ने क्या अपराध किया है?"

गोरा ने कहा, "विनय ने कुछ नहीं किया, मैंने ही किया है। मैं अपवित्र हूँ।"

आनंदमयी ने कहा, "सो हुआ करे। विनय इतना शुद्ध-अशुद्ध नहीं मानता।"

गोरा ने कहा, "विनय नहीं मानता, किंतु मैं तो मानता हूँ।"

खाने के बाद दोनों मित्र जब ऊपर के खाली कमरे में जाकर बैठ गये तब उन्हें एक-दूसरे को कहने के लिए कोई बात ही नहीं सूझी। इस एक महीने में जो एक बात विनय के लिए सबसे ज़्यादा महत्त्व की हो उठी थी, उसे वह गोरा के सामने कैसे छेड़े, यह वह सोच ही नहीं पा रहा था। परेश बाबू के घर के लोगों के बारे में गोरा के मन में भी एक जिज्ञासा थी, पर उसने भी कुछ न कहा। विनय ही बात छेड़ेगा, यह सोचकर प्रतीक्षा करता रहा। हालाँकि उसने परेश बाबू से यह बात पूछी थी कि घर के सब लोग कैसे हैं, लेकिन वह तो केवल शिष्टाचार का सवाल था। वे सब अच्छी तरह हैं मात्र इतनी खबर से अधिक विस्तृत विवरण जानने के लिए उसका मन आतुर था।

इसी समय महिम कमरे में आए। सीढ़ी चढ़ने के परिश्रम से थोड़ी देर हाँफते रहे, फिर बोले, "विनय, इतने दिन तो गोरा का इंतज़ार रहा। अब तो और कोई बात नहीं है, अब दिन और मुहूर्त तय कर लिया जाये। क्या राय है गोरा—क्या बात हो रही है, यह तो समझ रहे हो न?"

कुछ कहे बिना गोरा थोड़ा हँस दिया।

महिम बोले, ''हँसते हो ? तुम सोच रहे होगे, अभी तक दादा वह बात नहीं भूले। लेकिन कन्या तो स्वप्न नहीं है—मैं स्पष्ट देख सकता हूँ, वह एक ठोस पदार्थ है—भूलने की गुंजाइश नहीं है, हँसने की भी बात नहीं है। गोरा, अब जैसा भी हो तय कर देना चाहिए।''

गोरा ने कहा, ''तय करना जिसका काम है वह तो स्वयं मौजूद है।''

महिम ने कहा, ''सत्यानाश! उसका तो अपना ही कुछ ठीक नहीं है—वह क्या ठीक करेगा! तुम आ गये हो, अब सारा भार तुम्हारे ही ऊपर है।''

विनय आज गम्भीर होकर चुप ही रहा, अपनी आदत के मुताबिक हँसी से बात टालने की भी उसने कोई कोशिश नहीं की।

गोरा जान गया कि कहीं कोई अड़चन है। बोला, ''मैं निमन्त्रण पहुँचाने के काम का भार ले सकता हूँ, परोसने को भी राज़ी हूँ, लेकिन यह भार मैं नहीं ले सकता कि विनय आपकी कन्या से विवाह करेंगे ही। जिनके निर्देशन से ये सब काम दुनिया में होते हैं उनसे भी मेरी कोई खास जान-पहचान नहीं है, उन्हें मैं दूर से ही नमस्कार करता रहा हूँ।''

महिम बोले, ''यह मत सोचो कि तुम्हारे दूर रहने से ही वे भी दूर ही रह जायेंगे। हठात् कब आकर चौंका देंगे, कुछ कहा नहीं जा सकता। तुम्हारे बारे में उनका क्या इरादा है यह तो ठीक-ठीक नहीं कह सकता, लेकिन इनको लेकर तो एक विकट समस्या उठ खड़ी हुई है। सारी ज़िम्मेदारी अकेले प्रजापति ठाकुर पर न छोड़कर खुद भी कुछ उपाय न करोगे तो अन्त में पछताना भी पड़ सकता है, यह मैं कहे देता हूँ।''

गोरा ने कहा, ''जो भार मेरा नहीं है उसे न लेकर पछताने को मैं तैयार हूँ, लेकिन उसे लेकर पछताना तो और भी मुश्किल होगा। उसी से बचना चाहता हूँ।''

महिम ने कहा, ''ब्राह्मण का लड़का जात, कुल, मान सब गँवा देगा और तुम बैठे देखते रहोगे ? देश भर के लोगों के हिन्दुत्व की रक्षा के लिए तो तुम्हें नींद नहीं आती और इधर तुम्हारा अपना परम-बंधु जात को नदी में बहाकर ब्राह्म-घर में विवाह कर बैठे तो लोगों को क्या मुँह दिखाओगे ? विनय, तुम शायद नाराज़ हो रहे होगे, लेकिन तुम्हारी पीठ पीछे बहुत-से लोग ये सब बातें गोरा से कहते—बल्कि कहने को छटपटा रहे हैं—मैं सामने ही कह रहा हूँ—यह सभी के लिए उचित ही होगा। अगर अफ़वाह झूठी हो तो कह देने से ही खत्म हो जायेगी, और अगर सच हो तो सोच-समझ लेना होगा।''

महिम चले गये, तब भी विनय कुछ नहीं बोला। गोरा ने पूछा, ''क्यों विनय, क्या मामला है ?''

विनय ने कहा, ''केवल थोड़ी-सी खबरें बता देने से सारा कुछ समझा सकना बहुत मुश्किल है, इसीलिए सोचा था कि धीरे-धीरे तुम्हें सारा मामला समझाकर बताऊँगा। लेकिन दुनिया में कुछ भी हमारी सुविधा के अनुसार सरलता से नहीं होना चाहता। घटनाएँ भी पहले तो शिकार पर निकले बाघ की तरह दबे पाँव बढ़ती रहती हैं और फिर अचानक एक ही छलाँग में गला धर दबोचती हैं। फिर उनकी खबर भी आग की तरह पहले दबी-दबी सुलगती है और फिर सहसा भड़ककर जल उठती है। तब उसे सँभालना मुश्किल हो जाता है। इसीलिए कभी-कभी सोचता हूँ, कर्म मात्र का त्याग करके बिल्कुल जड़ होकर बैठने में ही इंसान की मुक्ति है।''

हँसकर गोरा ने कहा, ''तुम्हारे अकेले जड़ होकर बैठने से भी कहाँ मुक्ति मिलेगी? जब तक सारी दुनिया ही साथ-साथ जड़ न हो जाये तब तक वह तुम्हें स्थिर क्यों रहने देगी? उल्टे इससे तो और मुश्किल हो जायेगी। दुनिया जब काम कर रही है तब तुम भी अगर काम न करोगे तो ठगे ही जाओगे। इसलिए यही देखना होगा कि घटना तुम्हारी असावधानी में ही न हो जाये—ऐसा न हो जाये कि और सब तो आगे बढ़ जायें और तुम तैयार भी न रहो।''

विनय ने कहा, ''यही बात ठीक है। मैं ही तैयार नहीं रहता। इस बार भी मैं तैयार नहीं था। किस तरफ़ क्या हो रहा है, मैं समझ ही नहीं सका। लेकिन जब हो ही गया तो उसका दायित्व तो लेना ही होगा। जिसका शुरू में न होना ही अच्छा था, उसे आज अप्रिय होने पर भी अस्वीकार नहीं किया जा सकता।''

गोरा ने कहा, ''हुआ क्या है, यह जाने बिना उसके बारे में कोई सही राय दे सकना मेरे लिए तो कठिन है।''

खड़े होकर विनय ने कह ही डाला, ''अनिवार्य घटनाओं के कारण ललिता के साथ मेरा सम्बन्ध ऐसे मोड़ पर आ पहुँचा है कि अगर उससे विवाह न करूँ तो उसे समाज में हमेशा के लिए अकारण अपमान और अन्याय सहते रहना पड़ेगा।''

गोरा ने कहा, ''कैसा मोड़ है, मैं तो समझूँ।''

विनय ने कहा, ''वह लम्बी बात है। धीरे-धीरे सब बताऊँगा, लेकिन इतना तो फिलहाल तुम मान ही लो!''

गोरा ने कहा, ''अच्छा, मान ही लेता हूँ। मुझे इस बारे में ही कहना है कि घटना अगर अनिवार्य हो तो उसका दुःख भी निश्चित ही है। समाज में अगर ललिता को अपमान भोगना ही है तो उसका उपाय नहीं है।''

विनय ने कहा, ''किंतु उसका निवारण करना तो मेरे बस की बात है।''

गोरा ने कहा, ''है, तब तो अच्छा ही है। लेकिन ज़बर्दस्ती ऐसी बात कहने से तो नहीं चलेगा। ज़रूरत होने पर चोरी करना या खून करना भी इंसान के बस की बात

होती है, लेकिन क्या सचमुच उसके बस की होती है? ललिता से विवाह करके तुम ललिता के प्रति कर्तव्य पूरा करना चाहते हो, लेकिन वही क्या तुम्हारा सबसे बड़ा कर्तव्य है? क्या समाज के प्रति कोई कर्तव्य नहीं है?''

समाज के प्रति कर्तव्य का स्मरण करके ही ब्राह्म विवाह के लिए विनय राज़ी नहीं हुआ, यह बात उसने नहीं कही। वह बहस पर तुल गया। बोला, ''इस मामले में शायद मेरी राय तुमसे कभी नहीं मिलेगी। मैं व्यक्ति की ओर खिंचकर समाज के विरुद्ध कुछ नहीं कह रहा हूँ। मैं तो यह कह रहा हूँ कि व्यक्ति और समाज दोनों के ऊपर धर्म है—उसी पर दृष्टि रखकर चलना होगा। जैसे व्यक्ति को बचाना मेरा चरम कर्तव्य नहीं, वैसे ही समाज को बचाना भी चरम कर्तव्य नहीं है, एकमात्र धर्म को बचाना ही मेरा चरम लक्ष्य है।''

गोरा ने कहा, ''व्यक्ति भी नहीं है, समाज भी नहीं है, लेकिन इसके बावजूद धर्म है, ऐसे धर्म को मैं नहीं मानता।''

विनय को गुस्सा आ गया। बोला, ''मैं मानता हूँ। व्यक्ति और समाज की बुनियाद पर धर्म नहीं खड़ा है, बल्कि धर्म की बुनियाद पर व्यक्ति और समाज है। जिसे समाज चाहता है धर्म कहकर उसी को मानना पड़े तो समाज की ही मुसीबत हो जाये। अगर समाज मेरी किसी न्याय-संगत स्वाधीनता में बाधा दे तो उस अनुचित बाधा को हटाकर ही समाज के प्रति कर्तव्य पूरा होता है। ललिता से विवाह करना अगर मेरा अन्याय न हो, बल्कि उचित हो, तब समाज के विरोध के कारण ही उससे हट जाना मेरे लिए अधर्म होगा।''

गोरा ने कहा, ''न्याय और अन्याय क्या अकेले तुम्हीं से बँधे हैं? इस विवाह से अपनी भावी संतान को तुम किस स्थिति में डाल दोगे, यह क्यों नहीं सोचते?''

विनय ने कहा, ''इस तरह सोचते रहकर ही तो मनुष्य सामाजिक अन्याय को चिरस्थायी बना देता है। तब फिर साहबों, अफ़सरों की लातें खाता हुआ जो किरानी बाबू हमेशा अपमान सहता चला जाता है, उसी को क्यों दोष देते हो? वह भी तो संतान की ही बात सोचता है।''

विनय गोरा से बहस में जहाँ आ पहुँचा था इससे पहले उसकी वह स्थिति नहीं थी। कुछ पहले ही समाज से विच्छेद की संभावना से उसका मन व्याकुल हो उठा था। इस बारे में उसने अपने साथ किसी प्रकार की बहस नहीं की थी, अगर गोरा के साथ बहस न उठ खड़ी हुई होती तो विनय का मन अपने पुराने संस्कारों के अनुसार उसकी वर्तमान प्रवृत्ति से उल्टी दिशा में ही चलता रहता। लेकिन बहस करते-करते उसकी प्रवृत्ति कर्तव्य-बुद्धि का सहारा लेकर धीरे-धीरे जोर पकड़ने लगी।

गोरा से गरमा-गरम बहस छिड़ गई। गोरा ऐसी बहस में युक्तियाँ देने की ओर

न जाकर बहुत ज़ोर-शोर से अपनी बात कहता था। इतने ज़ोर से कम ही लोग अपनी बात कहते होंगे। आज भी उसने इसी ज़ोर से विनय की सारी बातें ठेलकर गिरा देनी चाहीं, लेकिन आज उसे बाधा का सामना करना पड़ा। जब तक एक ओर गोरा और दूसरी ओर विनय का मत था, तब तक विनय हार मानता आया था, लेकिन आज दोनों ओर दो वास्तविक मनुष्य थे; आज गोरा किसी वायव्य अस्त्र से किसी दूसरे वायव्य अस्त्र को नहीं काट रहा था, आज बाण जहाँ आकर गिरते थे, वहाँ वेदना-भरा मनुष्य का हृदय था।

आखिरकार गोरा ने कहा, ''मैं तुमसे दलीलबाज़ी नहीं करना चाहता। इसमें तर्क करने लायक खास बात कोई नहीं है, यह तो हृदय से समझने की बात है। ब्राह्म लड़की से विवाह करके तुम देश के साधारण लोगों से अपने को अलग कर लेना चाहते हो, यही मेरे लिए बड़े खेद की बात है। ऐसा काम तुम कर सकते हो, मैं किसी तरह नहीं कर सकता—यही तुममें और मुझमें अन्तर है, ज्ञान में या बुद्धि में नहीं। जहाँ मेरा प्रेम है वहाँ तुम्हारा प्रेम नहीं है। तुम जहाँ छुरी मारकर अपने को मुक्त कर लेना चाहते हो वहाँ तुम्हें कोई दर्द नहीं होता, लेकिन ठीक वहीं पर मेरी धमनी है। मैं अपने भारतवर्ष को चाहता हूँ। उसे तुम चाहे जितना दोष दो, जितनी गालियाँ दो, मैं उसी को चाहता हूँ। उससे ज़्यादा मैं अपने को या किसी भी मनुष्य को नहीं चाहता। मैं ऐसा कोई काम नहीं करना चाहता जिससे भारतवर्ष से मुझे ज़रा-सा भी दूर हटना पड़े।''

विनय कुछ जवाब देने की कोशिश कर ही रहा था कि गोरा ने कहा, ''नहीं विनय, तुम बेकार मुझसे तर्क करते हो। सारी दुनिया ने जिस भारतवर्ष को त्याग दिया है, उसका अपमान किया है, मैं उसी के साथ उसी अपमान के आसन पर बैठना चाहता हूँ—अपने इसी जाति-भेद वाले भारतवर्ष, कुसंस्कारों वाले भारतवर्ष, मूर्ति-पूजक भारतवर्ष के साथ! अगर तुम इससे अलग होना चाहते हो तो तुम्हें मुझ से भी अलग होना होगा।''

गोरा इतना कहकर उठा और कमरे में बाहर आकर छत पर टहलने लगा। विनय चुपचाप बैठा रहा। तभी नौकर ने आकर गोरा को खबर दी कि बहुत-से बाबू लोग उससे मिलने के लिए नीचे प्रतीक्षा कर रहे हैं। भागने का एक बहाना पाकर गोरा को तसल्ली हुई; वह नीचे चला गया।

बाहर आकर उसने देखा, और बहुत-से लोगों के साथ अविनाश भी आया हुआ है। गोरा ने समझ लिया था कि अविनाश नाराज़ हो गया है लेकिन नाराज़गी के कोई चिह्न नहीं दिखे। वह तो और भी उच्छ्वसित प्रशंसा के साथ कल अपने हटा दिए जाने की बात सबको सुना रहा था। वह कह रहा था, ''गौर मोहन बाबू के प्रति मेरी श्रद्धा अब और भी बहुत बढ़ गई है। अब तक मैं मानता था कि ये असाधारण आदमी हैं,

लेकिन कल मैं जान गया कि ये महापुरुष हैं। कल हम इन्हें सम्मान देने गये थे, जैसे खुले तौर पर इन्होंने उस सम्मान की उपेक्षा की वैसा आजकल कितने लोग कर सकते हैं? यह क्या कोई मामूली बात है?''

एक तो यों ही गोरा का मन बेचैन था, उस पर अविनाश की इस भावुकता से वह तिलमिला उठा। बिगड़कर बोला, ''देखो अविनाश, तुम लोग अपनी भक्ति से ही आदमी का अपमान करते हो—तुम खुलेआम मेरा स्वाँग बनाकर मुझे नाच नचाना चाहते हो, उससे इनकार कर सकूँ इतनी शर्म की भी आशा तुम लोग मुझसे नहीं करते! और इसको तुम लोग कहते हो, महापुरुष के लक्षण! तुम लोगों ने हमारे इस देश को क्या एक भाँडों का दल समझ रखा है? सभी वाहवाही पाने के लिए नाचते फिर रहे हैं—सच्चा काम क्या कोई नहीं कर रहा है? मेरे साथ चलना चाहते हो तो ठीक है, झगड़ा करना चाहते हो तो वह भी ठीक है, लेकिन ऐसी वाहवाही मुझे मत देना, यही मेरी प्रार्थना है।''

अविनाश की श्रद्धा और भी बढ़ चली। खिले हुए चेहरे से उसने उपस्थित व्यक्तियों की ओर देखते हुए गोरा की बात की चमत्कारिता की ओर सबका ध्यान आकर्षित करना चाहा। बोला, ''आशीर्वाद दीजिए, आपकी तरह हम लोग भी इसी निष्काम भाव से भारतवर्ष के सनातन गौरव की रक्षा करते हुए अपना जीवन अर्पित कर सकें।''

यह कहकर अविनाश ने गोरा के पैरों की धूल लेने के लिए जैसे ही हाथ बढ़ाए कि गोरा जल्द से पीछे हट गया।

अविनाश बोला, ''गौर मोहन बाबू! हम लोगों से आप तो किसी प्रकार का सम्मान ग्रहण नहीं करेंगे। लेकिन हम लोगों को आनंद देने से तो विमुख मत होइए। हम लोगों ने यह निश्चय किया है कि आपके साथ हम सब एक दिन भोज करेंगे—इसके लिए तो आपको सम्मति देनी ही होगी।''

गोरा ने कहा, ''मैं प्रायश्चित्त किये बिना तुम सबके साथ खाने नहीं बैठ सकूँगा।''

प्रायश्चित्त! अविनाश की आँखें चमक उठीं। वह बोला,''यह बात हममें से किसी को नहीं सूझी थी, लेकिन हिन्दू धर्म के किसी भी नियम की उपेक्षा गौर मोहन बाबू कभी नहीं कर सकते।''

सभी ने कहा, ''यह तो बहुत अच्छी बात है। प्रायश्चित्त के समय ही सब लोग इकट्ठे होंगे और तभी भोज होगा। उस दिन देश के बड़े-बड़े अध्यापकों, पंडितों को निमन्त्रित किया जायेगा। हिन्दू धर्म आज भी कितना जीवंत है यह गौर बाबू के इस प्रायश्चित्त के निमन्त्रण से सबको मालूम हो जायेगा।''

प्रायश्चित्त-सभा कब-कहाँ बुलाई जाये, यह सवाल भी उठा। गोरा ने कहा, "इस घर में उसकी सुविधा नहीं होगी।" इस पर एक भक्त ने गंगा के किनारे के अपने बाग में इसकी व्यवस्था करने का प्रस्ताव किया। यह भी तय हो गया कि इसका खर्चा दल के सब लोग मिलकर उठाएँगे।

विदा लेते समय खड़े होकर अविनाश ने भाषण देने के ढंग से हाथ हिला-हिलाकर सबको सम्बोधित करते हुए कहा, "गौरमोहन बाबू नाराज़ हो सकते हैं, लेकिन आज, जब मेरा हृदय भर उठा है, तब मैं यह बात कहे बिना भी नहीं रह सकता कि वेद का उद्धार करने के लिए हमारी इसी पुण्य-भूमि पर अवतार ने जन्म लिया था—वैसे ही आज हिन्दू धर्म का उद्धार करने के लिए हमने फिर अवतार को पाया है। पृथ्वी पर सिर्फ़ हमारे ही देश में छः ऋतुएँ होंगी। हम लोग धन्य हैं कि यह सत्य हमारे सामने प्रमाणित हो गया। सब भाई बोलो, गौर मोहन बाबू की जय!"

अविनाश के बोलने की क्षमता से प्रभावित होकर सभी मिलकर गौर मोहन का जयकार करने लगे। मर्माहत होकर गोरा वहाँ से भाग खड़ा हुआ।

जेल से मुक्ति पाने के बाद इस समय एक अवसाद-सा गोरा के मन पर छा गया। जेल में रहते हुए कई बार वह कल्पना करता रहा था कि देश के लिए नये उत्साह से काम करेगा। लेकिन आज बार-बार वह अपने आप से यही पूछने लगा कि—हाय, मेरा देश कहाँ है? देश क्या केवल मुझ अकेले के पास है? बचपन से ही जीवन के सारे संकल्पों की चर्चा जिस मित्र के साथ करता रहा, वह आज इतने दिनों बाद महज एक स्त्री से विवाह करने के लिए अपने देश के सारे अतीत और भविष्य से पल-भर में इस निर्मम भाव से अलग हो जाने को तत्पर हो गया। और जिनको सब मेरे दल के लोग कहते हैं, इतने दिन उन्हें इतना समझाने-बुझाने के बाद भी उन्होंने आज यही समझा कि मैंने केवल हिन्दुत्व का उद्धार करने के लिए अवतार ग्रहण किया है, कि मैं केवल मूर्तिमान शास्त्र-वचन हूँ! और भारतवर्ष को कहीं स्थान नहीं मिला! छः ऋतुएँ! भारतवर्ष में छः ऋतुएँ हैं! षड् ऋतुओं के षड्यंत्र में अगर अविनाश जैसा फल ही फलना था तो दो-चार ऋतुएँ कम होने से भी कोई हर्ज़ न होता।

नौकर ने आकर खबर दी कि माँ गोरा को बुला रही हैं। सहसा गोरा चौंक उठा, मन-ही-मन कह उठा—माँ बुला रही हैं। इस बात को उसने जैसे एक नया अर्थ देकर सुना। उसने कहा—और जो हो, मेरी तो माँ हैं और उन्होंने ही मुझे बुलाया है। वही मुझे सबसे मिला देंगी, वे किसी से कोई भेद न रखेंगी, मैं देखूँ कि जो भी मेरे अपने हैं, वे उनके पास बैठे हैं। जेल में भी माँ ने मुझे बुलाया था, वहाँ भी उन्हें देख सकता था, जेल के बाहर भी माँ मुझे बुला रही हैं, यहाँ भी मैं उन्हें देखने निकल पड़ा हूँ।—कहते-कहते गोरा ने शरद की इस दोपहरी के आकाश की ओर आँखें उठाकर देखा।

एक ओर विनय और दूसरी ओर अविनाश की तरफ़ से विरोध का जो स्वर उठा था, वह कुछ धीमा पड़ गया। दोपहर की धूप में मानो भारतवर्ष ने अपनी बाँहें उसकी ओर फैला दीं। समुद्र पर्यंत फैली हुई उसकी नदियाँ, पहाड़ और जनता गोरा की आँखों के सामने झलक गई, भीतर से उठकर एक मुक्त निर्मल आलोक इस भारतवर्ष को जैसे ज्योतिर्मय करता हुआ दिखा गया। गोरा का हृदय भर उठा, उसकी आँखें चमकने लगीं, उसके मन में ज़रा भी निराशा न रही। भारतवर्ष के उस अन्तहीन कार्य के लिए, जिसका फल कहीं दूर भविष्य में मिलेगा, वह आनंदपूर्वक तैयार होने लगा। भारतवर्ष की जो महिमा उसने ध्यान में देखी है, उसे वह प्रत्यक्ष नहीं देख सकेगा—इसका कोई मलाल उसे न रहा। मन-ही-मन वह बार-बार दुहराने लगा—माँ मुझे बुला रही हैं—मैं वहीं जा रहा हूँ जहाँ अन्नपूर्णा हैं जहाँ जगद्धात्री बैठी हैं—उसी सुदूर काल में लेकिन फिर भी इसी क्षण में, वहीं मृत्यु के पास लेकिन फिर भी जीवन के बीच। जिस महिमा-मंडित भविष्य ने मेरे आज के दीन-हीन वर्तमान को सार्थक करके उज्ज्वल कर दिया है, मैं उसी की ओर जा रहा हूँ—उसी अति दूर, अति निकट की ओर माँ मुझे बुला रही हैं।—इस आनंद में गोरा ने जैसे विनय और अविनाश को भी अपने साथ पा लिया, वे भी मानो उसके पराए न रहे। दूसरों के सभी छोटे-छोटे विरोध मानो एक विराट् चरितार्थ में विलीन हो गये।

जब गोरा ने आनंदमयी के कमरे में प्रवेश किया तब उसका चेहरा आनंद की आभा से दीप्त था। उसकी आँखें सामने की सभी चीज़ों से परे मानो एक दूसरी ही भव्य-मूर्ति को देख रही थीं। कमरे में आकर एकाएक वह थोड़ी देर तक यह पहचान ही नहीं सका कि उसकी माँ के पास दूसरा कौन बैठा है।

सुचरिता ने खड़े होकर गोरा को नमस्कार किया। गोरा ने कहा, ''अरे, आप आई हैं, बैठिए।''

गोरा ने 'आप आई हैं, बैठिए' कुछ ऐसे ढंग से कहा मानो सुचरिता का आना कोई साधारण बात नहीं है, बल्कि उसके पीछे एक विशेष प्रयोजन है।

एक दिन सुचरिता के सम्पर्क से गोरा पलायन कर गया था। जितने दिन वह तरह-तरह के दुःख और काम में उलझा हुआ भटकता रहा था, उतने दिन वह बहुत-कुछ सुचरिता की बात को अपने से दूर रख सका था। लेकिन जेल में बंद हो जाने पर सुचरिता की स्मृति को वह किसी तरह न हटा सका था। एक समय ऐसा भी था, जब गोरा के मन में इस बात का आभास भी नहीं था कि भारतवर्ष में स्त्रियाँ भी हैं; इस सत्य को इतने दिनों बाद उसने सुचरिता में ही पहचाना। सहसा एक क्षण में इतनी बड़ी और इतनी प्राचीन सच्चाई को सामने पाकर उसके आघात से जैसे उसकी बलिष्ठ प्रकृति काँप उठी। बाहर की धूप और खुली हवा की दुनिया की याद जब जेल में उसे

सताने लगी, तब वह दुनिया केवल उसके कर्मक्षेत्र के रूप में नहीं दिखी, न वह निरा पुरुष-समाज ही नज़र आई। वह चाहे जैसे ध्यान करने का यत्न करता, उसके सम्मुख बाहर के इस सुंदर संसार की दो अधिष्ठात्री देवियों की ही मूर्ति आती; चाँद-सितारों का आलोक विशेष रूप से उन्हीं के चेहरे पर पड़ता, स्निग्ध नीलिमायुक्त आकाश उन्हीं के चेहरे को घेरे रहता—एक चेहरा जन्म से परिचित उसकी माता का था, और दूसरे नाजुक सुंदर चेहरे से उसका परिचय नया ही था।

जेल की एकाकी घुटन में गोरा उस चेहरे की स्मृति से विरोध का भाव न रख सका। इस भाव की सिहरन जेल में भी एक गहरी मुक्ति उसके निकट ले आती, जेल के कठिन बन्धन उसके लिए मानो छाया-सरीखे, झूठे सपने जैसे हो जाते। स्पंदित हृदय की सूक्ष्म तरंगें जेल की दीवारों को भेदकर आकाश में मिलकर वहाँ के फूल-पत्तों में लहराती रहतीं और कर्मक्षेत्र में अपनी लीलाएँ करती रहतीं।

गोरा ने सोचा था, कल्पना-मूर्ति से भय का कोई कारण नहीं है, इसलिए इस एक महीने तक उसने उसे निर्बाध छूट दे रखी थी। वह समझता था कि केवल वास्तविक चीज़ों से ही डरने का कारण हो सकता है।

जेल से बाहर आते ही जब गोरा ने परेश बाबू को देखा तब उसका मन आनंद से लबालब हो उठा था। वह आनंद केवल परेश बाबू को देखने का नहीं था। उसके साथ गोरा के जेल-जीवन की संगिनी कल्पना ने भी कहाँ तक अपनी माया मिला दी है, यह वह पहले नहीं समझ पाया। किंतु धीरे-धीरे वह यह समझ गया। स्टीमर तक पहुँचते-पहुँचते उसने स्पष्ट अनुभव किया कि परेश बाबू उसे जो इतना आकृष्ट कर रहे हैं वह केवल अपने ही गुणों से नहीं।

गोरा ने इतने दिन बाद फिर कमर कसी और बोला, ''हार नहीं मानूँगा।'' स्टीमर में बैठे-बैठे ही उसने फिर निश्चय कर लिया कि वह फिर कहीं दूर निकल जायेगा, किसी तरह के बन्धन में अपने मन को नहीं बँधने देगा।

इसी बीच विनय से उसकी बहस छिड़ गई थी। विच्छेद के बाद बंधु से पहली भेंट के समय ही बहस इतनी आगे न बढ़ जाती अगर भीतर-ही-भीतर गोरा अपने से भी बहस न कर रहा होता। इस बहस के सहारे गोरा अपने सामने अपनी ज़मीन को भी स्पष्ट कर लेना चाहता था। इसीलिए वह इतना ज़ोर देकर बात कह रहा था। उस ज़ोर की उसे अपने लिए ही विशेष ज़रूरत थी। जब उसके उस ज़ोर ने विनय के मन को उसी तरह उत्तर देने के लिए उत्तेजित किया और विनय गोरा की बातों का सिर्फ़ खंडन करने लगा और उन्हें निरा कठमुल्लापन मानकर उनके प्रति विद्रोह से भर उठा, तब उसे ज़रा भी यह ध्यान नहीं रहा कि गोरा अगर स्वयं अपने पर वार न कर रहा होता तो विनय पर इतने भीषण वार कभी न करता।

विनय के साथ बहस होने के बाद गोरा ने फैसला किया—लड़ाई का मैदान छोड़ देने से नहीं चलेगा। मैं अपने प्राणों के भय से विनय को छोड़ जाऊँ तो विनय कभी नहीं बचेगा।

## 54

गोरा का मन उस समय भावावेश में था। उस समय सुचरिता को वह एक व्यक्ति विशेष के रूप में नहीं देख रहा था, बल्कि एक भाव ही समझ रहा था। सुचरिता के रूप में भारत की सारी नारियाँ ही अपनी प्रकृति के साथ उसके सामने मूर्तिमान हो रही थीं। भारतीय गृह को अपने पुण्य, सौंदर्य और प्रेम से मधुर और पवित्र करने के लिए ही उनका आविर्भाव हुआ है। जो लक्ष्मियाँ भारत के भविष्य को पाल-पोसकर बड़ा करती हैं, रोगी की सेवा करती हैं, दु:खी को सान्त्वना देती हैं, तुच्छ को भी प्रेम का गौरव और प्रतिष्ठा देती हैं—जिन्होंने दु:ख और दुर्गति में भी हममें से दीन-से-दीन व्यक्ति का त्याग नहीं किया, अवज्ञा नहीं की—जिन्होंने हमारी पूजा की पात्र होकर भी हममें से अयोग्यतम को अपनी एकांत पूजा दी, जिनके निपुण सुंदर हाथ हमारे काम के लिए समर्पित हैं और जिनका चिर-सहिष्णु, क्षमा-भरा प्रेम हमें ईश्वर से एक अक्षय दान के रूप में मिला है—उन्हीं लक्ष्मियों की एक प्रतिच्छवि को गोरा अपनी माता के पास प्रत्यक्ष बैठी देखकर आनंद-विभोर हो उठा। उसे लगा, इस लक्ष्मी की ओर हम लोगों ने देखा ही नहीं, इसे हमने सबसे पीछे ठेल रखा था, हमारी इससे बड़ी दुर्गति और क्या हो सकती है! उसे जान पड़ा, देश का मतलब यही है, सारे भारत के मर्मस्थान पर, प्राणों के निकेतन शतदल पद्म पर यही मूर्ति बैठी है, हम ही इसके सेवक हैं। देश की दुर्गति में इसी का अपमान है—इस अपमान के प्रति हम लोग उदासीन रहे हैं, इसीलिए हमारा पौरुष आज कलंकित है।

गोरा अपने ही विचारों पर स्वयं चकित हो गया। जब तक भारतवर्ष की नारी उसके अनुभव में नहीं आई थी, तब तक उसकी भारतवर्ष की उपलब्धि कितनी अधूरी थी, यह वह इससे पहले नहीं जानता था। गोरा के लिए नारी जब तक अत्यंत छाया-रूपी थी, तब तक देश से सम्बन्धित उसका कर्तव्य-बोध कितना अधूरा था! मानो शक्ति थी किंतु उसमें प्राण नहीं थे, मानो पेशियाँ थीं किंतु स्नायु-तंतु नहीं थे। पल भर में ही गोरा समझ गया कि नारी को हम जितना ही दूर करके, जितना ही क्षुद्र बनाकर रखते हैं उतना ही हमारा पौरुष भी क्षीण होता जाता है।

इसलिए जब सुचरिता से गोरा ने यह कहा, 'आप आई हैं' तब वह सिर्फ़ एक

आम शिष्टता की बात नहीं थी—इस अभिवादन में उसके जीवन का एक नया पाया हुआ आनंद और विस्मय ही प्रकट हुआ था।

कारावास के कुछ चिह्न गोरा के शरीर पर अभी मौजूद थे। वह पहले से बहुत दुबला हो गया था। जेल के भोजन से उसे अरुचि होने के कारण इस एक महीने-भर वह लगभग उपवास ही करता था। उज्ज्वल गोरा रंग भी पहले से कुछ मैला हो गया था। बाल बहुत छोटे कटवा देने से उसके चेहरे का दुबलापन और भी अधिक उभर आया था।

सुचरिता के मन में गोरा के शरीर की इस क्षीणता से ही एक विशेष वेदना जनित चिंता जाग उठी। प्रणाम करके गोरा के पैरों की धूल लेने को उसका मन तड़प उठा। उसे गोरा ऐसी उद्दीप्त आग की शुद्ध अग्नि शिखा-सा प्रकाशमान दिखा जिसमें धुआँ या लकड़ी कुछ भी न दिख रहा हो। एक करुणा-मिश्रित भक्ति के आवेश से सुचरिता का हृदय काँपने लगा, उसके मुँह से कोई बात न निकल सकी।

आनंदमयी ने कहा, ''मेरे लड़की होती तो मुझे कितना सुख होता, यह मैं अब समझ सकी हूँ, गोरा! तू जितने दिन नहीं था, सुचरिता मुझे इतनी सान्त्वना देती रही है कि मैं कह नहीं सकती। पहले तो इनका परिचय मेरे साथ नहीं था—लेकिन दुःख के समय दुनिया की बहुत-सी बड़ी और अच्छी चीज़ों से परिचय हो जाता है, दुःख का यह गौरव अब समझ रही हूँ। दुःख में ईश्वर कहाँ-कहाँ से सान्त्वना पहुँचा सकते हैं, यह हम हमेशा जान नहीं पाते, इसीलिए दुःख पाते हैं। बेटी, तुम लजा रही हो, लेकिन मेरे दुःख के समय में तुमने मुझे कितना सुख दिया है, यह बात तुम्हारे सामने भी कहे बिना मैं कैसे रह सकती हूँ?''

सुचरिता के लज्जा से लाल चेहरे की ओर एक बार कृतज्ञता-भरी दृष्टि से देखकर गोरा आनंदमयी से बोला, ''माँ, तुम्हारे दुःख के दिन ये तुम्हारे दुःख का भार लेने आई थीं और आज तुम्हारे सुख के दिन भी तुम्हारे सुख को बढ़ाने आई हैं—जिनका दिल बड़ा होता है ऐसी उदारता उन्हीं में होती है।''

विनय ने सुचरिता का संकोच देखकर कहा, ''दीदी, चोर के पकड़े जाने पर उसे चारों ओर से मार पड़ती है। आज तुम इन सबके हाथों पड़ गई हो, उसी का फल भोग रही हो। अब भागकर कहाँ जाओगी? मैं तो तुम्हें बहुत दिनों से पहचानता हूँ। लेकिन मैंने किसी के सामने कभी भंडाफोड़ नहीं किया, चुप ही बैठा रहा हूँ। पर मन-ही-मन जानता रहा हूँ कि कोई भी बात बहुत दिन तक गुप्त नहीं रह सकती।''

हँसकर आनंदमयी बोलीं, ''तुम तो ज़रूर ही चुप रहे हो! बड़ा आया चुप बैठा रहने वाला! इसने जिस दिन से तुम लोगों को जाना है, उसी दिन से यह तुम लोगों का गुणगान करते-करते मानो अघाता ही नहीं।''

विनय ने कहा, ''यह सुन रखो, दीदी! मैं गुणग्राही हूँ, और अकृतज्ञ भी नहीं हूँ, इसका गवाह और सबूत सब हाज़िर है।''

सुचरिता ने कहा, ''इससे तो आपके ही गुणों का परिचय मिलता है।''

विनय ने कहा, ''मेरे गुणों का परिचय आपको मुझसे कभी नहीं मिलेगा। अगर वह पाना चाहें तो माँ के पास आइएगा, सुनकर अचंभे में आ जायेंगी। उनके मुँह से सुनकर तो मैं खुद विस्मित हो जाता हूँ। मेरा जीवन-चरित्र अगर माँ लिखें तो मैं जल्दी ही मर जाने को तैयार हूँ।''

आनंदमयी ने कहा, ''ज़रा सुनो तो इस लड़के की बात!''

गोरा बोला, ''विनय, तुम्हारे माँ-बाप ने तुम्हारा नाम ठीक ही रखा था।''

विनय ने कहा, ''जान पड़ता है उन्होंने मुझसे और किसी गुण की कोई उम्मीद ही नहीं की, इसलिए विनय के गुण की दुहाई दी, नहीं तो दुनिया में बड़ी हँसाई होती।''

इस प्रकार पहली भेंट का संकोच दूर हो गया।

सुचरिता ने विदा लेते समय विनय से कहा, ''आप एक बार हमारी तरफ़ नहीं आएँगे?''

सुचरिता ने विनय से तो आने के लिए कह दिया, पर गोरा से नहीं कह सकी। गोरा ने इसका ठीक मतलब नहीं समझा और उसके मन को कुछ चोट पहुँची। विनय सहज ही सबके बीच अपना स्थान बना लेता है, किंतु गोरा वैसा नहीं कर सकता। इसके लिए गोरा को इससे पहले कभी कोई पछतावा नहीं हुआ था, लेकिन आज अपनी प्रकृति की इस कमी को उसने कमी के रूप में ही पहचाना।

## 55

विनय समझ गया था कि सुचरिता ने उसे ललिता के साथ उसके विवाह की बातचीत करने के लिए ही बुलाया है। उसने यह प्रस्ताव अपनी ओर से समाप्त कर दिया है, इतने से ही तो मामला समाप्त नहीं हो जायेगा। जब तक वह ज़िंदा रहेगा तब तक किसी पक्ष को छुटकारा नहीं मिलेगा। अब तक विनय की सबसे बड़ी चिंता गोरा को चोट पहुँचाने को लेकर ही थी। वह यही सोचता था कि 'गोरा को क्यों चोट पहुँचाऊँ।' गोरा से मतलब केवल गोरा नाम का व्यक्ति ही नहीं था, जिस भाव, विश्वास, जीवन का संबल गोरा ने लिया है, वह सब भी था। बराबर इनके साथ मिलकर निबाहते चलना ही विनय का अभ्यास था और इसी में उसको आनंद भी था। गोरा से किसी तरह का विरोध जैसे अपने ही से विरोध था।

लेकिन उस आघात का पहला संकोच दूर हो जाने से विनय को बल मिला था। फोड़ा काटने से पहले रोगी के भय और घबराहट की कोई सीमा नहीं होती, लेकिन चीरा लगने पर रोगी देखता है कि दर्द तो है, पर आराम भी है और मामला कल्पना में जितना भयंकर जान पड़ता था, वास्तव में उतना नहीं है।

अब तक अपने मन के साथ भी विनय तर्क नहीं कर पा रहा था, लेकिन अब उसके तर्क का द्वार खुल गया। अब मन-ही-मन गोरा के साथ उसका उत्तर-प्रत्युत्तर चलने लगा। जो-जो युक्तियाँ गोरा की ओर से दी जा सकती थीं, उन्हें वह मन-ही-मन उठाकर कई ओर से उनका खंडन करने लगा। गोरा के साथ अगर आमने-सामने ही बहस हो सकती तो जहाँ उत्तेजना होती, वहाँ साथ-ही-साथ शान्ति भी हो जाती, लेकिन विनय ने देखा कि इस मामले में गोरा अन्त तक तर्क नहीं करेगा। इससे भी विनय के मन में एक खीझ उत्पन्न हुई। वह सोचने लगा—गोरा न समझेगा, न समझाएगा, सिर्फ़ ज़बर्दस्ती करेगा, ज़बर्दस्ती! ज़बर्दस्ती के आगे मैं कैसे सिर झुका सकता हूँ?—उसने कहा—"जो भी हो, मेरा पक्ष सत्य का है।"—यह कहते हुए उसकी इच्छा हुई कि वह सत्य नामक शब्द को मानो हृदय में जकड़ ले। गोरा के विरुद्ध एक बहुत प्रबल पक्ष खड़ा करने की ज़रूरत होगी, इसलिए बार-बार विनय अपने मन को समझाने लगा कि सत्य ही उसका सबसे बड़ा संबल है। यहाँ तक कि उसके मन में इस बात से अपने ही प्रति बड़ी श्रद्धा उत्पन्न हुई कि उसने सत्य को ही अपना आश्रय मान लिया है। इसीलिए तीसरे पहर जब वह सुचरिता के घर की ओर चला तब उसका सिर काफ़ी ऊँचा उठा हुआ था। इस आत्मविश्वास का कारण उसका सत्य की ओर झुकाव है या और किसी चीज़ की ओर, यह सोचने-समझने की अवस्था उस समय विनय की नहीं थी।

हरिमोहिनी उस समय रसोई में व्यस्त थीं। विनय रसोई की चौखट पर खड़े होकर एक ब्राह्मण-कुमार के मध्याह्न-भोजन का दावा मंजूर कराके ऊपर चला गया।

सुचरिता ने कुछ सिलाई हाथ में ले रखी थी। बैठे-बैठे उसी की ओर आँखें झुकाए सुई चलाते हुए उसने बात शुरू की; बोली, "देखिए विनय बाबू, जहाँ मन की कोई बाधा नहीं है, वहाँ बाहर के विरोध को क्या मानकर चलना होगा?"

जब गोरा से बहस हुई थी तब विनय ने उसके खिलाफ युक्तियाँ दी थीं, अब जब सुचरिता से बहस होने लगी तब उसने उल्टे पक्ष की युक्तियाँ देना शुरू किया। उस समय कोई यह नहीं सोच सकता था कि गोरा से उसका कोई मतभेद है।

विनय ने कहा, "दीदी, बाहर की बाधा को तुम लोग भी तो कुछ छोड़कर नहीं देखते।"

सुचरिता ने कहा, "उसका कारण है, विनय बाबू! हम लोगों की बाधा सिर्फ़

बाहरी बाधा नहीं है। हमारा समाज हमारे धर्म–विश्वास पर ही टिका है। लेकिन जिस समाज में आप हैं वहाँ आपका बन्धन केवल सामाजिक बन्धन है। इसलिए ललिता को अगर ब्रह्म–समाज छोड़ कर जाना पड़ेगा तो उसमें उसकी बहुत बड़ी हानि होगी, आपके समाज छोड़ने से आपका उतना नुकसान नहीं होगा।''

इस बात को लेकर विनय बहस करने लगा कि धर्म मनुष्य की व्यक्तिगत साधना की चीज़ है, उसे किसी समाज के साथ बाँधना ठीक नहीं है।

ठीक इसी समय एक चिट्ठी और एक अंग्रेज़ी अखबार लेकर सतीश कमरे में आया। विनय को देखकर वह अत्यंत उत्तेजित हो उठा, शुक्रवार को ही किसी प्रकार रविवार बना देने के लिए उसका मन उतावला हो गया। देखते–ही–देखते विनय और सतीश की सभा जुट गई और उधर सुचरिता ललिता की चिट्ठी और उसके साथ भेजा गया अखबार पढ़ने लग गई।

इस ब्राह्म अखबार में एक खबर थी कि किसी प्रसिद्ध ब्राह्म–परिवार और हिन्दू समाज के बीच विवाह–सम्बन्ध होने की जो आशंका हो रही थी, हिन्दू युवक की असम्मति के कारण वह टल गई है इस बात को लेकर उस हिन्दू युवक की निष्ठा की तुलना में उस ब्राह्म–परिवार की शोचनीय दुर्बलता पर टीका–टिप्पणी की गई थी।

मन–ही–मन सुचरिता ने कहा—'जैसे भी हो ललिता के साथ विनय का विवाह होना ही चाहिए।—लेकिन वह इस युवक से तर्क करके तो होगा नहीं।' सुचरिता ने ललिता को वहाँ आने के लिए लिख दिया, पर उसमें यह नहीं लिखा कि विनय भी वहीं है।

किसी भी पंचांग में किसी भी ग्रह–नक्षत्र के योग से शुक्रवार को रविवार पड़ने की व्यवस्था न होने के कारण सतीश को स्कूल की तैयारी के लिए उठना ही पड़ा। स्नान के लिए थोड़ी देर का अवकाश चाहकर सुचरिता भी चली गई।

तर्क की उत्तेजना मिट जाने पर सुचरिता के कमरे में अकेले बैठे–बैठे विनय के भीतर का युवा पुरुष जाग उठा। तब नौ–साढ़े नौ का समय था। गली में लोगों का शोर नहीं था। सुचरिता के लिखने की मेज़ पर छोटी घड़ी टिक–टिक करती चल रही थी। कमरे का एक खिंचाव धीरे–धीरे विनय को अपने में घेरने लगा। कमरे का चारों ओर का छोटा–मोटा साज–सामान जैसे विनय के साथ बातचीत करने लगा। मेज़ पर सजी हुई चीज़ें, कढ़े हुए कुर्सीपोश, कुर्सियों के नीचे पैरों की जगह बिछी हुई मृगछाला, दीवार पर टँगे दो–चार चित्र, पीछे शेल्फ में सजी लाल कपड़े वाले बेठन से मढ़ी हुई किताबें—सभी विनय के मन के भीतर जैसे एक गम्भीर थिरकन पैदा करने लगीं। मानो कमरे में एक सुंदर रहस्य भरा था। इसी कमरे में निर्जन दोपहरी में सखी–सखी के बीच जिन बातों की चर्चा होती रही होगी उनकी सलज्ज सुंदर

सत्ता मानो अब भी जहाँ-तहाँ छिपी हुई है। बातचीत के समय कौन कहाँ बैठा होगा, कैसे बैठा होगा, यह कल्पना के सहारे विनय देखने लगा। उस दिन परेश बाबू से उसने जो सुना था, 'मैंने सुचरिता से सुना है कि ललिता का मन तुम्हारी ओर से विमुख नहीं है', वही बात अनेक रूपों में अनेक तरह की छवि-सी उसके सामने घूम गई। एक अनिर्वचनीय आवेग विनय के मन में एक अत्यंत करुण उदास रागिनी-सा बजने लगा। जो सब चीज़ें ऐसे एकाकी गम्भीर रूप से एक भाषाहीन आभास-सी मन की गहराई में झलक जाती हैं, उन्हें प्रत्यक्ष कर देने की शक्ति न होने से अर्थात् कवि या चित्रकार न होने के कारण, विनय का मन चंचल हो उठा। उसे ऐसा महसूस हुआ कि कुछ-न-कुछ करना चाहिए, पर कुछ करने का कोई मार्ग भी नहीं है। यह जो एक पर्दा उसके सामने झूल रहा है, जो उसके बिल्कुल पास की चीज़ को इतनी दूर किये हुए है, काश उसे इसी क्षण उठ खड़े होकर फाड़ फेंकने की शक्ति उसमें होती!

कमरे में आकर विनय से हरिमोहिनी ने पूछा कि वह कुछ जलपान तो नहीं करना चाहता। विनय ने कहा, "नहीं।"

तब हरिमोहिनी वहीं बैठ गईं।

जब तक हरिमोहिनी परेश बाबू के घर में थीं तब तक विनय के प्रति उनका बहुत आकर्षण था। किंतु जब से उन्होंने सुचरिता को लेकर अलग गृहस्थी जमाई थी, तब से इन लोगों का आना-जाना उनके लिए अत्यंत अरुचिकर हो गया था। आजकल आचार-विचार के मामले में सुचरिता जो पूरी तरह उनके कहने पर नहीं चलती, इसका कारण इन सब लोगों से मिलना-जुलना ही है, यही उन्होंने मन में निश्चित किया था। हालाँकि वे जानती थीं कि विनय ब्राह्म नहीं है, फिर भी इतना वे स्पष्ट अनुभव करती थीं कि विनय के मन में हिन्दू संस्कारों की कोई दृढ़ता नहीं है। इसीलिए अब वह पहले की भाँति उत्साह के साथ इस ब्राह्मण कुमार को बुला ले जाकर उस पर देवता का प्रसाद नष्ट नहीं करती थीं।

हरिमोहिनी ने आज बातचीत के सिलसिले में विनय से पूछा, "अच्छा बेटा, तुम तो ब्राह्मण के लड़के हो, लेकिन संध्या-अर्चना तो कुछ नहीं करते?"

विनय ने कहा, "मौसी, दिन-रात पढ़ाई रटते-रटते गायत्री-संध्या सब भूल गया हूँ।"

हरिमोहिनी ने कहा, "परेश बाबू भी तो पढ़े-लिखे हैं। लेकिन वे तो अपना धर्म मानकर शाम-सवेरे कुछ-न-कुछ करते हैं।"

विनय ने कहा, "मौसी, वे जो करते हैं वह सिर्फ़ मन्त्र कंठस्थ करके नहीं किया जाता। उन जैसा कभी हो सकता तो मैं भी उन्हीं की तरह चलूँगा।"

कुछ रूखाई से हरिमोहिनी ने कहा, ''तो उतने दिन बाप-दादों की तरह ही चलो न? यह क्या ठीक है कि न इधर, न उधर? मनुष्य का कुछ तो धर्म होता ही है। न राम, न गंगा—मैया री, यह कैसे हो सकता है!''

इसी समय ललिता कमरे में आई और विनय को देखकर चौंक उठी। उसने हरिमोहिनी से पूछा, ''दीदी कहाँ हैं?''

हरिमोहिनी ने कहा, ''राधारानी नहाने गई हैं।''

मानो अनावश्यक रूप से सफ़ाई देते हुए ललिता ने कहा, ''दीदी ने मुझे बुला भेजा था।''

हरिमोहिनी ने कहा, ''तो ज़रा बैठो न, अभी आ जायेगी।''

हरिमोहिनी का मन ललिता के प्रति भी कुछ अनुकूल न था। हरिमोहिनी सुचरिता को अब उसके पुराने परिवेश से छुड़ाकर पूरी तरह अपने वश में करना चाहती थीं। परेश बाबू की दूसरी लड़कियाँ यहाँ इतनी बार नहीं आतीं, अकेली ललिता ही जब-तब आकर सुचरिता के साथ बातें करती रहती है, यह हरिमोहिनी को अच्छा नहीं लगता। अक्सर वे दोनों की बातों में बाधा देकर सुचरिता को किसी-न-किसी काम के लिए बुला लेने की चेष्टा करती हैं या फिर इस बात की शिकायत करती हैं कि सुचरिता का लिखना-पढ़ना अब पहले की तरह बिना रुकावट के नहीं चलता। लेकिन जब सुचरिता पढ़ने-लिखने में मन लगाती है तब हरिमोहिनी यह कहने से भी नहीं चूकतीं कि अधिक पढ़ना-लिखना लड़कियों के लिए बेकार और नुकसानदेह होता है। असल बात यह है कि जैसे भी हो वे सुचरिता को बिल्कुल अपने में घेर लेना चाहती हैं और किसी तरह वह न कर पाने से कभी सुचरिता के संगियों पर और कभी उसकी शिक्षा पर दोष मढ़ती रहती हैं।

ललिता और विनय के साथ बैठे रहना हरिमोहिनी के लिए सुखकर हो, यह बात नहीं थी। बल्कि उन दोनों पर गुस्सा करके ही वे बैठी रहीं। उन्होंने समझ लिया था कि विनय और ललिता के बीच एक रहस्यमय सम्बन्ध था। तभी उन्होंने मन-ही-मन कहा—'तुम लोगों के समाज में चाहे जैसी रीति हो, मेरे इस घर में यह सब निर्लज्ज मिलना-जुलना, यह सब ईसाई चलन नहीं चलेगा।'

इधर ललिता के मन में भी एक विरोध का भाव उठ रहा था। कल जब सुचरिता आनंदमयी के घर गई थी तब ललिता ने भी साथ चलने का निश्चय किया था, लेकिन किसी तरह न जा सकी। उसमें गोरा के प्रति श्रद्धा बहुत थी, लेकिन विरोध का भाव भी उतना ही प्रबल था। यह बात किसी तरह वह अपने मन से नहीं हटा पाती थी कि गोरा सभी तरह उसके प्रतिकूल है। यहाँ तक कि जिस दिन गोरा जेल से छूटा उस दिन से विनय के प्रति भी ललिता की भावनाओं में थोड़ा परिवर्तन आ गया था। कुछ दिन

पहले तक वह इस बात पर गर्व करती रही थी कि विनय पर उसका बड़ा गहरा प्रभाव है। लेकिन विनय गोरा के प्रभाव से किसी तरह भी मुक्त नहीं हो सकता, इस कल्पना से ही विनय के विरुद्ध भी कमर कसकर वह तैयार हो रही थी।

ललिता को कमरे में आते देखकर विनय के मन में बड़ी हलचल मच गई। विनय कभी ललिता के बारे में सहज भाव नहीं रख सका था। जब से उन दोनों के विवाह की संभावना की अफ़वाहें समाज में फैल गई थीं तब से ललिता को देखते ही विनय के मन की हालत तूफान के समय इधर-उधर घूमने वाली कंपास की सुई-सी हो जाती थी।

विनय को कमरे में बैठा देखकर ललिता को सुचरिता पर गुस्सा हो आया। वह समझ गई कि सुचरिता अनिच्छुक विनय के मन को अनुकूल बनाने का ही प्रयत्न कर रही है और ललिता की पुकार आज इसीलिए हुई कि टेढ़े को सीधा करने की कोशिश करे।

उसने हरिमोहिनी की ओर देखकर कहा, ''दीदी से कह दीजिएगा मैं अभी नहीं रुक सकती। फिर किसी वक्त आ जाऊँगी।''

यह कहकर विनय की ओर नज़र उठाए बिना तेज़ी से वह चली गई। तब हरिमोहिनी भी विनय के पास और बैठे रहना अनावश्यक समझकर घर के काम-काज के लिए उठ खड़ी हुईं।

ललिता का यह सुलगती आग जैसा चेहरा विनय के लिए अपरिचित न था। पर इधर कई दिनों से वैसा चेहरा देखने का अवसर नहीं मिला था। एक समय ऐसा भी था जब ललिता विनय के मामले में हमेशा अपना तीर-कमान साधे रहती थी। वे बुरे दिन बिल्कुल बीत गये हैं, यह सोचकर विनय निश्चिंत हो चला था। आज उसने देखा कि वही पुराने तीर फिर तरकश से निकाले गये हैं—उन पर ज़ंग का ज़रा-सा भी दाग नहीं पड़ा है। गुस्सा सह लिया जा सकता है, लेकिन घृणा सहना विनय जैसे व्यक्ति के लिए बड़ा मुश्किल होता है। एक दिन ललिता ने उसे गोरा नाम के ग्रह का उपग्रह मात्र मानकर उसके प्रति कैसी तीव्र अवज्ञा दिखाई थी, वह विनय को याद हो आया। आज भी उसकी दुविधा के कारण ललिता उसे बिल्कुल कायर समझ रही होगी, इस कल्पना से वह भयाकुल हो उठा। ललिता उसकी कर्तव्य-बुद्धि से उत्पन्न संकोच को उसकी कायरता समझेगी, और इस बारे में अपनी ओर से दो बातें कहने का भी मौका उसे न मिलेगा, यह विनय को असह्य जान पड़ा। तर्क करने के अधिकार से वंचित कर दिया जाना विनय के लिए बहुत बड़ी सज़ा थी, क्योंकि वह जानता था कि तर्क वह बहुत अच्छा कर सकता है। सुलझाकर अपनी बात कहने और किसी एक पक्ष का समर्थन करने की उसमें असाधारण क्षमता है।

लेकिन जब भी ललिता ने उससे लड़ाई की है, उसे दलीलें देने का मौका कभी नहीं दिया, आज भी उसे इसका मौका न मिलेगा।

वह अखबार अभी वहीं पड़ा हुआ था। अपनी बेचैनी की हालत में विनय ने उसे अपनी ओर खींचकर देखा कि उसमें एक जगह पेंसिल का निशान लगा हुआ था। उसने वह अंश पढ़ा और समझ लिया कि उस सारी चर्चा और नीति-उपदेश के लक्ष्य वही दोनों हैं। ललिता प्रतिदिन अपने समाज के लोगों से कितना अपमान पा रही है, यह वह स्पष्ट समझ सका। इस अपमान से उसकी रक्षा करने के लिए विनय कोई प्रयास नहीं कर रहा है और केवल समाज-तत्व को लेकर तर्क की बारीकियाँ ढूँढने में व्यस्त है—इस कारण ललिता जैसी तेजस्विनी नारी का उसे उपेक्षा का पात्र समझना उसे उचित ही जान पड़ा। समाज की सम्पूर्ण उपेक्षा करने का ललिता में कितना साहस है, यह याद करके और उस अभिमानिनी के साथ अपनी तुलना करके उसे शर्म आने लगी।

स्नान करके और सतीश को भोजन खिलाकर स्कूल भेजने के बाद सुचरिता जब विनय के पास आई तब वह उदास बैठा हुआ था। सुचरिता ने पहली बात फिर नहीं उठाई। विनय बिना मुँह-हाथ धोए और कुल्ला किये ही भोजन करने बैठ गया।

हरिमोहिनी ने कहा, "अच्छा बेटा, तुम तो हिन्दुओं का कोई नियम ही नहीं मानते हो—तब फिर तुम्हारे ब्राह्म हो जाने में ही क्या बुराई थी?"

मन-ही-मन विनय ने कुछ आहत होकर कहा, "जिस दिन समझ लूँ कि हिन्दूपन का मतलब सिर्फ़ खान-पान और छुआ-छूत के निरर्थक नियम ही हैं, उस दिन चाहे ब्राह्म, चाहे ईसाई, चाहे मुसलमान कुछ भी हो जाऊँगा। लेकिन अभी हिन्दुत्व पर इतनी अश्रद्धा नहीं हुई है।"

जब विनय सुचरिता के घर से चला तब उसका मन बहुत ही अशान्त था। मानो चारों ओर से धक्के खाता हुआ वह एक निराश्रय शून्य में आ गिरा था। इधर गोरा के निकट अपना पुराना स्थान पाना उसके लिए कठिन हो गया था, उधर ललिता भी उसे दूर धकेले दे रही थी—यहाँ तक कि हरिमोहिनी के साथ उसका अपनेपन का सम्बन्ध भी इतने कम समय में ही विच्छिन्न होने लगा था। वरदासुंदरी एक समय उससे आंतरिक स्नेह करती थीं, परेश बाबू अब भी उससे स्नेह करते हैं, लेकिन स्नेह के बदले में उनके घर में उसने ऐसी अशान्ति ला दी है कि अब वहाँ भी उसके लिए जगह नहीं रही। जिनसे उसे प्रेम है उनकी श्रद्धा और प्यार के लिए विनय हमेशा लालायित रहता है, इस प्यार को कई प्रकार से अपनी ओर खींचने की शक्ति भी उसमें बहुत है। वही विनय आज अचानक अपनी चिर अभ्यस्त प्रीति की लीक से कैसे हट गया, यही बात वह मन-ही-मन सोचने लगा। सुचरिता के घर से निकलकर अब वह कहाँ जाये, यही

वह सोच नहीं पा रहा है। एक समय था जब वह बिना कुछ सोचे सहज ही गोरा के घर की ओर चल पड़ता था, लेकिन वहाँ जाना आज उसके लिए पहले जैसा सहज-स्वाभाविक नहीं रहा। अगर जायेगा भी तो गोरा के सामने उपस्थित होकर उसे चुप ही रहना होगा—वह खामोशी उससे सही नहीं जायेगी। इधर परेश बाबू के घर का द्वार भी उसके लिए खुला नहीं है।

मैं कैसे और क्यों इस अस्वाभाविक स्थिति में आ पड़ा?—सिर झुकाए यह सोचता हुआ धीरे-धीरे विनय चलता रहा। हेदुआ तालाब के पास आकर वह एक पेड़ के नीचे बैठ गया। अब तक उसके जीवन में जो भी छोटी-बड़ी समस्या आ खड़ी हुई है, उसने अपने मित्र के साथ उसकी चर्चा करके उसका कुछ-न-कुछ समाधान कर लिया है, पर आज वह मार्ग खुला नहीं है, आज उसे अकेले ही सोचना होगा।

विनय में आत्म-विश्लेषण की शक्ति की कमी नहीं है। सारा दोष बाहर की घटनाओं पर मढ़कर खुद छुट्टी पा लेना उसके लिए सहज नहीं है। अकेले बैठकर उसने अपने को ही उत्तरदायी ठहराया। मन-ही-मन उसने कहा—माल भी रखूँगा और उसका दाम भी न दूँगा, ऐसी चतुराई दुनिया में नहीं चल सकती। कोई एक चीज़ चुन लेना चाहते ही किसी दूसरी का त्याग करना ही होता है। जो व्यक्ति मन कड़ा करके किसी एक को छोड़ नहीं पाता है, उसकी मेरे जैसी गति होती है—वह सभी कुछ खो देता है। दुनिया में जो लोग अपने जीवन का रास्ता सख्त होकर चुन सकते हैं, वे ही निश्चिंत हो पाते हैं। जो अभागे यह मार्ग भी पकड़ना चाहते हैं और वह मार्ग भी छोड़ना नहीं चाहते, जो अपने को किसी से भी वंचित नहीं कर सकते, वे अपनी मंज़िल से भी भटक जाते हैं—केवल राह के कुत्ते की तरह मारे-मारे फिरते हैं।

रोग का निदान करना कठिन है, लेकिन निदान हो जाने से ही उसका इलाज सहज हो जाता हो, यह बात भी नहीं है। विनय की समझने की शक्ति बड़ी तीव्र थी, कुछ करने की शक्ति का ही उसमें अभाव था। इसीलिए वह अब तक अपने से अधिक प्रबल इच्छा शक्ति वाले अपने मित्र पर निर्भर करता आया था। अन्त में बेहद मुसीबत में पड़कर ही आज उसने सहसा पहचाना कि अपनी इच्छा-शक्ति न रहने पर भी छोटे-मोटे काम तो किसी तरह उधार पर चला लिये जा सकते हैं, लेकिन असली ज़रूरत के समय दूसरे का हवाला देकर काम नहीं चलाया जा सकता।

सूर्य के ओट में जाने से जहाँ अब तक छाया थी वहाँ धूप आ गई, तब वह पेड़ के नीचे से उठकर फिर सड़क पर आ गया। थोड़ी दूर जाते ही सहसा उसने पुकार सुनी, ''विनय बाबू, विनय बाबू!'' और क्षण-भर बाद ही सतीश ने आकर उसका हाथ पकड़ लिया। उस समय वह स्कूल से घर लौट रहा था।

सतीश ने कहा, ''चलिए विनय बाबू, मेरे साथ घर चलिए।''

विनय ने कहा, ''यह कैसे हो सकता है, सतीश बाबू?''

सतीश ने कहा, ''क्यों नहीं हो सकता?''

विनय बोला, ''ऐसे बार-बार जाने से तुम्हारे घर के लोग मुझसे ऊब नहीं जायेंगे?''

सतीश ने विनय की इस दलील को जवाब देने लायक भी नहीं समझा। बोला, ''नहीं, चलिए।''

बालक सतीश को इस बात का रत्ती भर आभास नहीं है कि विनय का उसके परिवार के लोगों के साथ जो सम्बन्ध है उसमें कितनी बड़ी क्रांति हो गई है। वह तो केवल विनय से स्नेह करता है। विनय का हृदय यह बात सोचकर अत्यंत विचलित हो उठा। उसके लिए परेश बाबू के परिवार ने जिस स्वर्गलोक की सृष्टि की थी, उसमें सिर्फ़ इस बालक का आनंद ही पूरे-का-पूरा पहले जैसा है, उसमें रत्ती भर फर्क नहीं पड़ा है। इस प्रलय के दिन में भी उसके मन पर किसी सन्देह के बादल की छाया नहीं पड़ी है, समाज के किसी वार ने उसमें कोई दरार नहीं डाली है। सतीश के गले में बाँह डालते हुए विनय ने कहा, ''चलो भाई, तुम्हें तुम्हारे घर के दरवाज़े तक तो पहुँचा आऊँ!''

सतीश को बाँह से घेरकर विनय जैसे सुचरिता और ललिता के उस स्नेह और दुलार के माधुर्य को स्पर्श कर रहा था जिसका अभाव सतीश के जीवन में शिशुकाल से ही रहा होगा।

सतीश सारे रास्ते जो बहुत-सी बे-सिर-पैर की बातें करता रहा, वे विनय के कानों को बहुत मीठी लगीं। उस बालक के मन की सरलता के सम्पर्क में वह अपने जीवन की जटिल समस्या को थोड़ी देर के लिए बिल्कुल भूल गया।

परेश बाबू के घर के आगे से ही सुचरिता के घर का रास्ता था। रास्ते से ही परेश बाबू के घर की निचली मंज़िल की बैठक नज़र आती थी। विनय उस कमरे के सामने आते ही बार-बार उधर देखे बिना न रह सका। उसने देखा मेज़ के सामने परेश बाबू बैठे हुए हैं; कुछ कह रहे हैं या नहीं, यह वह न समझ सका। ललिता सड़क की ओर पीठ किये, परेश बाबू की कुर्सी के पास बेंत के एक छोटे मूढ़े पर छात्रा की तरह चुपचाप बैठी हुई थी।

सुचरिता के घर से लौटने पर ललिता का हृदय जिस क्षोभ से असह्य रूप से व्याकुल हो उठा था, उसका निवारण करने का कोई उपाय वह न जानती थी, इसीलिए ललिता धीरे-धीरे आकर परेश बाबू के पास बैठ गई थी। परेश बाबू में एक ऐसी शान्ति झलकती थी कि बेचैन ललिता अपनी चंचलता का दमन करने के लिए बीच-बीच में उनके पास आकर चुपचाप बैठी रहती थी। परेश बाबू पूछ बैठते, ''क्या है,

ललिता?'' तो ललिता उत्तर देती, ''कुछ नहीं, बाबा! तुम्हारा यह कमरा बड़ा ठंडा जो है।''

ललिता उनके पास आज घायल हृदय लेकर आई है, यह परेश बाबू से छिपा न रहा। खुद उनके भीतर एक वेदना टीस रही थी। इसीलिए उन्होंने धीरे-धीरे ऐसी बातें छेड़ दी थीं जिनसे व्यक्तिगत जीवन के छोटे सुख-दुःख का भार हल्का हो जाये।

विनय बाप-बेटी की इस एकांत बातचीत का दृश्य देखकर क्षण भर के लिए ठिठक गया। सतीश क्या कह रहा था, जैसे उसने यह सुना ही नहीं। उस समय सतीश ने उससे युद्ध विद्या के बारे में एक बड़ा कठिन प्रश्न पूछा था। अगर बहुत-से बाघ पकड़कर बहुत दिनों तक उन्हें सिखाया जाये और फिर अपनी सेना की अग्रिम पंक्ति में रखकर युद्ध किया जाये तो क्या विजय निश्चित न होगी, यही उसका प्रश्न था। उन दोनों का प्रश्नोत्तर अब तक बिना बाधा के होता रहा था, अब अचानक बाधा का अनुभव करके सतीश ने विनय के चेहरे की ओर देखा। फिर विनय की दृष्टि का अनुसरण करते हुए परेश बाबू के कमरे की ओर देखते ही चिल्ला उठा, ''ललिता दीदी, यह देखो, मैं विनय बाबू को रास्ते से पकड़ लाया हूँ।''

विनय पसीना-पसीना हो उठा। कमरे में बैठी ललिता पल-भर में मूढ़े से उठ खड़ी हुई और परेश बाबू ने मुड़कर रास्ते की ओर देखा। विनय बड़े असमंजस में पड़ गया।

विनय सतीश को विदा करके परेश बाबू के घर में दाखिल हुआ। उनके कमरे में पहुँचकर उसने देखा, ललिता चली गई थी। उन सबको वह शान्ति भंग करने वाले डकैत-सा लग रहा होगा, यह सोचकर वह सकुचाता हुआ कुर्सी पर बैठ गया।

विनय ने स्वास्थ्य आदि साधारण शिष्टाचार के बाद सहसा बात शुरू की, ''मैं जब हिन्दू समाज के आचार-विचार में श्रद्धा नहीं रखता और रोज़-रोज़ उसे तोड़ता ही रहता हूँ, तब मैं समझता हूँ कि ब्रह्म-समाज में आश्रय लेना ही मेरे लिए उचित होगा। मेरी इच्छा है कि आप से ही दीक्षा लूँ।''

अभी पन्द्रह मिनट पहले तक भी इस संकल्प और इस इच्छा ने विनय के मन में स्पष्ट आकार नहीं लिया था। परेश बाबू थोड़ी देर स्तब्ध रहकर बोले, ''अच्छी तरह सब बातें सोचकर देख ली हैं?''

विनय ने कहा, ''इसमें और तो कुछ सोचने को नहीं है, बस इतना ही सोचना है कि क्या उचित है और क्या अनुचित? और वह बहुत सीधी बात है। हमने जो शिक्षा पाई है उससे मैं किसी तरह ईमानदारी से आचार-विचार को ही परम धर्म के रूप में स्वीकार नहीं कर सकता। इसीलिए मेरे व्यवहार में कदम-कदम पर विसंगति दिखती है, और जो हिन्दू धर्म में पूरी श्रद्धा रखते हैं उनके साथ जुड़ा रहकर मैं उन्हें बार-बार

चोट ही पहुँचाता हूँ। यह मेरे लिए बिल्कुल अनुचित है, इसमें कोई सन्देह नहीं है। ऐसी स्थिति में और कोई बात न सोचकर इस अन्याय को दूर करने के लिए ही मुझे प्रस्तुत होना चाहिए। नहीं तो मेरा आत्मसम्मान बना नहीं रह सकता।''

हालाँकि परेश बाबू को समझाने के लिए इतनी लम्बी व्याख्या की ज़रूरत नहीं थी, ये सब बातें स्वयं अपने को बल देने के लिए थीं। वह न्याय और अन्याय के एक द्वंद्व में पड़ा हुआ है जिसमें सब छोड़कर न्याय का पक्ष लेकर उसे विजयी होना होगा, यह सोचकर उसकी छाती गर्व से फूल उठी। मनुष्यत्व की मर्यादा तो रखनी ही होगी।

परेश बाबू ने पूछा, ''धर्म-विश्वास के बारे में ब्रह्म-समाज से तुम्हारा मतैक्य तो है न?''

थोड़ी देर चुप रहकर विनय बोला, ''आपसे सच कहूँ, पहले मैं सोचता था कि मेरा कुछ-न-कुछ धर्म-विश्वास है। इसे लेकर कई लोगों से मेरा काफ़ी झगड़ा भी होता रहा है, लेकिन आज मैं निश्चित जानता हूँ कि मेरे जीवन में अभी धर्म-विश्वास विकसित नहीं हुआ है। इतना भी समझ सका हूँ तो आपको देखकर। अपने जीवन में धर्म की मुझे सच्ची आवश्यकता नहीं हुई और उसमें सच्चा विश्वास नहीं उत्पन्न हुआ, इसीलिए कल्पना और युक्ति-कौशल से मैं अब तक अपने समाज में चल रहे धर्म की तरह-तरह की सूक्ष्म व्याख्या करके केवल अपनी तर्क करने की योग्यता बढ़ाता रहा हूँ। कौन धर्म सच्चा है, यह सोचने की मुझे कोई ज़रूरत नहीं पड़ी। जिस धर्म को सच्चा कहने से अपनी जीत हो जाये उसी को सच्चा बताकर साबित करने में मैं जुट गया हूँ। प्रमाण देना जितना ही कठिन हुआ है, उतना ही प्रमाण दे पाने पर मैंने अहंकार किया है। मेरे मन में कभी धर्म-विश्वास सम्पूर्ण सत्य और स्वाभाविक हो सकेगा या नहीं, यह मैं आज भी नहीं कह सकता, लेकिन अनुकूल अवस्था में रहने पर और दृष्टांत सामने होने पर मैं इधर बढ़ सकता हूँ, यह निश्चित है। कम-से-कम जो बातें भीतर-ही-भीतर मेरी बुद्धि को अखरती हैं, जीवन-भर उन्हीं का झंडा फहराते हुए घूमने की ग्लानि से तो मुक्ति पा सकूँगा।''

परेश बाबू से बात करते-करते विनय अपनी वर्तमान परिस्थिति के अनुकूल युक्तियों को रूप देने लगा। वह ऐसे उत्साह से बातें करने लगा जैसे बहुत दिनों के तर्क-वितर्क के बाद वह इस दृढ़ सिद्धांत पर पहुँच सका है।

फिर परेश बाबू ने उससे कुछ दिन और सोच लेने के लिए आग्रह किया। इससे विनय ने समझा कि परेश बाबू को उसकी दृढ़ता पर शंका है, जिससे उसका हठ और भी प्रबल हो उठा। बार-बार वह यह जताने लगा कि उसका मन एक असंदिग्ध बिंदु पर आ पहुँचा है जहाँ से उसके ज़रा भी हिलने-डुलने की कोई संभावना नहीं है। ललिता से विवाह की बात दोनों पक्षों में से किसी की ओर से नहीं उठी।

इसी समय वरदासुंदरी घर के किसी काम के बहाने वहाँ आईं और विनय मानो वहाँ हो ही नहीं, इस ढंग से अपना काम करके जाने लगीं। विनय ने सोचा था कि परेश बाबू अवश्य वरदासुंदरी को बुलाकर विनय का नया समाचार उन्हें देंगे। लेकिन परेश बाबू ने कुछ नहीं कहा। वास्तव में उन्होंने यह सोचा ही नहीं कि अभी बताने का समय हुआ है। वे इस बात को अभी सबसे छिपाए ही रखना चाहते थे। लेकिन जब वरदासुंदरी विनय के प्रति स्पष्ट अवज्ञा और क्रोध प्रकट करके जाने लगीं तब विनय से और न रहा गया। उसने जाने को उद्यत वरदासुंदरी के पैरों में सिर झुकाकर कहा, ''मैं ब्रह्म-समाज में दीक्षा लेने का प्रस्ताव लेकर आप लोगों के पास आया हूँ। मैं अयोग्य हूँ, लेकिन आप लोग मुझे योग्य बना लेंगे इसका मुझे विश्वास है।''

वरदासुंदरी यह सुनकर विस्मय से ठिठक गईं और धीरे-धीरे मुड़कर कमरे में बैठ गईं। जिज्ञासु दृष्टि से उन्होंने परेश बाबू के मुँह की ओर देखा।

परेश बाबू बोले, ''विनय दीक्षा ग्रहण करने के लिए अनुरोध कर रहे हैं।''

वरदासुंदरी के मन में यह सुनकर विजय का गर्व तो उदित हुआ, लेकिन सम्पूर्ण आनंद नहीं हुआ। भीतर-ही-भीतर उनकी यह इच्छा थी कि अबकी बार परेश बाबू को एक अच्छा सबक मिल जाये। स्वामी को भी भारी अनुताप भोगना होगा, उन्होंने यह भविष्यवाणी बार-बार बहुत ज़ोर देकर की थी, इसीलिए यह देखकर कि सामाजिक आंदोलन से परेश बाबू कुछ विचलित नहीं हो रहे हैं, मन-ही-मन वे अधीर भी हो रही थीं। अब सारे संकट का सुचारू रूप से समाधान हो जायेगा, यह बात उनके लिए बहुत अधिक प्रीतिकर नहीं थी। गम्भीर चेहरा बनाकर उन्होंने कहा, ''दीक्षा का यह प्रस्ताव अगर कुछ दिन पहले ही आ गया होता तो हमें इतना दुःख और अपमान न सहना पड़ता।''

परेश बाबू ने कहा,''हमारे दुःख, कष्ट और अपमान की तो कोई बात नहीं हो रही है, विनय दीक्षा लेना चाहते हैं।''

वरदासुंदरी बोल उठीं, ''सिर्फ़ दीक्षा ?''

विनय ने कहा, ''अन्तर्यामी जानते हैं कि आपका दुःख-अपमान सब मेरा भी है।''

परेश बाबू ने कहा, ''देखो विनय, तुम जो धर्म की दीक्षा लेना चाहते हो उसकी ज़िम्मेदारी दूसरों पर न डालो। मैं तुम्हें पहले भी कह चुका हूँ, हम लोग किसी सामाजिक संकट में पड़ रहे हैं, ऐसा सोचकर तुम कोई भारी ज़िम्मेदारी अपने सिर पर न लेना।''

वरदासुंदरी ने कहा, ''सो तो ठीक है। किंतु मैं यह भी कहूँगी कि हम सबको जाल में फँसाकर चुप बैठे रहना भी उनका कर्तव्य नहीं है।''

परेश बाबू ने कहा, ''चुप न बैठकर चंचल हो उठने से तो फन्दे में और भी गाँठें

पड़ सकती हैं। कुछ करने को ही कर्तव्य कहा जाये यह ज़रूरी नहीं है, कुछ न करना ही कई बार सबसे बड़ा कर्तव्य होता है।''

वरदासुंदरी ने कहा, ''होगा। मैं तो निर्बुद्धि हूँ, अच्छी तरह सब बात नहीं समझ सकती। अब तय क्या हुआ, यह सुनकर चली जाना चाहती हूँ, मुझे बहुत काम है।''

विनय ने कहा, ''परसों रविवार को मैं दीक्षा लूँगा। मेरी इच्छा है कि परेश बाबू...''

''जिस दीक्षा से मेरे घर के लोगों को कुछ फ़ायदे की उम्मीद हो,'' परेश बाबू ने कहा, ''वैसी दीक्षा मैं नहीं दे सकूँगा। इसके लिए तुम्हें ब्रह्म-समाज में ही निवेदन करना होगा।''

एकाएक विनय का मन डूब गया। नियमानुसार ब्रह्म-समाज में आवेदन करने जैसी तो उसके मन की हालत नहीं थी—खास तौर पर जिस ब्रह्म-समाज में ललिता को लेकर उसकी इतनी चर्चा हो चुकी थी। वह किस मुँह से किन शब्दों में चिट्ठी लिखेगा ? जब वह चिट्ठी ब्रह्म-समाज पत्रिका में प्रकाशित होगी, तब कैसे वह सिर उठा सकेगा ? वह चिट्ठी गोरा पढ़ेगा, आनंदमयी पढ़ेंगी। उसके साथ और कोई इतिहास तो नहीं दिया जायेगा—उसमें केवल इतनी बात प्रकाशित की जायेगी कि विनय का मन अचानक ब्राह्म-धर्म में दीक्षा लेने के लिए बेचैन हो उठा है। सच बात उतनी ही तो नहीं है—उसे और बहुत कुछ के साथ मिलाकर न देखने से विनय के लिए तो कहीं कुछ छिपाने का स्थान न रहेगा।

वरदासुंदरी विनय को चुप रहते देखकर डरीं। बोलीं, ''ये तो ब्रह्म-समाज में किसी को पहचानते नहीं, हमको ही सब बंदोबस्त कर देना होगा। मैं अभी पानू बाबू को बुला भेजती हूँ। अब तो समय भी अधिक नहीं है, परसों ही तो रविवार है।''

इसी समय दिखाई दिया कि सुधीर कमरे के सामने से ऊपर की मंज़िल की ओर जा रहा है। उसे पुकारकर वरदासुंदरी ने कहा, ''सुधीर, विनय परसों ही हमारे समाज में दीक्षा लेंगे।''

सुधीर अत्यंत प्रफुल्लित हो उठा। मन-ही-मन वह विनय का बड़ा प्रशंसक था, विनय को ब्रह्म-समाज में ले लिया जा सकेगा, यह सुनकर वह बहुत उत्साहित हुआ। विनय जैसी बढ़िया अंग्रेज़ी लिख सकता था, उसकी जैसी विद्या-बुद्धि थी, उसे देखते हुए उसका ब्रह्म-समाज में शामिल न होना ही सुधीर को असंगत जान पड़ता था। विनय जैसा व्यक्ति किसी तरह ब्रह्म-समाज के बाहर रह ही नहीं सकता, इसका प्रमाण पाकर उसकी छाती फूल उठी। उसने कहा, ''लेकिन परसों रविवार तक ही कैसे सब हो सकेगा ? बहुतों तो खबर ही नहीं पहुँच सकेगी।''

सुधीर चाहता था कि विनय की इस दीक्षा को एक उदाहरण के रूप में

सर्वसाधारण के सम्मुख घोषित किया जाये।

वरदासुंदरी ने कहा, ''नहीं, नहीं, रविवार तक सब हो जायेगा। सुधीर, तुम दौड़कर जाओ, पानू बाबू को तुरंत बुला लाओ।''

सुधीर जिस अभागे के उदाहरण द्वारा ब्रह्म-समाज की अजेय शक्ति का सर्वत्र प्रचार करने की कल्पना से उत्तेजित हो रहा था, वह मन-ही-मन अपने को बहुत हीन अनुभव कर रहा था। जो चीज़ मन-ही-मन तर्क करते समय बिल्कुल मामूली दिखती थी, बाहर उसका चेहरा देखकर विनय व्याकुल हो उठा।

पानू बाबू के बुलाए जाने पर विनय उठ खड़ा हुआ। वरदासुंदरी ने कहा, ''ज़रा बैठो, पानू बाबू अभी आ जायेंगे, देर नहीं लगेगी।''

विनय ने कहा, ''नहीं—मुझे तो माफ कीजिए।''

किसी तरह वह इस वातावरण से निकलकर खुले में सारी बात शान्तिपूर्वक सोचने का मौका चाहता था।

विनय के उठते ही परेश बाबू भी उठ खड़े हुए और उसके कंधे पर हाथ रखते हुए बोले, ''विनय, जल्दबाज़ी में कुछ मत करो—शान्ति से स्थिर होकर सारी बात सोचकर देख लो। अपने मन को ठीक-ठीक समझे बिना जीवन के इतने बड़े मामले में कदम मत बढ़ाओ।''

मन-ही-मन वरदासुंदरी ने पति के प्रति बेहद असंतुष्ट होकर कहा, ''शुरू में तो कोई सोच-समझकर काम करता नहीं, बवाल खड़ा कर देता है, फिर जब जान पर आती है तब कहता है, 'बैठकर सोचो।' तुम लोग आराम से बैठकर सोच सकते हो, लेकिन हमारी तो जान निकल रही है।''

विनय के साथ सुधीर भी सड़क पर आ गया। ढंग से बैठकर खाने से पहले थोड़ा चखकर देखने की जैसी इच्छा होती है, कुछ उसी ढंग की उतावली सुधीर को हो रही थी। वह चाहता था, उसी समय विनय को अपने दोस्तों में ले जाकर उन्हें यह शुभ-संवाद सुनाकर खुशियाँ मनाना शुरू कर दे। लेकिन सुधीर के इस उच्छ्वसित उल्लास को देखकर विनय का मन और भी संकुचित होता जा रहा था। जब सुधीर ने प्रस्ताव किया, ''विनय बाबू, चलिए न हम दोनों साथ-साथ पानू बाबू के पास चलें,'' तब उसकी बात अनसुनी करके झटककर अपना हाथ छुड़ाकर विनय चला गया।

थोड़ी दूर जाने पर विनय ने देखा, अविनाश अपने गुट के दो-एक लोगों को साथ लिये बड़ी तेज़ी से लपकता हुआ कहीं जा रहा है। विनय को देखते ही अविनाश बोला, ''अरे, ये रहे विनय बाबू! बहुत अच्छा हुआ—चलिए हमारे साथ!''

विनय ने पूछा, ''कहाँ जा रहे हो ?''

अविनाश ने कहा, ''काशीपुर का बगीचा ठीक करने जा रहे हैं, वहीं गौर मोहन

बाबू के प्रायश्चित्त की सभा होगी।"

विनय ने कहा, "नहीं, मुझे अभी जाने की फुरसत नहीं है।"

अविनाश ने कहा, "यह कैसी बात कहते हैं? यह कितनी बड़ी बात है, आप क्या समझ सकते हैं? नहीं तो गौर मोहन बाबू क्या ऐसा अनावश्यक प्रस्ताव करते। आजकल के ज़माने में हिन्दू समाज को अपनी ताकत दिखानी होगी। गौर मोहन बाबू के प्रायश्चित्त से देश के लोगों के मन में क्या कोई मामूली हलचल मचेगी? हम लोग देश-विदेश के ब्राह्मण-पंडित सभी को निमन्त्रित करेंगे। इससे सारे हिन्दू समाज पर बड़ा गहरा असर पड़ेगा। लोग समझ सकेंगे कि हम अभी ज़िंदा हैं। समझ सकेंगे कि हिन्दू समाज मरने वाला नहीं है।"

किसी तरह अविनाश से छुटकारा पाकर विनय आगे बढ़ गया।

## 56

हारान बाबू को बुलाकर जब वरदासुंदरी ने उनसे सारी बात कही तब थोड़ी देर वे गम्भीर होकर बैठे रहे और फिर बोले, "इस बारे में एक बार ललिता के साथ बातचीत कर लेना भी हमारा कर्तव्य है।"

हारान बाबू ने ललिता के आने पर अपनी गम्भीरता की मात्रा को अंतिम स्वर तक चढ़ाकर कहा, "देखो ललिता, तुम्हारे जीवन में एक बहुत बड़ी ज़िम्मेदारी का समय आ पहुँचा है। एक तरफ़ तुम्हारा धर्म है, दूसरी तरफ़ तुम्हारी प्रवृत्ति। दोनों में से तुम्हें एक मार्ग चुन लेना होगा।"

इतना कहने के बाद कुछ रुककर हारान बाबू ने ललिता के चेहरे पर आँखें गड़ा दीं। हारान बाबू का खयाल था कि न्याय की लपट से जगमगाती उनकी इस दृष्टि के सामने भीरुता काँप जायेगी, कपट राख हो जायेगा—उनकी यह तेजस्वी आध्यात्मिक दृष्टि ब्रह्म-समाज की मूल्यवान सम्पत्ति है।

ललिता ने एक शब्द भी नहीं कहा, चुप बैठी रही।

हारान बाबू ने कहा, "तुमने सुना ही होगा, तुम्हारी अवस्था की ओर ध्यान देकर या जिस कारण से हो विनय बाबू आखिर हमारे समाज में दीक्षा लेने को राज़ी हो गये हैं।"

यह बात ललिता ने पहले नहीं सुनी थी। सुनकर उनके मन पर क्या असर हुआ, यह उसने प्रकट नहीं होने दिया। उसकी आँखें चमक उठीं, पर वह पत्थर की मूर्ति-सी स्थिर बैठी रही।

हारान बाबू कहते ही गये, ''परेश बाबू निश्चय ही विनय की इस मजबूरी से बहुत प्रसन्न हुए हैं। लेकिन वास्तव में इसमें प्रसन्न होने की कोई बात है या नहीं, इसका निश्चय तो तुम्हीं को करना होगा। इसीलिए मैं आज ब्रह्म-समाज के नाम पर तुमसे अनुरोध करता हूँ, अपनी उन्मत्त प्रवृत्ति को एक तरफ़ हटाकर और केवल धर्म की ओर नज़र रखकर अपने हृदय से यह प्रश्न पूछो कि क्या इसमें प्रसन्न होने का वास्तविक कारण है ?''

ललिता अब भी चुप रही। हारान बाबू ने समझा कि उनकी बातों का बड़ा असर हो रहा है; उन्होंने दुगने उत्साह के साथ कहा, ''दीक्षा ! दीक्षा जीवन का कितना पवित्र मुहूर्त है, यह क्या आज मुझे बताना होगा ? उस दीक्षा को कलुषित करना ! सुख-सुविधा या आसक्ति के लालच में पड़कर क्या हम ब्रह्म-समाज को असत्य के पथ पर छोड़ देंगे—पाखंड को आदरपूर्वक अपने बीच बुला लेंगे ? बोलो ललिता, ब्रह्म-समाज की इस दुर्गति का इतिहास क्या तुम्हारे जीवन के साथ हमेशा के लिए जुड़ जायेगा ?''

ललिता ने अब भी कुछ नहीं कहा, कुर्सी के हत्थे को कसकर पकड़े हुए चुपचाप बैठी रही। हारान बाबू बोले, ''आसक्ति के छिपे हुए छिद्र से दुर्बलता मनुष्य पर कैसे दुर्निवार होकर हमला करती है यह मैंने कई बार देखा है। और मनुष्य की दुर्बलता को कैसे क्षमा करना होता है, वह भी मैं जानता हूँ। लेकिन जो दुर्बलता केवल अपने जीवन को नहीं, सैकड़ों-हज़ारों लोगों के जीवन के सहारे की जड़ पर जाकर चोट करे, उसे क्या पल-भर के लिए भी क्षमा किया जा सकता है—ललिता, तुम्हीं बताओ। उसे क्षमा करने का अधिकार क्या ईश्वर ने हमें दिया है ?''

कुर्सी छोड़कर ललिता उठ खड़ी हुई। बोली, ''नहीं, नहीं, पानू बाबू, आप क्षमा न करें ! सारी दुनिया के लोगों को आपके आक्रमण का ही अभ्यास हो गया है—शायद आपकी क्षमा हम सबके लिए बिल्कुल असह्य हो जायेगी।'' यह कहकर ललिता कमरे से चली गई।

वरदासुंदरी हारान बाबू की बातों से उद्विग्न हो उठीं। वे किसी तरह भी विनय को हाथ से नहीं जाने देना चाहती थीं। हारान बाबू से उन्होंने बहुत अनुनय-विनय की, किंतु सब बेकार। अन्त में उन्होंने क्षुब्ध होकर उन्हें विदा किया। उनकी समस्या यह थी कि वे न तो परेश बाबू को अपने पक्ष में कर सकीं और न हारान बाबू को ही। उन्होंने ऐसी अवस्था की कभी कल्पना भी नहीं की थी। एक बार फिर हारान बाबू के बारे में वरदासुंदरी की राय बदलने का समय आ गया था।

दीक्षा लेने का मामला जब तक विनय के सामने धुँधला-सा ही दिखता था तब तक वह बड़े ज़ोर-शोर से अपना संकल्प उजागर कर रहा था। लेकिन जब उसने देखा कि उसके लिए उसे ब्रह्म-समाज में आवेदन करना होगा, और हारान बाबू से सलाह

भी ली जायेगी, तब इस खुले प्रचार की विभीषिका से वह बहुत कुंठित हो उठा। वह कहाँ जाकर किसके साथ सलाह करे, यह नहीं सोच सका। आनंदमयी के पास जाना भी उसे असंभव जान पड़ा। सड़क पर घूमने की शक्ति भी उसमें नहीं थी। वह अपने सूने घर में जाकर ऊपर के कमरे में तख्तपोश पर लेट गया।

शाम हो गई थी। नौकर अँधेरे में बत्ती लेकर आया तो विनय उसे मना करने ही जा रहा था कि नीचे से उसने पुकार सुनी, ''विनय बाबू, विनय बाबू!''

विनय की जान में जान आई। मानो मरुभूमि में प्यासे को पानी मिल गया। इस हालत में सतीश को छोड़कर दूसरा कोई उसे आराम न पहुँचा सकता। विनय की शिथिलता दूर हो गई। ''कहो भाई सतीश,'' कहता हुआ वह लपककर बिस्तर से उठा और जूता पहने बिना ही तेज़ी से सीढ़ियाँ उतर गया।

विनय ने देखा, नीचे सीढ़ियों के सामने छोटे आँगन में सतीश के साथ वरदासुंदरी भी खड़ी हैं। फिर वही समस्या, वही चख-चख! घबराया हुआ-सा विनय सतीश और वरदासुंदरी को ऊपर के कमरे में ले गया।

वरदासुंदरी ने सतीश से कहा, ''सतीश, तू जा, थोड़ी देर जाकर वहाँ बरामदे में बैठ।''

सतीश के इस नीरस निर्वासन से दुःखी होकर विनय ने उसे तस्वीरों वाली कुछ पुस्तकें निकालकर दीं और साथ के कमरे में बत्ती जलाकर बिठा दिया।

वरदासंदुरी ने जब कहा, ''विनय, ब्रह्म-समाज में तुम तो किसी को जानते नहीं, एक चिट्ठी लिखकर तुम मुझे ही दे दो, मैं कल सवेरे स्वयं जाकर उसे मन्त्री महाशय को देकर सब प्रबंध करा दूँगी ताकि परसों रविवार को तुम्हारी दीक्षा हो जाये—तुम्हें और कोई चिंता नहीं करनी पड़ेगी।'' तब विनय कुछ उत्तर ही न दे सका। उनके आदेश के अनुसार उसने एक चिट्ठी लिखकर वरदासुंदरी को दे दी। उसे इस बात की इच्छा थी कि जो भी हो, किसी एक ऐसे रास्ते पर चल पड़े जिस पर लौटने या दुविधा करने का कोई कारण ही न रहे।

चलते-चलते ललिता के साथ विवाह की बात का जिक्र भी वरदासुंदरी ने कर दिया।

वरदासुंदरी के चले जाने पर विनय के मन में एक भारी वितृष्णा जाग उठी। यहाँ तक कि ललिता की स्मृति से भी उसके मन में एक बेसुरा राग गूँज गया। उसे ऐसा लगा कि वरदासुंदरी की इस अशोभनीय हड़बड़ी में कहीं-न-कहीं ललिता का भी कुछ हाथ है। अपने प्रति सम्मान कम होने पर विनय के मन में मानो सभी के प्रति श्रद्धा कम होने लगी।

उधर वरदासुंदरी ने घर पहुँचते ही सोचा कि आज वे ललिता को खुश कर

सकेंगी। यह उन्होंने निश्चयपूर्वक समझ लिया था कि ललिता विनय को चाहती है, इसीलिए तो उनके विवाह की बात को लेकर समाज में इतनी चर्चा थी। इसके लिए स्वयं को छोड़ वरदासुंदरी और सभी को दोषी मानती थीं। उन्होंने पिछले कुछ दिनों से ललिता से बोलना भी लगभग बंद कर दिया था। इसीलिए आज जब बात कहीं किनारे लगती दिख पड़ी तब ललिता को यह जताकर कि ऐसा उन्हीं के कारण संभव हो सका, वे संधि करने को आतुर हो उठीं। ललिता के बाप ने तो मिट्टी ही कर दिया था। ललिता खुद भी विनय को सीधा न कर सकी और पानू बाबू से भी तो कोई मदद नहीं मिली। अकेली वरदासुंदरी ने ही सारी गुत्थी को सुलझा दिया। हाँ, हाँ! पाँच-पाँच पुरुष जो नहीं कर सके, एक अकेली औरत ने कर दिखाया।

लेकिन घर लौटकर वरदासुंदरी ने सुना, ललिता जल्दी ही सोने चली गई थी, उसकी तबीयत ठीक नहीं थी। मन-ही-मन वे हँसकर बोलीं, ''मैं अभी तबीयत ठीक किये देती हूँ।''

हाथ में बत्ती लिये अँधेरे शयनकक्ष में जाकर उन्होंने देखा, ललिता अभी सोयी नहीं थी, एक तकिये के सहारे अध-लेटी पड़ी थी।

ललिता फौरन उठ बैठी और बोली, ''माँ, तुम कहाँ गई थीं?''

उसका स्वर तीखा था। उसे यह खबर मिल चुकी थी कि माँ सतीश को लेकर विनय के घर गई थीं।

वरदासुंदरी ने कहा, ''मैं विनय के यहाँ गई थी।''

''क्यों?''

क्यों!—मन-ही-मन वरदासुंदरी को गुस्सा आया। ललिता समझती है कि मेरा उससे कोई बैर है। अकृतज्ञ कहीं की!

वे बोलीं, ''यह देखो, क्यों!'' कहते हुए विनय की वह चिट्ठी उन्होंने ललिता की आँखों के सामने कर दी। चिट्ठी पढ़कर ललिता का मुँह लाल हो उठा। वरदासुंदरी ने अपनी बहादुरी जताने के लिए बढ़ा-चढ़ाकर कहा, ''यह चिट्ठी क्या विनय से सहज ही लिखाई जा सकी!'' वे दावे के साथ कह सकती हैं, यह काम और किसी से नहीं हो सकता था।

ललिता दोनों हाथों से मुँह ढककर लेट गई। वरदासुंदरी ने समझा, उनके सामने अपने हृदय का आवेग प्रकट करने में ललिता सकुचा रही है। वे कमरे से बाहर चली गईं।

दूसरे दिन सवेरे चिट्ठी लेकर ब्रह्म-समाज के मन्त्री से मिलने को जाने के लिए तैयार होने पर उन्होंने देखा, वह चिट्ठी किसी ने फाड़कर टुकड़े-टुकड़े कर दी है।

तीसरे पहर सुचरिता परेश बाबू के पास जाने के लिए तैयार हो रही थी कि नौकर

ने आकर खबर दी, "एक बाबू आए हैं।"

"कौन बाबू? विनय बाबू हैं?"

नौकर ने कहा, "नहीं, बहुत गोरे लम्बे-चौड़े, एक बाबू हैं।"

चौंककर सुचरिता ने कहा, "बाबू को ऊपर कमरे में लाकर बिठाओ।"

आज सुचरिता ने क्या कपड़े पहन रखे थे, कैसे पहन रखे थे, इसकी ओर अब तक ध्यान नहीं दिया था। अब शीशे के सामने खड़े होने पर उसे अपनी पोशाक बिल्कुल पसन्द नहीं आई, लेकिन बदलने का समय भी कहाँ था। काँपते हाथों से आँचल और बाल इधर-उधर से ठीक करके धड़कते हुए हृदय से सुचरिता बैठने के कमरे में पहुँची। उसकी मेज़ पर गोरा की रचनावली पड़ी हुई है, यह बात उसे याद नहीं रही थी। और ठीक उसी मेज़ के सामने कुर्सी पर गोरा बैठा हुआ था। किताबें बेशर्मी से ठीक गोरा की आँखों के सामने बिछी थीं—उन्हें ढँकने या हटाने का कोई उपाय नहीं था।

"मौसी आपको देखने के लिए बहुत दिनों से उत्सुक हैं, मैं उन्हें खबर दे आऊँ।" कहकर सुचरिता उल्टे पाँव लौट आई—अकेली गोरा से बातचीत करने का साहस उसमें न था।

कुछ देर बाद वह हरिमोहिनी को साथ लेकर आ गई। कुछ दिनों से विनय से हरिमोहिनी गोरा के मत, विश्वास और निष्ठा की और उसके जीवन की बातें सुनती आ रही थीं। उनके कहने पर बीच-बीच में सुचरिता दोपहर को उन्हें गोरा के लेख भी पढ़कर सुनाती रही थी। हालाँकि वे सब लेख ठीक-ठीक वे समझ नहीं पाती थीं और उनसे उन्हें नींद आने लगती थी, फिर भी मोटे तौर पर इतना वे समझ सकती थीं कि गोरा शास्त्र और लोकाचार का पक्ष लेकर आजकल की आचारहीनता के खिलाफ लड़ रहा है। आधुनिक अंग्रेज़ी पढ़े-लिखे लड़के के लिए इससे ज़्यादा अचरज और तारीफ़ की बात और क्या हो सकती है। जब उन्होंने ब्राह्म परिवार के बीच पहले-पहल विनय को देखा था तब विनय से ही उन्हें यथेष्ट तृप्ति मिली थी। किंतु धीरे-धीरे उसकी आदत पड़ जाने के बाद जब उन्होंने अपने घर पर विनय को देखा तब उसके आचार की कमियाँ ही उन्हें ज़्यादा अखरने लगीं। विनय पर वे बहुत कुछ निर्भर करने लगी थीं, इसीलिए उसके प्रति उनका धिक्कार भी हर रोज़ और तीखा होता जाता था, और इसीलिए गोरा की प्रतीक्षा वे बड़ी उत्सुकता से कर रही थीं।

एक नज़र गोरा की ओर देखकर ही हरिमोहनी चकित हो गईं। हाँ, यह होता है ब्राह्मण! जैसे बिल्कुल होम की अग्नि हो। जैसे साक्षात् शुभ्रकाय महादेव! उनके मन में ऐसे भक्ति-रस का संचार हुआ कि जब गोरा उन्हें प्रणाम करने के लिए झुका तब उसे ग्रहण करते वे झिझक गईं।

हरिमोहिनी ने कहा, "तुम्हारी बात बहुत सुनती रही हूँ, बेटा! तुम्हीं गौर हो।

गौर ही तो हो! वे जो कीर्तन के बोल हैं—

*चाँदेरा अमिया सने चंदन बाँटिया गो*
*के माजिल गोरार देहखानि—*

वे आज आँखों से देख लिये। कैसे तुम्हें कोई जेल में डाल सका मैं तो यही सोच रही हूँ।''

हँसकर गोरा ने कहा, ''आप जैसे लोग अगर मजिस्ट्रेट होते तो जेल में सिर्फ़ चूहे और चमगादड़ ही रहते।''

हरिमोहिनी ने कहा, ''नहीं बेटा, दुनिया में चोर-जुआरियों की क्या कमी है। लेकिन मजिस्ट्रेट की क्या आँखें नहीं थीं? तुम कोई ऐसे-वैसे आदमी नहीं हो, तुम तो भगवान के आदमी हो, यह तो तुम्हारे चेहरे की ओर देखने से ही पता लग जाता है। जेल है, इसीलिए क्या किसी को भी उसमें भर देना होगा? बाप रे—यह कैसा न्याय है!''

गोरा ने कहा, ''आदमी के चेहरे की ओर देखने से उन्हें कहीं भगवान का रूप न दिख जाये, इसलिए मजिस्ट्रेट लोग सिर्फ़ कानून की किताब की ओर देखकर ही फैसला करते हैं। नहीं तो लोगों को कोड़े, जेल, काला पानी, फाँसी की सज़ा देकर क्या उन्हें नींद आती या कुछ खाते बनता!''

हरिमोहिनी ने कहा, ''मुझे तो जब भी फुरसत मिलती है, राधारानी से तुम्हारी किताबें पढ़वाकर सुनती हूँ। इतने दिनों से यही साध थी मेरी कि कब तुम्हारे अपने मुँह से अच्छी-अच्छी बातें सुन सकूँगी। मैं मूर्ख अनपढ़ औरत हूँ, बड़ी दुखिया हूँ, सब बात समझा भी नहीं सकती और सब बातों में चित्त भी नहीं लगा सकती। पर बेटा, तुमसे कुछ ज्ञान पा सकूँगी, इसका मुझे पूरा विश्वास है।''

गोरा ने विनम्रता के चलते उनकी बात का खंडन नहीं किया, चुप रह गया।

हरिमोहिनी बोलीं, ''बेटा, तुम्हें आज कुछ खाकर जाना होगा। तुम जैसे ब्राह्मण लड़के को मैंने बहुत दिनों से नहीं खिलाया। आज जो कुछ है उसी से मुँह मीठा कर लो, लेकिन और एक दिन के लिए तुम्हें मेरा निमन्त्रण पक्का रहा।''

इतना कहकर हरिमोहिनी खाने की कुछ व्यवस्था करने चली गईं तो सुचरिता को फिर घबराहट होने लगी।

एकाएक गोरा ने बात शुरू कर दी, ''विनय आपके यहाँ आया था?''

सुचरिता ने कहा, ''हाँ।''

गोरा ने कहा, ''उसके बाद मेरी विनय से भेंट तो नहीं हुई, लेकिन मैं जानता हूँ कि वह क्यों आया था।''

गोरा कुछ रुका। सुचरिता चुप रही।

गोरा ने कहा, ''आप लोग जो ब्राह्म मतानुसार विनय का विवाह करने की कोशिश कर रही हैं, यह क्या अच्छा कर रही हैं?''

इस ताने से सुचरिता के मन से लज्जा और संकोच की जड़ता एकाएक दूर हो गई। उसने गोरा के चेहरे की ओर आँखें उठाते हुए कहा, ''ब्राह्म विवाह को मैं अच्छा न समझूँ, आप क्या मुझसे यही आशा करते हैं?''

गोरा ने कहा, ''आपसे मैं किसी छोटी बात की आशा नहीं करूँगा, यह आप अवश्य जानती ही होंगी। जितनी आशा सम्प्रदाय के लोगों से की जा सकती है, आपसे मैं उससे कहीं ज़्यादा की आशा करता हूँ। किसी एक गुट की संख्या बढ़ा देना ही जिन ठेकेदारों का काम होता है, आप उस स्तर की नहीं हैं—यह मैं यकीन से कह सकता हूँ। मेरी इच्छा यही है कि आप अपने-आपको सही-सही जानें, दूसरे चार-छः लोगों की बातों में आकर अपने को छोटा करके न देखें। आप केवल किसी एक दल की सदस्या-भर नहीं हैं, यही बात आपको अपने मन में बहुत साफ़-साफ़ करके समझ लेनी होगी।''

सुचरिता अपने मन की सारी शक्ति इकट्ठी करके सँभलकर बैठ गई। वह बोली, ''आप भी क्या किसी गुट के ही व्यक्ति नहीं हैं?''

गोरा ने कहा, ''मैं हिन्दू हूँ। हिन्दू तो कोई गुट नहीं हुआ, हिन्दू तो एक जाति है। यह जाति इतनी विशाल है कि इसका जातिपना किसमें है यह किसी परिभाषा में बाँधा ही नहीं जा सकता। समुद्र, जैसे उसकी लहर नहीं है। वैसे ही हिन्दू कोई गुट नहीं है।''

सुचरिता ने कहा, ''हिन्दू अगर गुट नहीं है तो इतनी गुटबंदी क्यों होती है?''

गोरा ने कहा, ''किसी आदमी को अगर मारने जायें तो वह अपना बचाव क्यों करता है? उसमें प्राण हैं इसीलिए तो। सब तरह के आघात सहकर तो पत्थर ही चुप पड़ा रह सकता है।''

सुचरिता ने कहा, ''जिसे मैं धर्म कहकर जानती हूँ उसे अगर हिन्दू आक्रमण करना समझें तो ऐसी हालत में आप मुझे क्या करने को कहेंगे।''

गोरा ने कहा, ''तब मैं आपको कहूँगा कि जिसे आप धर्म समझ रही हैं वह अगर हिन्दू जाति नाम की इतनी बड़ी विराट् सत्ता को एक कष्ट देने वाला आक्रमण जान पड़ता है, तो आपको अच्छी तरह सोचकर देखना चाहिए कि कहीं आपमें कोई भ्रम, कोई अंधता तो नहीं है कि आपने सब ओर से सब तरह का विचार कर लिया है कि नहीं। गुट के लोगों के संस्कारों को केवल होड़ या आलस्य के कारण सत्य मानकर इतना बड़ा उपद्रव करने को तैयार हो जाना उचित नहीं है। चूहा जब जहाज के तल में बिल खोदने लगता है तब वह अपनी सुविधा और प्रवृत्ति की ही सोचता

है—वह यह नहीं देखता कि इतने बड़े आश्रय में छेद करने से उसे जितनी सुविधा होगी उसकी तुलना में और सबका कितना बड़ा नुकसान होगा। इसी तरह आपको भी यह सोचकर देख लेना होगा कि क्या आप केवल अपने गुट की बात सोच रही हैं या कि समूची मानवता की। समूची मानवता से क्या अभिप्राय है, यह आप समझती हैं? उसमें कितनी तरह की प्रकृतियाँ हैं—कैसी-कैसी प्रवृत्तियाँ, क्या-क्या ज़रूरतें? सभी मनुष्य एक ही मार्ग पर एक स्थान पर खड़े नहीं हैं—किसी के सामने पहाड़ हैं, किसी के सामने समुद्र, किसी के सामने जंगल, फिर भी किसी के लिए बैठे रहने का अवसर नहीं है, सभी को आगे बढ़ते ही जाना है। आप केवल अपने ही गुट के नियमों को सभी पर लागू करना चाहती हैं? आँखें बंद करके मान लेना चाहती हैं कि मनुष्यों के बीच कोई वैचित्र्य नहीं है, कि सभी ने केवल ब्रह्म-समाज की बही में नाम लिखने के लिए संसार में जन्म लिया है? तब फिर जो दस्यु जातियाँ दुनिया की सभी जातियों को युद्ध में पराजित कर अपना एक छत्र राज फैलाने में ही दुनिया का कल्याण समझती हैं, जो अपनी ताकत के गुरूर में यह नहीं मानतीं कि दूसरी जातियों की विशेषताएँ भी विश्व के हित के लिए मूल्यवान हैं, उनमें और आपमें अन्तर ही क्या रह गया?''

सुचरिता थोड़ी देर के लिए सब बहस और तर्क भूल गई, गोरा के गम्भीर स्वर की आश्चर्यजनक क्षमता ने उसके सारे अन्तःकरण को झनझना दिया। गोरा किसी एक बात को लेकर बहस करता रहा है यह जैसे वह भूल ही गई, उसके सामने सिर्फ़ इतना ही सत्य रह गया कि गोरा बोल रहा है।

गोरा कहता गया, ''भारत के बीस करोड़ लोगों को आपके समाज ने ही नहीं बनाया। इन बीस करोड़ लोगों के लिए कौन-सा मार्ग उपयोगी है—कौन-सा विश्वास, कौन-सा आचार उनकी भूख मिटाएगा, उन्हें शक्ति देगा—यह तय करने का भार ज़बर्दस्ती अपने ऊपर लेकर इतने बड़े भारतवर्ष को आप क्यों एक-सा सपाट-समतल कर देना चाहती हैं? इस असंभव काम में जितनी अड़चन आती है, उतना ही आप लोगों को सारे देश पर गुस्सा आता है, अश्रद्धा होती है। आप जिनका जितना ही हित करना चाहते हैं उससे अधिक उनसे घृणा करके उन्हें पराया बना देते हैं। फिर भी आप यह मानना चाहते हैं कि जिस ईश्वर ने मनुष्य को विचित्र ही बनाया है और विचित्र ही रखना चाहा है, उसी की आप पूजा करते हैं। अगर सचमुच आप लोग उसी को मानते हैं, तो उसके विधान को आप लोग साफ़-साफ़ क्यों नहीं देख पाते, अपनी बुद्धि और अपने गुट के अहंकार में क्यों उसका असल अभिप्राय नहीं ग्रहण करते?''

कुछ भी उत्तर देने की चेष्टा न करके सुचरिता चुपचाप गोरा की बात सुनती जा रही है, यह देखकर गोरा के मन में करुणा उपजी। थोड़ी देर रुककर उसने धीमे

स्वर में कहा, "मेरी बातें शायद आपको कठोर जान पड़ेंगी—लेकिन मुझे विरोधी पक्ष का आदमी समझकर मन में विद्रोह का भाव न रखें। मैं अगर आपको विरोधी पक्ष का समझता तो कोई बात न कहता। आपके मन में जो एक स्वाभाविक उदार शक्ति है, वह गुट की सीमा में बँधी जा रही है इससे मुझे दुःख होता है।"

सुचरिता के चेहरे पर लाली फैल गई। वह बोली, "नहीं-नहीं, आप मेरी बिल्कुल परवाह न करें। आप कहते जाइए, मैं समझने की कोशिश कर रही हूँ।"

गोरा ने कहा, "मुझे इसके सिवा और कुछ नहीं कहना है कि भारतवर्ष को आप अपनी सहज बुद्धि से, सहज मन से देखें, उसे प्रेम करें। भारतवर्ष के लोगों को आप यदि केवल अब्राह्म मानकर देखेंगी तो उन्हें विकृत करके देखेंगी और उनकी अवज्ञा करेंगी, तब उन्हें बराबर गलत ही समझती रहेंगी। जहाँ से देखने पर उन्हें सम्पूर्ण देखा जा सकता है, वहाँ से उन्हें आप देखेंगी ही नहीं। ईश्वर ने उन्हें मनुष्य बनाया है, वे तरह-तरह से चलते हैं, उनके तरह-तरह के विश्वास और संस्कार हैं—लेकिन सबके मूल में एक ही मनुष्यता है, सबके भीतर ऐसा कुछ है जो हमारी अपनी चीज़ है, जिसको सही सच्ची दृष्टि से देखने पर उसकी सारी क्षुद्रता और अधूरेपन का आवरण चीरकर एक अचरज-भरी महान सत्ता आँखों के सामने आती है। बहुत दिनों की अनेक साधनाएँ उसमें छिपी हुई हैं, उसकी राख में अब भी बहुत दिनों के होम की अग्नि जल रही है और यही आग एक दिन आपके क्षुद्र देश-काल के ऊपर उठकर सारी दुनिया में अपनी शिखा प्रज्ज्वलित कर देगी इसमें थोड़ा भी सन्देह नहीं है। इसी भारतवर्ष के लोग बहुत दिनों से बहुत बड़ी बात कहते आए हैं, बहुत बड़े काम करते रहे हैं, वह सब एकाएक मिथ्या हो गया है ऐसी कल्पना करना भी सत्य के प्रति अश्रद्धा है—वही तो नास्तिकता है।"

सिर झुकाए सुचरिता सुन रही थी। अब चेहरा उठाकर बोली, "आप मुझे क्या करने को कहते हैं?"

गोरा ने कहा, "और कुछ नहीं कहता, मात्र इतना ही कहता हूँ कि आपको यह सोचकर देखना चाहिए कि हिन्दू धर्म माँ की तरह अनेक मत-विश्वासी के लोगों को अपनी गोद में लेने का यत्न करता रहा है, अर्थात् दुनिया में केवल हिन्दू धर्म ने मनुष्य को मनुष्य कहकर जाना है, केवल गुट का व्यक्ति नहीं समझा। हिन्दू धर्म मूढ़ को भी मानता है, ज्ञानी को भी मानता है—और ज्ञान की भी केवल एक मूर्ति को नहीं मानता, उसके अनेक प्रकार के विकास को मानता है। ईसाई वैचित्र्य को स्वीकार करना नहीं चाहते। वे कहते हैं, एक तरफ़ ईसाई धर्म है और दूसरी तरफ़ अनंत विनाश, और इनके बीच कोई विचित्रता नहीं है। हम लोगों ने ऐसे ही ईसाइयों से शिक्षा पाई है, इसलिए हिन्दू धर्म की विचित्रता पर हम लज्जित होते हैं। इसी विचित्रता के अंदर से

ही हिन्दू धर्म एकता को देखने की साधना करता है, यह हम देख नहीं पाते। मन के चारों ओर पड़ा इसी ईसाई शिक्षा का फन्दा काटकर निकले बिना हम हिन्दू धर्म का सच्चा परिचय पाने के गौरव के अधिकारी नहीं होंगे।''

गोरा की बात सुचरिता केवल सुन ही नहीं रही थी, मानो प्रत्यक्ष देख रही थी। गोरा की आँखों में भविष्य की जो ध्यान-मूर्ति बसी हुई थी, उसके शब्दों से वही मानो सुचरिता के सामने प्रकट हो रही थी। लज्जा को भूलकर, स्वयं अपने को भूलकर विचारों के उत्साह से दीप्त गोरा के चेहरे को सुचरिता एकटक देखती रही। उस चेहरे में सुचरिता को कुछ ऐसी शक्ति दिखी जो योग-बल से दुनिया में बड़े-बड़े संकल्पों को पूरा कर देती है। सुचरिता ने अपने समाज के कई विद्वान और बुद्धिमान लोगों से बहुत-सी तत्व विवेचना सुनी है। सुचरिता आज मानो वज्रपाणि इंद्र को देख रही थी— गोरा के वाक्य जब प्रबल मंद स्वर से कानों पर आघात करके उसके अन्तस् को स्पंदित कर रहे थे तब साथ-ही-साथ उसके रक्त में मानो बिजली की तीव्र लहर भी क्षण-क्षण पर नाच उठती थी। गोरा के मत से उसका मत कहाँ कितना मिलता है या नहीं मिलता, यह साफ़-साफ़ देखने की शक्ति सुचरिता में न रही। इसी समय सतीश कमरे में दाखिल हुआ। गोरा से उसे भय लगता था, इसीलिए उससे बचता हुआ वह अपनी दीदी से सटकर जा खड़ा हुआ और धीरे से बोला, ''पानू बाबू आए हैं।''

सुचरिता चौंक उठी—मानो किसी ने उसे पीट दिया हो। उसके मन की हालत ऐसी थी कि पानू बाबू के आने को वह किसी तरह ठेलकर, कुचलकर, मिटाकर रद्द कर सके तो उसे शान्ति मिले। सतीश की धीमी बात गोरा ने न सुनी होगी, ऐसा सोचकर जल्दी से सुचरिता उठ खड़ी हुई। सीधी सीढ़ियों से उतरकर हारान बाबू के सामने जाकर वह बोली, ''मुझे माफ कीजिए, आज आपसे बातचीत नहीं हो सकेगी।''

हारान बाबू ने पूछा, ''क्यों नहीं हो सकेगी?''

प्रश्न का उत्तर न देकर सुचरिता ने कहा, ''कल सवेरे आप उधर बाबा के यहाँ आ जायें तो मैं वहीं मिल जाऊँगी।''

हारान बाबू ने पूछा, ''शायद आज तुम्हारे यहाँ कोई आया हुआ है?''

इस प्रश्न को भी टालकर सुचरिता ने कहा, ''आज मुझे सुविधा नहीं है, आज दया करके आप मुझे क्षमा कर दें।''

हारान बाबू बोले, ''लेकिन रास्ते से ही तो गौर मोहन बाबू की आवाज़ सुनाई पड़ी थी, वही हैं क्या?''

सुचरिता इस प्रश्न को टाल न सकी, लाल होती हुई बोली, ''हाँ, हैं!''

हारान बाबू ने कहा, ''अच्छा ही हुआ, उनसे भी मुझे कुछ बात करनी थी। तुम कुछ खास काम कर रही हो तो मैं तब तक गौर मोहन बाबू से बातचीत कर लूँगा।''

यह कहकर सुचरिता की सम्मति की प्रतीक्षा किये बिना वे सीढ़ियाँ चढ़ने लगे। कमरे में पहुँचकर सुचरिता ने पास खड़े हारान बाबू को देखे बिना सीधे गोरा से कहा, ''मौसी आपके लिए कुछ जलपान तैयार करने गई हैं, मैं ज़रा उन्हें देख आऊँ।'' और तेज़ी से चली गई। हारान बाबू गम्भीर चेहरा बनाकर एक कुर्सी पर बैठ गये।

हारान बाबू ने कहा, ''कुछ दुबले दिख रहे हैं...''

गोरा ने कहा, ''जी हाँ, कुछ दिन दुबले होने का ही उपचार चल रहा था।''

हारान बाबू ने स्वर कुछ नम्र करके कहा, ''तभी तो। आपको बहुत कष्ट भोगना पड़ा।''

गोरा ने कहा, ''जितनी आशा की थी, उससे अधिक तो नहीं।''

हारान बाबू बोले, ''आप से विनय बाबू के बारे में कुछ बातचीत करनी है। आपने शायद सुना होगा, अगले रविवार को वे ब्रह्म-समाज में दीक्षा लेने का आयोजन कर रहे हैं।''

गोरा ने कहा, ''नहीं, मैंने तो नहीं सुना।''

हारान बाबू ने पूछा, ''आपकी इसमें सम्मति है?''

गोरा ने कहा, ''विनय ने तो मेरी सम्मति नहीं माँगी।''

हारान बाबू ने कहा, ''आप क्या समझते हैं, विनय बाबू सच्चे मन से यह दीक्षा लेने के लिए तैयार हुए हैं?''

गोरा ने कहा, ''जब वे दीक्षा लेने को राज़ी हुए हैं, तब आपका यह प्रश्न बिल्कुल निरर्थक है।''

हारान बाबू बोले, ''प्रवृत्ति जब सबल हो उठती है तब हम यह सोचकर देखने का अवकाश ही नहीं पाते कि हम क्या विश्वास करते हैं और क्या नहीं करते। आप मानव-चरित्र तो जानते ही हैं।''

गोरा ने कहा, ''नहीं, मैं मानव-चरित्र के बारे में अनावश्यक चर्चा नहीं करता।''

हारान बाबू ने कहा, ''मेरा मत और समाज आपसे भिन्न है, लेकिन मैं आपका सम्मान करता हूँ। मैं पक्के तौर पर जानता हूँ कि आपका जो विश्वास है, वह सही हो या गलत, कोई प्रलोभन आपको उससे डिगा नहीं सकता। लेकिन...''

बात काटकर गोरा ने कहा, ''मेरे लिए आपने यह जो ज़रा-सा सम्मान बचा रखा है, उसका ऐसा क्या मूल्य है कि उससे वंचित होकर विनय का कोई भारी नुकसान हो जायेगा! दुनिया में अच्छाई-बुराई नाम की चीज़ अवश्य है, लेकिन उसका मूल्य अगर आप अपनी श्रद्धा और अश्रद्धा के आधार पर लगाना चाहें तो लगा लें, किंतु फिर सबको वही मानने को न कहें।''

हारान बाबू ने कहा, ''अच्छा, खैर, इस बात का निर्णय अभी न भी हो तो कोई

हर्ज़ नहीं। लेकिन मैं आपसे पूछता हूँ, विनय जो परेश बाबू के यहाँ विवाह करने का प्रयत्न कर रहे हैं, आप क्या उसमें बाधा नहीं देंगे?''

लाल होते हुए गोरा ने कहा, ''हारान बाबू, विनय के बारे में ये सब बातें क्या मैं आपके साथ कर सकता हूँ? आप जो हमेशा मानव-चरित्र की बात लिये रहते हैं तो आपको यह भी समझना चाहिए कि विनय मेरा बंधु है और आपका बंधु वह नहीं है।''

हारान बाबू बोले, ''इस मामले से ब्रह्म-समाज का भी सम्बन्ध है, इसीलिए मैंने यह बात उठाई है, नहीं तो...''

गोरा ने कहा, ''लेकिन मैं तो ब्रह्म-समाज का कोई नहीं हूँ, मेरे लिए आपकी इस दुश्चिंता का क्या मूल्य है?''

इसी समय सुचरिता कमरे में आई। हारान बाबू ने उससे कहा, ''सुचरिता, तुमसे मुझे कुछ खास बात कहनी है।''

यह कहने की कोई ज़रूरत हो ऐसा नहीं था; हारान बाबू ने खामख्वाह गोरा को यह जताने के लिए यह बात कही कि सुचरिता से उनकी विशेष घनिष्ठता है। सुचरिता ने उन्हें कोई जवाब नहीं दिया, गोरा भी अपनी जगह अटल बैठा रहा। हारान बाबू को एकांत बातचीत का मौका देने के लिए उठ खड़े होने का कोई उपक्रम उसने नहीं दिखाया।

हारान बाबू ने फिर कहा, ''सुचरिता, ज़रा उस कमरे में चलना तो तुमसे एक बात कहनी है।''

सुचरिता ने उन्हें कोई उत्तर दिए बिना गोरा की ओर देखकर पूछा, ''आपकी माँ अच्छी तरह हैं?''

गोरा ने कहा, ''ऐसा तो कभी हुआ ही नहीं कि वे अच्छी तरह न हों।''

सुचरिता ने कहा, ''अच्छी तरह रहने की शक्ति उनके लिए कितनी सहज है, यह मैं देख आई हूँ।''

गोरा को ध्यान आया कि जब वह जेल में था, तब सुचरिता आनंदमयी को देखने गई थी। इस बीच हारान बाबू ने एकाएक मेज़ पर से एक किताब उठाकर उसे खोलकर पहले लेखक का नाम देखा, फिर किताब को इधर-उधर उलट-पलटकर देखने लगे।

सुचरिता का चेहरा लाल हो उठा। कौन-सी पुस्तक है, यह गोरा जानता था, इसलिए वह मन-ही-मन हँसा।

हारान बाबू ने पूछा, ''गौर मोहन बाबू, यह सब शायद आपके बचपन की रचनाएँ हैं।''

हँसकर गोरा बोला, ''वह बचपन अब भी चालू है। किसी-किसी प्राणी का

बचपन जल्दी समाप्त हो जाता है, किंतु किसी-किसी का बहुत दिन तक बना रहता है।''

कुर्सी से उठते हुए सुचरिता ने कहा, ''गौर मोहन बाबू, आपके लिए जलपान तैयार हो गया होगा। आप ज़रा उस कमरे में चलिए—मौसी पानू बाबू के सामने तो आएँगी नहीं, वे आपकी प्रतीक्षा कर रही होंगी।''

सुचरिता ने यह अंतिम बात विशेष रूप से हारान बाबू को चोट पहुँचाने के लिए ही कही। आज वह बहुत सह चुकी थी, कुछ जवाब दिए बिना न रह सकी।

गोरा उठ खड़ा हुआ। हारान बाबू परास्त हुए बिना बोले, ''तो मैं यहीं प्रतीक्षा करता रहूँ।''

सुचरिता ने कहा, ''फिज़ूल प्रतीक्षा करके क्या होगा, आज समय मिलना मुश्किल ही है।''

लेकिन हारान बाबू नहीं हिले। सुचरिता और गोरा कमरे से चले गये।

इस घर में गोरा को देखकर और उसके प्रति सुचरिता का व्यवहार लक्ष्य करके हारान बाबू का मन अस्त्र सँभालता हुआ सतर्क हो उठा। ब्रह्म-समाज से सुचरिता क्या ऐसे विमुख हो जायेगी? उसको मर्यादित करने वाला क्या कोई नहीं है? जैसे भी हो, उसका प्रतिरोध करना ही होगा। हारान बाबू एक कागज़ लेकर सुचरिता को चिट्ठी लिखने बैठ गये। हारान बाबू के कुछ-एक निश्चित विश्वास थे, जिनमें से एक यह भी था कि सत्य का नाम लेकर जब वे किसी को फटकारते हैं तो उनके तेजस्वी वाक्य कभी निष्फल नहीं जा सकते। केवल वाक्य ही सब कुछ नहीं हैं, मनुष्य का मन नाम की भी एक चीज़ है, इसकी ओर उनका ध्यान ही नहीं जाता था।

जलपान के बाद हरिमोहिनी के साथ काफ़ी देर तक बातचीत करके गोरा जब अपनी छड़ी लेने के लिए सुचरिता के कमरे में आया तब शाम हो गई थी। सुचरिता की डेस्क पर बत्ती जल रही थी। हारान बाबू चले गये थे। सुचरिता के नाम एक चिट्ठी मेज़ पर इस तरह रखी थी कि कमरे में प्रवेश करते ही उस पर नज़र जा पड़े।

गोरा का हृदय उस चिट्ठी को देखकर भीतर-ही-भीतर कठोर हो आया। चिट्ठी हारान बाबू की लिखी हुई है, इसमें उसे सन्देह न था। सुचरिता पर हारान बाबू का कुछ खास अधिकार है यह गोरा जानता था, उस अधिकार में कोई रुकावट आ गई है यह वह नहीं जानता था। आज जब सतीश ने हारान बाबू के आने की बात सुचरिता के कान में कही और सुचरिता चकित होकर जल्दी से नीचे चली गई और फौरन उन्हें साथ लेकर लौट आई तब उसे कुछ बेतुका-सा लगा। फिर जब हारान बाबू को कमरे में अकेला छोड़कर सुचरिता गोरा को खिलाने ले गई, तब उसका यह व्यवहार गोरा को कुछ खटका अवश्य था, लेकिन जहाँ घनिष्ठता हो वहाँ ऐसा रूखा व्यवहार भी

चल सकता है, यही सोचकर गोरा ने इसे आत्मीयता का ही चिह्न मान लिया था। इसके सिवा मेज़ पर यह चिट्ठी देखकर गोरा को और धक्का लगा। चिट्ठी एक बड़ी ही रहस्यमय चीज़ है। बाहर केवल नाम दिखाकर वह असल बात भीतर रख लेती है इससे वह किसी को बिल्कुल बिना कारण व्याकुल कर दे सकती है।

गोरा ने सुचरिता के चेहरे की ओर देखकर कहा, "मैं कल आऊँगा।"

सुचरिता ने आँखें मिलाए बिना कहा, "अच्छा।"

विदा लेते समय गोरा ने सहसा ठिठककर कहा, "भारतवर्ष के सौरमंडल में ही तुम्हारा निश्चित स्थान है—तुम मेरे अपने देश की हो—कोई धूमकेतु आकर तुम्हें अपनी पूँछ की लपेट में लेकर शून्य में चला जाये, यह किसी तरह संभव नहीं हो सकेगा। जहाँ तुम्हारा आसन है, वहीं मैं तुम्हें दृढ़ता से प्रतिष्ठित करके छोड़ूँगा। ये लोग तुम्हें समझाते रहे हैं कि तुम्हारा सत्य और धर्म उस जगह तुम्हारा परित्याग कर देगा। मैं तुम्हें साफ़ बता दूँगा कि तुम्हारा सत्य और धर्म सिर्फ़ तुम्हारा या दो-चार लोगों की राय या कथन नहीं है, वह चारों ओर से असंख्य प्राणों के सूत्र से बँधा है, चाहने से ही उसे वन से उखाड़कर गमले में नहीं रोपा जा सकता। उसे अगर उज्ज्वल और जीवन्त रखना चाहती हो, उसे सम्पूर्ण रूप से सार्थक करना चाहती हो तो तुम्हें लोक-समाज के हृदय में उस जगह आसन लेना ही होगा जो तुम्हारे लिए तुम्हारे जन्म के भी बहुत पहले से निर्दिष्ट है। किसी तरह तुम यह नहीं कह सकोगी कि—ये पराए हैं, मैं इनकी कोई नहीं हूँ—ऐसा कहोगी तो तुम्हारा सत्य, धर्म, शक्ति सब एकाएक छाया-सी धुँधली हो जायेगी। भगवान ने तुम्हें जिस जगह भेज दिया है वह चाहे जैसी हो, किंतु तुम्हारा मत अगर तुम्हें वहाँ से खींचकर हटा ले जायेगा तो उससे कभी तुम्हारे मत की जीत नहीं होगी, यह बात मैं तुम्हें ठीक तरह समझा दूँगा। कल मैं फिर आऊँगा।"

इतना कहकर गोरा वहाँ से चला गया। कमरे के भीतर की हवा मानो बहुत देर तक काँपती रही। सुचरिता मूर्ति-सी निश्चल बैठी रही।

## 58

"देखो माँ," आनंदमयी से विनय ने कहा, "मैं तुमसे सचमुच कहता हूँ, जब-जब भी मैं मूर्ति को प्रणाम करता रहा हूँ मन-ही-मन मुझे न जाने कैसी शर्म आती रही है। उस शर्म को मैंने छिपाए रखा है—बल्कि उल्टे मूर्ति-पूजा के समर्थन में अच्छे-अच्छे प्रबंध लिखता रहा हूँ। मगर सच्ची बात तुम्हें बता दूँ, जब भी मैंने प्रणाम किया है मेरे अन्त:करण ने गवाही नहीं दी।"

आनंदमयी ने कहा, ''तेरा मन क्या इतना सीधा है! तू तो मोटी बात कोई समझ ही नहीं सकता—हर बात में कोई-न-कोई बारीकी देखता है। इसीलिए तेरे मन का खटका कभी मिटता नहीं।''

विनय ने कहा, ''बिल्कुल यही बात है, मेरी बुद्धि ज़्यादा सूक्ष्म है तभी मैं जो विश्वास नहीं करता, वह भी बाल की खाल उतारने वाली दलीलों से साबित कर दे सकता हूँ। जैसी सुविधा होती है वैसे अपने को या दूसरे को बहला लेता हूँ। इतने दिन धर्म के बारे में जो कुछ तर्क मैं करता रहा हूँ, वह धर्म की ओर से नहीं, गुट की ओर से करता रहा हूँ।''

आनंदमयी ने कहा, ''जब धर्म की ओर सच्चा लगाव न हो तब ऐसा ही होता है। तब धर्म भी वंश, इज़्ज़त, रुपए-पैसे की तरह अहंकार करने की सामग्री बन जाता है।''

विनय, ''हाँ, जब हम यह बात ही नहीं सोचते कि यह धर्म है, यही सोचकर लड़ते-भिड़ते हैं कि यह हमारा धर्म है। अब तक मैंने भी यही किया है। फिर भी अपने को बिल्कुल भुलावे में डाल सका हूँ ऐसा नहीं है, जहाँ मेरा विश्वास नहीं होता वहाँ मैं भक्ति का ढोंग करता रहा हूँ इस पर मैं बराबर अपने सामने ही शर्मिंदा होता रहा हूँ।''

आनंदमयी बोलीं, ''यह क्या मैं जानती नहीं। तुम लोग जो साधारण लोगों से बहुत बढ़-चढ़कर बातें करते हो, इसी से साफ़ समझ में आ जाता है कि मन के भीतर कहीं खाली स्थान है जिसे भरने के लिए तुम्हें बहुत मसाला खर्च करना पड़ता है। भक्ति सहज हो तो इस सब की ज़रूरत नहीं होती।''

विनय ने कहा, ''तभी तो तुमसे पूछने आया हूँ, कि जिसमें मैं विश्वास नहीं करता उसमें विश्वास जताना क्या उचित है?''

आनंदमयी ने कहा, ''सुनो ज़रा! यह भी कोई पूछने की बात है?''

विनय ने कहा, ''माँ, मैं कल ब्रह्म-समाज में दीक्षा लूँगा।''

विस्मित होकर आनंदमयी ने कहा, ''वह क्यों, विनय? दीक्षा लेने की ऐसी क्या ज़रूरत आ पड़ी?''

विनय ने कहा, ''क्यों ज़रूरत आ पड़ी, अब तक यही बात तो समझा रहा था!''

आनंदमयी ने पूछा, ''तेरे जो विश्वास हैं उन्हें लेकर क्या तू हम लोगों के समाज में नहीं रह सकता?''

विनय ने कहा, ''रहूँगा तो वह धोखा होगा।''

आनंदमयी बोलीं, ''धोखा किये बिना रहने का साहस नहीं है? समाज के लोग सताएँगे—तो क्या उसे सहता हुआ नहीं रह सकेगा?''

विनय ने कहा, ''माँ, मैं अगर हिन्दू समाज के मत पर नहीं चलता तो...''

आनंदमयी ने कहा, ''हिन्दू समाज में जहाँ तीन सौ तैंतीस करोड़ मत चल रहे हैं, वहाँ तेरा ही मत भला क्यों नहीं चलेगा?''

विनय ने कहा, ''किंतु माँ, अगर हमारे समाज के लोग कहें कि तुम हिन्दू नहीं हो—तो क्या मैं ज़बर्दस्ती कहूँगा कि मैं हिन्दू हूँ?''

आनंदमयी ने कहा, ''मुझे तो हमारे समाज के लोग ईसाई कहते हैं—मैं तो उनके काज-कर्म में भी उनके साथ बैठती-खाती नहीं। फिर भी उनके मुझे ईसाई कहने से ही क्या वह बात मुझे मान लेनी होगी—यह तो मेरी समझ में नहीं आता। जिसे मैं उचित मानती हूँ उसके लिए भागकर कहीं जा छिपना मैं गलत समझती हूँ।''

विनय कुछ उत्तर देने जा रहा था कि आनंदमयी ने उसे अवकाश न देकर कहा, ''विनय, मैं तुझे बहस नहीं करने दूँगी, यह बहस की बात नहीं है। तू मुझसे कुछ छिपा नहीं सकता। मुझे तो साफ़ दिखता है कि तू मेरे साथ बहस करने के बहाने ज़बर्दस्ती अपने को भुलाने का प्रयत्न कर रहा है। लेकिन इतने बड़े महत्त्व के मामले में अपनी आँखों में यों धूल डालने की चेष्टा न कर।''

सिर झुकाकर विनय ने कहा, ''लेकिन माँ, चिट्ठी लिखकर मैंने वचन दे दिया है कि कल मैं दीक्षा लूँगा।''

आनंदमयी ने कहा, ''यह नहीं हो सकता। अगर परेश बाबू को समझाकर कहेगा तो वे कभी ज़ोर नहीं डालेंगे।''

विनय ने कहा, ''परेश बाबू का इस दीक्षा के लिए कोई ज़ोर नहीं है। वे इस अनुष्ठान में योग नहीं देंगे।''

आनंदमयी ने कहा, ''तब तुझे कुछ भी सोचने की ज़रूरत नहीं है।''

विनय ने कहा, ''नहीं माँ, बात पक्की हो गई है, अब वापस नहीं हो सकती—किसी तरह नहीं।''

आनंदमयी ने पूछा, ''गोरा को बताया है?''

विनय ने कहा, ''गोरा से भेंट ही नहीं हुई।''

आनंदमयी ने कहा, ''क्यों, गोरा क्या अभी घर में नहीं है?''

विनय ने कहा, ''नहीं, सुना है सुचरिता के घर गया है।''

विस्मित होकर आनंदमयी ने कहा, ''वहाँ तो वह कल गया था।''

विनय ने कहा, ''आज भी गया है।''

इसी बीच आँगन में पालकी वालों की पुकार सुनाई दी। यह सोचकर कि आनंदमयी के कुटुंब की कोई स्त्रियाँ आई होंगी विनय बाहर चला गया।

ललिता ने आकर आनंदमयी को प्रणाम किया। आज आनंदमयी ने ललिता के

आने की बात कल्पना में भी नहीं सोची थी। चकित होकर ललिता के चेहरे की ओर देखते ही उन्होंने समझ लिया कि विनय की दीक्षा के मामले को लेकर किसी मुश्किल में पड़कर वह उनके पास आई है।

बात करना सरल बनाने के खयाल से उन्होंने कहा, "बेटी, तुम आ गईं, यह बहुत अच्छा हुआ। अभी-अभी विनय यहाँ थे, कल वह तुम लोगों के समाज में दीक्षा लेंगे, अभी मेरे साथ यही बात हो रही थी।"

ललिता ने कहा, "वे क्यों दीक्षा लेने जा रहे हैं, उन्हें क्या ज़रूरत है?"

अचंभे में आकर आनंदमयी ने कहा, "ज़रूरत नहीं है, बेटी?"

ललिता ने कहा, "मुझे तो सोचकर भी कोई ज़रूरत नहीं दिखती।"

आनंदमयी ललिता का अभिप्राय न समझ पाकर चुपचाप उसके चेहरे की ओर देखती रहीं।

मुँह नीचा किये हुए ललिता ने कहा, "अचानक इस ढंग से दीक्षा लेने जाना उनके लिए असम्मान की बात है। यह अपमान वे किसलिए स्वीकार करने चले हैं?"

किसलिए? यह क्या ललिता नहीं जानती? क्या इसमें ललिता के प्रसन्न होने का कोई कारण नहीं है?

आनंदमयी ने कहा, "कल ही दीक्षा का दिन है, उसने पक्का वचन दिया है—अब बदलने का अवकाश नहीं है, विनय ने तो ऐसा ही कहा था।"

अपनी दीप्त दृष्टि ललिता ने आनंदमयी के चेहरे पर टिकाकर कहा, "इन सब मामलों में वचन देने का कोई मतलब नहीं है, अगर परिवर्तन ज़रूरी हो तो करना ही होगा।"

आनंदमयी ने कहा, "बेटी, तुम मुझसे शर्माओ मत, मैं तुम्हें सारी बात बताती हूँ। मैं अब तक विनय को यही समझा रही थी कि उसका धर्म-विश्वास चाहे जो हो, समाज को छोड़ना उसके लिए ठीक नहीं है, ज़रूरी भी नहीं है। वह मुँह से चाहे जो कहता हो, किंतु वह खुद यह बात न समझता हो ऐसा भी नहीं लगता। लेकिन बेटी, तुमसे तो उसके मन का भाव छिपा नहीं है। वह ज़रूर यही समझता है कि समाज छोड़े बिना तुम लोगों से उसका सम्बन्ध नहीं हो सकेगा। शर्म न करो बेटी, मुझे ठीक-ठीक बताओ, यह बात क्या सच नहीं?"

आनंदमयी के चेहरे की ओर आँखें उठाकर ललिता ने कहा, "माँ, तुम से मैं कुछ भी नहीं छिपाऊँगी। मैं तुमसे साफ़ कहती हूँ, मैं यह सब नहीं मानती। बहुत अच्छी तरह मैंने सोचकर देखा है, ऐसा कभी नहीं हो सकता कि मनुष्य का जो भी धर्म-विश्वास या समाज हो उसे बिल्कुल छोड़कर ही दो मनुष्यों का परस्पर योग हो सकेगा। ऐसा हो तो हिन्दू और ईसाई में दोस्ती ही नहीं हो सकती। तब तो बड़ी-बड़ी दीवारें

खड़ी करके एक-एक सम्प्रदाय को एक-एक बाड़े में बंद कर देना ही ठीक है।''

आनंदमयी का चेहरा खिल उठा। उन्होंने कहा, ''अहा, तुम्हारी बातें सुनकर बड़ी खुशी हो रही है बेटी। मैं भी तो यही बात कहती हूँ, एक व्यक्ति से दूसरे व्यक्ति का रूप-गुण-स्वभाव कुछ न मिलने पर भी दोनों के मिलने में कोई बाधा नहीं होती—फिर मत के कारण ही क्यों रुकावट हो? बेटी, तुमने तो मुझे बचा लिया—मैं विनय के लिए बड़ी चिंतित थी। अपना सारा मन उसने तुम लोगों को सौंप दिया है, यह मैं जानती हूँ। तुम लोगों से उसके सम्बन्ध पर कहीं कोई विघ्न आया तो विनय उसे किसी तरह नहीं सह सकेगा। इसीलिए उसे रोकना मुझे कितना खल रहा था, यह ईश्वर ही जानता है। लेकिन उसका कितना बड़ा सौभाग्य है कि उसका इतना बड़ा संकट इतनी आसानी से टल जाये। यह कोई छोटी बात नहीं है। अच्छा, एक बात पूछूँ, इस बारे में परेश बाबू से कोई बात हुई है?''

अपनी लज्जा दबाते हुए ललिता ने कहा, ''नहीं, नहीं हुई। लेकिन मैं जानती हूँ, वे ठीक-ठीक समझेंगे।''

आनंदमयी ने कहा, ''अगर वे न समझने वाले होते तो इतनी बुद्धि और मनोबल तुम और कहाँ से पातीं? बेटी, मैं ज़रा विनय को बुला लाऊँ, तुम्हारा उससे अपने मुँह से बात कर लेना ठीक होगा। इस बीच मैं एक बात तुमसे कर लूँ विनय को मैं बचपन से देखती आ रही हूँ, वह ऐसा लड़का है कि उसके लिए तुम्हें चाहे जितना दुःख स्वीकार करना पड़े पर वह उस सबको सार्थक कर देगा, यह मैं दावे के साथ कह सकती हूँ। मैंने कई बार सोचा है, वह कौन भाग्यवती होगी जो विनय को पाएगी। बीच-बीच में कई सम्बन्धों की बात आई है पर मुझे कोई पसन्द नहीं आया। लेकिन आज देख पा रही हूँ कि वह भी कुछ कम भाग्यवान नहीं है।''

इतना कहती हुई आनंदमयी ने ललिता की ठोड़ी छूकर चुम्बन लिया और फिर विनय को बुलवा भेजा। फिर लछमिया को कमरे में छोड़कर वे ललिता के लिए जलपान लाने की बात कहकर वहाँ से चली गईं।

आज ललिता और विनय के मध्य संकोच की कोई गुंजाइश न थी। दोनों के जीवन पर जो एक समान संकट आन पड़ा था, उसी की चुनौती ने उनके परस्पर सम्बन्ध को सहज और गहरा कर दिया था। किसी आवेश का धुआँ उनके बीच कोई रंगीन आवरण नहीं खड़ा कर रहा था। बिना किसी भूमिका के विनीत गम्भीर भाव से चुपचाप और कुंठित हुए बिना यह बात उन्होंने स्वीकार कर ली थी कि दोनों के हृदय मिल गये हैं, और उनके जीवन की धाराएँ गंगा-यमुना की तरह एक पुण्य तीर्थ पर मिलने के लिए बढ़ रही हैं। समाज ने उन दोनों को नहीं मिलाया, किसी सम्प्रदाय ने उन दोनों को नहीं मिलाया, उन दोनों का बन्धन कोई कृत्रिम बन्धन नहीं है, यह स्मरण करके

दोनों ने अपने मिलन को एक ऐसे धर्म-मिलन के रूप में अनुभव किया, जिसका धर्म अत्यंत वृहत् भाव से सरल है। जो किसी छोटी बात को लेकर विवाद नहीं करता, जिसमें कोई पंचायती पंडित अड़ंगा नहीं लगा सकते। ललिता ने दीप्त चेहरे और आँखों से कहा, ''आप अपने को छोटा करके और दीन होकर मुझे ग्रहण करने आएँगे, यह अपमान मैं नहीं सह सकूँगी। आप जहाँ वहीं अविचलित रहें यही मैं चाहती हूँ।''

विनय ने कहा, ''आप भी जहाँ आपकी प्रतिष्ठा है, वहीं स्थिर रहें, आप को वहाँ से ज़रा भी हिलना नहीं होगा। प्रीति अगर अन्तर को न सह सकती, तो फिर दुनिया में कोई अन्तर होता ही क्यों ?''

लगभग बीस मिनट तक दोनों में जो कुछ बातचीत हुई उसका निचोड़ यही था। वे हिन्दू हैं या ब्राह्म, इस प्रश्न को वे भूल गये। उनके मन में निष्कंप दीप-शिखा की तरह यही बात स्थिर होने लगी कि वे दोनों मानव आत्माएँ हैं।

## 59

उपासना के बाद परेश बाबू अपने कमरे के सामने बरामदे में चुपचाप बैठे थे। सूर्य अभी-अभी अस्त हुआ था।

इसी समय ललिता को साथ लेकर विनय वहाँ पहुँचा। परेश बाबू को प्रणाम करके उसने उनकी चरण-रज ली।

दोनों को इस ढंग से प्रवेश करते देखकर परेश बाबू कुछ चकित हुए। उन्हें बैठाने के लिए वहाँ और कुर्सियाँ न थीं, इसलिए वे बोले, ''चलो, कमरे में चलें।''

विनय ने कहा, ''नहीं, आप उठें नहीं।''

यह कह कर विनय वहीं फ़र्श पर बैठ गया। उससे कुछ हटकर ललिता भी परेश बाबू के पैरों के पास बैठ गई।

विनय ने कहा, ''हम दोनों एक साथ आपका आशीर्वाद लेने आए हैं। वही हमारे जीवन की सच्ची दीक्षा होगी।''

परेश बाबू विस्मित होकर उसके चेहरे की ओर देखते रहे।

विनय बोला, ''बँधे-बँधाए नियमों वाले समाज के संकल्प मैं ग्रहण नहीं करूँगा। हम दोनों के भविष्य जीवन विनत होकर जिस दीक्षा के सच्चे बन्धन में बँध सकते हैं, वह दीक्षा आपका आशीर्वाद ही है। हम दोनों का हृदय भक्तिपूर्वक आप ही के चरणों में अर्पित हुआ है, हम लोगों के लिए जो भी मंगलमय है, वह ईश्वर आपके हाथों से ही दिलाएँगे।''

थोड़ी देर परेश बाबू बिना कुछ बोले बैठे रहे। फिर उन्होंने कहा, ''विनय, तब तुम ब्राह्म नहीं होओगे?''

विनय ने कहा, ''नहीं।''

परेश बाबू ने पूछा, ''तुम हिन्दू समाज में ही रहना चाहते हो?''

विनय ने कहा, ''हाँ।''

तब परेश बाबू ने ललिता के चेहरे की ओर देखा, ललिता ने उनके मन का भाव समझकर कहा, ''बाबा, मेरा जो भी धर्म है वह मेरा है और बराबर रहेगा। मुझे असुविधा हो सकती है, कष्ट भी हो सकता है, लेकिन यह मैं किसी तरह नहीं मान सकती कि जिससे मेरा मत या मेरा आचरण नहीं भी मिलता, उन्हें पराया मान लूँ क्योंकि ऐसा किये बिना मेरे धर्म में बाधा होगी।''

परेश बाबू चुप ही रहे। ललिता फिर बोली, ''पहले मुझे लगता था कि ब्रह्म-समाज ही एक मात्र दुनिया है और उसके बाहर जो कुछ है सब असत्य है, ब्रह्म-समाज से अलग होना जैसे समूचे सत्य से ही अलग होना है। लेकिन इधर कुछ दिनों से मुझे यह विचार बिल्कुल निराधार लगा है।''

उदास भाव से परेश बाबू तनिक मुस्करा दिए। ललिता कहती गई, ''बाबा, मैं तुम्हें बता नहीं सकती कि मुझमें कितना बड़ा परिवर्तन हो गया है। ब्रह्म-समाज में जिन सब लोगों को मैं देखती हूँ उनमें बहुतों के साथ मेरा धर्ममत एक होने पर भी मैं उनके साथ किसी तरह भी एक नहीं हूँ। फिर भी ब्रह्म-समाज के केवल नाम का सहारा लेकर मैं सिर्फ़ उन्हीं को विशेष रूप से अपना कहूँ, और पृथ्वी के बाकी सब लोगों को दूर कर दूँ, यह अब मुझे किसी तरह उचित नहीं जान पड़ता।''

परेश बाबू ने अपनी विद्रोही कन्या की पीठ धीरे-धीरे थपथपाते हुए कहा, ''जिस समय व्यक्तिगत कारणों से मन उत्तेजित हो, उस समय क्या ठीक से विचार हो सकता है? पुरखों से लेकर आने वाली संतान तक मनुष्य की जो एक परम्परा है उसका मंगल चाहने पर ही समाज की ज़रूरत होती है और वह ज़रूरत कृत्रिम ज़रूरत तो है नहीं। तुम्हारे भावी वंश में जो दूरव्यापी भविष्य निहित है, उसका भार जिस पर होगा वही तुम्हारा समाज है, उसकी बात क्या नहीं सोचनी चाहिए?''

विनय ने कहा, ''हिन्दू समाज तो है।''

परेश बाबू ने कहा,''अगर हिन्दू समाज तुम लोगों का भार न ले—न स्वीकार करे?''

आनंदमयी की बात स्मरण करके विनय ने कहा, ''उसे स्वीकार कराने का ज़िम्मा हमें लेना होगा। हिन्दू समाज ने तो हमेशा नये-नये सम्प्रदायों को आश्रय दिया है, हिन्दू समाज सभी सम्प्रदायों का समाज हो सकता है।''

परेश बाबू ने कहा, ''ज़बानी बहस में किसी चीज़ को एक ढंग से दिखाया जा सकता है, किंतु व्यवहार में वैसा नहीं पाया जाता। नहीं तो क्या कोई अपने पुराने समाज को जान-बूझकर छोड़ सकता है? जो समाज मनुष्य के धर्मबोध को बाहरी आचरण की बेड़ियाँ पहनाकर एक ही जगह बंदी बनाकर रखना चाहता है, उसे मानने पर तो अपने को हमेशा के लिए कठपुतली बना लेना होगा।''

विनय ने कहा, ''हिन्दू समाज की अगर ऐसी ही संकीर्ण हालत हो गई हो तो उससे उसे मुक्त करने की ज़िम्मेदारी हमें लेनी होगी। हवा और प्रकाश के लिए अगर घर की खिड़कियाँ-दरवाज़े बड़े कर देना यथेष्ट हो तो कोई यों ही क्रोध में आकर सारे पक्के मकान को क्यों गिराना चाहेगा?''

ललिता कह उठी, ''बाबा, मेरी समझ में ये बातें नहीं आतीं। किसी समाज की उन्नति का ज़िम्मा लेने का मेरा कोई इरादा नहीं है। लेकिन चारों ओर से ऐसा अन्याय मुझे बेध रहा है कि मेरा दम घुटने लगा है। यह सब सहकर सिर ऊँचा किये रहना मुझे किसी तरह या किसी भी कारण ठीक नहीं जान पड़ता। उचित-अनुचित भी मैं अच्छी तरह नहीं समझ सकती—लेकिन बाबा, यह मुझ से नहीं होता।''

स्निग्ध स्वर में परेश बाबू ने कहा, ''और कुछ समय लेना क्या अच्छा न होगा? अभी तुम्हारा मन चंचल है।''

ललिता ने कहा, ''समय लेने में मुझे कोई एतराज नहीं है। लेकिन यह मैं पक्का जानती हूँ कि झूठी बातें और अन्याय-अत्याचार बढ़ते ही जायेंगे। इसलिए मुझे बड़ा भय लगता है कि असह्य हो जाने पर कहीं मैं अचानक ऐसा कुछ न कर बैठूँ जिससे तुम्हें दुःख हो। बाबा, तुम ऐसा न समझो कि मैंने कुछ सोच-विचार नहीं किया। मैंने अच्छी तरह सोचकर देख लिया है कि मेरे संस्कार और मेरी शिक्षा जैसी है उससे ब्रह्म-समाज के बाहर शायद मुझे बहुत कष्ट और संकोच भी झेलना पड़ सकता है—लेकिन मेरा मन उससे ज़रा भी कुंठित न होगा, बल्कि मन के अंदर एक शक्ति और आनंद जाग रहा है। मुझे एक ही बात की सोच है बाबा, कि कहीं मेरा कोई काम तुम्हें किसी तरह की तकलीफ़ न पहुँचाए।''

यह कहकर ललिता धीरे-धीरे परेश बाबू के पैरों पर हाथ फेरने लगी।

थोड़ा मुस्कराकर परेश बाबू ने कहा, ''बेटी, अगर मैं सिर्फ़ अपनी बुद्धि पर ही निर्भर करता तो मेरी इच्छा और मेरे मत के विपरीत कोई काम होने पर मुझे कष्ट न होता। लेकिन तुम लोगों के मन में जो आवेग उत्पन्न हुआ है वह पूरी तरह अमंगल ही है, ऐसा मैं दावा करके नहीं कह सकता। मैं भी एक दिन विद्रोह करके घर छोड़कर चला आया था, किसी सुविधा-असुविधा की बात तब मैंने सोची ही नहीं। आजकल बराबर समाज पर यह जो घात-प्रतिघात हो रहे हैं इनसे समझा जा सकता है कि उसी

(ईश्वर) की शक्ति अपना काम कर रही है। वह चारों ओर से तोड़-फोड़, सँवार-सुधारकर किस चीज़ को कैसे बनाना चाहता है, यह मैं कैसे जान सकता हूँ? उसके लिए क्या ब्रह्म-समाज और क्या हिन्दू समाज, वह तो मनुष्य मात्र को देखता है।''

इतना कहकर थोड़ी देर आँखें बंद करके परेश बाबू जैसे अपने हृदय के एकांत में अपना समाधान करते रहे। थोड़ी देर बाद उन्होंने कहा, ''देखो विनय, हमारे देश का समाज धर्म-विश्वासों के साथ सम्पूर्णतया बँधा हुआ है। इसीलिए हमारे सभी सामाजिक क्रिया-कर्म के साथ धार्मिक अनुष्ठान जुड़े हुए हैं। जो लोग धर्म-विश्वास के दायरे के बाहर हैं उन्हें समाज के दायरे में किसी तरह नहीं लिया जा सकता, इसीलिए उसके लिए मार्ग नहीं रखा गया। इस बात को तुम लोग कैसे टालोगे, मैं तो यह सोच नहीं पाता।''

यह बात ललिता ठीक तरह नहीं समझ सकी, क्योंकि दूसरे समाज की प्रथाओं से उसके समाज का वैभिन्न्य उसके सामने नहीं हुआ था। उसकी यही धारणा थी कि मोटे तौर पर दोनों के आचार-अनुष्ठान में बहुत ज़्यादा अन्तर नहीं है। जैसे उसने विनय में और अपने घर के लोगों में कोई विशेष अन्तर अनुभव नहीं किया था, वैसे ही दोनों समाजों की परस्पर स्थिति भी वह समझती थी। वह यह भी नहीं जानती थी कि उसके लिए हिन्दू पद्धति से विवाह-अनुष्ठान में कोई विशेष बाधा भी हो सकती है।

विनय ने कहा, ''हम लोगों में विवाह शालिग्राम स्थापित करके होता है, आप क्या उसी की बात कह रहे हैं?''

परेश बाबू ने एक बार ललिता की ओर देखकर कहा, ''हाँ! ललिता, तुम क्या वह स्वीकार कर सकोगी?''

विनय ने ललिता के चेहरे की ओर देखा। वह समझ गया कि ललिता का समस्त अन्तःकरण संकुचित हो उठा है।

ललिता के हृदय का आवेग एक ऐसे बिंदु पर आ पहुँचा था जो उसके लिए बिल्कुल अपरिचित और संकटमय था। विनय के मन में इससे बड़ी करुणा उपजी। सारा संताप अपने ऊपर इसे किसी तरह बचाना होगा। इतना बड़ा तेज़ हारकर लौट जाये यह भी उतना ही असह्य है और विजय के दुर्दम उत्साह में वह मृत्यु बाण छाती पर झेल ले यह भी उतना ही दारुण! उसे विजयी भी बनाना होगा, उसकी रक्षा भी करनी होगी...।

थोड़ी देर ललिता सिर झुकाए बैठी रही। फिर एक बार विनय की ओर करुण दृष्टि से देखती हुई बोली, ''आप क्या सचमुच शालिग्राम को मानते हैं?''

फौरन विनय ने कहा, ''नहीं, नहीं मानता। शालिग्राम मेरे लिए देवता नहीं हैं, मेरे लिए सिर्फ़ एक सामाजिक चिह्न हैं।''

ललिता ने कहा, ''मन-ही-मन जिसे केवल चिह्न मानते हैं, बाहर से तो उसे देवता स्वीकार करना होगा ?''

परेश की ओर देखकर विनय ने कहा, ''मैं शालिग्राम नहीं रखूँगा।''

परेश बाबू कुर्सी छोड़कर उठ खड़े हुए। बोले, ''विनय, तुम लोग सारी बात ठीक तरह सोचकर नहीं देख रहे हो। बात अकेले तुम्हारे या और किसी के मतामत की नहीं है। विवाह केवल व्यक्तिगत कर्म नहीं है, वह सामाजिक कर्म है, यह बात भूल जाने से कैसे चलेगा ? तुम लोग थोड़े दिन और सोचकर देख लो, अभी एकाएक कुछ तय मत कर लो।''

परेश बाबू इतना कहकर बाहर बगीचे में चले गये और वहीं अकेले टहलने लगे।

ललिता भी उठकर जाने को हुई पर कुछ रुककर विनय की ओर लौटकर बोली, ''हम लोगों की इच्छा अगर अनुचित नहीं है तो उसके किसी एक समाज के विधान से पूर्णत: मेल न खाने के कारण ही हमें सिर नीचा करके वापस लौट जाना होगा, मेरी समझ में यह किसी तरह नहीं आता। समाज में मिथ्या आचरण के लिए स्थान है, और सच्चाई के लिए नहीं है ?''

धीरे-धीरे विनय ने ललिता के पास आकर खड़े होकर कहा, ''मैं किसी समाज से नहीं डरता। हम दोनों मिलकर अगर सच्चाई का आश्रय लें तो हमारे समाज के बराबर सहनशील समाज और कहाँ मिलेगा ?''

तभी वहाँ आँधी की तरह वरदासुंदरी ने आकर कहा, ''विनय, सुनती हूँ कि तुम दीक्षा नहीं लोगे ?''

विनय बोला, ''मैं उपयुक्त गुरु से दीक्षा लूँगा, किसी समाज से नहीं।''

बहुत बिगड़कर वरदासुंदरी ने कहा, ''तुम्हारे इस सब षड्यंत्र और धोखाधड़ी का अर्थ क्या है ? दीक्षा लेने का बहाना करके दो दिन तक मुझे और सारे ब्रह्म-समाज को चक्कर में डालने का क्या मतलब था तुम्हारा ? ललिता का तुम कैसे सर्वनाश किये दे रहे हो, क्या तुमने यह बात एक बार भी नहीं सोची !''

ललिता ने कहा, ''विनय बाबू के दीक्षा लेने पर तुम्हारे ब्रह्म-समाज के सारे लोग तो सहमत नहीं हैं, अखबार में तो पढ़कर देख ही लिया ! ऐसी दीक्षा लेने की ज़रूरत क्या है ?''

वरदासुंदरी ने कहा, ''दीक्षा लिये बिना विवाह कैसे होगा ?''

ललिता ने कहा, ''क्यों नहीं होगा ?''

वरदासुंदरी बोलीं, ''क्या हिन्दू पद्धति से होगा ?''

विनय ने कहा, ''वह भी हो सकता है। इसमें जो भी अड़चन है वह दूर कर दूँगा।''

वरदासुंदरी के मुँह से थोड़ी देर कोई बात ही नहीं निकली। फिर उन्होंने रुँधे गले से कहा, "विनय, तुम जाओ, यहाँ से चले जाओ! इस घर में फिर कभी न आना!"

## 60

सुचरिता जानती थी कि आज गोरा अवश्य आएगा। सवेरे से ही उसका दिल रह-रहकर काँप उठता था। गोरा के आने की आशा के साथ-साथ उसके मन में एक भय भी बैठा हुआ था। कारण कि जिधर गोरा उसे खींच रहा था और उसके जीवन रूपी पेड़ की जड़ें और डालें बचपन से ही जिस दिशा में बढ़ती रही थीं, उनमें पग-पग पर जो संग्राम हो रहा था वह उसे विचलित किये दे रहा था।

इसीलिए कल मौसी के कमरे में जब गोरा ने देवता को प्रणाम किया तब सुचरिता के मन में तीर-सा चुभ गया। गोरा ने प्रणाम कर ही लिया तो क्या, और उसका ऐसा विश्वास हो ही तो क्या, यह कहकर वह अपने को किसी तरह शान्त न कर सकी।

जब कभी उसे गोरा के आचरण में ऐसा कुछ दिखता जिसके साथ उसके अपने धर्म-विश्वास का मूलगत विरोध हो, तब सुचरिता का मन आशंका से काँप उठता। यह किस झंझट में विधाता उसे डाल रहे हैं।

नये मत की अभिमानिनी सुचरिता के सामने अच्छा उदाहरण रखने के लिए आज भी हरिमोहिनी गोरा को अपने पूजा-घर में ले गईं और आज फिर गोरा ने देवता को प्रणाम किया। गोरा के उठकर सुचरिता के कमरे में आते ही सुचरिता ने उससे पूछा, "आप क्या इस देवता में श्रद्धा रखते हैं?"

गोरा ने कुछ अस्वाभाविक आग्रह से कहा, "हाँ, ज़रूर रखता हूँ!"

सुचरिता यह उत्तर सुनकर सिर झुकाए बैठी रही। उसकी इस नम्र-नीरव वेदना से गोरा के मन को थोड़ी पीड़ा पहुँची। जल्दी से उसने कहा, "देखो, मैं तुमसे सच बात कहूँ। मैं मूर्ति में श्रद्धा रखता हूँ या नहीं, यह तो ठीक-ठीक नहीं कह सकता, किंतु मैं अपने देश की श्रद्धा में श्रद्धा रखता हूँ। इतने युगों से सारे देश की पूजा जहाँ पहुँचती रही है। मेरे लिए वह पूजनीय है। मैं किसी सूरत में ईसाई मिशनरियों की तरह उसकी ओर विष-भरी नज़र से नहीं देख सकता।"

मन-ही-मन सुचरिता कुछ सोचती हुई गोरा के चेहरे की ओर देखती रही। गोरा ने कहा, "मेरी बात ठीक-ठीक समझना तुम्हारे लिए बहुत मुश्किल है, यह मैं जानता हूँ। उसका कारण यही है कि सम्प्रदाय के भीतर रहते हुए इन सब तथ्यों की ओर मनुष्य होकर सहज दृष्टि से देखने की शक्ति तुम लोगों में नहीं रही। जब तुम अपनी मौसी

के कमरे में मूर्ति को देखती हो तो केवल पत्थर को ही देखती हो, जबकि मैं तुम्हारी मौसी के भक्तिपूर्ण करुण हृदय को देखता हूँ। वह देखकर क्या मैं क्रोध या अवज्ञा कर सकता हूँ? तुम क्या समझती हो कि उस हृदय का देवता सिर्फ़ पत्थर का देवता है?''

सुचरिता ने कहा, ''श्रद्धा करना ही क्या काफ़ी है? किसमें श्रद्धा, यह क्या बिल्कुल नहीं सोचना होगा?''

कुछ उत्तेजित होकर गोरा ने कहा, ''मतलब यह कि तुम समझती हो, एक सीमाबद्ध पदार्थ को ईश्वर कहकर पूजा करना भ्रम है। लेकिन सीमा का निर्णय क्या देश-काल के हिसाब से ही करना होगा? सोचो कि ईश्वर के बारे में शास्त्र का कोई वाक्य याद करने से तुम्हारे मन में श्रद्धा जागती है, तब जिस पन्ने पर वह वाक्य लिखा है उसी को नापकर और उसके अक्षर गिनकर ही क्या तुम उस वाक्य का महत्त्व निश्चित करोगी? भाव की असीमता तो विस्तार की असीमता से कहीं बड़ी चीज़ है। चंद्र, सूर्य और तारों-भरे अनंत आकाश की अपेक्षा तुम्हारी मौसी के लिए यह छोटी-सी मूर्ति ही वास्तव में असीम है। तुम परिमाण में असीम को ही असीम मानती हो, इसीलिए तुम्हें आँखें बंद करके असीम की बात सोचनी होती है। उसका कोई फल मिलता है कि नहीं, मैं नहीं जानता। लेकिन मन के असीम को आँखें खोलकर छोटी-सी चीज़ में भी पाया जा सकता है। यदि न पाया जा सकता तो संसार के सब सुख नष्ट हो जाने पर भी तुम्हारी मौसी उस एक मूर्ति को ऐसे जकड़कर पकड़े हुए कैसे रह सकतीं? हृदय का इतना बड़ा सूनापन क्या खेल-ही-खेल में एक पत्थर के टुकड़े से भर दिया जा सकता? भाव की असीमता के बिना मानव-हृदय की रिक्ति भरी ही नहीं जा सकती।''

इन सब सूक्ष्म तर्कों का जवाब देना सुचरिता के बस की बात नहीं थी, लेकिन इन्हें सत्य मान लेना भी उसके लिए बिल्कुल असंभव था। इसलिए एक शब्दहीन निरुपाय वेदना मन को कचोटती रह जाती।

गोरा के मन में विरोधी पक्ष से तर्क करते समय कभी भी ज़रा-सी दया का संचार नहीं होता। बल्कि ऐसे मौकों पर उसके मन में किसी शिकारी जंतु-सी कठोर हिंसा जाग उठती। परंतु सुचरिता की निरुत्तर हार से आज उसका मन न जाने क्यों व्यथित होने लगा। उसने अपने स्वर को भरसक कोमल करते हुए कहा, ''तुम लोगों के धर्म-मत के विरुद्ध मैं कुछ नहीं कहना चाहता। मेरी बात सिर्फ़ इतनी है कि जिसे तुम मूर्ति कहकर बुराई कर रही हो, वह मूर्ति क्या है, यह केवल आँखों से देखकर जाना ही नहीं जा सकता। उससे जिसके मन को शान्ति मिली है, जिसका हृदय तृप्त हुआ है, जिसके जीवन को सहारा मिला है, वही जानता है कि वह मूर्ति मृण्मय है कि

चिन्मय, ससीम है कि असीम। मैं तुमसे कहता हूँ, हमारे देश का कोई भी भक्त ससीम की पूजा नहीं करता। सीमा में ही सीमा को भुला देना—यही तो उनकी भक्ति का असली आनंद है!''

सुचरिता ने कहा, ''लेकिन सभी तो भक्त नहीं होते!''

गोरा ने कहा, ''जो भक्त नहीं हैं उनके किसी की भी पूजा करने से किसी का क्या आता-जाता है? ब्रह्म-समाज में भी जिनमें भक्ति नहीं है वे क्या करते हैं? उनकी सारी पूजा किसी अतल शून्य में जा गिरती है। नहीं, बल्कि वह तो शून्यता से भी ज़्यादा भयानक है—क्योंकि गुटबंदी ही उनका देवता है और अहंकार उनका पुरोहित। इस रक्त-पिपासु देवता की पूजा क्या तुम लोगों के समाज में कभी नहीं होती?''

सुचरिता ने इस बात का कोई उत्तर न देकर गोरा से पूछा, ''धर्म के बारे में आप यह जो कुछ कह रहे हैं, वह क्या अपनी जानकारी से ही कह रहे हैं?''

कुछ मुस्कराकर गोरा ने कहा, ''यानी तुम यह पूछना चाहती हो कि मैंने कभी ईश्वर को चाहा है या नहीं। नहीं, मेरा मन उधर नहीं गया।''

यह बात सुचरिता के लिए कोई प्रसन्न होने की नहीं थी, लेकिन फिर भी उसे जैसे तसल्ली मिली। इस मामले में अधिकारपूर्ण ढंग से कुछ कहने की स्थिति गोरा की नहीं है, इससे उसे एक प्रकार की निश्चिंतता ही हुई।

गोरा ने कहा, ''किसी को धर्म-शिक्षा दे सकने का मेरा कोई इरादा नहीं है। लेकिन मेरे देश के लोगों की भक्ति का तुम लोग उपहास करो, यह भी मैं नहीं सह सकता। तुम अपने देश के लोगों को पुकारकर कहती हो—तुम लोग मूर्ख हो, तुम लोग मूर्तिपूजक हो।—मैं उन सबको पुकारकर कहना चाहता हूँ—नहीं, तुम लोग मूर्ख नहीं हो, तुम लोग मूर्तिपूजक भी नहीं हो, तुम लोग ज्ञानी हो, भक्त हो।—मैं अपनी श्रद्धा के द्वारा देश के लोगों को हमारे धर्म-तत्व की महत्ता और भक्ति-तत्व की गम्भीरता के प्रति जागृत करना चाहता हूँ, उनकी जो धरोहर है उसमें उनका स्वाभिमान जगाना चाहता हूँ। मैं उनका सिर झुकाना नहीं चाहता, न यही चाहता हूँ कि उनमें अपने प्रति धिक्कार का भाव पैदा हो और वे सत्य के प्रति अंधे हो जायें। यही मेरा संकल्प है। तुम्हारे पास भी आज मैं इसीलिए आया हूँ। जब से मैंने तुम्हें देखा है तब से एक नई बात दिन-रात मेरे मन में चक्कर काटती रहती है जो मैंने पहले कभी नहीं सोची थी। मैं बराबर यही सोच रहा हूँ कि सम्पूर्ण भारतवर्ष केवल पुरुष की दृष्टि से तो प्रत्यक्ष नहीं हो सकेगा। हमारी स्त्रियों की आँखों के सामने जिस दिन भारतवर्ष का आविर्भाव होगा उसी दिन यह पूर्णतः प्रत्यक्ष हो सकेगा। मेरे मन में यही आकांक्षा धधक रही है कि मैं तुम्हारे साथ एक दृष्टि से और एक ही साथ अपने देश को अपने सामने प्रत्यक्ष कर सकूँ। अपने भारतवर्ष के लिए मैं पुरुष तो केवल श्रम कर सकता हूँ या मर सकता

हूँ, लेकिन दीप जलाकर उसकी अगवानी तुम्हारे अलावा कौन कर सकता है? तुम अगर उससे दूर रहोगी तो भारतवर्ष की सेवा सत्य नहीं हो सकेगी।''

हाय, कहाँ था भारतवर्ष! कहाँ कितनी दूर थी सुचरिता! और कहाँ से आ गया भारत का यह पुजारी, यह भावों में डूबा हुआ तापस! सभी को ठेलकर क्यों वह उसी के पास आ खड़ा हुआ? सभी को छोड़कर उसने क्यों उसे अकेली को पुकारा? उसने कोई बन्धन नहीं माना, कोई संशय नहीं किया, कहा, ''तुम्हारे बिना नहीं चलेगा, तुम्हें लेने आया हूँ, तुम निर्वासित ही रहोगी तो यज्ञ सम्पन्न नहीं हो सकेगा।'' सुचरिता की आँखों से मजबूरी के आँसू झरने लगे; क्यों, इस बात को वह खुद नहीं समझ पाई।

गोरा ने सुचरिता के चेहरे की ओर देखा। उस दृष्टि के सामने सुचरिता ने अपनी आँसू भरी आँखें झुकाईं नहीं। वे आँखें जैसे चिंता-युक्त ओस-भीगे फूल की तरह अत्यंत आत्मविस्मृत भाव से गोरा के चेहरे की ओर खिली रहीं।

सुचरिता की उन संकोच-विहीन, शंका-विहीन आँसू धुली आँखों के सामने गोरा की समस्त प्रकृति वैसे ही काँपने लगी जैसे भूकंप से संगमरमर का महल काँपने लगता है। पूरा ज़ोर लगाकर गोरा अपने को सँभालने के लिए मुड़कर खिड़की से बाहर देखने लगा। तब साँझ हो गई थी। गली एक रेखा की तरह सँकरी होती हुई जहाँ सड़क से मिलती थी वहाँ खुले आकाश में काले पत्थर जैसे अँधेरे के ऊपर तारे दिखने लगे थे। आकाश का वह टुकड़ा और वे कुछ-एक तारे आज गोरा के मन को न जाने कहाँ खींच ले गये—संसार के सभी कर्तव्यों से, इस अभ्यस्त दुनिया के रोज़ाना के काम-काज से कितनी दूर! यह थोड़ा-सा आकाश और ये कुछ-एक तारे सम्पूर्ण निर्लिप्त होकर न जाने कितने साम्राज्यों के उत्थान-पतन, न जाने कितने युग-युगांत के कितने प्रयासों और कितनी प्रार्थनाओं का उल्लंघन करते आए हैं, फिर भी जब किसी अतल गहराई के बीच से एक हृदय दूसरे हृदय को पुकारता है तब विश्व के एकांत में वह नीरव व्याकुलता जैसे उस सुदूर आकाश और उन तारों को स्पंदित कर देती है। पल भर के लिए गोरा की आँखों के सामने काम-काजी कलकत्ता की सड़कों पर गाड़ी-घोड़ों और राह चलने वालों की चहल-पहल किसी छाया-चित्र-सी अवास्तव हो गई, और शहर का कोलाहल उस तक पहुँच ही न सका। उसने अपने हृदय में झाँककर देखा—वहाँ भी उसी आकाश जैसा निस्तब्ध अंधकार था जिसके भीतर से दो सरल, करुण, जल-भरी आँखें अनादिकाल से अपलक अनंतकाल की ओर ताक रही थीं।

हरिमोहिनी की आवाज़ सुनकर गोरा चौंककर मुड़ा।

''भैया, कुछ मुँह मीठा कर जाओ।''

जल्दी से गोरा ने कहा, ''आज नहीं। आज मुझे क्षमा कर दें—मुझे अभी जाना है।'' और गोरा उत्तर की प्रतीक्षा किये बिना तेज़ी से उतरकर चला गया।

विस्मित होकर हरिमोहिनी ने सुचरिता की ओर देखा। सुचरिता भी कमरे से चली गई। हरिमोहिनी सिर हिला-हिलाकर सोचने लगीं—यह अब क्या मामला है?

थोड़े समय बाद ही परेश बाबू आ पहुँचे। सुचरिता के कमरे में उसे न पाकर उन्होंने हरिमोहिनी के पास जाकर पूछा, "राधारानी कहाँ है?"

कुछ खीझे हुए स्वर में हरिमोहिनी ने कहा, "क्या पता! अभी तक तो बैठक में गौर मोहन के साथ बातचीत हो रही थी, अब जान पड़ता है छत पर अकेले टहला जा रहा है।"

आश्चर्य से परेश बाबू ने पूछा, "इस ठंड में इतनी रात गये छत पर?"

हरिमोहिनी ने कहा, "ज़रा ठंडी हो ले। आजकल की लड़कियों को ठंड से कोई नुकसान नहीं होता।"

हरिमोहिनी का मन बेचैन था, इसीलिए उन्होंने गुस्से के कारण सुचरिता को खाने के लिए भी नहीं बुलाया। उधर सुचरिता को भी समय का ज्ञान न था।

अचानक परेश बाबू को स्वयं छत पर आते देखकर सुचरिता अत्यंत लज्जित हो उठी। बोली, "बाबा, चलो नीचे चलो—तुम्हें ठंड लग जायेगी।"

कमरे में आकर दीये के प्रकाश में परेश बाबू का दुविधाग्रस्त चेहरा देखकर सुचरिता के मन को धक्का लगा। इतने दिनों से जो उस पितृहीना के पिता थे, आज सुचरिता बचपन से बने हुए सब बन्धन तोड़कर उनसे दूर खिंची जा रही थी। इसके लिए अपने को वह किसी प्रकार माफ नहीं कर सकती थी। परेश के क्लांत भाव से कुर्सी पर बैठ जाने पर सुचरिता अपने बेबस आँसू छिपाने के लिए उनकी कुर्सी के पीछे खड़े होकर धीरे-धीरे उनके पके बालों में उँगलियाँ फेरने लगी।

परेश बाबू ने कहा, "विनय ने दीक्षा ग्रहण करने से इनकार कर दिया है।"

सुचरिता ने कोई जवाब नहीं दिया। परेश ने फिर कहा, "विनय के दीक्षा लेने के प्रस्ताव के बारे में मुझे यों भी काफ़ी सन्देह था, इसलिए इससे मुझे कोई खास दुःख नहीं हुआ—लेकिन ललिता की बात से मुझे लगता है कि विनय के दीक्षा न लेने पर भी उसके साथ विवाह में उसे एतराज नहीं जान पड़ता।"

सहसा सुचरिता ने बड़े ज़ोर से कहा, "नहीं बाबा, यह कभी नहीं हो सकता। किसी तरह नहीं!"

इतनी अनावश्यक घबराहट दिखाकर सुचरिता कभी बात नहीं करती, इसलिए उसके स्वर के इस आकस्मिक बल पर परेश को मन-ही-मन अचरज हुआ। उन्होंने पूछा, "क्या नहीं हो सकता?"

सुचरिता बोली, "विनय ब्राह्म न हुए तो ब्याह किस विधि से होगा?"

परेश बोले, "हिन्दू विधि से?"

ज़ोर से सिर हिलाकर सुचरिता ने कहा, ''नहीं–नहीं! आजकल ये सब कैसी बातें हो रही हैं! ऐसी बात तो मन में भी न लानी चाहिए। इतना सब हो जाने पर क्या ललिता का विवाह मूर्ति–पूजा की रीति से होगा! यह मैं किसी तरह न होने दे सकूँगी।''

गोरा ने सुचरिता के मन को आकर्षित कर लिया था, शायद इसीलिए आज वह हिन्दू रीति से विवाह होने की बात पर इतना आवेश प्रकट कर रही थी। उसकी आपत्ति का भीतरी अभिप्राय यही था कि सुचरिता कहीं गहरे–गहरे में दृढ़ होकर परेश बाबू को पकड़कर कहना चाहती थी—तुम्हें नहीं छोड़ूँगी, मैं अब भी तुम्हारे समाज की हूँ, तुम्हारे मत की हूँ, तुम्हारी शिक्षा का बन्धन कभी नहीं तोड़ूँगी।''

परेश बाबू ने कहा, ''विनय इसके लिए राज़ी है कि विवाह के अनुष्ठान में शालिग्राम को न लाया जाये।''

कुर्सी के पीछे से आकर सुचरिता परेश बाबू के सामने कुर्सी खींचकर बैठ गई। परेश बाबू ने उससे पूछा, ''इसमें तुम्हारी क्या राय है?''

थोड़ी देर चुप रहकर सुचरिता ने कहा,''तो फिर ललिता को हमारे समाज से निकल जाना होगा।''

परेश बाबू ने कहा, ''इसी बात को लेकर मुझे बहुत सोचना पड़ा है। जब समाज में से किसी मनुष्य का विरोध उठ खड़ा होता है तब दो बातें सोचकर देखने की होती हैं। एक तो दोनों पक्षों में से न्याय किसकी ओर है और दूसरे प्रबल कौन है। इसमें तो कोई सन्देह नहीं कि समाज प्रबल है, इसीलिए विद्रोही को कष्ट भोगना ही होगा। ललिता ने बार–बार मुझसे कहा है, कष्ट स्वीकार करने के लिए वह केवल प्रस्तुत ही नहीं है, बल्कि उसमें आनंद भी पा रही है। अगर यह बात सच है तो जब तक मुझे उसका काम अनुचित न लगे मैं उसमें हस्तक्षेप कैसे कर सकता हूँ?''

सुचरिता ने कहा, ''लेकिन बाबा, यह होगा कैसे?''

परेश बाबू बोले, ''मैं जानता हूँ कि इसमें एक कठिनाई उपस्थिति होगी। लेकिन ललिता के साथ विनय के विवाह में अगर कोई दोष नहीं है, बल्कि वह उचित है, तब समाज अगर बाधा दे तो उसे मानना कर्तव्य नहीं है, ऐसा मेरा मन कहता है। समाज के लिए मनुष्य को संकुचित होकर रहना पड़े, यह कभी उचित नहीं हो सकता, समाज को ही मनुष्य के लिए अपने को बराबर प्रशस्त करते चलना होगा। इसलिए जो कष्ट स्वीकार करने को तैयार हैं मैं तो उन्हें गलत नहीं कह सकता।''

सुचरिता ने कहा, ''बाबा, इसमें सबसे अधिक कष्ट तो तुम्हीं को भुगतना होगा?''

परेश बाबू ने कहा, ''वह बात कोई चिंता की बात नहीं है।''

सुचरिता ने पूछा, ''बाबा, तुमने क्या सम्मति दे दी है?''

परेश बाबू ने कहा, ''नहीं, अभी नहीं दी। लेकिन देनी ही होगी। ललिता जिस मार्ग पर चल रही है उस पर मेरे अलावा और कौन उसे आशीर्वाद देगा, और ईश्वर के सिवा और कौन सहायक होगा?''

परेश बाबू के चले जाने पर सुचरिता स्तब्ध होकर बैठी रही। परेश ललिता को मन-ही-मन कितना चाहते हैं, यह वह जानती थी। वही ललिता बँधी लीक छोड़कर इतने बड़े अज्ञात पथ में प्रवेश करने जा रही है, इससे उनका मन कितना उद्विग्न होगा—यह भी वह समझ सकती थी। फिर भी इस उम्र में वे इतने बड़े विप्लव में सहायता करने जा रहे हैं, और इस पर कितने कम विक्षुब्ध हैं! अपना बल वे कभी प्रकट नहीं करते, किंतु उनके भीतर कितना अपार बल अनायास ही अपने को छिपाए हुए बैठा है।

पहले का समय होता तो परेश बाबू की प्रकृति का यह परिचय सुचरिता को विचित्र न जान पड़ता, क्योंकि परेश बाबू को वह बचपन से ही तो देखती आई है। लेकिन आज थोड़ी देर पहले ही तो उसके समूचे अन्तःकरण ने गोरा का आघात सहा था, इसलिए दोनों के स्वभाव की सम्पूर्ण भिन्नता का मन-ही-मन तीव्र अनुभव किये बिना वह न रह सकी। गोरा के लिए उसकी अपनी इच्छा कितनी प्रबल है! और अपनी इच्छा को बलपूर्वक काम में लाकर वह दूसरे को कैसे अभिभूत कर डालता है। गोरा के साथ जो कोई व्यक्ति जो भी सम्बन्ध स्वीकार करेगा, गोरा की इच्छा के समक्ष उसे झुकना ही पड़ेगा। आज सुचरिता भी झुकी है और झुककर उसने आनंद भी पाया है। अपने को विसर्जित करके उसने ऐसा अनुभव किया है जैसे उसने कोई बहुत बड़ी चीज़ पाई हो। फिर भी आज जब परेश बाबू उसके कमरे के दीये के प्रकाश से निकलकर चिंता से सिर झुकाए हुए धीरे-धीरे बाहर के अंधकार में चले गये, तब सुचरिता ने यौवन के तेज़ से दीप्त गोरा के साथ विशेष रूप से उनकी तुलना करके अपनी भक्ति की पुष्पांजलि विशेष रूप से परेश बाबू के चरणों पर चढ़ाई। दोनों हाथ जोड़कर गोद में रखे हुए वह बहुत देर तक चुपचाप प्रतिमा-सी बैठी रही।

## 61

आज सवेरे से ही गोरा के कमरे में बड़ी हलचल थी। पहले तो महिम ने हुक्के का कश लगाते-लगाते आकर गोरा से पूछा, ''तो आखिर विनय ने अपनी बेड़ियाँ काट ही दीं, क्यों?'

सहसा उनकी बात न समझकर गोरा उनके चेहरे की ओर देखता रहा।

महिम बोले, ''हमसे और छिपाने से क्या होगा भला! तुम्हारे दोस्त की बात तो किसी से छिपी नहीं है—ढोल बज रहे हैं। यह देखो न!''

कहते-कहते एक बंगला अखबार महिम ने गोरा की ओर बढ़ा दिया। उसमें उसी दिन रविवार को विनय के ब्रह्म-समाज में दीक्षा लेने के मामले पर तीखी टीका-टिप्पणी की गई थी। गोरा जब जेल में था तब ब्रह्म-समाज के किसी कन्या-भारग्रस्त विशेष सदस्य ने इस दुर्बल-चित्त युवक को गुप्त प्रलोभन देकर हिन्दू समाज से फोड़ लिया था, इसी अभियोग का लेखक ने अपनी रचना में बड़ी कटु भाषा में विस्तार से वर्णन किया था।

जब गोरा ने कहा कि यह खबर वह नहीं जानता था, तब पहले तो महिम को विश्वास नहीं हुआ, फिर विनय के इस भारी धोखे पर वह बार-बार आश्चर्य प्रकट करने लगे। वह जता गये कि एक बार स्पष्ट शब्दों में शशिमुखी से विवाह करने की स्वीकृति देने के बाद भी जब विनय इधर-उधर करने लगा तभी उन्हें समझ लेना चाहिए था कि उसका सर्वनाश शुरू हो गया है।

तभी अविनाश ने हाँफते-हाँफते आकर कहा, ''यह क्या हो गया, गौर मोहन बाबू! हम लोगों ने यह तो सपने में भी नहीं सोचा था। विनय बाबू की आखिर...''

अविनाश अपनी बात पूरी ही नहीं कर सका। विनय की इस लांछना से वह मन-ही-मन इतना खुश हो रहा था कि किसी तरह की चिंता का दिखावा करना भी उसके लिए असंभव हो गया था। देखते-देखते गोरा के गुट के सभी मुख्य-मुख्य लोग आ जुटे। विनय को लेकर उनके बीच एक बड़ी गरमा-गरम बहस छिड़ गई। अधिकतर लोगों ने एक ही बात कही—इस घटना में आश्चर्य की कोई विशेष बात नहीं थी, क्योंकि विनय के व्यवहार में वे बराबर एक दुर्बलता और दुविधा देखते आए थे। वास्तव में विनय कभी मन-वचन-कर्म से उनके गुट का सदस्य हुआ ही नहीं था। किसी-किसी ने कहा—विनय शुरू से ही अपने को किसी-न-किसी तरह गौर मोहन के बराबर सिद्ध करने का प्रयत्न करता रहा था, जो उन्हें असह्य लगता था। जहाँ दूसरे सब भक्ति के संकोच के कारण गौर मोहन से यथोचित दूरी बनाए रहते थे, वहाँ विनय ज़बर्दस्ती गोरा के साथ ऐसे घुलता-मिलता था मानो वह बाकी सबसे अलग हो और गोरा के बिल्कुल बराबर का हो। गोरा उससे स्नेह करते थे इसीलिए उसकी इस हेकड़ी को बर्दाश्त कर लेते थे। ऐसे अबाध अहंकार का ऐसा ही शोचनीय परिणाम होता है।

कोई कह रहा था, ''हम लोग विनय बाबू जितने विद्वान् नहीं हैं, हमारी इतनी अधिक बुद्धि भी नहीं है। लेकिन भाई साहब, हम लोग बराबर किसी एक सिद्धांत पर चलते हैं। हमारे मन में कुछ और, मुँह पर कुछ और नहीं होता। आज ऐसे, कल वैसे, यह हमारे बस का नहीं है। अब इस पर हमें कोई चाहे भोला कहे, चाहे मूर्ख

कहे, चाहे कुछ और कहे।''

इन सब बातों में से किसी में भी गोरा ने योग नहीं दिया, चुपचाप बैठा रहा।

काफ़ी देर हो जाने पर एक-एक करके जब सब चले गये तब गोरा ने देखा, विनय आकर उसके कमरे में प्रवेश न करके पास की सीढ़ी से सीधा ऊपर चला जा रहा है। गोरा ने जल्दी से कमरे से निकलकर पुकारा, ''विनय!''

सीढ़ियों से उतरकर विनय के कमरे में प्रवेश करते ही गोरा ने कहा, ''विनय, मैंने अनजाने में कोई अपराध कर दिया है क्या—तुमने तो जैसे मुझसे नाता ही तोड़ लिया है?''

पहले से ही विनय यह सोचकर कि आज गोरा से झगड़ा हो जायेगा, मन को कड़ा करके ही आया था। पर अब गोरा का उदास चेहरा देखकर और उसके स्वर में आहत स्नेह की व्यथा का अनुभव करके उसकी वह बलपूर्वक संचित की हुई कठोरता क्षण-भर में उड़ गई। वह कह उठा, ''भाई गोरा, मुझे गलत मत समझो। जीवन में अनेक परिवर्तन होते हैं, बहुत-सी चीज़ें छोड़ देनी पड़ती हैं, लेकिन इससे दोस्ती का नाता थोड़े ही टूट जायेगा।''

थोड़ी देर चुप रहकर गोरा ने कहा, ''विनय, तुमने क्या ब्रह्म-समाज में दीक्षा ले ली है?''

विनय ने कहा, ''नहीं गोरा, ली नहीं और लूँगा भी नहीं, लेकिन इस पर मैं कोई ज़ोर भी नहीं देना चाहता।''

गोरा ने कहा, ''इसका क्या मतलब?''

विनय ने कहा, ''इसका मतलब यही है कि मैंने ब्राह्म-धर्म में दीक्षा ली या नहीं ली, इस बात को बहुत तूल देने का भाव अब मेरे मन में नहीं है।''

गोरा ने पूछा, ''तो यह पूछूँ कि मन का भाव पहले कैसा था और अब कैसा हो गया है?''

विनय का मन गोरा के बात कहने के ढंग से फिर भड़क उठा। लड़ने के लिए कमर कसते हुए उसने कहा, ''पहले जब कभी सुनता था कि कोई ब्राह्म होने जा रहा है तब मन-ही-मन बहुत गुस्सा होता था, इच्छा होती थी कि उसे कुछ विशेष दंड मिले। किंतु अब ऐसा नहीं होता। मुझे लगता है मत का जवाब मत से, युक्ति का जवाब युक्ति से दिया जा सकता है, लेकिन बुद्धि के मामले में गुस्सा करके दंड देना बर्बरता है।''

गोरा ने कहा, ''एक हिन्दू ब्राह्म होने जा रहा है, यह देखकर अब तुम्हें गुस्सा नहीं आएगा, लेकिन ब्राह्म प्रायश्चित्त करके हिन्दू होने जा रहा है यह देखकर तुम गुस्से से जल उठोगे—पहले से यही अन्तर तो तुममें आया है।''

विनय ने कहा, ''तुम यह बात गुस्से में कह रहे हो, सोचकर नहीं कह रहे हो।''

गोरा बोला, "मैं तुम पर श्रद्धा रखता हुआ ही कह रहा हूँ। ऐसा होना ही ठीक था और यदि मैं भी होता तो ऐसा ही होता। जैसे गिरगिट रंग बदलता है, वैसे ही किसी धर्म को अपनाना या छोड़ना हमारी चमड़ी के ऊपर की चीज़ होती, तब तो कोई बात ही नहीं थी। लेकिन वह मर्म की बात है, इसीलिए उसे हलके ढंग से नहीं लिया जा सकता। अगर किसी तरह की अड़चन न होती, किसी तरह का दंड अगर न भरना पड़ता, तो ऐसे महत्त्वपूर्ण विषय में कोई एक मत अपनाते या बदलते समय मनुष्य अपनी समूची बुद्धि का आह्वान क्यों करता? सत्य को वह यथार्थ सत्य मानकर ग्रहण कर रहा है या नहीं, इसकी परीक्षा तो मनुष्य को देनी ही होगी। दंड स्वीकार करना ही होगा। सत्य का व्यापार ऐसा शौकिया व्यापार नहीं है कि रत्न भी मिल जाये और दाम भी न चुकाना पड़े।"

इस पर बहस जैसे बेलगाम हो उठी। बाणों के जवाब में बाण की तरह बातों पर बातें बरसने लगीं और उनकी टकराहट से चिनगारियाँ निकलने लगीं।

बहुत समय तक वाक्‌युद्ध होने के बाद अन्त में विनय ने उठकर खड़े होते हुए कहा, "गोरा, तुम्हारी और मेरी प्रकृति में एक मूलगत अन्तर है। वह अभी तक किसी तरह दबा हुआ था, जब भी वह उभरकर आता था मैं स्वयं उसे दबा देता था, क्योंकि मैं जानता था जहाँ भी तुम्हें कोई अलगाव दिखता है, तुम उससे समझौता करना जानते ही नहीं—एकाएक तलवार उठाकर दौड़ते हो। इसीलिए मैं तुम्हारी दोस्ती को निबाहते चलने के लिए बराबर अपनी प्रकृति को कुचलता आया हूँ, लेकिन आज समझ सकता हूँ कि इससे मंगल नहीं हुआ और हो भी नहीं सकता।"

गोरा ने कहा, "खैर, अब तुम्हारी क्या इच्छा है सो साफ़-साफ़ कहो।"

विनय ने कहा, "आज मैं अकेला अपने पैरों पर खड़ा हूँ। यह मैं किसी तरह नहीं स्वीकार कर सकता कि समाज नाम के दैत्य को रोज़ाना मनुष्य-बलि देकर उसे खुश रखना होगा और जैसे भी हो उसी के शासन का फन्दा गले में डाले रहना होगा, चाहे प्राण रहे या न रहे।"

गोरा ने पूछा, "तो महाभारत के उस ब्राह्मण शिशु की तरह तिनका लेकर बकासुर को मारने निकल रहे हो क्या?"

विनय ने कहा, "मेरे तिनके से बकासुर मरेगा या नहीं, यह तो नहीं जानता, लेकिन मुझे कच्चा चबा जाने का अधिकार उसे है, यह बात मैं हर्गिज़ नहीं मानूँगा। उसके चबाना शुरू कर देने पर भी नहीं।"

गोरा ने कहा, "अब तुम रूपक का सहारा लेकर बात करने लगे, अब समझना ही मुश्किल हो रहा है।"

विनय ने कहा "तुम्हारे लिए समझना मुश्किल नहीं है, मानना ही मुश्किल है।

जहाँ स्वभाव से मनुष्य स्वाधीन है, वहाँ उसके खाने-सोने-बैठने को भी हमारे समाज ने बिल्कुल निरर्थक बन्धनों में जकड़ रखा है, इस बात को तुम मुझसे कम जानते हो ऐसा नहीं है, लेकिन समाज की इस ज़बर्दस्ती को तुम अपनी ज़बर्दस्ती से मानना चाहते हो। किंतु मैं आज कह रहा हूँ, इन मामलों में मैं अब किसी का ज़ोर नहीं मानूँगा। मैं समाज का दावा उसी समय तक मानूँगा जिस समय तक वह मेरे उचित अधिकारों की रक्षा करेगा। अगर वह मुझे मनुष्य नहीं समझता, मुझे मशीन का एक पुर्जा बनाकर रखना चाहता है, तो मैं भी फूल-चंदन से उसकी पूजा नहीं करूँगा, उसे लोहे की मशीन-भर मानूँगा।''

गोरा ने कहा, ''यानी संक्षेप में तुम ब्राह्म हो जाओगे?''

विनय ने कहा, ''नहीं!''

गोरा ने कहा, ''ललिता से विवाह करोगे?''

विनय ने कहा, ''हाँ!''

गोरा ने पूछा, ''हिन्दू विवाह?''

विनय ने कहा, ''हाँ!''

''परेश बाबू इसके लिए राज़ी हैं?''

''यह उनकी चिट्ठी है।''

गोरा ने परेश बाबू की चिट्ठी दो बार पढ़ी। उसका अंतिम अंश था—'सुविधा-असुविधा की भी चर्चा करना नहीं चाहता। मेरे मत-विश्वास क्या हैं, मेरा समाज क्या है, यह तुम लोग जानते हो। बचपन से ललिता ने क्या शिक्षा पाई है और किन संस्कारों में पली है यह भी तुम लोगों से छिपा नहीं है। यह सब समझ-बूझकर ही तुम लोगों ने अपना मार्ग चुना है। मुझे और कुछ कहना नहीं है। यह न समझना कि मैंने बिना कुछ सोचे या कुछ सोच न पाकर पतवार छोड़ दी है। जहाँ तक मेरी सामर्थ्य है, मैंने विचार किया है—मेरी समझ में यही आया है कि तुम लोगों के मिलन में बाधा देने का कोई धर्म-संगत कारण नहीं है, क्योंकि तुम पर मुझे पूरा विश्वास है। ऐसी हालत में समाज में कोई आपत्ति हो तो उसे मानने को तुम लोग बाध्य नहीं हो। मुझे केवल इतना कहना है कि अगर तुम लोग समाज का उल्लंघन करना चाहते हो तो तुम्हें समाज से बड़ा होना होगा। तुम लोगों का प्रेम, तुम्हारा साझा जीवन केवल प्रलय-शक्ति का सूचक न हो, उसमें सृष्टि और स्थिति के तत्व भी रहें। केवल इस काम में अचानक एक दु:साहसिकता दिखा देने से काम नहीं चलेगा, इसके बाद तुम्हें जीवन के हर काम को हिम्मत के सूत्र में गूँथ देना होगा, नहीं तो तुम लोग बहुत नीचे चले जाओगे। क्योंकि समाज अब दूसरे आम लोगों की तरह तुम्हें बाहर से सहारा देता हुआ नहीं रहेगा—अपनी शक्ति से ही तुम लोग उन आम लोगों से बड़े न हुए तो तुम्हें उनसे भी नीचे

जा पड़ना होगा। तुम लोगों के भविष्य के शुभाशुभ के बारे में मुझे बहुत चिंता है। लेकिन उस चिंता के कारण तुम लोगों का मार्ग रोकने का मुझे कोई अधिकार नहीं है, क्योंकि दुनिया में साहस करके जो लोग अपने जीवन के द्वारा नई-नई समस्याओं का हल निकालने को तैयार होते हैं, वही समाज को ऊँचा उठाते हैं। जो सिर्फ़ नियम मानते हुए चलते हैं वे समाज को केवल ढोते हैं, उसे आगे नहीं बढ़ाते। इसलिए अपनी भीरुता और चिंता को लेकर तुम्हारा मार्ग मैं नहीं रोकूँगा। तुम लोगों ने जो ठीक समझा है, सारी प्रतिकूलताओं के विरुद्ध उसी का पालन करो—ईश्वर तुम्हारे सहायक हों। अपनी सृष्टि को ईश्वर किसी एक अवस्था में जंजीर से बाँधकर नहीं रखते, उसे नये-नये परिवर्तनों के तहत निरंतर नवीन करते हुए सजग रहते हैं। तुम लोग उनके इसी उद्‌बोधन के दूत बनकर अपने जीवन को मशाल की तरह जलाकर दुर्गम मार्ग पर बढ़ रहे हो, जो विश्व के परिचालक हैं वे तुम्हें राह दिखाते रहें—तुम लोगों को हमेशा मेरे ही मार्ग पर चलना होगा, ऐसा आदेश मैं कभी नहीं दे सकूँगा। तुम लोगों की उम्र में हम लोगों ने भी एक दिन घाट से बन्धन खोलकर नाव को तूफान के मुँह में डाल दिया था, किसी का निषेध नहीं सुना था। और इसके लिए आज भी कोई अनुताप नहीं है। अनुताप करने का कोई कारण हुआ भी होता तो भी क्या था! मनुष्य भूल करता है, असफल भी होता है, दुःख भी पाता है, लेकिन बैठा नहीं रहता, जो ठीक समझता है उसके लिए आत्म-समर्पण करता है, इसी तरह पुण्य-सलिला संसार-नदी की धारा निरंतर गतिमान हुई स्वच्छ रह सकती है। इसमें बीच-बीच में कभी-कभी कगारें टूटने से नुकसान भी हो सकता है, इस डर से धारा को हमेशा के लिए बाँध देना सड़ाँध और मृत्यु को आमन्त्रित करना होगा, यह मैं निश्चय जानता हूँ। इसलिए तुम लोगों को जो शक्ति दुर्निवार वेग से समाज के नियम और सुख-स्वच्छंदता के दायरे से बाहर खींचे लिये जा रही है, उसी को भक्तिपूर्वक प्रणाम करके उसी के हाथों तुम दोनों को सौंप दे रहा हूँ। वही तुम्हारे जीवन की सारी निंदा और ग्लानि को, आत्मीयों से विच्छेद को सार्थकता प्रदान करे। उसी ने तुम्हें दुर्गम मार्ग पर बुलाया है, वही तुम्हें लक्ष्य तक पहुँचा दे।'

चिट्ठी पढ़कर गोरा थोड़ी देर तक चुप रहा। फिर विनय ने कहा, "परेश बाबू ने जैसे अपनी ओर से सम्मति दे दी है, उसी तरह गोरा तुम्हें भी अपनी ओर से सम्मति देनी होगी।"

गोरा ने कहा, "परेश बाबू तो सम्मति दे सकते हैं, क्योंकि नदी की जो धारा कगार तोड़ रही है वह उन्हीं की धारा है। लेकिन मैं सम्मति नहीं दे सकता, क्योंकि हमारी धारा किनारे की रक्षा करती है। हमारे किनारे पर कितने सैकड़ों-हज़ारों वर्षों की दिगन्तव्यापी कीर्तियाँ रहीं यह हम बता ही नहीं सकते—यहाँ प्रकृति का नियम ही काम करता रहे। अपने किनारे को हम पत्थरों से बाँधकर ही रखेंगे—इसके लिए

चाहे हमारी बुराई करो, चाहे और कुछ। यह हमारी पवित्र प्राचीन पुरी है—इस पर हर साल बाढ़ से मिट्टी की नई पर्त चढ़ती रहे और किसानों के झुंड उसमें हल चलाया करें, ऐसा हमारा ध्येय नहीं है—इससे हमारा नुकसान होता है तो हो। यह हमारे रहने की जगह है, खेती करने की नहीं। इसलिए जब तुम लोगों का कृषि-विभाग इन पत्थरों को कड़े कहकर उनकी बुराई करता है तो हम उस पर शर्म से मर नहीं जाते।''

विनय ने कहा, ''यानी संक्षेप में यह कि तुम हम लोगों के इस विवाह को स्वीकार नहीं करोगे?''

गोरा ने कहा, ''निश्चय ही नहीं करूँगा।''

विनय ने कहा, ''और...''

गोरा बोला, ''और तुम लोगों से नाता तोड़ लूँगा।''

''अगर मैं तुम्हारा कोई मुसलमान मित्र होता तब?'' विनय ने कहा।

गोरा ने कहा, ''तब बात और होती। पेड़ की अपनी डाल टूटकर पराई हो जाये तो पेड़ उसे किसी तरह से फिर अपनी नहीं बना सकता। लेकिन बाहर से जो लता बढ़ आती है उसे आश्रय दे सकता है। यहाँ तक कि आँधी में उसके गिर जाने पर भी उसे फिर उठा लेने में कोई संकोच नहीं होता। अपना जब पराया हो जाता है तब उससे बिल्कुल नाता तोड़ लेने के अलावा कोई उपाय नहीं रहता। इसीलिए तो इतने नियम-बन्धन होते हैं और खींच-तान में प्राणों को भी दाँव पर लगा दिया जाता है।''

विनय ने कहा, ''इसीलिए तो नाता तोड़ने के कारण इतने घटिया और उसकी व्यवस्था इतनी सरल नहीं होनी चाहिए। बाँह टूट जाने से फिर जुड़ती नहीं यह तो ठीक है, लेकिन इसीलिए वह बात-बात में टूटती भी नहीं, उसकी हड्डियाँ बड़ी मजबूत होती हैं। जिस समाज में ज़रा-सा धक्का लगने से ही दरार आ जाती है और सदा के लिए रह जाती है, उस समाज में मनुष्य के लिए अपनी इच्छा से चलने-फिरने या काम-काज करने में कितनी कठिनाइयाँ पैदा होती हैं, यह भी तो सोचा जाना चाहिए।''

गोरा ने कहा, ''यह सोचने का दायित्व मुझ पर नहीं है। समाज ऐसी समग्रता से और इतने बड़े स्तर पर सोचता है कि मुझे उसके सोचने का आभास भी नहीं होता। हज़ारों बरसों से वह सोचता है और अपनी रक्षा भी करता आया है, इसका मुझे विश्वास है। पृथ्वी सूरज के चारों ओर तिरछी घूमती है कि सीधी, भटकती है कि नहीं, जैसे मैं यह नहीं सोचता और न सोचने पर भी मुश्किल में नहीं पड़ता—वैसी ही धारणा मेरी समाज के बारे में भी है।''

हँसकर विनय ने कहा, ''भाई गोरा, बिल्कुल यही सब बातें मैं भी इतने दिनों से इसी ढंग से कहता आया हूँ—यह कौन जानता था कि आज मुझको ही ये सब बातें सुननी पड़ेंगी। बना-बना कर बात कहने की सज़ा मुझे भोगनी पड़ेगी, यह मैं खूब समझ

रहा हूँ। किंतु बहस करने से कोई लाभ नहीं है, क्योंकि एक बात जिसे मैं आज खूब नजदीक से अच्छी तरह देख सका हूँ, वह मैंने पहले नहीं देखी थी। मनुष्य के जीवन की गति एक महानदी-सी है, वह अपने वेग से अकल्पनीय ढंग से ऐसी नई-नई दिशाओं में मार्ग बना लेती है, जिधर पहले उसका प्रवाह नहीं था। उसकी गति का यह अनोखापन, उसके ये कल्पनातीत परिवर्तन ही विधाता का अभिप्राय होते हैं—वह कोई नहर नहीं है, उसे बँधे हुए रास्ते पर नहीं चलाया जा सकता। यह बात जब अपने जीवन में ही बिल्कुल साफ़ हो गई है तब मुझे कभी कोई लच्छेदार बातों से बहका न सकेगा।''

गोरा ने कहा, ''पतंगा जब ज्वाला की ओर दौड़ता है तब वह भी ठीक तुम्हारी तरह यही तर्क देता है—इसलिए आज मैं भी तुम्हें समझाने की व्यर्थ कोशिश नहीं करूँगा।''

कुर्सी से उठकर विनय ने कहा, ''वही अच्छा है। तो चलूँ—एक बार माँ से मिल लूँ।''

जब विनय चला गया तो महिम धीरे-धीरे चलते हुए आए। पान चबाते-चबाते उन्होंने पूछा, ''शायद सुलझाव नहीं हुआ? होगा भी नहीं। मैं कब से कहता चला आ रहा हूँ, सँभल जाओ, बिगड़ने के लक्षण दिख रहे हैं, लेकिन मेरी बात पर कभी ध्यान ही नहीं दिया। उसी समय किसी तरह दबाव डालकर शशिमुखी के साथ उसका ब्याह कर देते तो कोई बात ही न रहती। लेकिन 'का कस्य परिवेदना!' कहूँ भी तो किसको? जिसे कोई जान-बूझकर न समझे, वह तो माथा फोड़कर भी नहीं समझाया जा सकता। अब विनय जैसा लड़का तुम्हारे गुट से अलग हो जाये, यह क्या कम लज्जा की बात है?''

गोरा ने कोई जवाब नहीं दिया। महिम फिर बोले, ''आखिर विनय को रोक नहीं सके? खैर, जाने दो। लेकिन शशिमुखी के साथ उसके विवाह की बात को लेकर कुछ ज़्यादा ही प्रचार हो गया। अब शशि के ब्याह में और देर करने से नहीं चलेगा। हमारे समाज के रंग-ढंग तो जानते ही हो—एक बार कोई उसकी पकड़ में आ जाये तो उसे रुलाकर ही छोड़ता है। इसीलिए एक पात्र—नहीं, नहीं घबराओ मत, तुम्हें घटक नहीं बनना पड़ेगा—मैंने खुद ही सब ठीक-ठाक कर लिया है।''

गोरा ने पूछा, ''पात्र कौन है?''

महिम बोला, ''यही तुम्हारा अविनाश।''

गोरा ने पूछा, ''वह राज़ी है?''

महिम बोले, ''राज़ी नहीं होगा! उसे क्या विनय समझ रखा है? तुम जो भी कहो, लेकिन तय यही पाया कि तुम्हारे गुट में एक अविनाश ही तुम्हारा सच्चा भक्त

है। तुम्हारे परिवार के साथ उसका सम्बन्ध होगा, यह बात सुनकर वह तो खुशी से नाच उठा। बोला, यह तो मेरा सौभाग्य है, मेरा गौरव है। दहेज की रकम की बात मैंने जब पूछी तो कानों पर हाथ रखकर बोला, माफ कीजिए, इसकी तो बात भी मुझसे न कीजिए। मैंने कहा, अच्छा, वह सब बात तुम्हारे पिता के साथ होगी। उसके बाप के पास भी गया था। बाप-बेटे में काफ़ी अन्तर देखने को मिला। रुपए की बात पर बाप ने कानों को बिल्कुल हाथ नहीं लगाया, बल्कि इस ढंग से बात करना शुरू किया कि मुझको ही कानों पर हाथ धरना पड़ गया। यह भी देखा कि लड़का इन सब मामलों में बड़ा पितृभक्त है, एकदम 'पिताहि परमं तपः'—उसे बीच में डालने से कोई ठीक नतीजा नहीं निकलेगा। अब तो कंपनी बहादुर के कुछ कागज़ भुनाए बिना काम होता नहीं दिखता। खैर, वह जो हो, तुम भी दो-एक बात अविनाश को कह लेना—तुम्हारी ओर से बढ़ावा मिलने पर शायद..."

गोरा ने कहा, "उससे रकम तो कुछ कम नहीं होने की।"

महिम ने कहा, "यह तो जानता हूँ। पितृभक्ति से जब फ़ायदा भी होता है, तब उसे सँभालना कठिन होता है।"

गोरा ने पूछा, "बात पक्की हो गई है?"

महिम बोले, "हाँ!"

"दिन, मुहूर्त सब एकदम तय है?"

"माघ महीने की पूर्णिमा को तय ही समझो। और अधिक दिन नहीं हैं। बाप ने कहा है, हीरे-पन्ने की ज़रूरत नहीं है, लेकिन गहना खूब भारी सोने का होना चाहिए। अब कैसे सोने के दाम बढ़ाए बिना उसका भार बढ़ाया जा सकता है, कुछ दिन सुनार के साथ बैठकर इसी बारे में राय-विचार करना होगा।"

गोरा ने कहा, "लेकिन इतनी जल्दी करने की क्या ज़रूरत है? अविनाश भी जल्दी ही ब्रह्म-समाज में जा मिलेगा, ऐसा तो कोई भय नहीं है!"

महिम ने कहा, "हाँ, सो तो नहीं है, लेकिन तुम लोगों ने इस बात की ओर ध्यान नहीं दिया है कि इधर दिन-पर-दिन बाबा के शरीर की हालत गिरती जा रही है। डॉक्टर लोग जितना ही रोते हैं उतना ही वे अपने नियमों को और कड़ा बनाते जाते हैं। आजकल जो संन्यासी उनके साथ है, वह उन्हें तीन बार स्नान कराता है, उस पर ऐसा हठ-योग भी शुरू कराया है कि आँखों की पुतलियाँ-पलकें, निःश्वास-प्रश्वास, नाड़ी-धमनी सब एकदम उलट-पुलट हुई जा रही हैं। बाबा के रहते-रहते शशि का विवाह हो जाने में ही अच्छा है, उनकी पेंशन की जमा-पूँजी सब स्वामी ओंकारानंद के हाथ पड़ जाने से पहले ही काम सम्पन्न हो जाये तो मुझे बहुत चिंता न करनी पड़े। कल बाबा के सामने मैंने बात उठाई भी थी—देखा कि मामला इतना आसान नहीं है। मैंने सोचा है,

उस बेटा संन्यासी को कुछ दिन कस के गाँजा पिलाकर काबू में करके उसी के द्वारा काम निकलवाना होगा। यह तुम निश्चय जान लो कि जो गृहस्थ हैं, जिनको रुपए की ज़रूरत सबसे अधिक है, बाबा का रुपया उनके हिस्से नहीं आएगा। मेरी मुश्किल यही है कि दूसरे का बाप तो कसकर रुपया वसूल करना चाहता है और अपना बाप रुपया देने की बात सुनते ही प्राणायाम करने बैठ जाता है। उस ग्यारह बरस की लड़की को अब क्या मैं गले से बाँधकर डूब मरूँ?''

## 62

हरिमोहिनी ने पूछा, ''राधारानी, तुमने कल रात को कुछ खाया क्यों नहीं?''

विस्मित होकर सुचरिता ने कहा, ''क्यों, खाया तो था।''

हरिमोहिनी ने रात से ज्यों-का-त्यों ढँका रखा खाना दिखाते हुए कहा, ''कहाँ खाया? सब तो पड़ा हुआ है!''

तब सुचरिता ने जाना कि रात खाना खाने का उसे ध्यान ही नहीं रहा।

रूखे स्वर में हरिमोहिनी ने कहा, ''यह सब तो अच्छी बात नहीं है। मैं जहाँ तक तुम्हारे परेश बाबू को जानती हूँ, उससे तो मुझे नहीं लगता कि उन्हें इतना आगे बढ़ना पसन्द होगा—उन्हें तो देखकर ही मन को शान्ति मिलती है। आजकल का तुम्हारा रवैया उन्हें पूरा मालूम होगा तो वे क्या कहेंगे भला?''

हरिमोहिनी की बात का इशारा किधर है, यह समझने में सुचरिता को कठिनाई नहीं हुई—पहले तो पल-भर के लिए मन-ही-मन वह सकुचा गई। उसने सोचा भी नहीं था कि गोरा के साथ उसके सम्बन्ध को बिल्कुल साधारण स्त्री-पुरुषों के सम्बन्ध के समान मानकर उस पर ऐसा अपवाद लगाया जा सकता है। इसीलिए हरिमोहिनी के कटाक्ष से वह डर गई। लेकिन अगले ही क्षण हाथ का काम छोड़कर वह सीधी होकर बैठ गई और हरिमोहिनी के चेहरे की ओर एकटक देखने लगी। इसी क्षण से उसने निश्चय कर लिया कि गोरा की बात को लेकर वह किसी के सामने ज़रा भी लज्जित नहीं होगी। वह बोली, ''मौसी, तुम तो जानती ही हो, कल गौर मोहन बाबू आए थे। उनसे जो चर्चा हुई उसके विषय में मेरा चित्त इतना डूब गया था कि खाने की बात भूल ही गई थी। तुम कल रात रहतीं तो बहुत-सी नई बातें सुन पातीं।''

जैसी बातें हरिमोहिनी सुनना चाहती थीं, गोरा की बातें ठीक वैसी नहीं थीं। वे बस भक्ति की ही बातें सुनना चाहती थीं। गोरा के मुँह से भक्ति की बात ऐसी सहज और सरल नहीं जान पड़ती थी। गोरा के सामने जैसे सदा एक विरोधी पक्ष रहता था

जिससे वह बराबर लड़ता रहता था। जो नहीं मानते उन्हें वह मनवाना चाहता था, किंतु जो मानते हैं उन्हें कहने के लिए उसके पास क्या था? जो बातें गोरा को उत्तेजित करती थीं उनके बारे में हरिमोहिनी बिल्कुल उदासीन थीं। ब्रह्म-समाज के लोग अगर हिन्दू समाज के साथ नहीं मिलते और अपने मत पर स्थिर रहते हैं तो इसमें हरिमोहिनी को कोई आंतरिक क्लेश नहीं होता था। अपने प्रियजनों से अपने विच्छेद का कोई कारण न उठ खड़ा हो तो उन्हें किसी बात की फिक्र नहीं थी। इसीलिए गोरा से बातचीत करके उनके मन को ज़रा भी रस नहीं मिलता था। इस पर जब से उन्होंने अनुभव किया था कि सुचरिता के मन पर गोरा का ही प्रभाव ज़्यादा पड़ रहा है तब से गोरा की बातचीत उन्हें और भी नापसन्द जान पड़ती थी। आर्थिक मामलों में सुचरिता पूरी तरह स्वाधीन थी और मत-आस्था-आचरण के मामले में भी स्वतंत्र थी, इसीलिए हरिमोहिनी किसी भी दशा में उसे पूरी तरह अपने वश में नहीं कर पाई थीं। लेकिन ढलती आयु में सुचरिता ही हरिमोहिनी का एकमात्र सहारा थी इसलिए परेश बाबू को छोड़कर सुचरिता पर और किसी का कोई अधिकार हरिमोहिनी को बहुत विचलित कर देता था। उन्हें एकाएक जान पड़ने लगा कि गोरा की बातें शुरू से आखिर तक कल्पित हैं और उसका असल उद्देश्य किसी-न-किसी तरह धोखे से सुचरिता के मन को अपनी ओर आकृष्ट कर लेना है। यहाँ तक कि वे यह भी कल्पना करने लगीं कि गोरा की लालची दृष्टि कुल मिला कर सुचरिता की सम्पत्ति पर है। उन्होंने तय कर लिया कि गोरा ही उनका प्रधान शत्रु है और मन-ही-मन मानो कमर कसकर उसका सामना करने को तैयार हो गईं।

सुचरिता के यहाँ आज गोरा के आने की कोई बात नहीं थी, कोई कारण भी नहीं था। लेकिन गोरा के स्वभाव में दुविधा नाम की चीज़ बहुत कम थी। जब जिस काम में वह प्रवृत्त होता था उसके बारे में ज़्यादा सोचता नहीं था, तीर की तरह सीधा चलता जाता था।

आज सवेरे ही गोरा जब सुचरिता के घर पहुँचा तब हरिमोहिनी पूजा कर रही थीं। सुचरिता बैठक में मेज़ पर कागज़-पत्र सँवारकर रख रही थी कि सतीश ने आकर खबर दी, गोरा बाबू आए हैं। सुचरिता को विशेष आश्चर्य नहीं हुआ, वह जैसे जानती थी कि गोरा आएगा।

कुर्सी पर बैठकर गोरा ने कहा, ''आखिर विनय ने हमें छोड़ दिया?''

सुचरिता ने कहा, ''क्यों, छोड़ कैसे दिया? वे तो ब्रह्म-समाज में शामिल नहीं हुए।''

गोरा ने कहा, ''वह ब्रह्म-समाज में ही चला गया होता तो हमारे अधिक निकट रहता। उसका हिन्दू समाज से चिपटे रहना ही अधिक दुःख देने वाला है। इससे तो

वह हमारे समाज को बिल्कुल छोड़ देता तभी अच्छा होता।''

मन-ही-मन बहुत दुःखी होकर सुचरिता ने कहा, ''आप समाज को यों अकेला अलग करके क्यों देखते हैं? समाज के ऊपर आप जो इतना अधिक विश्वास रखते हैं वह क्या आपके लिए स्वाभाविक है या कि आप अपने साथ ज़बर्दस्ती करके वैसा करते हैं?''

गोरा ने कहा, ''इस समय की परिस्थिति में ज़बर्दस्ती करना ही स्वाभाविक है। पैरों के नीचे धरती जब डगमगा उठती है तब प्रत्येक पग पर अधिक ज़ोर देना ही पड़ता है। इस समय क्योंकि चारों ओर विरोध ही दिखता है, इसलिए हमारी बातों और हमारे व्यवहार में एक अतिरंजना दिखती है। उसे अस्वाभाविक नहीं कहा जा सकता।''

सुचरिता ने कहा, ''चारों ओर जो विरोध दिखता है उसे आप बिल्कुल गलत और अनावश्यक क्यों समझते हैं? समाज अगर समय की गति में बाधा दे तो उसे चोट सहनी ही होगी।''

गोरा ने कहा, ''समय की गति पानी की लहर जैसी है, उससे किनारे टूटते रहते हैं, लेकिन उस टूटने को स्वीकार कर लेना ही किनारे का कर्तव्य है, यह मैं नहीं मानता। तुम यह मत समझो कि समाज का भला-बुरा मैं कुछ सोचता ही नहीं। वह सब सोचना तो इतना सरल है कि आजकल के सोलह साल के लड़के भी विचारक बन बैठे हैं। लेकिन मुश्किल है तो समूची चीज़ को श्रद्धा की नज़र से समग्र भाव से देख सकना।''

सुचरिता ने कहा ''श्रद्धा के द्वारा क्या हमें सत्य ही मिलता है? उसके द्वारा बिना सोचे-समझे हम मिथ्या को भी तो ग्रहण कर लेते हैं। मैं आपसे एक बात पूछती हूँ— क्या हम लोग मूर्ति पूजा पर भी श्रद्धा कर सकते हैं। आप क्या इस सबको सत्य मानकर उस पर विश्वास करते हैं?''

थोड़ी देर चुप रहकर गोरा बोला, ''मैं तुम्हें ठीक-ठीक सच्ची बात कहने की चेष्टा करूँगा। इस सबको मैंने शुरू से ही सत्य मान लिया है। यूरोपीय संस्कार के साथ इसका विरोध है इसीलिए या इसके विरुद्ध कई-एक सस्ती दलीलें दी जा सकती हैं इसीलिए मैंने तुरंत उन्हें रद्द नहीं कर दिया। धर्म के बारे में मेरी अपनी विशेष साधना नहीं है, लेकिन मैं आँख बंद करके रटी हुई बात की तरह यह नहीं कह सकता कि साकार-पूजा और मूर्ति-पूजा में कोई अन्तर नहीं है या कि भक्ति की एक चरम परिणति नहीं है। शिल्प में, साहित्य में, यहाँ तक कि विज्ञान और इतिहास में भी मनुष्य की कल्पना-वृत्ति का स्थान है, तब एक अकेले धर्म में ही उसका कोई स्थान नहीं है यह बात मैं नहीं मानूँगा। मनुष्य की सभी वृत्तियों का चरम-प्रकाश धर्म में होता है। हमारे देश में मूर्ति-पूजा में ज्ञान और भक्ति के साथ कल्पना का मेल करने की जो कोशिश हुई, क्या उसी के कारण ही हमारे देश का धर्म मनुष्य के लिए दूसरे देशों के धर्म से

अधिक सम्पूर्ण नहीं हो उठा ?''

सुचरिता ने कहा, ''ग्रीस और रोम में भी तो मूर्ति-पूजा होती थी।''

गोरा ने कहा, ''वहाँ की मूर्तियों में मनुष्य की कल्पना ने जितना सौंदर्य-बोध का आश्रय लिया था, उतना ज्ञान-भक्ति का नहीं। हमारे देश में ज्ञान और भक्ति के साथ कल्पना गम्भीर रूप से जुड़ी हुई है। हमारे राधा-कृष्ण और शिव-पार्वती मात्र ऐतिहासिक पूजा के विषय नहीं हैं, उनमें मनुष्य के चिरंतन तत्वज्ञान का रूप है। इसीलिए रामप्रसाद और चैतन्यदेव की भक्ति इन्हीं मूर्तियों का सहारा लेकर प्रकट हुई। भक्ति का ऐसा एकांत प्रकाश ग्रीस और रोम के इतिहास में कब देखा गया ?''

सुचरिता ने कहा, ''समय के परिवर्तन के साथ-साथ धर्म और समाज का कोई परिवर्तन आप स्वीकार करना ही नहीं चाहते ?''

गोरा बोला, ''क्यों नहीं चाहता ? लेकिन वह परिवर्तन पागलपन हो तो नहीं चल सकता। मनुष्य का परिवर्तन मनुष्यत्व की राह पर ही होगा—बच्चा समय के साथ बूढ़ा हो जाता है, लेकिन आदमी अचानक कुत्ता-बिल्ली तो नहीं हो जाता। भारतवर्ष का परिवर्तन भारतवर्ष के रास्ते पर ही होना चाहिए, एकाएक अंग्रेज़ी इतिहास का मार्ग पकड़ लेने से एक सिरे से दूसरे सिरे तक सब पंगु और निरर्थक हो जायेगा। देश की शक्ति, देश का ऐश्वर्य सब देश में ही संचित है, यही तुम सबको बताने के लिए मैंने अपना जीवन अर्पित किया है। मेरी बात समझ तो रही हो ?''

सुचरिता ने कहा, ''हाँ, समझ रही हूँ। लेकिन मैंने ये सब बातें पहले कभी नहीं सुनीं, और सोचीं भी नहीं। नई जगह पहुँच जाने पर जैसे किसी स्पष्ट चीज़ से परिचित होने में देर लगती है, वैसी ही स्थिति मेरी है। या शायद मैं स्त्री हूँ, इसीलिए मुझे पूरी उपलब्धि नहीं हो रही है।''

गोरा बोल उठा, ''बिल्कुल नहीं, मैं तो बहुत-से ऐसे पुरुषों को जानता हूँ, यह सब चर्चा उनके साथ बहुत दिनों से करता आ रहा हूँ—वे लोग निःसंशय होकर यह निश्चय किये बैठे हैं कि वे सब कुछ अच्छी तरह समझ गये हैं, लेकिन मैं तुमसे पक्के तौर पर कहता हूँ कि अपने मन के सामने तुम जो देख पा रही हो उनमें से कोई ज़रा-सा भी नहीं देख पाया। तुममें वह गहरी सूक्ष्म दृष्टि है, यह मैंने तुम्हें देखते ही अनुभव किया था, इसीलिए मैं अपनी इतने दिनों की मन की सब बातें लेकर तुम्हारे पास आता रहा हूँ, अपना सारा जीवन मैंने तुम्हारे सामने खोलकर रख दिया है, ज़रा भी संकोच नहीं किया।''

सुचरिता ने कहा, ''जब आप ऐसी बात करते हैं तब मेरा मन बहुत व्यथित हो उठता है। मुझसे आप क्या आशा करते हैं, मैं क्या दे सकती हूँ, मुझे क्या काम करना होगा, मेरे भीतर जो भाव उमड़ रहे हैं उन्हें कैसे प्रकट करूँ, कुछ भी तो मैं समझ नहीं

पाती। यही भय लगा रहता है कि मुझ पर आपने जितना विश्वास किया है एक दिन कहीं आपको यही न लगे कि वह भूल थी।''

गम्भीर स्वर में गोरा ने कहा, ''उसमें कहीं भूल नहीं है। तुम्हारे भीतर कितनी बड़ी शक्ति है, यह मैं तुम्हें दिखा दूँगा। तुम ज़रा भी मत घबराओ—तुम्हारी जो योग्यता है उसे प्रकाश में ले आने का भार मुझ पर है, तुम मुझ पर भरोसा रखो।''

सुचरिता ने कुछ नहीं कहा, लेकिन बिना कहे भी यह बात व्यक्त हो गई कि भरोसा रखने में उसने कहीं कोई कसर नहीं रखी है। गोरा भी चुप रहा। बहुत देर कमरे में सन्नाटा रहा। बाहर गली में पुराने बर्तनवाला पीतल का बर्तन झनझनाता हुआ दरवाज़े पर हाँक लगाकर चला गया।

अपनी पूजा समाप्त करके हरिमोहिनी रसोईघर की ओर जा रही थीं। सुचरिता के कमरे में कोई है, इसका उन्हें ज्ञान भी नहीं था। लेकिन अचानक कमरे की ओर नज़र उठने पर जब उन्होंने देखा कि सुचरिता और गोरा चुप बैठे कुछ सोच रहे हैं, दोनों में से कोई शिष्टाचार की भी कोई बात नहीं कर रहा है, तब पल-भर के लिए उनके क्रोध की लहर बिजली-सी ब्रह्मरन्ध्र तक पहुँच गई। किसी तरह अपने को सँभालकर उन्होंने दरवाज़े पर खड़े-खड़े पुकारा, ''राधारानी!''

सुचरिता के उठकर उनके पास आने पर उन्होंने मृदु स्वर में कहा, ''आज एकादशी है, मेरी तबीयत ठीक नहीं है, तुम ज़रा रसोई में जाकर चूल्हा सुलगाओ, तब तक मैं थोड़ी देर गौर बाबू के पास बैठूँ।''

मौसी का भाव देखकर चिंतित-सी सुचरिता रसोई की ओर चली गई। हरिमोहिनी के कमरे में आने पर गोरा ने उन्हें प्रणाम किया। वे कुछ कहे बिना कुर्सी पर बैठ गईं। थोड़ी देर तक होंठ भींचकर चुप बैठे रहने के बाद उन्होंने कहा, ''तुम तो ब्राह्म नहीं हो न?''

गोरा ने कहा, ''नहीं।''

हरिमोहिनी ने पूछा, ''हमारे हिन्दू समाज को तो तुम मानते हो?''

गोरा ने कहा, ''ज़रूर मानता हूँ।''

हरिमोहिनी बोलीं, ''तब तुम्हारा यह कैसा व्यवहार है?''

हरिमोहिनी का अभिप्राय समझ न पाकर चुपचाप गोरा उनका मुँह ताकता रहा।

हरिमोहिनी ने कहा, ''राधारानी सयानी हो गई है। तुम लोग तो उसके सगे नहीं हो। उसके साथ तुम्हें इतनी क्या बात करनी होती है? वह लड़की है, उसे घर का काम-काज भी करना होता है, उसे भी इतनी बातें करने की क्या ज़रूरत है? इनसे तो उसका मन दूसरी तरफ़ चला जायेगा। तुम तो ज्ञानी आदमी हो, सारा देश तुम्हारी प्रशंसा करता है—लेकिन यह सब हमारे देश में कब होता था, और किस शास्त्र में ऐसा लिखा है?''

गोरा को भारी ठेस लगी। इस तरह की बात सुचरिता के सम्बन्ध में कहीं से उठ सकती है यह उसने सोचा भी न था। थोड़ी देर चुप रहकर वह बोला, "वे ब्रह्म-समाज में है, उन्हें इसी तरह बराबर सबसे मिलते-जुलते देखता रहा हूँ, इसीलिए मुझे कुछ खयाल ही नहीं हुआ।"

हरिमोहिनी ने कहा, "अच्छा, वही ब्रह्म-समाज में सही, किंतु तुम तो इस सबको कभी अच्छा नहीं कहते। तुम्हारी बातें सुनकर आजकल के कितने ही लोगों को होश आ गया है, तुम्हारा ही व्यवहार ऐसा होगा तो लोग तुम्हारी क्यों सुनेंगे? अभी कल देर रात तक तुम उसके साथ बातें करते रहे, तब भी तुम्हारी बात खत्म नहीं हुई और आज फिर सवेरे से ही आ जुटे। सवेरे से वह न भंडारे में गई है, न रसोई में; आज एकादशी के दिन मेरी ही कुछ मदद कर दे, इसका भी खयाल उसे नहीं आया, यह उसकी कैसी पढ़ाई हो रही है? तुम्हारे घर में भी तो लड़कियाँ हैं—उन्हें भी क्या तुम सब काम-काज छुड़ाकर ऐसी ही शिक्षा दे रहे हो, या और कोई दे तो तुम्हें उचित लगेगा?"

इन सब बातों का गोरा की ओर से क्या जवाब हो सकता था! उसने केवल इतना कहा, "उन्हें ऐसी ही शिक्षा मिलती रही है, इसीलिए मैंने इन सब बातों के बारे में विचार नहीं किया।"

हरिमोहिनी ने कहा, "उसे चाहे कैसी भी शिक्षा मिलती रही हो, जब तक वह मेरे पास है और जब तक मैं जीती हूँ तब तक यह सब नहीं चलेगा। उसे मैं बहुत कुछ ठीक रास्ते पर ले आई हूँ। जब वह परेश बाबू के यहाँ थी तभी यह शोर मचने लगा था कि मेरे साथ रहकर वह हिन्दू हो गई है। फिर इस घर में आकर तुम्हारे विनय के साथ न जाने क्या कुछ बातें होती रहीं कि फिर सब उलट गया। वे तो अब ब्राह्म घर में ब्याह करने चले हैं। खैर, मुश्किल से तो विनय से छुटकारा मिला। फिर एक कोई हारान बाबू आते थे। वे जब आते तब मैं राधारानी को लेकर ऊपर अपने कमरे में चली जाती, इसलिए उनकी भी नहीं चली। इसी तरह बड़ा प्रयत्न करके अब लगता है कि इसकी मति फिर कुछ सुधरने लगी है। इस घर में आकर तो उसने फिर सबका छुआ खाना शुरू कर दिया था, कल देखा वह फिर बंद कर दिया है। कल रसोई से अपना खाना अपने आप ले गई, नौकर को पानी लाने से मना कर दिया। अब, भैया तुमसे हाथ जोड़कर विनती करती हूँ, तुम अब फिर उसे मत बिगाड़ो। दुनिया में मेरे जो कोई थे सब मर गये, वही एक बची है, उसका भी मेरे अलावा कोई अपना नहीं है। तुम लोग उसे छोड़ दो। उनके घर में और भी तो बड़ी-बड़ी लड़कियाँ हैं—लावण्य है, लीला है, वे भी तो बुद्धिमती हैं, पढ़ी-लिखी हैं, तुम्हें कुछ कहना ही हो तो उन्हें जाकर कहो, कोई तुम्हें मना नहीं करेगा।"

गोरा एकदम स्तंभित होकर बैठा रहा। थोड़ा रुककर हरिमोहिनी फिर बोलीं, ''तुम्हीं सोचो, उसे तो शादी-ब्याह भी करना होगा—उम्र भी काफ़ी हो गई है। तुम क्या समझते हो कि बुढ़ापे तक वह ऐसे ही बैठी रहेगी? लड़कियों को घर का काम-काज तो करना ही होता है।''

साधारणतया इस बारे में गोरा को कोई सन्देह नहीं था, उसकी भी तो यही राय थी, लेकिन सुचरिता के बारे में मन-ही-मन अपने मत को मानते हुए उसने कभी लागू करके नहीं देखा था। सुचरिता गृहिणी होकर किसी एक गृहस्थी के अन्त:पुर में घर के काम-काज में लगी हुई हो, यह उसने कभी कल्पना में भी नहीं सोचा था। मानो सुचरिता अब जैसी है हमेशा वैसी ही रहेगी।

गोरा ने पूछा, ''अपनी भांजी के विवाह के बारे में आपने कुछ सोचा है क्या?''

हरिमोहिनी ने कहा, ''सोचना तो होता ही है। मैं नहीं तो और कौन सोचेगा?''

गोरा ने फिर पूछा, ''उनका विवाह क्या हिन्दू समाज में हो सकेगा?''

हरिमोहिनी ने कहा, ''उसकी कोशिश तो करनी होगी। वही और गड़बड़ न करे और ठीक ढंग से रहे, तो काम अच्छी तरह बन जायेगा। वह सब मैंने मन-ही-मन ठीक कर रखा है। बीच में तो उसके जो ढंग थे उनको देखते हुए मुझे कोई पक्का फैसला करने का साहस नहीं हो रहा था। दो दिन से अब फिर देख रही हूँ कि उसका मन कुछ नरम पड़ गया है, इसलिए फिर भरोसा होता है।''

गोरा ने सोचा कि इस बारे में और अधिक कुछ पूछना उचित नहीं है, लेकिन पूछे बिना न रह सका, ''पात्र क्या आपने मन में सोच रखा है?''

हरिमोहिनी ने कहा, ''सोचा तो है। पात्र अच्छा ही है—मेरा छोटा देवर कैलाश। उसकी बहू कुछ दिन हुए मर गई; मनपसन्द लड़की न मिलने से अब तक बैठा है, नहीं तो ऐसा लड़का क्या यों ही पड़ा रहता है? राधारानी के साथ ठीक जँचेगा।''

ज्यों-ज्यों गोरा के मन में सुई-सी चुभने लगी त्यों-त्यों कैलाश के बारे में वह और प्रश्न पूछता गया।

हरिमोहिनी के देवरों में एक कैलाश ने ही कठिन परिश्रम करके कुछ आगे तक पढ़ाई-लिखाई की थी—कहाँ तक, यह हरिमोहिनी नहीं बता सकती थीं। कुनबे में उसी को विद्वान माना जाता था। गाँव के पोस्टमास्टर के खिलाफ सदर में दरखास्त भेजते समय कैलाश ने ही ऐसी ज़बर्दस्त अंग्रेज़ी में लिख दिया था कि पोस्ट ऑफिस के कोई एक बड़े बाबू स्वयं जाँच-पड़ताल के लिए आए थे। इससे गाँव के सभी लोग कैलाश की योग्यता से काफ़ी प्रभावित हो गये थे। इतनी शिक्षा होने पर भी आचार और धर्म के मामले में कैलाश की निष्ठा ज़रा भी कम नहीं हुई थी।

कैलाश का पूरा परिचय जान लेने के बाद गोरा चलने को उठ खड़ा हुआ।

हरिमोहिनी को प्रणाम करके और कुछ कहे बिना वह घर से बाहर हो गया।

गोरा जब सीढ़ी से आँगन की ओर उतर रहा था तब सुचरिता आँगन के दूसरी ओर रसोई में काम में लगी थी। गोरा के पैरों की आवाज़ सुनकर वह द्वार के पास आकर खड़ी हो गई। लेकिन किसी ओर देखे बिना गोरा बाहर चला गया। एक लम्बी साँस लेकर सुचरिता फिर रसोई के काम में आ जुटी।

गली के मोड़ पर ही गोरा की हारान बाबू से मुठभेड़ हो गई। हारान बाबू ने थोड़ा हँसकर कहा, "आज बड़े सवेरे निकल पड़े!"

गोरा ने कोई उत्तर नहीं दिया। हारान बाबू ने फिर थोड़ा हँसकर पूछा, "वहीं गये थे शायद! सुचरिता घर पर तो है?"

गोरा ने "हाँ" कहा, और दनदनाता हुआ आगे बढ़ गया।

सुचरिता के घर में घुसते ही हारान बाबू ने सामने रसोई के खुले द्वार से सुचरिता को देख लिया। सुचरिता को भाग जाने का रास्ता न था, मौसी भी पास में ही थीं।

हारान बाबू ने पूछा, "गौर मोहन बाबू से अभी-अभी भेंट हुई। वे अब तक यहीं थे शायद?"

उन्हें सुचरिता ने कोई जवाब नहीं दिया, सहसा बर्तनों से इतनी व्यस्त हो उठी जैसे उसे साँस लेने की भी फुरसत नहीं है। लेकिन हारान बाबू इससे हार मानने वाले नहीं थे। उन्होंने रसोई के बाहर आँगन में ही खड़े-खड़े बातचीत शुरू कर दी। सीढ़ी के पास आकर हरिमोहिनी ने दो-तीन बार खाँसा भी, लेकिन उसका कोई असर नहीं हुआ। हरिमोहिनी हारान बाबू के सामने भी आ सकती थीं, लेकिन उन्होंने समझ लिया था कि एक बार उनके हारान बाबू के सामने आ जाने पर इस उद्यमी युवक के उत्साह से इस घर में उनका या सुचरिता का बचना मुश्किल हो जायेगा। इसीलिए हारान बाबू की छाया देखकर भी वह इतना लम्बा घूँघट निकाल लेती थीं जो उनकी नव-वधू अवस्था में भी आवश्यकता से अधिक ही समझा जाता।

हारान बाबू बोले, "सुचरिता, तुम किधर जा रही हो ज़रा सोचो तो? कहाँ जाकर पहुँचोगी? तुमने यह तो सुन ही लिया होगा कि ललिता के साथ विनय बाबू का ब्याह हिन्दू पद्धति से होगा। इसके लिए कौन ज़िम्मेदार है, जानती हो?"

सुचरिता की ओर से कोई जवाब न पाकर हारान बाबू ने धीमे और गम्भीर स्वर में कहा, "तुम ज़िम्मेदार हो।"

हारान बाबू ने सोचा था कि इतने तीखे और भयानक अभियोग की चोट सुचरिता कभी नहीं सह सकेगी। लेकिन वह बिना बोले अपना काम करती रही, यह देखकर उन्होंने स्वर और भी गम्भीर करके उँगली उठाकर सुचरिता की ओर हिलाते हुए कहा, "सुचरिता, मैं फिर कहता हूँ, ज़िम्मेदार तुम हो। क्या तुम दिल पर हाथ रखकर कह

सकती हो कि इसके लिए तुम समूचे ब्रह्म-समाज के निकट अपराधी नहीं हो?''

सुचरिता ने चुपचाप कढ़ाई चूल्हे पर रख दी, उसमें तेल छनछनाने लगा।

हारान बाबू कहते रहे, ''तुम्हीं विनय बाबू और गौर मोहन बाबू को अपने घर में लाईं और तुम्हीं ने इनको इतना बढ़ावा भी दे दिया कि आज वे दोनों तुम्हारे ब्रह्म-समाज के सभी मान्य-बंधुओं से भी बड़े हो गये हैं। इसका क्या नतीजा हुआ, देख ही रही हो। क्या शुरू से ही मैंने बार-बार सावधान नहीं किया? आज क्या हुआ है? अब ललिता को कौन रोकेगा? तुम सोचती हो कि ललिता के साथ ही मुसीबत टल गई, किंतु वैसा नहीं है। आज मैं तुम्हें सावधान करने आया हूँ, अब तुम्हारी बारी है। आज ललिता की दुर्घटना से तुम्हें ज़रूर मन-ही-मन पछतावा हो रहा होगा, लेकिन वह दिन दूर नहीं है जब अपने ही अध:पतन पर तुम्हें पछतावा तक न होगा। लेकिन सुचरिता, अब भी लौटने का समय है। एक बार सोचकर देखो; एक दिन कितनी बड़ी, कितनी महान आशा के साथ हम दोनों मिले थे। हमारे सामने जीवन का कर्तव्य कैसा उज्ज्वल था, ब्रह्म-समाज का भविष्य किस उदार भाव से खुल रहा था, हमारे कितने संकल्प थे और रोज़ाना हम लोग कितना संबल जुटा रहे थे! तुम क्या समझती हो, वह सब खत्म हो गया? बिल्कुल नहीं। हमारा वह आशा का क्षेत्र आज भी वैसा ही प्रस्तुत है—एक बार पलटकर देखो तो। एक बार लौट तो आओ।''

उस समय खौलते तेल में कई तरकारियाँ जोरों से छनछनाने लगी थीं और सुचरिता उन्हें कौशल से पलट रही थी। जब हारान बाबू अपने प्रवचन का परिणाम जानने के लिए चुप हुए तो सुचरिता ने आग पर से कढ़ाई नीचे उतारकर रखते हुए उनकी ओर मुड़कर दृढ़ स्वर में कहा, ''मैं हिन्दू हूँ।''

बिल्कुल हतबुद्धि होकर हारान बाबू ने कहा, ''तुम हिन्दू हो?''

सुचरिता ने दोहराया, ''हाँ, मैं हिन्दू हूँ।'' और कढ़ाई को फिर आग पर चढ़ाकर तरकारियों को चलाने लगी।

क्षण भर में सँभलकर हारान बाबू ने तीखे स्वर में कहा, ''तभी शायद गौर मोहन बाबू सवेरा हो, संध्या हो, तुम्हें दीक्षा देते रहते हैं?''

मुँह उधर मोड़े बिना ही सुचरिता ने कहा, ''हाँ, मैंने उन्हीं से दीक्षा ली है, वही मेरे गुरु हैं।''

एक समय से हारान बाबू अपने को ही सुचरिता का गुरु समझते आ रहे थे। आज सुचरिता के मुँह से यह सुनकर भी कि वह गोरा से प्रेम करती है, उन्हें इतना कष्ट न होता जितना गुरु वाली बात से हुआ। उनका गुरु का अधिकार आज गोरा ने छीन लिया है, सुचरिता की यह बात उन्हें तीर-सी चुभी।

उन्होंने कहा, ''तुम्हारे गुरु चाहे जितने बड़े हों, तुम क्या समझती हो कि हिन्दू

समाज तुम्हें ग्रहण कर लेगा?''

सुचरिता ने कहा, ''वह सब मैं कुछ नहीं समझती। मैं समाज भी नहीं जानती। मैं बस इतना जानती हूँ कि मैं हिन्दू हूँ।''

हारान बाबू ने कहा, ''क्या तुम यह जानती हो कि तुम इतने दिनों तक अविवाहित रही हो और सिर्फ़ इसी बात पर तुम हिन्दू समाज से जाति से बाहर कर दी जा सकती हो?''

सुचरिता ने कहा, ''इस बारे में आप फिजूल चिंता न करें, लेकिन मैं आपसे इतना ही कहती हूँ कि मैं हिन्दू हूँ।''

हारान बाबू ने कहा, ''जो धर्म-शिक्षा परेश बाबू से मिली थी वह भी क्या अपने इस नये गुरु के चरणों पर न्योछावर कर दी?''

सुचरिता ने कहा, ''मेरा धर्म मेरे अन्तर्यामी जानते हैं, इसके बारे में मैं किसी के साथ कोई बहस नहीं करना चाहती। आप यही जानिये कि मैं हिन्दू हूँ।''

अब हारान बाबू बिल्कुल तिलमिला उठे और बोले, ''तुम चाहे कितनी बड़ी हिन्दू हो जाओ—उससे कोई शुभ नतीजा नहीं निकलेगा, यह मैं तुम्हें बता दूँ। तुम्हारे गौर मोहन बाबू विनय बाबू जैसे नहीं हैं। तुम अपने को हिन्दू-हिन्दू पुकारकर गला फाड़ लो तब भी यह आशा न करना कि गौर बाबू तुम्हें अपना लेंगे। चेली बनाकर गुरुगीरी करना आसान है, लेकिन इसी से वे तुम्हें घर ले जाकर गृहस्थी चलाएँगे, यह बात सपने में भी मत सोचना!''

सुचरिता रसोई भूलकर बिजली की तरह तड़पकर खड़ी हो गई और बोली, ''यह सब बात क्या कह रहे हैं?''

''मैं कह रहा हूँ कि गौर मोहन बाबू कभी तुमसे विवाह नहीं करेंगे।''

सुचरिता की आँखें लाल हो उठीं। वह बोली, ''विवाह? मैंने आपसे कहा नहीं कि वे मेरे गुरु हैं?''

हारान बाबू ने कहा, ''वह तो कहा, लेकिन जो नहीं कहा वह भी तो हम समझ सकते हैं।''

सुचरिता ने कहा, ''आप यहाँ से चले जाइए। मेरा अपमान मत कीजिए। मैं आपसे कहे देती हूँ कि आज से मैं आपके सामने कभी नहीं आऊँगी।''

हारान बाबू ने कहा, ''हाँ, सामने कैसे आओगी! अब से तो तुम जनाने में रहोगी। हिन्दू रमणी! असूर्यम्पश्या! परेश बाबू के पाप का घड़ा अब भर गया। बुढ़ापे में अब वे अपनी करनी का फल भोगते रहें—हम तो विदा लेते हैं।''

धड़ाक से सुचरिता ने रसोई का दरवाज़ा बंद कर दिया और फ़र्श पर बैठ गई। मुँह में आँचल ठूँसकर किसी तरह अपनी सिसिकियों को दबाने की कोशिश करने

लगी। हारान बाबू मानो कालिख-पुता चेहरा लिये बाहर को चल दिए।

हरिमोहिनी ने दोनों की पूरी बात सुन ली थी। आज सुचरिता के मुँह से उन्होंने जो सुना वह उनकी उम्मीद से परे था। उनकी छाती खुशी से फूल उठी। उन्होंने सोचा—क्यों न होता, मैं जो सच्चे मन से अपने गोपी-वल्लभ की पूजा करती आई वह क्या सब यों ही चली जायेगी?

फौरन हरिमोहिनी ने अपने पूजा-गृह में जाकर फ़र्श पर लेटकर देवता को साष्टांग प्रणाम किया और प्रण किया कि आज से वे भोग और भी बढ़ा देंगी। अब तक उनकी पूजा दुःख की सान्त्वना के लिए होने के कारण शान्त-भाव से होती थी, आज उसके स्वार्थ-साधना का रूप लेते ही वह अत्यंत उग्र और क्षुधातुर हो उठी।

## 63

गोरा ने जिस ढंग से सुचरिता से बात की थी, उस तरह पहले कभी किसी से नहीं की थी। अपने श्रोताओं के सामने अब तक वह केवल अपने वाक्य, मत और उपदेश ही रखता आया था, अब सुचरिता के सामने उसने खुद अपने को निकालकर रख दिया था। इस आत्म-प्रकाश के आनंद में उसके सारे मत और संकल्प न केवल एक शक्ति से बल्कि एक रस से भर उठे। एक सौंदर्यश्री ने उसके जीवन को छा लिया। मानो उसकी तपस्या पर सहसा देवताओं ने अमृत बरसा दिया हो।

गोरा पिछले कुछ दिनों से रोज़ाना इसी आनंद के आवेश से भरकर कुछ सोचे बिना सुचरिता के पास आता रहा था। किंतु आज हरिमोहिनी की बात सुनकर एकाएक उसे याद आया कि ऐसी ही मुग्धता के लिए एक दिन उसने विनय का कैसा मज़ाक उड़ाया था और तिरस्कार किया था। आज अनजाने ही स्वयं उसी परिस्थिति में आकर वह चौंक उठा। अनजान जगह में बेहोश सोया हुआ व्यक्ति धक्का खाकर जैसे हड़बड़ाकर उठता है वैसे ही गोरा अपनी सारी शक्ति लगाकर अपने को सजग करने लगा। वह लगातार प्रचार करता आया था कि पृथ्वी पर अनेक प्रबल जातियों का सम्पूर्ण विनाश हो गया—भारत ही केवल संयम और दृढ़ता से नियम पालन के चलते सदियों से प्रतिकूल शक्तियों के आघात सहता हुआ भी अपने को बचाये रख सका है। उस नियम में थोड़ी-सी भी शिथिलता स्वीकार करने को वह राज़ी नहीं था। उसका कहना था, भारतवर्ष का सभी कुछ लूटा जा रहा है, लेकिन अपने जिस प्राण पुरुष को उसने इस सब कड़े नियम-संयम के भीतर छिपाकर रखा है, उस तक किसी अत्याचारी राजा का वार पहुँच ही नहीं सकता। हम लोग जब तक दूसरी जाति के

अधीन हैं तब तक हमें अपने नियम का पालन और भी दृढ़तापूर्वक करना होगा। अच्छे-बुरे के विवेचन का समय अभी नहीं है। जो व्यक्ति भँवर में फँसकर मृत्यु के मुँह की ओर बहा जा रहा हो वह जिस किसी चीज़ के सहारे अपने को बचा सकता हो उसी को पकड़ता है, यह नहीं सोचता कि वह चीज़ सुंदर है या कुरूप। हमेशा से गोरा यही बात कहता आया था—आज भी उसके पास कहने को यही था। हरिमोहिनी ने जब गोरा के आचरण की बुराई की, तब जैसे अंकुश की चोट से गजराज तड़प उठा।

गोरा जब अपने घर पहुँचा तब दरवाज़े के सामने सड़क पर बेंच डालकर महिम नंगे बदन बैठे तम्बाकू खा रहे थे। आज उनके ऑफिस की छुट्टी थी। गोरा को भीतर जाते देखकर उन्होंने भी उसके पीछे जाकर पुकारकर कहा, ''गोरा, मेरी एक बात सुनते जाओ!''

गोरा को अपने कमरे में ले जाकर महिम ने पूछा, ''बुरा मत मानना भाई, पहले पूछ लूँ कि कहीं तुम्हें भी विनय की छूत तो नहीं लग गई? उस इलाके में बार-बार आना-जाना होने लगा है।''

गोरा का चेहरा लाल हो उठा। वह बोला, ''कोई भय नहीं है।''

महिम ने कहा, ''जैसे ढंग देखता हूँ, कुछ कहा नहीं जा सकता। तुम सोचते हो वह एक खाने की चीज़ है जिसे मज़े से निगलकर फिर लौटाया जा सकेगा। लेकिन उसी के भीतर काँटा लगा है, यह अपने दोस्त की हालत देखकर ही समझ सकते हो। अरे, चले कहाँ—असल बात तो अभी मैंने कही ही नहीं। ब्राह्म लड़की के साथ विनय का ब्याह तो सुनता हूँ बिल्कुल पक्का हो गया है। लेकिन उसके बाद उनके साथ हमारा किसी तरह का मेल-व्यवहार नहीं चल सकता। यह मैं तुम्हें पहले से ही कहे रखता हूँ।''

गोरा ने कहा, ''वह तो नहीं ही चल सकता।''

महिम ने कहा, ''लेकिन माँ अगर गोलमाल करेंगी तो मुश्किल होगी। हम लोग गृहस्थ हैं, यों ही बेटे-बेटियों के ब्याह में प्राण मुँह को आ जाते हैं, उसके ऊपर अगर घर में ही ब्रह्म-समाज बैठ जायेगा तब तो तुझे यहाँ से बोरिया-बिस्तर उठा लेना पड़ेगा।''

गोरा ने कहा, ''नहीं, वह सब कुछ नहीं होगा।''

महिम ने कहा, ''शशि के विवाह का मामला तय हो चला है। हमारे समधी जितने वजन की लड़की लेंगे उससे कुछ अधिक सोना लिये बिना नहीं छोड़ेंगे, क्योंकि वे जानते हैं कि मनुष्य तो नश्वर पदार्थ है, सोना उससे अधिक दिन टिकता है। दवा की बजाय उनका रुझान इस ओर अधिक है कि वह किस चीज़ में लपेट कर दी जा रही

है। उसे समधी कहना तो उसकी हेठी करना है—वह तो एकदम बेहया है! खैर, खर्च तो बहुत होगा, लेकिन उससे जो सबक मिला है वह लड़के के ब्याह के समय काम आएगा। मेरा तो मन होता है, एक बार फिर से इस ज़माने में जन्म लेकर बाबा को बीच में रखकर अपना ब्याह बाकायदा तय करूँ—अपने पुरुष जन्म को एकदम सोलह आने सार्थक करके दिखाऊँ! यही तो पौरुष है—लड़की के बाप को एकबारगी पछाड़ देना क्या मामूली बात है! तुमने जो कहा, तुम्हारे साथ मिलकर दिन-रात हिन्दू समाज की जयध्वनि करने लायक जोश किसी तरह नहीं जुट पाता, भाई, गले से आवाज़ ही नहीं निकलती। मेरी तीन कोड़ी की उमर होने में कुल चौदह महीने बाकी हैं—पहली लड़की को जन्म देने की भूल का सुधार करने में सहधर्मिणी ने लम्बा समय लिया—लेकिन जो हो उसके विवाह का समय होने तक सब लोग मिलकर हिन्दू समाज को जीवंत रखो, उसके बाद देश के लोग चाहे मुसलमान हों चाहे ईसाई, मुझे कोई मतलब नहीं।''

गोरा को उठकर खड़े होते देख महिम बोले, ''मैं इसीलिए कह रहा था, कि शशि के विवाह पर विनय को निमन्त्रण देने से नहीं चलेगा। उस वक्त इस बात को लेकर फिर कोई हंगामा मचे, यह नहीं होने देना होगा। माँ को तुम अभी से सावधान कर रखना।''

गोरा ने माँ के कमरे में जाकर देखा आनंदमयी फ़र्श पर बैठी आँखों पर चश्मा चढ़ाए एक खाते में न जाने किस चीज़ की सूची बना रही हैं। गोरा को देखकर चश्मा उतारकर उन्होंने खाता बंद करते हुए कहा, ''बैठ।''

गोरा के बैठ जाने पर आनंदमयी बोलीं, ''मुझे तेरे साथ कुछ सलाह करनी है। विनय के ब्याह की खबर तो सुन ली है न?''

गोरा चुप रहा। आनंदमयी बोलीं, ''विनय के चाचा नाराज़ हैं, वे लोग कोई नहीं आएँगे। उधर यह विवाह परेश बाबू के घर पर हो सकेगा, इसमें भी सन्देह है। सब इंतजाम विनय को ही करना होगा, इसीलिए मैं सोचती थी, हमारे घर के उत्तर वाले हिस्से में निचली मंज़िल तो किराए पर चढ़ी हुई है, लेकिन ऊपर वाले किराएदार चले गये हैं—वहीं दुमंज़िले में यदि ब्याह का बंदोबस्त कर दिया जाये तो कैसा रहेगा?''

गोरा ने पूछा, ''क्या यह ठीक रहेगा?''

आनंदमयी बोलीं, ''मैं न होऊँगी तो ब्याह का सारा काम कौन सँभालेगा? वह तो बेचारा मुसीबत में पड़ जायेगा। वहाँ ब्याह की बात हो जाये तो मैं इस घर से ही सारा इंतज़ाम कर दे सकूँगी, अधिक दौड़-धूप नहीं करनी पड़ेगी।''

गोरा ने कहा, ''वह नहीं हो सकेगा माँ!''

आनंदमयी ने पूछा, "क्यों नहीं हो सकेगा? उनसे तो मैंने पूछ लिया है।"

गोरा ने कहा, "नहीं माँ, यह ब्याह नहीं हो सकेगा—मैं कहता हूँ, तुम मेरी बात मानो।"

आनंदमयी ने कहा, "क्यों, विनय उनकी विधि से तो ब्याह कर नहीं रहा है।"

गोरा ने कहा, "यह सब बहस की बात है। समाज के सामने यह दलील नहीं चलेगी। विनय की जो इच्छा है करे, हम लोग इस ब्याह को नहीं मान सकते। कलकत्ता शहर में घरों की कोई कमी नहीं है—और उसका अपना भी तो घर है।"

घर बहुत मिल सकते हैं, यह आनंदमयी भी जानती थीं। लेकिन विनय सभी बंधु-परिजनों से परित्यक्त होकर अनाथों की तरह किसी किराए के घर में विवाह-संस्कार पूरा करे, यही उनके मन को अखर रहा था। इसीलिए उन्होंने मन-ही-मन सोच लिया था कि उनके मकान का जो हिस्सा किराए के लिए खाली पड़ा है वहीं विनय के विवाह की व्यवस्था कर दी जाये। इससे समाज से कोई झगड़ा मोल लिये बिना वे अपने ही घर में शुभ-कर्म का अनुष्ठान करके तृप्त हो सकेंगी।

उन्होंने गोरा की दृढ़ आपत्ति जानकर लम्बी साँस लेकर कहा, "तुम जब इतने ही विरुद्ध हो तब तो कहीं और ही मकान किराए पर लेना होगा। लेकिन उससे मुझ पर बहुत बोझ पड़ेगा। खैर, जब यह हो ही नहीं सकता तब इसके बारे में और सोचकर क्या होगा!"

गोरा ने कहा, "माँ, इस ब्याह में तुम्हारे शामिल होने से कैसे चलेगा।"

आनंदमयी ने कहा, "यह तू क्या कह रहा है, गोरा! अपने विनय के ब्याह में मैं शामिल न होऊँगी तो कौन होगा!"

गोरा ने कहा, "वह किसी तरह नहीं हो सकेगा, माँ!"

आनंदमयी ने कहा, "गोरा, विनय के साथ तेरा मतभेद हो सकता है, लेकिन इसीलिए क्या तू उसका दुश्मन हो जायेगा?"

कुछ उत्तेजित होकर गोरा ने कहा, "माँ, यह कहना तुम्हारी ज़्यादती है। आज विनय के ब्याह में मैं जो खुशी-खुशी शामिल नहीं हो पा रहा हूँ, मेरे लिए यह कोई सुख की बात नहीं है। विनय को मैं कितना प्यार करता हूँ यह और कोई चाहे न जाने, पर तुम तो जानती हो। लेकिन माँ, यह प्यार की बात नहीं है, इसमें दोस्ती-दुश्मनी कुछ नहीं है। विनय ने परिणाम की बात सोच-समझकर ही इधर कदम बढ़ाया है। हमने उसे नहीं छोड़ा, उसी ने हमें छोड़ दिया है, इसलिए अब जो विच्छेद हो रहा है उससे उसको ऐसी कोई चोट नहीं पहुँचेगी जिसके लिए वह तैयार न हो।"

आनंदमयी ने कहा, "गोरा, यह बात तो ठीक है कि विनय यह जानता है कि उस विवाह के मामले में तुम्हारा उसके साथ किसी तरह का सहयोग नहीं होगा। लेकिन

यह भी तो वह निश्चय जानता है कि मैं इस शुभ कर्म में किसी तरह उसका परित्याग नहीं कर सकूँगी। विनय अगर समझता कि उसकी बहू को मैं आशीर्वाद-पूर्वक ग्रहण नहीं करूँगी तो मैं पक्का जानती हूँ कि वह प्राण जाने पर भी यह ब्याह न कर सकता। विनय के मन को मैं क्या जानती नहीं?'' कहते-कहते आनंदमयी ने आँखों के कोने से आँसू पोंछ लिये। विनय की ओर से गोरा के मन में भी जो गहरी पीड़ा थी वह उमड़ आई। फिर भी उसने कहा, ''माँ, तुम समाज में रहती हो और समाज की ऋणी हो, यह बात तुम्हें याद रखनी होगी।''

आनंदमयी ने कहा, ''गोरा, मैंने तो बार-बार तुमसे कहा है कि समाज से मेरा नाता बहुत दिनों से टूट गया है। इसीलिए तो समाज मुझसे घृणा करता है और मैं भी उससे दूर रहती हूँ।''

गोरा ने कहा, ''माँ, तुम्हारी इसी बात से मुझे सबसे अधिक तकलीफ़ होती है।''

अपनी छलछलाती हुई स्निग्ध दृष्टि से आनंदमयी ने जैसे गोरा का सर्वांग सहलाते हुए कहा, ''बेटा, ईश्वर जानते हैं, तुझे इस तकलीफ़ से बचाना मेरे बस में नहीं है।''

उठते हुए गोरा ने कहा, ''तब फिर मुझे क्या करना होगा, यह तुम्हें बता दूँ। मैं अभी विनय के पास जाता हूँ, जाकर उससे कहूँगा कि अपने विवाह के मामले में तुम्हें उलझाकर समाज से तुम्हारे विच्छेद को और बढ़ावा न दे—क्योंकि यह तो उसकी सरासर ज़्यादती और स्वार्थपरता होगी।''

हँसकर आनंदमयी ने कहा, ''अच्छा, तू जो कर सके कर ले—उसे जाकर कह दे, फिर मैं देख लूँगी।''

आनंदमयी गोरा के चले जाने पर बहुत देर तक बैठकर सोचती रहीं। फिर धीरे-धीरे उठकर पति के कक्ष में चली गईं।

आज एकादशी थी, इसलिए कृष्णदयाल ने भोजन बनाने का कोई यत्न नहीं किया था, उन्हें घेरण्ड-संहिता का एक नया बंगला अनुवाद मिल गया था, उसी को हाथ में पकड़े एक मृगछाला पर बैठे वे पाठ कर रहे थे।

वे आनंदमयी को देखकर असमंजस में पड़ गये। आनंदमयी उनसे काफ़ी दूरी रखती हुई कमरे की देहरी पर ही बैठ गईं और बोलीं, ''देखो, बड़ा अन्याय हो रहा है!''

कृष्णदयाल सांसारिक न्याय-अन्याय से परे जा पहुँचे थे, इसीलिए उन्होंने उदासीन भाव से पूछा, ''कैसा अन्याय?''

आनंदमयी ने कहा, ''गोरा को अब और एक दिन भी धोखे में रखना ठीक नहीं है—बात की हद होती जा रही है।''

जिस दिन गोरा ने प्रायश्चित्त की बात उठाई थी उस दिन कृष्णदयाल के मन में भी यह बात आई थी, किंतु फिर योग की तरह-तरह की प्रक्रियाओं के कारण उन्हें इस बारे में सोचने का अवकाश ही नहीं मिला।

आनंदमयी ने कहा, ''शशिमुखी के ब्याह की बात हो रही है, शायद इसी फागुन के महीने में होगा। इससे पहले जब भी घर में कोई सामाजिक कर्म हुआ है किसी-न-किसी बहाने मैं गोरा को साथ लेकर दूसरी जगह चली जाती रही हूँ। इस बीच कोई इतना बड़ा काम भी नहीं हुआ। लेकिन अब शशि के विवाह में उसे कहाँ ले जाऊँगी? अन्याय रोज़ ही बढ़ता जा रहा है, मैं रोज़ दोनों समय भगवान से हाथ जोड़कर यही माँगती हूँ कि उन्हें जो सज़ा देनी हो सब मुझको ही दें। लेकिन मुझे बड़ा भय लग रहा है—अब और छिपाकर नहीं रखा जा सकेगा। गोरा को कठिनाई होगी। अब मुझे अनुमति दे दो, मैं उसे सारी बात खोलकर कह दूँ—फिर मेरे भाग्य में जो होगा, होगा।''

कृष्णदयाल की तपस्या भंग करने के लिए इंद्रदेव ने यह क्या विघ्न भेज दिया! इधर उनकी तपस्या भी बहुत कठोर हो उठी थी—साँस रोकने में वह असंभव को संभव कर रहे थे, उन्होंने भोजन की मात्रा इतनी कम कर दी थी कि पेट को पीठ से मिला देने का उनका हठ पूरा होने में अधिक समय न था। ऐसे समय यह उत्पात हुआ!

कृष्णदयाल बोले, ''क्या तुम पागल हुई हो? वह बात आज प्रकट होने पर मैं तो बड़े संकट में पड़ जाऊँगा—क्या सफ़ाई दूँगा—पेंशन तो रुक ही जायेगी, शायद पुलिस भी तंग करेगी। जो हो गया सो हो गया, अब जितना सँभलकर चल सको, चलो—न चल सको तो भी कोई दोष नहीं होगा।''

कृष्णदयाल ने सोच रखा था कि उनकी मृत्यु के बाद जो हो सो हो, पर तब तक वे स्वतंत्र होकर रहना चाहते थे। फिर उनके अनजाने किसका क्या हो रहा है, इसे अनदेखा करते रहने से ही किसी प्रकार काम चल जायेगा। क्या करना चाहिए, कुछ निश्चय न कर पाकर आनंदमयी उदास मुँह लिये उठ खड़ी हुईं। पल-भर खड़ी होकर बोलीं, ''तुम्हारा शरीर कैसा हुआ जा रहा है, यह नहीं देखते?''

आनंदमयी की इस मूर्खता पर कृष्णदयाल ज़ोर से हँसे और बोले, ''शरीर!''

अन्त तक इस विषय की चर्चा किसी संतोषजनक परिणाम तक नहीं पहुँची और कृष्णदयाल ने फिर घेरण्ड-संहिता में मन लगाया। उधर बाहर के कमरे में उनके संन्यासी के साथ बैठे महिम उच्च स्वर में परमार्थ-तत्व की चर्चा में लगे हुए थे। गृहस्थ को मुक्ति मिल सकती है या नहीं, अत्यंत विनीत व्याकुल स्वर में यह प्रश्न पूछकर हाथ जोड़कर वह ऐसे एकांत आग्रह और भक्ति से इसका उत्तर सुनने बैठे थे मानो मुक्ति पाने के लिए उन्होंने अपना सब कुछ दाँव पर लगा दिया हो। गृहस्थ को मुक्ति नहीं मिल सकती किंतु स्वर्ग मिल सकता है, संन्यासी यही समझाकर महिम को किसी

तरह संतुष्ट करने की कोशिश कर रहे थे, लेकिन महिम को तसल्ली ही न होती थी। उन्हें मुक्ति चाहिए ही चाहिए, स्वर्ग से उन्हें कोई प्रयोजन नहीं है। किसी तरह कन्या का विवाह हो लेते ही वे संन्यासी की चरण-सेवा करते हुए मुक्ति की साधना में जुट जायेंगे, इस प्रण से उन्हें कोई डिगा नहीं सकेगा। किंतु कन्या का विवाह तो ऐसा आसान मामला नहीं है—हाँ, यदि बाबा की दया हो जाये तो शायद बेड़ा पार हो सके!

## 64

यह याद करके कि बीच में कुछ समय तक वह खुद को भुला बैठा था, गोरा पहले से ज़्यादा कठोर हो उठा। वह जो समाज को भूलकर एक प्रबल मोह में फँस गया था, इसका मूल कारण उसने नियम-पालन की शिथिलता को ही समझा।

प्रात:कालीन पूजा-अर्चना करके गोरा ने कमरे में आकर देखा, परेश बाबू बैठे हैं। उसके हृदय में एक बिजली-सी कौंध गई। परेश बाबू के साथ उसका जीवन किसी सूत्र से एक गहरी आत्मीयता में बँधा हुआ है, भीतर-ही-भीतर वह इसे स्वीकार किये बिना न रह सका। वह परेश बाबू को प्रणाम करके बैठ गया।

परेश बाबू बोले, ''विनय के विवाह की बात तो तुमने ज़रूर सुनी होगी?''

गोरा ने कहा, ''हाँ!''

परेश बाबू बोले, ''वह ब्राह्म मत से विवाह करने को तैयार नहीं है।''

गोरा ने कहा, ''तब तो उसका यह विवाह करना ही ठीक नहीं है।''

परेश बाबू तनिक हँस दिए, क्योंकि इस बात पर कोई बहस करने की आवश्यकता उन्होंने नहीं समझी। फिर बोले, ''हमारे समाज में से कोई इस विवाह में भाग नहीं लेगा, विनय के घर के लोग भी कोई नहीं आएँगे, ऐसा सुना है। अपनी कन्या की ओर से मैं अकेला हूँ—शायद विनय की ओर से तुम्हारे सिवा कोई नहीं होगा, इसीलिए इस बारे में तुमसे सलाह करने आया हूँ।''

सिर हिलाकर गोरा ने कहा, ''इस बारे में मुझसे क्या सलाह होगी—मैं तो इसमें नहीं हूँ।''

विस्मित होकर परेश बाबू ने पल-भर गोरा के चेहरे पर नज़र टिकाकर पूछा, ''तुम भी नहीं हो?''

गोरा परेश के इस विस्मय से थोड़ा-सा लज्जित हुआ लेकिन इस संकोच को छिपाने के लिए ही उससे दुगने ज़ोर से कहा, ''मैं इसमें कैसे पड़ सकता हूँ?''

परेश बाबू ने कहा, ''मैं जानता हूँ कि तुम उसके मित्र हो, मित्र की ज़रूरत सबसे

अधिक क्या ऐसे समय नहीं होती है?''

गोरा ने कहा, ''मैं उसका मित्र ज़रूर हूँ, किंतु संसार में वही तो एकमात्र या सबसे बड़ा बन्धन नहीं है?''

परेश बाबू ने पूछा, ''गौर, तुम क्या समझते हो कि विनय के आचरण से कोई अन्याय या अधर्म प्रकट होता है?''

गोरा ने कहा, ''धर्म के भी तो दो पक्ष होते हैं—एक नित्य पक्ष और एक लौकिक पक्ष। धर्म जहाँ समाज के नियम में प्रकाशित होता है वहाँ उसे नज़रन्दाज़ नहीं किया जा सकता—करने से समाज टूट जाता है।''

परेश बाबू ने कहा—''नियम तो अनगिनत हैं। लेकिन सभी नियमों में धर्म ही प्रकाशित होता है, यह क्या पक्के तौर पर मान लेना होगा?''

गोरा के मन को परेश बाबू ने एक ऐसे बिंदु पर छुआ जहाँ उसमें पहले ही से एक मंथन हो रहा था और उस मंथन से एक सिद्धांत भी उपलब्ध हो रहा था। इसलिए जो बातें उसके भीतर उमड़ रही थीं उन्हें परेश बाबू के सामने कह डालने में उसे कोई संकोच नहीं हुआ। उसकी बात का निचोड़ यह था कि अगर हम स्वयं अपने को नियमों के द्वारा समाज के अधीन न कर लेते तो समाज के गहरे भीतरी उद्देश्यों में बाधक हो जाते हैं, क्योंकि वे उद्देश्य गूढ़ होते हैं, उन्हें स्पष्ट देख सकना हर किसी के लिए संभव नहीं होता। इसीलिए हम में यह क्षमता होनी चाहिए कि बिना विचार किये भी समाज को मानते चल सकें।

स्थिर होकर परेश बाबू ने गोरा की बात अन्त तक सुनी। जब वह रुक गया और अपनी प्रगल्भता पर कुछ झेंप भी गया, तब परेश बाबू ने कहा, ''तुम्हारी बात मोटे तौर पर तो मैं मानता हूँ। यह बात ठीक है कि प्रत्येक समाज में विधाता का एक विशेष अभिप्राय होता है। यह अभिप्राय सभी के सामने स्पष्ट हो ऐसा भी नहीं है। लेकिन उसे स्पष्ट देखने की कोशिश करना ही तो मनुष्य का काम है, पेड़-पौधों की तरह अचेतन भाव से नियम को मानते जाने में तो उसकी सार्थकता नहीं है।''

गोरा ने कहा, ''मेरा कहना मात्र यह है कि पहले समाज को सब तरफ़ से पूरी तरह मानकर चलने से ही समाज के यथार्थ उद्देश्य के बारे में हमारी चेतना निर्मल हो सकती है, उसका विरोध करने से हम सिर्फ़ उसमें बाधा ही नहीं देते, बल्कि उसे गलत भी समझते हैं।''

परेश बाबू ने कहा, ''विरोध और बाधा के बिना तो सच्चाई की परीक्षा हो ही नहीं सकती। और सत्य की परीक्षा किसी एक प्राचीन समय में मनीषियों के एक समूह के सामने होकर हमेशा के लिए समाप्त हो गई हो, ऐसा नहीं है। हर युग के सामने बाधाओं और विरोधों के बीच से सत्य को नवीन होकर प्रकट होना होगा। जो हो,

इन सब बातों को लेकर मैं बहस करना नहीं चाहता। मैं मनुष्य की व्यक्तिगत स्वाधीनता का पक्षधर हूँ। उसी स्वाधीनता के भाव से हम ठीक-ठीक जान पाते हैं कि कौन-सा नित्य सत्य है और कौन-सी नश्वर कल्पना। इसी को जानने और जानने की चेष्टा करने पर ही समाज का हित निर्भर करता है।''

परेश बाबू यह कहकर उठ गये। गोरा भी उठ खड़ा हुआ। परेश ने कहा, ''मैंने सोचा था ब्रह्म-समाज के अनुरोध से शायद मुझे इस विवाह से थोड़ा-सा अलग रहना होगा, विनय के मित्र के नाते सारा काम तुम अच्छी तरह सम्पन्न करा दोगे। यहीं पर तो आत्मीयों से मित्र अच्छे रहते हैं—उन्हें समाज का आघात नहीं सहना पड़ता। लेकिन जब तुम भी विनय को त्याग देना ही कर्तव्य समझते हो तब सारा भार मुझ पर ही है, यह काम अकेले मुझको ही निभाना होगा।''

परेश बाबू के अकेले रहने का अर्थ वास्तव में कितना अकेला है, यह उस समय गोरा नहीं जान सका था। वरदासुंदरी उनके विरुद्ध खड़ी हो गई थीं, घर की लड़कियाँ भी प्रसन्न नहीं थीं और हरिमोहिनी की आपत्ति के डर से सुचरिता को परेश बाबू ने विवाह के बारे में परामर्श करने के लिए बुलाया ही नहीं था। उधर ब्रह्म-समाज के सभी लोग उनके विरुद्ध आक्रामक हो उठे थे और विनय के चाचा ने उन्हें जो दो-एक पत्र लिखे थे, उनमें उन्हें कुटिल, कुचक्री और लड़कों को बिगाड़ने वाला कहकर गालियाँ ही दी थीं।

घर से परेश बाबू के बाहर होते ही अविनाश और गोरा के गुट के दो-एक दूसरे सदस्य कमरे में आ गये और परेश बाबू को लक्ष्य करके मज़ाक उड़ाने लगे। गोरा ने कहा, ''वे श्रद्धा के पात्र हैं। श्रद्धा करने की क्षमता तुम लोगों में न हो तो कम-से-कम उनका मज़ाक करने के ओछेपन से तो बचो!''

गोरा को फिर से अपने गुट के लोगों के बीच आकर अपने पुराने पिटे-पिटाये कामों में फँसना पड़ा। लेकिन यह सब नीरस है—कितना नीरस! यह तो कुछ भी नहीं है, इसे काम कहा ही नहीं जा सकता, इसमें कहीं कोई जीवंतता नहीं है! इस तरह केवल लिख-पढ़कर, बातें करके, गुट बाँधकर कोई काम नहीं होता, बल्कि निकम्मापन ही बढ़ता जाता है। गोरा के मन में यह बात पहले कभी इतने प्रबल रूप में न आई थी जितनी कि इस समय आई। नई शक्ति से छलकता हुआ उसका जीवन अपने मुक्त बहने के लिए एक नया सत्य-पथ ढूँढ रहा था। वह उसे बिल्कुल अच्छा नहीं लग रहा था।

इधर प्रायश्चित्त सभा का आयोजन ज़ोरों से चल रहा था। इस आयोजन में गोरा को विशेष उत्साह था। वह प्रायश्चित्त केवल जेल की अशुचिता का प्रायश्चित्त नहीं था, बल्कि इसके द्वारा सभी ओर से सम्पूर्ण निर्मल होकर जैसे नई देह पाकर वह अपने

कर्मक्षेत्र में एक बार फिर नया जन्म लेना चाहता था। प्रायश्चित्त का विधान ले लिया गया था, दिन भी निश्चित हो गया था, पूर्व और पश्चिम बंग के विख्यात अध्यापकों-पंडितों को निमन्त्रण-पत्र भेजे जा रहे थे—गोरा के गुट में जो धनी थे उन्होंने रुपए भी जुटा दिए। गुट के सभी लोग समझते थे कि बहुत दिन बाद देश में एक ढंग का काम होने जा रहा है। अविनाश ने अपने सम्प्रदाय के सभी लोगों से चुपके-चुपके सलाह करके तय कर रखा है कि उस दिन सभा में गोरा को सब पंडितों की ओर से फूल-चंदन, धान्य-दूर्वा आदि सब उपचारों के साथ 'हिन्दू-धर्म-प्रदीप' की उपाधि दी जायेगी। इस बारे में संस्कृत में कुछ श्लोक लिखकर, उसके नीचे सभी ब्राह्मण पंडितों के हस्ताक्षर कराकर, सुनहरी स्याही से छपाकर चंदन के बक्स में रखकर उसे उपहार दिया जायेगा, साथ ही मैक्समूलर द्वारा प्रकाशित ऋग्वेद के खंड को बहुमूल्य चमड़े की जिल्द बँधाकर सबसे प्राचीन और मान्य अध्यापकों के हाथों भारतवर्ष के आशीर्वाद-स्वरूप उसे भेंट किया जायेगा। इस सबसे यह भाव अत्यंत प्रभावी रूप से प्रकट किया जा सकेगा कि धर्म-भ्रष्टता के आधुनिक युग में गोरा ही वेद-विहित सनातन-धर्म का सच्चा रक्षक है।

उस दिन के कार्यक्रम को अत्यंत प्रीतिकर और फलदायक बनाने के लिए गोरा से छिपकर उसके गुट के लोगों की मीटिंग बराबर चल रही थी।

## 65

हरिमोहिनी को अपने देवर कैलाश की एक चिट्ठी मिली थी जिसमें उसने लिखा था, "श्री चरणों में आशीर्वाद। यहाँ सब मंगल है। अपने कुशल समाचार से हमारी चिंता दूर करें।"

यह कहने की ज़रूरत नहीं कि हरिमोहिनी ने जब से उनका घर छोड़ा था तभी से उन्हें इस चिंता को ढोना पड़ता आ रहा था, लेकिन कुशल समाचार की कमी दूर करने के लिए अभी तक उन्होंने कोई कोशिश नहीं की थी। खुदी, पटल, भजहरि आदि कई लोगों के समाचार देकर अन्त में कैलाश ने लिखा था, "जिस पात्री की बात आपने लिखी है उसकी पूरी जानकारी दीजिएगा। आपने लिखा है कि वह बारह-तेरह बरस की होगी, लेकिन देखने में बहुत बड़ी दिखती है। इसमें तो कोई हर्ज़ नहीं है। उसकी जिस सम्पत्ति की बात आपने लिखी है उस पर अधिकार सिर्फ़ जीवन-भर का है या चिर-स्थायी, इसकी पूरी पड़ताल करके लिखें तो बड़े भाइयों को बताकर उनकी सम्मति ले सकूँगा। यों मैं समझता हूँ कि वे असहमत न होंगे। पात्री की हिन्दू धर्म में

निष्ठा है, यह सुनकर बेफिक्र हुआ लेकिन इतने दिन वह ब्राह्म घर में पली है, यह बात किसी को पता न लगे, इसका ध्यान रखना होगा—इसलिए यह बात और किसी को न बताइएगा। अगली पूर्णिमा को चंद्र-ग्रहण है, गंगा-स्नान का योग है, सुविधा हुई तो उसी समय आकर कन्या देख लूँगा।''

इतने दिन जैसे-तैसे हरिमोहिनी कलकत्ता में काटती रही थीं। लेकिन ससुराल लौट सकने की संभावना के अंकुरित होते ही उनका मन उतावला हो उठा। निर्वासन का एक-एक दिन उन्हें भारी और असहनीय लगने लगा, इच्छा होने लगी कि तुरंत सुचरिता को कहकर दिन तय करके काम सम्पन्न कर डालें। लेकिन बहुत जल्दी करने का भी उनका साहस न हुआ। क्योंकि सुचरिता को जितना ही वे निकट से देखती थीं उतना ही उन्हें महसूस होता था कि वे उसे ठीक तरह समझ नहीं सकी हैं।

हरिमोहिनी मौके की ताक में रहने लगीं और सुचरिता के प्रति पहले से भी अधिक सतर्क हो गईं, यहाँ तक कि पहले पूजा में भी वे जितना समय लगाती थीं उसमें धीरे-धीरे कमी होने लगी। मानो सुचरिता को वे थोड़ी देर के लिए भी आँखों से ओझल न होने देना चाहती थीं।

सुचरिता ने लक्ष्य किया कि सहसा गोरा का आना बंद हो गया है। उसने समझ लिया कि हरिमोहिनी ने गोरा को ज़रूर कुछ कहा होगा। उसने मन-ही-मन कहा—अच्छी बात है, ऐसा ही सही। वे न आएँ, लेकिन वही मेरे गुरु हैं।

जो गुरु आँखों के सामने रहता है, उसकी तुलना में अनुपस्थित गुरु का प्रभाव कहीं ज़्यादा होता है, क्योंकि उस स्थिति में गुरु की उपस्थिति की कमी मन अपने भीतर से ही पूरी कर लेता है। गोरा मौजूद होता तो सुचरिता उससे बहस करती, पर अब वह गोरा की रचनाएँ पढ़कर उसके वाक्यों को बिना प्रतिवाद स्वीकार कर लेती। जो समझ न आता मन-ही-मन उसके बारे में सोच लेती कि गौर बाबू होते तो ज़रूर समझा देते।

गोरा की उस तेजस्वी मूर्ति को देखने और उसकी भारी, गम्भीर आवाज़ सुनने की इच्छा क्या किसी तरह पूरी हो सकती थी? अपनी इस अतृप्त आंतरिक उत्सुकता से सुचरिता भीतर-ही-भीतर घुटने लगी। रह-रहकर एक तीखे दर्द के साथ उसे ध्यान आता, कितने लोग बिना किसी प्रयास के दिन-रात गोरा का दर्शन पा सकते हैं, लेकिन उस दर्शन का कोई महत्त्व वे नहीं जानते।

एक दिन ललिता ने तीसरे पहर आकर सुचरिता के गले से लिपटकर कहा, ''सुचि दीदी!''

सुचरिता ने कहा, ''कहो ललिता?''

ललिता ने कहा, ''सब तय हो गया है।''

सुचरिता ने पूछा, "कब का तय हुआ?"

ललिता ने कहा, "अगले सोमवार को।"

सुचरिता ने पूछा, "कहाँ?"

सिर हिलाकर ललिता ने कहा, "वह सब तो मैं नहीं जानती, बाबा को पता है।"

बाँह से ललिता को घेरते हुए सुचरिता ने कहा, "तू खुश है न?"

ललिता ने कहा, "खुश क्यों न होऊँगी?"

सुचरिता ने कहा, "तू जो चाहती थी सब तुझे मिल गया, अब किसी से झगड़ा करने को कुछ नहीं रहा—लेकिन मुझे भय लगता है, कहीं इसी से अब तेरा उत्साह ठंडा न पड़ जाये।"

हँसकर ललिता ने कहा, "क्यों, झगड़ा करने के लिए किसी की कमी क्यों होगी? अब तो बल्कि ढूँढने घर से बाहर भी नहीं जाना पड़ेगा।"

तर्जनी से ललिता का गाल दबाते हुए सुचरिता ने कहा, "यह बात है! अभी से इस सबकी भी तैयारी हो रही है। तब तो मैं विनय से कह दूँगी, अब भी समय है, वह बेचारा सँभल सकता है।"

ललिता ने कहा, "अब तुम्हारे बेचारे को सँभलने का मौका नहीं मिलने का। अब उसका छुटकारा नहीं है। जन्मपत्री में जो मुसीबत लिखी थी, वह फल रही है, अब माथा पीटने के सिवा कोई चारा नहीं है!"

गम्भीर होकर सुचरिता ने कहा, "मुझे कितनी प्रसन्नता हो रही है बता नहीं सकती, ललिता! विनय जैसे स्वामी के तू योग्य हो सके, यही मैं प्रार्थना करती हूँ।"

ललिता बोली, "वाह! क्यों नहीं! जैसे मेरे योग्य तो किसी को होना नहीं होगा। इस बारे में उन्हीं से एक बार पूछकर देख लो न। एक बार उनकी राय सुन लो, फिर तुम्हें भी पछतावा होगा कि ऐसी अनोखी और अचरज-भरी हस्ती का स्नेह पाकर भी इतने दिनों तक तुमने अपने सौभाग्य को नहीं पहचाना—कितनी अंधी हो रही थीं।"

सुचरिता ने कहा, "चलो खैर, अब तो एक जौहरी मिल गया न। जब सही दाम लगाने वाला मिल गया तब किस बात का खेद—अब हम जैसे अनाड़ियों से स्नेह माँगने की ज़रूरत ही नहीं होगी।"

ललिता ने कहा, "होगी कैसे नहीं? बहुत होगी।" कहते-कहते उसने सुचरिता के गाल पर इतने ज़ोर की चुटकी काटी कि वह 'उफ' कर उठी। "तुम्हारे स्नेह की ज़रूरत मुझे बराबर होगी। मुझे धोखा देकर वह और किसी को देने से नहीं चलेगा।"

ललिता के गाल से अपना गाल सटाते हुए सुचरिता ने कहा, "किसी को नहीं दूँगी, किसी को नहीं दूँगी।"

ललिता ने पूछा, "किसी को नहीं? या बिल्कुल किसी को भी नहीं?"

सुचरिता ने केवल सिर हिला दिया। तब कुछ अलग हटकर बैठती ललिता बोली, ''देखो भई सुचि दीदी, तुम तो जानती हो तुम्हारा और किसी को प्यार करना मैं कभी नहीं सह सकती थी। अब तक मैंने तुमसे नहीं कहा, आज कहती हूँ—गौर मोहन बाबू जब हमारे घर आते थे—नहीं, दीदी, ऐसा करने से नहीं चलेगा, मुझे जो कहना है आज मैं कहकर ही रहूँगी—तुमसे मैंने कभी कुछ नहीं छिपाया, लेकिन न जाने क्यों यह एक बात तुमसे किसी तरह नहीं कह सकी और इसके लिए बराबर दुःखी रही हूँ। यह बात कहे बिना मैं तुमसे विदा लेकर नहीं जा सकूँगी। गौर मोहन बाबू जब हमारे घर आते थे तब मुझे बड़ा गुस्सा आता था—क्यों आता था? तुम सोचती थीं कि मैं कुछ समझती नहीं। मैंने देखा था, तुम मेरे सामने उनका नाम भी नहीं लेती थीं। इससे मुझे और भी गुस्सा आता था। तुम उन्हें मुझसे भी ज़्यादा प्यार करो यह मैं सह नहीं सकती थी...नहीं दीदी, मुझे कहने दो—और इससे मुझे कितना कष्ट होता था यह मैं अब क्या बताऊँ। आज भी तुम मुझसे वह बात नहीं करोगी अगर तुम्हारा...''

हड़बड़ाकर सुचरिता ने ललिता का मुँह बंद करते हुए कहा, ''ललिता, तुम्हारे पाँव पड़ती हूँ, वह बात ज़बान पर न ला। उसे सुनकर मेरा धरती में समा जाने को मन हो उठता है।''

ललिता ने कहा, ''क्यों भई, उन्होंने क्या... ?''

छटपटाकर सुचरिता ने कहा, ''नहीं-नहीं। ललिता, पागलों की-सी बात मत कर। जो बात सोची भी नहीं जा सकती, वह कहनी भी नहीं चाहिए।''

सुचरिता के इस संकोच पर बिगड़ते हुए ललिता ने कहा, ''लेकिन भई, यह तो तुम्हारी ज़्यादती है। मैंने खूब देखा है और दावे से कह सकती हूँ कि...''

ललिता से हाथ छुड़ाकर सुचरिता कमरे से बाहर निकल गई। ललिता ने पीछे-पीछे दौड़ते हुए जाकर उसे पकड़ लिया और वापस लाते हुए कहा, ''अच्छा-अच्छा, और मैं कुछ नहीं कहती।''

सुचरिता ने कहा, ''फिर कभी मत कहना!''

ललिता ने कहा, ''इतनी बड़ी प्रतिज्ञा तो मुझसे नहीं निभ सकती। कहने का दिन आएगा तो कहूँगी, नहीं तो नहीं कहूँगी, बस इतना वादा कर सकती हूँ।''

उधर हरिमोहिनी कुछ दिनों से बराबर सुचरिता पर नज़र रखती थीं और उसके पीछे-पीछे घूमती रहती थीं। सुचरिता सब समझती थी और हरिमोहिनी की यह शंकापूर्ण सतर्कता उसके मन पर एक बोझ-सी बनी रहती थी। वह भीतर-ही-भीतर छटपटाती रहती, लेकिन कह कुछ भी न पाती थी। आज ललिता के चले जाने के बाद बहुत थका-टूटा मन लेकर सुचरिता मेज़ पर दोनों हाथों के बीच सिर टेककर रोने लगी। नौकर कमरे में बत्ती जलाने आ रहा था, इशारे से उसे रोक दिया। वह समय

हरिमोहिनी की संध्या-वंदना का था। लेकिन हरिमोहिनी ने ऊपर से ही ललिता को जाते हुए देखकर एकाएक नीचे उतरकर सुचरिता के कमरे में आकर पुकारा, ''राधारानी!''

छिपाकर आँसू पोंछती हुई सुचरिता जल्दी से उठ खड़ी हुई।

हरिमोहिनी ने पूछा, ''क्या हो रहा है?''

सुचरिता ने कोई उत्तर नहीं दिया।

कठोर स्वर में हरिमोहिनी ने पूछा, ''यह सब क्या हो रहा है, मेरी कुछ समझ में नहीं आता।''

सुचरिता ने कहा, ''मौसी! क्यों दिन-रात तुम मुझ पर इस तरह निगरानी रखती हो?''

हरिमोहिनी ने कहा, ''निगरानी क्यों रखती हूँ, यह क्या तुम नहीं समझतीं? यह जो खाना-पीना छोड़ रखा है और रोती हो, ये किस तरह के लच्छन हैं? मैं बच्ची तो नहीं हूँ, मैं क्या इतना भी नहीं समझती?''

सुचरिता ने कहा, ''मैं तुमसे कहती हूँ मौसी, तुम कुछ भी नहीं समझतीं। तुम इतना गलत समझती हो कि मेरे लिए पल-पल और असह्य होता जाता है।''

हरिमोहिनी ने कहा, ''अच्छी बात है, मैं गलत ही समझती सही, अब तुम्हीं ठीक समझा दो न!''

पूरा ज़ोर लगाकर अपना संकोच दूर करते हुए सुचरिता ने कहा, ''अच्छा, लो मैं कहती हूँ—मैंने गुरु से एक ऐसी बात पाई है जो मेरे लिए नई है, उसे पूरी तरह दिल में बैठाने के लिए बड़ी शक्ति चाहिए, उसी का अभाव मुझे खटकता है। आपसी झगड़ा करते-करते मैं ऊब गई हूँ। लेकिन मौसी, हमारे सम्बन्ध को तुमने बहुत विकृत करके देखा है, तुमने उन्हें अपमान करके निकाल दिया है—तुमने उन्हें जो कुछ कहा है सब गलत है, मेरे बारे में जो सोचा है सब भ्रम है। तुमने बड़ा अन्याय किया है! उन जैसे व्यक्ति को नीचे गिराना तो तुम्हारे वश की बात नहीं है, पर मुझ पर तुमने ऐसा अत्याचार क्यों किया—मैंने तुम्हारा क्या बिगाड़ा है?'' कहते-कहते सुचरिता का गला रुँध गया और वह दूसरे कमरे में चली गई।

हरिमोहिनी हतबुद्धि-सी खड़ी रहीं। उन्होंने मन-ही-मन कहा—''बाप रे, ऐसी बातें तो मैंने सात जन्म में नहीं सुनीं।''

सुचरिता के मन को कुछ शान्त होने का समय देकर हरिमोहिनी उसे भोजन के लिए बुला ले गईं। उसके खाने बैठने पर बोलीं, ''देखो राधारानी, मेरी उम्र कोई ऐसी कम नहीं है। हिन्दू धर्म में जो कुछ कहा गया है वह बचपन से करती रही हूँ, और विस्तार से सब सुन भी चुकी हूँ। तुम यह सब जानतीं नहीं, इसीलिए तुम्हारा गुरु बनकर

गौर मोहन तुम्हें फुसला रहा है। मैंने भी उसकी कुछ बातें सुनी हैं—उनमें तत्व असल में कुछ नहीं है, वह शास्त्र उसका खुद का गढ़ा हुआ है। यह बात तो हम लोग समझ सकते हैं न, जिन्होंने गुरु से उपदेश पाया है! राधारानी, मैं तुमसे कहती हूँ, तुम्हें यह सब करने की आवश्यकता नहीं है, जब समय होगा तो मेरे जो गुरु हैं, वही तुम्हें मन्त्र देंगे। वे ऐसे नकली नहीं हैं। तुम डरो मत, मैं तुम्हें हिन्दू समाज में खींच लाऊँगी। ब्राह्म-घर में थीं तो क्या हुआ? वह बात जानेगा ही कौन? तुम्हारा कद कुछ बड़ा हो गया है ज़रूर, लेकिन ऐसी तो बहुत लड़कियाँ होती हैं जो जल्दी ही बड़ी लगने लगती हैं, फिर कोई तुम्हारी जन्म-पत्री देखने थोड़े जायेगा? पास में जब पैसा है तो कहीं कोई मुश्किल नहीं होगी, सब चल जायेगा! केवट का बेटा कायस्थ बन गया, यह तो मैंने अपनी आँखों से देखा है। मैं हिन्दू समाज में ऐसे सद्ब्राह्मण के घर तुम्हें पहुँचा दूँगी कि किसी की कुछ कहने की हिम्मत न होगी, वही तो समाज के अगुआ हैं। इसीलिए तुम्हें इस गुरु की साधना में यों रो-रोकर मरने की कोई ज़रूरत नहीं है।''

जब हरिमोहिनी ये बातें विस्तार से बखान रही थीं तब सुचरिता की कुछ खाने की इच्छा कब की मर चुकी थी और उसके गले से कौर जैसे नीचे नहीं उतर रहा था। फिर भी वह चुपचाप हठ करके खाती रही, क्योंकि वह जानती थी, उसके कम खाने की बात को लेकर टीका-टिप्पणी होगी और उससे उसका कोई भला नहीं होगा।

हरिमोहिनी ने सुचरिता की ओर से जब कोई संकेत नहीं पाया तो मन-ही-मन बोलीं—''मैं भरपाई इन लोगों से! इधर हिन्दू-हिन्दू की रट लगाकर रो रही है, उधर इतने अच्छे सुयोग की बात सुनकर अनसुनी कर देती है! प्रायश्चित्त नहीं करना होगा। कोई सफ़ाई नहीं देनी होगी। बस, इधर-उधर दो-चार रुपए खर्च करके सहज ही समाज में आ जायेगी—इस पर भी जिसे उत्साह न हो और अपने को कहे हिन्दू।''—गोरा कितना बड़ा छली है, यह हरिमोहिनी पहले ही समझ चुकी थीं, फिर भी इस सब छलछंद का उद्देश्य क्या हो सकता है, यह सोचने पर उन्हें यही जान पड़ा कि सारे मामले की जड़ में सुचरिता की सम्पत्ति और उसका रूप-यौवन ही होगा। कन्या का और उसके साथ-साथ कंपनी के कागज़ आदि का उद्धार करके उन सबको जल्दी-से-जल्दी ससुराल रूपी दुर्ग में बंद कर लेने में ही कल्याण है। लेकिन सुचरिता के मन को इसके लिए अभी थोड़ा और गलाना होगा, नहीं तो वह मानेगी नहीं। इसी कोशिश में हरिमोहिनी सुचरिता के सामने दिन-रात अपनी ससुराल का बखान करने लगीं। उनका कितना असाधारण प्रभाव है, समाज में वे लोग कैसे असंभव को संभव बना सकते हैं, अनेक उदाहरण देकर हरिमोहिनी यह बताने लगीं। उनका विरोध करने जाकर कितने निष्कलंक लोग भी समाज से अपमानित हुए हैं और उनके शरणागत होकर कितने लोग मुसलमान के हाथ की मुर्गी खाकर भी हिन्दू समाज का दुर्गम मार्ग हँसी-

खुशी पार कर गये हैं—इन सब घटनाओं को नाम-धाम का ब्योरा देकर हरिमोहिनी ने बिल्कुल विश्वसनीय बना दिया।

सुचरिता उनके घर न आया करे, अपनी यह इच्छा वरदासुंदरी ने उससे छिपाई नहीं थी, क्योंकि उन्हें अपनी स्पष्टवादिता पर गर्व था। जब भी किसी के प्रति वे निस्संकोच कठोरता का व्यवहार करती थीं, तभी अपने इस गुण की घोषणा किया करती थीं। इसलिए सुचरिता वरदासुंदरी के घर में किसी तरह के सम्मान की आशा नहीं कर सकती, यह उन्होंने उसे बड़े स्पष्ट शब्दों में जता दिया था। सुचरिता जानती थी कि उसके उनके घर आने-जाने से परेश बाबू को बहुत कष्ट उठाना पड़ जायेगा। इसीलिए जब तक बहुत ही आवश्यक न हो जाये, वह उनके घर नहीं जाती थी, और इसीलिए रोज़ परेश बाबू दो-एक बार स्वयं सुचरिता के घर आकर उसे देख जाते थे।

कुछ दिन से कई चिंताओं और काम की व्यस्तता के कारण परेश बाबू सुचरिता के घर नहीं आ सके थे। इन दिनों सुचरिता हर रोज़ बड़ी व्यग्रता के साथ उनके आने की प्रतीक्षा कर रही थी, लेकिन मन-ही-मन उसे संकोच भी था। परेश के साथ उसके गहरे मंगल का सम्बन्ध कभी टूट नहीं सकता, इस बात को वह निश्चित रूप से जानती थी, लेकिन बाहर के दो-एक सूत्र जो उसे खींच रहे थे, उनका दंश भी उसे चैन न लेने देता था। इधर हरिमोहिनी उसके जीवन को दिन-पर-दिन असह्य बनाये दे रही थीं। अन्त में सुचरिता वरदासुंदरी की नाराज़गी का जोखिम उठा कर परेश बाबू के घर चली गई। तीसरे पहर का सूर्य उस वक्त पश्चिम की ओर के तिमंज़िले मकान की आड़ में होकर एक लम्बी छाया फैला रहा था, उसी छाया में सिर झुकाए परेश बाबू अपने बगीचे में धीरे-धीरे अकेले टहल रहे थे।

पास जाकर सुचरिता भी उनके साथ-साथ चलने लगी। बोली, "बाबा, कैसे हो?"

एकाएक अपनी सोच में बाधा पाकर परेश बाबू थोड़ी देर ठिठककर एकटक राधारानी के चेहरे की ओर देखते रहे फिर बोले, "अच्छा हूँ, राधे!"

दोनों फिर टहलने लगे। परेश बाबू ने कहा, "सोमवार को ललिता का विवाह है।"

सुचरिता सोच रही थी, वह पूछेगी कि इस विवाह में उसे किसी तरह की सलाह या सहायता के लिए क्यों नहीं बुलाया गया, किंतु झिझक भी रही थी, क्योंकि अब उनकी ओर से भी कहीं कुछ बाधा आ खड़ी हुई थी। नहीं तो पहले तो वह बुलाए जाने के लिए बैठी भी न रहती!

मन-ही-मन सुचरिता जो सोच रही थी, उसकी बात परेश बाबू ने स्वयं उठाई। बोले, "इस बार तुम्हें नहीं बुला सका, राधे?"

सुचरिता ने पूछा, ''क्यों, बाबा ?''

परेश सुचरिता के इस प्रश्न का कोई उत्तर न देकर चेहरे की पड़ताल करते रहे। सुचरिता से और न रहा गया, सिर झुकाकर उसने कहा, ''तुम सोच रहे होगे कि मेरे मन में एक परिवर्तन आ गया है।''

परेश बाबू ने कहा, ''हाँ, इसीलिए सोचा तुमसे किसी तरह का अनुरोध करके तुम्हें संकट में नहीं डालना चाहिए।''

सुचरिता ने कहा, ''बाबा, मैंने सोचा था कि सारी बात तुम्हें बताऊँगी, लेकिन इधर मिलना ही नहीं हुआ। इसीलिए आज मैं खुद आई हूँ। अपने मन की बात बहुत अच्छी तरह तुम्हें समझा सकने की क्षमता तो मुझमें नहीं है—डर लगता है, कहीं कुछ अनुचित न कह जाऊँ!''

परेश बाबू बोले, ''मैं जानता हूँ ये सब बातें स्पष्ट करके कहना इतना आसान नहीं है। तुमने कोई चीज़ सिर्फ़ भाव रूप में पाई है, उसका अनुभव तो करती हो, उसका आकार-प्रकार तुम्हारे सामने स्पष्ट नहीं हुआ है।''

कुछ आश्वस्त होकर सुचरिता ने कहा, ''हाँ, ठीक यही बात है। किंतु मेरा अनुभव कितना प्रबल है, यह तुम्हें कैसे बताऊँ! मैंने जैसे एक नया जीवन पाया है, एक नई चेतना। अपने को मैंने इस कोण से, इस ढंग से पहले कभी नहीं देखा। मेरे साथ अब तक मेरे देश के अतीत और भविष्य का कोई सम्बन्ध ही नहीं था। लेकिन वह सम्बन्ध कितना बड़ा और कितना यथार्थ है यह बात मैंने आज अपने हृदय में इतने आश्चर्यजनक रूप से पहचानी है कि किसी तरह भूल नहीं सकती। बाबा, मैं सच कहती हूँ, पहले कभी मैं यह नहीं कह सकती थी कि मैं हिन्दू हूँ। लेकिन अब मेरा मन बिना संकोच के और बल देकर कहता है, मैं हिन्दू हूँ। इससे मुझे एक अपूर्व आनंद भी होता है।''

परेश बाबू ने पूछा, ''इस बात के हर अंश और हर पहलू पर विचार किया है ?''

सुचरिता बोली, ''हर तरफ़ से विचार करने की क्षमता मुझमें कहाँ है ? लेकिन इसके बारे में मैंने बहुत पढ़ा है और बहुत चर्चा भी की है। मैंने पूरी चीज़ को जब तक उसके सही और विस्तृत रूप में देखना नहीं सीखा था, तब तक जिसे हिन्दू कहा जाता है उसकी छोटी-छोटी बातों को ही मैं बहुत बढ़ाकर देखती थी—उससे मेरे मन में समूची चीज़ के प्रति भारी घृणा जागती थी।''

उसकी बात सुनकर परेश बाबू को कुछ आश्चर्य हुआ। उन्हें साफ़-साफ़ समझ में आ गया कि सुचरिता के मन में एक नये बोध का संचार हो रहा है। उसने कोई सत्य-वस्तु पाई है, इसीलिए उसमें आत्म-विश्वास जाग रहा है। ऐसी बात नहीं है कि वह कुछ समझे बिना मुग्ध-सी किसी अस्पष्ट आवेश के प्रवाह में बही जा रही है।

सुचरिता ने कहा, "बाबा, मैं यह बात क्यों कहूँ कि मैं अपने देश और जाति से विच्छिन्न एक तुच्छ मनुष्य हूँ? यह क्यों न कहूँ कि 'मैं हिन्दू हूँ'।"

हँसकर परेश ने कहा, "यानी तुम मुझसे ही पूछ रही हो कि मैं स्वयं को हिन्दू क्यों नहीं कहता। सोचकर देखा जाये तो इसका कोई बहुत विशेष कारण तो नहीं है। यों एक कारण यह है कि हिन्दू मुझे हिन्दू नहीं मानते, दूसरा कारण यह है कि मेरा धर्म-विश्वास जिन लोगों से मिलता है, वे अपने को हिन्दू नहीं कहते।"

चुप होकर सुचरिता सोचने लगी। परेश बाबू बोले, "यही तो मैंने कहा कि ये कोई विशेष कारण नहीं हैं, ये तो केवल ऊपरी बातें हैं। ऐसी बाधाओं को अमान्य भी किया जा सकता है। लेकिन एक गम्भीर कारण भीतर का भी है। हिन्दू समाज में प्रवेश पाने का कोई मार्ग नहीं है। कम-से-कम बड़ा दरवाज़ा नहीं है, खिड़कियाँ-झरोखे हो सकते हैं। हिन्दू समाज समूची मानव-जाति का समाज नहीं है—सिर्फ़ उन्हीं का समाज है जो दैवयोग से हिन्दू होकर जन्म लेते हैं।"

सुचरिता ने कहा, "ऐसे तो सभी समाज होते हैं।"

परेश बाबू, "नहीं, कोई बड़ा समाज ऐसा नहीं है। मुसलमान समाज का सिंहद्वार मनुष्य-मात्र के लिए खुला है, ईसाई समाज भी सभी का स्वागत करता है। जो दूसरे बहुत-से समाज ईसाई समाज के अंग हैं, उन सबमें भी यही बात है। मैं अगर अंग्रेज़ होना चाहूँ तो यह एकदम असंभव बात नहीं है—इंग्लैंड में रहकर मैं उनके नियम से चलकर अंग्रेज़ समाज में शामिल हो सकता हूँ, यहाँ तक कि उसके लिए मुझे ईसाई होने की भी आवश्यकता नहीं है। अभिमन्यु व्यूह में केवल घुसना जानता था, उससे निकलना नहीं; हिन्दू समाज उससे ठीक उल्टा है। वहाँ घुसने का रास्ता बिल्कुल बंद है, निकलने के रास्ते सैकड़ों-हज़ारों हैं।"

सुचरिता ने कहा, "लेकिन बाबा, इसके बावजूद अब तक हिन्दू समाप्त नहीं हुए—उनका समाज तो अभी तक बना हुआ है।"

परेश बाबू ने कहा, "समाज समाज के क्षय होने को पहचानने में समय लगता है। पुराने समय में हिन्दू समाज की खिड़कियाँ खुली थीं। उन दिनों इस देश की अनार्य जातियाँ हिन्दू समाज में शामिल होकर एक गौरव का अनुभव करती थीं। इधर मुसलमानों के राज में भी देश में प्राय: सभी जगह हिन्दू राजों-रजवाड़ों का प्रभाव अधिक था, इसलिए समाज से किसी के निकल जाने के विरुद्ध नियम-बन्धनों की कमी न थी। अब अंग्रेज़ों के राज्य में सभी कानून द्वारा रक्षित हैं, अब वैसे कृत्रिम उपायों से समाज के द्वार पर साँकल लगाए रखने का उतना अवसर नहीं है—इसीलिए कुछ समय से यही देखने में आ रहा है कि भारतवर्ष में हिन्दू कम हो रहे हैं और मुसलमान बढ़ रहे हैं, अगर यही क्रम रहा तो धीरे-धीरे देश मुसलमान-प्रधान हो जायेगा, तब

इसे हिन्दुस्तान कहना ही गलत होगा।''

व्यथित होकर सुचरिता ने कहा, ''बाबा, क्या इसका निवारण करना हम सबका कर्तव्य नहीं है? क्या यह ठीक होगा कि हम लोग भी हिन्दू समाज का परित्याग करके उसे और क्षीण कर दें? जबकि यही तो प्राणों की समूची शक्ति से उसे पकड़े रहने का समय है।''

सुचरिता की पीठ स्नेह से थपथपाते हुए परेश बाबू ने कहा, ''हम लोग क्या इच्छा मात्र से ही किसी को पकड़कर जिलाए रख सकते हैं? रक्षा पाने का एक जगद्व्यापी नियम है—जो भी उस स्वाभाविक नियम को छोड़ता है उसे सभी स्वाभाविक रूप से छोड़ देते हैं। हिन्दू समाज मनुष्य का अपमान करता है, निषेध करता है, इसलिए आज के समय में उसके लिए आत्मरक्षा कर सकना हर रोज़ और भी कठिन होता जाता है, क्योंकि अब वह ज़्यादा देर तक आड़ में नहीं रह सकता—अब दुनिया में चारों ओर मार्ग खुद गये हैं, चारों ओर से लोग उस पर बढ़े आ रहे हैं—अब शास्त्र-संहिता के बाँध बनाकर या दीवारें खड़ी करके वह अपने को किसी प्रकार भी दूसरों के सम्पर्क से अछूता नहीं रख सकता। अब भी अगर हिन्दू समाज अपने भीतर ग्रहण करने की शक्ति नहीं जगाता और क्षय को ही प्रश्रय देता चलता है तो बाहर के लोगों का यह अबाध सम्पर्क उसके लिए एक सांघातिक चोट साबित होगा।''

दुःखी स्वर में सुचरिता ने कहा, ''मैं यह सब ज़रा नहीं समझती, लेकिन अगर यही सच हो कि आज सभी उसे छोड़ रहे हैं तो ऐसे मौके पर मैं तो उसे नहीं छोड़ूँगी। हम इसके दुर्दिन की संतान हैं, इसलिए हमें तो और भी उसके साथ खड़े रहना होगा!''

परेश बाबू ने कहा, ''बेटी, तुम्हारे मन में जो भाव जाग उठा है उसके खिलाफ मैं कोई बात नहीं कहूँगा। तुम उपासना करके, मन को स्थिर करके, तुम्हारे भीतर जो सत्य है, श्रेय का जो आदर्श है उसी से मिलाकर सारी बात पर विचार करके देखो, अपने आप तुम्हारे सामने सब बातें धीरे-धीरे स्पष्ट होती जायेंगी। जो सबसे बड़े हैं उन्हें देश की या किसी मनुष्य की तुलना में छोटा न करो—वैसा करने में न तुम्हारा मंगल है, न देश का। मैं तो ऐसा ही मानकर एकांत भाव से उन्हीं के सामने आत्म-समर्पण करना चाहता हूँ, इसी से मैं देश के और प्रत्येक व्यक्ति के प्रति सहज ही सच्चा हो सकूँगा।''

इसी समय एक आदमी ने आकर एक चिट्ठी परेश बाबू के हाथ में दी। परेश बाबू बोले, ''चश्मा नहीं है, रोशनी भी कम हो गई है—तुम्हीं पढ़कर सुना दो ज़रा।''

सुचरिता ने चिट्ठी पढ़कर सुना दी। चिट्ठी ब्रह्म-समाज की एक कमेटी की ओर से आई थी। नीचे बहुत-से ब्राह्म लोगों के हस्ताक्षर थे। पत्र का भाव यही था कि परेश बाबू ने अब्राह्म-पद्धति से अपनी कन्या के विवाह की अनुमति दे दी है और उस विवाह

में स्वयं भी योग देने को तैयार हुए हैं, ऐसी हालत में ब्रह्म-समाज उन्हें किसी भी तरह अपना सदस्य बने रहने की अनुमति नहीं दे सकता। उन्हें अपनी ओर से अगर कुछ कहना हो तो आगामी रविवार से पहले उनका पत्र कमेटी के पास पहुँच जाना चाहिए—उस दिन विचार करके बहुमत से अंतिम निर्णय कर लिया जायेगा।

चिट्ठी लेकर परेश बाबू ने जेब में रख ली। सुचरिता उनका दाहिना हाथ अपने हाथ में लेकर चुपचाप उनके साथ-साथ टहलने लगी। धीरे-धीरे शाम और गहरी हो गई और बगीचे के दाहिनी ओर गली में एक बत्ती जल गई। सुचरिता ने मृदु स्वर में कहा, ''बाबा, तुम्हारी उपासना का समय हो गया, आज मैं तुम्हारे साथ उपासना पर बैठूँगी।''

यह कहती हुई सुचरिता उन्हें हाथ पकड़े-पकड़े उपासना के कमरे में ले गई, जहाँ आसन पहले से बिछा हुआ था और एक मोमबत्ती जल रही थी। आज परेश बाबू बहुत देर तक एकांत उपासना करते रहे। अन्त में एक छोटी-सी प्रार्थना के बाद वे उठ खड़े हुए।

बाहर आते ही उन्होंने देखा, उपासना-गृह की देहरी के पास ही ललिता और विनय चुपचाप बैठे हैं। उन्हें देखते ही दोनों ने प्रणाम किया। परेश बाबू ने उनके सिर पर हाथ रखकर मन-ही-मन आशीर्वाद दिया। सुचरिता से बोले, ''बेटी, कल मैं तुम्हारे घर आऊँगा, आज अपना काम पूरा कर लूँ।''

यह कहते हुए वे अपने कमरे में चले गये।

सुचरिता की आँखों से उस समय आँसू झर रहे थे। निस्तब्ध प्रतिमा-सी वह चुपचाप बरामदे के अंधकार में खड़ी रही। ललिता और विनय भी बहुत देर तक कुछ नहीं बोले।

जब सुचरिता जाने लगी तब विनय ने उसके सामने आकर मृदु स्वर में कहा, ''दीदी, तुम हमें आशीर्वाद नहीं दोगी?''

विनय के यह कहते-कहते उसके साथ ललिता ने भी सुचरिता को प्रणाम किया। रुँधे हुए गले से सुचरिता ने जो कुछ कहा उसे केवल अन्तर्यामी ही सुन सके।

परेश बाबू ने अपने कमरे में आकर ब्रह्म-समाज की कमेटी को पत्र लिखा। उसमें उन्होंने लिखा—

''ललिता का विवाह मुझको ही सम्पन्न करना होगा। इसके लिए आप मेरा बहिष्कार कर दें तो आपका यह निर्णय अन्यायपूर्ण नहीं होगा। इस समय ईश्वर से मेरी बस यही प्रार्थना है कि मुझे सभी समाजों के आश्रय से बाहर निकालकर सिर्फ़ अपने चरणों में स्थान दें।''

# 66

परेश बाबू से जो कुछ सुचरिता ने सुना था वह गोरा को बताने के लिए उसका मन उत्सुक हो उठा। गोरा जिस भारतवर्ष की ओर उसकी दृष्टि को खींचना चाहता था, जिसकी ओर उसके मन को प्रबल प्रेम से आकृष्ट करना चाहता था, इतने दिन बाद वह भारतवर्ष अब काल के हाथों में पड़ गया है और क्षय के मुँह में जा रहा है, यह बात क्या गोरा ने नहीं सोची? अब तक भारतवर्ष अपनी अभ्यांतर व्यवस्था के बल पर ही बचा रहा है—भारतवासियों को इसके लिए सतर्क होकर प्रयत्न नहीं करना पड़ा। किंतु अब क्या यों निश्िंचत रहने का समय है? आज क्या पहले की तरह केवल पुरातन व्यवस्था के भरोसे बैठा रहा जा सकता है?

सुचरिता सोचने लगी—उसमें मेरा भी तो कहीं कुछ कर्तव्य है—वह कर्तव्य क्या है?—गोरा को चाहिए था कि इसी क्षण उसके सामने आकर उसे आदेश देता, उसे मार्ग दिखाता। मन-ही-मन सुचरिता ने कहा—अगर मेरी सारी अड़चनों और अज्ञान से मेरा उद्धार करके वे मुझे मेरे सही स्थान पर खड़ा कर देते तो क्या क्षुद्र लोक-लज्जा और निंदा-अपवाद से होने वाली कमी भी पूरी न हो जाती? —उसका मन आत्म-गौरव से भर उठा। उसने खुद से पूछा—गोरा ने क्यों उसकी परीक्षा नहीं ली, क्यों उसे कोई असाध्य काम नहीं सौंपा? गोरा के गुट के इतने सब पुरुषों में कौन ऐसा है जो सुचरिता की तरह यों अनायास अपना सब-कुछ उत्सर्ग करने को तैयार हो? आत्म-त्याग की ऐसी आकांक्षा और शक्ति की कोई उपयोगिता गोरा ने नहीं देखी! उसे लोक-लज्जा की बेड़ियों में बँधी हुई कर्महीनता में फेंक देने से क्या देश की ज़रा भी हानि नहीं होगी? सुचरिता ने इस एतराज को अस्वीकार करके दूर हटा दिया। उसने कहा—यह हो ही नहीं सकता कि वे मुझे ऐसे छोड़ दें। मेरे पास उन्हें आना ही होगा, मुझे खोजना ही होगा, सब लज्जा और संकोच उन्हें छोड़ना ही होगा—वे चाहे जितने बड़े, चाहे जितने शक्तिमान हों, उन्हें मेरी ज़रूरत है, उन्होंने यह बात एक दिन अपने मुँह से कही थी—आज लोगों की थोड़ी-सी बकवास के कारण यह बात वे कैसे भुला सकते हैं?

दौड़ते हुए आकर सतीश ने सुचरिता से सटकर खड़े होते हुए कहा, ''दीदी!''

उसके गले में बाँह डालते हुए सुचरिता ने पूछा, ''क्यों भाई, बक्त्यार!''

सतीश ने कहा, ''सोमवार को ललिता दीदी का ब्याह है—कुछ दिन मैं विनय बाबू के घर जाकर रहूँगा। उन्होंने मुझे बुलाया है।''

सुचरिता ने पूछा, ''मौसी से कहा है?''

सतीश ने कहा, ''मौसी से कहा तो वे बिगड़कर बोलीं, मैं यह सब कुछ नहीं

जानती, जा अपनी दीदी से पूछ, वे जो ठीक समझेंगी वही होगा।—दीदी, तुम इनकार मत करना! मेरी पढ़ाई का वहाँ ज़रा हर्ज़ नहीं होगा, मैं रोज़ पढ़ूँगा, विनय बाबू बता देंगे।''

सुचरिता ने पूछा, ''काम-काज वाले घर में जाकर तू सबको तंग करेगा!''

छटपटाकर सतीश ने कहा, ''नहीं दीदी, मैं ज़रा भी तंग नहीं करूँगा।''

सुचरिता ने फिर पूछा, ''अपने कुत्ते खुदे को भी वहाँ ले जायेगा क्या?''

सतीश ने कहा, ''हाँ, उसको भी ले जाना होगा, विनय बाबू ने ख़ास तौर से कहा है। उसके नाम अलग से लाल कागज़ पर छपा हुआ निमन्त्रण-पत्र आया है—उसमें लिखा है, उसे सपरिवार जल-पान करने आना होगा।''

सुचरिता ने पूछा, ''उसका परिवार कौन है?''

फ़ौरन सतीश ने कहा, ''क्यों, विनय बाबू ने तो कहा है, मैं हूँ। उन्होंने वह आर्गन भी लेते आने को कहा है, वह मुझे दे देना—मैं तोड़ूँगा नहीं।''

सुचरिता ने कहा, ''तोड़ दे तो छुट्टी हो! लेकिन अब समझ में आया—अपने विवाह में आर्गन बजाने के लिए ही तेरे मित्र ने तुझे बुलाया है! मालूम होता है, उनका इरादा शहनाई वालों के पैसे बचाना है!''

उत्तेजित होकर सतीश ने कहा, ''नहीं, कभी नहीं। विनय बाबू ने कहा है कि वे मुझे सहबाला बनायेंगे। अच्छा दीदी, सहबाले को क्या करना होता है?''

सुचरिता ने कहा, ''दिन-भर उपवास करना होता है।''

इस पर सतीश ने बिल्कुल विश्वास नहीं किया। तब सुचरिता ने सतीश को गोद में खींचते हुए पूछा, ''अच्छा बक्त्यार, बड़ा होकर तू क्या बनेगा, बता तो?''

सतीश के मन में इसका जवाब तैयार था। उसकी कक्षा के शिक्षक ही उसके लिए अबाध सत्ता और असाधारण पांडित्य के आदर्श थे—उसने पहले से ही मन-ही-मन तय कर रखा था कि बड़ा होकर वह मास्टर मोशाय बनेगा।

सुचरिता ने कहा, ''भाई, बहुत काम करने को हैं। दोनों भाई-बहन का काम हम दोनों मिलकर करेंगे—क्या राय है, सतीश! अपने देश को प्राण देकर भी बड़ा बनाना होगा। नहीं, बड़ा तो खैर क्या बनाना होगा—हमारे देश जैसा बड़ा और कौन है! हमें अपने प्राणों को ही बड़ा बनाना होगा। जानता है—समझा कुछ?''

''नहीं समझा,'' सतीश यह बात स्वीकार करने वाला नहीं है। उसने ज़ोर देकर कहा, ''हाँ!''

सुचरिता ने कहा, ''हमारा देश, हमारी जाति कितनी बड़ी है, जानता है? यह तुझे मैं कैसे समझाऊँ? हमारा देश एक आश्चर्य है। कितने हज़ारों वर्षों से विधाता का आयोजन इस देश को दुनिया में सबसे ऊपर प्रतिष्ठित करने का रहा है, देश-

विदेश के कितने लोगों ने आकर इस आयोजन में योग दिया है, देश में कितने महापुरुषों ने जन्म लिया है, कितने महायुद्ध हुए हैं, कितने महाकाव्य यहाँ रचे गये हैं, कितनी महातपस्या यहाँ हुई है, इस देश ने कितनी दिशाओं से धर्म को देखा है और जीवन की समस्या के कितने समाधान इसने प्रस्तुत किये हैं! ऐसा है हमारा यह भारतवर्ष! तू इसे बहुत महान् मानना भाई, कभी भूलकर भी इसकी अवज्ञा मत करना। आज तुझे जो कह रही हूँ वह एक दिन तुझे समझना ही होगा—हालाँकि आज भी मैं यह नहीं सोचती कि तू कुछ भी नहीं समझता, किंतु यह बात तुझे याद रखनी होगी कि तू एक बहुत बड़े देश में जन्मा है, और सच्चे हृदय से तुझे इस देश पर श्रद्धा करनी है और अपना सारा जीवन लगाकर इस महान् देश का काम करना है।''

थोड़ी देर चुप रहकर सतीश बोला, ''दीदी, तुम क्या करोगी?''

सुचरिता ने कहा, ''मैं भी यही करूँगी। तू मेरी मदद करेगा न?''

फौरन सतीश ने छाती फुलाकर कहा, ''हाँ, करूँगा!''

जो बातें सुचरिता के मन में उमड़ रही थीं, उन्हें सुनने वाला घर में तो कोई नहीं, इसीलिए अपने इस छोटे भाई को सामने पाकर उसी पर उसका सारा संचित आवेग उमड़ पड़ा। उसने जिस भाषा में और जो कुछ कहा वह एक बालक के लिए उपयुक्त तो नहीं था, लेकिन उससे सुचरिता हिचकी नहीं। अपने मन की उस उत्तेजित स्थिति में उसने यह मान लिया था कि जो उसने स्वयं समझा है उसे पूरी तरह कह डालने से ही छोटे-बड़े सब अपनी-अपनी शक्ति के अनुसार जैसे-तैसे उसकी बात समझ ही लेंगे। उसे दूसरे के समझने लायक बनाने के लिए उसमें से कुछ भी रोक रखने से उसकी सच्चाई विकृत हो जायेगी।

सतीश की कल्पना गतिशील हो उठी। वह बोला, ''बड़े होकर मेरे पास जब बहुत-बहुत पैसा होगा तब...''

सुचरिता ने कहा, ''नहीं-नहीं-नहीं! पैसे की बात मत कर! बक्त्यार, हम दोनों को पैसे की आवश्यकता नहीं है—जो काम हमें करना है उसके लिए भक्ति चाहिए, प्राण चाहिएँ।''

इसी समय आनंदमयी आ पहुँचीं। उन्हें देखकर सुचरिता की धमनियों का रक्त मानो नाच उठा। उसने आनंदमयी को प्रणाम किया। सतीश को ठीक से प्रणाम करना नहीं आता था, झेंपते हुए किसी तरह उसने काम निबटा लिया।

सतीश को गोद में खींचकर आनंदमयी ने उसका माथा चूमा और सुचरिता से कहा, ''तुम्हारे साथ कुछ सलाह करने आई हूँ, बेटी—तुम्हारे सिवा और कोई दिखता नहीं। विनय का कहना है कि ब्याह उसके घर में ही होगा, लेकिन मैंने कहा,

ऐसा किसी तरह नहीं हो सकेगा—वह क्या ऐसा बड़ा नवाब है कि हमारे घर की लड़की यों सीधी उसके घर आकर उससे ब्याह करेगी? वह नहीं होगा। मैंने एक और घर तय किया है, वह तुम्हारे घर से अधिक दूर नहीं है। मैं अभी वहीं से आ रही हूँ। परेश बाबू को कहकर तुम राज़ी कर लेना!''

सुचरिता ने कहा, ''बाबा राज़ी हो जायेंगे।''

आनंदमयी बोलीं, ''उसके बाद बेटी तुम्हें भी वहाँ आना होगा। इसी सोमवार को तो ब्याह है—इन्हीं दो-चार दिनों में हमें वहाँ सब कुछ ठीक-ठाक कर लेना होगा। समय अब अधिक नहीं है। मैं अकेली ही सब कर सकती हूँ, लेकिन तुम्हारे शामिल न होने से विनय को बड़ा दुःख होगा। वह अपने मुँह से तुमसे नहीं कह पा रहा है, यहाँ तक कि मेरे सामने भी उसने तुम्हारा नाम नहीं लिया—पर इसी से मैं समझ सकती हूँ कि इस बात को लेकर उसके मन में बड़ा क्लेश है। तुम्हारे अलग रहने से नहीं चलेगा बेटी, ललिता को भी उससे बड़ा दुःख होगा।''

कुछ अचरज से सुचरिता ने पूछा, ''माँ, तुम क्या इस ब्याह में योग दे सकोगी?''

आनंदमयी ने कहा, ''यह क्या कह रही हो, सुचरिता! योग देना कैसा? मैं क्या कोई गैर हूँ कि सिर्फ़ योग देने जाऊँगी? यह तो मेरे विनय का ब्याह है। यहाँ तो मुझको ही सब करना होगा। लेकिन मैंने विनय से साफ़ कह दिया है कि इस ब्याह में मैं उसकी कोई नहीं हूँ, मैं कन्या-पक्ष की हूँ। वह ललिता से ब्याह करने मेरे घर आ रहा है।''

इस शुभ कर्म में माँ के रहते ही ललिता को उसकी माँ ने छोड़ दिया है, इससे आनंदमयी का हृदय उसके प्रति करुणा से भर उठा था। इस कारण वह इस बात की पूरी कोशिश कर रही थीं कि विवाह के समय अनादर या अवज्ञा का कोई चिह्न न दिखे। उनका यही संकल्प था कि वही ललिता की माँ का स्थान लेकर अपने हाथों से उसे सजायेंगी, वर के स्वागत की व्यवस्था करेंगी—निमन्त्रित किये गये दो-चार जन यदि आए तो उनके स्वागत-सत्कार में कोई कमी नहीं होने देंगी और उस नये घर को ऐसे सजा देंगी जिससे आते ही वह ललिता को एक बसे हुए घर-सा लगे।

सुचरिता ने पूछा, ''तुम्हें लेकर इस सबसे कोई हंगामा नहीं उठ खड़ा होगा?''

महिम ने घर-घर जो हाय-तौबा मचा रखी थी उसको याद करते हुए आनंदमयी ने कहा, ''हो भी सकता है, पर उससे क्या? थोड़ा-बहुत हंगामा तो होता ही रहता है, चुपचाप सह लेने से अपने आप थोड़े दिनों में शान्त भी हो जाता है।''

गोरा विवाह में शामिल नहीं हो रहा है, यह आनंदमयी जानती थीं। सुचरिता

यह जानने के लिए उत्सुक थी कि उसने आनंदमयी को रोकने की भी चेष्टा की या नहीं, लेकिन उनसे साफ़-साफ़ नहीं पूछ सकी। आनंदमयी ने गोरा का नाम तक नहीं लिया।

हरिमोहिनी को खबर मिल गई थी। किंतु वे आराम से हाथ का काम पूरा करके ही कमरे में आईं। आते ही बोलीं, ''दीदी, अच्छी तो हो? आईं नहीं, खबर भी नहीं ली।''

अभियोग का उत्तर न देकर आनंदमयी ने सीधे कहा, ''तुम्हारी भांजी को लेने आई हूँ।''

उन्होंने अपना उद्देश्य स्पष्ट बता दिया। अप्रसन्न चेहरा लिये हरिमोहिनी थोड़ी देर चुप रहीं, फिर बोलीं, ''मैं तो इसमें नहीं पड़ सकती।''

आनंदमयी ने कहा, ''नहीं बहन, मैं तुम्हें आने को नहीं कहती। सुचरिता के लिए तुम फिक्र न करो—मैं तो वहाँ उसके साथ ही रहूँगी।''

हरिमोहिनी ने कहा, ''तो मैं स्पष्ट ही कहूँ। राधारानी तो सबसे कहती हैं कि वे हिन्दू हैं, अब उनकी मति-गति भी हिन्दू धर्म की ओर पलट रही है। तो अब अगर उन्हें हिन्दू समाज में आना है तो सावधान होकर रहना होगा। यों भी तो कितनी बातें उठेंगी, उन्हें तो खैर किसी तरह मैं सँभाल लूँगी, लेकिन अब से कुछ दिनों तक इन्हें बहुत सँभलकर पाँव रखना चाहिए। पहले ही लोग पूछते हैं, इतनी उम्र हो गई, इसका ब्याह क्यों नहीं हुआ—उसे किसी प्रकार टाल दिया जा सकता है—ऐसी बात तो है नहीं कि प्रयत्न करने से अच्छा वर नहीं मिल सकता—लेकिन वह अगर फिर अपना पुराना रवैया अपनाएगी तो मैं कहाँ-कहाँ सँभालूँगी, तुम्हीं बताओ। तुम तो स्वयं हिन्दू घर की लड़की हो, तुम तो सब समझती हो, तुम ही किस मुँह से ऐसी बात कह सकती हो भला? तुम्हारी अपनी लड़की होती तो क्या उसे इस विवाह में भेज सकतीं, तुम्हें भी तो सोचना पड़ता कि लड़की का ब्याह कैसे होगा?''

विस्मित होकर आनंदमयी ने सुचरिता की ओर देखा। उसका चेहरा ज़ोर से तमतमा उठा। आनंदमयी ने कहा, ''मैं कोई ज़ोर डालना नहीं चाहती। सुचरिता को अगर एतराज हो तो मैं...''

हरिमोहिनी बोल उठीं, ''तुम लोगों की बात मुझे तो कुछ भी समझ नहीं आती। तुम्हारा ही लड़का तो उन्हें हिन्दू मत की ओर ले जाता रहा है, अब तुम एकाएक कौन-से आसमान से टपक पड़ीं?''

कहाँ गईं वे हरिमोहिनी, जो परेश बाबू के घर में सदा अपराधिनी-सी सकुचाई रहती थीं, किसी को ज़रा भी अनुकूल पाकर जो बड़े आग्रह से उसी का सहारा माँगने लगती थीं? आज वे अपने अधिकार की रक्षा के लिए बाघिन-सी उठ खड़ी हुई

थीं। यह शंका उन्हें हमेशा चौकन्ना किये रहती थी कि उनकी सुचरिता को उनसे फोड़ लेने के लिए चारों ओर अनेक विरोधी शक्तियाँ काम कर रही हैं। कौन पक्ष में है, कौन विपक्ष में, यही वे नहीं समझ पा रही थीं और इसी कारण उनका मन आश्वस्त नहीं होता था। पहले सारे संसार को असार मान कर उन्होंने व्याकुल मन से जिस देवता का आश्रय लिया था उसकी पूजा में भी उनका मन अब स्थिर नहीं हो पाता था। एक दिन उनकी वृत्ति घोर असंसारी थी, जब दारुण शोक से उनके मन में वैराग्य उत्पन्न हुआ था। तब उन्होंने सोचा भी नहीं था कि फिर किसी दिन उनमें रुपए-पैसे, घर-बार, आत्मीय-परिजन के लिए ज़रा भी आसक्ति हो सकेगी। लेकिन आज हृदय का घाव थोड़ा-सा भरते ही फिर उसने सम्मुख आकर उनके मन को खींचना शुरू कर दिया था—एक बार फिर सारी आशाएँ-आकांक्षाएँ अपनी पुरानी भूख लेकर पहले जैसी जाग उठी थीं। जिसका कभी वे त्याग कर आई थीं उसी की ओर लौटने का वेग इतना उग्र हो उठा था कि वह अपने गृहस्थी के दिनों से भी ज़्यादा बेचैन हो उठी थीं। इतने थोड़े दिनों में ही हरिमोहिनी का चेहरा, आँखें, भाव-भंगिमा, बातचीत और व्यवहार में ऐसा अकल्पनीय परिवर्तन देखकर आनंदमयी एकाएक चकित हो उठीं और उनका स्नेह पूर्ण कोमल हृदय सुचरिता के लिए चिंतित हो उठा। यदि वे जानतीं कि भीतर-ही-भीतर कोई संकट छिपा हुआ है तो वह सुचरिता को बुलाने कभी न आतीं। लेकिन अब सुचरिता को कैसे चोट से बचाया जा सकता है, यही उनके लिए एक समस्या हो गई।

गोरा को लक्ष्य करके हरिमोहिनी ने जो बात कही उस पर सुचरिता सिर झुकाए चुपचाप उठकर कमरे से चली गई।

आनंदमयी ने कहा, ‘‘डरो मत, बहन! मैं पहले नहीं जानती थी। खैर, और उस पर ज़ोर नहीं डालूँगी। तुम भी उसे और कुछ मत कहो! वह अब तक एक ढंग से रहती आई है, अब एकाएक उस पर अधिक दबाव डालने से वह नहीं सह सकेगी।’’

हरिमोहिनी ने कहा, ‘‘यह क्या मैं नहीं समझती—इतनी उम्र क्या यों ही हो गई। वह तुम्हारे सामने ही कहे न? क्या मैंने उसे कभी कोई कष्ट दिया है। जो वह चाहती है वही तो करती है, मैं कभी कोई बात नहीं कहती। मैं तो यही कहती हूँ, भगवान उसे सलामत रखें, मेरे लिए वही बहुत है। मेरा जैसा भाग्य है, कब क्या हो जायेगा, इसी के भय से मुझे तो नींद नहीं आती।’’

आनंदमयी के जाने के समय अपने कमरे से निकलकर सुचरिता ने उन्हें प्रणाम किया। आनंदमयी ने करुणा-भरे स्नेह से उसके सिर पर हाथ रखते हुए कहा, ‘‘मैं फिर आऊँगी बेटी, तुम्हें सब खबर दे जाऊँगी—कोई विघ्न नहीं होगा, भगवान के

आशीर्वाद से सब शुभ ही सम्पन्न होगा।''

सुचरिता कुछ नहीं बोली।

दूसरे दिन सवेरे लछमिया को साथ लेकर आनंदमयी नये घर की बहुत दिनों की जमी हुई धूल झाड़-पोंछकर धो डालने के लिए ज़ोरों से पानी बहा रही थीं तब एकाएक सुचरिता आ पहुँची। जल्दी से आनंदमयी ने झाड़ू फेंककर उसे छाती से लगा लिया।

इसके बाद धोने-पोंछने, सामान इधर-उधर हटाने और सजाने का काम ज़ोरों से होने लगा। खर्च के लिए परेश बाबू ने सुचरिता को यथोचित रुपया दे दिया था—इसी पूँजी को ध्यान में रखकर दोनों-बार-बार सूचियाँ बनाकर उसमें काट-छाँट करने लग गईं।

थोड़ी देर बाद ही स्वयं परेश बाबू ललिता को साथ लेकर आ पहुँचे। ललिता के लिए अपना घर असह्य हो उठा था। कोई उससे बात करने का साहस नहीं करता था, किंतु सबकी चुप्पी रह-रहकर उसे पीड़ा पहुँचाती थी। अन्त में वरदासुंदरी के प्रति सहानुभूति प्रकट करने के लिए जब उनके बंधु-बांधवों के झुंड घर पर आने लगे, तब परेश बाबू ने ललिता को वहाँ से हटा ले जाना ही उचित समझा। जाते समय ललिता वरदासुंदरी को प्रणाम करने गई, वे मुँह फेरकर बैठी रहीं और उसके चले जाने पर आँसू बहाने लगीं। ललिता के विवाह के बारे में लावण्य और लीला भी मन-ही-मन काफ़ी उत्सुक थीं—उन्हें किसी तरह अनुमति मिल सकती तो क्षण-भर भी देरी किये बिना वे दौड़ी आतीं। लेकिन ललिता जब विदा लेकर जाने लगी तब दोनों ब्राह्म-परिवार का कर्तव्य स्मरण करके गम्भीर चेहरा बनाए रहीं। ड्योढ़ी पर ललिता ने क्षण भर के लिए सुधीर को भी देखा, लेकिन उसके पीछे ही उनके समाज के कुछ बुज़ुर्ग भी थे, इसलिए वह उससे कोई बात न कर पाई। गाड़ी पर सवार होकर उसने देखा, सीट पर एक कोने में कागज़ में लिपटा हुआ कुछ रखा था। उसने खोलकर देखा, जर्मन सिल्वर का एक फूलदान था, जिस पर अंग्रेज़ी में खुदा हुआ था 'आनंदित दंपति को भगवान आशीर्वाद दें' और एक कार्ड पर सुधीर के नाम पर पहला अक्षर-मात्र लिखा उसके साथ रखा हुआ था। ललिता ने मन कड़ा करके प्रण किया था कि आँखों में आँसू नहीं आने देगी, किंतु विदा के क्षण में अपने बचपन के मित्र का यह एकमात्र स्नेहोपहार हाथ में लिये-लिये उसकी आँखों से झर-झर आँसू झरने लगे। परेश बाबू आँखें मूँदकर चुपचाप बैठे रहे।

''आओ, आओ बेटी,'' कहती हुई आनंदमयी ललिता को दोनों हाथों से पकड़कर कमरे में खींच लाईं, जैसे अब तक वे उसी की राह देख रही थीं।

सुचरिता को बुलाकर परेश बाबू ने कहा, ''ललिता हमारे घर से एकबारगी

विदा लेकर आई है।'' उनका स्वर काँप उठा।

परेश बाबू का हाथ पकड़ते हुए सुचरिता ने कहा, ''बाबा, यहाँ उसे स्नेह की कोई कमी नहीं होगी।''

जब परेश बाबू जाने को खड़े हुए तब आनंदमयी ने माथे पर आँचल खींचकर उनके सामने आकर उन्हें नमस्कार किया। हड़बड़ाकर परेश बाबू ने प्रतिनमस्कार किया तो आनंदमयी ने कहा, ''ललिता की ओर से आप किसी तरह की फिक्र न करें। जिसके हाथ उसे आप सौंप रहे हैं उससे उसे कभी कोई कष्ट नहीं होगा। और भगवान ने इतने दिनों बाद मेरी भी एक मनोकामना पूरी कर दी—मेरी कोई बेटी नहीं थी, सो मुझे मिल गई। विनय की बहू आने से मेरी कन्या की कमी दूर हो जायेगी। इसकी आस लगाए मैं बहुत दिनों से बैठी थी। भगवान ने मेरी यह कामना जितनी देर से पूरी की उतनी ही अच्छी बेटी मुझे दी, और ऐसे अद्‌भुत ढंग से दी कि मैं कभी सोच भी नहीं सकती थी कि मेरा इतना बड़ा सौभाग्य होगा।''

ललिता के विवाह की हलचल आरम्भ होने के समय से परेश बाबू के मन को पहली बार संसार में कहीं एक किनारा दिखा और आत्मिक सान्त्वना मिली।

## 67

जेल से आने के बाद से ही सारा दिन गोरा के पास इतनी भीड़ लगी रहती थी कि लोगों की स्तुति, प्रशंसा और चर्चा-आलोचना की अजस्र धारा में गोरा का दम घुटने लगा और उसके लिए घर में रहना मुश्किल हो गया। इसलिए गोरा ने फिर पहले की तरह गाँवों में घूमना-फिरना आरम्भ कर दिया।

कुछ खाकर सवेरे ही वह घर से निकल जाता और देर रात को लौटता। रेल पर सवार होकर कलकत्ता के आस-पास के किसी स्टेशन पर उतरकर वह देहात में घूमता रहता। वहाँ भी कुम्हार, तेली-केवट आदि मुहल्लों में आतिथ्य ग्रहण करता। यह विशालकाय गौर-वर्ण ब्राह्मण क्यों उनके घरों में यों भटकता है, उनका दुःख-सुख पूछता है, यह उन लोगों की समझ में नहीं आता था, यहाँ तक कि उनके मन में तरह-तरह के सन्देह भी उठते थे। लेकिन गोरा उनके सारे संकोच-सन्देह की उपेक्षा करके उनके बीच विचरण करता। बीच-बीच में कुछ खरी-खोटी भी उसे सुननी पड़ जाती, लेकिन इससे भी वह हतोत्साहित न होता।

ज्यों-ज्यों इन लोगों के भीतर वह प्रवेश पाता गया त्यों-त्यों एक ही बात उनके मन में चक्कर काटने लगी। उसने देखा, इन देहातों में समाज के बन्धन पढ़े-लिखे

भद्र समाज से कहीं अधिक सख्त हैं। हर घर के खान-पान, उठने-बैठने और हर काम-काज पर समाज की निरंकुश दृष्टि जैसे दिन-रात निगरानी रखती थी। लोकाचार पर हर किसी का सहज विश्वास था और उसके बारे में किसी के मन में कभी कोई प्रश्न ही नहीं उठता था। लेकिन समाज के बन्धन और आचार-निष्ठा से किसी को कर्म-क्षेत्र में कोई योग मिलता भी नहीं दिख पड़ता था। इन लोगों जैसा डरपोक, असहाय, अपना भला-बुरा सोचने में असमर्थ कोई और जीव दुनिया में कहीं हो सकता है, इसमें गोरा को सन्देह होता था। ये लोग जैसे लकीर पीटते हुए चलने के अलावा कोई मंगल ही नहीं पहचानते थे, न समझाने पर समझते ही थे। उनके लिए दंड और अपने-अपने समुदायों के दायरे में बँधे रहना ही सबसे बड़ी बात थी, क्या-क्या उन्हें नहीं करना है और करने पर उसके लिए कैसा दंड मिलेगा, इसी के विचार ने जैसे उनके स्वभाव और जीवन को शुरू से आखिर तक एक जाल में फँसा रखा था—लेकिन यह जाल राजा के बन्धन का नहीं था; बल्कि महाजन का बन्धन था, ऋण का बन्धन था। इन लोगों में ऐसा कोई सूत्र नहीं था जो सुख-दुःख और विपत्ति में उन्हें कंधे-से-कंधा मिलाकर खड़ा कर सके। गोरा ने यह साफ़-साफ़ देखा कि इसी आचार-व्यवहार के हथियार से मानव मानव का रक्त चूसकर निष्ठुरता से उसका सब कुछ छीने ले रहा था। उसने बार-बार लक्ष्य किया कि सामाजिक कर्म में कोई किसी पर ज़रा भी दया नहीं करता। एक व्यक्ति का बाप बहुत लम्बी बीमारी से कष्ट भोग रहा था, बाप के इलाज और पथ्य की व्यवस्था में बेचारे का सब कुछ लुट चुका था, पर इसके लिए उसकी किसी ने कोई मदद नहीं की—उल्टे गाँव के लोगों ने निर्णय किया कि बाप की लम्बी बीमारी किसी अजाने पाप का फल थी जिसके लिए बेटे को प्रायश्चित्त करना होगा। उस अभागे की दरिद्रता और बेचारगी किसी से छिपी न थी, किंतु फिर भी उसे क्षमा न मिल सकी। सभी कर्मों में यही हालत थी। जैसे गाँव के लिए डकैती की अपेक्षा पुलिस की जाँच-पड़ताल अधिक बड़ी दुर्घटना थी, वैसे ही माँ-बाप की मृत्यु की अपेक्षा माँ-बाप का श्राद्ध ही संतान के लिए अधिक बड़ा दुर्भाग्य था। आय अथवा सामर्थ्य की कमी की बात सुनने को कोई राज़ी नहीं था—जैसे भी हो समाज की हृदयहीन माँग अक्षरशः पूरी करनी होगी। विवाह के अवसर पर लड़की के पिता का भार दुःसह हो उठे, उसके लिए वर-पक्ष द्वारा हर तरह की कुचेष्टा की जाती थी और अभागे को कहीं से मदद नहीं मिलती थी। गोरा ने देखा, यह समाज मनुष्य को ज़रूरत पड़ने पर मदद नहीं देता था, विपत्ति आने पर सहारा नहीं देता था, सिर्फ़ दंड देकर उसे नीचा दिखाकर और दरिद्र ही बनाता था।

भद्र समाज के बीच रहते हुए गोरा इस बात को भूल गया था, क्योंकि सबके

मंगल के लिए एक होकर खड़े होने की प्रेरणा उस समाज में बाहर से मिलती रहती थी। इस समाज में एक जगह मिल सकने के लिए तरह-तरह के उद्योग होते दिखते रहते थे। इनमें आशंका की बात सिर्फ़ इतनी थी कि ये सारे उद्योग कहीं इसीलिए विफल न हो जायें कि सभी-एक दूसरे की नकल कर रहे हैं।

लेकिन देहात में, बाहर की शक्तियों का दबाव जहाँ उतना नहीं पड़ रहा था, वहाँ की निश्चेष्टता में ही गोरा ने अपने देश की सबसे बड़ी दुर्बलता का बिल्कुल नग्न रूप देखा। जो धर्म सेवा के रूप में, प्रेम के रूप में, करुणा के रूप में, आत्म-त्याग के रूप में और मानव के प्रति श्रद्धा के रूप में सबको शक्ति देता है, प्राण देता है, सबका मंगल करता है, वह वहाँ कहीं नहीं दिखता था—और जो आचार केवल रेखाएँ खींचता है, विभाजन करता है, कष्ट देता है, बुद्धि की भी कोई परवाह नहीं करता और प्रेम को भी दूर ही रखता है, वही चलते-फिरते, उठते-बैठते, हर किसी के हर काम में अड़ंगा लगता रहता था। मूर्खता-भरी रूढ़िवादिता के भयानक दुष्परिणाम गोरा को इन देहातों में काफ़ी स्पष्ट और विभिन्न रूपों में दिखने लगे। वह देखने लगा कि मनुष्य के स्वास्थ्य, ज्ञान, धर्म-बुद्धि, कर्म, सभी पर इतनी दिशाओं से इतनी तरह के हमले हो रहे थे कि उसके लिए अपने को भावुकता के इंद्रजाल में भुलाए रखना असंभव हो गया था।

आरम्भ में ही गोरा ने देखा कि गाँव की नीच जातियों में स्त्रियों की संख्या की कमी के कारण या अन्य किसी भी कारण से एक बहुत बड़ी रकम देकर ही विवाह के लिए लड़की मिलती थी। अनेक पुरुषों को आजीवन और अनेकों को बड़ी उम्र तक अविवाहित रह जाना पड़ता था। उधर विधवा-विवाह का कड़ा निषेध था। इससे समाज का स्वास्थ्य घर-घर में दूषित हो रहा था और इससे होने वाली बदनामी और अनिष्ट को हर कोई महसूस भी करता था। सभी हमेशा के लिए इस बुराई को सहते चलने के लिए विवश थे, इसका इलाज या प्रतिकार करने की कोशिश कोई नहीं कर रहा था। जो गोरा शिक्षित समाज में आचार के बन्धन को कहीं शिथिल होने देना नहीं चाहता था, वही यहाँ आचार का विरोध करने लगा। उसने इनके पुरोहितों को भी मना लिया, लेकिन समाज के लोगों को किसी तरह राज़ी न कर सका—बल्कि वे गोरा पर बिगड़ उठे। उन्होंने कहा, ''ठीक है, जब-ब्राह्मण विधवा-विवाह करने लगेंगे तब हम भी मान लेंगे।''

उनके नाराज़ होने का मुख्य कारण यही था कि वे समझते थे गोरा उन्हें नीची जाति का समझकर उनकी अवज्ञा कर रहा है, और यही प्रचार करने आया है कि उन जैसे नीच लोगों के लिए हीन आचार ही उपयुक्त है।

गोरा ने देहातों में घूमते हुए यह भी देखा कि मुसलमानों में ऐसी चीज़ थी

जिसके कारण वे एक हो सकते थे। गोरा ने लक्ष्य किया था कि गाँव पर कोई विपत्ति आने पर मुसलमान लोग जिस तरह कंधे-से-कंधा मिलाकर खड़े होते थे, हिन्दू नहीं हो पाते थे। बार-बार गोरा सोचता था, इन दोनों निकटतम पड़ोसी समाजों के बीच इतना बड़ा अन्तर क्यों मौजूद है? इस प्रश्न का जो उत्तर उसके मन में पैदा होता उसे वह किसी तरह मानना नहीं चाहता था। यह मानने में उसे बड़ा कष्ट हो रहा था कि मुसलमान केवल आचार से नहीं धर्म से एक हैं। एक तरफ़ जहाँ आचार के बन्धनों ने उनके सारे कर्म को व्यर्थ बाँधकर नहीं रखा था वहाँ दूसरी तरफ़ धर्म का बन्धन उनमें घनिष्ठ एकता बनाए रखता था। उन सबने मिलकर एक ऐसी रीति को अपनाया था जो केवल 'ना' नहीं थी, 'हाँ' भी थी, जो ऋणात्मक नहीं थी, धनात्मक थी, जिसके लिए मनुष्य एक ही पुकार पर पल-भर में एक पंक्ति में खड़े होकर अनायास प्राण तक न्योछावर कर सकते थे।

गोरा जब भद्र समाज में लेख लिखता था, व्याख्यान देता था, दलील देता था, तब वह दूसरों को समझाने के लिए अपने पथ पर लाने के लिए स्वभावतः अपनी बातों को कल्पना के मनोहर रंगों से रंग देता था। जो स्थूल था उसे वह सूक्ष्म व्याख्याओं से ढँक देता था, जो निरा अनावश्यक भग्नावशेष-मात्र था उसे भी वह चमक से मढ़कर आकर्षक बनाकर दिखाता था। देश के लोगों का एक गुट देश से विमुख था—देश की हर बात उसे घटिया दिखती थी इसीलिए गोरा देश के प्रति प्रबल अनुराग से भरकर स्वदेश को इस ममत्वहीन दृष्टि से बचाने के लिए, देश की हर बात उज्ज्वल आवरण से ढँक देने की चेष्टा करता रहा था। वह इसी का अभ्यस्त हो गया था। यह बात नहीं थी कि गोरा केवल वकील की तरह यह सिद्ध करना चाहता था कि उसके पक्ष का सभी कुछ अच्छा है, या कि जो दोष दिखता है वह भी एक प्रकार का गुण ही है। इस पर गोरा सच्चे मन से विश्वास करता था। बिल्कुल असंभव मुद्दों पर भी वह अपने इस विश्वास को हेकड़ी के साथ झंडे की तरह विरोधियों के सामने फहराता हुआ खड़ा हो जाता था। उसकी केवल एक रट थी—कि पहले स्वदेश के प्रति स्वदेशवासियों की श्रद्धा लौटा लानी होगी, बाकी सभी बातें बाद में होंगी।

किंतु वह जब देहातों में आता तब उसके सामने कोई श्रोता नहीं होता था, न सिद्ध करने को कुछ होता था, न विरोधी पक्ष को नीचा दिखाने के लिए शक्ति जुटाने का कोई प्रयोजन होता था। इसलिए सत्य को वहाँ किसी तरह के आवरण के भीतर से देखने की आवश्यकता नहीं थी। देश के प्रति उसके प्रेम की प्रबलता ही उसकी सत्य दृष्टि को असाधारण रूप से तीक्ष्ण बना देती थी।

# 68

टसर का कोट पहने, कमर में चादर लपेटे, हाथ में कैनवस का झोला लिये, स्वयं कैलाश ने आकर हरिमोहिनी को प्रणाम किया। उम्र कोई पैंतीस के लगभग, ठिगना और गठा हुआ शरीर, रूखा और भारी चेहरा, कई दिनों से बढ़ी हुई दाढ़ी घास के अंकुरों-सी झलक रही थी।

ससुराल के आत्मीय को बहुत दिनों के बाद देखकर हरिमोहिनी प्रसन्न हो उठीं। "अरे देवर आए हैं! बैठो, बैठो!" कहते-कहते जल्दी से उन्होंने चटाई बिछायी। फिर पूछा, "हाथ-पाँव धोओगे?"

कैलाश ने कहा, "नहीं, कोई ज़रूरत नहीं है। अच्छा, तुम्हारा स्वास्थ्य तो अच्छा ही दिख पड़ता है।"

मानो स्वास्थ्य अच्छा होने को अपमान की बात मानकर हरिमोहिनी बोलीं, "कहाँ अच्छा है!" और बीमारियों की सूची गिनाती हुई बोलीं, "किसी तरह पिंड छूटे तो चैन मिले—मौत भी तो नहीं आती।"

जीवन के प्रति ऐसी उपेक्षा पर कैलाश ने अपनी आपत्ति प्रकट की। बड़े भाई नहीं रहे, फिर भी उन सबको हरिमोहिनी के रहने से कितना बड़ा सहारा है, इसके प्रमाण स्वरूप उसने कहा, "यह क्यों नहीं देखतीं कि तुम हो तभी तो कलकत्ता आना हो सका; कहीं खड़े होने की जगह तो मिली।"

घर के सब लोगों और गाँव-बिरादरी के सामचार पूरे ब्योरे के साथ सुनाकर सहसा कैलाश ने चारों ओर नज़र डालकर पूछा, "तो यह घर उसी का है?"

हरिमोहिनी ने कहा, "हाँ।"

कैलाश बोला, "घर तो पक्का है!"

उसका उत्साह बढ़ाने के लिए हरिमोहिनी ने कहा, "पक्का तो है ही। सब पक्का है।"

कैलाश ने निरीक्षण करके यह देख लिया कि सब शहतीर मज़बूत साल की लकड़ी के हैं और खिड़कियाँ-दरवाज़े भी आम की लकड़ी के नहीं हैं। दीवारें डेढ़ ईंट की हैं या दो ईंट की यह भी उसकी नज़र से नहीं छुपा रहा। ऊपर-नीचे कुल मिलाकर कितने कमरे हैं, यह भी उसने पूछकर जान लिया। कुल मिलाकर यही जान पड़ा कि सारी बात से वह काफ़ी संतुष्ट हुआ है। मकान बनाने में कितना खर्च आया होगा, इसका अनुमान करना उसके लिए कठिन था, क्योंकि इस तरह के सामान और मसाले की कीमत उसकी जानी हुई नहीं थी। बहुत सोचकर पैर-पर-पैर हिलाते-हिलाते आखिर में उसने मन-ही-मन कहा—अधिक नहीं तो दस-पन्द्रह हज़ार तो

लगा ही होगा।—लेकिन प्रकटत: कुछ कम करके बोला, "क्या राय है भाभी, सात-आठ हज़ार रुपया तो लगा होगा... ?"

कैलाश के गँवारपन पर हरिमोहिनी ने अचरज प्रकट करते हुए कहा, "क्या कहते हो देवर, सात-आठ हज़ार क्या होता है! बीस हज़ार से एक पैसा कम नहीं लगा होगा।"

कैलास बड़े मनोयोग से चुपचाप चारों ओर की चीज़ों का निरीक्षण करने लगा। यह सोचकर उसे अपने पर बड़ा संतोष हुआ कि अभी ज़रा-सा सम्मतिसूचक सिर हिला देने से ही साल की लकड़ी के शहतीरों और सागौन के खिड़की-दरवाज़ों समेत इस पक्की इमारत का एकमात्र स्वामी बना जा सकता है। उसने पूछा, "और सब तो हुआ, लेकिन लड़की?"

जल्दी से हरिमोहिनी ने कहा, "उसकी बुआ के घर से अचानक उसका बुलावा आया था, वहीं गई है—दो-चार दिन की देर हो सकती है।"

कैलाश बोला, "तब फिर देखने का कैसे होगा? मेरा तो एक मुकदमा भी है, कल ही जाना होगा।"

हरिमोहिनी बोलीं, "अभी मुकदमा रहने दो! यहाँ का काम निबटाए बिना तुम नहीं जा सकते!"

थोड़ा सोच-विचार करके कैलाश ने अन्त में निश्चय किया, बहुत होगा तो यही कि मुकदमे में एकतरफा डिग्री हो जायेगी, मामला फिस्स हो जायेगा? वह होता रहे—उसकी क्षति-पूर्ति का पूरा प्रबंध यहाँ पर है, यह उसने एक बार फिर चारों ओर नज़र दौड़ाकर निश्चय कर लिया। सहसा उसने देखा, हरिमोहिनी के पूजा-गृह के एक कोने में थोड़ा-सा पानी जमा था; इस कमरे में पानी की निकासी के लिए नाली नहीं थी, फिर भी हरिमोहिनी हमेशा उसे धोती-पोंछती रहती थीं, इसलिए कोने में ज़रा-सा पानी अक्सर रह जाता था। व्यस्त भाव से कैलाश ने कहा, "भाभी, यह तो ठीक नहीं है।"

हरिमोहिनी ने पूछा, "क्यों, क्या बात हुई?"

कैलाश बोला, "वह जो वहाँ पर पानी जमा हो रहा है, वह हर्गिज़ नहीं होना चाहिए।"

हरिमोहिनी ने कहा, "लेकिन क्या करूँ, देवर!"

"न, न, यह नहीं चलेगा। इससे तो फ़र्श सील जायेगा। इसी से कहे देता हूँ भाभी, इस कमरे में पानी-वानी गिराने से नहीं चलेगा।"

हरिमोहिनी चुप रह गईं। तब कैलाश ने कन्या के रूप के प्रति जिज्ञासा की।

हरिमोहिनी ने कहा, "वह तो देखकर ही जानोगे। अभी तो इतना ही कह सकती

हूँ कि तुम लोगों के घर में ऐसी सुंदर बहू आज तक नहीं आई।''

कैलाश कह उठा, ''हमारी मँझली भाभी?''

हरिमोहिनी कह उठीं, ''कहाँ यह और कहाँ वह! तुम्हारी मँझली भाभी क्या उसके सामने ठहर सकती हैं!''

ससुराल में मँझली भाभी सुंदरता का आदर्श मानी जायें, यह हरिमोहिनी को विशेष अच्छा नहीं लगा, इसीलिए उन्होंने यह और जोड़ दिया—''तुम लोग चाहे जो कहो, भैया, मुझे तो मँझली बहू से छोटी बहू कहीं ज़्यादा पसन्द है।''

कैलाश ने मँझली बहू और छोटी बहू के रूप की तुलना में कोई उत्साह नहीं दिखाया। मन-ही-मन वह किसी एक अदृश्य मूर्ति की फूल की पंखुड़ी-सी आँखों, बाँसुरी-सी नासिका और कमर तक झूलते हुए केशों की कल्पना में अपने को भरमा रहा था।

हरिमोहिनी ने देखा, इस पक्ष की अवस्था तो पूरी तरह आशाजनक है। यहाँ तक कि उन्होंने समझ लिया, जो बड़ा सामाजिक दोष कन्या में है। वह भी शायद कोई ऐसा बड़ा विघ्न न समझा जायेगा।

## 69

गोरा आजकल अलस्सुबह ही घर से निकल जाता है, विनय यह जानता था। इसीलिए सोमवार को सवेरे वह भोर होने से पहले ही गोरा के घर जा पहुँचा और सीधे ऊपर की मंजिल में उसके सोने के कमरे में चला गया। वहाँ गोरा को न पाकर उसने नौकर से पूछा तो पता चला कि गोरा पूजा-घर में है। इससे मन-ही-मन उसे कुछ आश्चर्य हुआ। पूजा-घर की देहरी पर पहुँचकर विनय ने देखा, गोरा पूजा की मुद्रा में बैठा है। रेशमी धोती, कंधे पर रेशमी चादर, किंतु फिर भी उसकी विशाल देह का अधिकांश भाग खुला ही था। गोरा को यों पूजा करते देखकर विनय को और भी विस्मय हुआ।

जूते की आवाज़ सुनकर गोरा ने पीछे फिरकर देखा। विनय को देखकर वह उठ खड़ा हुआ और घबराया-सा बोला, ''इस कमरे में न आना।''

विनय ने कहा, ''डरो मत, मैं नहीं आता। तुमसे मिलने आया था।''

बाहर आकर गोरा ने कपड़े बदले और फिर विनय को साथ लेकर तिमंज़िले वाले कमरे में चला गया।

विनय ने कहा, ''आज सोमवार है।''

गोरा ने कहा, ''ज़रूर सोमवार है, पंचांग में भूल हो सकती है, पर आज के बारे में तुमसे भूल नहीं हो सकती। कम-से-कम इतना तो निश्चित है कि आज मंगलवार नहीं है।''

विनय ने कहा, ''तुम आओगे तो नहीं, यह जानता हूँ—लेकिन आज तुम्हें एक बार बुलाए बिना मैं इस काम में प्रवृत्त नहीं हो सकता। इसीलिए आज सवेरे उठते ही सीधा तुम्हारे पास आया हूँ।''

कुछ कहे बिना गोरा निश्चल बैठा रहा। विनय ने फिर कहा, ''तो तुम्हारा यही निश्चय है कि मेरे विवाह में नहीं आओगे?''

गोरा ने कहा, ''नहीं विनय, मैं नहीं जा सकूँगा।''

विनय चुप हो गया। गोरा ने अपने मन की वेदना को छिपाकर हँसते हुए कहा, ''मैं नहीं भी गया तो क्या हुआ! जीत तो तुम्हारी ही हुई। माँ को तो तुम खींच ही ले गये। मैंने तो बहुत कोशिश की, पर उन्हें किसी तरह रोक न सका। अन्त में अपनी माँ के बारे में भी मुझे तुमसे हार माननी पड़ी। विनय, यहाँ भी क्या एक-एक करके सब लाल हो जायेगा। अपने नक्शे में क्या मैं अकेला ही बचा रह जाऊँगा।''

विनय ने कहा, ''भाई, मुझे दोष न दो! मैंने उन्हें बहुत ज़ोर देकर कहा था—'माँ, मेरे ब्याह में तुम किसी तरह नहीं जा सकतीं।' माँ बोलीं, 'देख वीनू, जिन्हें तेरे ब्याह में नहीं आना वे तो तेरा न्योता पाकर भी नहीं आएँगे—इसीलिए तुमसे कहती हूँ, तू किसी को न्योता भी मत दे और मना भी मत कर, चुप हो रह।' गोरा, तुम मुझसे कहाँ हारे हो, तुम अपनी माँ से हारे हो, हज़ार बार हारे हो। ऐसी माँ और कहाँ मिलेगी?''

आनंदमयी को रोकने की गोरा ने पूरी कोशिश की ज़रूर थी, लेकिन वह जब उसकी बात न मानकर, उसके क्रोध और कष्ट की परवाह न करके विनय के विवाह में चली ही गईं तब गोरा को इससे दुःख नहीं हुआ, बल्कि कुछ प्रसन्नता ही हुई। उसकी माँ के असीम स्नेह का जो अंश विनय को मिला है, गोरा से विनय का विच्छेद हो जाने पर भी उस गम्भीर स्नेह-सुधा से विनय को कोई वंचित न कर सकेगा, यह जानकर मन-ही-मन गोरा को संतोष और शान्ति मिली। और सब ओर से वह विनय से बड़ी दूर चला जा सकता है, किंतु अक्षय मातृ स्नेह का यह बन्धन इन दोनों पुराने बंधुओं को सदैव निविड़ भाव से एक-दूसरे से बाँधे रहेगा।

विनय ने कहा, ''अच्छा भाई, तो मैं चलूँ, आना बिल्कुल असंभव हो तो न आना, लेकिन मन में गुस्सा न रखना, गोरा! मेरे जीवन को इस मिलन से कितनी बड़ी सार्थकता मिली है, अगर यह तुम अनुभव कर सको तो हमारे इस विवाह को कभी अपने सौहार्द के घेरे से निर्वासित न कर सकोगे, यह मैं दावे से कह सकता हूँ।''

यह कहकर विनय उठ खड़ा हुआ। गोरा ने कहा, "बैठो विनय, लग्न तो रात को कहीं जाकर है, अभी से इतनी जल्दी क्यों?"

गोरा के इस अप्रत्याशित स्नेह-पूर्ण अनुरोध से द्रवित होकर विनय फिर बैठ गया।

तब बहुत दिनों के बाद ये दोनों फिर पहले की तरह सवेरे-सवेरे घुट-घुटकर बातें करने लगे। विनय के हृदय की वीणा का जो तार आजकल पंचम पर था, उसी को गोरा ने छू दिया। जैसे फिर तो विनय की बात पूरी होने में ही न आती थी। ऐसी कितनी ही छोटी-छोटी घटनाओं का इतिहास, जो लिखी जाने पर अत्यंत साधारण बल्कि हास्यास्पद जान पड़तीं, यों सुनाने लगा जैसे गाने की तान की तरह प्रत्येक आवृत्ति पर उसमें नया माधुर्य भर उठता हो। विनय के मन में जो आश्चर्य-लीला हो रही थी, अपनी निपुण भाषा से वह उसके रस-वैचित्र्य का सूक्ष्म, किंतु गम्भीर वर्णन करने लगा। कैसा अपूर्व था जीवन का यह अनुभव! जिस अनिर्वचनीय चीज़ को विनय ने जी भरकर पाया है, वह क्या सभी पा सकते हैं—उसे ग्रहण करने की शक्ति क्या सबमें होती है? विनय कह रहा था, दुनिया में आम तौर पर स्त्री-पुरुष का जैसा मिलन देखा जाता है, उसमें इस तार-स्वर की गूँज तो नहीं सुनाई देती! गोरा उन दोनों की तुलना अन्य लोगों से न करे, यह विनय का अनुरोध था। उसे लग रहा था कि बिल्कुल ऐसी घटना और कभी नहीं घटी होगी—सभी के साथ ऐसा घटित हो सकता होता तो सारा समाज ही प्राणों की हिलोर से चंचल हो उठता, जैसे वसंत के एक झोंके से ही सारी वन-भूमि फूल-पल्लवों से पुलकित हो उठती है। वैसा होने पर लोग ऐसी सरलता से यों खाने-सोने में ही जीवन न बिता देते! जिसमें जितना सौंदर्य, जितनी शक्ति होती, स्वभावतया अनेक रंग-रूप धरकर दिशा-दिशा में खिल उठती। यह तो जादू की छड़ी है—इसके स्पर्श की उपेक्षा करके कौन बेजान पड़ा रह सकता है? यह तो साधारण व्यक्ति को भी असाधारण बना देती है। उस प्रबल असाधारण का स्वाद जीवन में एक बार भी मिल जाये तो जीवन का सच्चा परिचय मिल जाता है।

विनय बोला, "गोरा, मैं तुम्हें विश्वासपूर्वक कहता हूँ, मनुष्य की सम्पूर्ण प्रकृति को क्षण-भर में जगा देने का साधन यह प्रेम ही है; चाहे जिस कारण हो, इस प्रेम का आविर्भाव हम लोगों में दुर्बल होता है और इसीलिए हम सभी अपनी पूरी उपलब्धि से वंचित हो जाते हैं। हममें क्या है, यह हम नहीं जानते। जो भीतर छिपा हुआ है उसे प्रकाश में नहीं ला पाते। जो जमा-पूँजी है उसको खर्च करना हमारे लिए असंभव होता है, इसीलिए चारों ओर ऐसा निरानंद छाया रहता है—ऐसा निरानंद! इसीलिए यह भी तुम्हारे जैसे दो-एक व्यक्ति ही समझ पाते हैं कि हमारे अपने अन्दर

कोई महत्ता है, साधारण लोगों के मन में तो इसकी चेतना ही नहीं होती।''

ज़ोर से जम्हाई लेते हुए महिम बिस्तर से उठकर मुँह धोने जाने लगे तो उनके पैरों की आवाज़ से ही विनय के उत्साह की धरा रुक गई। गोरा से विदा लेकर वह चला गया।

छत पर खड़े होकर गोरा ने पूरब के लाल आकाश की ओर देखकर एक लम्बी साँस ली। फिर बहुत देर तक वह छत पर ही टहलता रहा, देहात की ओर उसका जाना न हुआ।

इधर गोरा अपने हृदय के भीतर जिस आकांक्षा का, पूर्णता के जिस अभाव का अनुभव करता रहता था, उसे वह किसी भी तरह पूरा न कर पाता था। वह स्वयं ही नहीं, उसका प्रत्येक काम भी जैसे आकाश की ओर हाथ बढ़ाकर माँग रहा था, 'प्रकाश चाहिए, एक उज्ज्वल प्रकाश, एक सुंदर प्रकाश।' मानो और सभी उपकरण प्रस्तुत थे, सोना-चाँदी, हीरे-मोती कुछ भी महँगा नहीं था, वज्र-कवच भी दुर्लभ नहीं थे, सिर्फ़ आशा और सान्त्वना से फूटा हुआ स्निग्ध, सुंदर, अनुराग-रंजित प्रकाश ही कहीं नहीं था! जो कुछ था, उसे बढ़ाने की कोई आवश्यकता नहीं थी, केवल उसे चमकाने, लावण्यमय करके प्रकाशित करने की प्रतीक्षा थी।

जब विनय ने कहा कि किसी-किसी दिव्य क्षण में नर-नारी के प्रेम के द्वारा अनिर्वचनीय असाधारणता जगमगा उठती है, तब पहले की तरह गोरा इस बात को मज़ाक में नहीं उड़ा सका। मन-ही-मन उसने स्वीकार किया कि वह मिलन सामान्य मिलन नहीं होता, वह परिपूर्णता होती है, उसके संस्पर्श से सभी चीज़ों का वैभव बढ़ जाता है, वह कल्पना को शरीर देता है और शरीर में प्राण भर देता है, वह प्राणों के भीतर प्राण और मन के भीतर मन को दुगुना कर देता है, यही नहीं, उन्हें एक नये रस से सराबोर भी कर देता है।

विनय के साथ सामाजिक सम्बन्ध-विच्छेद के दिन उसका हृदय जैसे गोरा के हृदय में एक अखंड संगीत के सुर जगा गया। विनय चला गया, दिन चढ़ आया, लेकिन वह संगीत बजता ही रहा। समुद्र की ओर बहती हुई दो नदियों के मिलने पर जैसा होता है, वैसे ही गोरा के प्रेम की धारा में विनय के प्रेम की धारा के गिरने पर उसमें तरंगों की टकराहट मुखर हो उठी। जिसे गोरा किसी तरह छिपाकर, बाँधकर दबाकर अपनी आँखों से ओझल ही रखने की कोशिश कर रहा था, वह आज कगार तोड़कर स्पष्ट और प्रबल रूप में प्रकट हो उठा और गोरा में आज इतनी शक्ति न रही कि उसे अवैध कहकर उसकी निंदा कर सके, या तुच्छ कहकर उसकी अवज्ञा कर सके।

सारा दिन ऐसे ही बीत गया। अन्त में जब तीसरा पहर साँझ में ढला जा रहा

था कंधे पर चादर डालकर गोरा बाहर निकल पड़ा। अपने-आप से बोला—जो मेरा ही है उसे मैं लूँगा। नहीं तो मैं पृथ्वी पर असम्पूर्ण ही रहूँगा, व्यर्थ ही हो जाऊँगा।

सारी दुनिया में सुचरिता एक उसी के आह्वान के लिए प्रतीक्षा कर रही है, इसके बारे में गोरा के मन में थोड़ी भी शंका न थी। आज संध्या को ही वह इस प्रतीक्षा को पूर्ण करेगा।

भीड़-भरे कलकत्ता शहर की एक सड़क पर तेज़ी से गोरा बढ़ता गया। उसका मन उसके शरीर का अतिक्रमण होकर कहीं चला गया था, रास्ते-भर उसे वह किसी तरह छू न सका।

सुचरिता के घर के सामने आकर एकाएक गोरा सचेत होकर ठिठक गया। वह इतनी बार वहाँ आया था लेकिन आज तक उसने द्वार कभी बंद नहीं देखा था। आज वह न केवल उढ़का था, बल्कि धक्का देने पर पता चला कि भीतर से बंद है। गोरा थोड़ी देर खड़ा सोचता रहा, फिर उसने दो-चार बार दरवाज़ा खटखटाया।

नौकर दरवाज़ा खोलकर बाहर आया। साँझ के धुँधले प्रकाश में गोरा को देखते ही कुछ पूछे जाने से पहले ही उसने बताया कि छोटी मालकिन घर पर नहीं हैं।

''कहाँ गई हैं?''

''ललिता दीदी के ब्याह के प्रबंध में कुछ दिनों से दूसरे घर में ही हैं।''

गोरा ने क्षण-भर के लिए सोच लिया कि वह विनय के विवाह पर पहुँच जायेगा। इसी बीच घर से एक अपरिचित बाबू निकल आए, बोले, ''क्यों महाशय, क्या चाहते हैं?''

उसे सिर से पैर तक देखकर गोरा ने कहा, ''नहीं, कुछ नहीं चाहता।''

कैलाश ने कहा, ''आइए न, ज़रा बैठिए, तम्बाकू पीजिए?''

कोई साथी न होने से कैलाश का समय काटे नहीं कटता था। चाहे कोई हो, किसी एक व्यक्ति को घर के भीतर बिठाकर गप्प करने बैठ सके तो चैन मिले। दिन में तो गली के मोड़ पर हुक्का हाथ में लिये खड़े-खड़े राह चलते लोगों का आना-जाना देखते-देखते किसी तरह वक्त कट जाता है, लेकिन शाम को कमरे के भीतर उसका दम घुटने लगता है। हरिमोहिनी के साथ जो कुछ बातचीत करनी थी वह तो सब हो चुकी—हरिमोहिनी की बात करने की शक्ति भी तो बहुत क्षीण थी। इसलिए कैलाश निचली मंज़िल में डयोढ़ी से लगे एक छोटे कमरे में तख्त पर हुक्का लिये बैठे-बैठे बीच-बीच में नौकर को ही बुलाकर उसी के साथ बातें करके वक्त काटता था।

गोरा ने कहा, ''नहीं, मैं अभी नहीं बैठ सकता।''

कैलाश फिर अनुरोध करने जा रहा था, लेकिन पलक मारने से पहले गोरा गली के पार निकल गया।

एक धारणा गोरा के मन में गहरी बैठी हुई थी कि उसके जीवन की अधिकांश घटनाएँ अचानक नहीं होती रहीं, या कम-से-कम केवल उसकी व्यक्तिगत इच्छा से नहीं होती रहीं। उन सभी में स्वदेश-विधाता का कोई-न-कोई विशेष अभिप्राय रहा है, जिसे पूर्ण करने के लिए ही गोरा का जन्म हुआ है। इसीलिए अपने जीवन की छोटी-छोटी घटनाओं में भी वह कोई विशेष अर्थ खोजने की चेष्टा करता रहता था। जब आज उसने अपने मन में इतनी बड़ी और इतनी प्रबल आकांक्षा लिये आकर एकाएक देखा कि सुचरिता का दरवाज़ा बंद है, और दरवाज़ा खुलवाने पर सुना कि सुचरिता घर पर नहीं है, तब उसने इसे भी एक विशेष अभिप्रायपूर्ण घटना माना। जो उसका मार्ग-निर्देश करते हैं, उन्होंने अपना निषेध आज इस ढंग से गोरा को जता दिया है। इस जीवन में सुचरिता का द्वार उसके लिए बंद है, सुचरिता उसके पक्ष में नहीं है। गोरा जैसे मनुष्य का अपनी कामना में बह जाना उचित नहीं है, उसका निज का कोई सुख-दुःख नहीं है। वह भारतवर्ष का ब्राह्मण है, भारतवर्ष की ओर से उसे देवता की आराधना करनी होगी, भारतवर्ष की ओर से तपस्या ही उसका काम है। आसक्ति-अनुरक्ति उसके लिए नहीं है। मन-ही-मन गोरा ने कहा—विधाता ने आसक्ति का सही रूप मुझे दिखा दिया है। बता दिया है कि वह शुभ्र नहीं है, शान्त नहीं है। वह मन की तरह चंचल है, मद की तरह तीव्र है, वह बुद्धि को स्थिर नहीं रहने देती, वह एक चीज़ को किसी दूसरे ही रूप में दिखाती है। मैं संन्यासी हूँ, मेरी साधना में उसका कोई स्थान नहीं है।

## 70

अपने यहाँ बहुत दिन उत्पीड़न सहकर आनंदमयी के पास उसने इधर जो थोड़े-से दिन बिताये थे, उनसे सुचरिता को जैसी सान्त्वना मिली थी, वैसी उसने कभी नहीं पाई थी। आनंदमयी ने ऐसे सरल भाव से उसे अपने इतना समीप खींच लिया कि सुचरिता यह सोच ही नहीं सकी कि कभी वे उससे दूर या अपरिचित थीं। न जाने कैसे उन्होंने सुचरिता के मन को पूरी तरह समझ लिया था और बिना बात किये भी सुचरिता को जैसे एक गम्भीर सान्त्वना देती रहती थीं। सुचरिता ने आज तक कभी 'माँ' शब्द का इस प्रकार उसमें अपना पूरा हृदय उड़ेलकर उच्चारण नहीं किया था। वह कोई काम न रहने पर भी आनंदमयी को 'माँ' कहकर पुकारने के लिए

तरह-तरह के बहाने खोजकर बुलाती रहती थी। ललिता के विवाह के सब कर्म सम्पन्न हो जाने पर थकी हुई बिस्तर पर लेटकर वह बार-बार सिर्फ़ एक ही बात सोचने लगी, कि अब आनंदमयी को छोड़कर वह कैसे जा सकेगी। वह अपने-आप ही से कहने लगी, 'माँ-माँ-माँ!' पुकारते-पुकारते उसका हृदय भर उठा और आँखों से आँसू झरने लगे। तभी एकाएक उसने देखा, मसहरी से उठकर आनंदमयी उसके पास आ गई हैं और उसे थपथपाती हुई पूछ रही हैं, "मुझे बुलाया था?"

तब सुचरिता को याद आया कि वह 'माँ-माँ' पुकारती रही थी। वह कुछ बोल नहीं सकी, आनंदमयी की गोद में मुँह छिपाकर रोने लगी। आनंदमयी भी बिना कुछ बोले धीरे-धीरे उसका बदन सहलाती रहीं। उस रात वे सुचरिता के पास ही सोयीं।

विनय का विवाह हो जाने पर तत्काल आनंदमयी विदा लेकर न जा सकीं। उन्होंने कहा, "ये तो दोनों अनाड़ी हैं—इनकी घर-गृहस्थी सँवारे बिना मैं कैसे चली जाऊँ?"

सुचरिता ने कहा, "माँ, तब तो उतने दिन मैं भी तुम्हारे पास रहूँगी।"

उत्साहित होकर ललिता ने भी कहा, "हाँ माँ, कुछ दिन सुचि दीदी भी हमारे साथ रहें।"

यह प्रस्ताव सुनकर सतीश भी दौड़ा आया और सुचरिता के गले से लिपटकर उछलता-उछलता बोला, "हाँ दीदी, मैं भी तुम लोगों के साथ रहूँगा।"

सुचरिता ने कहा, "तेरी तो पढ़ाई है, बक्त्यार।"

सतीश बोला, "विनय बाबू मुझे पढ़ा देंगे।"

सुचरिता ने कहा, "अब विनय बाबू तेरी मास्टरी नहीं कर सकेंगे।"

साथ के कमरे से ही पुकारकर विनय ने कहा, "ज़रूर करूँगा। एक दिन में ऐसा क्या निकम्मा हो गया हूँ, यह मेरी समझ में नहीं आता। अनेक रात जागकर जितना कुछ लिखना-पढ़ना सीखा था वह सब एक ही रात में भूल गया हूँगा, ऐसा तो नहीं लगता।"

आनंदमयी ने सुचरिता से पूछा, "तुम्हारी मौसी क्या राज़ी होंगी?"

सुचरिता ने कहा, "मैं उन्हें चिट्ठी लिखकर पूछ लेती हूँ।"

आनंदमयी ने कहा, "तुम मत लिखो, मैं ही लिखती हूँ।"

आनंदमयी समझती थीं कि यदि सुचरिता स्वयं वहाँ रहने की इच्छा प्रकट करेगी तो हरिमोहिनी को बुरा लगेगा। लेकिन उनके आग्रह पर हरिमोहिनी अगर नाराज़ भी होंगी तो उन्हीं पर होंगी—उसमें सुचरिता की कोई हानि नहीं होगी।

चिट्ठी में आनंदमयी ने यही लिखा था कि ललिता की नई गृहस्थी ठीक-ठीक कर देने के लिए उन्हें कुछ दिन और विनय के घर रहना होगा, उतने दिन सुचरिता को भी उनके साथ रहने की अनुमति मिल जाये तो बहुत मदद हो जायेगी।

आनंदमयी की चिट्ठी पाकर हरिमोहिनी केवल क्रुद्ध ही नहीं हुईं, बल्कि उनके मन में एक विशेष सन्देह भी उत्पन्न हुआ। सोचा, मैंने लड़के को घर आने से मना कर दिया है, इसलिए अब माँ सुचरिता को फँसाने के लिए चालाकी से जाल फैला रही है। इसमें माँ-बेटे की साज़िश है, यह उन्होंने साफ़ देख लिया। अब उन्हें यह भी याद आया कि आरम्भ में ही आनंदमयी के रंग-ढंग देखकर वे उन्हें अच्छी नहीं लगी थीं।

और विलंब न करके जितनी जल्दी संभव हो सके सुचरिता को सुविख्यात राय-परिवार में शामिल करके उसकी सुरक्षा की व्यवस्था कर देने से ही हरिमोहिनी राहत पा सकेंगी। कैलाश को भी यों कितने दिन रोके रखा जा सकता है? वह बेचारा दिन-रात तम्बाकू पी-पीकर घर की दीवारें काली किये दे रहा था।

जिस रोज़ हरिमोहिनी को चिट्ठी मिली, उसके अगले दिन सवेरे ही वह पालकी पर सवार होकर अपने नौकर को साथ लेकर विनय के घर जा पहुँचीं। उस समय निचले कमरे में सुचरिता, ललिता और आनंदमयी रसोई की तैयारी में लगी हुई थीं और ऊपर के कमरे से सतीश के अंग्रेज़ी शब्दों की वर्तनी और उनके बंगला पर्याय रटने का तीव्र स्वर आकर सारे घर को गुँजा रहा था। घर पर उसके गले की ताकत का ठीक अनुमान न होता था—लेकिन यहाँ इस बात का पक्का प्रमाण देते रहने के लिए कि वह अपनी पढ़ाई की बिल्कुल अवहेलना नहीं करता, उसे अपने स्वर को और ऊँचा उठाने के लिए ज़ोर लगाना पड़ता था।

हरिमोहिनी को आनंदमयी ने बड़े आदर से बैठाया। लेकिन उस सब शिष्टाचार की ओर हरिमोहिनी ने ध्यान न देकर एकाएक कहा, ''मैं राधारानी को लेने आई हूँ।''

आनंदमयी ने कहा,''तो ठीक है, ले जाना, ज़रा बैठो तो!''

हरिमोहिनी ने कहा, ''नहीं, मेरी पूजा-अर्चना सब अभी यों ही पड़ी है, अभी प्रार्थना भी नहीं हुई, अभी तो मैं बिल्कुल नहीं बैठ सकती।''

कुछ बातचीत किये बिना सुचरिता लौकी छीलने में लगी थी। हरिमोहिनी ने उसी को सम्बोधित करके कहा, ''सुनती हो, देर हो रही है!''

ललिता और आंनदमयी चुप बैठी रहीं। काम छोड़कर सुचरिता उठ खड़ी हुई और बोली, ''चलो, मौसी!''

हरिमोहिनी के पालकी की ओर मुड़ने पर सुचरिता ने उसका हाथ पकड़कर

कहा, ''ज़रा इस कमरे में आओ!''

दूसरे कमरे में पहुँचकर दृढ़ स्वर में सुचरिता ने कहा, ''तुम मुझे लेने ही आई हो तो मैं सबके सामने तुम्हें यों ही नहीं लौटा सकती, मैं तुम्हारे साथ चलती हूँ, लेकिन आज दोपहर को ही मैं फिर यहाँ लौट आऊँगी।''

बिगड़कर हरिमोहिनी ने कहा, ''यह कैसी बात है? तो फिर यही क्यों नहीं कहती कि हमेशा यहीं रहेगी!''

सुचरिता ने कहा, ''हमेशा रहना तो नहीं मिलेगा। इसीलिए जितने दिन उनके पास रह सकती हूँ उन्हें नहीं छोड़ूँगी।''

इस बात से हरिमोहिनी का हृदय जल गया लेकिन यह सोचकर कि अभी कुछ कहने का अवसर नहीं है। वे चुप रहीं।

आनंदमयी के पास आकर सुचरिता ने मुस्कराकर कहा, ''माँ, तो मैं ज़रा घर हो आऊँ?''

कोई प्रश्न किये बिना आनंदमयी ने कहा, ''ठीक है, हो आओ।''

ललिता के कान में धीरे से सुचरिता ने कहा, ''आज दोपहर को ही फिर आ जाऊँगी।''

पालकी के सामने रुककर सुचरिता ने कहा, ''और सतीश?''

हरिमोहिनी बोलीं, ''सतीश को रहने दो।''

'घर लौटकर सतीश विघ्न बन सकता है,' हरिमोहिनी ने यह सोचकर उसके दूर रहने को ही शुभ माना।

दोनों के पालकी पर सवार हो जाने पर हरिमोहिनी ने भूमिका बाँधने की कोशिश की। बोलीं, ''ललिता का तो ब्याह हो गया। चलो, अच्छा हुआ, एक लड़की की ओर से तो परेश बाबू बेफिक्र हुए।''

यों शुरुआत करके उन्होंने बताना शुरू किया कि घर में अविवाहित लड़की का होना कितनी बड़ी ज़िम्मेदारी है और उसके कारण अभिभावकों को कितनी चिंता लगी रहती है!

''तुम्हें क्या बताऊँ, मुझे और कोई फिक्र नहीं है, भगवान का नाम लेते-लेते भी यही चिंता बीच में आ घेरती है। सच कहती हूँ, ठाकुर की सेवा में मैं पहले की तरह मन ही नहीं लगा पाती। मैं कहती हूँ, गोपीवल्लभ, सब छीन लेने के बाद अब फिर तूने मुझे किस नये जाल में फँसा दिया।''

हरिमोहिनी के लिए यह समस्या केवल सांसारिक चिंता की नहीं थी, यह उनके मुक्ति के मार्ग में भी बाधा बन रही थी। उनके इतने बड़े संकट की बात सुनकर भी सुचरिता चुप ही रही, इससे हरिमोहिनी उसके मन की प्रवृत्ति ठीक-ठीक नहीं

समझ सकीं। लेकिन यह जो कहा जाता है कि मौन सम्मति का लक्षण है, इसी कहावत का अनुकूल अर्थ लगाकर उन्होंने सोच लिया कि सुचरिता कुछ-कुछ राज़ी है।

हरिमोहिनी ने कुछ ऐसा भाव प्रकट किया कि उन्होंने सुचरिता-जैसी लड़की को हिन्दू-समाज में शामिल कराने के अत्यंत कठिन व्यापार को आसान बना लिया है, अचानक ऐसा सुयोग आ गया है कि बड़े-बड़े कुलीन ब्राह्मणों के घर के न्योते में उनके साथ बैठने पर भी कोई चूँ तक न कर सकेगा।

भूमिका के यहाँ तक पहुँचते-पहुँचते पालकी घर पर आ पहुँची। दोनों ने द्वार पर उतरकर घर में प्रवेश किया। ऊपर जाते समय सुचरिता ने देख लिया कि ड्योढ़ी के साथ वाले कमरे में कोई अपरिचित आदमी नौकर से बड़े ज़ोर-शोर के साथ तेल मालिश करवा रहा है। उन्हें देखकर भी वह झिझका नहीं, बल्कि विशेष कौतूहल के साथ सुचरिता की ओर ताकने लगा।

ऊपर जाकर हरिमोहिनी ने सुचरिता को अपने देवर के आने की सूचना दी। इससे पहले जो भूमिका बाँधी गई थी, उसके साथ मिलाकर सुचरिता ने इस घटना का ठीक-ठीक अर्थ समझ लिया। हरिमोहिनी उसे समझाने लगीं कि घर में पाहुने हैं, ऐसी स्थिति में उन्हें छोड़कर सुचरिता का दोपहर को ही चले जाना अभद्रता होगी।

ज़ोर से सिर हिलाकर सुचरिता ने कहा, ''नहीं मौसी, मुझे जाना ही होगा।''

हरिमोहिनी ने कहा, ''तब ठीक है—आज के दिन रह जाओ, कल चली जाना!''

सुचरिता बोली, ''मैं अभी स्नान करके बाबा के यहाँ खाने जाऊँगी और वहीं से ललिता के घर चली जाऊँगी।''

तब हरिमोहिनी ने खुलासा करके ही कहा, ''वह तुम्हीं को देखने तो आया है।''

लाल होते हुए सुचरिता ने कहा, ''मुझे देखकर क्या होगा?''

हरिमोहिनी बालीं, ''ज़रा सुनो! आजकल के समय में क्या बिना देखे ये सब काम हो सकते हैं! पुराने समय में तो हो भी जाते थे। तुम्हारे मौसा ने तो मुझे 'शुभ-दृष्टि' से पहले देखा ही नहीं था।'' इतना साफ़ इशारा कर देने के बाद एक साथ हरिमोहिनी ने और भी कई बातें कह डालीं। विवाह से पहले लड़की को देखने के लिए किस तरह प्रसिद्ध राय-परिवार से अनाब बंधु नाम का उनका खानदानी नौकर और ठाकुरदासी नाम की बुढ़िया कहारिन, ये दोनों अपने साथ पगड़ी पहने और लाठी लिये दरबान को लेकर हरिमोहिनी के पीहर आए थे, और उस समय अभिभावक कैसे चिंतित हो उठे थे, और राय-वंश के इन नौकरों को खिला-पिलाकर और खातिर से प्रसन्न करने के लिए पूरे घर के लोग कैसे व्यस्त हो उठे थे—यह सब

बखान करने के बाद हरिमोहिनी ने लम्बी साँस ली। अब सब-कुछ कितना बदल गया है।

हरिमोहिनी ने कहा, "कोई विशेष झंझट नहीं है, एक बार पाँच मिनट के लिए मिल लेना!"

सुचरिता ने कहा, "नहीं।"

यह 'नहीं' इतना दृढ़ और साफ़ था कि हरिमोहिनी सहम गईं। फिर बोलीं, "अच्छा खैर, न सही। देखने की कोई आवश्यकता तो नहीं है। यों कैलाश आजकल का लड़का है, पढ़ा-लिखा है, तुम लोगों की तरह ही वह भी कुछ नहीं मानता। कहता है कन्या को अपनी आँखों देखूँगा। तुम तो सबके सामने आती-जाती हो इसलिए मैंने कह दिया—देखेगा तो कौन बड़ी बात है, एक दिन दिखा दूँगी। लेकिन खैर, तुम्हें शर्म आती है तो न सही।"

इतना कहकर पूरे विस्तार के साथ हरिमोहिनी बताने लगीं कि कैलाश कैसा अद्भुत पढ़ा-लिखा है, कैसे उसने कलम के एक ही झटके से गाँव के पोस्टमास्टर को संकट में डाल दिया था—आस-पास के गाँवों में जिस किसी को मुकदमा लड़ना होता है या दरखास्त लिखनी होती है वह कैलाश की सलाह के बिना एक पग भी नहीं रख सकता। और कैलाश के स्वभाव और चरित्र की तो बात करना ही व्यर्थ है—स्त्री की मृत्यु के बाद वह तो विवाह करना ही नहीं चाहता था, जब सगे-सम्बन्धियों ने मिलकर बहुत ज़्यादा ज़ोर डाला तो केवल बड़ों का आदेश पालन करने के लिए राज़ी हुआ और इस प्रस्ताव के लिए उसे राज़ी करने में हरिमोहिनी को क्या कम परिश्रम करना पड़ा! वह तो सुनना ही नहीं चाहता था। उसका इतना बड़ा खानदान है और समाज में उसका इतना मान है।

सुचरिता उस मान को कम करने के लिए तैयार नहीं हुई। अपने गौरव और स्वार्थ की ओर उसने बिल्कुल ध्यान नहीं दिया। उसके रवैये से तो ऐसा जान पड़ा कि उसे हिन्दू समाज में स्थान न भी मिला तो भी उसे कोई परेशानी नहीं होगी। इतनी कोशिश के बाद कैलाश को विवाह के लिए राज़ी किया जा सका है, सुचरिता के लिए यह कितने बड़े गौरव की बात है, इसे वह मूढ़ समझ ही नहीं सकी, उल्टे इसमें उसने अपना अपमान ही समझा! आजकल के नये ज़माने के उल्टे चलन से हरिमोहिनी का मन खट्टा हो गया। तब अपना गुस्सा निकालने के लिए बार-बार वह गोरा को लक्ष्य करके ताने देने लगीं, "गोरा अपने को हिन्दू कहकर चाहे बड़ाई में पड़कर ब्राह्म-परिवार की किसी पैसे वाली लड़की से विवाह करेगा तो समाज के कोप से उसे कौन बचा सकेगा? तब दसियों लोगों का मुँह बंद करने में ही सब रुपया चुक जायेगा...।"

सुचरिता ने कहा, ''मौसी, तुम ये सब बातें क्यों कह रही हो? तुम जानती हो कि इन सबका कोई आधार नहीं है।''

इस पर हरिमोहिनी ने कहा कि इस उम्र में उन्हें बातों से ठगना किसी के लिए संभव नहीं है। वे आँख-कान-दिमाग खोलकर रहती हैं, सब-कुछ देखती-सुनती-समझती हैं। चुप रहती हैं तो सिर्फ़ संसार की गति को देख कर अचरज से। उन्होंने यह भी कहा कि उनका दृढ़ विश्वास है, गोरा अपनी माँ से सलाह करके ही सुचरिता से विवाह करने की कोशिश कर रहा है, और उस विवाह का असली उद्देश्य भी कुछ बहुत शुद्ध नहीं है, अगर हरिमोहिनी राय-परिवार के सहयोग से सुचरिता की रक्षा न कर सकीं तो कल को वही सब होने वाला है।

सुचरिता सब सहती आई थी, अब और न सह सकी। बोली, ''तुम जिनकी बात कह रही हो उन पर मेरी श्रद्धा है। मेरा उनके साथ जो सम्बन्ध है उसे जब तुम किसी तरह सही रूप में समझ ही नहीं सकतीं तब मेरे पास दूसरा उपाय नहीं, सिवा इसके कि मैं यहाँ से चली जाऊँ—तुम जब शान्त हो जाओगी और घर में तुम्हारे साथ अकेली रह सकूँगी तभी मैं लौटूँगी।''

हरिमोहिनी बोलीं, ''अगर तेरा मन गौर मोहन की तरफ़ नहीं है, और उसके साथ तेरा ब्याह नहीं होने की बात तय है, तब इस पात्र ने तेरा क्या बिगाड़ा है? तू हमेशा कुँवारी तो नहीं रहेगी!''

सुचरिता ने कहा, ''क्यों नहीं रहूँगी? मैं विवाह नहीं करूँगी।''

आँखें फाड़कर हरिमोहिनी ने कहा, ''क्या बूढ़ी होने तक ऐसे ही... ?''

सुचरिता ने कहा, ''हाँ, मरने तक!''

## 71

आघात पाकर गोरा के मन में एक परिवर्तन आ गया। कैसे सुचरिता उसके मन पर यों छा गई थी, उसके कारण पर विचार करके गोरा ने यही तय किया कि वह उन लोगों से ज़्यादा मिलता-जुलता रहा था, जिससे अपने अनजाने ही कहीं उसने अपने को उनके साथ उलझा लिया था। अहंकार से भरकर वह निषेध की सीमा का उल्लंघन कर गया था। यह हमारे देश की पद्धति नहीं है। हर कोई अपनी मर्यादा की रक्षा स्वयं न करता रहे तो वह न केवल जाने-अनजाने अपना अमंगल कर बैठता है, बल्कि दूसरे का हित करने की अपनी शक्ति भी गँवा बैठता है। हिल-मिल जाने से कई प्रवृत्तियाँ प्रबल हो उठती हैं और ज्ञान, निष्ठा और शक्ति को

धुँधला कर देती हैं।

गोरा ने इस सत्य को केवल ब्राह्म-परिवार की लड़कियों से मिल-जुलकर ही पहचाना हो, ऐसी बात नहीं थी। आम लोगों से मिलने जाकर भी उसने अपने को एक भँवर में फँसा दिया था, लगभग अपने को खो ही दिया था। क्योंकि उसके मन में पग-पग पर दया उपजती थी, इस दया के वशीभूत वह केवल यही सोचता रहता था कि यह बुरा है, यह अन्याय है, इसे दूर कर देना चाहिए। लेकिन यह दयावृत्ति ही अच्छे-बुरे की ठीक-ठीक पहचान करने की शक्ति को भी विकृत कर देती है। दया करने की झोंक में आकर हम सत्य को निर्विकार भाव से देखने की सामर्थ्य खो बैठते हैं। करुणा के धुएँ से काले पड़कर हल्के रंग भी हमें गहरे दिखने लगते हैं।

गोरा ने सोचा, हमारे देश में इसीलिए यह पद्धति चली आई है कि जिन पर सबके हित का भार है उन्हें निर्लिप्त ही रहना चाहिए। यह बात बिल्कुल ग़लत है कि राजा के लिए प्रजा-पालन करना तभी संभव है जब राजा प्रजा के साथ घनिष्ठ रूप से घुल-मिल जाये। राजा को प्रजा के बारे में जैसे ज्ञान की ज़रूरत होती है, बहुत मेल-जोल से वह कलुषित हो जाता है। इसीलिए तो प्रजा-जन अपने आप ही अपने राजा को एक दूरी से मंडित रखते हैं। अगर वे राजा के संगी हो जायें तो फिर राजा की कोई ज़रूरत ही नहीं रहती।

ब्राह्मण को भी उसकी तरह ही दूर और निर्लिप्त रहना चाहिए। ब्राह्मण को तो बहुतों का मंगल साधना है, इसीलिए वह भी समूह संसर्ग से वंचित है।

गोरा ने मन-ही-मन कहा—मैं भारतवर्ष का वही ब्राह्मण हूँ—दस आदमियों से घिरकर, व्यवसाय के कीचड़ में लथपथ होकर, धन के लोभ में पड़कर जो ब्राह्मण गले में शूद्रता का फन्दा डालकर अपने ही आप फाँसी चढ़ जाता है, उसे गोरा ने शूद्र से भी नीच जाना, बल्कि उसे जीवित मानने से भी इनकार किया। जो शूद्र है वह अपनी शूद्रता के सहारे ही जीता है, लेकिन ऐसा ब्राह्मण तो ब्राह्मणत्व के अभाव के कारण मुर्दा है, और इसीलिए अपवित्र है। ऐसों के ही कारण आज भारतवर्ष इतना दीन होकर ऐसी अशुभ अवस्था से गुज़र रहा है।

अपने मन को गोरा ने इस बात के लिए कड़ा किया कि वह अपने भीतर ही ब्राह्मण के इस संजीवन-मन्त्र की साधना करेगा। मन-ही-मन उसने कहा—मुझे सर्वथा पवित्र होना होगा। मैं उस स्तर पर नहीं खड़ा हूँ जिस पर सब साधारण लोग खड़े हैं। मेरे लिए बंधुत्व आवश्यक सामग्री नहीं है। जिन लोगों के लिए नारी का साथ नितांत आवश्यक होता है, उन साधारण लोगों की श्रेणी का मैं नहीं हूँ, और देश के साधारण-इतर लोगों के घनिष्ठ सहवास का मेरे लिए सम्पूर्ण निषेध है। जैसे वर्षा के लिए पृथ्वी सुदूर आकाश की ओर ताकती रहती है, वैसे ही इन सबकी

आँखें ब्राह्मण की ओर लगी रहती हैं—मैं भी इन्हीं में जा मिलूँगा तो इन्हें बचायेगा कौन ?

अब तक कभी गोरा ने देव-पूजा की तरफ़ ध्यान नहीं दिया था। लेकिन जब से उसका हृदय क्षुब्ध हो उठा था तब से अपने को वह किसी तरह रोक नहीं पा रहा था। अपना काम उसे नीरस जान पड़ता था और जीवन जैसे अधूरा होकर तड़प रहा था। इसीलिए गोरा पूजा में मन लगाने की कोशिश करने लगा था। प्रतिमा के सम्मुख स्थिर बैठकर अपने मन को गोरा पूरी तरह मूर्ति पर केंद्रित करने की कोशिश करता, लेकिन किसी ढंग से भी अपने भीतर भक्ति को न जगा पाता। बुद्धि के द्वारा वह देवता की व्याख्या करना चाहता था। रूपक का सहारा लिये बिना उसे किसी तरह ग्रहण न कर पाता था। किंतु रूपक को हृदय की भक्ति नहीं दी जाती, आध्यात्मिक व्याख्या की पूजा नहीं की जाती। बल्कि जब गोरा मंदिर में बैठकर पूजा करने का यत्न छोड़कर कमरे में बैठकर मन-ही-मन अथवा किसी से बहस करते समय अपने मन और वचन को भावों की धारा में बह जाने देता, तभी उसके भीतर एक आनंद और भक्ति के रस का संचार होता। फिर भी गोरा ने पूजा छोड़ी नहीं, वह यथा नियम रोज़ाना पूजा पर बैठता रहा और इसे उसने नियम ही मान लिया। उसने मन को यह कहकर समझाया कि जहाँ भाव के सूत्र द्वारा सबसे मिलने की सामर्थ्य न हो, वहाँ नियम का सूत्र ही मेल बनाये रखता है। गोरा जब-जब किसी गाँव में जाता वहाँ देव-मंदिर में प्रवेश करके गम्भीर भाव से ध्यान करता हुआ मन-ही-मन कहता—यही मेरा विशेष स्थान है—एक ओर देवता और दूसरी ओर भक्त, दोनों के बीच सेतु-रूप ब्राह्मण दोनों को मिलाता है।—धीरे-धीरे गोरा को एहसास हुआ कि ब्राह्मण के लिए भक्ति ज़रूरी नहीं है। भक्ति विशेषतः जन-साधारण की ही चीज़ है। भक्त और भक्ति के विषय के बीच जो सेतु है, वह ज्ञान का ही सेतु है। जैसे यह सेतु दोनों को मिलाता है, वैसे ही दोनों की मर्यादा भी निर्दिष्ट कर देता है। भक्त और देवता के बीच विशुद्ध ज्ञान का व्यवधान न रहे तो सभी कुछ विकृत हो जाये। इसीलिए भक्ति-विफलता ब्राह्मण के काम की चीज़ नहीं है, ब्राह्मण ज्ञान के शिखर पर बैठकर इस भक्ति के रस को सर्वसाधारण के उपभोग के लिए, शुद्ध रखने के लिए तपस्या करता है। संसार में जैसे ब्राह्मण के लिए आराम का योग नहीं है, वैसे ही देवार्चना में भी ब्राह्मण के लिए भक्ति का योग नहीं है। इसी में ब्राह्मण का गौरव है। संसार में ब्राह्मण के लिए नियम-संयम है, धर्म-साधना में ब्राह्मण के लिए ज्ञान है।

हृदय ने गोरा को मात दी थी, इस अपराध के लिए गोरा ने हृदय के लिए निर्वासन-दंड का निश्चय किया। लेकिन अपराधी को निर्वासन में ले कौन जायेगा ? वैसे सिपाही कहाँ हैं ?

## 72

गंगा के किनारे एक बगीचे में प्रायश्चित्त-सभा की तैयारी होने लगी।

अविनाश के मन में इस बात का मलाल था कि इस अनुष्ठान के कलकत्ता से बाहर होने के कारण इसकी ओर लोगों का ध्यान उतना नहीं जायेगा जितना कि जाना चाहिए था। अविनाश जानता था कि अपने लिए गोरा को प्रायश्चित्त करने की कोई ज़रूरत नहीं है, जरूरत है देश के लोगों के लिए—'मॉरल इफ़ेक्ट' के लिए! इसीलिए यह काम भीड़-भड़क्के के साथ होना चाहिए था।

लेकिन गोरा उसके लिए राज़ी नहीं हुआ। वह जैसा बड़ा यज्ञ करके वेद-मन्त्रों के पाठ के साथ यह काम करना चाहता था, वैसे काम के लिए कलकत्ता शहर ठीक स्थान नहीं था—उसके लिए तो तपोवन ही उपयुक्त होता। मन्त्र मुखरित, होमाग्नि-दीप्त एकांत गंगा-तीर पर गोरा उस प्राचीन भारतवर्ष का आह्वान करेगा जो सारे संसार का गुरु रहा है, और स्नान करके पवित्र होकर उसी गुरु से नवजीवन की दीक्षा लेगा। 'मॉरल इफ़ेक्ट' की फिक्र गोरा को नहीं थी। अविनाश ने और कोई उपाय न देखकर समाचार-पत्रों का सहारा लिया। गोरा को बताये बिना ही उसने उस प्रायश्चित्त का समाचार सब अखबारों में भेज दिया। इतना ही नहीं, सम्पादकीय स्तंभों के लिए उसने एक पूरा लेख भी लिख भेजा, जिसमें उसने इस बात पर बल दिया कि गोरा-जैसे निर्मल तेजस्वी ब्राह्मण को तो कोई दोष छू ही नहीं सकता, फिर भी वह आजकल के पतित भारतवर्ष का सारा पातक अपने कंधों पर लेकर सारे देश की ओर से प्रायश्चित्त कर रहा है। अविनाश ने लिखा, "जैसे हमारा देश अपने दुष्कर्मों के फलस्वरूप विदेशियों के बंदीगृह में दुःख भोग रहा है, वैसे ही गोरा ने भी अपने जीवन में स्वेच्छा से कारावास-दुःख स्वीकार किया। इस प्रकार उसने देश का दुःख जैसे अपने कंधों पर ओढ़ लिया, वैसे ही देश के अनाचार का प्रायश्चित्त भी वह स्वयं कर रहा है। इसलिए हे बंगाली भाइयों, भारत की पच्चीस करोड़ दुःखी संतानों..." इत्यादि, इत्यादि।

गोरा ये सब लेख पढ़कर झल्ला उठा। लेकिन अविनाश को रोकना असंभव था। गोरा द्वारा उसे फटकारने पर भी वह मानता नहीं था, बल्कि और प्रसन्न होता था। मेरे गुरु भावों की बहुत ऊँची दुनिया में रहते हैं तभी इस मामूली दुनिया की बातें वे नहीं समझते। बैकुंठ-वासी नारद की तरह वीणा बजाकर वह विष को पिघलाकर गंगा की सृष्टि करा रहे हैं, लेकिन उस गंगा को धरती पर लाकर सगर-संतान की भस्म का उद्धार करने का काम इस दुनिया के भगीरथ का है—वह काम देवलोक के वासियों का नहीं है। ये दोनों काम बिल्कुल अलग-अलग हैं। इसलिए

अविनाश की हरकतों पर जब गोरा आग-बबूला हो उठता तब मन-ही-मन वह कहता—''जैसे हमारे गुरु का चेहरा बिल्कुल शिवजी जैसा है, वैसे ही मन से भी वे निरे भोलानाथ हैं। न कुछ समझते हैं, न कुछ व्यवहार का ज्ञान रखते हैं, बात-बात में गुस्सा हो जाते हैं, पर फिर ठंडे होते भी देर नहीं लगती।''

अविनाश के प्रयत्नों के कारण गोरा के प्रायश्चित्त की चर्चा को लेकर चारों ओर एक बड़ा आंदोलन उठ खड़ा हुआ। गोरा के घर पर उसे देखने और उससे बातचीत करने आने वाली जनता और भी बढ़ गई। रोज़ चारों ओर से इतनी चिट्ठियाँ आने लगीं कि गोरा ने डाक देखना ही बंद कर दिया। गोरा को लगा कि इस देश-व्यापी चर्चा के कारण उसके प्रायश्चित्त की सात्विकता खत्म हो गई है और वह एक राजसिक व्यापार मात्र हो गया है—काल की प्रवृत्ति ही ऐसी है।

इधर कृष्णदयाल अखबार को छूते नहीं थे, लेकिन यह चर्चा उनके साधनाश्रम में भी पहुँच गई। उनका बेटा गोरा उनके ही योग्य है जो इतनी धूम-धाम से प्रायश्चित्त कर रहा है और अपने पिता के पवित्र पद-चिह्नों का अनुसरण करता हुआ एक दिन वह भी उन्हीं की तरह सिद्धपुरुष बन जायेगा। कृष्णदयाल के प्रसादजीवियों ने यह समाचार और यह आशा बड़े गौरव के साथ कृष्णदयाल तक पहुँचा दी।

गोरा के कमरे में कृष्णदयाल ने कब से प्रवेश नहीं किया था, यह कहना ज़रा मुश्किल था। लेकिन आज वे अपने रेशमी कपड़े उतारकर सूती कपड़े पहने एकाएक उसके कमरे में जा पहुँचे। गोरा वहाँ नहीं दिख पड़ा तो उन्होंने नौकर से पूछा। नौकर ने बताया कि गोरा पूजा-घर में है।

''ऐं! पूजा-घर में उसका क्या काम?''

''वे पूजा कर रहे हैं।''

हड़बड़ाए हुए-से कृष्णदयाल पूजा-घर में गये तो देखा, सचमुच गोरा पूजा में बैठा है।

बाहर से ही कृष्णदयाल ने पुकारा, ''गोरा!''

पिता के आने से गोरा आश्चर्यचकित होकर उठ खड़ा हुआ। कृष्णदयाल ने अपने साधनाश्रम में विशेष रूप से अपने इष्टदेवता की प्रतिष्ठा कर ली थी। उनका परिवार वैष्णव था, किंतु उन्होंने शक्ति-मन्त्र ले लिया था, इसलिए गृह देवता के साथ उनका प्रत्यक्ष योग बहुत दिनों से नहीं था।

उन्होंने गोरा से कहा, ''आओ-आओ, बाहर आओ!''

गोरा बाहर चला आया। कृष्णदयाल बोले, ''यह सब क्या है! यहाँ तुम्हारा क्या काम है?''

गोरा ने कोई जवाब न दिया। कृष्णदयाल बोले, ''पुजारी ब्राह्मण तो है, वह

तो रोज़ पूजा कर जाता है, उसी से घर के सब लोगों की ओर से पूजा हो जाती है—तुम क्यों इस चक्कर में पड़ते हो?''

गोरा ने कहा, ''इसमें बुराई क्या है?''

कृष्णदयाल बोले, ''बुराई! तुम क्या जानो! बहुत बड़ी बुराई है। जिसका जहाँ अधिकार नहीं है, उस काम में वह क्यों पड़े? उससे तो अपराध होता है। केवल तुम्हारा ही नहीं, घर भर के लोगों का।''

गोरा ने कहा, ''आंतरिक भक्ति की दृष्टि से यदि देखें तब तो देवता के सामने बैठने का अधिकार बहुत थोड़े लोगों को ही होगा। लेकिन आप क्या यह कहना चाहते हैं कि हमारे उन रामहरि ठाकुर का यहाँ पूजा करने का जितना अधिकार है, मेरा उतना भी अधिकार नहीं है?''

कृष्णदयाल गोरा को क्या जवाब दें, तत्काल यह न सोच सके। कुछ देर चुप रहकर बोले, ''देखो, रामहरि का तो धंधा ही पूजा करना है। धंधे में जो अपराध होता है उसकी ओर देवता ध्यान नहीं देते। वहाँ भूलें पकड़ने लगें तब तो धंधा बंद ही कर देना होगा—फिर समाज का काम नहीं चल सकता। किंतु तुम तो यह दलील नहीं दे सकते। तुम्हारे यहाँ आने की क्या ज़रूरत है?''

गोरा जैसे आचारनिष्ठ ब्राह्मण के भी पूजा-गृह में प्रवेश करने से अपराध होता है, कृष्णदयाल जैसे व्यक्ति के मुँह से यह बात नितांत असंगत तो नहीं लगी। इसलिए गोरा कुछ नहीं बोला, बात को पी गया।

तब कृष्णदयाल ने कहा, ''और भी एक बात मैंने सुनी है, गोरा! सुनता हूँ तुमने प्रायश्चित्त करने के लिए पंडितों को बुलाया है?''

गोरा ने कहा, ''हाँ।''

एकाएक कृष्णदयाल ने अत्यंत उत्तेजित होकर कहा, ''मेरे रहते यह किसी तरह नहीं हो सकेगा।''

गोरा के मन में विद्रोह उमड़ने लगा। वह बोला, ''क्यों?''

कृष्णदयाल ने कहा, ''क्यों क्या? तुम्हें मैंने पहले भी एक बार कहा था कि तुम प्रायश्चित्त नहीं कर सकते।''

गोरा ने कहा, ''कहा तो था। किंतु कोई कारण तो बताया नहीं।''

कृष्णदयाल बोले, ''मैं कारण बताने की कोई आवश्यकता नहीं समझता। हम तुम्हारे बड़े हैं, हमारी बात तुम्हें मान्य होनी चाहिए। हम लोगों की अनुमति के अभाव में ये सब शास्त्रीय कर्म करने का कोई विधान ही नहीं है। प्रायश्चित्त में पितरों का श्राद्ध करना होता है—क्या यह तुम जानते हो?''

विस्मित होकर गोरा ने कहा, ''तो उसमें कठिनाई क्या है?''

बिगड़कर कृष्णदयाल ने कहा, ''बिल्कुल कठिनाई है। वह मैं कभी नहीं होने दे सकूँगा।''

चोट खाकर गोरा ने कहा, ''देखिए, यह मेरा निजी मामला है। मैंने अपनी शुचिता के लिए ही यह आयोजन किया है—इसे लेकर बेकार बहस करके आप क्यों तकलीफ़ पाते हैं।''

कृष्णदयाल ने कहा, ''देखो गोरा, हर बात में तुम बहस मत किया करो। ये सब बातें बहस की नहीं हैं। बहुत-सी ऐसी बातें हैं जो अभी तुम्हारी समझ में नहीं आ सकतीं। मैं तुम्हें फिर कहता हूँ—तुम जो समझते हो कि तुमने हिन्दू धर्म में प्रवेश पा लिया है, यह तुम्हारी निरी भूल है वह तुम्हारे बस का ही नहीं है। तुम्हारे रक्त की हर बूँद, तुम्हारा सिर से पैर तक सम्पूर्ण उसके प्रतिकूल है। हिन्दू एकाएक तो नहीं हुआ जा सकता, उसके लिए जन्म-जन्मांतर का पुण्य चाहिए।''

गोरा का मुँह रक्त वर्ण हो उठा, ''जन्मांतर की बात मैं नहीं जानता, किंतु आपके वंश के रक्त से जो अधिकार मुझे मिलता है, क्या मैं उसका भी दावा नहीं कर सकता?''

कृष्णदयाल ने कहा, ''फिर बहस? मेरे सामने बात का खंडन करते हुए तुम्हें लज्जा नहीं आती? क्या इसी को हिन्दू कहते हैं? आखिर विलायती ठसक जायेगी कहाँ! मैं जो कहता हूँ वह सुनो। यह सब बंद कर दो!''

सिर झुकाए गोरा चुपचाप खड़ा रहा। थोड़ी देर बाद बोला, ''अगर मैं प्रायश्चित्त न करूँ तो फिर शशिमुखी के विवाह में सबके साथ पंगत में बैठकर खा भी न सकूँगा।''

सहारा पाकर कृष्णदयाल ने कहा, ''तो ठीक है—उसमें भी क्या बुराई है? तुम्हारे लिए अलग से आसन लगा दिया जायेगा।''

गोरा ने कहा, ''तब तो मुझे समाज से भी अलग होकर ही रहना होगा।''

कृष्णदयाल ने कहा, ''वह तो अच्छा ही है।''

उनके इस उत्साह पर गोरा को चकित होते देखकर उन्होंने फिर कहा, ''अब यही देखो न, मैं ही किसी के साथ नहीं खाता, न्योता होने पर भी नहीं। समाज के साथ मेरा ही भला क्या योग है! तुम जिस सात्विक भाव से जीवन बिताना चाहते हो उसके लिए तो तुम्हें भी ऐसा ही मार्ग अपनाना चाहिए। मैं तो समझता हूँ, इसी में तुम्हारा कल्याण है!''

दोपहर में कृष्णदयाल ने अविनाश को बुलवा भेजा। आने पर उससे बोले, ''तुम्हीं सब लोग मिलकर गोरा को ऐसा नाच नचा रहे हो न।''

अविनाश ने कहा, ''यह आप क्या कह रहे हैं? आपका गोरा तो हम सबको नचाता है। बल्कि वह खुद बहुत कम नाचता है।''

कृष्णदयाल बोले, "लेकिन बाबा, मैं कहता हूँ तुम लोगों का यह सब प्रायश्चित्त-व्रायश्चित्त नहीं हो सकेगा। मेरी उसमें बिल्कुल सम्मति नहीं है। वह सब तुरंत बंद कर दो!"

अविनाश ने सोचा—बूढ़े की यह कैसी ज़िद है!—लेकिन इतिहास में इसके ढेरों दृष्टांत मिल जायेंगे कि बड़े-बड़े आदमियों के बाप स्वयं अपने लड़के का महत्त्व नहीं पहचान सके। कृष्णदयाल भी ऐसे ही बाप हैं। व्यर्थ ही दिन-रात ढोंगी-संन्यासियों के साथ न रहकर कृष्णदयाल यदि अपने लड़के से ही शिक्षा ग्रहण कर सकते तो उनके लिए कहीं अच्छा होता।

लेकिन अविनाश चतुर व्यक्ति था। जहाँ बहस-मुबाहसे का कोई फल न हो, और 'मॉरल इफ़ेक्ट' की संभावना भी कम ही हो, वहाँ बेकार का ज़बानी जमा-खर्च करने वाला वह नहीं था। इसलिए उसने कहा, "तो ठीक है महाशय, आपकी राय नहीं है तो नहीं होगा। लेकिन सारा प्रबंध तो हो चुका है, निमन्त्रण पत्र भी जा चुके हैं, इधर और देर भी नहीं है, इसलिए न हो तो यही उपाय किया जाये कि गोरा न जाये, उस दिन हम लोग ही प्रायश्चित्त कर लें, देश के लोगों में पाप की तो कोई कमी नहीं है!"

कृष्णदयाल अविनाश के इस आश्वासन से बेफिक्र हो गये।

कृष्णदयाल की किसी भी बात पर गोरा की कभी विशेष श्रद्धा नहीं रही। आज भी उसका मन उनका आदेश पालन करने की बात स्वीकार न कर सका। सांसारिक जीवन से भी जो जीवन बड़ा है, उसमें माता-पिता के निषेध को गोरा मानने के लिए स्वयं को बाध्य नहीं समझता था। फिर भी आज दिन भर वह मन-ही-मन बहुत दुःख पाता रहा। उसके मन में यह अस्पष्ट धारणा घर कर गई थी कि कृष्णदयाल की सारी बात में कहीं कोई छिपा हुआ रहस्य है। जैसे एक आकारहीन दुःस्वप्न उसे सताने लगा, जिसे वह किसी प्रकार भी तोड़ नहीं सका। उसे ऐसा लगा जैसे कोई एक साथ सभी तरफ़ से ठेलकर उसे बहुत दूर फेंक देना चाहता हो। अपना अकेलापन आज उसे बहुत बड़ा होकर दिखने लगा। उसके सामने विस्तृत कर्मक्षेत्र था और काम भी बहुत बड़ा था, किंतु उसके साथ में कोई नहीं खड़ा था।

## 73

प्रायश्चित्त-सभा अगले दिन होने वाली थी। तय यह हुआ था कि गोरा रात को ही बगीचे वाले घर में चला जायेगा और वहीं रहेगा। जिस समय वह जाने की तैयारी

कर रहा था तभी हरिमोहिनी आ खड़ी हुईं। उन्हें देखकर गोरा को कोई खुशी नहीं हुई। उसने कहा, "आप आई हैं—मुझे तो अभी-अभी जाना होगा—माँ भी कुछ दिन से घर पर नहीं हैं। उनसे मिलना हो तो..."

हरिमोहिनी ने कहा, "नहीं बाबा, मैं तुम्हारे ही पास आई हूँ। तुम्हें ज़रा देर तो बैठना ही होगा—ज़्यादा देर नहीं करूँगी।"

गोरा बैठ गया। हरिमोहिनी ने सुचरिता की बात चलाई, "तुम्हारी शिक्षा से उसका भारी उपकार हुआ है। यहाँ तक कि जिस-तिसके हाथ का छुआ पानी भी नहीं पीती, और सभी ओर से उसकी सुमति जाग रही है। बेटा, उसके लिए मुझे कितनी चिंता थी। उसे सुपथ पर लाकर तुमने मेरा कितना उपकार किया है, यह बताने के लिए मुझे शब्द ढूँढे नहीं मिलते। भगवान तुम्हें राजराजेश्वर बनाएँ, कुलवंती लछ्मी बहू मिले, घर रोशन हो, धन-सम्पत्ति-संतान से भरा-पूरा रहे!"

फिर बातों-ही-बातों में उन्होंने कहा कि सुचरिता काफ़ी सयानी हो गई है, उसके विवाह में पल-भर की भी देर करना ठीक नहीं है, हिन्दू घर में रहती तो अब तक उसकी गोद संतान से भर गई होती। विवाह में इतनी देर कर देना कितना गलत काम हुआ है, निश्चय ही इस बारे में गोरा भी इससे सहमत होंगे। सुचरिता के विवाह की समस्या के कारण हरिमोहनी ने बहुत दिनों तक असह्य चिंता झेलकर अन्त में किसी प्रकार बड़ी खुशामद और विनती करके अपने देवर कैलाश को राज़ी करके कलकत्ता बुलाया है। जिन सब बड़ी कठिनाइयों की उन्हें आशंका थी, ईश्वर की कृपा से वे सब दूर हो गई हैं, सारी बात पक्की हो गई है, वर-पक्ष एक पैसा भी नहीं लेगा और सुचरिता के पिछले इतिहास को लेकर भी कोई आपत्ति नहीं की जायेगी—बड़े कौशल से ही हरिमोहिनी इन सब कठिनाइयों का समाधान कर सकी हैं। पर अब इस मौके पर आकर—सुनकर सब हैरान होंगे—सुचरिता बिल्कुल अड़ गई है। उसके मन में क्या है हरिमोहिनी नहीं जानतीं, किसी ने उसे कुछ सिखा दिया है, या उसका मन किसी दूसरे की ओर है या जाने क्या, यह भगवान ही जानते हैं।

"लेकिन बेटा, यह मैं तुम्हें स्पष्ट ही बता दूँ, तुम्हारे योग्य वह लड़की नहीं है। गाँव-देहात में ब्याह होने से उसके बारे में कोई कुछ जान ही नहीं सकेगा, इसलिए किसी-न-किसी तरह काम चल जायेगा। किंतु तुम तो शहर में रहते हो, उससे ब्याह करोगे तो शहर के लोगों को मुँह न दिखा सकोगे।"

क्रुद्ध होकर गोरा ने कहा, "आप यह सब क्या ऊटपटाँग कह रही हैं? आप से किसने कहा कि मैंने उनसे विवाह करने के लिए उन्हें कुछ समझाया-बुझाया है?"

हरिमोहिनी ने कहा, "मैं कैसे जानूँगी, बाबा! अखबार में छप गया है, यही सुनकर तो शर्म से गड़ी जा रही हूँ।"

गोरा समझ गया कि हारान बाबू अथवा उनके गुट के किसी व्यक्ति ने इस बारे में अखबार में कुछ लिखा होगा। मुट्ठियाँ भींचते हुए बोला, "सब झूठी बात है!"

उसकी गरज से चौंकती हुई हरिमोहिनी बोलीं, "मैं भी तो झूठ ही समझती हूँ। तब मेरा एक अनुरोध तुम्हें मानना ही होगा। तुम एक बार राधारानी के पास चलो!"

गोरा ने पूछा, "क्यों?"

हरिमोहिनी ने कहा, "तुम एक बार उसे समझाकर कहना!"

गोरा का मन इसी को उद्देश्य बनाकर उसी समय सुचरिता से मिलने जाने को उतावला हो उठा। उसके हृदय ने कहा—"चलो, आज अंतिम बार भेंट कर आऊँ। कल तुम्हारा प्रायश्चित्त है—उसके बाद तुम तपस्वी हो। आज की रात-भर का ही समय है—उसमें भी केवल थोड़े से क्षणों के लिए। उसमें कोई दोष नहीं होगा। होगा भी तो कल सब भस्म हो जायेगा।"

थोड़ी देर चुप रहकर गोरा ने पूछा, "उन्हें क्या समझाना होगा, बताइए?"

"और कुछ नहीं—इतना ही कि हिन्दू रीति के अनुसार सुचरिता जैसी सयानी उम्र की लड़की को तुरंत विवाह कर लेना चाहिए, और हिन्दू समाज में कैलाश जैसा सत्पात्र पा जाना सुचरिता की अवस्था की लड़की के लिए बहुत बड़ा सौभाग्य है।"

सुचरिता का मिलन और किसी से होना असंभव है। बुद्धि और भावों की गम्भीरता से परिपूर्ण सुचरिता का हृदय गोरा के सिवा किसी दूसरे व्यक्ति पर यों प्रकाशित नहीं हुआ, और न कभी किसी पर यों प्रकाशित हो सकेगा। कैसा आश्चर्यमय था वह! कितना सुंदर! रहस्यों से भरे उस अन्तस् में उसे कैसी अनिर्वचनीय सत्ता दिख गई थी। ऐसा कब-कब दिखता है, और दुनिया में कितनों को दिखता है! दैवयोग से ही जो व्यक्ति सुचरिता को इस गहरे यथार्थ रूप में देख सका, अपनी समूची प्रकृति से अनुभव कर सका, उसी ने तो सुचरिता को पाया है। उसे और कोई कभी कैसे पा सकता है?

हरिमोहिनी ने कहा, "राधारानी क्या हमेशा कुँवारी ही बैठी रह जायेगी? यह भी कभी होता है?"

यह भी तो ठीक ही है। कल गोरा तो प्रायश्चित्त करने जा रहा है। उसके बाद ही तो सम्पूर्ण पवित्र होकर ब्राह्मण होगा। तो सुचरिता क्या चिरकाल तक अविवाहित ही रहेगी? यह जीवन-व्यापी भार उस पर लादने का अधिकार किसको है? स्त्री के लिए इससे बड़ा भार और क्या हो सकता है?

हरिमोहिनी न जाने क्या-क्या बोलती चली गईं, वह सब गोरा के कानों तक

पहुँचा ही नहीं। वह सोचने लगा—बाबा जो इतने हठ से मुझे प्रायश्चित्त करने से रोक रहे हैं, उनके निषेध का क्या कोई मूल्य नहीं है? अपने लिए मैं जिस जीवन की कल्पना कर रहा हूँ, वह शायद कोरी कल्पना ही है, वह मेरे लिए स्वाभाविक नहीं है। वैसा बनावटी बोझ ढोने जाकर तो मैं पंगु हो जाऊँगा—उसके भार से दबकर मैं जीवन का कोई काम सहज ढंग से न कर सकूँगा। अभी तो देख रहा हूँ, मेरा मन आशंका में उलझ गया है! इस पत्थर को कैसे हटाऊँ! किसी तरह बाबा जान गये हैं कि मैं अपने अन्तस् के भीतर ब्राह्मण नहीं हूँ, तपस्वी नहीं हूँ, शायद इसीलिए उन्होंने इतने हठ से मुझे मना किया है।

गोरा ने सोचा, उन्हीं के पास जाऊँ! आज, अभी, इसी समय जाकर ज़ोर देकर उनसे पूछूँ कि मुझमें ऐसा उन्होंने क्या देखा है, क्यों उन्होंने मुझसे कहा है कि मेरे लिए प्रायश्चित्त का रास्ता बंद है। अगर मुझे वे समझा सकें तो मुझे उधर से छुटकारा मिले!

हरिमोहिनी से गोरा ने कहा, ''आप ज़रा रुकें, मैं अभी आता हूँ।''

दौड़ता हुआ गोरा घर के पिता वाले खंड की तरफ़ गया। उसका मन कहने लगा—''कृष्णदयाल कोई ऐसी बात ज़रूर जानते हैं जिससे उसे तुरंत छुटकारा मिल सकता है।''

साधनाश्रम का द्वार बंद था। दो-एक बार उसने खटखटाया भी, लेकिन द्वार न खुला, न किसी ने जवाब ही दिया। भीतर से धूप जलने की गंध आ रही थी। कृष्णदयाल आज संन्यासी को साथ लेकर सब द्वार बंद करके योग की किसी अत्यंत गूढ़ और दुरूह प्रणाली का अभ्यास कर रहे थे, आज रात-भर किसी को उधर प्रवेश करने का अधिकार नहीं था।

## 74

गोरा ने स्वयं से कहा—''नहीं, कल नहीं, आज ही से मेरा प्रायश्चित्त आरम्भ हो गया है। कल जो आग जलेगी उससे बड़ी आग आज जल रही है। अपने नये जीवन के शुरू में मुझे कोई बहुत बड़ी कुर्बानी देनी होगी, इसीलिए ईश्वर ने मेरे मन में इतनी बड़ी, इतनी प्रबल आकांक्षा जगा दी थी। नहीं तो ऐसी अनोखी बात क्यों हुई होती? मैं कहाँ, किस क्षेत्र में था—उन लोगों से मेरे मिलने की कोई लौकिक संभावना न थी। और ऐसे विपरीत स्वभावों का मिलन भी दुनिया में आम तौर पर कहाँ होता है! फिर इसकी तो कल्पना भी कौन कर सकता था कि उस मिलन से मुझ जैसे

उदासीन के मन में भी इतनी बड़ी, इतनी दुर्दम आकांक्षा जाग उठेगी! ठीक आज के लिए ही इस आकांक्षा की मुझे ज़रूरत थी—आज तक मैंने देश को जो कुछ दिया है वह सब बड़ी सरलता से ही दे सका हूँ—ऐसा कोई दावा नहीं करना पड़ा जिसे देते मुझे कोई कठिनाई हुई हो। मैं यह सोच ही नहीं पाता था कि देश के लिए किसी चीज़ का त्याग करने में लोग कंजूसी क्यों करते हैं। लेकिन महायज्ञ ऐसे सहज दान से सम्पन्न नहीं होता। उसके लिए दुःख ही चाहिए, धमनी काटकर रक्त-दान करके ही मुझे नये जीवन में नया जन्म लेना होगा। लोगों के सामने कल सवेरे मेरा लौकिक प्रायश्चित्त होगा, उससे एक रात पहले ही मेरे जीवन-विधाता आकर मेरा द्वार खटखटा रहे हैं—अपने अन्तर के भीतर ही प्रायश्चित्त किये बिना कल मैं क्या शुद्धि ग्रहण करूँगा? जो मेरे लिए सबसे कठिन दान है, वही आज सम्पूर्णतया देवता को अर्पित करके ही मैं सच्चे और पवित्र रूप में निःस्व हो सकूँगा—तभी मैं ब्राह्मण हूँगा।''

गोरा के हरिमोहनी के पास लौटते ही उन्होंने कहा, ''बेटा, तुम एक बार मेरे साथ चलो। तुम्हारे जाकर अपने मुँह से एक बात कह देने से ही सब ठीक हो जायेगा।''

गोरा ने कहा, ''मैं क्यों जाऊँ—मेरा उनसे क्या सम्बन्ध है? कुछ नहीं।''

हरिमोहिनी बोलीं, ''वह जो तुम्हें देवता की तरह मानती है, अपना गुरु समझती है?''

जैसे एक लाल सुलगती हुई सलाख गोरा के हृदय को बेध गई। उसने कहा, ''मैं तो जाने की कोई ज़रूरत नहीं देखता। उनसे अब और भेंट होने की कोई संभावना नहीं है।''

भीतर-ही-भीतर खुश होते हुए हरिमोहिनी ने कहा, ''सो तो ठीक ही है। इतनी सयानी लड़की से मिलना-जुलना अच्छा भी नहीं है। लेकिन बेटा, आज का मेरा यह काम किये बिना तो तुम्हें छुटकारा नहीं मिलेगा। इसके बाद कभी तुम्हें बुलाऊँ तो कहना!''

बड़े ज़ोर से गोरा ने सिर हिला दिया। अब नहीं, किसी प्रकार नहीं। वह सब खत्म हो चुका। वह देवता के आगे सब न्योछावर कर चुका है। अब अपनी शुचिता पर कोई धब्बा नहीं लगने देगा। वह सुचरिता से मिलने नहीं जायेगा।

जब हरिमोहिनी ने समझ लिया कि अपनी बात से गोरा टलने वाला नहीं है, तब उन्होंने कहा, ''अगर बिल्कुल ही नहीं जा सकते तो बेटा, एक उपाय करो। एक चिट्ठी लिख दो!''

गोरा ने फिर सिर हिलाया। ''वह नहीं हो सकेगा—चिट्ठी-विट्ठी भी वह नहीं लिखेगा।''

हरिमोहिनी ने कहा, "अच्छा, तब मुझे ही दो लाइन लिख दो। तुम तो सब शास्त्र जानते हो, मैं तुमसे विधान लेने आई हूँ।"

हरिमोहिनी ने फिर कहा, "यही कि हिन्दू घर की लड़की के लिए उपयुक्त समय पर विवाह करके गृहस्थ-धर्म पालन करना ही सबसे बड़ा धर्म है कि नहीं।"

थोड़ी देर चुप रहकर गोरा ने कहा, "देखिए, इन सब झंझटों में मुझे न फँसाइए। मैं विधान दे सकने वाला पंडित नहीं हूँ।"

हरिमोहिनी ने तब कुछ तीखेपन के साथ कहा, "तब फिर अपने मन की भीतरी इच्छा स्पष्ट ही कहो न! पहले तुम्हीं ने तो फन्दा डाला, अब जब उसे खोलने की बात आई तो कहते हो कि मुझे न फँसाइए! इसका क्या मतलब होता है? वास्तव में तुम चाहते ही नहीं कि उसका मन साफ़ हो जाये।"

और कोई समय होता तो गोरा गुस्से में आग-बबूला हो उठता—यह सच्चा अभियोग वह सह न सकता। लेकिन आज से उसका प्रायश्चित्त आरम्भ हो गया था, उसने गुस्सा नहीं किया। अपने ही मन में डूबकर उसने पहचाना कि हरिमोहिनी सच्ची बात ही कह रही हैं। सुचरिता के साथ बड़ा बन्धन काट देने के लिए तो वह निर्मम हो उठा है, लेकिन एक बहुत बारीक सूत्र वह न दिखने का बहाना करे बनाये रखना भी चाहता है। सुचरिता के साथ अपने सम्बन्ध को एकबारगी छोड़ देने के लिए वह अब भी तैयार नहीं है।

लेकिन अब यह कंजूसी छोड़नी होगी। एक हाथ से दान करके दूसरे हाथ से पकड़े रहना नहीं चल सकता!

कागज़ निकालकर गोरा ने बड़े-बड़े अक्षरों में लिखा, "विवाह ही नारी जीवन की साधना का मार्ग है, गृहस्थ-धर्म ही उसका प्रथम मुख्य धर्म है। विवाह इच्छा पूरी करने के लिए नहीं, कल्याण-साधना के लिए है। गृहस्थी में सुख हो अथवा दुःख, पूरे मन से उसका वरण करती हुई नारी सती-साध्वी रहकर धर्म को घर में मूर्तिमान किये रहे, यही उसका व्रत है।"

हरिमोहिनी ने कहा, "इसी के साथ यदि हमारे कैलाश के बारे में भी थोड़ा-सा लिख देते तो बड़ा अच्छा होता।"

गोरा ने कहा, "नहीं, उन्हें तो मैं जानता ही नहीं, उनके बारे में नहीं लिख सकूँगा।"

कागज़ हरिमोहिनी ने सावधानी से तह करके आँचल के छोर में बाँध लिया और अपने घर लौट गईं। अब भी सुचरिता आनंदमयी के पास ललिता के घर में ही थी। वहाँ बातचीत की सहूलियत नहीं होगी, और ललिता या आनंदमयी से विरोधी बात सुनकर सुचरिता के मन में दुविधा ही हो सकती है, इस आशंका से हरिमोहिनी

ने सुचरिता को कहला भेजा कि अगले दिन दोपहर को आकर वह उन्हीं के साथ भोजन करे, बहुत ज़रूरी बात है—वह चाहे तो तीसरे पहर फिर वापस जा सकेगी।

अगले दिन दोपहर को मन कड़ा करके सुचरिता आई। वह जानती थी कि मौसी फिर विवाह की बात उठायेंगी। उसने निश्चय कर लिया था कि आज उन्हें कड़ा उत्तर देकर सारी बात को अंतिम रूप से समाप्त कर देगी।

सुचरिता के भोजन कर लेने पर हरिमोहिनी ने कहा, ''कल संध्या समय मैं तुम्हारे गुरु के पास गई थी।''

भीतर-ही-भीतर सुचरिता घबरा उठी। क्या फिर उसकी बात लेकर मौसी उनका अपमान कर आई हैं?

हरिमोहिनी ने कहा, ''डरो मत राधारानी, मैं उनसे झगड़ा करने नहीं गई थी। अकेली थी, सो मैंने सोचा, चल कर, उनसे दो-एक अच्छी-अच्छी बातें सुन आऊँ। बातों-बातों में तुम्हारी बात उठी। तो देखा, उनकी भी वही राय है। लड़की अधिक दिन कुँवारी रहे, इसे वे भी ठीक नहीं समझते। वे कहते हैं, शास्त्रों के अनुसार यह अधर्म है, यह सब साहबों के यहाँ चलता है, हिन्दुओं के घर नहीं। मैंने अपने कैलाश की बात भी पूरी बता दी। देखती हूँ, वे सचमुच ज्ञानी आदमी हैं।''

सुचरिता लज्जा और पीड़ा से तिलमिला उठी। हरिमोहिनी ने कहा, ''तुम तो उन्हें गुरु मानती हो। उनकी बात तो माननी होगी।''

सुचरिता चुप रही। हरिमोहिनी कहती गईं, ''मैंने उनसे कहा, 'बेटा, तुम एक बार स्वयं आकर उसे समझा दो, हमारी बात तो वह मानती नहीं।' वे बोले, 'नहीं, अब मेरा उससे मिलना ठीक नहीं होगा, हमारे हिन्दू समाज में वह मना है।' मैंने पूछा, 'तो फिर क्या उपाय किया जाये?' तब उन्होंने अपने हाथ से ही मुझे लिखकर दे दिया। यह देखो न!''

कहते-कहते हरिमोहिनी ने धीरे-धीरे आँचल से कागज़ खोलकर उसकी तह खोलकर उसे सुचरिता के सामने कर दिया।

सुचरिता ने पढ़ा। उसका दम घुटने लगा, प्रतिमा-सी निश्चेष्ट होकर वह बैठी रह गई।

उस इबारत में ऐसा कुछ नहीं था जो नया या असंगत हो। ऐसा भी नहीं था कि सुचरिता की राय उन बातों से न मिलती हो। लेकिन हरिमोहिनी के हाथ खास तौर से उसके लिए यह लिख भेजने का जो अर्थ होता है उसी से सुचरिता को बड़ा दुःख हो रहा था। गोरा की ओर से ऐसा आदेश आज क्यों? यह सही है कि सुचरिता का समय कभी आएगा ही, उसे भी एक दिन विवाह करना ही होगा—लेकिन उसके लिए गोरा को इतनी जल्दी मचाने की क्या ज़रूरत है? उस सम्बन्ध में जो कुछ

गोरा को करना है, वह क्या समाप्त हो गया? गोरा के कर्तव्य में उसने क्या कोई बाधा पहुँचाई है या उसके जीवन-पथ में कोई रोड़े अटकाए हैं? क्या गोरा के पास उसे दान करने के लिए या उससे चाहने को और कुछ नहीं रह गया है? किंतु वह तो ऐसा नहीं सोचती थी, वह तो अब भी राह देख रही थी। अपने भीतर के इस दुःसह दुःख से लड़ने के लिए सुचरिता प्राणपण से कोशिश करने लगी, लेकिन उसे कहीं से कोई सान्त्वना न मिली।

हरिमोहिनी ने सोचने के लिए सुचरिता को काफ़ी समय दिया था। बल्कि अपने दैनिक नियम के अनुसार उन्होंने एक नींद भी ले ली। नींद खुलने पर सुचरिता के कमरे में आकर उन्होंने देखा, वह अब भी गुमसुम ज्यों-की-त्यों बैठी हुई है।

उन्होंने कहा, "राधू, इतना क्या सोच रही है भला! इसमें इतना सोचने की बात ही कौन-सी है? गौर मोहन बाबू ने कुछ गलत लिखा है क्या?"

शान्त स्वर में सुचरिता ने कहा, "नहीं, उन्होंने ठीक ही लिखा है।"

अत्यंत आश्वस्त होकर हरिमोहिनी कह उठीं, "तो फिर और देर करके क्या होगा, बिटिया?"

सुचरिता ने कहा, "नहीं, देर नहीं करना चाहती। एक बार मैं बाबा के घर जाऊँगी।"

हरिमोहिनी ने कहा, "देख राधू, तुम्हारे बाबा तो यह कभी नहीं चाहेंगे कि हिन्दू समाज में तुम्हारा विवाह हो। लेकिन तुम्हारे जो गुरु हैं उन्होंने तो..."

अधीर होकर सुचरिता ने कहा, "मौसी, बार-बार क्यों तुम वही एक बात दोहरा रही हो! मैं बाबा से विवाह के बारे में कोई बात करने नहीं जा रही हूँ। मैं तो यों ही एक बार उनसे मिलना चाहती हूँ।"

परेश बाबू का सान्निध्य ही सुचरिता के लिए एकमात्र आसरा रह गया था। उनके घर जाकर सुचरिता ने देखा, वे एक संदूक में कपड़े भर रहे हैं।

सुचरिता ने पूछा, "यह क्या हो रहा है, बाबा?"

ज़रा हँसकर परेश बाबू बोले, "बेटी, मैं शिमला पहाड़ की सैर करने जा रहा हूँ, कल सवेरे की गाड़ी से चलूँगा।"

परेश बाबू की इस हँसी में एक विप्लव का इतिहास छिपा हुआ है, यह समझते सुचरिता को देर न लगी। घर में पत्नी और कन्या, और बाहर उनके बंधु-बांधव— परेश बाबू को ज़रा-सी भी शान्ति का अवकाश नहीं दे रहे थे। वे कुछ दिन के लिए कहीं और न चले गये तो उन्हें केंद्र बनाकर घर में एक-न-एक तूफान उठता ही रहेगा। कल वे बाहर जा रहे हैं, फिर भी आज घर का कोई भी सदस्य उनके कपड़े सँवार कर रखने के लिए, सामान बाँधने के लिए नहीं आया है, यह सब उन्हें स्वयं

करना पड़ रहा है, यह देखकर सुचरिता के मन को ठेस पहुँची। परेश बाबू को रोककर पहले तो उसने बक्स को बिल्कुल खाली कर दिया, फिर एक-एक कपड़े को कुशल हाथों से यत्नपूर्वक फिर से तह करके बक्से में सजाने लगी। उनके नित्य पढ़ने की पुस्तकों को उसने ऐसे सँभालकर रख दिया कि हिलने-डुलने से कोई हानि न हो। सामान सजाते-सजाते सुचरिता ने धीरे से पूछा, "बाबा, क्या तुम अकेले ही जाओगे?"

सुचरिता के इस प्रश्न में वेदना का आभास पाकर परेश बाबू ने कहा, "उसमें मुझे कोई कष्ट नहीं होगा, राधे!"

सुचरिता ने कहा, "नहीं बाबा, मैं भी तुम्हारे साथ चलूँगी।"

परेश बाबू सुचरिता के चेहरे की ओर देखने लगे। सुचरिता ने कहा, "बाबा मैं तुम्हें ज़रा-भी तंग नहीं करूँगी।"

परेश बोले, "ऐसा क्यों कहती हो—तुमने मुझे कब तंग किया है, बेटी?"

सुचरिता ने कहा, "तुम्हारे पास रहे बिना मेरा उद्धार नहीं होगा, बाबा! बहुत-सी बातें तो मेरी समझ में ही नहीं आतीं—तुम नहीं समझा दोगे तो मैं पार न पा सकूँगी। तुम जो मुझे अपनी बुद्धि पर भरोसा करने को कहते हो, उतनी मेरी बुद्धि ही नहीं है, और उतनी ताकत भी मेरे मन में नहीं है। तुम मुझे अपने साथ ले चलो, बाबा!"

कहते-कहते सुचरिता परेश बाबू की ओर पीठ फेरकर बक्स पर झुककर कपड़े इधर-उधर करने लगी। उसकी आँखों से टप-टप आँसू गिरने लगे।

## 75

जब गोरा ने अपना लिखा कागज़ हरिमोहिनी के हाथों में दे दिया, तब उसे ऐसा लगा कि उसने सुचरिता के सम्बन्ध में अपना त्याग-पत्र लिख दिया है। किंतु लिख देने से ही तत्क्षण काम समाप्त नहीं हो जाता! उसके मन ने तो यह अर्ज़ी बिल्कुल नामंजूर कर दी। उस अर्ज़ी पर केवल गोरा की इच्छा शक्ति ने ज़बर्दस्ती कलम पकड़कर नाम लिख दिया था, उसके मन के हस्ताक्षर तो उस पर नहीं हुए थे। इसलिए उसका मन उससे मुक्त था। बल्कि इतना मुक्त उसी शाम को वह गोरा को सुचरिता के घर की ओर दौड़ाए दे रहा था। लेकिन उसी समय गिरजाघर की घड़ी ने दस बजाये और गोरा को खयाल आया कि यह किसी से मिलने जाने का उचित समय नहीं है। फिर तो लगभग सारी रात गोरा गिरजाघर के घंटे ही गिनता रहा। गंगा-

तट के बगीचे वाले घर में उस रात उसका जाना नहीं हो सका। उसने कहला भेजा कि वह अगले दिन सवेरे ही पहुँच जायेगा।

सवेरे-सवेरे ही वह पहुँच गया। लेकिन जैसा निर्मल और दृढ़ मन लेकर उसने प्रायश्चित्त करने का निश्चय किया था, वैसी अवस्था उसके मन की अब कहाँ थी!

अनेक पंडित और अध्यापक आ गये थे। और भी अनेक के आने की संभावना थी। गोरा ने सभी से मिलकर उनकी अभ्यर्थना की। उन्होंने भी सनातन धर्म के प्रति गोरा की अडिग निष्ठा की चर्चा करके बार-बार उसे साधुवाद दिया।

धीरे-धीरे बगीचा जन-कोलाहल से गूँज गया। देख-भाल करता हुआ गोरा चारों ओर घूमता रहा। लेकिन सारे कोलाहल और काम की व्यस्तता के बीच भी गोरा के हृदय की गहराई में रह-रहकर एक ही बात घुमड़ रही थी—कोई जैसे कह रहा था, 'तुमने अन्याय किया है, तुमने अन्याय किया है।' अन्याय ठीक कहाँ हुआ है, इस पर सोच-विचार करने का समय तब नहीं था, लेकिन वह हृदय की गहराई से आते हुए इस स्वर को किसी प्रकार चुप नहीं करा सका। प्रायश्चित्त-यज्ञ के लम्बे-चौड़े आयोजन के बीच उसके हृदय में ही बसा कोई घर का भेदी उसके विरुद्ध गवाही दे रहा था, कह रहा था, 'अन्याय तो बना ही रह गया।' यह अन्याय किसी नियम में त्रुटि नहीं थी, मन्त्र में भूल नहीं थी, शास्त्र की विरुद्धता भी नहीं थी, यह अन्याय उसकी प्रकृति के भीतर हो रहा था—इसीलिए गोरा का समूचा अन्त:करण इस अनुष्ठान के विरुद्ध छटपटा रहा था।

नियत समय हो चला। चारों ओर बाँस की बल्लियाँ गाड़कर ऊपर चँदोवा तानकर पंडाल तैयार किया जा चुका था। गंगा-स्नान करके गोरा कपड़े बदल रहा था कि एकाएक जनता में कुछ हलचल जान पड़ी। मानो एक उद्वेग चारों ओर फैला पड़ा रहा था। अन्त में घबराया हुआ चेहरा लिये अविनाश ने आकर कहा, "आपके घर से खबर आई है, कृष्णदयाल बाबू के मुँह से रक्त जा रहा है—आपको तुरंत ले आने के लिए उन्होंने गाड़ी के साथ आदमी भेजा है।"

गोरा फौरन चल दिया। अविनाश भी उसके साथ जाने को तैयार हुआ तो गोरा ने कहा, "नहीं, तुम यहाँ सबकी देखभाल करो—तुम्हारे चले जाने से कैसे होगा?"

कृष्णदयाल के कमरे में पहुँचकर गोरा ने देखा, वे बिस्तर पर लेटे हुए हैं और आनंदमयी उनके पैरों के पास बैठी पाँव सहला रही हैं। घबराए हुए-से गोरा ने दोनों के चेहरों की ओर देखा। इशारे से कृष्णदयाल ने उसे पास पड़ी हुई कुर्सी पर बैठने को कहा। गोरा बैठ गया।

माँ की ओर उन्मुख होकर उसने पूछा, "अब कैसे हैं?"

आनंदमयी ने कहा, "अब तो कुछ ठीक हैं। डॉक्टर साहब को बुला भेजा है।"

कमरे में शशिमुखी और एक नौकर भी था। हाथ हिलाकर कृष्णदयाल ने उन्हें बाहर भेज दिया। जब सब बाहर चले गये तब उन्होंने चुपचाप एक बार आनंदमयी के चेहरे की ओर देखा और फिर मृदु स्वर में गोरा से कहा, "मेरा अन्त समय आ गया है। अब तक तुमसे जो छिपा रखा था वह आज तुम्हें बताये बिना मुझे मुक्ति न मिलेगी।"

गोरा का चेहरा पीला पड़ गया। चुपचाप बैठा रहा। बहुत देर तक कोई भी नहीं बोला।

कृष्णदयाल ने कहा, "गोरा, तब मैं कुछ नहीं मानता था, इसीलिए मैंने इतनी बड़ी गलती की। फिर उसके बाद गलती सुधारने का उपाय नहीं था।"

इतना कहकर वे फिर चुप हो गये। गोरा भी कुछ न पूछकर निश्चल बैठा रहा।

कृष्णदयाल फिर बोले, "मैंने सोचा था तुम्हें बताने की कोई ज़रूरत नहीं होगी, जैसे चलता आया है वैसे ही चल जायेगा। लेकिन देखता हूँ, वैसा नहीं हो सकेगा। मेरी मृत्यु के बाद मेरा श्राद्ध तुम कैसे करोगे?"

मानो कृष्णदयाल ऐसी गड़बड़ की आशंका से ही सिहर उठे। असल बात क्या है यह जानने के लिए गोरा अधीर हो उठा। आनंदमयी की ओर देखकर वह बोला, "माँ, तुम बताओ, बात क्या है, मुझे श्राद्ध करने का अधिकार नहीं है?"

अब तक आनंदमयी सिर झुकाए हुए स्तब्ध बैठी थीं। गोरा का प्रश्न सुनकर सिर उठाकर उन्होंने गोरा के चेहरे पर नज़र टिकाते हुए कहा, "नहीं बेटा!"

चकित होकर गोरा ने पूछा, "मैं उनका पुत्र नहीं?"

आनंदमयी ने कहा, "नहीं।"

ज्वालामुखी से निकले लावे की तरह गोरा के मुँह से निकला, "माँ, तुम मेरी माँ नहीं हो?"

आनंदमयी की छाती फटने लगी। बिना आँसुओं के रोते हुए स्वर में उन्होंने कहा, "बेटा, गोरा, तू मुझ पुत्रहीन का पुत्र है, तू तो अपने पेट के लड़के से भी कहीं अधिक है, बेटा!"

तब गोरा ने कृष्णदयाल के चेहरे की ओर देखते हुए पूछा, "तब मुझे तुम लोगों ने कहाँ पाया?"

कृष्णदयाल ने कहा, "तब गदर था। हम लोग इटावा में रहते थे। तुम्हारी माँ ने सिपाहियों के डर से भागकर रात को हमारे यहाँ आकर शरण ली थी। तुम्हारे बाप उससे पहले दिन ही लड़ाई में मारे गये थे। उनका नाम था—"

गरजकर गोरा ने कहा, ''रहने दीजिए उनका नाम! मैं नहीं जानना चाहता।''

गोरा की उत्तेजना से चौंककर कृष्णदयाल रुक गये। फिर बोले, ''वे आयरिश थे। उसी रात तुम्हें जन्म देकर तुम्हारी माँ मर गईं। तब से तुम्हारा पालन-पोषण हमारे ही घर हुआ।''

गोरा का सारा जीवन क्षण-भर में ही उसके लिए एक बड़ा अजीब सपना-सा हो गया। शैशव से इतने बरसों तक जिस आधार पर उसका जीवन खड़ा रहा था वह एकाएक विलीन हो गया। वह क्या है, कहाँ है, वह कुछ भी न समझ सका। जैसे उसके पीछे अतीत नाम की कोई चीज़ ही नहीं रही, और उसके सामने इतने दिनों से जो स्पष्ट भविष्य उसका एकमात्र लक्ष्य रहा था वह भी एकाएक लुप्त हो गया। जैसे वह इसी एक क्षण की कमल की पँखुड़ी में ओस की बूँद-सा काँप रहा हो। उसकी न माँ है, न बाप है, न देश है, न जाति है, न नाम, न गोत्र, न देवता—जैसे वह एक सम्पूर्ण नकार है। वह किसे पकड़े, क्या करे, फिर कहाँ से आरम्भ करे, किधर अपना लक्ष्य स्थिर करे, फिर दिन-रात क्रम से अपने काम के उपकरण कहाँ से कैसे जुटाए? इस दिशाहीन अद्‌भुत शून्य के बीच में गोरा निर्वाक् बैठा रह गया। उसका चेहरा देखकर और किसी को भी कुछ कहने का हौसला नहीं हुआ।

इसी समय परिवार के बंगाली चिकित्सक के साथ अंग्रेज़ डॉक्टर भी आ पहुँचा। डॉक्टर ने जैसे रोगी की तरफ़ देखा वैसे ही गोरा की तरफ़ देखे बिना भी न रह सका। सोचने लगा, ''यह आदमी कौन है!'' गोरा के माथे पर उस समय भी गंगा की मिट्टी का तिलक था, और स्नान करके उसने जो रेशमी कपड़े पहने थे अब भी वही पहने था। शरीर पर कुर्ता नहीं था, उत्तरीय के बीच में से उसकी विशाल देह दिख रही थी।

पहले कभी होता तो गोरा के मन में अंग्रेज़ डॉक्टर को देखते ही अपने आप एक विद्वेष का भाव जाग उठता। लेकिन अब जितनी देर डॉक्टर रोगी को देख रहा था गोरा एक विशेष उत्सुकता से उसकी ओर ताकता रहा। मन-ही-मन अपने-आप से वह बार-बार पूछता रहा—तो यहाँ पर मेरा सबसे अधिक अपना यही आदमी है?

जाँच के बाद पूछ-ताछ कर चुकने पर डॉक्टर ने कहा, ''नहीं, चिंता के तो कोई लक्षण नहीं देखता। नाड़ी अभी ठीक ही है और शरीर-यंत्र में भी कोई विकार नहीं आया है। जो भी तकलीफ़ हुई है थोड़ी सावधानी बरतने से दुबारा नहीं होगी।''

डॉक्टर के विदा लेकर चले जाने पर गोरा भी बिना कुछ कहे कुर्सी से उठकर जाने लगा।

आनंदमयी डॉक्टर के आने के साथ कमरे में चली गई थीं, तब दौड़कर गोरा का हाथ पकड़ती हुई बोलीं, ''बेटा गोरा, मुझ पर गुस्सा मत होना, नहीं तो मैं जी

नहीं सकूँगी!''

गोरा ने कहा, ''अब तक तुमने मुझे बताया क्यों नहीं? बता देतीं तो क्या बुराई थी?''

सारा अपराध आनंदमयी ने अपने ऊपर लेते हुए कहा, ''बेटा, तुझे कहीं खो न बैठूँ, इसी डर से मैंने इतना पाप किया है। फिर भी अगर वही हो जाये, तू आज मुझे छोड़कर चला जाये, तो मैं किसी को दोष नहीं दे सकूँगी—लेकिन मेरे लिए वह मृत्यु-दंड होगा, बेटा!''

गोरा ने केवल इतना कहा, ''माँ!''

उसके मुँह से यह सम्बोधन सुनकर आनंदमयी के रुके हुए आँसू फूट पड़े।

गोरा ने कहा, ''माँ, अब मैं एक बार ज़रा परेश बाबू के घर हो आऊँ।''

आनंदमयी की छाती का बोझा कुछ हल्का हो गया। उन्होंने कहा, ''हो आओ, बेटा!''

उनके जल्दी मरने की कोई आशंका नहीं है, फिर भी सारी बात गोरा के सामने प्रकट हो गई इससे कृष्णदयाल बहुत घबरा उठे। गोरा से बोले, ''देखो गोरा, यह बात किसी को बताने की कोई आवश्यकता नहीं है। बस, तुम्हीं ज़रा समझ-बूझकर सँभलकर चलो तो जैसा अब तक चल रहा था वैसा ही चलता रहेगा, किसी को भनक भी नहीं पड़ेगी।''

कोई उत्तर दिए बिना गोरा बाहर चला गया। उसका कृष्णदयाल से कोई सम्बन्ध नहीं है, यह स्मरण करके उसे तसल्ली ही हुई।

महिम के लिए एकाएक दफ़्तर न जाकर घर ही रह जाना संभव न था, इसलिए डॉक्टर आदि का सब प्रबंध करके एक बार वे साहब को कहकर छुट्टी लेने के लिए दफ़्तर गये थे। जब गोरा घर से निकल रहा था तभी वह लौटकर आ पहुँचे। गोरा को देखकर बोले, ''गोरा, तुम कहाँ जा रहे हो?''

गोरा ने कहा, ''खबर अच्छी है। डॉक्टर आया था। कह गया है कि कोई चिंता की बात नहीं है।''

अत्यंत आश्वस्त होकर महिम ने कहा, ''जान बची। परसों ही का दिन है, उसी दिन शशिमुखी का ब्याह कर दूँगा। गोरा, तुम्हें थोड़ी दौड़-धूप करनी होगी। और देखो, विनय को पहले से खबरदार कर देना, कहीं उस दिन आ ही न टपके। अविनाश पक्का हिन्दू है, उसने ख़ास तौर से कहा है कि उसके ब्याह में वैसे लोग नहीं आने चाहिएँ। और भी एक बात तुमसे कह रखूँ भाई, उस दिन अपने ऑफ़िस के बड़े साहबों को भी न्योता दे रहा हूँ, तुम कहीं उन्हें मारकर भगा मत देना। और कुछ नहीं, सिर्फ़ ज़रा-सा सिर हिलाकर, 'गुड ईवनिंग सर' कह देना—उतने से तुम्हारे

हिन्दू शास्त्र का कुछ बिगड़ नहीं जायेगा—बल्कि तुम चाहे पंडितों से सलाह ले लेना। समझे भाई? वे लोग राजा की जात हैं।''

महिम की बात का कोई जवाब न देकर गोरा आगे बढ़ गया।

## 76

जिस समय सुचरिता अपने आँसू छिपाने के लिए बक्स पर झुककर कपड़े सँवार रही थी, उसी समय सूचना मिली कि गौर मोहन बाबू आए हैं।

जल्दी से आँखें पोंछकर सुचरिता अपने काम छोड़कर उठ खड़ी हुई। इतने में ही गोरा ने कमरे में प्रवेश किया।

गोरा के माथे पर तिलक अभी भी लगा हुआ है, और कपड़े भी उसने वही पहन रखे हैं, इस ओर उसका ध्यान ही न गया था। ऐसे वेश में कोई किसी के घर मिलने नहीं जाता। एकाएक सुचरिता को उस दिन की बात याद आ गई जिस दिन गोरा को उसने पहले-पहल देखा था। सुचरिता जानती थी, उस दिन गोरा खास तौर से युद्ध-वेश में आया था। तो क्या आज भी यह युद्ध-सज्जा है!

गोरा ने आते ही भूमि पर माथा टेककर परेश बाबू को प्रणाम किया और उनकी चरण-रज ली। हड़बड़ाकर परेश बाबू ने उसे उठाते हुए कहा, ''आओ-आओ बेटा, बैठो?''

गोरा बोल उठा, ''परेश बाबू, मुझ पर अब कोई बन्धन नहीं है।''

अचरज में आकर परेश बाबू ने कहा, ''कैसा बन्धन?''

गोरा ने कहा, ''मैं हिन्दू नहीं हूँ।''

परेश बाबू ने दोहराया, ''हिन्दू नहीं हो?''

गोरा ने कहा, ''नहीं, मैं हिन्दू नहीं हूँ। आज ही मुझे पता चला है, मैं म्यूटिनी के समय पाया गया था, मेरा बाप आयरिश था। आज भारतवर्ष के उत्तर से दक्षिण तक सब देव-मंदिरों के द्वार मेरे लिए बंद हो गये हैं—सारे देश में आज किसी समाज में किसी पंगत में मेरे बैठने के लिए स्थान नहीं है।''

परेश और सुचरिता सन्नाटे में आकर बैठे रह गये। क्या कहें, यह परेश बाबू सोच ही नहीं सके।

गोरा ने कहा, ''आज मैं मुक्त हूँ, परेश बाबू! अब मुझे यह स्मरण नहीं है कि मैं पतित हो जाऊँगा या व्रात्य हो जाऊँगा। अब पग-पग पर मुझे धरती की ओर देखते हुए अपनी शुचिता की रक्षा करते हुए नहीं चलना होगा।''

सुचरिता एकटक गोरा के तमतमाए हुए चेहरे की ओर देखती रही।

गोरा कहता गया, "परेश बाबू, इतने दिनों से मैं भारतवर्ष को पाने के लिए अपने प्राण लगाकर साधना करता रहा, कहीं-न-कहीं बाधा होती रही, मैं उस बाधा के साथ अपनी श्रद्धा का समझौता कराने के लिए दिन-रात जीवन-भर कोशिश करता रहा—श्रद्धा की नींव को मज़बूत करने की कोशिश में मैं और कोई काम ही नहीं कर सका, वही मेरी एकमात्र साधना थी। इसीलिए वास्तविक भारतवर्ष से आँखें मिलने पर उसकी सच्ची सेवा करने से मैं बार-बार डरकर लौटता ही रहा हूँ। मैंने एक निष्कंटक निर्विकार भारतवर्ष रचकर उसके अभेद्य दुर्ग के भीतर अपनी भक्ति को सुरक्षित कर लेने के लिए अब तक क्या-क्या लड़ाइयाँ नहीं लड़ीं! लेकिन आज तक की मेरी कल्पना का वह दुर्ग क्षण-भर में स्वप्न की तरह उड़ गया है। एकाएक छुटकारा पाकर मैं एक बहुत बड़े सत्य के बीच आ गिरा हूँ। समूचे भारतवर्ष का सुख-दुःख, अच्छा-बुरा, ज्ञान-अज्ञान सब बिल्कुल मेरे हृदय के पास पहुँच गया है। आज मैं सचमुच सेवा का अधिकारी हुआ हूँ, सच्चा कर्म-क्षेत्र मेरे सामने आ गया है—वह मेरी कल्पना का क्षेत्र नहीं है, वह बाहर की इस पच्चीस करोड़ जनता के सच्चे कल्याण का क्षेत्र है।"

गोरा की इस नई अनुभूति के प्रबल उत्साह की धारा ने जैसे परेश बाबू को भी आंदोलित कर दिया। वे और बैठे न रह सके, कुर्सी छोड़कर उठ खड़े हुए।

गोरा बोला, "परेश बाबू, मेरी बात आप ठीक से समझ रहे हैं न? मैं दिन-रात जो होना चाह रहा था, पर हो नहीं पा रहा था, आज मैं वही हो गया हूँ। आज मैं सारे भारतवर्ष का हूँ। मेरे भीतर हिन्दू, मुसलमान, ईसाई किसी समाज के प्रति कोई विरोध नहीं है। आज से इस भारतवर्ष में सबकी जात मेरी जात है, सबका अन्न मेरा अन्न है। देखिए, बंगाल के अनेक ज़िलों में मैं घूमा हूँ, बड़े नीच घरों में भी मैंने आतिथ्य ग्रहण किया है—आप यह न समझें कि मैं मात्र शहरों की सभाओं में भाषण झाड़ता रहा हूँ—लेकिन कभी किसी तरह सबके बराबर होकर नहीं बैठ सका। अब तक अपने साथ में बराबर एक अदृश्य व्यवधान लिये हुए ही घूमता रहा हूँ, उसे किसी तरह पार नहीं कर सका। इसीलिए मेरे मन के भीतर एक बड़ा शून्य था। इसी सूनेपन को मैं तरह-तरह से अस्वीकार करने की ही चेष्टा करता रहा, बल्कि उस सूनेपन को ही तरह-तरह की नक्काशी करके और भी सुंदर बनाने का प्रयत्न करता रहा। क्योंकि मैं भारतवर्ष को प्राणों से भी प्यारा समझता था, इसलिए उसके जितने अंश को मैं देख पाता था उस अंश में कहीं किसी कमी की गुंजाइश मुझे सहन नहीं होती थी। आज नक्काशी करने की उस व्यर्थ चेष्टा से छुट्टी पाकर मैं फिर से जी उठा हूँ, परेश बाबू!"

परेश बाबू ने कहा, ''जब हम सत्य को पा लेते हैं तब वह अपने सारे अभाव और अपूर्णता के बावजूद हमारी आत्मा को तृप्ति देता है, तब उसे झूठे उपकरणों से सजाने की इच्छा तक नहीं होती।''

गोरा ने कहा, ''देखिए परेश बाबू, मैंने कल रात को ईश्वर से प्रार्थना की थी कि आज सवेरे मुझे नया जीवन प्राप्त हो—बचपन से अब तक जो कुछ झूठ या जो कुछ अपवित्र मुझे घेरे रहा हो आज वह सब नष्ट हो जाये और मुझे नया जीवन मिले। जो कल्पना करके मैंने प्रार्थना की थी, उसकी ओर ईश्वर ने ध्यान नहीं दिया—उन्होंने एकाएक अपना ही सत्य अचानक मेरे हाथ में देकर मुझे चौंका दिया है। वे एकाएक मेरी सारी अपवित्रता को यों आमूल-चूल मिटा देंगे, यह मैं सपने में भी नहीं सोचता था। आज मैं ऐसा पवित्र हो गया हूँ कि चांडाल के घर भी अब अपवित्रता का भय न रहा। परेश बाबू, आज सवेरे ही बिल्कुल खुले मन से मैं ठीक भारतवर्ष की गोद में आ बैठा हूँ—माँ की गोद किसे कहते हैं, यह इतने दिन बाद आज मैं पूरी तरह अनुभव कर सका हूँ।''

परेश बाबू बोले, ''गौर, अपनी माँ की गोद में तुम्हें जो अधिकार मिला है उसमें हमें भी शामिल कर लो।''

गोरा ने कहा, ''आज मुक्ति पाकर सबसे पहले मैं आपके पास ही क्यों आया हूँ जानते हैं?''

''क्यों?''

गोरा ने कहा, ''इस मुक्ति का मन्त्र आपके पास ही है। इसीलिए आज आपको किसी समाज में स्थान नहीं मिल रहा है। आप मुझे अपना शिष्य बना लीजिए। आज आप मुझे उसी देवता का मन्त्र दीजिए जो हिन्दू-मुसलमान, ईसाई-ब्राह्म सबका है, जिसके मंदिर का द्वार किसी जाति, किसी व्यक्ति के लिए भी बंद नहीं होता—जो सिर्फ़ हिन्दू का देवता नहीं है बल्कि सारे भारतवर्ष का देवता है।''

परेश बाबू के चेहरे पर भक्ति का एक गहरा मधुर आलोक छा गया। आँखें झुका कर वे थोड़ी देर चुप खड़े रहे।

इतनी देर बाद अब गोरा सुचरिता की ओर मुड़ा। वह अपनी कुर्सी पर स्तब्ध बैठी थी।

हँसकर गोरा ने कहा, ''सुचरिता, अब मैं तुम्हारा गुरु नहीं हूँ। मैं तुमसे यही प्रार्थना करता हूँ कि मेरा हाथ पकड़कर तुम मुझे इन गुरु के पास ले चलो!''

यह कहते-कहते अपना दाहिना हाथ गोरा ने सुचरिता की ओर बढ़ा दिया। सुचरिता ने खड़े होकर अपना हाथ गोरा के हाथ में रख दिया। इसके बाद गोरा ने सुचरिता के साथ परेश बाबू को प्रणाम किया।

# उपसंहार

शाम को घर लौटकर गोरा ने देखा—आनंदमयी उसके कमरे के सामने के बरामदे में चुपचाप बैठी हैं। आते ही गोरा ने उनके दोनों पैर पकड़कर उन पर अपना सिर टेक दिया। आनंदमयी ने उसे दोनों हाथों से उठाते हुए उसका माथा चूम लिया।

गोरा ने कहा, "माँ, तुम्हीं मेरी माँ हो। जिस माँ को मैं खोजता फिर रहा था वह तो यहीं मेरे कमरे में बैठी हुई थीं। तुम्हारी जात नहीं है, तुम ऊँच-नीच का विचार नहीं करतीं, घृणा नहीं करतीं—तुम केवल कल्याण की मूर्ति हो। तुम मेरा भारतवर्ष हो! माँ, अब तुम अपनी लछमिया को बुलाओ—उसे कहो, मुझे पानी पिला दे।"

तब आनंदमयी ने रुँधे हुए गले से मीठे स्वर में गोरा के कान में कहा, "गोरा, अब एक बार विनय को बुला लूँ?"

❑❑❑

## रवीन्द्रनाथ टैगोर की अन्य चर्चित पुस्तकें

# चोखेर बाली

### रवीन्द्रनाथ टैगोर

रवीन्द्रनाथ टैगोर का उपन्यास चोखेर बाली हिन्दी में 'आँख की किरकिरी' के नाम से प्रचलित है। प्रेम, वासना, दोस्ती और दाम्पत्य–जीवन की भावनाओं के भंवर में डूबते–उतराते चोखेर बाली के पात्रों–बिनोदिनी, आशालता, महेन्द्र और बिहारी–की यह मार्मिक कहानी है। 1902 में लिखा गुरुदेव रवीन्द्रनाथ टैगोर का यह उपन्यास मानवीय भावनाओं और उस समय के बंगाल के समाज का जीता–जागता चित्रण प्रस्तुत करता है और इसलिए उनका सबसे उत्कृष्ट उपन्यास माना जाता है। जिस पर इसी नाम से फिल्म भी बन चुकी है।

ISBN: 978-93-5064-360-0
पृष्ठ: 192

# रवीन्द्रनाथ टैगोर की अन्य चर्चित पुस्तकें

## साधना
### रवीन्द्रनाथ टैगोर

इस पुस्तक में रवीन्द्रनाथ टैगोर ने व्यक्तित्व की सार्थकता जैसे महत्त्वपूर्ण प्रश्नों का बेहद सरल और बोधगम्य समाधान दिया है। एक कवि के दार्शनिक रूप को देख पाने का अनूठा रस इस पुस्तक में मिलता है।

ISBN: 978-81-7028-768-1
पृष्ठ: 112

## गीतांजलि
### रवीन्द्रनाथ टैगोर

गीतांजलि एक संपूर्ण विश्व ईश्वर का काव्य है। इसमें कवि का विश्व–व्यापी सरोकार संगीतात्मक ढंग से प्रस्तुत हुआ है। यह लय और तरंग से सज्जित आध्यात्मिक कृति है, जिसे कवि ने नई सज–धज से भारतीय संस्कृति में पिरोकर विश्व के सामने रखा है।

ISBN: 978-81-7028-769-8
पृष्ठ: 136

# रवीन्द्रनाथ टैगोर की अन्य चर्चित पुस्तकें

## पथ का गीत

### रवीन्द्रनाथ टैगोर

रवीन्द्रनाथ टैगोर की यह कृति उनकी चुनी हुई कविताओं का उन्हीं के द्वारा प्रस्तुत गद्य रूपांतरण है। ये रचनाएं प्रेरणादायी हैं और काव्य–सुख के साथ बोध–कथा का प्रकाश भी देती हैं। इनमें जीवन की जय–यात्रा का संगीत है।

ISBN: 978-81-7028-767-4
पृष्ठ: 112

## नौवाँ गीत

### रवीन्द्रनाथ टैगोर

इस पुस्तक में हिन्दी के जाने–माने लेखक और कवि सुरेश सलिल का टैगोर की कुछ श्रेष्ठ कविताओं का हिन्दी में अनुवाद प्रस्तुत है।

ISBN: 978-93-5064-218-4
पृष्ठ: 96

सभी प्रमुख पुस्तक विक्रेताओं पर उपलब्ध या
इस वेबसाइट से मंगवाएं
**www.rajpalpublishing.com**